HEYNE

Das Buch:
Brittany Callaghan führt ein durchschnittliches Leben in einer kalifornischen Kleinstadt und träumt von einer Familie und einem eigenen Haus. Wegen ihrer Schönheit und ihrer Eigenwilligkeit hat sie es nicht leicht, sich in der männerdominierten Gesellschaft durchzusetzen. Als eines Tages der attraktive Dalden an ihre Tür klopft, ist sie sicher: Vor ihr steht ihr Traummann. Bald fällt ihr auf, dass er nicht aus der Gegend ist, stellen ihn doch die alltäglichsten Dinge vor ein Rätsel. Er bittet Brittany daher um Mithilfe bei seiner Verbrecherjagd. Er ist sofort von der schönen Frau eingenommen und möchte sie sich nach Kriegermanier unterwerfen. Als er den Verbrecher dingfest gemacht hat, dem er auf den Fersen war, entführt er die ahnungslose Brittany auch gleich mit zu seinem Heimatplaneten. Doch da hat er die Rechnung ohne Brittany gemacht. Sie will zwar diesen Mann, der ihre innersten Wünsche erfüllt, aber nicht um jeden Preis.

Die Autorin:
Johanna Lindsey wurde 1952 in Frankfurt/Main als Tochter eines Soldaten der US Army geboren. Heute lebt sie mit Mann und drei Kindern auf Hawaii. Als Heyne-Taschenbuch sind von ihr erhältlich: *Ein Dorn im Herzen* (01/13331), *Herzen im Sturm* (01/13692), *Ein Lächeln der Liebe* (01/13582), *Stürmische Begegnung* (01/13141), *Wer die Sehnsucht nicht kennt* (01/10019), *Wild wie die Nacht* (01/10947), *Wildes Herz* (01/8165), *Die Sprache des Herzens* (01/10114), *Die Rache der Liebe* (01/10317), *Juwelen der Liebe* (01/10521), *Zärtliche Sünderin* (01/10627), *Was der Nachtwind verspricht* (01/10782), *Fesseln der Leidenschaft* (01/8347)

Johanna Lindsey

Stern der Leidenschaft

Roman

Aus dem Amerikanischen
von Usch Pilz

WILHELM HEYNE VERLAG
MÜNCHEN

HEYNE ALLGEMEINE REIHE
Band-Nr. 01/13792

Die Originalausgabe
HEART OF A WARRIOR
erschien bei William Morrow and Company, New York

Umwelthinweis:
Dieses Buch wurde auf
chlor- und säurefreiem Papier gedruckt.

Redaktion : lüra – Klemt & Mues GbR, Wuppertal

Taschenbucherstausgabe 08/2003

Der Wilhelm Heyne Verlag ist ein Verlag der
Ullstein Heyne List GmbH & Co.KG
Printed in Germany 2003
Umschlagillustration: Victor Gadino/Agentur Schlück
Umschlaggestaltung: Nele Schütz Design, München
Satz: Buch-Werkstatt GmbH, Bad Aibling
Druck und Bindung: Elsnerdruck, Berlin
http://www.heyne.de

ISBN: 3-453-87000-X

Prolog

Brittany Callaghan warf einen kritischen Blick in den Spiegel über ihrem Schminktisch. Mit dem, was sie sah, konnte sie durchaus zufrieden sein. Pailletten glitzerten auf ihrer Bluse und bildeten einen Blickfang, ohne im Geringsten aufreizend zu wirken. Die eher schlichten Schmuckstücke, für die Brittany sich entschieden hatte, und der lange, schmal geschnittene Samtrock, dessen Gehschlitz bereits auf Kniehöhe endete, verliehen ihrer Erscheinung eine elegante Note. Volle zwei Stunden verbrachte sie nun schon mit Ankleiden und Schminken. Eigentlich hatte sie das nicht nötig, denn sie sah von Natur aus blendend aus. Doch der heutige Abend sollte etwas ganz Besonderes werden, und daher verwandte sie mehr Zeit als sonst auf ihre Vorbereitungen.

Sparsam aufgetragenes Make-up brachte den ungewöhnlichen Grünton ihrer Augen wunderbar zur Geltung.

Und Jan, ihre Mitbewohnerin, hatte mit ein paar wenigen geschickten Handgriffen Brittanys schweres, kupferfarbenes Haar gebändigt und aus der schimmernden Pracht eine perfekt sitzende Hochsteckfrisur gezaubert. Selbst in den kritischen Augen der Teilnehmerinnen in Jans Kosmetikkurs hätte dieses Kunstwerk Bestand gehabt.

Jan und Brittany ergänzten einander auf wunderbare Weise. Beide verfügten über Fähigkeiten, die ihrem Zusammenleben nützlich waren. Brittany kümmerte sich um fast alle Reparaturen, die in ihrem gemeinsamen Apartment anfielen, und hielt Jans Wagen in Schuss. Jan hingegen bereitete fast alle Mahlzeiten zu und kreierte aus Brittanys Mähne zu jedem Anlass die passende Frisur. Damit ersparte sie ihr so manche Stunde bei einem teuren Stylisten.

Seit nunmehr drei Jahren teilten sie sich das Apartment in Seaview. Dem Namen nach hätte die aufstrebende kleine Stadt eigentlich am Meer liegen müssen, doch die Brandung des mächtigen Ozeans befand sich noch nicht einmal in Sichtweite. In Seaview witzelte man allerdings oft und gern, dass der Ort wohl in weiser Voraussicht so benannt worden sei. Eines Tages würde »das unvermeidliche große Beben« die Küstenlinie schon bis direkt vor die Tore der Stadt ins Inland verschieben. Dieser Scherz mochte Außenstehenden makaber erscheinen, doch wenn man in Kalifornien lebte, gab es im Grunde nur zwei Möglichkeiten: Entweder man betrachtete die häufigen kleinen und größeren Beben mit Gelassenheit und Galgenhumor oder man zog weg.

Seaview war eine der zahlreichen jüngeren Gemeinden, die im Hinterland der großen Küstenstädte am Pazifik wie Pilze aus dem Boden schossen. Mit dem Auto brauchte man von hier kaum eine Dreiviertelstunde bis zur Arbeit in einer der pulsierenden Metropolen – für sie war das San Francisco. Gleichzeitig blieb Seaview von den kalten Winden und Küstennebeln, die das gar nicht so sonnige Frisco oft heimsuchten, verschont. Aufgrund des dauerhaft milden Klimas wäre Sunnyview eigentlich der treffendere Name für die kleine Stadt gewesen.

Brittany fand es herrlich, eine Mitbewohnerin zu haben, mit der sie sich so gut verstand. Jan war zierlich und meist voller Elan und Lebenslust. Für jeden erdenklichen Zweck hatte sie den passenden Mann zur Hand – und es musste weiß Gott nicht immer derselbe sein. Sie fühlte sich in der Gesellschaft von Männern einfach pudelwohl und hatte gern einen Vertreter des starken Geschlechts um sich, selbst wenn es den Anschein hatte, dass sie keinen richtig ernst nahm. Das Einzige, was man Jan vielleicht vorwerfen konnte, war, dass sie sich ständig mit dem größten Eifer bemühte, ihre Bekannten miteinander zu verkuppeln. Nur weil sie selbst sich nicht auf einen einzigen Mann festlegen konnte, musste das doch nicht gleich für ihre Freundinnen gelten!

Brittany hatte sich dabei als echte Herausforderung erwiesen. Es war gar nicht so einfach, sie an den Mann zu bringen, wenn auch nicht aus den sonst üblichen Gründen. Sie sah sehr gut aus, war intelligent, steuerte einer viel versprechenden beruflichen Zukunft entgegen und steckte sich anspruchsvolle Ziele.

Aber sie war nun einmal beinahe zwei Meter groß. Diese auffällige Körpergröße hatte schon in Brittanys Kindheit für Probleme gesorgt. Immer wieder waren ihre Beziehungen zu anderen Menschen dadurch beeinträchtigt worden. Inzwischen machte sie sich gar nicht mehr die Mühe, Freundschaften zu knüpfen und zu vertiefen.

Eine Zeit lang hatte sie sich mit Männern verabredet, die kleiner waren als sie, doch das war nie lange gut gegangen. Früher oder später bekam sie doch nur wieder die abgedroschenen alten Witze über hoch gewachsene Frauen zu hören. Oder ihr Verehrer wurde ihretwegen von seinen Freunden gehänselt. Es kam erstaunlich oft vor, dass die Männer mit dem Gesicht ihre Brüste streiften – natürlich rein zufällig. Brittany hatte inzwischen den festen Beschluss gefasst, wenn überhaupt, dann nur einen Mann zu heiraten, der mindestens so groß war wie sie. Er durfte sie auch gern noch um ein Stück überragen. Doch auf ein solch unverschämtes Glück wagte sie nicht zu hoffen. Sie würde sich auch mit einem gleich großen Partner zufrieden geben.

Zugleich lag ihr nichts ferner, als nun fieberhaft nach einem großen Mann Ausschau zu halten. Brittany war nämlich aufgefallen, dass bei den meisten großen Männern die Körpergröße unglücklicherweise meist von den langen Beinen herrührte, was besonders bei den dünneren Herren häufig etwas sonderbar wirkte. Dabei war Brittany durchaus bereit, über solche kleinen Schönheitsfehler hinwegzusehen. Sie war nicht wählerisch. Sie wollte nur nicht auf ihren potenziellen Ehemann hinunterblicken.

Allerdings schien das Läuten der Hochzeitsglocken – obwohl sie fast dreißig war – noch in weiter Ferne, zumindest hatte sie das bisher immer angenommen. Eines Tages wollte sie durchaus gern heiraten, aber vorher wollte sie unbedingt ein selbst gestecktes Ziel erreicht haben. Darauf konzentrierten sich all ihre Bemühungen. Sie wollte ein eigenes Haus besitzen, das sie eigenhändig gebaut hatte.

Aus diesem Grund arbeitete sie härter als andere Frauen in ihrem Alter. Sie hatte einen Nebenjob in einem Fitnesscenter angenommen, wo sie die Abendstunden und die Samstage damit verbrachte, Ernährungspläne und Trainingsprogramme für die Kunden des Hauses aufzustellen. Ein angenehmer Nebeneffekt dieser Beschäftigung war, dass sie dabei selbst fit und in Form blieb. Im Hauptberuf arbeitete sie für eine Baufirma – Arbor Construction.

Der Sonntag war ihr einziger freier Tag und somit ihre einzige Gelegenheit, die ganz normalen Dinge des Lebens in Angriff zu nehmen. Sonntags schrieb sie Briefe an ihre Familie, heftete Kontoauszüge ab, bezahlte Rechnungen, machte den Hausputz, wusch ihre Wäsche, ging zum Einkaufen, reparierte ihr Auto und erledigte alles, was sonst noch so anfiel. Außerdem war der Sonntag der einzige Tag, an dem sie einmal einfach ausruhen konnte. Gern gönnte Brittany sich dann den herrlichen Luxus, länger zu schlafen, und arbeitete anschließend lieber hingebungsvoll an den Plänen für ihr Traumhaus statt an einer Beziehung. Ihre beiden Jobs ließen ihr ohnehin kaum Zeit zum Ausgehen. Sie hatte es sowieso schon aufgegeben – bis zu dem Tag, an dem ihr Thomas Johnson über den Weg lief.

Bereits früher war sie gelegentlich mit ein und demselben Mann öfter als nur ein Mal, nämlich an mehreren Sonntagen hintereinander, ausgegangen. Das verdankte sie aber eher der Hartnäckigkeit ihrer Mitbewohnerin als ihrem eigenen Bemühen, und es hatte auch nie recht funktioniert. Die meisten Männer störte es, dass sie nicht mehr Zeit für sie erübrigen konnte. Also hatte Brittany die Suche nach dem Mann fürs Leben auf ungewisse Zeit vertagt. Sie würde sich darum kümmern, sobald sie in ihrem eigenen Haus wohnte. Erst dann konnte sie es sich leisten, ihren Nebenjob an den Nagel zu hängen, und sich, wie andere Menschen auch, ein wenig Freizeit gönnen. Vorher wollte sie keine ernsthafte Beziehung zu einem Mann in die Wege leiten.

Seit sie Tom begegnet war, dachte sie anders darüber. Innerlich hatte sich Brittany in Bezug auf den Mann, mit dem sie einmal ihr Leben verbringen würde, bereits auf allerhand Kompromisse eingestellt. Doch Thomas Johnson übertraf ihre kühnsten Träume. Mit etwas über zwei Meter zehn Körperlänge erfüllte er bereits das wichtigste Auswahlkriterium. Noch dazu sah er blendend aus und hatte einen sicheren Job in einer Werbeagentur. Brittany stammte aus einer Familie, in der man seinen Lebensunterhalt seit jeher vor allem durch harte körperliche Arbeit bestritt, wohingegen Tom in einem Akademikerhaushalt aufgewachsen war, doch sie entdeckten immer neue Gemeinsamkeiten. Manchmal fühlte Brittany sich an Toms Seite ein klein wenig gehemmt, was jedoch ihren festen Glauben, in Thomas Johnson den Richtigen gefunden zu haben, nicht ins Wanken brachte. Hier konnte man wohl eher von sturer Überzeugung sprechen. Nicht umsonst floss reines irisches Blut in Brittanys Adern.

Schon ihr Nachname ließ keinen Zweifel an ihrer irischen Herkunft, selbst wenn die Callaghans inzwischen waschechte Amerikaner geworden waren. Brittanys Großvater hatte in Kansas aus eigener Kraft eine Farm aufgebaut und sein Lebenswerk schließlich Brittanys Vater weitervererbt. Sie und ihre drei Brüder waren dort aufgewachsen. Die irische Abstammung ihrer Familie und leider auch die damit verbundene Familiengeschichte war längst in Vergessenheit geraten. Ihr Großvater hatte seine Eltern schon so früh verloren, dass er sich nie an deren Erzählungen erinnern konnte. Die Vornamen der Callaghan-Kinder deuteten denn auch nicht auf die irischen Wurzeln der Familie hin. Sie gaben vielmehr Anlass zu der Vermutung, dass Brittanys Eltern ein etwas wildes Leben geführt hatten, als sich unverhofft Nachwuchs einstellte. Niemals hätten sie sich selbst als Hippies bezeichnet. Sie nannten sich allerdings gern »Freigeister«, was immer das auch bedeuten mochte. Beim Wandern in der unberührten Natur waren sie einander damals begegnet und hatten sich schon bald darauf auf eine Reise durch aller Herren Länder gemacht. Das erste Kind erblickte das Licht der Welt, als sie gerade per Anhalter durch England fuhren. Dieses Land beeindruckte die Callaghans so sehr, dass sie ihre Söhne nach den englischen Provinzen York, Kent und Devon nannten – in dieser Reihenfolge.

Das letzte Kind, ein Mädchen, wurde dann gleich nach dem ganzen Vereinigten Königreich, Brittany, genannt. Den Hinweis, dass es sich dabei um die englische Bezeichnung für eine Gegend in Nordfrankreich

und nicht um eine Abkürzung für »Großbritannien« handelte, hatten ihre Eltern beleidigt abgetan.
Brittany stand mit beiden Beinen fest im Leben. Man nahm es, wie es kam, und vielleicht machte es gelegentlich sogar Spaß. Das sollte eigentlich ein Witz sein, traf aber erstaunlich genau die tatsächlichen Gegebenheiten in ihrem bisherigen Leben. Im Grunde gefiel ihr die Arbeit in den beiden Jobs. Sie fand Befriedigung darin, ihre Sache jederzeit gut und gründlich zu machen. Andererseits fehlte ihr manchmal einfach etwas Zeit, um all die kleinen Dinge zu tun, die für andere Menschen ganz selbstverständlich zum Alltag gehörten. Aber sie war nichts anderes als harte Arbeit gewöhnt. Wer auf einer Farm aufwuchs, ging morgens zur Schule und musste dann am Nachmittag zu Hause kräftig mit anpacken. Schon damals war an Freizeit kaum zu denken gewesen, und seit Brittany die Farm verlassen hatte, arbeitete sie beinahe ununterbrochen.
Für Tom nahm sie sich allerdings Zeit. Seit vier Monaten kannten sie sich nun, waren jeden Samstagabend miteinander ausgegangen und verbrachten alle Sonntage gemeinsam. Als viel beschäftigter leitender Angestellter, der oft bis in die Nacht hinein arbeitete, hatte auch er nicht allzu viel Zeit. Deshalb beklagte er sich auch nie, dass sie einander nicht täglich sahen, war vielleicht sogar froh, dass Brittany ihrerseits nicht auf häufigere Treffen drängte. Von Heirat hatte er noch nicht gesprochen, doch Brittany ging fest davon aus, dass das bald geschehen würde. Deshalb konnte sie sich auch vorstellen, für ihn ihre Unschuld zu opfern.

Es war schon recht ungewöhnlich, dass sie in ihrem Alter noch als Jungfrau herumlief, und dieser Umstand hatte ihr schon peinliche Momente beschert. Eigentlich kam ihre Jungfräulichkeit nur zur Sprache, wenn einer der jungen Männer, mit denen sie ausging, sie zu vorgerückter Stunde bedrängte, mit ihm zu schlafen. Ihr Geständnis führte dann unweigerlich zu Gelächter oder ungläubigem Kopfschütteln. Tom wusste nichts von Brittanys Unerfahrenheit. Er nahm unweigerlich an, sie sei nur besonders vorsichtig. Brittany hatte nichts dagegen, sich von einem Mann küssen zu lassen oder prickelnde Zärtlichkeiten auszutauschen. Aber um sich jemandem ganz hingeben zu können, war schon etwas mehr als bloße Sympathie vonnöten. Zumindest für sie. Für sie war es wichtig, dass sie zuerst echte Gefühle für jemanden hegte – tiefe Gefühle –, und die spürte sie nun in sich wachsen …

»Heute ist es also endlich so weit?«, fragte Jan mit einem viel sagenden Lächeln. Sie stand in der offenen Tür zu Brittanys Zimmer.

»Ja«, antwortete Brittany und schaffte es sogar irgendwie, nicht rot anzulaufen.

»Gott, wie aufregend!«

Brittany verdrehte die Augen. »Lass uns nicht darüber reden, sonst bekomme ich doch noch kalte Füße.«

»Kalte Füße? Mich wundert nur, dass sie dir nicht längst abgestorben sind, so lange, wie du nun schon damit wartest …«

»Sagte ich nicht gerade etwas von ›nicht darüber reden‹?«, unterbrach Brittany ihre Mitbewohnerin.

»Okay, okay«, lenkte Jan lachend ein. »Ich wollte dich

eigentlich nur ein wenig von deiner Nervosität ablenken, bevor du darin umkommst. Schon den ganzen Tag bist du so verspannt. Dabei gibt es überhaupt keinen Grund dafür. Du bist dir diesmal doch ganz sicher, oder?«

»Ja, ich …«, begann Brittany und brach dann stöhnend ab. »Große Güte, wenn du nicht gleich still bist, bringst du mich noch dazu, dass ich es mir noch einmal überlege!«

»Oh nein, nur das nicht! Okay, ich bin schon still. Meine Lippen sind versiegelt. Der Abend wird ganz wunderbar werden. Dieser Typ ist der Richtige für dich. Verdammt, er wäre für jede Frau der Richtige. Er ist ja beinahe zu perfekt, um echt zu sein … nein, vergiss es. Das hast du nicht gehört. Habe ich nicht eben gesagt, ich würde jetzt schweigen?«

Brittany lächelte. Sie war Jan dankbar für ihre Albernheit. Jan hatte durchaus Recht. Den ganzen Tag über war sie nichts als ein flatteriges Nervenbündel gewesen. Und das völlig ohne Grund. Wochenlang hatte sie hin und her überlegt, und nun war sie sich endlich sicher, dass sie die richtige Entscheidung getroffen hatte. Sie täuschte sich nicht in Tom. Nur das allein zählte – oder etwa nicht?

Kapitel Eins

Endlich brachen die Ly-San-Ters auf. Der Besuch auf dem Heimatplaneten von Dalden Ly-San-Ters Mutter hatte um einiges länger gedauert als erwartet. Dennoch war er froh, dass er sich die Zeit genommen hatte. Denn im Unterschied zu seiner Schwester Shanelle, die eine Weile dort gelebt und studiert hatte, war er noch nie zuvor auf Kystran gewesen. Er kannte den Planeten zwar aus den Erzählungen seiner Mutter und hatte auch unzählige computer-simulierte Bilder vom Leben dort angeschaut, doch das war einfach etwas anderes, als alles einmal mit eigenen Augen zu sehen. Im Übrigen hoffte Dalden, dass dies sein erster und letzter Besuch auf Kystran bleiben würde.

Seine Mutter stammte nun einmal von hier, und er glaubte, sie nun ein wenig besser verstehen zu können. Immerhin hatte er nun aus erster Hand erfahren, was ihre Leute vom Sha-Ka'ani-Volk unterschied, bei dem sie nun lebte. Schon sein ganzes Leben lang fühlte Dalden sich, beinahe im wahrsten Sinne des Wortes, zwischen seinen Eltern hin und her gerissen. Seine Mutter, Tedra, stand für alles, was als modern und »zivilisiert« galt, während sein Vater, Challen, an der traditionellen Lebensweise festhielt, die in fast allen ande-

ren Welten inzwischen als »barbarisch« betrachtet wurde.
Die Unterschiede zwischen den beiden Kulturen hätten größer kaum sein können. Gleichwohl lebten Daldens Eltern nun schon lange als glückliche Lebensgefährten. Eine solche Verbindung war kein leichtes Unterfangen – weder für das Paar noch für die Kinder. Dalden und seine Zwillingsschwester Shanelle bemühten sich bereits von klein auf, den Ansprüchen beider Elternteile gerecht zu werden. Für Dalden war es nun an der Zeit, sich endgültig zu entscheiden, wohin er gehörte, und seine Mutter unterstützte ihn dabei. Sie fand es offensichtlich ganz natürlich, dass er diesen Schritt machen wollte. Immerhin war er ja bereits ein Sha-Ka'ani-Krieger. Und das konnte er nicht bleiben, wenn er unsicher zwischen zwei Welten hin und her schwankte und redete, als käme er von Kystran, oder ständig fürchtete, seine Mutter zu enttäuschen. Dalden hatte sich im Grunde längst für die Lebensweise seines Vaters entschieden. Sein Besuch auf Kystran bestärkte ihn in diesem Entschluss. Im Gegensatz zu Dalden fühlte seine Schwester sich in beiden Kulturen zu Hause. Inzwischen war sie die hingebungsvolle Gefährtin eines Kriegers und lebte nach Regeln und Gesetzen, die Außenstehenden völlig veraltet und überkommen erscheinen mochten, sich jedoch auf Sha-Ka'an über Generationen hinweg bestens bewährt hatten. Gleichzeitig konnte sie reisen und neue Welten entdecken – ganz so, wie sie es sich immer erträumt hatte.
Shanelle hatte sich bei ihrem ersten Besuch auf Kys-

tran auch sofort heimisch gefühlt, während Dalden dort eine Überraschung nach der anderen erlebte.

Eigentlich hatte er sich nichts weiter als einen interessanten Ausflug versprochen und staunend die unbekannte neue Welt betrachten wollen. Es war ein Vorteil, dass er die kystranische Sprache ebenso gut beherrschte wie seine eigene. Schließlich hatte er sie sich nicht erst mit Hilfe einer Sublim-Kassette antrainieren müssen, sondern sie schon als kleines Kind von seiner Mutter gelernt. Dennoch fühlte er sich auf Kystran vollkommen fehl am Platz und befand sich zugleich beinahe ununterbrochen in einem Zustand ehrfürchtiger Bewunderung. »Kulturschock« nannte seine Mutter das.

Nach einiger Zeit klang die übertriebene Ehrfurcht etwas ab – wahrscheinlich weil sie länger auf Kystran geblieben waren als ursprünglich geplant. Dennoch gelang es Dalden nicht, sich in einem Land heimisch zu fühlen, wo er als Riese galt und auch tatsächlich einer war.

Schon als sie im letzten Jahr dem Planeten Sunder einen Besuch abgestattet hatten, um Shanelle, die wieder einmal durchgebrannt war, nach Hause zu holen, war Dalden sich vorgekommen, als sei er von Kindern umgeben. Auf Sunder lebten nämlich geradezu zwergenhafte Menschen.

Im Vergleich dazu waren die Kystranier nicht ganz so klein. Doch selbst groß gewachsene Vertreter des Volkes seiner Mutter reichten Dalden nur bis zur Schulter, und ein durchschnittlicher Kystranier war noch ein gutes Stück kleiner. Immer auf alle anderen hinunterzublicken, verursachte Dalden ein ausgesprochen ungutes Gefühl. Oft stand sogar Angst in den Gesichtern der Kystranier, wenn sie zu Dalden aufsahen. Die meisten reagierten zumindest erschreckt auf seine hünenhafte Gestalt. Diese Reaktionen waren durchaus verständlich. So mancher Bewohner Kystrans erinnerte sich nur allzu gut an die finstere Zeit, als Krieger wie Dalden versucht hatten, die Macht auf diesem Planeten an sich zu reißen. Das war den riesenhaften Eindringlingen auch zunächst gelungen. Sie hatten kystranische Frauen zu ihren Sklavinnen gemacht, dem Volk seine Rechte genommen und seinen Anführer eingesperrt. Erst Daldens Mutter war es mit Hilfe seines Vaters gelungen, diese Krieger zu besiegen und Kystran wieder in die Freiheit zu führen.

Daher verehrte man Tedra auf ihrem Heimatplaneten als Nationalheldin, und aus diesem Grunde war der Besuch bei ihrem Volk auch länger ausgefallen als geplant. Der eigentliche Anlass für die Reise nach Kystran war eine Einladung von Garr Ce Bernn gewesen. Tedras alter Freund und früherer Vorgesetzter bestimmte seit vielen Jahrzehnten als Direktor von Kystran die Geschicke des Planeten und trat nun in den wohlverdienten Ruhestand. Bei seiner Verabschiedungszeremonie wollte er Tedra und die ihren unbedingt dabeihaben. Da Tedra sich seit nunmehr zwanzig Jahren nicht mehr in ihrer Heimatwelt gezeigt hatte, bestand Ce Bernn auf einer öffentlichen Ehrung ihrer Verdienste. Am Ende gab es anstatt einer einzigen großen Feier viele einzelne Festlichkeiten in verschiedenen Städten.

Tedra De Arr Ly-San-Ter war davon alles andere als begeistert. All diese Ehrfurchtsbekundungen und Lobeshymnen berührten sie eher peinlich. Aus ihrer Sicht hatte sie damals als Sicherheitskraft nur ihre Pflicht getan. Für sie war es eine Selbstverständlichkeit gewesen, ihren Vorgesetzten zu befreien und wieder zum mächtigsten Mann ihrer Welt zu machen. Wofür gab es sonst Sicherheitsbeauftragte? Anschließend hatte sie sich aus ihrer Karriere im Sicherheitsdienst zurückgezogen, um fortan mit ihrem Lebensgefährten auf dessen Heimatplaneten Sha-Ka'an zu leben. Diesen Schritt hatte sie nie bereut. Das ganze Brimborium, das man nun auf Kystran um ihre Person veranstaltete, machte sie beinahe wütend. Auch als endlich alles vorbei war und sie sich längst auf dem Nachhauseweg befanden, fiel die gereizte Stimmung nicht von ihr ab. Außerdem ärgerte sie sich maßlos darüber, dass es ihnen während ihres gesamten Aufenthaltes nicht gelungen war, Daldens Vater zu erreichen. Challen fragte sich sicher, warum sie nicht bereits – wie ursprünglich geplant – vor zwei Wochen nach Hause zurückgekehrt waren. Tedras Mock-II-Computer namens Martha wies schon seit geraumer Zeit immer wieder auf das Kommunikationsproblem hin.
Mit der Entdeckung der Gaali-Steine, einer Energiequelle, die alle bis dahin bekannten Stoffe bei weitem übertraf, war zwar die Reisezeit zwischen beiden Planeten bedeutend verkürzt worden, doch das Problem der Verständigung zwischen den beiden Galaxien war damit noch längst nicht gelöst. Noch immer musste man, wie in alten Zeiten, ein Raumschiff bis zum

Empfangsbereich des anderen Planeten schicken. Aber das brauchte seine Zeit, und bis dahin waren sie längst wieder zu Hause. Tedra musste also mit einem ziemlich aufgebrachten Lebensgefährten rechnen, dessen Sorge über ihre lange Abwesenheit sich höchstwahrscheinlich in Wutausbrüchen Luft machen würde.

Dalden fand die ganze Sache eher lustig. Doch es gelang ihm nicht, seine Mutter von ihren düsteren Gedanken abzulenken. Sie schien fest entschlossen, bis zu ihrer Ankunft auf Sha-Ka'an vor sich hin zu lamentieren oder in grüblerisches Schweigen versunken in eine Ecke zu starren. Dalden wusste, dass sein Vater sehr besorgt sein würde. Challen schätzte es überhaupt nicht, wenn er seine Lebensgefährtin nicht selbst beschützen konnte. Darum hatte er auch darauf bestanden, Dalden mit seiner Mutter auf die Reise zu schicken. Aber wenn Challen erfuhr, wodurch sie aufgehalten worden waren, würde er dafür sicher Verständnis aufbringen. Im Gegensatz zu Tedra sah Dalden keine größeren Schwierigkeiten voraus.

Brock, Challens Mock-II-Computer, der Daldens Schiff lenkte, steuerte noch eine weitere Erklärung für Tedras schlechte Laune bei: Sie vermisste ganz einfach ihren Lebensgefährten. Seit sie Challen kannte, war sie noch nie mehr als ein paar Stunden von ihm getrennt gewesen.

Ihre Reisebegleiter konnten sich glücklich schätzen, dass es Martha gelang, den größten Teil von Tedras übler Laune auf sich zu konzentrieren. Darin bestand eine ihrer wichtigsten Aufgaben, und sie machte ihre Sache hervorragend. Martha bewahrte Tedra davor, ahnungslose Dritte mit dem todbringenden Einsatz ihrer körperlichen Fähigkeiten oder durch scharfzüngige Reden zu verletzen und sich dadurch letztlich selbst zu schaden. Mock-II-Computer waren supermoderne, sündhaft teure, selbstständig denkende Rechner, die ganz speziell auf eine Person zugeschnitten waren.

Dem Kauf eines solchen Computers gingen umfangreiche Tests voraus, mit deren Hilfe die Persönlichkeit des Käufers bis ins Kleinste ausgelotet wurde. Das war notwendig, damit man auf dem Rechner das komplexe Programm installieren konnte, das ihn während seiner gesamten Nutzungsdauer fest mit seinem Besitzer verband. Ein Mock II glich eher einem Freund als einer leblosen Maschine und hatte einzig den Zweck, sich um die Gesundheit, das Glück und den Seelenfrieden der Person zu kümmern, für die er programmiert worden war.

In den bekannten Galaxien existierten nur einige wenige Exemplare von Mock-II-Computern. Mit ihrer ungeheuren Intelligenz waren sie ohne weiteres in der Lage, die Geschicke einer ganzen, voll computerisierten Welt zu lenken. Der Preis für eines dieser Geräte war atemberaubend, und nur sehr wohlhabende und hoch entwickelte Welten konnten es sich leisten. Kystran besaß als reiche Handelswelt momentan zwei Stück. Dass Tedra einen dritten ihr Eigen nannte, verdankte sie einer gewonnenen Wette mit Martha als Wetteinsatz. Später noch einen weiteren Mock-II-Computer für ihren Lebensgefährten zu erwerben, war Tedra ein Leichtes gewesen, denn Sha-Ka'an galt

inzwischen als reichster Planet beider Galaxien, weil sich dort die Gaali-Steinminen befanden, deren größte im Besitz der Familie Ly-San-Ter war.
Reichtum bedeutete den Sha-Ka'ani im Grunde nicht viel. Sie betrachteten sich als einfache Leute mit einfachen Ansprüchen. Gleichzeitig schätzten sie es allerdings, jederzeit die Mittel für besondere Anschaffungen zur Verfügung zu haben.
Ein typisches Beispiel dafür war das Kampfschiff, das Challen nur aus einem einzigen Grund gekauft hatte: Seine Lebensgefährtin sollte sicher nach Kystran gelangen. Ihr Transport-Rover bot zwar Platz für Tausende, doch man setzte ihn vornehmlich ein, um neue Welten zu entdecken. Für ernsthafte Kampfhandlungen oder schnelle Fluchtmanöver eignete er sich nicht. Dalden und fünfzig weitere Krieger hatten den Auftrag, Tedra auf ihrer Reise zu schützen, doch Challen wollte auch ihr Schiff sicher wissen.
Bisher hatte es noch keinerlei Zwischenfälle gegeben. In ruhiger Fahrt zogen die Schiffe ihrem Ziel entgegen. Doch etwa sechs Tagesetappen von Sha-Ka'an entfernt – alle Reisenden befanden sich gerade im Freizeitraum – fing Martha ein Notsignal auf.
»Woher kommt es?«, fragte Tedra sofort.
»Sunder.«
Diese Antwort ließ auch die letzten Gespräche im Raum verstummen. Dafür gab es die unterschiedlichsten Gründe. Alle Anwesenden kannten den Planeten. Außer Tedra selbst war jeder im letzten Jahr dort gewesen, um Shanelle zu holen. Shanelles spektakuläre Flucht war allen noch in lebhafter Erinnerung. Sie war

mit dem Lebensgefährten, den ihr Vater für sie bestimmt hatte, nicht einverstanden gewesen, war nach Sunder geflohen und hatte sich dort verbergen wollen. Schließlich durchbrach Tedra die Stille. »Ist Sunder nicht der Planet, auf dem Shanelle damals Schutz suchte, aber nicht fand?«

»Um genau den handelt es sich«, antwortete Martha betont fröhlich.

»Ach Mutter, musst du denn immer so von Sunder reden?«, klagte Shanelle.

Sie saß, dicht an ihren Lebensgefährten geschmiegt, auf einer Flexicouch. Falon Van'yer hatte seiner Lebensgefährtin nach langem Hin und Her erlaubt, an der Reise nach Kystran teilzunehmen, aber nur unter der Bedingung, dass er sie begleiten konnte. Dabei hasste er nichts so sehr wie Reisen durchs All. Shanelle hatte jedoch nicht lockergelassen, und er wiederum tat alles, um sie glücklich zu machen – in bestimmten Grenzen.

Nun blickte sie unsicher zu ihm auf. Falon konnte die Sunderaner nicht ausstehen, und das aus gutem Grund. Immerhin hatten sie seine Lebensgefährtin vor ihm versteckt gehalten, ja sogar alles darangesetzt, damit er sie vergaß. Doch Falons Miene zeigte keinerlei Regungen, obwohl Ba-Har-ani-Krieger mit ihren Gefühlen normalerweise nicht hinter dem Berg hielten. Auch Kan-is-tran-Krieger wie Dalden und Challen unterdrückten ihre Empfindungen nicht, nur verfügten sie über eine so ausgeprägte Körperbeherrschung, dass Außenstehende oft glaubten, sie empfänden keine intensiven Gefühle, wie zum Beispiel Zorn – oder Liebe.

Tedra mochte die Sunderaner nicht. Martha hatte ihr bis ins kleinste Detail berichtet, was auf Sunder mit Shanelle passiert war. Und die Sunderaner konnten sich glücklich schätzen, dass Tedra damals nicht mitgereist war, um ihre Tochter abzuholen.

Mit einem verächtlichen Schnauben tat Tedra nun Shanelles Einwand ab und richtete ihre aquamarinfarbenen Augen auf Falon. »Du weißt, ich liebe dich abgöttisch, und das wird so bleiben, solange meine Tochter dieselben Gefühle für dich hegt«, erklärte sie dem *Shodan* von Ka'an. »Als sie jedoch bei diesen Menschen Schutz suchte, wurde sie von ihnen im Stich gelassen. Zugegeben, man könnte darüber streiten, ob sie gegen dich wirklich der Hilfe bedurfte. Aber erwarten diese Leute denn tatsächlich, dass ausgerechnet wir sie nun unterstützen?«

In Tedras Stimme schwang ein Unterton, der zu sagen schien: *Da können sie lange warten.* Falon nickte nur vage. Dalden wusste, dass es absolut sinnlos war, mit seiner Mutter zu diskutieren, wenn sie sich so ereiferte. Er überließ es Martha, ihr die nahe liegenden Fakten zu erklären. Der Computer kam seiner Aufgabe auch sofort nach.

»Sie haben lediglich einen ganz allgemein formulierten Hilferuf ausgesendet. Wir sind nur zufällig gerade in ihrer Reichweite und haben ihn deshalb aufgefangen. Und einen solchen Notruf darf man nicht einfach überhören. Oder bist du in den fünf Minuten, in denen ich einmal nicht auf dich Acht gegeben habe, plötzlich zu einem kaltherzigen, grausamen Wesen geworden?«

Tedra warf der Sprechanlage an der Wand, aus der

Marthas schmeichelnde Stimme kam, einen vernichtenden Blick zu. »Ich habe ja nicht gesagt, wir würden nicht reagieren. Aber niemand kann mich zwingen, es auch noch gern zu tun.«

»Shanelle trägt den Sunderanern nichts nach«, gab Martha zu bedenken.

»Sie haben sich damals wirklich alle Mühe gegeben, mir zu helfen«, erklärte Shanelle. »Nur waren sie dabei nicht besonders erfolgreich. Aber schließlich hatten sie es mit Sha-Ka'ani-Kriegern zu tun. Also kann man ihnen eigentlich kaum einen Vorwurf machen.«

»Oh, doch, das kann ich durchaus«, beharrte Tedra. »Derart unfähige Individuen gehörten noch nie zu den Leuten, mit denen ich mich umgeben wollte. Steht den Sunderanern mit ihren Wechselruten nicht eine wirkungsvolle Waffe zur Verfügung? Sie hätten sie einsetzen können, ohne damit jemanden zu verletzen – zumindest nicht körperlich.« Dieser Nachsatz war auf Falon gemünzt, denn er wäre der Leidtragende gewesen, wenn es die Sunderaner fertig gebracht hätten, dass er Shanelle vergessen hätte. »Und versteh mich bitte nicht falsch. Ich bin sehr froh über den Ausgang dieser ganzen leidigen Geschichte. Euch ergeht es sicher nicht anders. Aber wir sind uns doch einig, dass es sinnlos wäre, sich in einer echten Gefahrensituation an die Bewohner von Sunder zu wenden.«

»Stimmt«, nickte Falon.

Shanelle sah ihren Lebensgefährten entgeistert an. »Du stimmst ihr zu?«

»Hundertprozentig.«

Shanelle hob hilflos die Hände. »Ich gebe mich geschlagen.«
Ein verhaltenes Lachen drang aus der Sprechanlage. »Können wir uns jetzt vielleicht um die ›unfähigen Individuen‹ kümmern?«
»Ich wüsste nicht, was ich lieber täte«, antwortete Tedra mit einem schiefen Lächeln.

Kapitel Zwei

Langsam machte sich Ungeduld bemerkbar. Obgleich man die Neuankömmlinge gleich nach ihrer Ankunft auf Sunder zum Büro von General Ferrill geführt hatte, wussten sie nun nicht viel mehr als zuvor. Mit seiner streitlustigen, herablassenden Art brachte der kleine General Tedra sofort gegen sich auf. Er behandelte Tedra und die ihren, als seien sie lästige Bittsteller, dabei hatten doch die Sunderaner um Hilfe gebeten.

Unter anderen Umständen hätte Tedra Ferrills unverschämten Ton wahrscheinlich an sich abprallen lassen, aber in ihrer derzeitigen finsteren Verfassung reizte die provokante Art des Generals sie über alle Maßen. So kam es, dass sie einander innerhalb kürzester Zeit die übelsten Beschimpfungen an den Kopf warfen. Als die beiden einmal kurz innehielten, schlug Shanelle zaghaft vor, Donilla Vand rufen zu lassen. Ihr allein traute sie zu, diesen Streit zu schlichten.

Ferrill griff Shanelles Anregung sofort erleichtert auf. Anscheinend war es ihm doch unangenehm, sich von einer Frau anschreien zu lassen, zu der er gezwungenermaßen aufblicken musste. Er hastete gleich davon, um Donilla höchstpersönlich herbeizuholen. Dass er dazu das Gefängnis aufsuchen musste, behielt er jedoch geflissentlich für sich. Diese Information erhielten Tedra und ihre Begleiter erst, als sie eine der militärähnlichen Gestalten vor der Tür des Büros fragten, warum der General sie so lange warten ließ.

Als Shanelle acht Monate zuvor zu den Sunderanern geflüchtet war, hatte Donilla Vand noch das Oberkommando über sämtliche Streitkräfte des Planeten gehabt. Von ihr kannte Shanelle auch die Geschichte, wonach die Frauen von Sunder ihren Männern die Kontrolle über ihre Welt entrissen hatten, um einen Kriegszug gegen den Nachbarplaneten Armoru zu verhindern.

Ihren Erfolg verdankten die Frauen vor allem der Erfindung der so genannten Wechselruten. Sunder galt weithin als einer der fortschrittlichsten Planeten, was die wissenschaftliche Forschung betraf. So war es den Sunderanern beispielsweise gelungen, alle bisher bekannten Krankheiten auszumerzen. Die Wechselruten waren ursprünglich entwickelt worden, um damit den Geist psychisch instabiler Personen unter Kontrolle zu halten und sie zu nützlichen Mitgliedern der Gesellschaft zu machen. Dann aber hatten die Frauen die Wechselruten eingesetzt, um sämtliche Schaltstellen der Macht auf Sunder zu besetzen. In die Freude über ihren gelungenen Coup hatten sich bei vielen Sunderanerinnen bald Schuldgefühle gemischt. Schließlich waren die meisten übereingekommen, diesen Prozess wieder rückgängig zu machen und ihre Männer wieder an ihre angestammten Positionen zu lassen. Dafür büßten diese Frauen nun offensichtlich im Gefängnis.

Es war sinnlos, Spekulationen über den genauen Hergang der Dinge anzustellen, solange nicht mit letzter Sicherheit feststand, wie die Männer letztlich ihre Macht zurückerhalten hatten. Außerdem wussten die Reisenden noch immer nicht, welche Art von Hilfe auf Sunder benötigt wurde und wer den Notruf von dort ins All geschickt hatte. Bedachte man jedoch, dass nun die Macht wieder in den Händen der Männer lag, so konnte man erraten, wer die Hilfesuchenden waren.

Allem Anschein nach befand sich Sunder, von angriffslustigen, kampfbereiten Männern regiert, nun wieder im Kriegszustand und womöglich in Gefahr, seinen Gegnern zu unterliegen.

Für Tedras Familie hingegen galten die Grundsätze der Liga der Vereinigten Planeten. In dieser Union nahm Kystran den zwölften Platz ein, und auch das benachbarte Niva-Sonnensystem hatte sich ihr angeschlossen. Die Liga versuchte, so gut es ging, feindliche Übergriffe zwischen ihren Mitgliedern zu verhindern. Sie hatte beispielsweise einige hoch entwickelte Planeten davon abgehalten, sich Sha-Ka'an einzuverleiben, nachdem es im Niva-System entdeckt worden war. Sobald allerdings Krieg herrschte, gab es von Seiten der Liga keinerlei Unterstützung mehr. Diese Zurückhaltung hatte ihren Grund in dem äußerst unterschiedlichen Entwicklungsstand der einzelnen Planeten. Einige waren den anderen schlichtweg um Welten überlegen. Allein mit dem Kampfschiff, das Tedras Transportrover begleitete, konnte man im Ernstfall Sunder und Armoru mit einem Schlag auslöschen.

Seit bald einer Stunde warteten Tedra und ihre Begleiter nun schon im Büro des Generals auf dessen Rückkehr. Tedra saß im Schneidersitz mitten auf dem Schreibtisch. Sie wollte nicht riskieren, sich auf einen der zerbrechlich wirkenden, winzigen Stühle im Raum zu setzen. Keines dieser Möbelstücke war für die Gestalt eines durchschnittlichen Kystraniers oder gar eines Sha-Ka'ani geschaffen. Dalden, Falon und Falons Bruder, Jadell, saßen auf dem Fußboden oder lehnten an den Wänden. Shanelle ging unruhig im Zimmer auf und ab. Einzig sie empfand eine gewisse Sympathie für die Sunderaner. Sie hatte Donilla Vand während ihres kurzen Aufenthaltes auf Sunder kennen gelernt und schätzte sie und die anderen Frauen des Planeten.

Als Donilla endlich eintrat, stürzte Shanelle sofort auf sie zu. »Warum hat man dich eingesperrt?«, fragte sie besorgt.

Donilla lächelte. Wenn sie den Besuchern mit ihrer Körpergröße von etwas über einem Meter fünfzig auch klein erscheinen mochte, für eine sunderanische Frau war ihre Größe völlig normal. Die Männer des Planeten überragten sie um gerade einmal einen halben Kopf. Kein Wunder, dass ihnen die Sha-Ka'ani wie Giganten erschienen und sie selbst Tedra und Shanelle mit knapp unter zwei Metern geradezu als Riesinnen betrachteten.

Im Gegensatz zu anderen Sunderanern zeigte Donilla in Gegenwart der großen Besucher keinerlei Nervosität. Ein warmer Ausdruck trat in ihre grauen Augen, als sie nun Shanelle die Hand zum Gruß entgegenstreckte.

»Man hat mir nicht gesagt, dass ausgerechnet ihr unserem Hilferuf gefolgt seid«, begann die ehemalige Oberkommandierende des Militärs. »Wenn du wüsstest, wie oft ich an dich gedacht habe! Du hattest mir zwar versichert, ich müsse mir keine Sorgen um dich machen, aber ganz beruhigt hat mich das damals nicht. Darf ich aus dem Umstand, dass er dich nun begleitet, schließen, dass du inzwischen mit der Wahl, die dein Vater für dich getroffen hat, zufrieden bist?«

Mit Zufriedenheit hatte das Leben an der Seite eines Kriegers zwar herzlich wenig zu tun, doch Donillas Frage zauberte ein Lächeln auf Shanelles Lippen. »Oh ja, durchaus«, antwortete sie. »Als ich bei euch Schutz suchte, war ich von meinen albernen Befürchtungen wie besessen. Das alles liegt nun längst hinter mir. Jeder neue Tag mit meinem Lebensgefährten beschert mir unbeschreibliches Glück.«

»Meine Frau untertreibt wieder einmal«, murmelte Falon, stand vom Boden auf und trat neben Shanelle.

Diese Bemerkung brachte alle Anwesenden, selbst Tedra, zum Lachen, wodurch sich die Anspannung allmählich löste. Shanelle stellte Donilla ihrer Mutter vor. Alle anderen Besucher kannte sie bereits.

Wie eigentlich jeder, der die Ly-San-Ters zum ersten Mal sah, konnte Donilla ihr Erstaunen über Tedras jugendliches Aussehen nicht verbergen. Dass eine Frau, die wie eine Dreißigjährige wirkte, die Mutter zweier erwachsener Kinder im Alter von einundzwanzig Jahren sein sollte, erschien nicht nur Donilla beinahe unglaublich. Zudem ähnelten die Zwillinge ihrer Mutter überhaupt nicht. Dalden und Shanelle waren beide blond und hatten bernsteinfarbene Augen, wohingegen Tedras tiefschwarzes, langes Haar sich auffallend von ihren hellen, aquamarinblauen Augen abhob. Da sie ihren Körper schon von Jugend an trainiert und gestählt hatte, ließen die Jahre Tedra nicht im eigentlichen Sinne altern, sondern verliehen ihr lediglich eine gewisse Vornehmheit.

Shanelles Frage stand noch immer im Raum. »Wie kommt es, dass du im Gefängnis bist, Donilla?«, wiederholte sie.

Donilla antwortete: »Ein paar Monate nachdem du uns verlassen musstest, traf ich mich mit vielen Frauen, die, genau wie ich, mit Hilfe der Wechselruten Schlüsselpositionen auf Sunder übernommen hatten. Ich merkte sofort, dass die meisten über die Folgen unseres Tuns ebenso unglücklich waren wie ich. Unser eigentliches Ziel war vernünftig gewesen. Wir hatten einen Krieg verhindern wollen. Nie hätten wir uns träumen lassen, dass die Veränderungen, die wir herbeigeführt haben, bewirkten, dass unsere Männer zu Schatten ihrer selbst würden. Uns plagten deshalb fürchterliche Schuldgefühle. So hatten wir uns das alles nicht vorgestellt. Kurz und gut, das Treffen der Frauen endete in einer Art zweitem Komplott. Es funktionierte nur, weil erneut genügend von uns bereit waren, mitzumachen. Es musste alles innerhalb kürzester Zeit über die Bühne gehen. Ein einzelner Mann, dem seine Macht zurückgegeben wurde, konnte ohne Unterstützung schließlich gar nichts bewirken. Wir machten uns also sofort ans Werk, und es gelang uns, den Vorgang rückgängig zu machen. Die

Frauen von Sunder gaben den Männern ihr Gedächtnis und ihre Persönlichkeit zurück.«

»Und dafür warf man euch ins Gefängnis«, fügte Shanelle entrüstet hinzu. »Ich kann einfach nicht glauben …«

»Es wird dir nichts anderes übrig bleiben«, fiel Donilla ihr ins Wort. »Wir haben ihnen das Gedächtnis genommen und jede Erinnerung daran, wer sie waren. Und ihre Aggressivität. Sie werden uns nie wieder vertrauen.«

»Das klingt ja beinahe, als hättest du deshalb noch immer ein schlechtes Gewissen«, bemerkte Tedra. »Zugegeben, was ihr getan habt, mag ein wenig hinterhältig gewesen sein, aber den Zweck eures Handelns halte ich für äußerst ehrenhaft. Ein paar Monate Haft sollten als Strafe dafür, dass ihr euren Planeten vor einem Krieg bewahrt habt, eigentlich genügen. In meinen Augen seid ihr Heldinnen und keine Verbrecherinnen.«

»Vielen Dank«, erwiderte Donilla. Tedras Lob ließ sie erröten. »Aber wenn wir der Meinung wären, dass wir unsere Strafe nicht verdienen, würden wir uns dagegen wehren und wären bald wieder frei. Die meisten von uns betrachten den Gefängnisaufenthalt nach der ganzen Anstrengung, die es gekostet hat, unsere Männer über einen längeren Zeitraum unter Kontrolle zu halten, als eine Art Erholungsurlaub. Man hat uns auch nicht in irgendein dunkles Verlies gesperrt – nein, wir genießen jeden erdenklichen Luxus. Nur eben hinter verschlossenen Türen.«

Shanelle hätte gern noch darüber diskutiert, doch Tedra interessierte sich mehr für das aktuelle Problem

und fragte Donilla: »Ist dir bekannt, warum man uns gerufen hat?«
»Ja. Ich mag zwar eine Gefangene sein, aber Ferrill bespricht nach wie vor seine Probleme am liebsten mit mir. Deshalb bin ich auch über alles informiert, was sich seit seiner Wiedereinsetzung auf dem Planeten zugetragen hat.«
»Wenn ihr jetzt mit Armoru Krieg führt, können wir allerdings ...«
»Nein, überhaupt nicht«, unterbrach Donilla lächelnd. »Das ist eine der großen Errungenschaften unserer Regierungszeit. Wir haben dafür gesorgt, dass die Männer nicht vergessen, was in diesen fünf Jahren geschehen ist. Sie haben selbst erlebt, dass man ganz gut miteinander auskommen kann. Und bisher sehen sie glücklicherweise keine Veranlassung, den sinnlosen Wettkampf darum, wer welchen Nachbarn am schnellsten vernichten kann, wieder in Gang zu setzen. Im Augenblick arbeiten sie mehr an Verteidigungs- als an Angriffsplänen. Wenn Armoru also irgendwann losschlägt, sind wir vorbereitet.«
Tedra lächelte. »Meinen Glückwunsch und herzlich willkommen zu der neu gewonnenen Erkenntnis, dass Kriege nur sinnlos Leben kosten. Aber wo liegt dann euer Problem?«
»Eine ganze Kiste Wechselruten wurde gestohlen«, erklärte Donilla seufzend.
»Das ist eine innere Angelegenheit eures Planeten. Was veranlasst euch dazu, deshalb außerweltliche Hilfe anzufordern?«
»Die Ruten sind von Sunder verschwunden, und uns

fehlt die Ausrüstung, Sunder zu verlassen und sie selbst zurückzuholen.«

Die Sunderaner mochten fast in allen Bereichen der Forschung ungeheure Erfolge verzeichnen, doch Weltraumreisen gehörten nicht zu ihren Spezialitäten. Sie hatten noch nicht einmal gewusst, dass es noch andere Welten als Sunder und Armoru gab, bevor sie vor sechs Jahren von den Antury entdeckt worden waren. Damals versuchten die Sunderaner gerade, den Prototyp eines Raumschiffes zu konstruieren. Als Zweck dieses Unterfangens galt jedoch nicht etwa die Erforschung der unendlichen Weiten jenseits des eigenen Planeten, sondern die Möglichkeit, mit Hilfe des Raumtransporters die Nachbarwelt zu bekriegen. Auch dort hatte man fieberhaft an einem weltraumtauglichen Tansportmittel gearbeitet. Das Ganze war zu einem Wettrüsten ausgeartet. Es ging einzig und allein darum, wem die Invasion des jeweiligen Nachbarplaneten zuerst gelang. Doch als die Frauen auf Sunder das Sagen gehabt hatten, war ihre Welt aus diesem Wettlauf ausgestiegen.

»Wisst ihr, wer die Ruten gestohlen hat?«

»Ja. Auf Sunder sind Besucher selten. Es gibt bei uns nun einmal nicht allzu viel, womit wir handeln könnten. Und diese Leute kamen mit der erklärten Absicht, uns die Wechselruten abzukaufen. Das kam uns sofort eigenartig vor, denn schon hier auf unserem Planeten weiß kaum jemand von der Existenz dieser Geräte, von anderen Welten ganz zu schweigen.«

»Gehören die Diebe zu den Antury, die euch entdeckten?«

»Das halten wir für eher zweifelhaft. Es sei denn, sie hätten eine Möglichkeit, unsere Gedanken zu lesen. Damals waren wir nicht besonders stolz auf die Ruten und haben ihre Existenz verschwiegen. Auch Shanelle haben wir nur davon erzählt, weil wir ihr versichern mussten, dass wir notfalls eine wirkungsvolle Waffe gegen so riesenhafte Krieger wie diese hier in der Hand haben.«

Die Ruten waren gegen die Krieger eingesetzt worden und hatten auch bei den meisten von ihnen ihre Wirkung nicht verfehlt. Die Männer hatten schlagartig vergessen, was das Ziel ihrer Expedition gewesen war – nämlich Shanelle zurückzubringen. Auf Falon hatten die Ruten jedoch keinerlei Effekt gehabt, denn er hatte sich geweigert, vor der Reise die sunderanische Sprache zu lernen. Die Wechselruten funktionierten nämlich nur, wenn die Zielperson verstand, was ihr gesagt wurde.

Die anderen Krieger, die damals mitgekommen waren, teilten Falons tiefes Misstrauen gegen alles, was außerhalb des Kulturbereichs eines Sha-Ka'ani lag, nicht im selben Maße. Hinzu kam, dass fast jeder Bordcomputer in der Lage war, jede erdenkliche Sprache zu analysieren und dann eine Sublim-Kassette herzustellen. Mit diesem Hilfsmittel war es ein Leichtes, fremde Sprachen innerhalb von Stunden zu erlernen.

Aus diesem Grund gab es auch die alte, hoch komplizierte, aber universell verständliche Sprache längst nicht mehr. Sublim-Kassetten ermöglichten auf einfachste Art die Kommunikation mit neu entdeckten Welten. Nur gelegentlich führte diese Methode zu gewissen Missverständnissen. Sie ergaben sich, wenn Bezeichnungen für Gegenstände oder Gegebenheiten auftauchten, die in der Erfahrungswelt dessen, der die neue Sprache lernen wollte, nicht existierten. In einem solchen Fall musste mit umständlichen Erklärungen oder Bildmaterial für Klarheit gesorgt werden. Dennoch überwogen die Vorteile der Sublim-Kassette, sodass sie sich inzwischen bei den Handeltreibenden und Entdeckungsreisenden sämtlicher bekannter Galaxien größter Beliebtheit erfreuten.

»Was ist denn nun wirklich passiert?«

»Die Besucher wurden mit allen Ehren empfangen und erfuhren eine geradezu fürstliche Behandlung. Aber Ferrill ließ, was die Wechselruten betraf, nicht mit sich reden. Er weigerte sich, über einen Preis auch nur zu verhandeln, und sagte, die Ruten seien in unserem sichersten Tresorraum verschlossen und würden nie wieder benutzt werden.«

»Warum habt ihr die Geräte nicht einfach zerstört, wenn ihr sie ohnehin nicht mehr einsetzen wollt?«

»Weil die Männer glaubten, sie könnten ihnen eines Tages vielleicht doch noch nützlich werden.«

»Wenn beispielsweise plötzlich bis an die Zähne bewaffnete Armoru an eure Tür klopfen«, folgerte Tedra.

»Genau«, antwortete Donilla. »Abgesehen davon wissen inzwischen etliche Frauen, wie man die Wechselruten herstellt, und da sie bei Frauen nicht wirken, können sie auch nicht vergessen, wie das geht. Die Männer glaubten tatsächlich, es reiche aus, die Ruten wegzuschließen. Immerhin wird der Tresorraum Tag und Nacht vom Militär bewacht. Keinem Menschen unserer Welt könnte es je gelingen, dort einzubrechen.«

»Was offensichtlich nicht für Leute von anderen Welten gilt.«

»So ist es leider. Sie haben die Wachen mit Hilfe eines Gases in Tiefschlaf versetzt und einen uns bislang unbekannten Sprengstoff verwendet, um die gepanzerte Tür des Tresors zu sprengen. Dann haben sie sich mit ihrer Beute davongemacht und waren längst weit weg im All, als man den Diebstahl entdeckte.«

»Und wann genau hat sich das zugetragen?«

»Gestern.«

Seufzend drückte Tedra den Knopf ihrer Computerverbindungseinheit. »Martha, ich weiß, du hast mitgehört. Wie sieht im Falle der gestohlenen Wechselruten das schlimmste anzunehmende Szenario aus?«

»Wenn die Wechselruten aus reiner Profitgier entwendet wurden, werden sie möglicherweise in alle Galaxien verteilt. Dann könnten bislang gut funktionierende Regierungssysteme und universelle Vereinbarungen ins Wanken geraten, ohne dass jemand weiß, wie und warum. Es wäre möglich, die Wirtschaftsordnungen ganzer Sonnensysteme zu zerstören, Kriege anzuzetteln und schließlich sogar das Ende der Liga der Vereinigten Planeten herbeizuführen.«

Dieser letzte Zusatz ließ unwillkürlich ein tiefes Grollen aus Tedras Kehle steigen. »Wie hoch ist, deinen Berechnungen zufolge, die Wahrscheinlichkeit, dass das geschieht?«

»Nicht übermäßig«, antwortete Martha betont gelangweilt. »Berücksichtigt man die Tatsache, wer den Diebstahl begangen hat, so wird eher ein einzelner, gezielt ausgewählter Planet das Opfer eines Eingriffs sein. Denkbar wäre eine Übernahme, die in etwa so vor sich geht wie vor einigen Jahren hier auf Sunder: ruhig und ohne Aufsehen, dabei mit durchschlagender Wirkung, aber ohne jedes Blutvergießen. Und ein großer Teil der Bevölkerung der betroffenen Welt wird noch nicht einmal wissen, dass eine Übernahme stattgefunden hat.«

»Von welcher Tatsache sprichst du?«, fragte Tedra stirnrunzelnd. »Und woher weißt du, wer die Missetäter sind, wo Donilla uns ihre Namen doch noch gar nicht verraten hat? Allein ihre Aussage, dass die späteren Diebe mit allen Ehren empfangen und fürstlich behandelt wurden, kann dir doch unmöglich die Identität dieser Leute verraten.«

Dafür erntete Tedra ein leises, glucksendes Lachen ihres Computers. Martha beherrschte diese Lautäußerung inzwischen perfekt. »Da magst du Recht haben. Aber der Umstand, dass sich momentan nur ein einziges Raumschiff in etwa einer Tagesreise Entfernung von Sunder bewegt, engt den in Frage kommenden Personenkreis erheblich ein.«

Tedra verdrehte die Augen. »Ich hoffe nur, es handelt sich um eine bekannte Spezies, damit wir wenigstens wissen, mit wem wir es zu tun haben.«

»Mehr noch, du kennst den Anführer der Diebesbande persönlich. Es handelt sich um Jorran von Century III – du erinnerst dich, der Großkönig, der bei den Wettbewerben im letzten Jahr aus unserem Falon Hackfleisch machen wollte.«

»Höllenstunk!«

Shanelle sah, dass das Fluchen ihrer Mutter Donilla verlegen machte, und flüsterte ihr zu: »Das sagen die Kystranier, wenn sie sich über etwas aufregen. Der Ausdruck ist allerdings ziemlich schwach. Vor allem, wenn man bedenkt, dass meine Mutter auf die abscheulichsten Schimpfworte aus achtundsiebzig Sprachen zurückgreifen kann, wenn sie ernstlich wütend wird.«
Donilla lächelte erleichtert, aber Martha hatte mitgehört. Ihr Computerhirn entschlüsselte problemlos selbst leiseste Flüstertöne. »Tedra steht im Moment wahrscheinlich noch unter Schock. Aber sobald der erste Schreck sich ein wenig gelegt hat, werdet ihr sicher noch ein paar üble Flüche von ihr zu hören bekommen.«
Martha hatte so laut gesprochen, dass jeder im Raum sie hörte. Tedra zog verärgert die Augenbrauen zusammen, und nun wurde Shanelle rot.

Kapitel Drei

Tedra verließ gemeinsam mit ihren Begleitern die Militäranlage, in der sich General Ferrills Büro befand. Dalden schien tief in Gedanken versunken. Geistesabwesend stapfte er hinter den anderen her. Shanelle wartete ungeduldig auf Tedras Entscheidung.

Aus Shanelles Sicht blieb ihnen nun, da sie wussten, was geschehen war, gar nichts anderes übrig, als zu helfen. Und das hing keinesfalls nur mit ihrer Sympathie für Donilla Vand oder dem Planeten Sunder zusammen. Auch die starke Abneigung, die sie gegen Großkönig Jorran verspürte, der versucht hatte, sie mit mehr als fragwürdigen Mitteln zu seiner Königin zu machen, war nicht der eigentliche Grund für ihre Hilfsbereitschaft. Nein, ihre Sorge galt vielmehr einem ganzen Planeten voll ahnungsloser Menschen, denen die Gefahr drohte, Opfer von Jorrans Tyrannei zu werden. Aber Tedra sah das vielleicht ganz anders. Sie kannte sich mit den Grundsätzen der Centura Liga – besser bekannt als Liga der Vereinigten Planeten – genauestens aus. Zwar galt es als eines der wichtigsten Ziele dieser Vereinigung, den Frieden zwischen den Planeten zu sichern, aber dazu gehörte manchmal eben auch eine Politik der Nichteinmischung.

Martha verhielt sich ungewöhnlich still, obwohl die Verbindung zu ihr weiterhin bestand. Gemäß ihrer Aufgabe wurde sie vor allem dann aktiv, wenn es um Tedras persönliches Wohlergehen ging. In allen anderen Belangen ließ sie Tedra ihre eigenen Entscheidungen fällen. Das hielt Martha jedoch im Allgemeinen nicht davon ab, sämtliche Fragen, mit denen Tedra sich im Laufe eines Tages beschäftigte, bis ins Kleinste zu analysieren und aus jedem erdenklichen Blickwinkel zu beleuchten.

Endlich blieb Tedra stehen. Eine steile Falte auf ihrer Stirn zeigte deutlich, dass der Entschluss, zu dem sie gelangt war, sie nicht gerade heiter stimmte. »Wir kehren unverzüglich auf unser Schiff zurück und setzen unseren Nachhauseweg fort«, verkündete sie.

»Heißt das, wir verweigern den Sunderanern unsere Hilfe?«, fragte Shanelle bestürzt.

»Ich habe vor einundzwanzig Jahren damit aufgehört, sämtliche Planeten eigenhändig zu retten«, knurrte Tedra. »Und je früher wir nach Hause kommen, desto eher können wir die zuständigen Behörden informieren, die sich von Amts wegen mit solchen Problemen befassen.«

»Aber dann ist es vielleicht schon zu spät! Wenn erst einmal ein Krieg im Gange ist, mischt sich die Liga nicht mehr ein.«

»Ich gehe nicht davon aus, dass Jorran kriegerische Absichten hegt«, antwortete Tedra. »Was meinst du dazu, Martha?«

»Krieg? Höchst unwahrscheinlich.« Martha sprach wieder in dem gelangweilten Ton, den sie gern an-

schlug, bevor sie eine Bombe platzen ließ. »Gnadenlose Unterwerfung und absolute Alleinherrschaft sind mehr nach Jorrans Geschmack.«
Tedra zog eine Grimasse. *Unterwerfung* war ein Begriff, den sie von Herzen verabscheute. Nichts anderes hatten die Sha-Ka'ani mit ihrem Planeten versucht. Auch die Sha-Ka'ari stammten ursprünglich von Sha-Ka'an, waren aber vor mehr als dreihundert Jahren als Arbeitssklaven in eine Minenkolonie auf einem abgelegenen Planeten in der Centura-Galaxie gebracht worden. Als kraftstrotzende und kampferprobte ehemalige Krieger war es ihnen jedoch ein Leichtes gewesen, die Herrschaft über die Kolonie an sich zu reißen, ihre Bewohner zu unterjochen und damit ihren seither andauernden Eroberungszug zu beginnen. Die moralischen Grundsätze und die Traditionen ihres Heimatplaneten hatten sie längst abgelegt, ja sie wussten wahrscheinlich nicht einmal mehr, woher sie eigentlich stammten. Inzwischen unterschieden die Sha-Ka'ari sich grundlegend von den Sha-Ka'ani auf dem Mutterplaneten. Die Sha-Ka'ari galten zwar ebenfalls als Barbaren, waren noch immer Sklavenhalter und Schwertkämpfer, doch reichte ihre Körpergröße nicht ganz an die ihrer Vettern auf Sha-Ka'an heran. Das war eine Folge ihrer Jahrhunderte andauernden Vermischung mit den von ihnen versklavten Völkern. Auch Challen und sein Volk nannten sich stolz Barbaren und rümpften die Nase über sämtliche Errungenschaften technisch hoch entwickelter Planeten. Die Sha-Ka'ari hingegen fanden nichts dabei, sich allerhand moderne Erfindungen anzueignen, wenn sie ihnen nützlich er-

schienen. Dafür nahmen sie selbst Reisen zu weit entfernten Welten in Kauf.
Jorran und seine Leute von Century III glichen in vielem den Sha-Ka'ari. Ihr eigener Entwicklungsstand war eher mittelalterlich. Doch seit sie vor einigen Jahren entdeckt worden waren, verirrten sich immer wieder Besucher von fremden Planeten zu ihnen, und die Sha-Ka'ari sahen keinen Grund, auf die Segnungen der modernen Technik, mit der sie auf diese Weise in Berührung kamen, zu verzichten. Sie schickten regelmäßig Abgesandte und Handelsvertreter auf fast alle bekannten Planeten, und ihre Könige reisten oft und gern durch das Weltall. Dennoch wusste man nicht allzu viel über sie, denn sie gehörten nicht zur Centura Liga.
Die Liga der Vereinigten Planeten umfasste inzwischen nicht weniger als ein halbes Dutzend benachbarter Galaxien und zählte somit achtundsiebzig Planetarwelten zu ihren Mitgliedern. Sie erkannten die Regeln und Übereinkünfte dieser Vereinigung zum Wohle aller an. Die Neva-Galaxie, die erst vor kurzem entdeckt worden war, musste sich erst noch in den Bund einfügen, doch es war nur eine Frage der Zeit, bis all ihre Planeten den Status vollwertiger Mitglieder erhielten. Century III, ein eigenständiges und mit modernen Transportmitteln leicht erreichbares System, unterhielt zwar gute Handelsbeziehungen mit der Liga, war aber nicht zum Beitritt aufgefordert worden. Der erste Kontakt der Sha-Ka'ani mit den Humanoiden von Century III hatte im Übrigen keinen erfreulichen Verlauf genommen. Großkönig Jorran und sein

Gefolge waren im vergangenen Jahr auf Sha-Ka'an erschienen. Challen hatte die Einreisebeschränkungen gelockert und alle Planeten eingeladen, an den Wettkämpfen teilzunehmen. Unter den Siegern wollte er einen Lebensgefährten für Shanelle auswählen. Shanelle wusste nicht, wozu diese Veranstaltung diente, und Challen gab niemandem eine Garantie, dass der Sieger seine Tochter unter allen Umständen zur Gefährtin bekommen würde. Doch Jorran hatte eigene Pläne.
Bei den eigentlichen Wettkämpfen trat er gar nicht erst an. Solche Volksbelustigungen waren aus seiner Sicht mit der Würde seines hohen Standes nicht vereinbar. Er ließ ausrichten, er trete nur gegen den Sieger aller Wettbewerbe an – den Mann, der sich in kraftraubenden Ausscheidungskämpfen gegen sämtliche Konkurrenten durchgesetzt hatte. Der strahlende Sieger hieß Falon und er hätte sich in dieser Position weigern können, gegen Jorran zu kämpfen, doch er ließ sich auf die Herausforderung ein. Allerdings ahnte niemand, dass Jorran beabsichtigte, ihn im Kampf zu töten.
Die Wettbewerbe waren als freundschaftliches Kräftemessen gedacht gewesen und nicht als Kampf auf Leben und Tod. Dass Jorran ihm nach dem Leben trachtete, merkte Falon erst, nachdem der Zweikampf bereits in vollem Gange war. Jorrans auf den ersten Blick gewöhnliches Schwert stellte sich als Razor-Schwert heraus. Diese Waffe war so leicht und wendig, dass kein Wesen aus Fleisch und Blut ihren tödlichen Hieben entgehen konnte. Auch Falon nicht.
Hätte kein Meditechniker bereitgestanden, wäre Falon

noch auf dem Kampfplatz an seinen tiefen Wunden gestorben. Den Kampf hatte er auch nur gewonnen, weil er im letzten Moment seine Waffe weggeworfen und Jorran mit einem wohl platzierten Fausthieb niedergestreckt hatte. Anschließend war Falon durch den hohen Blutverlust sofort ohnmächtig geworden.

Shanelle nutzte die allgemeine Verwirrung in diesem Augenblick, um die Flucht zu ergreifen. Die Aussicht, einen Mann wie Falon zum Lebensgefährten zu bekommen, erfüllte sie mit Angst und Schrecken. Doch Falons Entschluss stand fest. Shanelle und keine andere Frau sollte seine Lebensgefährtin werden. Er überwand seine Furcht vor Reisen durch das All und jagte ihr nach. Challen hatte dem tapferen Kämpfer die Hand seiner Tochter bereits versprochen. Dass nun ein ganzes Universum zwischen ihm und seiner Angebeteten lag, stellte für Falon nur noch eine lästige kleine Hürde auf seinem Weg zum Glück dar. Trotz allen anders lautenden Versprechungen gelang es selbst den Sunderanern nicht, Falon dauerhaft von Shanelle fern zu halten.

»Die ganze Sache geht uns eigentlich gar nichts an, Shani«, sagte Tedra jetzt. »Nur weil wir wissen, was man mit den Ruten anrichten kann und weil wir Jorran als einen Schuft der übelsten Sorte kennen gelernt haben, ist dieser Diebstahl noch lange nicht unser Problem. Wir werden umgehend die Schutztruppen der Liga informieren, und dort wird man alles Weitere in die Wege leiten. Im Übrigen sind wir zu Hause bereits seit zwei Wochen überfällig, und ich möchte Challen nicht länger warten lassen.«

»Ich werde Jorran verfolgen und dafür sorgen, dass die Wechselruten keinen Schaden anrichten.«

Beide Frauen wandten sich verdutzt zu Dalden um, der bisher geschwiegen hatte. Shanelle war einigermaßen überrascht, dass ihr Bruder sich persönlich um etwas kümmern wollte, was nicht direkt mit den Angelegenheiten von Sha-Ka'an in Verbindung stand. Tedras Staunen währte nur kurz, und die Antwort, die sie ihrem Sohn gab, war alles andere als diplomatisch.

»Nein«, sagte sie.

Kapitel Vier

Dalden lächelte Tedra an. Sie war seine Mutter, doch als erwachsener Sha-Ka'an-Krieger hatte er das Recht, seine eigenen Entscheidungen zu treffen, und das wusste sie auch. Sie konnte zwar ihre Bedenken äußern, musste letztendlich aber ihm überlassen, was er tat.

»Ich habe keine andere Wahl«, erklärte er. »Du fragst dich sicher, wie der Großkönig von den Wechselruten erfahren hat. Nun, diese Information stammt direkt von mir.«

»Wie ist das möglich?«, wollte Tedra wissen. »Und wann ist das geschehen? Du warst doch mit Falon unterwegs, um Shani zurückzuholen. Und Sha-Ka'an wurde gleich nach den Wettkämpfen wieder für Besucher geschlossen.«

»Es sind auch alle umgehend auf ihre Heimatplaneten zurückgekehrt – außer Jorran. Als wir von Sunder nach Hause kamen, befand er sich noch im Besucherzentrum. Dorthin musste auch ich, um in Falons Namen mit den Catrateri zu verhandeln. Sie interessieren sich für die Goldvorkommen von Ba-Har-an.«

»Aber wie kamst du dazu, nach dem, was bei den Wettkämpfen geschah, überhaupt noch einmal mit

Jorran zu sprechen? Ich hätte erwartet, dass du ihn übersiehst wie ein kleines Insekt. Nichts anderes ist er nämlich in meinen Augen.«

»Genau das hätte ich auch getan. Aber ein Mann, der eine so hohe Meinung von sich hat wie Jorran, hält es für völlig ausgeschlossen, dass jemand ihn nicht mag. Er geht nun einmal davon aus, dass jeder seine Anwesenheit als hohe Ehre empfindet. Unser Beauftragter für Außenkontakte gab ein festliches Abendessen für einen neu angekommenen Botschafter. Die Catrateri wurden ebenfalls dazu gebeten und bestanden darauf, die Verhandlungen beim Essen fortzusetzen. Jorran lud sich selbst ein, und der Leiter des Besucherzentrums wollte ihn nicht beleidigen, indem er ihn aufforderte, uns zu verlassen.«

»Das kann ich mir vorstellen. Man hat Mr Rampon diesen Posten übertragen, weil er durch und durch diplomatisch veranlagt ist. Ich bezweifle, dass er überhaupt weiß, wie man jemanden beleidigt. Das liegt ihm einfach nicht im Blut.«

»Manchmal wünschte ich, ich wäre ähnlich beschaffen.« Die Art, wie Dalden das sagte, ließ Tedra augenblicklich erröten. Challen beleidigte nie irgendjemanden. Daher sprach Dalden sicher nicht von den Veranlagungen, die er von seinem Vater geerbt hatte.

»Bleiben wir beim Thema«, knurrte sie. »Wie kamst du dazu, mit Jorran zu reden? Der Speisesaal des Zentrums ist riesengroß. Du hättest mühelos den ganzen Abend mehr als zehn Meter Abstand von diesem centurischen Scheusal halten können.«

»Mag sein. Aber Jorran suchte immer wieder meine

Nähe, weil er mich über Falon aushorchen wollte. Er gab sich dabei auch keinerlei Mühe, seinen Ärger über das Objekt seiner Neugier zu verbergen.«

»Er steckt seine Nase scheinbar gern in Dinge, die ihn nichts angehen. Nur schade, dass die meditechnische Einheit das, was Falon diesem Riechorgan verpasste, wieder in Ordnung gebracht hat.«

»Ich nehme an, Jorran hat im Besucherzentrum auf Falons Rückkehr gewartet, um sich an ihm für seine Niederlage zu rächen. Nur wusste Falon nichts davon. Sonst hätte er Jorran vielleicht sogar den Gefallen getan und es auf eine neuerliche Kraftprobe ankommen lassen. Aber er war mit Shanelle direkt nach Ba-Haran zurückgekehrt. Und dort sind im Augenblick keine Besucher erwünscht. Der Großkönig musste also wohl oder übel unverrichteter Dinge nach Hause zurückkehren. Seine Abfahrt war für den folgenden Aufgang geplant.«

»Hast du die Wechselruten erwähnt, als er dich über Falon ausfragte?«

Dalden schüttelte seufzend den Kopf. »Ich habe mich geweigert, mit Jorran über Falon zu reden, und ließ ihn lediglich wissen, Falon sei für ihn unerreichbar. Doch schon die wenigen Worte, die ich mit diesem Widerling gewechselt habe, hinterließen einen schlechten Geschmack auf meiner Zunge. Ich versuchte, ihn mit Mieda-Wein hinunterzuspülen.«

»Du hättest sofort nach Hause gehen sollen.«

»Das weiß ich inzwischen auch.«

»Und wie kam das Gespräch dann auf die Ruten?«

»Das war gegen Ende des Abendessens. Ich habe kein

Wort mehr mit Jorran gewechselt, aber ich blieb in seiner Nähe, denn ich wollte hören, was er sagte. Er unterhielt sich mit den Leuten an seinem Tisch über das mühsame Verfahren der Gedankenkontrolle in den Gefängnissen von Century III. Man versucht dort, Gesetzesbrecher zu rehabilitieren und wieder zu nützlichen Mitgliedern des centurischen Herrschaftsbereiches zu machen. Ich konnte es nicht lassen und habe gestichelt, dass sogar computertechnisch rückständige Völker wie die Sunderaner die hohe Kunst der Gedankenkontrolle aufs Feinste beherrschen, und zwar wann und wo immer sie es wünschen. Das war natürlich eine absichtliche Beleidigung, für die ich mich nun schäme.«

Worte wie *hohe Kunst* und *aufs Feinste* zu verwenden, waren eher ungewöhnlich für Dalden. Ein Krieger nahm solche Ausdrücke eigentlich nicht in den Mund. Doch einerseits stammte Daldens Mutter aus einer anderen Welt, und andererseits ließ sich daraus schließen, wie betrunken er gewesen sein musste. Wahrscheinlich war ihm gar nicht in den Sinn gekommen, dass jedwede Technik, die Jorrans Leute anwendeten, um die Gedanken ihrer Gefangenen zu kontrollieren, nie und nimmer auf Century III ersonnen worden war. Der Planet galt nicht nur als technisch rückständig – es gab dort eigentlich überhaupt keine eigenständige technische Entwicklung. Aber angesichts des Schadens, den Dalden mit seinen unbedachten Worten angerichtet hatte, war das nun zweitrangig.

»Martha, wusstest du, was Dalden in jener Nacht angestellt hat?«, wollte Tedra wissen.

»Selbstredend. Du hattest mich damals auf dem Rover zurückgelassen, damit ich ein wenig auf Shanelle achten konnte. Und nach Jorrans Auftritt bei den Wettkämpfen stand er ganz oben auf meiner Liste zu überwachender Zielpersonen.«

»Warum hast du mir das alles denn nicht längst gesagt?«

»Ganz einfach. Jorran hatte die Absicht, auf seine eigene Welt zurückzukehren, und das tat er nach dem Abendessen im Besucherzentrum zunächst auch. Wir waren zwar zu Recht alle wütend auf ihn, doch was konnte er uns schon anhaben? Dass er über die Wechselruten Bescheid wusste, löste in meinen Schaltkreisen zwar sofort Alarm aus, aber als er keinerlei Anstalten machte, sich die Vorteile dieser Erfindung anzueignen, strich ich ihn nach einiger Zeit von meiner schwarzen Liste.«

Tedra verdrehte die Augen. Auf Marthas »schwarzer Liste« landete alles und jeder, der eine Gefahr für Tedras Wohlbefinden darstellte. Marthas Programm ließ nicht zu, dass sie selbst zur Vernichtung der Bedrohung schritt, obwohl sie gern damit drohte. Doch schon allein durch ihre haarscharfen Analysen von Freund und Feind übte sie eine ungeheure Macht aus. Tedra hingegen kannte kein Zögern, wenn es darum ging, ihre Familie vor einer Bedrohung zu schützen.

»Es gibt doch wohl keinen vernünftigen Grund, warum Dalden sich nun in die Angelegenheit einmischen sollte. Sein schlechtes Gewissen dürfte dafür wohl kaum ausreichen, oder? Außerdem wird sich die Liga sicherlich um den Vorfall kümmern.«

»Bis dahin ist es leider zu spät, Jorran von seinem Vorhaben abzuhalten«, widersprach Martha. »Die Liga kann dann höchstens noch verhindern, dass er noch weitere Planeten unter seine Herrschaft zwingt. Aber für alle, die er in der Zwischenzeit schon dazu gebracht hat, ihn als ihren König zu verehren, kommt dann jede Hilfe zu spät.«

Das war nun wirklich ganz und gar nicht das, was Tedra hören wollte. Ärgerlich ließ sie ihre Hand auf die Verbindungseinheit sausen, damit sie nicht länger Marthas beunruhigenden Ausführungen lauschen musste.

»Das wird wohl kaum mehr als ein paar Minuten lang funktionieren«, bemerkte Shanelle.

»Mag sein. Aber nach zwei Wochen auf dem Schiff, wo ich Martha ständig ausgesetzt bin, weil sie das ganze verdammte Ding kontrolliert, will ich mir zumindest den Luxus von ein paar Minuten Stille gönnen«, gab Tedra zurück.

»Sie hört dich aber immer noch.«

»Natürlich. Aber antworten kann sie nicht.«

»Wollen wir wetten?«, dröhnte es vom Himmel herunter.

Shanelle blinzelte verwirrt, sah den Schreck in Tedras Gesicht und begann dann zu lachen. »Droda, steh uns bei! Die Hälfte der Bevölkerung dieses Planeten wird nun glauben, ihr Gott habe gerade zu uns gesprochen.« Sie ließ sich ins Gras fallen und hielt sich vor Lachen den Bauch.

Tedra fand die Situation weit weniger komisch. Sie hämmerte auf den Knopf der Verbindungseinheit ein

und knurrte: »Du Missgeburt von einem Metall gewordenen Albtraum! Fällt dir nichts Besseres ein, als eine weltweite Panik heraufzubeschwören? Sind dir die Schaltkreise durchgeschmort? Oder ist das ein totaler Systemabsturz?«
»Reg dich nicht auf, mein Zuckerpüppchen«, schnurrte Martha nun wieder aus dem kleinen Kasten. »General Ferrill sorgt inzwischen vor, wenn sich Besucher auf dem Planeten befinden. Er lässt Warnungen verbreiten, damit sein Volk auf allerlei absonderliche und ungewöhnliche Ereignisse gefasst ist, solange die Fremdlinge unter ihnen weilen. Und da sie uns diesmal freiwillig in ihr globales Schutzschild eindringen ließen, sind inzwischen wohl alle Sunderaner informiert.«
Tedra starrte mit finsterem Blick hinauf zu den beiden Raumschiffen, die über ihnen am Himmel schwebten. »Das sagst du doch jetzt nur, um von deinem Streich abzulenken.«
»Du irrst«, widersprach Martha. Ihrem Ton war anzuhören, wie sehr sie sich amüsierte. »Auch wenn ich zugeben muss, dass es eines gewissen Reizes nicht entbehrt, gelegentlich einmal für Gott gehalten zu werden – hier auf dieser Seite des Planeten, wo man mich hören konnte, wird das sicher nicht geschehen. Schließlich ist dein Rover nicht zu übersehen. Und übrigens, ich hätte da noch ein paar Informationen, mit deren Hilfe du vielleicht zu einer wohl überlegten Entscheidung gelangen könntest. Willst du sie hören oder sollen wir uns weiter kabbeln?«
Tedra konnte es nicht ausstehen, wenn Martha solche

Köder vor ihrer Nase tanzen ließ. Sie war kurz davor, ihrer elektronischen Freundin zu sagen, sie solle an den bewussten Informationen ersticken. Aber angesichts der heiklen Situation verkniff Tedra sich diese Bemerkung.

»Lass schon hören!«, stieß sie zwischen zusammengebissenen Zähnen hervor.

»Von dem Augenblick an, als Jorran sich als Bewerber um Shanelles Hand nach Sha-Ka'an bemühte, zog ich natürlich allerhand Erkundigungen über diesen Goldjungen ein. Er nennt sich zwar Großkönig von Century III, doch kaum jemand weiß, dass er ein König ohne Reich ist. Seine Reise zu unserem Planeten hatte nur ein Ziel: Er wollte durch Shanelle an ein Königreich, nämlich an Sha-Ka'an kommen. Nach meinen Recherchen arbeitet er bereits eine ganze Weile an einem solchen Projekt.«

»Lass uns einen Blick auf seine Vergangenheit werfen, altes Mädchen«, sagte Tedra nun wieder versöhnt. »Wann und wie hat er sein Königreich verloren?«

»Er hat nie eines besessen.«

»Und wie kommt er dann zu seinem Titel?«

»Die Antwort auf diese Frage verlangt ein wenig Hintergrundwissen über Century III.«

»Die Kurzversion bitte, wenn es dir nicht allzu viel ausmacht.«

»Dein Wunsch ist mir Befehl. Bei Century III handelt es sich um ein eigenes Sonnensystem. Es ist nach seinem Hauptplaneten benannt. Insgesamt gehören dazu zwölf Himmelskörper, von denen allerdings lediglich sechs als bewohnbar gelten. Und nur auf dem Hauptplaneten befindet sich die Intelligenz der Bewohner und das gesellschaftliche Leben auf einem erwähnenswerten Entwicklungsstand. Die Macht liegt in den Händen einer einzigen Familie, deren Angehörige sich mit dem Titel eines Großkönigs schmücken. Im Augenblick bezeichnen sich sieben Familienmitglieder als solche. Früher wurde der Planet einfach unter den Großkönigen und -königinnen aufgeteilt. Aber bei diesen sieben scheint das nicht besonders gut zu funktionieren. Das mag daran liegen, dass es auf ihrem Planeten einfach nicht genügend Länder gibt. Als Century III nun von der Liga entdeckt wurde und man dort die Segnungen des Weltraumreisens kennen lernte, beschloss der regierende Familienclan, fortan anstatt der Länder seiner Heimatwelt einfach die Planeten des Sonnensystems unter allen Großkönigen aufzuteilen.«

»Aber rein rechnerisch haben sie bei sieben Familienmitgliedern noch immer einen bewohnbaren Planeten zu wenig, um alle zufrieden zu stellen.«

»Genauso ist es. Dabei zeigt sich der Rest der Familie mehr als entgegenkommend. Alle sind bereit, ihre Planeten und Länder mit Jorran zu teilen, ihm zu geben, was immer er haben möchte. Aber er will unbedingt, dass eine ganze Welt ihn als ihren einzigen König verehrt. Von dieser Idee ist er völlig besessen, und offensichtlich hat er inzwischen begonnen, sie in die Tat umzusetzen. Sein ursprünglicher Plan war, in eine Herrscherfamilie einzuheiraten und in einem günstigen Moment die alleinige Macht über den betroffenen Planeten an sich zu reißen. Zu seinem übermäßigen Ärger verfügt er nicht über eine größere, schlagkräftige Armee. Deshalb kann er sich auch nicht einfach mit Gewalt nehmen, wonach er strebt. Er hielt eine günstige Heirat für die einzige Möglichkeit, Herrscher einer Welt zu werden – bis er von den Wechselruten erfuhr.«

»Das Abendessen, bei dem sich Dalden verplappert hat, ist aber inzwischen acht Monate her. Brauchte Jorran etwa so lange, um Sunder zu finden?«

»Nein, ich nehme an, er benötigte diese Vorbereitungszeit, um alte Schulden einzutreiben. Sicher gibt es den ein oder anderen, dem er einmal einen Gefallen getan hat. Indem er nun die Unterstützung dieser Leute einforderte, gelang es Jorran, zu einem eigenen Schiff zu kommen. Als er nach Sha-Ka'an kam, besaß er noch keines. Er reiste damals mit dem Botschafter von Century III.«

»Ein Großkönig soll auf die Unterstützung von Personen, die ihm einen Gefallen schulden, angewiesen sein? Bedeutet das, es fehlt ihm nicht nur ein Reich, sondern auch Reichtum?«

»Nein, ganz und gar nicht. Aber wie wir alle wissen, ist man auf Century III technisch noch längst nicht in der Lage, Raumschiffe zu bauen oder auch nur zu lenken. Auch einen Mock-II-Computer, der die Aufgaben der Besatzung übernehmen könnte, gibt es dort nicht. Außerdem empfängt man auf Century III nicht annähernd so viele Botschafter anderer Planeten wie bei uns, denn dort gibt es nichts, was ähnlich wertvoll und begehrt wäre wie unsere Gaali-Steine. Einige Handelswege führen zwar über Century III, aber das

Sonnensystem wird doch eher als eine Art Touristenattraktion betrachtet. Ein ernst zu nehmender Handelspartner ist es jedenfalls bislang nicht. Offen gesagt, es überrascht mich, dass es Jorran gelang, innerhalb so kurzer Zeit an ein eigenes Schiff samt Besatzung zu kommen.«

»Um welche Art Raumschiff handelt es sich denn?«

»Es ist ein ganz gewöhnliches Handelsschiff. Großer Laderaum, ein paar Bordgeschütze, um Piraten abzuwehren, ausreichende Geschwindigkeitsleistung, um größere Fahrzeuge zu überholen, für Langstrecken geeignet.«

»Wie schnell ist das Schiff denn genau?«

»Ein wenig schneller als der Rover und in etwa gleich schnell wie die überzüchtete Kriegsmaschine, die uns begleitet.«

»Ich nehme an, du meinst damit nicht Brock.« Shanelle konnte sich diesen Einwurf nicht verkneifen. Wie erwartet, erhielt sie von Martha als Antwort darauf nur ein verächtliches Schnauben.

Brock und Martha vertrugen sich inzwischen weit besser als noch vor einiger Zeit. Doch immer wieder kam es vor, dass sie aufgrund unterschiedlich programmierter Zielsetzungen aneinander gerieten. Ein solcher Streitfall würde sich unweigerlich ergeben, wenn Tedra nun doch beschloss, die Verfolgung des Großkönigs aufzunehmen. Brock unterstützte eindeutig Tedras erste Entscheidung, nämlich sich endlich »volle Kraft voraus« auf den Nachhauseweg zu begeben. Ihm lag daran, Tedra nach Wochen der Abwesenheit sicher bei Challen abzuliefern. Er wollte Challens nervenaufreibende Wartezeit beenden und ihn glücklich sehen. Martha jedoch beschäftigte vor allem Tedras innere Zerrissenheit. Sie wusste, dass Tedra zwischen ihrem Wunsch zu helfen und ihrem schlechten Gewissen, weil Challen sich um sie sorgte, hin und her gerissen war.

Daldens Vorschlag versprach eine Lösung, die beide Mock-II-Computer akzeptieren würden. Doch Tedra war noch nicht gewillt, Dalden ziehen zu lassen. Zu viele Fragen waren noch offen.

»Wenn du von Jorrans gegenwärtigem Kurs ausgehst, welchen Planeten hat er dann deiner Meinung nach für eine Übernahme ins Visier genommen?«, fragte sie Martha.

»Er steuert direkt in den bislang unbekannten Weltraum.«

Diese Aussage ließ alle überrascht aufhorchen. »Willst du damit sagen, Jorran hofft, dort draußen einen neuen, bisher noch unentdeckten Planeten zu finden?«, kam es von Tedra. »Dieser Plan erscheint mir ziemlich abwegig, wenn nicht sogar dumm.«

»Das ist er ganz und gar nicht. Ich halte ihn sogar für recht clever. Dieser Weltraumsektor mag bisher ein weißer Fleck auf unserer Galaxienkarte sein, aber es gibt dort mit Sicherheit Sonnensysteme, und gewisse Gerüchte besagen, in einem davon existiere mindestens ein bewohnter Planet. Doch ein einzelner interessanter Planet in einem Sonnensystem, noch dazu weit entfernt, lohnt den Aufwand einer Erforschung nicht. Diese Sterne liegen nun einmal so weit abseits unserer Handelswege, dass noch keiner der professionellen

Weltenentdecker es der Mühe wert befunden hat, den Wahrheitsgehalt der Gerüchte zu überprüfen. Aber Jorran kommt ein Zielgebiet fernab von allen erforschten Galaxien gerade recht. Nur so kann er sich halbwegs sicher sein, dass kaum eine andere Welt sich für seine Machenschaften interessiert.«

»Von welchen Entfernungen sprechen wir genau?«, fragte Tedra.

»Daten unbekannt.«

Diese Antwort war selbst für Martha, die manchmal ziemlich kurz angebunden sein konnte, etwas zu abrupt. Sie erinnerte Tedra daran, dass ihr Mock-II-Computer seine Berechnungen in der Regel auf gesicherte Tatsachen und Datensätze stützte. Gerüchte fielen jedoch nicht einmal ansatzweise in diese Kategorie. Martha hasste nichts mehr, als wenn sich eine ihrer Berechnungen als falsch herausstellte. Und auf der Basis von Gerüchten war diese Gefahr besonders groß. Deshalb formulierte Tedra ihre Frage noch einmal neu. »Wie sieht die allgemeine Einschätzung der Entfernung aufgrund der Gerüchte aus?«

»Drei Monate für ein Handelsschiff, fünf Monate für einen Weltenentdecker.«

»Drei Monate? Und das trotz Gaali-Antrieb? Für die einfache Strecke? Kein Mensch reist heute mehr so weit, ohne unterwegs ein paar Pausen einzulegen. Der Treibstoff stellt kein Problem mehr dar. Aber die Kommunikation ist nach wie vor ein Unsicherheitsfaktor. Kriege können ausbrechen und binnen dreier Monate gewonnen oder verloren werden. Ganze Welten können in diesem Zeitraum spurlos verschwinden. Niemand möchte mehr so lange unterwegs sein, dass er seine Galaxie bei seiner Rückkehr vielleicht nicht wiedererkennt.«

»Du weißt ja, wie verwöhnt Weltenentdecker inzwischen sind, Tedra. Die Centura Liga wäre nie entstanden, wenn die Entdeckungsreisenden der alten Schule solche Ansprüche gestellt hätten wie die jüngere Generation. Damals reiste man ja noch um ein Vielfaches langsamer als heute. Ein oder zwei Jahre im Weltraum nahm man gern in Kauf, wenn man dafür eine neue Welt in die Galaxienkarten eintragen konnte. Eine Fahrt von drei Monaten hätte in jenen Pioniertagen als kurzer Vergnügungsausflug gegolten. Und heute legt man innerhalb von drei Monaten Entfernungen zurück, für die man in den Ruhmeszeiten der frühen Entdecker mehrere Jahre gebraucht hätte. Aber lassen wir diese sentimentalen Erinnerungen.«

»Drei Monate – *sechs* Monate hin und zurück.« Tedra sah Dalden an und schüttelte den Kopf. »Dir ist bewusst, dass es sich dabei um die reine Reisezeit handelt. Die Zeit, die du zusätzlich brauchen wirst, um Jorran aufzuhalten und den Schaden, den er bis dahin vielleicht schon angerichtet hat, rückgängig zu machen, ist noch gar nicht eingerechnet. Und dann müsstest du sämtliche Ruten finden und unschädlich machen. Eine derartige Expedition kann leicht ein ganzes Jahr dauern, vielleicht sogar länger. Du wirst dich nicht auf ein solch ungewisses Unterfangen einlassen. Und das ist mein letztes Wort in dieser Sache.«

Kapitel Fünf

Allzu häufig fuhr Brittany nicht zum Einkaufszentrum. In der Regel gab es dort jederzeit ausreichend Parkplätze, denn Seaview war keine große Stadt. Diese bisher einzige größere, überdachte Ladenpassage hatte erst im letzten Jahr eröffnet. Anders als sonst brauchte Brittany heute eine kleine Ewigkeit, um eine Parklücke zu finden. Den Grund für den ungewöhnlichen Andrang entdeckte sie gleich, als sie in das Gebäude trat. Auf einer Bühne in der Mitte der Eingangshalle stand Bürgermeister Sullivan und hielt eine Rede. In Kürze fanden Wahlen statt, und Sullivan kandidierte für eine zweite Amtsperiode.

Die Stadt Seaview gab es nun seit vier Jahren, und Sullivan war ihr erster und bislang einziger Bürgermeister. Soweit Brittany das zu beurteilen wagte, machte er seine Sache ganz ordentlich, und sie würde ihm ihre Stimme auch diesmal wieder geben. Dank seines Engagements wuchs die Stadt langsam beständig weiter. Das bedeutete, ihr Arbeitsplatz in der Baubranche war bis auf weiteres sicher. Daher verzieh Brittany dem Bürgermeister auch, dass er seine Wahlkampfrede gerade an einem Sonntag, ihrem einzigen freien Tag, hielt.

Sie blieb sogar ein paar Minuten lang etwas abseits der Menge stehen und hörte ihm zu. Solche Menschenmassen, wie sie sich jetzt vor der Bühne drängten, vermied Brittany wenn irgend möglich. Sie hasste das Gefühl, in einer Menge eingeschlossen zu sein und unweigerlich bei jeder Bewegung mit jemandem zusammenzustoßen. Zudem erregte ihre Größe bei solchen Gelegenheiten immer einiges Aufsehen, was sich dann für gewöhnlich in unverhohlenem Staunen oder in schlichtweg unhöflichen Kommentaren niederschlug, was Brittany unweigerlich in eine mörderische Laune versetzte. Genau genommen war ihre Laune schon schlecht genug, seit sie und Thomas Johnson sich getrennt hatten. Sie hatte sogar schon daran gedacht, ganz aus Seaview wegzuziehen. Aber eigentlich fühlte sie sich hier wohl und schätzte Jan als umgängliche Mitbewohnerin, deren einziger Fehler darin bestand, dass sie ständig irgendwelche Treffen zwischen Brittany und halbwegs hoch gewachsenen jungen Männern arrangierte. Im Übrigen kam sie hier ihrem Ziel in großen Schritten näher. Wenn alles weiterhin so gut lief, würde sie in etwa zwei Jahren ihren Nebenjob kündigen und mit dem Bau ihres Traumhauses beginnen können.

Mit jeder Faser ihrer selbst lebte Brittany für diesen Tag und drehte jeden Penny zehn Mal um. Ausgebeulte Handtaschen oder verbeulte Schutzhelme ersetzte sie nur höchst widerwillig, und das nicht nur, weil sie lieber jeden Dollar in ihr Haus stecken wollte. Nein, im Gegensatz zu den meisten anderen Frauen hasste Brittany Einkaufstrips aus tiefstem Herzen. Schon seit

zwei Wochen schob sie ihre Besorgungen vor sich her. Aber inzwischen musste sie ihre Arbeitshosen jeden zweiten Abend waschen, weil fast all ihre Jeans so abgewetzt waren, dass auch die kunstvollsten Flickversuche sie nicht mehr retten konnten. Wohl oder übel hatte Brittany sie vor einiger Zeit aussortiert, um nicht eines Tages mit geplatztem Hosenboden auf einer ihrer Baustellen zu stehen. Und nun führte kein Weg mehr daran vorbei: Es musste Ersatz beschafft werden. Das ständige Wäschewaschen nahm einfach zu viel Zeit in Anspruch. Und Zeitverschwendung hasste Brittany noch mehr als Einkaufen.
Eigentlich hatte sie gehofft, innerhalb einer Stunde alles erledigt zu haben. Mit dem Bürgermeister und seinen Wahlhelfern hatte sie nicht gerechnet. Aber schon nach wenigen Minuten stellte Brittany fest, dass seine Rede sich kaum von dem unterschied, was sie bereits aus den Nachrichten erfahren hatte. In der kurzen Pause zwischen ihrer Tagesarbeit und ihrem Abendjob fuhr sie oft nach Hause, aß dort etwas oder erledigte ein paar Dinge im Haushalt, die nicht bis Sonntag warten konnten. Dabei schaltete sie gern den örtlichen Radiosender ein. Um spätestens neunzehn Uhr wurde sie dann im Fitnesscenter erwartet, wo sie für gewöhnlich bis zehn Uhr abends im Einsatz war. Danach reichte es gerade noch für eine kurze Dusche, bevor Brittany erschöpft ins Bett fiel.
Sie wollte sich gerade am Rand der Zuhörerschaft entlang zu ihrem bevorzugten Jeansladen durcharbeiten, als sie *ihn* sah. Sie konnte ihre Augen erst nach ein paar Sekunden wieder losreißen und stolperte so bei-

nahe über eine andere Frau. Erstaunt wie sie war, vergaß sie sogar, sich zu entschuldigen. Noch nie hatte sie einen so großen Mann gesehen. Warum entdeckte sie ihn erst jetzt, wo ein derart hoch gewachsener Mann mitten in einer Menschenansammlung doch unwillkürlich jede Menge Aufsehen erregte? Er war beim besten Willen nicht zu übersehen, überragte er doch den Rest des Publikums beinahe um Haupteslänge.

Vielleicht hatte er ja gesessen und war gerade erst aufgestanden. Möglicherweise standen irgendwo in dem Gedränge ein paar vereinzelte Stühle. Oder war er am Ende nur auf einen davon gestiegen? Nein, dann müsste sie seine Taille sehen. Doch Brittany sah lediglich unerhört breite Schultern, auf die eine goldene Haarmähne herabfiel. Brittanys Neugier war geweckt. So schnell es nur ging, schob sie sich durch die Ausläufer der Menschentraube näher in Richtung Bühne, um einen Blick auf das Gesicht des Fremden zu erhaschen.

Brittany merkte gar nicht, dass sie vor lauter Anspannung den Atem anhielt. Erst als sie eine Stelle erreicht hatte, von der aus sie den Mann genauer unter die Lupe nehmen konnte, entwich die Luft mit einem langen Seufzer aus ihrer Lunge. Ihre Spannung kam nicht von ungefähr, denn nur allzu häufig waren die Männer, die ihre Aufmerksamkeit erregten, zwar groß, aber leider nicht besonders ansehnlich. Nur wenige hatte sie bislang wirklich anziehend gefunden, und nur bei einem einzigen war sie nahe daran gewesen, ihr Herz zu verlieren.

Thomas Johnson würde sie nie vergessen. Er war der lebende Beweis dafür, wie schwierig oder gar unmöglich es für sie sein würde, jemals den richtigen Mann zu finden. Diese Erkenntnis traf Brittany tiefer, als sie wahrhaben wollte. Sie war sich bei Tom so sicher gewesen. Ihr Instinkt hatte ihr gesagt, er sei der Mann fürs Leben. Sie war sogar bereit gewesen, ihm all das zu geben, was sie noch niemals mit einem Mann geteilt hatte. Nun konnte sie dankbar sein, dass es nicht zum Äußersten gekommen war, bevor sie erfahren hatte, dass ihre Körpergröße selbst für Tom ein Hindernis darstellte. Sie war einen halben Kopf kleiner als er, und selbst das war in seinen Augen noch zu groß. Dieser Blödmann war wahrscheinlich verrückt auf Zwerge, hatte sie wütend gedacht und ihm die Tür gewiesen.

Aber der große Unbekannte inmitten dieses Meeres von Köpfen, die ihm gerade bis zur Schulter reichten, sah einfach blendend aus. Brittany fühlte sich sofort zu ihm hingezogen, doch gleichzeitig schrillten tausend Alarmglocken in ihrem Kopf. Wer so gut aussah, konnte unmöglich auch einen guten Charakter haben. Sicher stimmte mit diesem Mann irgendetwas nicht. Ihre inneren Instinkte mochten sich noch so sehr gegen diese negativen Gedanken wehren, doch nach der Enttäuschung mit Tom traute Brittany ihren eigenen Gefühlen nicht mehr. Der Mann in der Menge war ja auch viel zu jung für sie. Obwohl er eigentlich gar nicht so jung aussah. So große Männer wirkten selten richtig jung. Und spielte das Alter zweier Menschen heutzutage wirklich noch eine entscheidende Rolle, wenn sie das Gefühl hatten, zueinander zu gehören, und dieselben Interessen teilten?

Eigentlich hätte Brittany diese Erkenntnis auch auf die Körpergröße von Liebenden übertragen können. Doch bei diesem Thema sah sie inzwischen rot. Wenn aber der Fremde nun tatsächlich zu jung für sie war, dann musste sie sich dringend irgendwo hinsetzen und sich darauf konzentrieren, ihren Puls wieder auf eine normale Frequenz zu bringen. Im Augenblick trommelte er ihr nämlich wie der Hufschlag galoppierender Pferde in den Ohren.

Der Mann folgte der Rede des Bürgermeisters anscheinend nicht allzu aufmerksam. Mehrmals sah er sich um, so als wüsste er gar nicht, wo er sich befand. Brittany suchte noch immer krampfhaft nach Minuspunkten, die ihr Interesse an diesem Hünen dämpfen könnten, als sie plötzlich eine Veränderung an ihm bemerkte. Sein Gesicht zeigte so etwas wie Schreck oder vielleicht Verwirrung. Und nun sah er schon aus wie ein Mensch in höchster Panik. Das konnte nur eines bedeuten: Ein Anfall von alles erstickender Klaustrophobie bahnte sich an. Brittany zweifelte keine Sekunde lang daran, dass der große Unbekannte sich in Not befand. Ohne weiter darüber nachzudenken, drängte sie sich durch die Menge, packte den Mann am Arm und zerrte ihn aus dem Getümmel. Jeden Tag eine gute Tat. Und das hatte auch wirklich überhaupt nichts damit zu tun, dass sie ihn gern kennen lernen wollte und diese Rettungsaktion ihr den perfekten Vorwand dafür bot. Vielleicht hätte sie ihr Handbuch für Pfadfinderinnen aber doch genauer lesen sollen. Denn dort stand unter anderem geschrieben, dass gute Taten ein Leben manchmal für immer veränderten.

Kapitel Sechs

Selbst noch so beherzte Rettungsaktionen verliefen nicht immer nach Plan. Gar manche gut gemeinte Hilfeleistung entpuppte sich nur allzu bald als ungerechtfertigter Eingriff in die persönlichen Angelegenheiten eines Menschen.

Das war Brittanys erster Gedanke, als sie sich nun dem Mann zuwandte, den sie gerade den Fängen seiner ganz persönlichen Hölle entrissen zu haben glaubte. Ein klein wenig Dankbarkeit hatte sie schon erwartet. Aber nun traf sie lediglich sein neugieriger, vielleicht sogar etwas abschätziger Blick. Wie entmutigend. Nicht dass sie das noch irgendwie erschüttern konnte, denn Brittany war starr vor Staunen.

Schon aus der Ferne, aber erst recht aus der Nähe betrachtet, versetzte der Unbekannte ihr Innerstes in hellen Aufruhr. Nie hätte Brittany geglaubt, dass einmal ein Mann aus ihrer Sicht ein wenig zu groß sein könnte. Doch gütiger Himmel, ein etwa zwei Meter zwanzig großer, unverschämt gut aussehender Kerl stand nun vor ihr – und auch noch wohl proportioniert.

Was Brittanys Augen von seinen Schultern abwärts bis zum Boden erblickten, ließ sich kaum in Worte fassen. An aufgeblähte Muskelpakete war sie nach drei Jahren

Arbeit in einem Fitnesscenter gewöhnt. Aber die Muskeln dieses Mannes wirkten völlig natürlich und gar nicht wie mühsam antrainiertes Blendwerk. Alles an ihm war groß und massig, jedoch auf eine sehr ansprechende, harmonische Art. Einen solchen Körperbau konnte man selbst mit jahrelangem emsigem Eisenbiegen nicht erzielen. Damit wurde man geboren. Selbst seine Kleidung konnte sich sehen lassen. Sie zeugte von Modebewusstsein und eigenem Stil. Verflixt – wenn man ihn so betrachtete, konnte man ihn beinahe für einen Rockstar halten. Er trug eine Art Tunika ohne Knöpfe mit einem Gürtel in der Taille. Und seine wie angegossen sitzende, schwarze Lederhose schien keinerlei Nähte zu haben.

Fast wie eine zweite Haut umschloss sie seine Beine. Wunderbar weich wirkten die kniehohen Lederstiefel in derselben Farbe mit flachen Absätzen – hier gab es keine Notwendigkeit, künstlich Größe vorzutäuschen. Das schwere Medaillon, das in dem ungewöhnlich tiefen V-Ausschnitt der Tunika aufblitzte, hing an einer grobgliedrigen Goldkette und trug mystisch wirkende Zeichen. So wie es gearbeitet war, konnte man beinahe denken, es sei aus purem Gold.

Aber das war natürlich völlig unmöglich. Immerhin hatte es in etwa den Umfang und nahezu die Stärke von Brittanys Faust. An seinem breiten Gürtel trug der Mann ein neumodisch aussehendes kleines Gerät mit unzähligen Knöpfen. Brittany nahm an, es handle sich um eine Art Radio, denn von dort aus führte ein dünnes Kabel zu einem seiner Ohren. Sicher trug er einen Ohrstöpsel.

Sie war vollkommen darin versunken, den Fremden zu mustern, und erschrak fast ein wenig, als er sie ansprach. Ein tiefes Knurren. Fremdartig. Er sprach mit starkem Akzent, doch Brittany wusste nicht, mit welchem Herkunftsland sie seine ungewöhnliche Aussprache in Verbindung bringen sollte. »Sie wünschen?«, begann er.
Zu ihrem Ärger errötete Brittany. Rosarote Wangen passten so gar nicht zu ihrem kupferfarbenen Haar. »Nichts«, antwortete sie schnell. »Aber vielleicht sollte ich mich gleich bei Ihnen entschuldigen. Sie sahen so aus, als drohe Ihnen ein Anfall von Klaustrophobie.«
Auf seinen fragenden Gesichtsausdruck hin fügte sie hinzu: »Sie wissen schon, das schreckliche Gefühl, von einer Meute eingeschlossen zu sein und sich nicht mehr rühren zu können – ach, vergessen Sie es einfach. Ich habe geglaubt, Sie bräuchten meine Hilfe. Aber offensichtlich habe ich mich getäuscht.«
Er legte den Kopf etwas schräg und schien einen Augenblick lang auf die Musik zu lauschen, die aus seinem Ohrstöpsel kam, bevor er antwortete: »Ah, Sie haben mir Hilfe geleistet. Verstehe nun und entbiete Ihnen meinen Dank.«
Dabei lächelte er sie strahlend an, und Brittany fragte sich, ob es wohl gestattet war, mitten im Einkaufszentrum einen Ohnmachtsanfall zu erleiden. *Großer Gott im Himmel, schnell, finde etwas, was dich an ihm stört, Mädchen! Sonst verliebst du dich Hals über Kopf.*
Ganz entspannt stand er nun da. Das Lächeln, das seine ohnehin schon ungeheure Anziehungskraft nahezu verdoppelte, umspielte noch immer seine Lippen. Und

den bernsteinfarbenen Augen schien zu gefallen, was sie sahen. Als Brittany das bewusst wurde, geriet sie völlig aus dem Häuschen. Sie wusste, dass sie – abgesehen von ihrer Körperlänge – ganz gut aussah. Die Unzahl von Männern, die trotz ihrer Größe mit ihr ausgehen wollten, und ein gelegentlicher Blick in den Spiegel bestätigten ihr das.

Sie war schlank und hatte volle Brüste. Ihre meergrünen Augen wirkten je nach ihrer inneren Verfassung geheimnisvoll dunkel oder kristallklar. Und ihr Haar, das sie von ihrem Großvater geerbt hatte, wellte sich in einer wilden, kupferroten Mähne, deren ungewöhnliche Farbe kein noch so begabter Friseur nachahmen konnte. Feine und zugleich markante Züge verliehen ihr zudem eine Ausstrahlung, die gemeinhin als überwältigend galt. Selbst hätte Brittany sich nie so beschrieben, doch sie war froh und glücklich, über einige Vorzüge zu verfügen, die die überschüssigen fünfzehn bis zwanzig Zentimeter Körperlänge wenigstens einigermaßen wettmachten.

Nun standen sie da und starrten einander an, anstatt zu reden oder zumindest die üblichen Banalitäten auszutauschen, die bei einem ersten Zusammentreffen unvermeidbar waren – Name, Beruf, Anzahl der Kinder, die man sich wünschte, und dergleichen mehr. Da der große Fremde keinerlei Anstalten machte, ein Gespräch in Gang zu bringen, musste Brittany wohl oder übel selbst den Anfang machen. Allerdings hatte sie darin nicht viel Erfahrung, denn amerikanische Männer beherrschten die Kunst des unverbindlichen Geplauders am Anfang einer Bekanntschaft bis zur Vollkom-

menheit. Doch Brittany blieb keine andere Wahl. Entweder sie ergriff die Initiative oder sie verspielte ihre Chance und ließ dieses Prachtstück aus ihrem Leben gehen. Und das kam überhaupt nicht in Frage.
Sie beschloss, einfach die übliche Liste Schritt für Schritt abzuhaken, und begann: »Ich bin Brittany Callaghan. Und Sie sind?«
»Sha-Ka'ani.«
»Wie bitte?«
Er musste versehentlich an den Lautstärkeregler seines Radios gekommen sein, denn nun hörte sogar Brittany ein blechern klingendes Kreischen, das aus seinem Ohrstöpsel drang und ihn zusammenzucken ließ. Er riss sich die kleine Vorrichtung aus dem Ohr, starrte einen Moment lang finster darauf und setzte den Stöpsel dann wieder ein.
»Nun verstehe ich. Sie wünschten, meinen Namen in Erfahrung zu bringen. Ich bin Dalden Ly-San-Ter.«
Brittany musste grinsen. »Lassen Sie mich raten. Das Ding da ist gar kein Radio, sondern eine Art tragbarer Sprachtrainer.«
»Das Gerät unterstützt mich in der Tat dabei, Ihre Sprache zu verstehen. Ich habe sie soeben erst gelernt.«
»Soeben gelernt? Dafür sprechen Sie unsere Sprache aber erstaunlich gut.«
»Dennoch entzieht sich mir die Bedeutung mancher Worte. Gewisse Begriffe bedürfen der Erklärung.«
»Oh ja. Wenn wir anstatt des eigentlichen Wortes für eine Sache Markennamen benutzen, bekommen Sie bestimmt Probleme. Und Vornamen wie der meine,

die man mit der Bezeichnung für ein Land verwechseln kann, sorgen sicher auch für Verwirrung.« Brittany riet erneut wild drauflos, denn sie wollte zum nächsten Punkt auf ihrer Liste kommen. »Sie haben wohl gerade einen Vertrag als Basketballspieler unterschrieben.« Ein verdutzter Gesichtsausdruck antwortete ihr. »Ach herrje! Wenn Sie dieses Wort nicht kennen, werden Sie wohl kaum ein Profispieler sein. Obwohl die Talent-Scouts Sie sicher bald aufspüren, wenn Sie nur lange genug hier im Land bleiben. Entschuldigen Sie bitte meine übereilten Schlüsse. Aber wir begegnen hier nicht jeden Tag Zwei-Meter-zwanzig-Männern. Und wenn man doch einmal einen trifft, ist er fast immer ein Basketballspieler.«

»Ich messe keine zwei Meter zwanzig«, erklärte er in ernstem Ton.

Sie lachte. »Ach, bei Ihrer Größe kommt es auf den einen oder anderen Zentimeter doch gar nicht an.«

»Stellt meine Größe ein Problem dar?«

»Nein, ganz und gar nicht. Ihre Größe ist absolut perfekt. Genau das suchen die Basketball-Scouts.« Und Brittany Callaghan. Doch das behielt sie wohlweislich für sich. Außerdem schien er kein Wort von dem, was sie sagte, zu verstehen. »Ist ja auch einerlei. Ich vergesse dauernd, dass Sie kein Amerikaner sind. Und vielleicht spielt man da, wo Sie herkommen, ja gar kein Basketball. Wo liegt Ihr Land denn überhaupt?«

»Fern von hier.«

Sie grinste. »Das ist ziemlich offensichtlich. Aber wie fern denn genau? In Europa? Oder im Mittleren Osten? Ihr Akzent ist mir völlig unbekannt, und dabei dachte ich immer, wir hätten dank des Fernsehens nun bald alle erdenklichen Aussprachemöglichkeiten von Englisch gehört.«

»Mein Land dürfte Ihnen kaum bekannt sein.«

Brittany seufzte. »Da haben Sie wohl Recht. Wenn es tatsächlich Shaka-wie-sagten-Sie-gleich heißt, habe ich leider noch nie davon gehört. Geografie war schon in der Schule eine meiner Schwachstellen. Sie sind wohl nur zu Besuch in Amerika – auf Besichtigungstour sozusagen?«

»Meine Zeit hier ist knapp bemessen, ja.«

Wieder ein Seufzen. »Oh, Mist. Da schwinden sie hin, meine Heiratspläne.« Diesmal brachte sein fragender Blick sie zum Lachen. »Nur keine Panik. Das sollte ein Scherz sein, um Sie etwas lockerer zu machen. Sie reden wohl nicht viel?«

Schon bevor die Worte heraus waren, errötete Brittany. Mit ihrem pausenlosen nervösen Geplapper hatte sie ihm ja noch gar keine Chance gelassen, etwas zu sagen. Ein Ausländer. So ein verdammtes Pech. Aber wenn irgendwo in der Fremde Männer wie er den Erdball bevölkerten, sollte sie vielleicht die ein oder andere Fernreise in Erwägung ziehen.

Ihre Enttäuschung verursachte ihr einen fast körperlichen Schmerz. Er war nur zu Besuch. Sobald sein Visum ablief, musste er das Land wieder verlassen. Und dann würde sie ihn vielleicht nie wiedersehen … Aber so etwas ließ sich ändern. Mit »knapp bemessen« konnte er ja auch nur seine Zeit in Seaview gemeint haben. Kamen denn nicht ständig Ausländer in die USA und bemühten sich erst dann um eine Aufent-

haltserlaubnis oder gar um die Einbürgerung? Mit Hilfe einer Heirat ließ sich dieser hoch komplizierte Prozess häufig beschleunigen. Der Bund fürs Leben wirkte in solchen Fällen manchmal Wunder. Brittany traute sich nicht, weiter zu fragen. Sie wollte nicht hören, dass er nur auf der Durchreise war. »Ich werde Ihnen viel zu sagen haben, wenn meine Aufgabe hier erst erledigt ist«, antwortete er jetzt.
Brittany blinzelte verwirrt. Ihre Frage hatte sie längst vergessen. Doch seine Worte klangen so viel versprechend, dass ihre Enttäuschung schlagartig dahinschwand.
»Keine Zeit für ein Privatleben? Oh Mann, das kommt mir leider nur allzu bekannt vor«, antwortete sie. »Um welche Art Aufgabe handelt es sich denn?«
»Ich suche einen Mann. Sein Name ist Jorran, aber hier nennt er sich möglicherweise anders.«
»Sind Sie ein ausländischer Polizist oder vielleicht gar ein Privatdetektiv?«
»Ist das notwendig, um hier jemanden zu finden?«
»Schaden würde es jedenfalls nicht.« Sie grinste. »Das Auffinden von vermissten oder gesuchten Personen ist schließlich das tägliche Brot von Detektiven. Aber ich glaube, es gibt hier in Seaview gar keine. Jede Menge Anwälte und – man stelle sich vor – sogar eine Pfandleihe haben wir hier inzwischen. Aber in einer netten, ruhigen Stadt wie dieser gäbe es wohl kaum genug Arbeit für einen Detektiv. Wenn der Typ, den Sie suchen, ein Krimineller ist, können Sie ja immer noch die örtliche Polizeidienststelle um Hilfe bitten.«
Wieder drang ein Kreischen aus dem Apparat, den der

Mann trug, ohne dass seine Hand vorher irgendeinen Knopf berührt hatte. Was für eine eigenartige Übersetzungshilfe! Oder was war das in Wirklichkeit für ein kleiner Kasten? Man konnte fast meinen, jemand spräche mit Hilfe des Gerätes direkt mit dem Fremden, brülle ihn vielleicht sogar gelegentlich an und bestimme, was er zu sagen hatte.

»Die Polizei wäre mir bei meiner Aufgabe eher hinderlich als von Nutzen. Es würden unweigerlich Fragen gestellt, die nur zu weiteren Fragen führen. Und die Antworten darauf sind mit ziemlicher Sicherheit kaum jemandem verständlich zu machen.«

»Klingt verdammt kompliziert. Tja, die größte Chance, einen Detektiv zu finden, der nicht allzu viele Fragen stellt, haben Sie wahrscheinlich in San Francisco.«

»Mir bleibt weder die Zeit für Umwege, noch ist die Hilfe, die ich benötige, komplizierter Art.« Seine bernsteinfarbenen Augen schienen einen Augenblick lang zu glühen, bevor er hinzufügte: »Sie selbst könnten mir sicher wertvolle Dienste leisten.«

Brittanys Pulsschlag beschleunigte sich. Sein Ton und sein Blick schienen ihr zu sagen, dass er damit nicht allein ihre Mithilfe bei der Suche nach diesem Jorran meinte. »Könnte ich das?«

»Was ich brauche, ist jemand, der die Menschen hier kennt und versteht. Ich suche jemanden, dem es sofort auffällt, wenn sich das Verhalten dessen, der hier die Macht hat, in irgendeiner Weise verändert.«

Brittany legte nachdenklich die Stirn in Falten. Dessen, der hier die Macht hat? Meinte er damit vielleicht den Bürgermeister? Sie warf einen Blick über ihre

Schulter zu der Bühne, auf der Sullivan gerade seine Rede zu Ende brachte. Die üblichen Politikerfloskeln. Daran war mit Sicherheit nichts Ungewöhnliches. Sein Verhalten ändern? Was zum Teufel meinte der Fremde damit?

Brittany wandte sich wieder zu ihm hin, um ihn genau das zu fragen. Doch sie war allein. Sie drehte sich einmal um ihre eigene Achse. Er war wie vom Erdboden verschluckt. Menschen gingen an ihr vorbei. Läden, so weit das Auge reichte. Nur er blieb verschwunden. Dieser prachtvolle Mann mit fremdländischer männlicher Ausstrahlung hatte sich einfach in Luft aufgelöst.

Am Boden zerstört, verfiel Brittany in die finsterste Laune, die je von ihr Besitz ergriffen hatte. Für sie war der Einkaufsbummel damit beendet. Die Jeans mussten eben warten. Sie fuhr nach Hause und warf wahllos ein paar Gegenstände an die Wand.

Kapitel Sieben

»Warum hast du mich aus der Gegenwart dieses weiblichen Menschen entfernt?«, grollte Dalden erbost, als er nun in der Kommandozentrale des Kampfschiffes *Androvia* Gestalt annahm. Die Frage war an Martha gerichtet. Shanelle saß zwar ebenfalls an den Steuergeräten und beherrschte auch die Bedienung des molekularen Transfersystems, mit dessen Hilfe man Personen binnen Sekunden an einen anderen Ort befördern konnte. Wie man Raumschiffe samt ihrer hoch komplizierten Ausrüstung steuerte, hatte sie während ihres Aufenthaltes auf Kystran gelernt. Doch dieses Kampfschiff wurde von Martha gelenkt und sie führte auch das Kommando über sämtliche technische Einrichtungen an Bord. Keinen noch so unbedeutenden Schalter würde sie je der Gefahr menschlichen Versagens aussetzen.

»Wenn du dich eben sprechen gehört hättest, Krieger, könntest du dir die Antwort auf deine Frage bereits selbst geben.«

Völlig gelassen tönte Marthas Stimme aus der Computerkonsole in der Mitte des Raumes. »Oder sind Gefühlsausbrüche bei dir inzwischen an der Tagesordnung?«

»Wirst du etwa rot, Dalden?«, fragte Shanelle nun einigermaßen überrascht. Bei dem golden schimmernden Bronzeton auf der Haut der Zwillinge war ein sanfter Anflug von Röte kaum wahrnehmbar. Das Blut musste ihnen schon gewaltig zu Kopfe steigen, damit man es überhaupt bemerkte. Abgesehen davon erröteten Sha-Ka'ani-Krieger eigentlich so gut wie nie. Sie verfügten über eine eiserne Selbstkontrolle in allem, was ihr Gefühlsleben betraf. Nur in den seltensten Fällen geschah es, dass etwas so Menschliches wie ein roter Kopf Emotionen verriet, von denen sie gern behaupteten, sie gar nicht zu kennen. Verlegenheit war den Kriegern zwar nicht fremd, man musste sie aber sehr gut kennen, um die Anzeichen dafür wahrzunehmen. Daldens Zwillingsschwester Shanelle gehörte zu dem ausgewählten Kreis von Menschen, die ihn sehr gut kannten.
Martha hielt allerdings eine ganze Liste von Beschwerden bereit und war nicht gewillt, sich zurückzuhalten, bis Dalden irgendwelche nebensächlichen Fragen seiner Schwester beantwortet hatte. »Ich hatte dir aufgetragen, die Gegebenheiten zu erkunden, und nicht, dich zu amüsieren«, erinnerte Martha ihn. »Und du solltest mit ihrem Führer Kontakt aufnehmen. Das ist *sie* aber gar nicht.«
»Sie war es, die den Kontakt mit mir suchte.«
»Aber du hast meines Erachtens nicht versucht, ihn zu beenden.«
»Sie hatte Interesse an mir.«
»Naaaa … und?!«, kam es gedehnt von Martha. Ihr Ton verriet, wie wenig Daldens erste Begegnung mit einem Wesen dieser neuen Welt in ihre eigenen Pläne

passte. »Für dich interessieren sich ständig irgendwelche Frauen. Aber seit wann bringt dich das aus der Ruhe? Und versuch jetzt bitte nicht, diese Tatsache abzustreiten. Deine Lebensdaten liegen mir vor.«

»Du wirst schon wieder rot, Dalden«, bemerkte Shanelle. Nur mit größter Mühe gelang es ihr, dabei nicht auch noch breit zu grinsen.

Während Daldens gesamter Abwesenheit hatte sie Marthas pausenloses Genörgel und Wehklagen über alles, was ihr Bruder bei seinem Erkundungsgang falsch machte, über sich ergehen lassen müssen. Dass Martha das Unternehmen schließlich abrupt abgebrochen hatte, wunderte sie nicht.

Erst gestern waren sie hier angekommen. Dalden hatte sich nicht davon abbringen lassen, sich persönlich um Jorran und die Wechselruten zu kümmern. Irgendwann hatte Tedra nachgegeben und beschlossen, die Entscheidung ihres Sohnes zu unterstützen. Sie bestand jedoch darauf, dass sämtliche Krieger, die mit ihnen nach Kystran gereist waren, ihn auf dieser Expedition begleiteten. Auch Martha musste mit von der Partie sein. Brock, der ja eigentlich das Kommando an Bord der *Androvia* führte, wäre zwar sehr wohl in der Lage gewesen, das Schiff auch weiterhin zu steuern. Doch wenn eines ihrer »Kinder« ohne sie in den weiten Weltraum aufbrach, musste Martha unbedingt die Geschicke der Abenteurer lenken. Nur ihr allein wollte Tedra ihren Sohn anvertrauen.

Also hatten die Mock-II-Computer die Raumschiffe getauscht, und Brock brachte Tedra nun im Rover nach Hause. Der Weg war nicht mehr allzu weit, und

Challens Ärger darüber, dass sie das letzte Stück allein gefahren war, würde sich in Grenzen halten. Verständlicherweise wollte auch Falon bei der Jagd auf Jorran nicht fehlen, wovon ihn auch seine tiefe Abneigung gegen Weltraumreisen nicht abhielt.
Martha zeigte sich wenig überrascht über seine Entscheidung, denn den von ihr gespeicherten Daten zufolge war Falon mit dem Großkönig noch längst nicht quitt. Immerhin hatte Jorran versucht, ihn zu töten. Nur war Falon durch andere wichtige Dinge – wie beispielsweise die Verfolgung seiner zukünftigen Lebensgefährtin nach Sunder – bisher davon abgehalten worden, die offene Rechnung zu begleichen. Aber nun konnte er es kaum erwarten, Jorran endlich zwischen die Finger zu bekommen und den Kampf angemessen zu Ende zu führen.
Da Falon sich dem Unternehmen anschloss, wollte auch Shanelle um keinen Preis fehlen. Tedra verweigerte natürlich zunächst ihre Zustimmung, doch Falon erhob keine Einwände, und so befand sich Shanelle nun ebenfalls mit an Bord der *Androvia.*
Shanelle war mit der Lebensweise der Sha-Ka'ani mindestens ebenso vertraut wie mit Marthas ganz eigenem, etwas komplizierten Charakter. Auf diese Weise fungierte sie auf dem Raumschiff als perfekte Vermittlerin zwischen Martha und den Kriegern. Die Krieger kannten ja nur Brock, der eigens für Challen, ihren *Shodan,* angefertigt worden war und damit fest zu ihnen gehörte. Martha hingegen verfügte über die bemerkenswerte Fähigkeit, jeden noch so gelassenen Krieger innerhalb kürzester Zeit zur Weißglut zu

bringen. Dazu brauchte sie sich noch nicht einmal besonders anzustrengen.
Die Fahrt hatte zwei Monate und dreiundzwanzig Tage lang gedauert, und die Gerüchte um den bewohnten Planeten in diesem unerforschten Sektor des Universums waren inzwischen harten Tatsachen gewichen. Wie sich herausstellte, reichte die technische Entwicklung der Humanoiden, die hier lebten, aus, um ein Raumschiff zu entdecken, wenn es nur nahe genug herankam. Zwar war die *Androvia* so konstruiert, dass sie auf den ersten Blick einem gewöhnlichen, wenn auch sehr großen Stück Weltraumschrott glich, doch es war zu riskant, sie länger als ein paar Sekunden auf dem Planeten zu parken. Martha löste dieses Problem, indem sie das Schiff mit ungeheurer Geschwindigkeit im Sturzflug auf den Planeten zurasen ließ, es Sekundenbruchteile vor dem Aufprall abfing und es dann geschickt in einem großen Gewässer versenkte. Dort erreichte die *Androvia* innerhalb kürzester Zeit eine Tauchtiefe, in der sie nicht mehr auszumachen war. Wenn zufällig jemand den Vorgang beobachtet hatte, würde er annehmen, ein Meteorit sei vom Himmel gefallen und in Form kleinster Bruchstücke ins Meer gestürzt. Weder Wellen noch Luftblasen an der Wasseroberfläche verrieten die Anwesenheit des Raumschiffes.
Jorran hatte tatsächlich ausgerechnet diesen Planeten für sein Vorhaben ausgewählt, aber sein Schiff war nicht lange geblieben. Nach einer ersten kurzen Prüfung schien ihm der Stern wohl für seine Zwecke ungeeignet, und er fuhr wieder ab, um sich einen anderen zu suchen. Doch Martha misstraute ersten

Eindrücken zutiefst, und bald bestätigte sich ihr Verdacht. Jorran hielt sein Schiff nur hinter dem einzigen Mond dieses Planeten versteckt.

Es war ein Kinderspiel gewesen, sein Raumschiff aufzuspüren und zu verfolgen. Die Tarnausrüstung der *Androvia* machte es anderen Schiffen unmöglich, sie zu orten. Deshalb wusste Jorran höchstwahrscheinlich nichts von seinen Verfolgern. Aus dem Umstand, dass er sein Schiff in der Nähe des Planeten versteckte, schloss Martha, er sei selbst auf dieser Welt unterwegs. Eine Scannerprüfung von Jorrans Gefährt ergab, dass sich nun weniger Lebewesen an Bord befanden als während der Fahrt. Martha schmuggelte kurz entschlossen den Androiden Corth II auf das andere Schiff und ließ ihn dort den Datenstrom anzapfen. Dadurch war es ihr jederzeit möglich, die Bewegungen von Jorrans Männern auf dem Planeten zu verfolgen und gleichzeitig die Informationen auszuwerten, die er seinem Schiff übermittelte.

Glücklicherweise erwies sich der Kapitän des Raumtransporters als neugieriger Geselle, der stets über alles genauestens Bescheid wissen wollte. Ganz nebenher erfuhr Martha, dass Fahrzeug und Mannschaft nur gemietet waren und dem Großkönig von Century III lediglich für einen beschränkten Zeitraum zur Verfügung standen. Ein ansehnlicher Teil dieser Zeit war schon durch die Anreise aufgebraucht worden. Aber Jorran wollte das Schiff erst ziehen lassen, wenn er selbst vom Erfolg seines Vorhabens völlig überzeugt war. Ihm blieb nur etwa ein Monat, um seine Pläne in die Tat umzusetzen. Wenn es ihm bis dahin nicht gelang, sich zum Herrscher dieses Planeten einzusetzen, musste er aufgeben und unverrichteter Dinge die Rückfahrt antreten.

Auf der *Androvia* hatte man seit der Ankunft am Vortag die Zeit genutzt, um Informationen über den Planeten und seine Bevölkerung zu sammeln und die Sublim-Kassetten herzustellen, mit deren Hilfe man die hiesige Sprache verstehen und erlernen konnte. Auch hierbei leistete Corth II gute Dienste. Martha schickte ihn zunächst auf die neue Welt hinab, wo er einen unbenutzten Computer finden und mit ihr verbinden sollte. Selbst Martha staunte über die Datenfülle, die ihr auf diese Weise zugänglich wurde.

»Sie mögen technisch nicht gerade auf dem neuesten Stand sein, aber das Dokumentieren von Vorgängen und das Speichern von Daten beherrschen sie hervorragend. Außerdem sind sie global vernetzt. Das hat den Vorteil, dass ich nur einen einzigen Computer brauche, um alle Informationen zu erhalten, die ich benötige. Die Datenübermittlung erfolgt allerdings nach einem recht primitiven System. Deshalb dauert es auch etwas länger als sonst, bis ich die ungeheure Datenmenge gesichtet und ausgewertet habe.«

So hatte Martha sich gestern kurz nach ihrer Ankunft ausgedrückt. Aber schon wenige Stunden später stöhnte sie: »Sagte ich, sie seien technisch nicht auf dem neuesten Stand? Welch eine Untertreibung! Etwas derartig Langsames wie die Maschinen, die diese Leute Computer nennen, ist mir im ganzen Universum noch nicht untergekommen.« Dabei durchforstete sie unablässig die eingehenden Daten.

»Okay, fangen wir noch einmal von vorn an«, seufzte sie jetzt. »Vielleicht kapieren wir's jetzt. Die Menschen da oben gehören zu einer aggressiven, kriegerischen Spezies. Ihre Geschichte ist von Anfang an voller Gewalt, und auch vor Gemetzeln größeren Stils schrecken sie nicht zurück. Ihre Datensammlung dokumentiert unzählige Fälle von Massenmord. Die Vorstellung, dass es auch auf anderen Planeten Leben gibt, fasziniert und erschreckt die Leute hier gleichermaßen. Meine Wahrscheinlichkeitsberechnungen sagen, dass es dort oben einige Individuen gibt, die außerirdische Wesen mit offenen Armen empfangen würden. Die meisten werden jedoch alles daransetzen, die Besucher zu vernichten. Sie sind einfach noch nicht auf dem nötigen Entwicklungsstand, um entdeckt zu werden. Habe ich mich klar ausgedrückt?«

»Die Frau schien aber keine kriegerischen Absichten zu haben«, widersprach Dalden.

»Wir konnten uns von ihren Absichten selbst überzeugen. Genau wie von deinen. Und keine davon bringt uns auch nur einen Schritt weiter. Ich versuche hier, dir etwas über diese Leute beizubringen, großer Kerl. Und falls dir das nicht in dein Hirn will, wirst du nicht mehr an die Oberfläche zurückkehren. Hörst du mir eigentlich zu?«

»Hat man denn in deiner Gegenwart überhaupt eine andere Wahl?«, gab Dalden steif zurück.

Die täuschend echte Imitation eines Seufzers füllte den Raum. Laut und lang gezogen drang der Laut aus der Konsole. »Um das Ego unserer Krieger aufzupolieren, fehlt uns hier die Zeit. Mein Auftrag besteht darin, dich unverletzt, intakt und lebendig wieder nach Hause zu bringen. Wenn es dir auch noch gelingt, die Wechselruten zu finden, umso besser. Denn ein glücklicher Dalden bedeutet eine glückliche Tedra, und das ist alles, was ich will. Darum bin ich bereit, dich nach Kräften zu unterstützen. Aber nicht bei einem Techtelmechtel.«

Wie auf Kommando errötete Dalden nun zum dritten Mal, und zwar bis unter die Haarwurzeln. Dalden verstand die »Sprache der Alten«, die Martha und seine Mutter benutzten, sehr gut. Schließlich hörte er sie schon seit seiner Kindheit immer dann, wenn seine Mutter und ihr Mock II miteinander sprachen. Die frühe Geschichte ihres Volkes faszinierte Tedra ungemein, während sie den meisten anderen Kystraniern völlig gleichgültig war. Lediglich zeitgeschichtliche Zusammenhänge wurden in ihrem Lernsystem noch vermittelt. Für *Techtelmechtel,* eines jener uralten Worte, hatten die Sha-Ka'ani nur die Umschreibung Spaß, besser bekannt als gemeinsam Sex haben.

»Also noch einmal: *Kein Anbändeln mit der hiesigen Spezies!«,* beharrte Martha. »Wenn auch nur eines dieser menschlichen Wesen erfährt, dass du nicht von ihrer Welt bist, werden sofort Milliarden von ihnen versuchen, dich aus ihrem Gedächtnis zu tilgen. Und wenn ich ihre Geschichte richtig interpretiere, ist das gleichbedeutend mit: dich bei der erstbesten Gelegenheit umbringen. Dass du nur gekommen bist, um ihnen zu helfen, wird sie wenig beeindrucken. Daran ändert weder das ungeheure Wissen etwas noch der Fortschritt, den du ihnen bringen könntest. Sie würden dich nicht als Bereicherung, sondern als Bedrohung für ihre weitere Existenz betrachten und dich infolgedessen auslöschen.«

Shanelle legte die Stirn in Falten. »Aber Martha, sagtest du nicht, Dalden könnte als einer von ihnen durchgehen, solange er nur sein Schwert hier auf dem Schiff lässt?«

»So ist es auch, denn es gibt sie in allen Formen, Farben und Größen. Sogar Gestalten, die einem Sha-Ka'-ani-Krieger nicht unähnlich sind, befinden sich darunter. Aber wer sagt uns, dass sie nicht längst nach Dalden suchen?«

»Warum sollten sie?«, fragte Shanelle. »Du selbst hast uns doch erklärt, sie würden unser Schiff für einen abstürzenden Meteoriten halten, falls sie unsere Landung überhaupt bemerken. Selbst unser Tauchmanöver hat keinerlei Veränderungen der Wasseroberfläche bewirkt.«

»Stimmt. Sie verfügen über Vorrichtungen, mit denen sie weiter in den Weltraum hineinsehen können, als das bloße Auge es vermag. Und wenn wir nicht mit einem so großartigen Tarnschild ausgerüstet wären, hätten sie uns vielleicht sogar kommen sehen. Wir müssen allerdings davon ausgehen, dass sie Jorrans Schiff bemerkt haben, zumindest wenn es eine Zeit lang über ihnen schwebte und wenigstens ein Mitglied des Personals, das die Sichtgeräte bedient, sich auf seine Arbeit konzentriert hat. Das ist allerdings eine ihrer anfälligsten Schwachstellen, denn sie überlassen diese wichtige Aufgabe menschlichen Wesen, anstatt Computer dafür einzusetzen.«

»Wenn sie etwas gesehen haben und nun irgendjemanden suchen, dann doch bestimmt Jorran, und nicht Dalden.«

»Mag sein. Aber das bedeutet, Dalden darf keinen Fehler machen, der die Aufmerksamkeit dieser Menschen auf ihn lenkt. Sonst glauben sie am Ende, sie hätten gefunden, wonach sie suchen. Und wie ich bereits sagte: Diese Spezies ist jederzeit zu kriegerischen Auseinandersetzungen bereit. Selbst wenn die meisten sich inzwischen einen globalen Frieden wünschen, sind ihre Kulturen doch zu unterschiedlich, als dass sie dieses Ziel in absehbarer Zeit erreichen.«

»Ich wünschte, du könntest einfach feststellen, wo Jorran gerade ist, und ihn zu uns ins Schiff transferieren«, murmelte Shanelle. »Problem gelöst.«

»Habe ich doch schon versucht, Kleines. Aber leider ohne Erfolg«, schnurrte Martha leise. »Solange er keine Andockvorrichtung trägt, bekomme ich ihn nicht richtig zu fassen. Dabei höre ich ihn ganz deutlich. Aber um wirklich sicherzugehen, dass ich ihn auch habe, müsste ich das gesamte Gebiet, in dem er sich befindet, hierher versetzen. Das kommt natürlich nicht in Frage, denn sicher ist er nicht allein. Und zu allem Überfluss trägt er auch noch eines dieser altmodischen Luftschilde, die vor Seuchen und Krankheiten aller Art schützen sollen.«

»Davon habe ich noch nie gehört.«

»Das wundert mich nicht. Die Luftschilde gelten längst als überholt. Mit einer einzigen kleinen Pille kann man heutzutage sämtliche Keime und überhaupt alle Trägerstoffe jedweder Seuche innerhalb von Sekunden unschädlich machen. Dazu benötigt man nicht einmal mehr einen Meditechniker. Der Schild, mit dem Jorran sich umgibt, ist weder zu fühlen noch mit bloßem Auge zu erkennen. Er hält lediglich Bakterien und Viren von ihm ab, sonst nichts. Aber leider blockiert er das molekulare Transfersystem.«

»Heißt das, es bleibt bei ihm wirkungslos?«

»Genau. Er müsste den Schild erst deaktivieren, damit ich an ihn herankomme, und das wird er wohl kaum tun. Wenn er schon so überängstlich ist und sich ein derart altmodisches Ding überstülpt, anstatt auf Meditechnik oder Pillen zu vertrauen, wird er hier auf dieser fremden Welt wohl zunächst vorsichtig bleiben. Möglicherweise ist sein Schiff gar nicht mit teurer Meditechnik ausgerüstet. Und Handelsschiffe haben auch selten die besagten Pillen an Bord, weil sie ohnehin nur auf vorgesehenen seuchenfreien Routen verkehren.«

»Warum benutzt man denn die Luftschilde nicht mehr, wenn sie doch anscheinend ihren Zweck erfüllen?«

»Nachdem das molekulare Transfersystem entwickelt wurde, waren die Schilde im Weg. In den Zeiten, als man noch auf einem Planeten landen musste, um ihn betreten zu können, hüllte sich jeder in den Luftschild, bevor er auch nur einen Schritt aus dem Raumschiff tat. Aber für einen Molekulartransfer ist es notwendig, den Schild vorübergehend abzuschalten. Und schon in den wenigen Sekunden, die es dauert, bis er nach der Ankunft wieder aufgebaut ist, besteht die Möglichkeit, sich eine Krankheit einzufangen.«

»Womit der Nutzen des Schildes gleich null ist«, stimmte Shanelle zu. »Aber gibt es denn wirklich keinen Zeitpunkt, wo Jorran ihn einmal deaktivieren muss? Wenn er sich waschen will oder wenn er schläft vielleicht?«

»Das wäre denkbar. Aber ohne eine Andockvorrichtung bin ich selbst dann noch machtlos. Ich kann ihn anpeilen, wenn er mit seinem Schiff spricht. Aber sobald er schweigt, verliere ich ihn in der Menge. Ganz abgesehen davon muss er die Kontrollvorrichtung für den Schutzschild nicht ununterbrochen am Körper tragen. Der Schild bleibt intakt, selbst wenn er den Apparat ablegt. Er darf sich nur nicht weiter als ein oder zwei Meter von dem Kästchen entfernen. Es wird mir also kaum gelingen, an ihn heranzukommen.«

Shanelle seufzte. »Wir müssen Jorran und die Ruten also wirklich buchstäblich zwischen die Finger bekommen.«

»Genau. Aber für Dalden dürfte das kein Problem darstellen, wenn er ihn erst einmal gefunden hat – es sei denn, er lässt sich von den hiesigen Menschen zu sehr von seiner Aufgabe ablenken.«

Diesmal veränderte Daldens Gesichtsfarbe sich nicht. Seine Miene war nun die eines Kriegers und damit völlig ausdruckslos. Sonst gehörte es zu Marthas Lieblingsbeschäftigungen, in solchen Momenten eine Gefühlsregung zu provozieren. Aber angesichts der vielen Probleme, die es noch zu lösen galt, hielt sie sich diesmal zurück.

»Ich bin mir noch nicht sicher, ob Jorran sich vorher kundig gemacht hat oder ob er kurzerhand das Schiff bestiegen hat und die Entscheidung für diesen Planeten mehr oder weniger zufällig getroffen hat«, fuhr Martha fort. »Jedenfalls gibt es hier jede Menge unter-

schiedlicher Regierungsformen in den verschiedenen Ländern. Und in dem Land, das er sich scheinbar ausgesucht hat, existieren klare Abstufungen in der Machtausübung. Einer der niedrigeren Ränge ist das Oberhaupt einer Stadt. Darüber steht das Oberhaupt eines Bundesstaates, in dem es wiederum Hunderte von Städten gibt, und ganz oben finden wir den Präsidenten des gesamten Landes. Ein Organ, das den ganzen Planeten regiert, scheint es allerdings nicht zu geben. So weit ist man hier noch nicht fortgeschritten. Aber einige Länder werden in dieser Welt als führend betrachtet. Ihre Meinung hat einiges Gewicht, und sie verfügen auch über die Mittel, ihren Willen durchzusetzen, wenn ihr wisst, was ich meine. Jorran hat sich für eines dieser führenden Länder entschieden. Aber mir scheint, er möchte klein anfangen und sich dann langsam, Stufe um Stufe nach oben arbeiten. Für so klug hätte ich ihn gar nicht gehalten.«
»Was soll daran klug sein, wo er doch eigentlich den ganzen Planeten beherrschen will?«, fragte Shanelle.
»Nun, ganz einfach. Das, was die führenden Persönlichkeiten hier tun, wird immer sehr schnell in der gesamten Bevölkerung bekannt gemacht, vor allem, wenn es sich um sehr mächtige Anführer handelt. Was die unbedeutenderen unter ihnen, also beispielsweise diejenigen, die lediglich eine Stadt regieren, anstellen, erfährt hingegen außer den Bewohnern der Stadt oft lange Zeit niemand. Anders ausgedrückt: Je weniger Aufmerksamkeit Jorran gleich zu Anfang erregt, desto besser für ihn.
Wahrscheinlich hat er nicht erwartet, einen so dicht

besiedelten Planeten vorzufinden. Die meisten anderen Welten, deren Bevölkerung so stark wächst, verteilen die Menschen irgendwann auf Planetenkolonien, um die Rohstoffvorkommen auf dem Mutterstern zu schonen. Verglichen mit dieser Welt ist Century III noch im Frühstadium der Bevölkerungsentwicklung. Dort leben noch nicht einmal fünfhunderttausend Centurianer, während sich hier Milliarden von Menschen drängen. Abermillionen von ihnen leben in den Städten auf engstem Raum zusammen. Anstatt sich auszubreiten, türmen sie sich buchstäblich übereinander. Es gibt einfach zu viele. Deshalb wundert es mich eigentlich nicht, dass jedes Raumschiff, das diesen Planeten bisher auch nur von weitem gesichtet hat, sofort wieder abgedreht ist, anstatt den Kontakt mit seinen Bewohnern zu suchen.«

»Vielleicht freut Jorran sich ja auch über diesen Überfluss an menschlichen Wesen«, gab Shanelle zu bedenken. »Je mehr Untertanen sich ihm zu Füßen werfen, desto mächtiger kann er sich fühlen.«

»Schon möglich. Aber noch ist fraglich, ob es überhaupt so weit kommt. Meinen Berechnungen nach ist nämlich die Wahrscheinlichkeit, dass Jorrans Plan hinhaut, ziemlich gering. Fest steht nur, er will die Herrschaft über den ganzen Planeten und kann bei dem Versuch, sein Ziel zu erreichen, ziemlich viel Unheil anrichten.«

»Wo liegt denn das Problem? Auf Sunder funktionierte der Einsatz der Wechselruten doch prächtig.«

»Ja. Weil Sunder eine globale Einheit darstellt, in der die Macht zwischen dem Militär und Vertretern der

Wissenschaften gleichmäßig verteilt ist. Außerdem gibt es auf Sunder im Gegensatz zu hier keine weltweiten Kommunikationssysteme. Hier muss man nur in seine Behausung gehen und einen kleinen Kasten einschalten, und schon hört und sieht man, was in der ganzen Welt vor sich geht. Auf Sunder kann eine führende Persönlichkeit ihre Ämter niederlegen und einen Nachfolger benennen, ohne dass das Volk es überhaupt merkt. Auf diesem Planeten hier sieht das ganz anders aus. Die Anführer werden entweder vom Volk gewählt oder sie sind schon durch ihre Geburt Teil eines herrschenden Clans. Manche reißen die Macht auch mit Gewalt an sich. Aber immer erfahren die Leute innerhalb kürzester Zeit davon. Und wenn ihnen die Zustände nicht passen, erdulden sie sie auch nicht einfach stumm. Jorran hat sich ein Land ausgesucht, in dem Regierungen gewählt werden. Er kann hier nicht einfach mit Hilfe einer Wechselrute einen Anführer zum Rücktritt bewegen und sich an dessen Stelle setzen.«

»Aber dann dauert es ja ewig, bis er die Herrschaft übernommen hat.«

»Kluges Kind!« Martha schlug nun einen ziemlich schadenfrohen Ton an. »Bis er sich durch sämtliche Stufen der Macht nach oben gearbeitet hat, vergehen Jahre. Und bis Jorran selbst zu dieser Erkenntnis gelangt, ist seine Zeit hier längst abgelaufen.«

»Dann könnten wir uns nun doch einfach gemütlich zurücklehnen und zusehen, wie ihm die Zeit davonläuft. Anschließend fahren wir in aller Ruhe nach Hause und erstatten Anzeige gegen ihn. Immerhin hat er die Ruten gestohlen. Sie zurückzuholen, ist dann Sache der Behörden.«

»Das könnten wir tatsächlich tun«, antwortete Martha. »Aber ich rate davon ab. Womöglich riskiert er, hier zurückzubleiben, und versucht es mit einer Art Alles-oder-nichts-Ansatz. Und dann gibt es auf dieser Welt leider noch einen anderen Faktor, den wir nicht vernachlässigen dürfen.«

»Etwas, das du uns bisher noch nicht gesagt hast?«

»Ja, aber das liegt wirklich nur an diesen verflixt langsamen Computern.« Marthas Stimme nahm einen klagenden Ton an. »Es dauerte schon fast eine Ewigkeit, bis ich alle Daten über die Geschichte dieses Planeten, das Militär, den Stand der Wissenschaft und die Regierungsformen abrufen konnte. Jetzt erst erhalte ich Informationen, die diese Welt noch einmal in einem ganz anderen Licht erscheinen lassen. Um hier Macht auszuüben, muss man nicht unbedingt ein politischer Führer sein. Mit materiellem Reichtum lässt sich bei diesen Menschen oft mehr bewegen, erlangt man mehr Einfluss und Macht als so mancher König oder Präsident. Grenzenloser Reichtum würde Jorran die Türen zu allen Machtzentralen dieser Welt öffnen. Und wenn er diesen Weg einschlägt, werden ihm die Wechselruten wertvolle Dienste leisten.«

»Er bringt die Leute dazu, ihn mit Reichtümern zu überhäufen, ohne dass sie wissen, warum sie das tun, und ohne dass sie sich dagegen wehren können«, murmelte Shanelle nachdenklich.

»Genau.«

Kapitel Acht

»Du bist so auffallend still, Dalden. Schmollst du oder hörst du mir gebannt zu?«, wollte Martha wissen.
Nur sie beide waren noch in der Kommandozentrale. Shanelle musste sich um Falon kümmern, der langsam ungeduldig wurde, weil die Suche nach Jorran ihm nicht zügig genug voranging. Er wollte gemeinsam mit fünfzig Sha-Ka'ani-Kriegern zur Erdoberfläche aufbrechen und die Sache selbst in die Hand nehmen. Doch ein solches Vorgehen stand völlig außer Frage. Es mochte zwar auch unter den Bewohnern dieses Planeten den einen oder anderen Riesen geben, aber Männer um die zwei Meter zwanzig waren hier die Ausnahme.
Selbst zwei oder drei Krieger, die sich gemeinsam sehen ließen, würden nur unnötig Aufmerksamkeit auf sich ziehen. Deshalb bestand Martha auch nach wie vor darauf, dass im Augenblick nur Dalden allein nach Jorran suchen sollte. Shanelle kam nun die schwierige Aufgabe zu, ihren Lebensgefährten von der Richtigkeit dieser Entscheidung zu überzeugen.
»Ich verstehe deine Befürchtungen, Martha«, antwortete Dalden. »Die Frau darf eben nie erfahren, dass ich zu einem Volk gehöre, welches sie wahrscheinlich als Barbaren betrachten würde.«

Ein Kichern erscholl im Raum. »Einen Barbaren würde sie dich wohl kaum nennen. Schon eher einen Außerirdischen. Das ist ihr Wort für fremde Lebensformen aus dem All. Dass andere Welten die Sha-Ka'ani für ein klein wenig barbarisch halten, dürfte die Frau wohl kaum interessieren. Sie würde nur eines feststellen: dass du nicht von ihrer Welt bist. Und der Schock darüber ließe sie schlagartig alle anderen Gefühle vergessen, die sie je für dich gehegt haben mag. Dann müsste ich sie an Bord holen und sämtliche Erinnerungen an dich aus ihrem Gehirn tilgen. Ich kann nur hoffen, dass das bei diesen Humanoiden überhaupt funktioniert. Und du weißt, wie ungern ich mich auf so unsichere Daten wie Hoffnungen oder vage Vermutungen stütze. Warum also nicht all diese vorhersehbaren Schwierigkeiten von vornherein vermeiden ...«

»Ich brauche jemanden, der jeden Besucher von einem anderen Planeten sofort erkennt«, unterbrach Dalden. »Ich selbst kann nicht sagen, wer dort oben fremd ist und wer dazugehört. Für mich klingen einfach alle eigenartig. Nur Jorran würde ich vielleicht gerade noch selbst entdecken.«

»Nicht unbedingt. Vielleicht hat er ja sein Aussehen verändert. Aber dass deine Aufgabe nicht einfach wird, wusstest du von vornherein.«

Dalden ging nicht auf Marthas Kommentar ein. Sie schien nicht zu begreifen, worum es ihm ging. »Jorrans Leute kenne ich nicht, aber der Frau würden sie sofort auffallen. Sie hat innerhalb von Sekunden gemerkt, dass ich nicht aus ihrer Stadt bin. Aber sie glaubt, ich komme aus einem fremden Land auf ihrer Welt. Ausländer nennen sie das.«

»Das ist mir keinesfalls entgangen. Ich darf dich daran erinnern, dass ich jedes Wort eurer Unterhaltung mitgehört habe.«

»Dann bist du also genau wie ich der Meinung, dass ihre Hilfe sehr wertvoll für uns wäre.«

»Vielleicht ist das ja tatsächlich so. Aber wenn du glaubst, ich erlaube dir deshalb gleich, sie wiederzusehen, täuschst du dich. Es gibt noch weitere Faktoren, die wir nicht außer Acht lassen dürfen. Einer davon ist dieser: Je länger du dich mit diesen menschlichen Wesen abgibst, desto größer ist die Gefahr, dass du dich verrätst. Diese Frau Brittany arbeitet weder für eine Behörde noch als Sicherheitsbeauftragte, und doch stellt sie Fragen, die dir gefährlich werden können. Wir haben es mit neugierigen, selbstbewussten Personen zu tun. Sie stecken ihre Nase mit der größten Selbstverständlichkeit in die Angelegenheiten anderer Leute. Und sie wird immer weiter und weiter fragen, bis du irgendwann einen Fehler machst und ihr etwas erzählst, was sie nicht erfahren sollte.«

»Da wir die meisten Fragen bereits abgehandelt haben, ist diese Gefahr gering.«

Martha kicherte. »Ich finde es herrlich, wenn Krieger mir beweisen wollen, dass sie nicht nur aus Muskeln bestehen.«

»Soll das heißen …«

»Immer mit der Ruhe, mein Kleiner.« Diesmal unterbrach Martha. »Ich habe deine Schwester hinausgeschickt, damit ich kein Blatt vor den Mund zu nehmen brauche. Nichts liegt mir ferner, als dich vor anderen in Verlegenheit zu bringen. Die Brittany-Frau ist tatsächlich ideal für unsere Zwecke. Und du hast dich gar nicht so dumm angestellt. Immerhin glaubt sie nun, du seist aus einem ihr unbekannten Land ihrer Welt. Allerdings halte ich es für einen gravierenden Nachteil, dass sie dir so gut gefällt. Also lass mich das ganz deutlich machen: zuerst kommt Jorran, dann sind die Wechselruten an der Reihe und erst ganz am Ende vielleicht die Frau. Wenn die Paarungsinstinkte dich zu sehr von deiner eigentlichen Aufgabe ablenken, dann unternimm etwas dagegen. Du kannst uns die größten Schwierigkeiten bescheren, wenn du nichts anderes mehr im Kopf hast. Falls also der Drang übermächtig wird, tu etwas dagegen und dann zurück an die Arbeit. Traust du dir das zu?«

»Natürlich.«

»Warum beschleicht mich das eigenartige Gefühl, ich hätte mir deine Antwort schon vorher denken können? Aber lassen wir das.« Martha seufzte. »Ich weiß, du würdest mich niemals mit Absicht anlügen. Ich weiß, du glaubst, du bist dieser Aufgabe gewachsen. Das Selbstbewusstsein von euch Kriegern ist wirklich kaum zu überbieten – ganz gleich, wie groß die Herausforderung auch sein mag. Und ich muss zugeben, dein Vater und du, ihr habt mir oft gezeigt, wie richtig ihr mit eurer Selbsteinschätzung in den meisten Fällen liegt.«

»Befindet sich die Frau noch an dem Ort, wo du mich zuletzt hingeschickt hast?«, fragte Dalden, dem daran gelegen war, endlich wieder auf die Oberfläche des Planeten zurückzukehren.

»Nein. Aber ich habe Einblick in alle notwendigen Daten über sie, unter anderem auch die genaue Lage der Örtlichkeit, die sie als ihr Zuhause bezeichnet. Außerdem habe ich über ihrer Stadt ein Minisichtgerät in Stellung gebracht. Ich kann nun also jederzeit Bilder von dort empfangen. Auf dem Computermonitor erschien ein in Planquadrate aufgeteiltes Bild, das sich immer weiter vergrößerte, bis es schließlich als Luftaufnahme eines Sektors der Planetenoberfläche zu erkennen war. Es zeigte einen kleinen Ausschnitt dieser Welt mit Behausungen, Bewuchs und Objekten, die sich auf bestimmten Bahnen bewegten. Sie hatten Ähnlichkeit mit den fliegenden Personentransportern auf Kystran, schienen aber am Boden zu haften. In einem der Planquadrate erschien ein dicker roter Kreis. Ein Stück davon entfernt entstand ein zweiter und dann noch drei andere, kleinere Kreise.«

Nun wieder ganz der sachliche, haarscharf analysierende Mock-II-Computer, erklärte Martha: »Das ist die Behausung, in der Brittany Callaghan lebt.« Der erste Kreis blinkte auf. »Der Anführer, den sie Bürgermeister nennen, wohnt hier.« Der zweite Kreis strahlte nun heller. »Die finanzkräftigsten Einrichtungen, denen die höchsten Geldsummen zugeordnet werden, finden wir an diesen Stellen.« Die drei kleineren Kreise begannen zu blinken. »Es handelt sich dabei um Firmen, nicht um Einzelpersonen. Ich überprüfe vorsichtshalber alle größeren Kontobewegungen der vergangenen und der nächsten Tage. Allerdings gehe ich nicht davon aus, dass Jorran bereits erkannt hat, dass für ihn der Weg zum Erfolg über das Geld führt. Seine Mentalität ist die eines geborenen Herrschers, dem sein Titel aufgrund der Erbfolge zusteht. Die Macht mit Hilfe von Reichtum zu erlangen, stellt für ihn ein neuartiges Konzept dar. Meiner Meinung nach wird er also zunächst einmal versuchen, Bürgermeister dieser Stadt zu werden.«

»Besteht die Chance, dass ihm das gelingt?«

»Durchaus. Eine Möglichkeit wäre, jeden männlichen Bewohner der Stadt mit den Wechselruten zu behandeln und sich dann von ihnen wählen zu lassen. Aber dafür fehlt ihm die Zeit. Wahrscheinlich wird er stattdessen den Bürgermeister zum Rücktritt bewegen und dafür sorgen, dass er ihn für die Übergangszeit bis zu den Neuwahlen zu seinem Nachfolger macht. Das schafft er aber ebenfalls nur mit Hilfe der Ruten. Denn er muss nicht nur den Bürgermeister, sondern den gesamten Stadtrat und alle anderen Männer, die an irgendwelchen Schlüsselpositionen sitzen, für sich gewinnen. Noch dazu benötigt er eine detaillierte, echt wirkende Lebensgeschichte, denn die Menschen hier lassen sich nicht einfach irgendjemanden vorsetzen. Sie wollen alles über ihre Anführer wissen. Aber mit den Ruten kann er dafür sorgen, dass sie glauben, ihn schon ewig zu kennen. Sie halten ihn dann für einen prima Kerl, der sich auch als Bürgermeister engagiert für ihre Belange einsetzen wird.«

Dalden legte die Stirn in Falten. »Dann steht einem ersten Erfolg des Großkönigs also nichts im Wege.«

Martha leistete sich ein etwas süffisantes Kichern. »Das wäre der Fall, wenn er es hier nur mit Männern zu tun hätte. Aber die Frauen in dem Land, das er sich ausgesucht hat, gehören nicht zu der Sorte, die den Mund hält und ergeben tut, was man ihnen sagt. Viele bekleiden Ämter, die mit Machtbefugnissen ausgestattet sind. Viele sind überaus einflussreich und arbeiten in wichtigen Positionen. Damit hat Jorran wahrscheinlich nicht gerechnet. Auf Sunder funktionierten die Ruten vor allem deshalb so wunderbar, weil es sich dort um eine Verschwörung der Frauen gegen die Männer handelte. Aber da die Wechselruten nun einmal bei weiblichen Wesen nicht wirken, werden die Frauen dieser Stadt Jorran noch so manchen Knüppel zwischen die Beine werfen.«

»Würde ihm das überall auf dieser Welt passieren?«

»Nein, er hat sich für sein Vorhaben ganz einfach das falsche Land ausgesucht. Es liegt nun an dir, ihn zu finden, bevor er seine Taktik ändert und sich für ein anderes Land entscheidet oder erkennt, dass er möglichst schnell sehr reich werden muss. Am schlimmsten wäre es, wenn wir ihn in einer der riesigen Städte aus den Augen verlieren. Es ist schon schwierig genug, ihn in einer so kleinen Stadt anzupeilen. In einer Großstadt wäre das fast völlig aussichtslos.«

»Die Anzahl der Menschen in dem Gebäude, wo ich heute stand, würde ich aber nicht gerade klein nennen.«

Wieder ein kurzes Lachen. »Das war kein gewöhnlicher Ort, Dalden. Die gesamte Bevölkerung trifft sich dort, um einzukaufen oder Zerstreuung zu suchen. Das ist ihre Version eines Sha-Ka-Ra-Marktes. Auf derartige Menschenmengen triffst du in dieser kleinen Stadt sonst nirgends. Aber in einer Großstadt sieht das schon wieder ganz anders aus. Der örtliche Radiosender meldete in den Nachrichten, dass der Bürgermeister heute an jenem Ort sprechen würde. Darum habe ich dich dorthin geschickt.«

»Und Jorran? War er ebenfalls anwesend?«

»Nicht feststellbar. Der Bürgermeister war da, und ich bin überzeugt, Jorran hält sich in seiner Nähe auf und wartet den günstigsten Moment für den Einsatz der Wechselruten ab. Also solltest auch du den Bürgermeister im Auge behalten. Aber vergiss nicht, du kannst dir Jorran nicht einfach schnappen, sobald du ihn siehst. Möglicherweise sehen dir nicht alle Leute seelenruhig dabei zu. Vielleicht versucht jemand einzugreifen oder holt Hilfe. Doch was immer auch geschieht, wir müssen unbedingt vermeiden, ihre Sicherheitskräfte auf den Plan zu rufen. Und Jorran darf auf gar keinen Fall dazu kommen, eine Rute gegen dich anzuwenden. Du musst ihn überraschen, betäuben und sofort seinen Schutzschild abschalten. Dann hole ich euch beide aufs Schiff, und wir zwingen ihn, uns alle Ruten zu übergeben. Aber du musst ihn allein erwischen, bevor du mit Wucht auf ihn losgehen kannst.«

»Ihn betäuben und den Schild abschalten, ist eine Sache von wenigen Augenblicken. Auch der Transfer braucht nur Sekunden. Wozu also diese übertriebene Vorsicht?«

»Weil ich für die Sicherheit von Tedras kleinen Lieblingen verantwortlich bin. Das weißt du. Und auf diesem Planeten gibt es viel zu viele unbekannte Faktoren, die ich noch nicht kalkulieren konnte, weil dort die Computer so verdammt langsam arbeiten. Ich

komme einfach nicht schnell genug an die Informationen, die ich brauche. Heute habe ich schon eine ganze Reihe von Menschen erschreckt, indem ich dich mitten unter ihnen abgesetzt habe. Weitere verfielen in mehr oder weniger ausgeprägte Schockzustände, als ich dich plötzlich wieder verschwinden ließ. Diese Brittany-Frau war nicht das einzige weibliche Wesen, das dich die ganze Zeit über wie gebannt angestarrt hat, mein Süßer. Wahrscheinlich rennen sie nun alle zum Augenarzt. Aber das ist nicht weiter schlimm. Wir sollten es nur nicht übertreiben und ihnen alle paar Minuten einen neuen Schrecken einjagen. Wenn es nämlich zu einer Massenpanik oder gar zu Gewaltausbrüchen kommt, stecken sie dich am Ende in etwas, das sie Gefängnis nennen. Und darauf können wir verzichten.«
»Wenn ich mein Schwert hätte …«
»Nein, nein und nochmals nein! Jetzt ist wirklich nicht der passende Moment, um den wilden Krieger zu spielen, Dalden! Ich weiß, was du mit der Waffe ausrichten kannst, und du weißt es auch. Aber den Leuten dort oben wirst du keine Demonstration deiner Kampfkunst geben. Schwerter benutzt man hier schon seit Hunderten von Jahren nicht mehr. Nur bei Veranstaltungen, wo diese Menschen ihre eigene Geschichte nachspielen, tragen die Akteure noch Schwerter, ohne dadurch Verdacht zu erregen. Du verfügst mit der Phazor-Kombinationseinheit über eine wirkungsvolle Waffe. Sie ist immer und überall einsetzbar und schickt mir noch dazu Bilder von allem, was um sie herum vorgeht. Außerdem hält kei-

ner dieser Humanoiden sie für eine Waffe, weil sie nichts Vergleichbares kennen. Für sie sieht der Phazor aus wie ein kleines Radio, und Corth II hat sogar noch das Kabel installiert, damit du mich hören kannst, ohne dass deine Umgebung etwas davon mitbekommt.«

»Die Frau hat sehr wohl etwas davon mitbekommen.«

»Stimmt. Aber sie hat nur für sie völlig unverständliche Geräusche wahrgenommen und keine einzelnen Worte. Und selbst wenn sie meine Worte gehört hätte, könnte sie noch lange nichts damit anfangen, denn sie versteht ja unsere Sprache nicht. Wir haben uns für einen Phazor in Gestalt eines Radios entschieden, weil den Bewohnern dieser Welt solche Geräte vertraut sind und sie deshalb keinen Verdacht schöpfen. Aber nun zurück zu der Brittany-Frau und wie wir ihre Mithilfe am besten für unsere Zwecke nutzen können. Die Auswertung ihrer Daten ergibt folgendes Bild: Sie verbringt den Großteil ihrer Zeit an den zwei Orten, an denen sie arbeitet. Du musst sie von dort weglocken, damit sie dir überhaupt helfen kann. Vielleicht genügt es schon, wenn du sie nur darum bittest. Aber wir sollten uns nicht darauf verlassen. Du wirst sie also anstellen.«

»Und womit soll ich sie bezahlen? Besorgst du das passende Geld dafür?«

»Nicht nötig«, antwortete Martha. »Ähnlich wie bei den Catrateri ist man auch auf diesem Planeten ganz versessen auf das Metall Gold. Und der Brocken, den du am Hals trägst, dürfte weit mehr als ausreichend sein, sie für die kurze Zeit, die sie für dich arbeiten

wird, zu bezahlen. Bist du nun bereit, deine Mission fortzusetzen?«
»Voll und ganz.«
»Dann halt deine Socken fest, Kleiner. Transfer erfolgt umgehend.«

Kapitel Neun

Ist es nicht einfach unglaublich, welchen ausgemachten Blödsinn die Zeitungen andauernd schreiben? Bei irgendeinem Klatschblatt lasse ich mir das ja noch gefallen, aber …«

»Was für einen Blödsinn denn?«, fragte Brittany, schloss die Kühlschranktür und schraubte die Limonadenflasche auf, die sie gerade herausgeholt hatte.

Ihre Mitbewohnerin saß mit einer Tasse Kaffee und einem Stück Kuchen am Küchentisch. Es kam gelegentlich vor, dass Jan, so wie heute, erst am späten Nachmittag aufstand.

Der Abend mit ihrem derzeit heißesten Verehrer hatte sich wohl gewaltig in die Länge gezogen. Ein ganzer Stapel neuerer und älterer Zeitungen lag vor ihr, und in einer davon hatte sie den Artikel entdeckt, über den sie sich nun ereiferte.

»Und das auch noch beinahe ganz vorne. Auf Seite zwei«, fügte Jan hinzu und sah zu Brittany hinüber. »Das ist doch wirklich zu komisch.«

Da Jan nicht einmal grinste, konnte ihre letzte Bemerkung nur ironisch gemeint sein. »Worum geht es denn?«, fragte Brittany noch einmal.

»Es ist wieder mal ein UFO gesichtet worden. Jedenfalls behaupten ein paar Spinner, sie hätten es über der Stadt beobachtet.«

Brittany verdrehte die Augen und marschierte aus der Küche. Jan rief ihr nach: »Doch, wirklich, hier steht es. Immerhin drei Bürger von Seaview schwören, sie hätten es gesehen. Wer weiß, von welcher Kneipe die gerade nach Hause wankten, als ihnen das Ding erschien.«

Brittany kam zurück und setzte sich zu Jan an den Küchentisch. »Es soll durchaus Leute geben, die wirklich an so etwas glauben«, sagte sie.

»Zu denen gehören wir aber nicht.«

»Stimmt. Aber ich kann mir schon vorstellen, warum sie diese Story in der Lokalzeitung abdrucken. Wenn drei Leute unabhängig voneinander von einem UFO berichten, ist das schon eine Meldung wert. Und soweit ich weiß, ist das die erste derartige Erscheinung hier in der Gegend. Darauf stürzen sich die Zeitungen natürlich. Selbst wenn sich früher oder später herausstellt, dass es sich nur wieder einmal um ein neuartiges Kampfflugzeug unserer Streitkräfte oder um eine Luftspiegelung handelte. Schon die Bezeichnung UFO sagt im Grunde alles. U steht für unbekannt, unidentifizierbar. Aber wenn die kleinen grünen Männchen uns eines Tages tatsächlich einen Besuch abstatten, kommen sie mit Sicherheit in einem Raumschiff angeschwebt, das man auch sofort als solches erkennt.«

Nun verdrehte Jan die Augen. »Du betrachtest immer alles so sachlich und vernünftig, Britt. Aber für mich leiden diese Leute schlicht und ergreifend unter Wahnvorstellungen. Sie sind ganz einfach Spinner.«

»Ich glaube nicht, dass es gleich in der Zeitung steht,

wenn irgendein Verrückter mal wieder ein UFO sichtet. Schließlich nimmt ja auch kein Mensch einem stadtbekannten Säufer die Geschichten über seine Heldentaten ab. Berichte über UFOs, die es bis auf Seite zwei einer Lokalzeitung bringen, stammen meist von ganz normalen, unbescholtenen Bürgern, die wirklich glauben, was sie sagen.«

»Oder von Aufschneidern, die Lügengeschichten erfinden, nur um ein Mal im Licht der Öffentlichkeit zu stehen«, konterte Jan und blätterte unwirsch ein paar Seiten um.

Brittany gab sich lachend geschlagen. Ihre Freundin war ein ausgemachter Sturkopf und ließ sich fast nie von einer einmal gefassten Meinung abbringen – selbst wenn sachliche Argumente oder eindeutige Fakten dagegen sprachen. Brittany mochte diese kleinen Geplänkel. Sie gehörte nicht zu der Sorte von Menschen, die stets um jeden Preis Recht behalten müssen. Im Gegenteil, sie fand nichts dabei, die Achseln zu zucken, festzustellen, dass man sich in einer Sache uneins war, und dann ohne jeden Groll das Thema zu wechseln.

Als Brittany vor wenigen Minuten in die Küche gekommen war, hatte sie noch immer eine miese Stimmung. Der gut aussehende Fremde aus dem Einkaufszentrum hätte wenigstens den Anstand besitzen können, sich von ihr zu verabschieden, bevor er sich in Luft aufgelöst hatte. Aber Jan war es gelungen, ihre finstere Laune wenigstens für ein paar Minuten zu vertreiben. Der Altersunterschied zwischen ihnen betrug drei Jahre. Mit fünfundzwanzig Jahren war Jan die jüngere, aber die beiden Frauen hatten sich auf Anhieb verstanden, als Jan auf Brittanys Annonce hin bei ihr aufgekreuzt war. Brittany hätte die Miete für eine Vierzimmerwohnung ohne weiteres allein bezahlen können, aber sie wollte schließlich, dass ihre Träume so schnell wie möglich Wirklichkeit wurden. Und wenn sie sich die Kosten für das Apartment mit jemandem teilte, war sie in der Lage, Monat für Monat eine erkleckliche Summe für ihr Traumhaus beiseite zu legen. Außerdem hatte sie gern ein wenig Gesellschaft. Mit Jan konnte sie über Gott und die Welt reden, wann immer ihr danach war. Und wenn einmal eine ihre Ruhe haben wollte, akzeptierte die andere das, ohne dass sie sich durch die zeitweilige Funkstille persönlich angegriffen fühlte.

Im Augenblick war Brittanys Stimmung allerdings so mies wie selten zuvor. Sie wollte einfach nur auf ihrem Bett liegen, zur Decke starren und ihren finsteren Gedanken nachhängen. Sie fragte sich ernsthaft, was sie diesem Prachtstück von einem Kerl hätte erzählen müssen, um ihm die Frage nach ihrer Telefonnummer zu entlocken.

Doch Jan ließ Brittany keine Chance, sich ihren Grübeleien voll und ganz hinzugeben. »Wahnsinn«, schallte es nun vom Küchentisch her. Und dann: »Wahnsinn. Das ist ja unfassbar!«

Brittany machte kehrt und lehnte sich in den Türrahmen zwischen der kleinen, gemütlichen Küche und dem großzügig bemessenen Wohnzimmer.

»Was ist denn jetzt schon wieder?«

»Wir wären gestern fast gestorben und wussten nicht einmal etwas davon!«, rief Jan.

»Wie bitte?«

Jan ließ die Zeitung sinken und starrte Brittany mit weit aufgerissenen Augen an. Sie war sogar ein wenig blass um die Nase. »Ich dachte immer, Meteoriten und Kometen werden ständig beobachtet und man warnt uns schon Monate im Voraus, wenn so ein Ding auf uns zurast. Aber hast du je was von dem da gehört?«
Brittany legte die Stirn in Falten. »Ein Meteorit ist an uns vorbeigestürzt?«
»Nicht vorbei. Laut diesem Artikel hier ist er in den Pazifik gefallen. Er drang bereits in die Erdatmosphäre ein, als man ihn entdeckte und dann – einfach weg.«
»Es bestand also keine Gefahr?«
»Machst du Witze? Hier steht, das Ding hatte die Größe eines Football-Feldes. Wenn es einfach auf dem Wasser aufgeschlagen und nicht vorher in tausend Teile zerbrochen wäre, hätte die Flutwelle unseren ganzen Staat unter sich begraben.«
»Was ja offensichtlich nicht geschehen ist.«
»Stimmt – aber darum geht es doch gar nicht. Der Meteorit kam so schnell, dass es keine Vorwarnzeit gab.«
»Ein Meteorit von der Größe eines Football-Feldes ist im Weltall wahrscheinlich kaum mehr als ein Staubkorn, Jan. Die Sternwarten können so kleine Objekte womöglich gar nicht ausmachen.«
»Ich finde es trotzdem nicht in Ordnung, dass wir erst im Nachhinein davon erfahren«, murrte Jan.
Im Grunde sah Brittany das genauso. Aber praktisch veranlagt, wie sie nun einmal war, regte sie sich nie lange über Dinge auf, die sie nicht selbst ändern konnte. »Wenn der Meteorit wirklich so schnell herabgestürzt ist und man ihn erst entdeckt hat, als er schon

fast ins Meer plumpste, war es ohnehin schon zu spät, um die Bevölkerung noch zu warnen. Es sausen ständig irgendwelche Brocken durchs All. Manche treffen die Erde, aber die meisten lösen sich vorher auf. Zum Glück haben sie nicht alle die Größe von Kometen. Und da es gestern nicht zu einer Katastrophe kam, bedeutet das wohl, dass unsere Zeit auf dieser schönen Welt noch nicht abgelaufen ist.«

»Lernt man diese philosophische Sicht der Dinge automatisch, wenn man auf einer Farm aufwächst?«

Brittany grinste. »Mit Philosophie hat das nichts zu tun. Das ist nur solide, altmodische Schicksalsergebenheit.«

Jan schnaubte. »Ich bestimme mein Schicksal lieber selbst, wenn es dir recht ist. Und ich hätte schon gern die Möglichkeit, wenigstens in Deckung zu gehen, bevor mir etwas auf den Kopf fällt.«

Brittany hätte am liebsten erwidert, Jan solle doch noch einmal die Schulbank drücken und sich mit Astronomie und den verwandten Naturwissenschaften beschäftigen; vielleicht gelang es ihr dann irgendwann, leistungsfähigere Teleskope zu konstruieren. Aber sie wollte lieber ihren Gedanken nachhängen. Darum zuckte sie nur noch einmal die Schultern und verzog sich in ihr Zimmer. Doch kaum hatte sie die Tür hinter sich geschlossen, hörte sie erneut einen spitzen Schrei aus der Küche. Brittany schüttelte den Kopf. Unvorstellbar, dass irgendetwas Jan so schnell noch mehr erschüttern konnte wie eben die Geschichte mit dem Meteoriten. Was immer es auch sein mochte, sie würde es noch bald genug erfahren.

Doch nach nicht einmal einer Minute war Brittany

schon wieder auf dem Weg zur Küche. Neugier konnte manchmal etwas Lästiges sein. Und wenn ihre Neugier zu groß wurde, ging auch gelegentlich ihre Fantasie mit ihr durch. Vielleicht war der Grund für Jans Aufschrei diesmal gar keine Zeitungsmeldung. Die letzten Schritte bis zur Küchentür nahm Brittany im Laufschritt. Hoffentlich war mit Jan alles in Ordnung.
Mitnichten. Reglos lag sie quer über dem Tisch, auf dem sich eine braune Pfütze verschütteten Kaffees ausbreitete. Die Zeitung lag in einem unordentlichen Haufen auf dem Fußboden neben Jans Stuhl. Und mitten im Raum stand – er. Unglaublich. Das prachtvolle Stück fremdländischer Männlichkeit in *ihrer* Küche? Grimmig und gleichzeitig erschüttert, wenn das überhaupt möglich war, starrte er auf Jan hinab.
»Was haben Sie getan? Sie zu Tode erschreckt?«
Er hatte Brittany nicht kommen sehen. Nun entdeckte er sie an der Küchentür und schien sichtbar erleichtert. Er seufzte sogar.
»Sie ertrug meinen Anblick nicht«, erklärte er.
»Genau das meinte ich eben. Aber lassen wir das. Helfen Sie mir. Wir müssen sie zu ihrem Bett tragen.«
Mit Helfen hatte das Folgende wenig zu tun. Der Fremde hob Jan mit einer solchen Leichtigkeit auf, als wiege sie nicht mehr als die Kaffeetasse, und wartete darauf, dass Brittany ihm den Weg wies, was sie auch tat. Ratlos betrachtete sie einen Augenblick später Jan, die friedvoll auf ihrem Bett lag, und fragte sich, wie sie ihre Freundin aus der Ohnmacht wecken sollte. Viel Erfahrung hatte sie in solchen Dingen nicht.
»Ich glaube, unsere Hausapotheke gibt nichts her, was

gegen Bewusstlosigkeit wirkt«, erklärte sie ein wenig hilflos.
»Man sagt mir, sie würde sich rasch erholen.«
»Man sagt Ihnen?«, fragte Brittany. »Drückt man sich in Ihrem Land so aus, wenn man jemandem etwas erklären möchte? Ach, ist ja auch einerlei«, fügte sie schnell hinzu. Ihr wurde bewusst, wie viel sie während ihrer kurzen Bekanntschaft schon auf ihn eingeredet hatte.
Mit einer Handbewegung forderte sie ihn deshalb jetzt auf, ihr aus Jans Zimmer ins Wohnzimmer zu folgen. Dort zeigte sie auf die Couch. Er verstand zwar, was sie meinte, ließ aber äußerste Vorsicht walten, als er sich setzte. Anscheinend befürchtete er, dass das Möbelstück unter seinem Gewicht zu Bruch gehen könnte. Und wahrscheinlich lag er damit nicht einmal so falsch. Die eine oder andere Sprungfeder mochte sich unter dem Gewicht eines zwei Meter zwanzig großen, muskelstrotzenden Mannes schon verbiegen. Er wirkte tatsächlich gewaltig. Selbst das Wohnzimmer, eigentlich der größte Raum des Apartments, schien durch seine Anwesenheit auf die halbe Größe zu schrumpfen.
Brittany verdaute den Schock darüber, ihn so plötzlich in ihrer Wohnung vorzufinden, nur langsam. War sie doch restlos überzeugt gewesen, diesen Prachtkerl nie wiederzusehen. Aber Jan konnte ihn nicht hereingelassen haben, denn sonst hätte sie wohl kaum ohnmächtig auf dem Küchentisch gelegen. Der Schreck musste ihr mächtig in die Glieder gefahren sein, als der Riese plötzlich aufgetaucht war. Langsam wuchs in Brittany der Ärger darüber, dass er sich einfach hereingeschlichen hatte.

»Gehört es in Ihrem Land zu den Gepflogenheiten, einfach in eine Wohnung zu platzen, ohne vorher wenigstens anzuklopfen?«, fragte sie. »Hier bei uns gibt es Gesetze, die genau das verhindern sollen, falls Ihnen das noch niemand gesagt hat.«

Er antwortete nicht sofort. Sie hatte sich bequeme alte Shorts und ein weites T-Shirt angezogen, als sie nach Hause gekommen war.

Er jedoch trug noch immer dieselbe Kleidung wie vorher im Einkaufszentrum. Auch das Radio oder die Übersetzungshilfe, oder was immer es sein mochte, hing nach wie vor an seinem Gürtel. Selbst der Stöpsel steckte noch in seinem Ohr.

»Ich klopfte mehrmals an«, sagte er. »Aber niemand öffnete die Tür.«

Brittany wollte ihm nicht recht glauben. Wenn er mit seinen riesigen Händen irgendwo anklopfte, hörte man das wahrscheinlich noch zwei Straßen weiter.

Sie musterte ihn mit hochgezogenen Brauen. »Und Ihnen kam nie der Gedanke, es könne vielleicht gar niemand zu Hause sein?«

Wieder eine Pause, bevor er antwortete: »Ich wusste, dass das nicht der Fall war.«

Okay. Dann hatte er sie wohl durch die Tür hindurch reden gehört. Aber dann hätten Jan und sie doch, verdammt noch mal, auch sein Klopfen hören müssen. Vielleicht hatte er auch gerade in dem Moment an die Tür gepocht, als sie ihre Zimmertür geschlossen hatte. Aber was war mit Jan? Und warum kümmerte sie das alles überhaupt, wo doch einzig und allein zählte, dass der große Unbekannte jetzt hier vor ihr saß? Brittany

konnte es noch immer kaum glauben. Er hatte sie gefunden – aber wie?
Das musste sie sofort herausbekommen. »Woher wussten Sie, wo ich wohne? Meine Telefonnummer steht ja noch nicht einmal im Telefonbuch.«
Wieder eine lange Pause, bevor er antwortete. »Ich verfüge über hervorragende Informationsquellen.«
»Scheint mir auch so«, nickte sie. »Und ich dachte, Sie bräuchten einen Detektiv. Dabei stehen Ihnen Mittel zur Verfügung, die sonst nur unseren Gesetzeshütern, der Regierung oder vielleicht noch Botschaftern – ah, ich hab's. Das ist es, nicht wahr? Ihre Botschaft hier bei uns ebnet Ihnen den Weg und öffnet Ihnen Türen.«
»Wie sollte ein ebener Weg mir weiterhelfen?«, fragte er verdutzt.
Ein metallisches Kreischen drang aus seinem Ohrstöpsel. Immerhin hatte er diesmal sofort geantwortet, ohne sich auf die Unterstützung aus dem Kästchen zu verlassen. Brittany unterdrückte mühsam ein Kichern. Der Ärmste zog ein furchtbar gequältes Gesicht. Er gab sich ja die größte Mühe mit der fremden Sprache, die er gerade erst gelernt hatte. Aber sein Sprachtrainer schien nicht viel Geduld mit ihm zu haben.
»Wie wäre es, wenn wir uns ohne die Hilfe Ihres übereifrigen Freundes unterhielten?«, schlug Brittany vor und warf dabei einen kritischen Blick auf das Radio an seiner Hüfte.
Er schenkte ihr ein strahlendes Lächeln, nahm den Stöpsel aus dem Ohr und ließ ihn achtlos fallen. Nun baumelte das Ding weit weg von den Ohren des Fremden in der Nähe seiner Füße an dem Kabel. Brit-

tany nahm es kaum wahr. Das Lächeln dieses Mannes verzauberte sie so sehr, dass sie alles andere vergaß.
»Sei ohne Furcht«, sagte er. »Ich komme schon zurecht.«
»War das an mich gerichtet oder an Ihren Freund?«, hauchte Brittany mit einiger Mühe.
»An meine Freundin. Sie sorgt sich wieder einmal übermäßig um mich.«
Der Zauber fiel schlagartig von Brittany ab, und zwar vollständig. In Sekundenschnelle traten Ärger und Enttäuschung an seine Stelle. »Sie?«
»Sie ist ein Computer.«
Brittany blinzelte verwirrt. »Sie machen Witze.«
»Was veranlasst Sie zu einer solchen Annahme?«
Das stimmte sie wieder zuversichtlich. Er war eigentlich recht lustig, wenn auch auf eine etwas ungewöhnliche Art. »Vielleicht weil Computer keine Gefühle haben, sich daher also auch keine Sorgen machen können. Aber sagen Sie mir doch erst einmal, warum Sie überhaupt hierher gekommen sind?«
»Ich brauche Sie.«
Diese drei Worte brachten Brittany auf der Stelle zum Schmelzen. Sie fühlte den fast unwiderstehlichen Drang, sich über den Couchtisch hinweg direkt auf seinen Schoß zu werfen. Die Schmetterlinge in ihrem Bauch spielten nun völlig verrückt. Noch nie hatte sie sich so heftig zu einem Mann hingezogen gefühlt. Ihr Verlangen nach ihm war schon beinahe schmerzhaft. Und drei kurze Worte hatten ausgereicht, um dieses Wunder zu bewirken.

Kapitel Zehn

Erst nach etwa einer Minute dämmerte Brittany, dass Dalden unter »brauchen« beileibe nicht dasselbe verstand wie sie. Dass er nach wie vor auf der Couch saß und keinerlei Anstalten machte, den Abstand zwischen ihnen zu verringern, sprach für sich. Dennoch dauerte es geraume Zeit, bis Brittany von Wolke sieben wieder auf die Erde zurückfand, und auch dann hörten ihre Wangen noch längst nicht auf zu glühen. Sie hätte sich doch den Luxus einer Klimaanlage für das Apartment leisten sollen. Im Augenblick sehnte sie jedenfalls einen kühlenden Lufthauch herbei.

Es blieb ihr nichts anderes übrig, als sich in den Sessel neben der Couch sinken zu lassen und sich dort so lässig wie möglich ein wenig Luft zuzufächeln.

Wenn sie erst hörte, was ihr Besucher wirklich mit dem Wort »brauchen« meinte, würden ihre erhitzten Gefühle sich schon von selbst wieder abkühlen. Brittany beschloss, den Tatsachen ins Auge zu sehen, und fragte: »Was kann ich denn für Sie tun, was Ihre Botschaft nicht mindestens ebenso gut für Sie erledigen könnte?«

»Ich muss diesen Mann, Jorran, so schnell wie möglich finden. Die Sache duldet keinen Aufschub«, erklärte

Dalden. »Aber möglicherweise erkenne ich ihn gar nicht, wenn ich ihn sehe. Er könnte sein Aussehen verändert haben, seit ich ihn zum letzten Mal sah. Sie hingegen würden sofort merken, dass er nicht aus Ihrem Land stammt. Bei mir ist Ihnen das ja auch auf Anhieb gelungen.«

»Nun, ganz so einfach ist die Sache nicht«, widersprach Brittany. »Eigentlich war es ja nur Ihre Aussprache …«

»Wenn er spricht, wird das – genau wie bei mir – für Ihre Ohren ein wenig eigenartig klingen.«

»Ich hoffe, Sie erwarten nicht, dass ich nun jeden einzelnen Mann in unserer Stadt anspreche, nur um zu hören, ob er einen fremdartigen Akzent hat.«

»Wenn Sie meinen, das sei notwendig …«

»Stopp, stopp!«, unterbrach Brittany ihn. »Das sollte ein Scherz sein. Seaview ist zwar eine verhältnismäßig kleine Stadt, aber hier leben immerhin um die zwanzigtausend Menschen. Wenn etwa die Hälfte davon männlich ist, dauert es Monate, um herauszufinden, wie sie alle sprechen. Und Sie sagten ja, Sie hätten nur wenig Zeit.«

»Stimmt. Aber allzu schwierig wird es nicht werden. Jorran wird voraussichtlich mit dem Mann, den Sie Bürgermeister nennen, in Kontakt treten. Er hält sich also höchstwahrscheinlich in der Nähe dieser Person auf.«

»Was will er denn von Bürgermeister Sullivan?«

»Seine Position.«

»Seine Position? Aber in welcher Angelegenheit denn?«

Diese Frage schien den Fremden ein wenig zu verwirren.
Verwirrter als Brittany konnte er allerdings kaum sein. Er unternahm einen weiteren Anlauf, ihr die Sache zu erklären. »Jorran wird alles daransetzen, selbst Bürgermeister von Seaview zu werden, und ich muss das um jeden Preis verhindern.«
»Dieser Mensch will gegen Sullivan antreten? Aber ich dachte, er sei ein Ausländer, genau wie Sie!«
»Ist er auch.«
»Nun verstehe ich gar nichts mehr. Um hier bei uns für ein politisches Amt kandidieren zu können, muss man amerikanischer Staatsbürger sein. Weiß er das denn nicht?«
Dalden grinste ein wenig verlegen. »Er ist mit Ihren Gepflogenheiten ebenso wenig vertraut wie ich.«
Brittany ließ sich von seinem Grinsen anstecken. »Na also! Ich nehme an, damit ist Ihr Problem gelöst«, antwortete sie.
Nun seufzte er. »Wenn es doch nur so einfach wäre! Ich muss Jorran trotzdem finden und aus Ihrem Land entfernen, bevor er hier größeren Schaden anrichtet.«
»Sie befürchten wohl tatsächlich ernstliche internationale Zerwürfnisse?« Der flehentliche Blick, den Dalden nun auf den Ohrstöpsel zu seinen Füßen warf, sagte Brittany, dass er eine Erklärung brauchte. Sie versuchte, ihm ihre Worte ein wenig verständlicher zu machen. »Sie möchten einen unerfreulichen Zwischenfall, der bei uns wie bei Ihnen in allen Zeitungen stehen und jede Menge Staub aufwirbeln würde, verhindern?«

Doch auch das schien ihm nicht weiterzuhelfen. Brittany seufzte: »Na machen Sie schon. Stecken Sie sich das Ding wieder ins Ohr. Ich bin sicher, sie wird Ihnen im Handumdrehen erklärt haben, was ich meine.«
Dalden nickte und setzte Brittanys Vorschlag dankbar in die Tat um. Ein paar Sekunden lang lauschte er konzentriert auf das, was die Stimme aus dem Gerät ihm einflüsterte. Dann sagte er: »Ihre Analyse trifft den Kern des Problems. Werden Sie mir helfen?«
»Das würde ich gern. Wirklich. Aber ich wüsste nicht, wie. Sie brauchen jemanden, der viel mehr Zeit erübrigen kann als ich. Der Sonntag ist mein einziger freier Tag. Die ganze Woche über stecke ich bis über beide Ohren in Arbeit. Mit meinen zwei Jobs bin ich wirklich mehr als ausgelastet. Da Sie es offensichtlich eilig haben, wäre ich Ihnen bestimmt keine große Hilfe.«
»Sie missverstehen mich, Brittany Callaghan. Ich bin bereit, Sie für die Zeit, in der Sie für mich arbeiten, zu bezahlen. Sie müssten dann allerdings voll und ganz zu meiner Verfügung stehen, bis meine Mission hier beendet ist.«
Er nahm die Halskette mit dem schweren Medaillon ab und reichte ihr das Schmuckstück. Von dem Gewicht des Metalls überrascht, ließ Brittany es beinahe fallen. Schon das Medaillon war ungeheuer schwer. Allein die Kette, an der es hing, musste an die zehn Pfund wiegen. Sie glich eher einer Fahrradkette als den fein gearbeiteten Schmuckstücken, die in Seaview in den Schaufenstern der Juweliere lagen.
Fragend sah Brittany ihren Besucher an.

»Wo ich herkomme«, erklärte er, »ist dieses Metall kaum etwas wert. Aber man sagte mir, hier sei es sehr begehrt. Genügt das als Bezahlung?«
Ungläubig betrachtete Brittany die dicke Scheibe an der grobgliedrigen Kette. Sie schätzte, dass acht bis zehn Kilo des matt glänzenden Metalls in ihrem Schoß lagen. »Wie hoch ist der Goldanteil?«, fragte sie.
»Anteil?«
»Ja, wie viel Prozent davon sind echtes Gold?«
»Wie viel Prozent? Hundert! Das Schmuckstück besteht aus nur einem einzigen Metall, aus Gold. Pures Gold gilt hier doch als wertvoll, oder sollte das ein Irrtum sein?«
»Das ist ein Scherz, nicht wahr?«
Brittany wusste nicht genau, was man derzeit für eine Unze reinen Goldes bezahlte. Doch selbst ein zartes Goldkettchen, das nur ein paar Gramm wog, kostete gut und gerne sechshundert Dollar. Dabei war ein solches Schmuckstück nur in den seltensten Fällen aus purem Gold. Das Ergebnis der groben Berechnung, die Brittany nun auf die Schnelle im Kopf anstellte, ließ ihr einen Moment lang den Atem stocken. Der Wert des Metalls, das der Fremde mit sich herumschleppte, war Schwindel erregend. Zumindest wenn der gute Mann ihr nichts vorflunkerte, was den Goldgehalt seines Medaillons betraf. Aber wozu machte sie sich überhaupt Gedanken? Sie konnte dieses Schmuckstück unmöglich als Bezahlung für ein paar Tage Arbeit annehmen.
»Hören Sie, es dauert wahrscheinlich kaum eine Woche, den Mann, den Sie suchen, ausfindig zu machen. Wenn er sich tatsächlich in der Nähe des Bürgermeis-

ters herumtreibt, geht es vielleicht sogar noch bedeutend schneller. Ich kann mir ein paar Tage freinehmen, und Sie bezahlen mich einfach in Ihrer Landeswährung. Gegen ein paar Tausender extra hätte ich nun wirklich nichts einzuwenden. Aber das hier«, fügte sie hinzu, während sie ihm seinen Schmuck hinhielt, »muss ein Vermögen wert sein. Und das ist wirklich viel zu viel für eine Woche Arbeit.«

Er schob das Medaillon wieder zu ihr zurück. »Möglicherweise dauert es länger als eine Woche, und etwas anderes besitze ich nicht. Die Zahlungsmittel, von denen Sie eben sprachen, stehen mir nicht zur Verfügung.«

»Sie wollen doch nicht etwa behaupten, Sie haben kein Geld? Und im selben Atemzug versuchen Sie, mir diesen gewaltigen Goldklumpen anzudrehen?« Brittany verdrehte die Augen. »Nehmen Sie es mir nicht übel, aber Sie brauchen anscheinend dringend einen Babysitter, Sie großer Junge.«

Es dauerte einen Augenblick, bis er sie angrinste. »Sie haben gerade Marthas Herz erobert.«

»Wer ist Martha?«

»Die Stimme hier drin.« Er tippte an den Ohrstöpsel. »Sie schlägt vor, ich sollte Sie zusätzlich zu Ihren anderen Aufgaben auch als meinen ›Babysitter‹ engagieren. Was ist das, ein ›Babysitter‹?«

Brittany wurde heiß. »Das wissen Sie nicht? Ähm – hat sie Ihnen das nicht erklärt? Vergessen Sie's. Das ist sicher nur als Scherz gemeint. Aber was ist mit Ihrem Geld passiert? Sind Sie nur im Moment nicht flüssig, oder hat man Sie beraubt?«

»Weder noch. Bis zu dem Augenblick, in dem deutlich wurde, dass ich Hilfe brauche, bestand keine Notwendigkeit für Geld.«

Es dauerte eine ganze Weile, bis der Groschen fiel. Dann schlug Brittany sich mit der flachen Hand an die Stirn. Natürlich, warum war sie denn nicht gleich darauf gekommen? »Sie benutzen normalerweise nur Kreditkarten! Und aus irgendeinem Grund ist für Sie dieses Zahlungsmittel nicht dasselbe wie Geld. Okay, Sie dummes Kind. Ihr Hotel wird Ihnen auf Ihre Plastikkarte sicher keinen Kredit einräumen. Aber Sie können ja morgen früh zur Bank gehen.«

Die Art, wie Dalden sie ansah, sagte Brittany ganz eindeutig, dass ihm alles, was sie sagte, wieder einmal spanisch vorkam. Aber nach einer der üblichen kleinen Pausen, in der er Marthas Erklärungen aufmerksam lauschte, erwiderte er: »Man erinnert mich gerade daran, dass ich erst bei einem neuen Aufgang an den Ort, wo ich schlafe, zurückkehren kann.«

»Aufgang?«

Er seufzte, ließ sich von seinem Apparat weiterhelfen und sagte dann: »Manche nennen es einen neuen Tag.«

»Ach, morgen!«, sagte Brittany und legte dann die Stirn in Falten. »Aber warum denn?«

Geduldig erklärte er: »Ich wurde vor kurzem aus einem völlig nichtigen Grund dorthin zurückbeordert, und nun besteht nicht mehr die Möglichkeit, mich an diesem Aufgang noch einmal an jenen Ort zu begeben.«

Bei diesen Worten klang der sonderbare Fremde etwas gereizt. Aber Brittany war viel zu sehr mit Staunen beschäftigt, um es recht zu merken. Langsam dämmerte ihr, wie lästig es für ihn sein musste, dass er für jedes zweite Wort eine Erklärung benötigte. Der Sprachkurs, den er belegt hatte, war sein Geld nicht wert, wenn darin einfache Dinge wie Kreditkarten, Hotels und Banken nicht vorkamen. »Ort, wo ich schlafe« anstatt Hotel. Wahrscheinlich hatte man dem Ärmsten jede Menge unwichtiges Zeug eingetrichtert, anstatt ihn mit ein paar einfachen, aber grundlegenden Vokabeln auszustatten. Brittany rollte innerlich die Augen. Die einzige Erklärung, die ihr für diesen eigenartig löchrigen Grundwortschatz einfiel, war, dass er vielleicht aus einem jener entlegenen Winkel der Erde stammte, wo man noch auf Kamelen durch die weite Landschaft ritt. Von Hotels hatte dort wahrscheinlich ein Großteil der Bevölkerung noch nie etwas gehört. Aber konnte das wirklich sein?

Dann kam Brittany noch ein anderer Gedanke. »Moment mal! Wollen Sie damit sagen, Sie haben für heute Nacht noch keinen Schlafplatz, für morgen aber schon?«

Er nickte. Kopfschüttelnd fuhr sie fort: »Ich werde erst gar nicht versuchen, herauszubekommen, was dahinter steckt oder wie das möglich ist. Für mich klingt das zwar nicht nach einer ganz alltäglichen Fehlbuchung, aber von mir aus können Sie gern hier auf der Couch übernachten. Meine Mitbewohnerin Jan könnte vielleicht gewisse Einwände haben. Immerhin haben Sie sie fast zu Tode erschreckt. Andererseits – vielleicht freut sie sich ja über Ihren Besuch, wenn sie Sie erst einmal eingehend betrachtet hat. Wir essen um sechs.

Das Badezimmer finden Sie hinter der mittleren Tür dort. Und wie wäre es, wenn Sie mir in der Zwischenzeit noch etwas über sich und Ihren Auftrag erzählen. Dann verstehe ich vielleicht ein wenig besser, worum es hier überhaupt geht, und kann Ihnen eher behilflich sein.
Und nehmen Sie um Gottes willen dieses Ding wieder an sich«, fuhr sie fort. Diesmal warf sie ihm das Medaillon zu, damit er es nicht wieder zu ihr zurückschieben konnte. »So gut ich das, was ich dafür bekommen würde, auch brauchen könnte – ich gehöre nicht zu der Sorte von Leuten, die die Unwissenheit ausländischer Gäste ausnutzen. Wir suchen morgen einen Käufer dafür. Dann sind Sie wieder flüssig und geben mir einfach ein paar Tausender von Ihrem Geld ab. Das ist als Entschädigung für die Tage, an denen ich nicht regulär arbeiten kann, mehr als ausreichend.«
Brittany lehnte sich im Sessel zurück, während die Dame in Daldens Apparat wieder einmal die notwendigen Erklärungen lieferte. Doch Daldens Lächeln kam schneller als erwartet. »Man sagt mir, es gäbe hier tatsächlich echtes Essen. Ich kann es kaum erwarten, eine Mahlzeit mit Ihnen zu teilen.«
Brittany lachte laut heraus. Wahrscheinlich brauchte in Wirklichkeit diese Martha einen Übersetzer und nicht er.

Kapitel Elf

Leider verlief das Gespräch nicht ganz so, wie Brittany gehofft hatte. Anstatt ihr ein wenig mehr über sich zu erzählen, brachte Dalden – wie zufällig – die Sprache wieder auf Brittanys Lebensumstände. Eine Bemerkung hatte seine Neugier geweckt.

»Was ist das für eine Arbeit, in der Sie bis über beide Ohren stecken?«, fragte er. Die Art, wie er das sagte, verriet Brittany, dass er ihre Worte wieder einmal in ihrer buchstäblichen Bedeutung verstand und sich vorstellte, wie sie tatsächlich bis zur Nasenspitze in einem Sumpf versank.

»Ehm, das sagt man nur so. Es bedeutet, man arbeitet so viel, dass kaum Zeit für andere Dinge bleibt. Wenn ich von der Arbeit nach Hause komme, falle ich meist schon Minuten später erschöpft ins Bett. Verstehen Sie nun, was ich mit meiner Bemerkung meinte?«

»In der Tat«, nickte er. »Aber nun würde ich gerne noch ein wenig mehr über diese Arbeit erfahren, die Sie so sehr beansprucht.«

Brittany wusste nicht recht, warum sie nun plötzlich verlegen wurde. Schließlich hatte sie sich bereits vor Jahren für ihren Beruf entschieden und war längst daran gewöhnt, ungläubig nachfragenden Mitmenschen die Gründe für ihre Berufswahl erklären zu müssen. Sie hatte es nun wirklich nicht nötig, sich einem dahergelaufenen Fremden gegenüber zu rechtfertigen oder gar zu schämen.

Brittany arbeitete in einem Berufsfeld, das eigentlich als Männerdomäne galt, und *Männerschreck* war noch das harmloseste Schimpfwort, das sie sich deshalb gelegentlich anhören musste. Auf die ablehnenden Reaktionen und hämischen Kommentare gab sie längst nichts mehr. Ganze Arbeitskolonnen hatten schon mit Streik gedroht, wenn sie ihnen zugeteilt wurde. Es gab sogar Architekten, die sich weigerten, mit ihrer Baufirma zusammenzuarbeiten, wenn sie erfuhren, dass eine Frau zur Belegschaft gehörte.

Dass Brittany nicht längst den ihr eigenen Sinn für Humor verloren hatte, grenzte an ein Wunder. Und oft brauchte sie jedes Quäntchen dieses Humors, um überhaupt durchzuhalten. Aber wozu all die Mühe, wo es doch so viele andere, vielleicht einfachere Jobs gab?

Bei all den handwerklichen Fertigkeiten, die Brittany inzwischen perfekt beherrschte, konnte sie sich eigentlich eine andere Beschäftigung suchen. Aber sie leistete hervorragende Arbeit und die Bezahlung war entsprechend. Etwas zu finden, das sie ähnlich gut konnte und das ihr genauso viel Geld einbrachte, war gar nicht so leicht. Und schließlich gab es da noch den nicht gerade bescheidenen Wunschtraum, an dessen Erfüllung sie arbeitete. Als großen Vorteil ihres Berufes betrachtete Brittany außerdem, dass sie bei Bedarf ein paar Monate oder gar Jahre lang freinehmen konnte, ohne gleich den Anschluss an die Entwicklungen in ihrer Branche zu verlieren. Wenn sie eines Tages genügend Geld zusammen hatte, um mit dem Bau ihres eigenen Hauses zu beginnen, würde sie eine Zeit lang aus dem Berufsleben aussteigen. Im Baugeschäft gab es kaum tief greifende Veränderungen. Gelegentlich kamen verbesserte Versionen bewährter Werkzeuge auf den Markt, Gewerkschaftsvertreter wurden gewählt oder abgesetzt, ein paar Gesetze änderten sich, und es gab inzwischen sogar in ihrer Branche gewisse Sozialleistungen. Aber Häuser baute man heute im Grunde nicht anders als noch vor Generationen. Brittanys Schweigen beschäftigte Dalden. »Man sagt mir, Sie reden nicht gern über Ihre Arbeit. Woran liegt das?«, forschte er.

Die Stimme in seinem kleinen Apparat konnte unmöglich nur aufgrund von Brittanys Zögern zu dieser Erkenntnis gelangt sein. Vielleicht drückte Dalden mit »man sagt mir« lediglich seine Meinung aus, anstatt etwas zu wiederholen, was Martha ihm einflüsterte. Wahrscheinlich hatten Brittanys glühende Wangen sie verraten, und die sah ja schließlich nur er. Es reichte schon, dass Martha offensichtlich jedes Wort mithören konnte.

»Da liegen Sie gar nicht so falsch«, gab Brittany jetzt zu. »Aber das ist auch kaum verwunderlich, wenn man wegen seiner Berufswahl ständig von allen Seiten unter Beschuss gerät. Ich bin nun mal ein Dickschädel. Mein Traum ist, eines Tages mit meinen eigenen Händen ein Haus zu bauen. Das hat schon mein Großvater so gemacht, und der Gedanke fasziniert mich seit meiner Kindheit. Irgendwann beschloss ich, es ihm gleichzutun. Auf dieses Ziel arbeite ich hin, und deshalb habe ich mich auch für einen Job in der Baubranche entschieden. Auf diese Art lerne ich alles, was ich für den Bau meines Traumhauses wissen muss. Eigentlich bin ich Schreinerin, aber wenn es die Auftragslage erfordert, decke ich auch im Handumdrehen Dächer, ziehe Mauern hoch oder streiche Fassaden.«

»Ist es schwierig, in diesem Land ein Haus zu bauen?«, fragte Dalden.

»Nicht, wenn man genügend Geld verdient, um es sich leisten zu können. Oder wenn man selbst Hand anlegen kann. Ich mache es mir wahrscheinlich schwerer als nötig, weil ich zuerst das notwendige Geld auf dem Konto haben will. Es wäre sicher kein Problem, einen Baukredit zu bekommen. Aber beim Gedanken an derartig hohe Schulden befällt mich ein ungutes Gefühl. Für andere Leute mag ein dickes Minus auf dem Konto kein Problem sein, doch für mich kommt eine Hypothek nicht in Frage. Außerdem werde ich ein hübsches Sümmchen einsparen, indem ich fast alles selber mache. Es ist viel teurer, sich ein fertiges Haus zu kaufen oder sich eines bauen zu lassen.«

»Wollen Sie Ihr Heim hier in dieser Stadt errichten?«

»Ja. Ich habe sogar schon den Bauplatz gekauft. Eigentlich könnte ich mich sofort an die Arbeit machen! Aber wenn ich nur in meiner knapp bemessenen Freizeit auf der Baustelle werkle, dauert es Jahre, bis mein Haus steht. Lieber spare ich noch eine Weile. Ich möchte zuerst genug Geld für das gesamte Baumaterial zusammenhaben. Und für die Arbeiten, für die man mehr als zwei Hände braucht, werde ich gelegentlich einen Handwerker bezahlen müssen. Wenn es endlich so weit ist, gebe ich vorübergehend beide Jobs auf und arbeite nur an meinem Haus. Darauf freue ich mich schon. Außerdem weiß ich, dass das, was ich selber mache, auch richtig gemacht ist.«

»Ich finde es bewundernswert, wenn jemand selbst ein Haus bauen kann.«

Brittany lief dunkelrot an. Noch nie hatte ein Mann ihr ein Kompliment wegen ihrer handwerklichen Fähigkeiten gemacht. Doch dann verdarb Dalden ihr die Freude, als er hinzufügte: »Und Sie betrachten diese Arbeit nicht einmal als Strafe.«

»Ich glaube, es wird wieder einmal Zeit für eine Erklärung«, seufzte Brittany. »Entweder gibt es in Ihrem Land ein paar eigenartige Gepflogenheiten oder man hat Ihnen die Bedeutung des Wortes ›Strafe‹ nicht richtig erklärt. Als Strafe würden wir hier allenfalls Zwangsarbeit in einem Zuchthaus oder in einem Arbeitslager betrachten. Sicher gibt es Menschen, die ihre Arbeit ungern tun, sie vielleicht sogar geradezu verabscheuen. Trotzdem ist ihr Job keine Strafe. Sie müssen einfach Geld verdienen, und wenn sie eine Beschäftigung finden, die ihnen besser zusagt, wechseln sie die Stelle. Strafen werden hier nur verhängt, wenn man gegen ein Gesetz verstößt. Und jemandem ein Haus zu bauen, gehört nicht zu den hier zu Lande üblichen Strafmaßnahmen. Verstehen Sie das?«

Er lächelte sie an und nickte. »Hier scheint es ziemlich klare Vorstellungen darüber zu geben, was getan werden muss, wenn jemand die Regeln Ihrer Gesellschaft verletzt. Und man sagt mir, ›Mühsal‹ wäre wohl passender als ›Strafe‹, um die Arbeit des Hausbaus zu beschreiben.«

Brittany lachte. »Nein, mit Mühsal hat das für mich nichts zu tun. Ich baue gern etwas, ganz gleich, ob es ein Schrank, ein Tisch oder auch ein ganzes Haus ist. Zurzeit arbeite ich vorwiegend für Arbor Construction. Ich verstehe mich mit den Vorarbeitern in diesem Betrieb und komme auch mit den Jungs in den Bautrupps gut zurecht. Man kennt sich eben inzwischen, und die Leute von Arbor Construction wissen, dass ich gute Arbeit leiste. Ich muss nicht mehr ständig versuchen, ihnen etwas zu beweisen, so wie früher, als ich noch für verschiedene Firmen in San Francisco arbeitete.«

»Ihnen etwas beweisen? Gehört das auch zu Ihrer Arbeit?«

Brittany blinzelte verwirrt und lächelte dann. »Nein, nicht direkt. Ich glaube, die Übersetzung, die man Ihnen für ›beweisen‹ gegeben hat, ist etwas einseitig. Vielleicht verstehen Sie mich so besser: In San Francisco gab es manchmal nicht allzu viel Arbeit. Ich musste um Aufträge kämpfen und landete oft bei kleinen Firmen, in denen ich ständig wieder von neuem zeigen musste, dass ich mein Metier beherrsche. Als Arbor dann den Firmensitz von San Francisco nach Seaview verlegte und mir einen festen Vertrag anbot, ließ ich mich nicht lange bitten. Auf diese Weise habe ich nun immer genug zu tun und arbeite mit Leuten, die ich kenne. Ich muss nicht mehr ständig Aufträgen hinterherlaufen und mit irgendwelchen schrägen Typen auf den unmöglichsten Baustellen schuften. Und es gefällt mir hier sehr gut. Ich stamme ursprünglich aus einem kleinen Ort. Deshalb mag ich wohl kleine Städte lieber als die großen Metropolen. Für eine nette, ruhige Gemeinde wie Seaview kann ich richtiggehend Heimatgefühle entwickeln.«

Irgendetwas von dem, was sie gerade gesagt hatte, schien Dalden zu überraschen. Er fragte auch sofort nach: »Sie lebten nicht schon immer hier? Was führt Sie dann an diesen Ort? Eine Heirat?«

»Großer Gott, nein! Ich bin nicht verheiratet«, antwortete Brittany. Innerlich musste sie über die elegante Art und Weise lachen, mit der er diese Information aus ihr herausgekitzelt hatte, ohne sie direkt zu fragen, ob sie gebunden sei. Doch seine Fragen brachten sie auf einen Gedanken. »Das heißt wohl, Ihre Landsleute bleiben für gewöhnlich ihr Leben lang in der Gegend, in der sie geboren sind.«

»So ist es. Erst nach ihrer Hochzeit verlässt eine Frau den Ort ihrer beschützten Kindheit.« Dann seufzte er. »Man weist mich darauf hin, dass unsere Kulturen sich sehr stark voneinander unterscheiden. Offensichtlich findet man hier nichts dabei, wenn Frauen allein leben.«

Brittany staunte. »Nichts für ungut, aber Ihr Land scheint wirklich ein klein wenig rückständig zu sein.«

Er grinste. »Sie würden es wahrscheinlich ›barbarisch‹ nennen.«

Seinem Grinsen nach war das als Scherz gemeint. Brittany hoffte es zumindest. Nachfragen wollte sie lieber nicht. Aber das Bild verwegener Männer, die auf dem Rücken von Kamelen umherzogen und ihre unterwürfigen Frauen in Zelten einsperrten, ließ sich nicht recht aus ihrem Kopf verbannen. Sie versuchte, diese Vorstellung abzuschütteln, indem sie wieder zu ihrem ursprünglichen Thema zurückkehrte.

»Bevor ich zum Bau kam, versuchte ich mich in anderen Jobs, aber so richtig gefallen haben sie mir nie.«

»Was waren denn das für Tätigkeiten?«

Brittany wollte es ihm gerade erklären, als ihr bewusst wurde, dass sie auch ihre Lehr- und Wanderjahre mit Tätigkeiten zugebracht hatte, die noch immer vorwiegend von Männern ausgeübt wurden. Sie musste also wohl etwas weiter ausholen, damit er sie verstand.

»Ich habe drei ältere Brüder. Als einziges Mädchen blieb mir nichts anderes übrig, als die Interessen der Jungs zu teilen, wenn ich nicht ständig allein vor mich hin spielen wollte. Und es machte mir Spaß, mit den Jungs zu angeln, zu jagen oder mich mit ihnen in den verschiedensten Sportarten zu messen. ›Wildfang‹ wurde damals zu meinem zweiten Namen.«

»Ist er das noch immer?«

Brittany lachte, weil Dalden seine Frage offensichtlich ernst meinte. Da sie ihm aber nicht erst lang und breit erklären wollte, was man unter einem Wildfang verstand, antwortete sie einfach mit einem »Nein«. Dann fuhr sie fort: »Wir lebten auf einer Farm. Mein ältester Bruder, York, reparierte immer den Traktor. Er wollte nie etwas anderes als Mechaniker werden und betreibt inzwischen eine eigene Werkstatt samt Tankstelle in unserem Heimatort. Ich habe ihm oft bei seiner Arbeit geholfen und dabei einiges gelernt, was mir noch immer zugute kommt. Später habe ich sogar ein paar Jahre lang in einer Werkstatt gearbeitet. Ich hätte dort bleiben und womöglich eine gute Mechanikerin werden können. Aber so sehr gefiel mir der Job dann doch nicht. Irgendwann hatte ich keine Lust mehr, ständig

die schwarzen Ränder unter meinen Fingernägeln zu entfernen.«
Eigentlich hatte Brittany auf diese Bemerkung hin ein Lächeln erwartet, doch Dalden sah sie nur ununterbrochen voller Aufmerksamkeit an. Genau genommen war er schon beinahe zu aufmerksam. Brittany fragte sich, ob er sich wirklich für das, was sie sagte, interessierte, oder ob er sie nur reden hören wollte. Möglicherweise betrachtete er diese ganze Unterhaltung lediglich als erweitertes Sprachtraining und versuchte, von ihr den korrekten Sprachgebrauch zu lernen. Vielleicht schützte er auch nur solches Interesse vor, weil er sie anziehend fand. Den Hoffnungsschimmer, der in ihr aufkeimte, unterdrückte Brittany sofort. Sie wollte nicht schon wieder von einem Mann enttäuscht werden.
Für den Moment erschien es ihr am sichersten, einfach noch ein wenig von ihrer Familie zu erzählen. »Mein mittlerer Bruder Kent zog vor ein paar Jahren nach Kalifornien. Er war schon immer gern unterwegs und beschloss eines Tages, aus dieser Leidenschaft einen Beruf zu machen. Er fährt nun riesige Lastwagen kreuz und quer durchs Land. Nachdem ich ihn einmal im Sommer besucht hatte, beschloss ich, auch hierher zu ziehen. Ich begleitete Kent auf einigen längeren Fahrten und wollte die Sache schließlich einmal selbst ausprobieren. Ein Jahr lang fuhr ich die Trucks einer Transportfirma, aber auf die Dauer wurde mir das zu langweilig. Und wenn man sich auf den Fernstraßen langweilt, kann das leicht gefährlich werden.«
»Was hat denn Langeweile mit Gefahr zu tun?«

»Nun, es sind schon öfter Leute am Steuer eingeschlafen.«
Daldens fragender Blick sagte Brittany, dass er selbst dafür eine Erklärung brauchte. Sie beschloss, die notwendigen Erläuterungen diesmal der klugen Martha zu überlassen. Und tatsächlich nickte Dalden nach ein paar Sekunden.
»Wollten Sie nicht lieber etwas ganz anderes tun als Ihre Brüder?«
Brittany grinste. »Warum nicht auf Kenntnisse und Fähigkeiten zurückgreifen, die man schon beherrscht?«
Eine Zeit lang hatte sie mit dem Gedanken gespielt, zum Militär zu gehen. Aber das wollte sie Dalden nicht auch noch auf die Nase binden. Sicher hätte sie es mit ihrer Größe auch in der Army zu etwas bringen können. Doch sie unterwarf sich lieber ihrer eigenen strengen Disziplin als irgendwelchen militärischen Regeln. Außerdem fand sie es ganz einfach faszinierend, mit ihren eigenen Händen etwas zu bauen. Das gab ihr das Gefühl, etwas Bleibendes zu hinterlassen.
»Im Grunde habe ich ja inzwischen durchaus meinen eigenen Weg gefunden. Mein jüngster Bruder Devon ist der geborene Farmer. Für ihn gibt es nichts Erhebenderes, als Dinge wachsen zu sehen. Dafür kann ich mich nun nicht übermäßig begeistern. Dass ich eines Tages meine Zelte abgebrochen habe und die Farm verließ, habe ich jedenfalls nie bereut. Devon ist als Einziger noch dort. Er hilft unseren Eltern und wird den Hof wohl eines Tages übernehmen.«
»Einer pflanzt, eine baut, einer repariert und einer

transportiert. Ihre Familie könnte ein ganzes Unternehmen betreiben.«

»Sie meinen, wir haben viele unterschiedliche Talente.« Dalden zuckte die Schultern und ließ sie ihre eigenen Schlüsse ziehen. Brittany ärgerte sich ein wenig darüber, dass er sich nicht dieselbe Mühe machte wie sie und ihr erklärte, was er meinte. Immerhin hatte sie keinen Sprachtrainer, auf den sie zurückgreifen konnte.

»Und was ist das für ein anderer Job, in dem Sie auch noch bis über beide Ohren stecken?«, fragte er nun.

»Ach, das ist kaum der Rede wert. Abends und an Samstagen jobbe ich in dem Fitnesscenter ein paar Straßen weiter. Die Arbeit würde auch einer allein schaffen. Aber wir sind zu zweit, und deshalb ist es manchmal ganz gemütlich. Ich mache den Empfang oder berate die Kunden bei der Zusammenstellung ihres Trainingsprogramms. Mein Mitarbeiter Lenny und ich kommen gut miteinander aus. Wir haben eine Übereinkunft: Er versucht nicht, mich abzuschleppen, und ich lasse ihm nicht bei jeder unpassenden Gelegenheit eine Hantel auf den Fuß fallen.«

Brittany hoffte, Dalden wenigstens damit zum Lachen zu bringen, doch auch dieser Versuch schlug fehl. Er saß ganz vorn auf der Sofakante und wirkte hochkonzentriert. »Der Mann, mit dem Sie arbeiten, möchte Sie hinter sich herzerren?«

Brittany hob flehentlich die Augen zur Zimmerdecke. »*Abschleppen* bedeutet in diesem Zusammenhang nicht das, was Sie ganz buchstäblich darunter verstehen. Nein, Lenny schleppt mich weder durch die Gegend, noch zerrt er mich irgendwo hin. Aber anfangs

bedrängte er mich andauernd, doch einmal mit ihm wegzugehen.«
»Weggehen? Wohin denn?«
»Er wollte mit mir ausgehen, sich mit mir verabreden.«
Scheinbar war Dalden nicht der Einzige, der jetzt Verständnisprobleme hatte. Auch sein kleiner Apparat blieb verdächtig still. »Na hören Sie mal. Sie müssen doch wissen, was eine Verabredung ist. Junge führt Mädchen aus, damit man sich besser kennen lernt und einander vielleicht näher kommt.«
»Sie meinen so etwas wie Spaß haben?«, fragte Dalden mit einem breiten Grinsen.
Dieses Grinsen ließ in Brittanys Kopf die Alarmglocken schrillen. Vorsichtig antwortete sie: »Nun ja, irgendwie schon. Spaß kann eine Verabredung schon bringen. Die Hoffnung besteht immer. Aber leider stellt sich die ganze Sache nur allzu oft als …«
Brittany brach ab. Dalden sah geradezu verschreckt aus. Und aus seinem Ohrstöpsel drang so etwas wie Gelächter. Sie gab es auf. Entweder nahm sie hier jemand gründlich auf den Arm, oder der Englischlehrer ihres Besuchers hatte selbst keine Ahnung von dieser Sprache.
»Vielleicht sollten wir morgen als Erstes zur Bücherei gehen und Ihnen ein gutes Wörterbuch holen. Es ist zwar ein wenig lästig, ständig neue Begriffe nachzuschlagen, aber sicher lernen Sie dabei auf die Dauer mehr als von Ihrem komischen Sprachtrainer.«
»Ich bin mir bewusst, dass es bei unserer Kommunikation gewisse Schwierigkeiten gibt. Aber mit einem dieser Bücher könnte ich nichts anfangen. Unsere

Lernmethode basiert rein auf Zuhören. Gelesen wird dabei nicht.«

Brittany riss ungläubig die Augen auf. »Ihr Lehrer ist entweder ein Idiot oder einer dieser lausigen neumodischen Trainer …«

Das Kreischen in Daldens Ohrstöpsel wurde so durchdringend, dass er ihn sich herunterreißen musste, um einem ernstlichen Hörschaden zu entgehen.

Brittany legte die Stirn in Falten. »Lassen Sie mich raten. Ihr Englisch hat Ihnen die Dame am anderen Ende dieses Kabels selbst beigebracht.«

Dalden nickte mit schmerzverzerrtem Gesicht. Lachend fuhr Brittany fort: »Okay. Ich nehme an, die Tatsache, dass Miss Martha noch immer ständig auf Sie einplappert, bedeutet, der Sprachkurs ist noch nicht ganz abgeschlossen. Aber Ihr Englisch ist wirklich schon ganz gut. Die Erklärungen, die Sie noch brauchen, mögen ein wenig zeitaufwändig sein. Aber eigentlich ist das nicht weiter schlimm.«

Der Apparat hing inzwischen wieder still an Daldens Gürtel, und er traute sich, den Ohrstöpsel wieder einzusetzen. Brittany hörte ein leises Summen, das bald wieder verstummte.

Martha schien leicht erregbar zu sein, aber offensichtlich fing sie sich immer schnell wieder und wandte sich dann umgehend ihrer eigentlichen Aufgabe zu. Nun sagte Dalden: »Ich erfahre gerade, die Feinheiten Ihrer Sprache seien uns längst nicht so fremd, wie wir anfangs glaubten.

Da wir uns zunächst auf Informationen aus Computerdateien stützten, sind unsere Sprachkenntnisse sehr einseitig. Aber die tatsächlich gesprochene Sprache weist große Ähnlichkeiten auf.«

»Ähnlichkeiten womit? Mit Ihrer eigenen Sprache?«

»Nein, mit der uralten Sprache des Volkes meiner Mutter, die ich zum Glück recht gut verstehe. Wenn sich diese Einschätzung als richtig erweist und die Bedeutungsvielfalt Ihrer Worte tatsächlich mit dem Sprachgebrauch in der Heimat meiner Mutter übereinstimmt, dauert es nur noch wenige Augenblicke, bis mir für alles die richtige Übersetzung zur Verfügung steht. Und dann werden wir in Zukunft ohne weitere Schwierigkeiten kommunizieren können.«

»Hä?«

Dalden hob seine Hand und bat Brittany mit dieser stummen Geste um ein wenig Geduld. Das Geräusch, das nun aus dem kleinen Apparat drang, glich einem beständigen, leisen Rauschen. Ein wenig klang es, als ließe man eine Tonspur mit großer Beschleunigung ablaufen. Kein Mensch konnte bei diesem Tempo auch nur ein Wort verstehen. Wahrscheinlich war das Gerät nun defekt. Wunderbar. Brittany machte es im Grunde gar nichts aus, Dalden Worte und Redewendungen selbst zu erklären. Es störte sie viel mehr, dass diese Martha nicht merkte, dass sie hier das fünfte Rad am Wagen war. Ihre ständige Einmischung ging Brittany langsam auf die Nerven.

Wic sollte sie Dalden näher kommen, wenn sie ständig belauscht wurden?

Kapitel Zwölf

Kann man das Ding auch abschalten?«
Brittany errötete bei ihrer Frage. Das hätte sie nicht sagen sollen. Zu deutlich verrieten ihre Worte, dass sie mit Dalden allein sein wollte.
Doch er schien von Brittanys Hintergedanken nichts zu ahnen und antwortete ganz sachlich. »Nur zum Teil. Ein paar Funktionen lassen sich abstellen. Wenn ich zum Beispiel diese Taste hier drücke, höre ich Martha nicht mehr reden. Aber mithören tut sie immer, wenn sie einmal damit angefangen hat.«
Brittany vermutete, dass hier wieder einmal ein Übersetzungsproblem vorlag. Was Dalden sagte, klang ja gerade so, als könne er nicht selbst kontrollieren, ob Martha ihm nun zuhörte oder nicht. Aber soweit Brittany wusste, war in diesem Apartment nirgendwo eine Abhöranlage installiert. Welch ein absurder Gedanke. Sie unterdrückte den Impuls, dennoch gleich unter dem Tisch nachzusehen.
Brittany und Dalden kamen allerdings nicht mehr dazu, dieses Thema zu vertiefen, denn plötzlich drangen Geräusche aus Jans Zimmer. Man hörte sie leise vor sich hin schimpfen. Dann öffnete sich die Tür, und Jan stolperte ein wenig unsicher ins Wohnzimmer. Dabei

rieb sie sich die Augen. Als sie Brittany sah, murmelte sie: »Ich hatte einen ganz eigenartigen Traum.«

Erst in diesem Augenblick entdeckte sie Dalden auf der Couch und hauchte: »Na ja, vielleicht aber auch nicht. Wer, zum Teu…«

An dieser Stelle blieb ihr der Mund offen stehen. Zentimeter für Zentimeter wanderten Jans Blicke über Daldens imposante Erscheinung. Dabei wurden ihre Augen immer größer.

Um seinen Hals nicht verdrehen zu müssen, stemmte Dalden sich vom Sofa hoch und wandte sich zu Jan um.

Nun wurden ihre Halsmuskeln strapaziert. Schon zu Brittany musste die zierliche kleine Jan stets aufblicken, aber Daldens Körpergröße hatte etwas Überwältigendes. Nachdem sein gutes Aussehen sie zunächst in seinen Bann geschlagen hatte, ließ seine turmhoch aufragende Gestalt sie nun unwillkürlich ein Stück zurückweichen. Am Ende stand sie schon fast wieder in ihrem Zimmer.

Unter der Tür hielt sie an. »Heiliger Bimbam!«, stieß sie endlich hervor. »Das ist einer deiner drei Brüder, stimmt's? Du hättest mir auch sagen können, dass er zu Besuch kommt.«

Jan war nie einem von Brittanys Brüdern begegnet. Doch aus irgendeinem Grund stellte sie sich die Jungs noch deutlich größer vor als ihre kleine Schwester Brittany. Dabei brachte York es in Wirklichkeit gerade einmal auf einen Meter sechsundneunzig und Kent und Devon waren noch ein Stückchen kleiner.

Brittany antwortete: »Ich freue mich, dir mitteilen zu

können, dass es sich hier nicht um einen meiner Verwandten handelt.«

»Oh!«, rief Jan aus und sah ihrer Freundin ins Gesicht. Als sie deren gerötete Wangen bemerkte, zog sich das »Ohhhhh« noch ein wenig in die Länge. Und das wiederum verstärkte die Röte von Brittanys Kopf.

Sie erinnerte sich plötzlich an ihre guten Manieren, räusperte sich und stellte Jan und Dalden einander ordnungsgemäß vor. Es gelang ihr sogar, noch eine mehr oder minder verständliche Erklärung zu stammeln, warum Dalden sie besuchte. Dann flüchtete sie unter dem Vorwand, sich um das Abendessen kümmern zu müssen, in die Küche. Dort wartete Brittany mit klopfendem Herzen darauf, dass ihr heißer Kopf ein wenig kühler wurde. Im Laufe des heutigen Tages war sie mit Sicherheit öfter rot geworden als in den vergangenen fünf Jahren zusammengenommen.

Jan mit Dalden allein im Wohnzimmer zurückzulassen, erschien Brittany nicht weiter bedenklich. Jans lang gezogenes »Oh« hatte deutlich gezeigt, dass sie die Situation auf ihre Art interpretierte. Jan fiel auch prompt eine wichtige Verabredung ein, zu der sie nun dringend aufbrechen musste, und schon nach wenigen Minuten verließ sie hastig das Apartment. Schließlich mühte sie sich seit über drei Jahren damit ab, Brittany an den Mann zu bringen. Da wollte sie an diesem Abend nun wirklich nicht die störende Dritte sein. Vor allem, wo doch ziemlich offensichtlich war, wie sehr Brittany dieser prächtige Bursche gefiel. Ein derartiges Strahlen in den Augen ihrer Freundin hatte Jan jedenfalls bisher noch nie gesehen.

Und Brittany kochte, als ginge es um ihr Leben. Nie zuvor hatte sie eine solch aufwändige Mahlzeit auf den Tisch gebracht. Sie studierte sogar das Kochbuch, um nur ja keinen Fehler zu machen. Als sie hinterher merkte, wie sehr sie sich angestrengt hatte, um diesen Dalden, den sie erst ein paar Stunden lang kannte, zu beeindrucken, schämte sie sich beinahe ein wenig. Wenn sie ihm nicht so gefiel, wie sie war, gab es ohnehin keine Hoffnung auf eine Beziehung, ob nun dauerhaft oder eher flüchtig. Zu Brittanys festen Grundprinzipien gehörte es, sich niemals für irgendeinen Mann zu verbiegen. Sie war zufrieden mit sich und ihrem Leben und hatte ihre eigenen Ziele.
Das Essen schien Dalden allerdings vorzüglich zu schmecken. Zumindest leerte er seinen Teller dreimal hintereinander bis zum letzten Krümel. Da sie mit drei Brüdern aufgewachsen war, wusste Brittany, was kräftige junge Burschen so alles verdrücken konnten. Doch die gewaltigen Berge deftigen Essens, die Dalden vertilgte, brachten selbst sie noch zum Staunen. Zum Glück hatte sie nicht an den Beilagen gespart. Reste musste sie nach dieser Mahlzeit jedenfalls nicht wegräumen. Froh über Jans Backkünste und ihre Vorliebe für süße Kost, stellte Brittany am Ende noch einen halben Schokoladenkuchen als Dessert auf den Tisch. Nachdem Dalden gut die Hälfte davon mit einem ganzen Liter Milch hinuntergespült hatte, schien er wenigstens halbwegs satt zu sein. Doch nun wurde Brittanys Nervosität beinahe übermächtig.
Es war noch früh am Abend, jedenfalls viel zu früh, um schlafen zu gehen. Konnte es da normal sein, dass

sie die ganze Zeit an fast nichts anderes dachte, als in Daldens Armen auf ihr Bett zu sinken? Tatsächlich spukte ihr dieser Gedanke schon im Kopf herum, seit sie ihn im Einkaufszentrum getroffen hatte. Noch nie zuvor war ihr ein Mann begegnet, der eine so unwiderstehliche Anziehung auf sie ausübte. Ein wenig gefiel sie ihm sicher auch. Vielleicht unternahm er ja im Laufe des Abends noch einen Annäherungsversuch.

Um ihre Verlegenheit etwas zu überspielen, schaltete Brittany den Fernseher an. Schon gelegentlich war das der letzte Ausweg gewesen, um die peinliche Stille zwischen ihr und einem neuen Bekannten etwas zu überspielen. Doch Dalden schien sich für die Mattscheibe überhaupt nicht zu interessieren. Stattdessen hingen seine Augen wie gebannt an ihr – was sie natürlich noch viel nervöser machte.

»Was würden Sie sich denn gern ansehen?«, fragte Brittany.

Er lachte leise. »Ist das nicht ziemlich offensichtlich?«

Schon brannten Brittanys Wangen wieder. »Ich meinte im Fernsehen«, erklärte sie.

Endlich folgte er ihrem Blick zu der Stelle, wo der Fernseher stand. Seine Aufmerksamkeit galt aber viel weniger den Bildern als den Knöpfen unter dem Monitor. »Was für ein eigenartiger Computer«, sagte er.

»Das ist kein Computer …« Brittany brach ab. Das konnte doch nicht wahr sein. »Ach, kommen Sie. Sie wollen mir doch nicht erzählen, dass Sie wissen, was ein Computer ist, aber gleichzeitig noch nie einen Fernseher gesehen haben. Das Fernsehen wurde lange vor dem ersten Computer erfunden.«

»Man sagt mir, es sei hier eine verbreitete Art der Unterhaltung.«
»Und das wissen Sie erst, seit Martha es Ihnen gerade erklärt hat? Wie kann das sein?«, fragte Brittany. Dann beantwortete sie sich ihre eigene Frage. »Okay, vielleicht leben Sie irgendwo weit draußen im Busch. Möglicherweise gibt es in Ihrem Dorf noch nicht einmal elektrischen Strom. Aber – wenn ich es mir recht überlege – auch Computer brauchen fast alle einen Stromanschluss. Wie kommt es also, dass Sie nicht wissen, was ein Fernseher ist, wo doch in den meisten Haushalten ein, zwei oder gar drei Geräte herumstehen, bevor man auch nur daran denkt, sich einen Heimcomputer anzuschaffen?«
Er gab ihr keine Antwort. Stattdessen erhob er sich, trat vor sie hin und zog auch sie auf die Füße. Eine Hand legte er an ihre Wange und bog ihren Kopf so, dass sie seinem Blick nicht ausweichen konnte. Brittany vergaß augenblicklich all ihre unbeantworteten Fragen. Sie konnte später noch darüber nachdenken, ob das, was er jetzt tat, nur ein Ablenkungsmanöver war, damit er ihr nicht weiterhin Rede und Antwort stehen musste. Im Augenblick war Brittany viel zu gespannt auf das, was jetzt kommen würde, um sich mit solch unwichtigen Gedankengängen zu beschäftigen.
»Ich muss sagen, jetzt, wo ich weiß, was man unter einer Verabredung versteht, gefällt mir die Idee ganz gut«, erklärte er. »Aber ich glaube, Ihnen wird das, was wir unter Spaß verstehen, noch viel besser gefallen. Wir wissen doch beide, was wir voneinander wollen.

Sollten wir da nicht lieber erst ein wenig Spaß haben und dann mit der Verabredung fortfahren?«

Brittany gab sich alle Mühe, die Bedeutung von Daldens Worten zu entschlüsseln, und brachte dann hervor: »Ich habe das Gefühl, Ihre Vorstellung von Spaß ist etwas ungewöhnlich.«

»Eigentlich gar nicht«, erwiderte er. »Sie nennen es vielleicht Liebe machen. Aber ganz gleich, wie man dazu sagt, Spaß macht es auf jeden Fall.«

»Ich – ich bin ganz Ihrer Meinung. Soweit ich das beurteilen kann zumindest. Aber – wollen Sie damit etwa andeuten, wir sollen das Kennenlernen noch ein wenig verschieben und gleich zur Sache kommen?«

Ein wunderbares Lächeln ließ Daldens Züge erstrahlen. »Wenn das heißt, dass Sie mich nun zu dem Ort führen, an dem sie schlafen, dann lautet meine Antwort – ja.«

Kapitel Dreizehn

Tausend Schmetterlinge tanzten in Brittanys Bauch. Das Herz hämmerte ihr fast schmerzhaft in der Brust. Ihr erster Impuls war, Dalden ohne viel Federlesens in ihr Schlafzimmer zu zerren. Aber ihre strenge Erziehung und achtundzwanzig Jahre voll eherner Prinzipien sorgten dafür, dass sie nun wie angewurzelt im Wohnzimmer stehen blieb.

Er hatte sie ja noch nicht einmal geküsst. Und ihre erste Begegnung war kaum sechs Stunden her. Wie konnte sie unter diesen Umständen auch nur daran denken, dem verwirrenden Drängen, das sie unerklärlicherweise in sich spürte, so mir nichts, dir nichts nachzugeben? Und wie sollte sie ihm nun widerstehen, wo sie doch so lange auf den richtigen Mann gewartet hatte?

Kein Mensch verlangte von ihr, dass sie sich bis zur Hochzeitsnacht aufsparte. Im heutigen Zeitalter der Spaß-Generation und der Selbstverwirklichung tat das ohnehin kaum noch eine Frau. Genau genommen war sie ja schon beinahe im Begriff gewesen, mit Tom zu schlafen, als seine taktlose Bemerkung ihre Gefühle für ihn zunichte gemacht hatte. Aber genau da lag der Hase im Pfeffer! Nach zahllosen gemeinsam verbrachten Sonntagen hatte sie Tom echte Zuneigung entgegengebracht, hatte geglaubt, ihn wirklich gut zu kennen. Vielleicht war das ja ein Irrtum gewesen, aber sie hatte es zumindest gedacht. Dalden hingegen kannte sie überhaupt nicht. Sie reagierte rein körperlich auf ihn. Mit irgendwelchen tieferen Gefühlen hatte das überhaupt nichts zu tun.

Vielleicht war sie ja doch altmodischer, als sie selbst ahnte. Jedenfalls hörte sie sich sagen: »Ich glaube nicht, dass ich meine moralischen Grundsätze so einfach über Bord werfen kann, Dalden. Ich kenne Sie ja kaum.«

Besonders enttäuscht sah er nicht aus. Aber sie hatte ihm ja auch nicht direkt ein Nein entgegengeschleudert. »Sie wollen auf vorherige Verabredungen und das Kennenlernen nicht verzichten?«

»So handhaben wir es hier für gewöhnlich.«

»Dass wir einander begegnet sind, ist aber eher ungewöhnlich, *Kerima*. Bis heute lag ein ganzes Universum zwischen uns, und doch vermochte es uns nicht auf Dauer zu trennen. Was wir nun fühlen, ist stärker als alle kulturellen Unterschiede, die es zwischen uns geben mag, stärker als alle Prinzipien.«

Tatsächlich? Brittany konnte für sich mit gutem Gewissen behaupten, noch nie etwas Derartiges empfunden zu haben. Sollte es Dalden tatsächlich ähnlich gehen? Dieser Gedanke ließ sie innerlich erschauern, sodass sie tatsächlich weiche Knie bekam. Aber ein letzter Rest Vernunft meldete sich hartnäckig zu Wort und erinnerte sie daran, dass manche Männer um einer Eroberung willen schlichtweg alles sagen würden. Brittany wünschte sich nichts mehr, als diese vernünftige innere Stimme zum Verstummen zu bringen. Sie wollte einfach nicht glauben, dass Dalden zu dieser Sorte Männer gehörte, aber schließlich kannte sie ihn überhaupt nicht. Sie wusste praktisch gar nichts über ihn, dabei hatte sie selbst nahezu ihre gesamte Lebensgeschichte vor ihm ausgebreitet. Von ihm hatte sie bisher lediglich erfahren, er sei in einer geheimnisvollen Mission unterwegs und brauche dazu ihre Hilfe.

»Sie zögern«, stellte er fest. Dabei verriet sein Tonfall nicht den winzigsten Anflug von Enttäuschung. »Nun gut. Heute Abend widmen wir uns also dem Kennenlernen, um den Spaß kümmern wir uns dann morgen.«

Brittany begann zu lachen. Sie konnte nicht anders. Er verstand den Grund für ihre Zurückhaltung anscheinend wirklich nicht. Aber sie hatte keine Lust, nun stundenlange Erklärungen abzugeben. Dazu ließ er ihr auch gar keine Gelegenheit. Völlig überraschend küsste er sie. Aus seiner Sicht war das wohl ein Teil des Kennenlernens und daher völlig in Ordnung. Brittany lag nichts ferner, als ihn zurückzuweisen. Sie wollte nur diesen wunderbaren Augenblick auskosten.

Daldens andere Hand kam an ihrer linken Wange zu liegen. Wie eingehüllt lag ihr Gesicht nun zwischen seinen warmen Handflächen. Seine Lippen fühlten sich überraschend weich an. Zärtlich umschlossen seine Hände ihr Gesicht, während er sie sanft küsste. Unerklärlicherweise hatte Brittany das Gefühl, am ganzen Körper liebkost zu werden. Derartige Berührungen hätten ihr wahrscheinlich vollends die Sinne geraubt. Schon jetzt fürchtete sie, auch noch den letzten verbliebenen Rest an Selbstbeherrschung zu verlieren.

Dieses Gefühl sollte sich noch verstärken. Bald ließ Dalden sich in dem Sessel nieder, in dem Brittany zuletzt gesessen hatte, und zog sie zu sich hinunter auf seinen Schoß. Da Brittany Shorts trug, waren ihre Beine beinahe nackt.

All diese schutzlose Haut kam nun mit dem weichen, geschmeidigen Leder von Daldens Hose in Berührung. Brittany konnte sich kein betörenderes Gefühl vorstellen. Mit dem kalten Leder einer Polstergarnitur hatte das, was sie nun auf ihrer Haut spürte, nicht das Geringste zu tun. Und noch etwas anderes spürte sie sehr deutlich, als sie seitlich auf seinem Schoß saß.

Die Kraft und Stärke seines Verlangens, das gegen ihre Hüfte drängte, nahm Brittany fast den Atem. Eine ihrer Brüste war fest an ihn gepresst, die andere streifte seinen Brustkorb, als Dalden nun ihren Arm um seinen Hals legte. Wie um sie vor dem Abrutschen zu bewahren, legte er eine Hand weit oben an die Hinterseite von Brittanys Oberschenkel – als ob nackte Haut auf Leder überhaupt weggleiten konnte! Mit dem anderen Arm umschlang er ihren Rücken und zog sie fest an sich. Noch einmal fanden seine Lippen die ihren, doch diesmal war sein Kuss ganz anders als zuvor. Hungrig und fordernd ergriff er Besitz von ihrem Mund. Brittany geriet völlig außer sich. Dieser Kuss und all die Berührungen an ihrem ganzen Körper waren einfach zu viel für sie. Die Leidenschaft, die sie nun überkam, riss sie in einen wilden Strudel. Nie zuvor hatte sie etwas ähnlich Aufregendes in sich gespürt. Jeder vernünftige Gedanke war wie ausgelöscht. Nur diese völlig neuen, überwältigenden Gefühle zählten jetzt noch.

Hemmungslos drängte Brittany sich an Dalden. Sie erwiderte seine Küsse, als wollte sie ihn verschlingen. Daher war es auch kaum verwunderlich, dass er daraus die falschen Schlüsse zog.
»Hast du es dir anders überlegt?«, fragte er. »Zeigst du mir jetzt, wo du schläfst?«
Brittany rang mühsam nach Luft, während Daldens Stimme völlig ruhig klang. »Nein, nein«, stieß sie schließlich hervor. »Ich habe mich eben nur ... ein bisschen von meinen Gefühlen mitreißen lassen.«
»Es liegt nicht in meiner Absicht, dich zu bestrafen. Aber dieses Kennenlernen, das hier bei euch anscheinend so wichtig ist, kommt mir wirklich eher wie eine Strafe vor.«
»Hm?« Brittany sah sich im Augenblick nicht in der Lage, seinen Gedankengängen zu folgen. Wie konnte irgendjemand Küssen mit Bestrafung in Verbindung bringen? »Ich dachte, wir hätten geklärt, was unter ›Strafe‹ zu verstehen ist. Soll ich vielleicht doch ein Wörterbuch holen?«
»Es gibt viele Arten von Strafen.«
Langsam gelang es Brittany, etwas Ordnung in ihre Gedanken zu bringen. Anscheinend sprach er von einer ganz bestimmten Spielart der Bestrafung, die wohl selbst in den besten Ehen vorkam, wenn ein Partner auf den anderen wütend war. »Du meinst, wenn ich in einer solchen Situation behaupten würde, ich hätte Kopfschmerzen?«, fragte sie.
Daldens Gesicht drückte plötzlich echte Besorgnis aus. »Dein Kopf tut weh?«
Brittany seufzte. »Nein, das war nur als theoretische

Überlegung gemeint. Ist ja auch einerlei. Mach dir keine Gedanken. Du brauchst mich auch nicht so besorgt zu tätscheln. Alles wieder im Griff.«

Schon seit er von Strafe sprach, streichelte er sie fast freundschaftlich. Sie kam sich vor wie ein kleines Kind, das getröstet wurde. Sehr beruhigend wirkten Daldens Liebkosungen allerdings nicht auf Brittany. Jede seiner Berührungen wühlte sie nur von neuem auf. Er hingegen schien die Ruhe selbst zu sein. Wäre da nicht die verräterische Wölbung an ihrer Hüfte gewesen, Brittany hätte geschworen, dass er an den aufregenden Küssen unbeteiligt gewesen war. Seine eiserne Beherrschtheit kam Brittany, gelinde gesagt, etwas ungewöhnlich vor. So etwas kannte sie von Männern bisher nicht.

Nach einem Blick in Daldens Augen war sie beruhigt, dass sie nicht die Einzige war, in der diese Küsse ein heiß loderndes Feuer entfacht hatten. Auch auf ihn schienen sie ihre Wirkung nicht zu verfehlen. Seine bernsteinfarbenen Augen glänzten wie flüssiges Gold und glühten mit einer Leidenschaft, die für drei Männer ausgereicht hätte. Bei einem so großen, kräftigen Mann wie ihm wirkte das beinahe bedrohlich. Und doch schien er sich auf fast übermenschliche Weise unter Kontrolle zu haben. Sein Atem ging ruhig und regelmäßig. Nicht die winzigste Spur einer Schweißperle stand auf seiner Stirn. Er sprach mit fester Stimme, und wahrscheinlich schlug sein Herz in einem unerschütterlichen Takt.

Dennoch wusste Brittany um das wilde Verlangen, das unter der sonderbar beherrschten Oberfläche lauerte.

Vorsichtshalber wollte sie für ein wenig Ablenkung sorgen. Krampfhaft um ein unverfängliches Thema bemüht, fragte sie: »Was bedeutet der fremdländisch klingende Name, den du mir vorhin gegeben hast?« Als Dalden sie unsicher ansah, fügte sie hinzu: »Es klang wie Cara oder so ähnlich.«

»*Kerima?* Das heißt ›meine Kleine‹.«

Brittany brach in schallendes Gelächter aus. »Du magst ungewöhnlich groß sein, aber ich bin auch nicht gerade ein Zwerg. Dieser Name ist zwar Musik in meinen Ohren, aber kein Mensch würde mich hier klein nennen.«

»Das gilt vielleicht für die Männer, die in deinem Land leben. Aber für mich hast du die perfekte Größe. Wenn du nur ein wenig kleiner wärst, hätte ich Angst, dich zu zerbrechen.«

Sie grinste. »Lass mich raten. Du hast dasselbe Problem wie ich, nämlich jemanden zu finden, der von der Größe her zu dir passt.«

Zu Brittanys Überraschung schüttelte Dalden den Kopf. »Die Körpergröße allein ist eher zweitrangig. Nur allzu zart darf eine Frau für mich nicht sein. Aber du bist nicht zerbrechlich, oder?«

»Wenn man täglich stundenlang den Hammer schwingt, kann nur etwas Stabiles dabei herauskommen. Oh, ich glaube, das war geradezu ein Wortspiel.«

»Wortspiel – hm, ich verstehe. Du sprichst gleichzeitig von der Errichtung eines soliden Gebäudes und von deinem athletischen Körperbau.«

Brittany blinzelte erstaunt. »Das hast du ohne jede Erklärung selbst herausgefunden?«

»Inzwischen steht mir für alles, außer dem, was ihr hier Markennamen nennt, die richtige Übersetzung zur Verfügung.«

»Wie kommt denn das nun so plötzlich? Vor ein paar Stunden musste ich dir noch die einfachsten Worte erklären, und jetzt beherrschst du mit einem Mal unsere Sprache, als wärst du hier aufgewachsen?«

»So ist es.«

»Dann solltest du dir große Mühe geben, mich davon zu überzeugen, dass du mich vorher nicht auf den Arm genommen hast. Denn das, was du da behauptest, ist einfach nicht menschenmöglich.«

Sie sprang auf die Füße, stemmte die Hände in die Hüften und funkelte ihn wütend an.

»Du bist ärgerlich.« Seine Bemerkung klang wie eine Frage.

»Da liegst du verdammt richtig«, fauchte sie. »Ich schätze es nämlich gar nicht, wenn man mich zum Narren hält.«

»Das ist auch nicht geschehen«, antwortete Dalden in ruhigem Ton. »Das Problem liegt in der Langsamkeit eurer Computer. Aber inzwischen wurde es behoben. Seit einigen Stunden erhalte ich nun bereits die korrekten Übersetzungen.«

»So schnell kann man eine Sprache nicht so gut lernen!«

»Man sagt mir, ›neue Technologien‹ sei ein Schlagwort, das du verstehst«, erklärte er. »Die Methode, nach der ich lerne, ist noch nicht im ganzen Universum bekannt.«

»Auf der ganzen Welt«, knurrte Brittany ein wenig besänftigt. Aber noch wollte sie nicht recht glauben, dass es eine Lernstrategie gab, mit deren Hilfe man in einem so atemberaubenden Tempo zum perfekten Gebrauch einer Fremdsprache gelangte. Wenn es wirklich funktionierte, war das ein großartiges System. Doch es schien momentan noch gewisse Mängel zu haben, denn manche Worte brachte Dalden ständig durcheinander.

»Erklärst du mir, was du meinst?«

»Du sagst immer wieder ›Universum‹, wenn du eigentlich ›Welt‹ sagen müsstest. Das Wort ›Universum‹ bezieht aber außer der Erde den ganzen Weltraum jenseits dieses Planeten mit ein. Doch dort draußen gibt es nur die endlose Weite, sonst nichts. Zumindest keine Lebewesen. Deshalb passt das Wort ›Welt‹ viel besser zu dem, was du ausdrücken willst.«

Er lächelte sie an. »Bist du dir da ganz sicher?«

»Dass ›Welt‹ das passende Wort ist?«

»Dass es dort draußen wirklich nichts als endlose Weite gibt?«

Brittany schnaubte leise. Sie wollte ihm gerade sagen, in bestimmten Fällen glaube sie nur, was sie mit eigenen Augen sah, doch dazu kam es nicht. Sie stand noch immer in seiner Reichweite, und nun beugte er sich in dem Sessel nach vorn. Er musste nicht einmal seine Arme ganz ausstrecken, um ihre Hüften umfassen zu können. Mühelos zog er sie zu sich heran.

»Ehm … was … was tust du da?«, fragte Brittany etwas atemlos. Fest schlang er seinen Arm um ihre Hüfte. Er erlaubte ihr nicht, ihre Haltung zu verändern. Seine andere Hand wanderte langsam vom Rand ihrer

Shorts aus an ihrem Bein entlang nach unten bis zu ihrem Fußgelenk. Dabei lag sein Kopf zwischen ihren Brüsten.

Dalden antwortete ihr mit einem spitzbübischen Grinsen: »Ich lerne dich kennen.«

Brittany hätte gelacht, wenn sie nicht bereits wieder so durcheinander gewesen wäre. Aber was er mit ihr anstellte, brachte sie beinahe um den Verstand. Sein Atem schien ihre Brüste zu versengen, und aus der Gänsehaut auf ihren Beinen konnten jeden Augenblick Federn sprießen. Dabei sah Dalden mit seinem Grinsen so jungenhaft unbefangen aus und schien sich so sehr an seiner eigenen Antwort zu freuen, dass Brittany es beinahe nicht übers Herz brachte, dieses Treiben zu beenden. Doch das musste sein, denn er schien noch nicht verstanden zu haben, dass sie gewisse Prinzipien hatte, die ihr nicht erlaubten, sich gleich am ersten Abend auf seine Art von Spaß einzulassen.

»Nein, das ist nicht mehr Kennenlernen. Das ist bereits die nächste Stufe. Vielleicht muss ich dir noch einmal genauer erklären, was wir unter Kennenlernen verstehen. Man lernt sich bei Verabredungen kennen, bei denen man gemeinsam etwas unternimmt. Zwei Leute treffen sich, gehen vielleicht ins Kino, zum Essen oder machen ein Picknick. Und während dieser Aktivitäten reden sie miteinander. Dabei erfährt jeder etwas über den anderen, und das nennt man dann Kennenlernen. Was uns betrifft, so habe ich bereits eine Menge über mich erzählt. Aber von dir weiß ich fast noch nichts.«

Dalden legte die Stirn in nachdenkliche Falten. »Dass ich nicht sprechen kann, stellt ein Problem dar?«

Sie strich ihm mit einer zärtlichen Geste das Haar aus der Stirn. »Du sprichst schon ganz wunderbar, Dalden. Nur nicht genug über dich selbst. Ich möchte wissen, wie du denkst, und das Gefühl haben, dich wirklich zu kennen, bevor ich etwas so Intimes tue, wie mit dir ins Bett zu gehen.«

Widerstrebend entließ er sie aus seinem Griff. »Man erinnert mich daran, dass ich hier eine Aufgabe zu erfüllen habe. Mein Wunsch, dich zu besitzen, darf dem nicht im Wege stehen. Wenn ich getan habe, was ich tun muss, kann ich dir mehr über mich erzählen. Bis dahin, so lauten meine Anweisungen, soll ich meine wahre Identität vor deinem Volk verborgen halten.«

»Es gibt also einen ganz bestimmten Grund, warum du so wenig von dir preisgibst? Du darfst es ganz einfach nicht?«

Er nickte und seufzte ein wenig dabei. Dann lehnte er sich in dem Sessel zurück und blickte zu ihr auf. Das Verlangen in seinen Augen ließ Brittanys Atem stocken. Sie konnte sich beim besten Willen nicht vorstellen, warum er ein solches Geheimnis um seine Person machte. Ging es wirklich nur darum, diesen Jorran nicht merken zu lassen, dass ihm jemand auf der Spur war? Was auch immer der Grund für Daldens Schweigsamkeit sein mochte, ihm schienen im Augenblick die Hände gebunden. Brittany blieb nichts anderes übrig, als diese Tatsache zu akzeptieren. Er hatte ja schließlich gesagt, er könne ihr mehr über sich erzählen, wenn seine Aufgabe erfüllt sei. Es bestand also noch eine gewisse Hoffnung, ein wenig mehr über ihn und sein Leben zu erfahren.

Ganz gelang es Brittany nicht, die Enttäuschung in ihrer Stimme zu verbergen, als sie nun vorschlug: »Dann sollten wir uns wohl zunächst einmal auf deine Mission konzentrieren. Sicher schadet es nichts, wenn wir nun schlafen gehen und uns morgen in aller Frühe ausgeruht ans Werk machen.«

»Willst du hier mit mir schlafen?«

Unglaublich, was diese paar Worte in ihr bewirkten. In Brittany wurde der Wunsch, sich wieder in Daldens Arme zu werfen und sich seinen Küssen hinzugeben, beinahe übermächtig. Zum Teufel mit dem ganzen Gerede vom Kennenlernen und sämtlichen moralischen Grundsätzen!

Um nicht sofort schwach zu werden, machte Brittany vorsichtshalber zwei Schritte von ihm weg. Noch nie zuvor hatte sie einer so großen Versuchung widerstehen müssen. Wie konnte sie hart bleiben, wenn ihr ganzer Körper vor Sehnsucht nach seinen Liebkosungen vibrierte? Aber sich einem fast Unbekannten hingeben? Wie leichtsinnig wäre das!

Schweren Herzens erklärte sie ihm: »Ich glaube nicht, dass ich auch nur eine Minute schlafen könnte, wenn du neben mir liegst.«

»Aber genau das wirst du tun«, erwiderte Dalden im Brustton der Überzeugung und streckte dabei eine Hand nach ihr aus. »Du wirst dich in meinen Armen geborgen fühlen. Das Einzige, was dich zurückhält, ist diese ›Moral‹, von der du immer sprichst. Ich akzeptiere deine Bedenken. Aber du musst auch verstehen, dass ich dich nicht gleich wieder hergeben will, nachdem ich dich gerade erst gefunden habe. Wenn du in meinen

Armen liegst, werde ich viel ruhiger schlafen. Von mir hast du nichts zu befürchten, das verspreche ich dir.«
Brittany brachte es nicht übers Herz, ihm diese Bitte um ein wenig Nähe und Geborgenheit abzuschlagen. Sie wusste, dass sie kein Auge zutun würde, wenn sie bei ihm blieb. Selbst noch so unschuldig gemeinte Berührungen dieses Mannes versetzten sie in äußerste Erregung. Dennoch reichte sie ihm die Hand und ließ sich wieder auf seinen Schoß ziehen. Dort setzte Dalden sie so zurecht, dass sie es möglichst bequem hatte. Einen Augenblick lang fühlte Brittany sich in ihre Kindheit zurückversetzt. Sie kam sich vor wie ein kleines Mädchen in den schützenden Armen des Vaters. Alle Lichter im Zimmer brannten, und der Fernseher lief leise gestellt vor sich hin. Eigentlich war es völlig unsinnig, sich hier in einen Sessel zu quetschen, wo das nächste bequeme Bett doch nur ein paar Schritte entfernt war. Brittany wollte diesen Gedanken schon laut aussprechen, doch etwas hielt sie zurück.
Auch Dalden schwieg. Seine Hand drückte ihren Kopf sanft an die nackte Haut seiner Brust, die der tiefe Ausschnitt der Tunika frei ließ. Später wusste Brittany nicht, wie und warum sie es fertig gebracht hatte – doch das Unglaubliche geschah: Schon Minuten später schlief sie in Daldens Armen ein, das beruhigende Klopfen seines Herzens im Ohr.

Kapitel Vierzehn

Brittany erwachte im Morgengrauen. Genau in dem Augenblick, als die Vögel in den Bäumen vor ihrem Apartment ihren morgendlichen Gesang anstimmten, schlug sie die Augen auf. Einen Augenblick lang blieb sie reglos liegen. Sie blinzelte schläfrig und staunte über die Tatsache, dass sie halb auf einem riesenhaften Männerkörper lag und sich nichts Schöneres vorstellen konnte.

Gemeinsam waren sie und Dalden im Laufe der Nacht in dem Sessel immer weiter nach unten gerutscht und hingen jetzt, mehr als sie saßen, halb in dem Sitzmöbel und halb unter dem Couchtisch. Brittany lag fast mit ihrem ganzen Gewicht auf Dalden. Ein Bein hatte sie über seine Hüfte geworfen, das andere schmiegte sich gestreckt an das seine.

Brittany versuchte sich vorzustellen, was Jan wohl gedacht haben mochte, als sie nach Hause gekommen war und sie und ihren Gast so gesehen hatte. Die Lichter und der Fernseher waren jedenfalls aus. Jan musste also still und leise durch das Zimmer gegangen sein, ohne ihre Mitbewohnerin und deren Gast zu wecken. Wenn Jan aufstand und sich für die Arbeit zurechtmachte, waren sie sicher längst unterwegs. Brittany fiel ein, dass sie noch bei Arbor Construction und im Fitnessstudio anrufen musste, weil sie nun unbedingt ein paar Tage Urlaub brauchte.

»Hast du gut geschlafen, *Kerima?*«

Sie hob den Kopf und sah in die wunderbaren bernsteinfarbenen Augen. »Haben die Vögel dich auch geweckt?«

»Nein, ich bin von deinem Schnurren aufgewacht.«

Brittany schnappte nach Luft, lachte und prustete gleichzeitig. »Ich … ich schnurre doch nicht!«

Er lächelte sie an. »Dann war ich es wohl selbst. Ich glaube, es gibt nichts Schöneres, als einen neuen Aufgang mit dir in den Armen zu beginnen. Ich wünschte, das könnte immer so bleiben.«

Brittany war ein wenig schockiert – eigentlich sogar sehr. Seine Worte bedeuteten Beständigkeit, gemeinsame Zukunft und dass sie nie mehr auseinander gingen. So etwas dachte oder sagte vielleicht eine Frau – bei Männern gab es das eher selten. Normalerweise brauchten sie eine Ewigkeit, drehten und wanden sich monate- oder gar jahrelang, bevor sie sich zu irgendwelchen verbindlichen Aussagen durchringen konnten. Aber Dalden hatte ja auch »ich wünschte« gesagt. Übertriebene Hoffnungen waren daher nicht angebracht. Seine Worte stellten keinesfalls eine direkte Aufforderung an Brittany dar, die Zukunft mit ihm zu teilen. Er träumte nur ein wenig vor sich hin.

Diese Überlegungen ließen Brittany schlagartig von der Wolke stürzen, auf der sie seit dem Aufwachen schwebte. Sie stemmte sich hoch und sagte: »Häng dich nur nicht zu sehr aus dem Fenster, du riesiger

Kerl. Es sollen schon Wünsche in Erfüllung gegangen sein.«

Weit ließ Dalden Brittany nicht zurückweichen. Mit starken Armen zog er sie an seine Brust, und es war zwecklos, gegen diese Bärenkräfte anzukämpfen. Sie warf ihm einen Blick zu, der sagen sollte: »Lass mich sofort los, oder …« Was das »Oder« in diesem Fall war, wusste Brittany allerdings selbst nicht. Zwar entging ihm ihr wütendes Funkeln nicht, doch anders als erwartet, drückte er sie weiterhin sanft, aber unmissverständlich an sich.

»Warum bist du plötzlich so wütend?«, fragte er.

»Ich bin gar nicht wütend«, knirschte sie.

»Warum bist du plötzlich so wütend?«, beharrte er. Dabei hielt er sie eisern fest.

»Okay. Du willst es ja nicht anders. Ich hasse es, wenn Männer einfach irgendwelche Sachen sagen, die sie gar nicht wirklich meinen.«

»Und Frauen tun das nicht?«

»Längst nicht so häufig wie Männer, und außerdem …«

»Hast du nicht gerade erst etwas gesagt, was du nicht wirklich so meintest, als du behauptetest, du seist nicht wütend?«

»Nein. Das war schlicht und ergreifend gelogen. Aber das ist nicht dasselbe. Ich rede von den folgenschweren Dingen, die Männer zu Frauen sagen. Mit ein paar unbedachten Worten können sie Gefühle auslösen, Hoffnungen entfachen und Träume entstehen lassen. Wenn sich später herausstellt, dass das Gesagte nichts als heiße Luft war, ist das meist der Anfang vom Ende.«

»Nur weil ich den Wunsch, den ich mir am liebsten sofort erfüllen möchte, laut ausgesprochen habe, regst du dich so auf?« Das Kreischen, das plötzlich aus dem Ohrstöpsel drang, den Dalden noch immer trug, erinnerte Brittany daran, dass sie nicht allein waren. »Ich höre gerade, hier bei euch fragt man eine Frau vorher, ob sie einen auch haben will. Anscheinend kann ich diese Entscheidung nicht einfach für dich treffen, so wie es eigentlich üblich ist.«

»Wovon sprechen wir denn jetzt schon wieder?«, fragte Brittany verwirrt und fast ein wenig ungeduldig.

»Von dem, was unsere Kulturen unterscheidet. Und diesen speziellen Unterschied zu akzeptieren, finde ich besonders schwer. Fragen kann man. Aber wenn die Antwort nicht so ausfällt wie gewünscht, erledigt man die Sache auf traditionelle Sha-Ka'ani-Art.«

Brittany hatte das Gefühl, dass Dalden im Augenblick gar nicht mit ihr, sondern mit Martha sprach. Dass auch er nun verärgert war, erspürte Brittany mehr, als sie es sah, denn sein Gesicht und seine Stimme verrieten keinerlei Gefühlsregung. Dennoch glaubte sie, dass sie sich nicht täuschte. Marthas Einmischung schien ihm ebenso zuwider wie ihr selbst. Sie fragte sich, warum er sich nicht öfter direkt an seine Lehrerin wandte. Wenn Martha ohnehin mithörte, konnte sie doch sicher auch die Erklärungen für unbekannte Worte oder Sachverhalte liefern. Damit hätte sie ihnen gestern Abend viele kleine Missverständnisse und Ratereien ersparen können.

Als Dalden ihr wieder seine ungeteilte Aufmerksamkeit zuwandte, spürte Brittany das sofort. Seine Augen saugten sich an ihr fest. Und auch sein Körper reagierte. Jedenfalls spürte Brittany die Wölbung bereits wieder deutlich. Er drückte sie sogar noch ein wenig fester dagegen, und zwar genau mit der Stelle, die die Natur dafür vorsah.

Damit brachte Dalden ihr Blut erneut in Wallung. Vielleicht hatte sie deshalb das Gefühl, ein Kübel Eiswasser werde über ihr ausgegossen, als er plötzlich fragte: »Was bedeutet heiße Luft?«

Diesmal gelang es Brittany, sich von ihm loszumachen. Dazu stemmte sie ihm kurzerhand ihren Ellbogen in den Bauch. »Ich weiß, du hörst mich, Martha. Warum erklärst du es ihm nicht einfach?«, sagte Brittany knapp und stapfte ohne ein weiteres Wort in die Küche. Dort setzte sie Kaffeewasser auf und telefonierte mit Arbor Construction. Der Anruf beim Fitnesscenter hatte noch Zeit, denn das Studio öffnete seine Türen erst in ein paar Stunden.

Als sie sich schließlich mit den Kaffeetassen in den Händen wieder auf den Weg ins Wohnzimmer machte, hatte sie ihren Ärger wieder unter Kontrolle. Weit kam sie allerdings nicht, denn in der Tür stand Dalden. Das Badetuch, das er sich um den Hals geworfen hatte, wirkte an ihm fast wie ein kleines Küchenhandtuch. Seine Tunika hatte er abgelegt. In der kurzen Zeit, die inzwischen vergangen war, konnte er unmöglich geduscht haben. Er sah auch nicht feucht oder zerzaust aus. Nur einfach gut. Zu gut. So gut, dass Brittany auf der Stelle mit seinem Körper verschmelzen wollte.

Das Stück Männerbrust, das die Tunika frei ließ, hatte

sie ja bereits zu sehen bekommen. Doch was sich ihren Augen nun bot, war einfach unbeschreiblich. Wie konnte ein Mann nur so ungeheuer stattlich sein? Noch nie hatte Brittany einen derartigen Körper zu Gesicht bekommen, noch nicht einmal auf Bildern. Wäre Dalden nur ein wenig kleiner gewesen, hätte er vielleicht eigenartig ausgesehen. Aber bei seiner Größe wirkten die ungeheuren Muskelpakete einfach nur gigantisch. Brittany musste an die Fantasy-Filme denken, in denen riesenhafte Kerle Keulen schwangen, die beinahe so groß waren wie sie selbst. Eigentlich war ihr zum Lachen zu Mute, weil ihr gerade jetzt solche absurden Bilder durch den Kopf gingen, doch sie war viel zu sehr damit beschäftigt, Daldens nackte, golden schimmernde Haut zu bewundern, als dass sie auch nur ein Grinsen zu Stande brachte.
Hier wölbten sich keine künstlich aufgeblähten Muskelberge unter viel zu straff gespannter Haut. Nein, hier formten naturgegebene, gewaltige Muskelpakete einen Körper mit wunderbar harmonischen Proportionen. An Dalden war einfach alles ein paar Nummern größer als normal. Wer hätte geahnt, welche ungeheuer kräftigen Arme die weiten Ärmel der Tunika verhüllt hatten? Während Brittany diese Arme nun bestaunte, überlegte sie sich ernsthaft, ob man für derart beeindruckende Gliedmaßen einen Waffenschein brauchte. Und doch hatten genau diese gewaltigen Arme sie die ganze Nacht über zärtlich umfangen. Dalden, der sanfte Gigant – ihr sanfter Gigant.
Diesmal erschien tatsächlich ein seliges Lächeln auf Brittanys Lippen. Doch Daldens nächste Bemerkung

riss sie jäh aus ihren Tagträumen. »Martha sagt, da du sie vorhin direkt angesprochen hast, erlaubt sie dir nun auch, ihre Stimme zu hören.«

»Wow! Welche Ehre!«, antwortete Brittany sarkastisch und drückte Dalden eine Kaffeetasse in die Hand.

»Du kannst dir die Eifersüchteleien sparen, Zuckerpüppchen«, kam es laut und deutlich aus dem Apparat. Brittany ließ beinahe die zweite Kaffeetasse fallen. »Ich bin nicht das, wofür du mich vielleicht hältst. Vielleicht interessiert es dich ja: Ich war dabei, als er das Licht der Welt erblickte, habe sogar bei seiner Geburt geholfen. Bist du jetzt beruhigt? Für mich sieht es jedenfalls so aus.«

Brittanys Gesicht begann vor Verlegenheit zu glühen. Himmel, sie war auf einen Namen, eine Stimme, eine unsichtbare Frau eifersüchtig gewesen und hatte nicht eine Minute lang daran gedacht, dass Martha vielleicht eher vom Typ resolute ältere Dame sein könnte.

Um sich ihre Scham nicht anmerken zu lassen, fragte Brittany schnell: »Können Sie mich denn etwa auch noch sehen?«

»Das will ich wohl meinen! Die Kombinationseinheit an Daldens Gürtel ist mit sechs kleinen optischen Zellen ausgerüstet, eine an jeder Kante. Auf diese Weise habe ich, ganz gleich, wohin er selbst gerade schaut, eine ganz ordentliche Rundumsicht.«

»Also befindet sich in dem Kästchen auch eine Kamera?«

»So etwas in der Art. Bezeichnen wir es doch einfach als neues, etwas verfeinertes Modell eines Mobiltelefons. Es ist noch im Entwicklungsstadium und weist gewisse Schwächen auf. Ich hätte Dalden ein älteres Gerät verpassen sollen, denn inzwischen weiß ich, dass sich hier zu Lande fast alle Leute ständig solche Dinger ans Ohr halten und damit herumspazieren. Damit hätte Dalden viel weniger Aufsehen erregt als mit dem Kasten an seinem Gürtel.«

»Weniger Aufsehen erregt?«, fragte Brittany. »Er? Das sollte ein Scherz sein, nicht wahr?«

Ein kurzes Lachen kam aus dem Gerät. »Von seinem Aussehen einmal abgesehen, hat er den Auftrag, sich so unauffällig wie möglich zu verhalten. Wir wollen nicht, dass Jorran von Daldens Anwesenheit erfährt und sich vielleicht aus dem Staub macht.«

»Wenn eine unauffällige Erscheinung wirklich so wichtig ist, legen wir am besten erst einmal einen Zwischenstopp im Einkaufszentrum ein und besorgen Dalden ein paar ganz normale Kleider. Mit seinem Rockstar-Outfit würde er vielleicht ganz gut nach L. A. passen, wo Prominente in den wildesten Kostümen fast zum Stadtbild gehören. Aber bis hierher nach Seaview verirren sich selten solche Paradiesvögel.«

Zwar erfasste die Optik der Kombinationseinheit Daldens verwirrten Gesichtsausdruck nicht, doch Martha wusste sehr genau, wann sie ihm mit einer Erklärung weiterhelfen musste. »Sie spricht von der hiesigen Unterhaltungsindustrie, Dalden. Und sie sagt, es wäre besser, wenn du in landesüblicher Kleidung herumlaufen würdest. Sie wird dir gleich nachher etwas Passendes kaufen.«

Brittany blinzelte. »Ach tatsächlich? Okay, wahrscheinlich schon. Aber wo Sie schon mal am Telefon sind – können Sie mir vielleicht erklären, ob Dalden nur eben mal das Kleingeld ausgegangen ist oder ob er tatsächlich ohne einen Dollar in der Tasche hierher geschickt wurde?«

»Hefte diese Frage einfach unter ›ziemlich schwer zu beantworten‹ ab, Mäuschen. Daldens Geldmangel hat gute Gründe, auf die ich momentan leider nicht näher eingehen kann.«

Auf weitere Erklärungen aus dem kleinen Kasten wartete Brittany vergeblich. Sie überlegte, ob Martha vielleicht auf neue Fragen wartete, aber im Moment fiel ihr nichts mehr ein, was sie dringend wissen wollte. Zumindest nichts, was nicht ohnehin wieder in die Abteilung »ziemlich schwer zu beantworten« fiel. Eine Frage wagte sie dann doch … »Soweit ich hören kann, sprechen Sie nicht mit dem gleichen Akzent wie Dalden. Stammen Sie nicht aus demselben Land?«

»Nein. Unsere Herkunft könnte kaum unterschiedlicher sein. Aber die Stimme, die ich benutze, ist sehr variabel. Ich bin in der Lage, jeden Tonfall, jeden Akzent und jede erdenkliche Sprache zu simulieren. Die Töne, die du jetzt hörst, reihe ich speziell für dich so aneinander, damit du mich verstehen kannst.«

Brittany war zutiefst beeindruckt. »Dann sind Sie entweder ein Sprachgenie oder eine meisterhafte Stimmenimitatorin.«

Wieder ein Lachen. »In gewisser Weise bin ich wohl beides. Aber ich muss sagen, *meisterhaft* klingt wirklich gut.«

Dalden fühlte sich inzwischen wohl ein wenig vernachlässigt, doch seine nächste Frage sicherte ihm sofort wieder Brittanys ungeteilte Aufmerksamkeit. »Wirst du uns nun ein Mahl bereiten, das uns für den kommenden Tag stärkt?«

Sie grinste ihn an. »Gehe ich recht in der Annahme, dass eine Schale Cornflakes mit Milch dir vielleicht nicht reicht? Keine Sorge. Wir haben noch ein halbes Dutzend Eier, und ein paar andere frühstückstaugliche Nahrungsmittel müssten auch noch im Kühlschrank aufzutreiben sein. Ich werde dir daraus etwas Nahrhaftes brutzeln. Du kannst dich ja inzwischen unter die Dusche stellen.«

»Vorher musst du mir noch zeigen, woher man das Wasser dafür bekommt.«

Brittany hob die Augenbrauen, aber im Grunde durfte sie diese Bemerkung längst nicht mehr überraschen. In einem Dorf ohne Elektrizität gab es wahrscheinlich auch keine ordentliche Wasserversorgung. Vielleicht konnte Dalden ihr ja auf eine so unverfängliche Frage eine Antwort geben. Einen Versuch war es wert. »Gibt es da, wo du herkommst, keine Duschen?«

»Wir baden in großen Pools.«

Geheimnisvolle, klare Teiche inmitten eines schmalen Pflanzengürtels – eine Art Oase mit Kamelen nahm vor Brittanys geistigem Auge Gestalt an. Höchste Zeit herauszufinden, wo dieses unbekannte Land lag, aus dem Dalden stammte. Dass sie sich andauernd irgendwelche primitiven Zelte in menschenfeindlichen Wüstengegenden vorstellte, trug nicht gerade zur Überbrückung ihrer kulturellen Gegensätze bei. Für Camping hatte sie noch nie besonders viel übrig gehabt.

Sie ging ins Badezimmer, beugte sich in die Duschkabine und stellte die Wassertemperatur ein. Ihr Vermieter hatte das Bad erst im vergangenen Jahr renovieren lassen. An der topmodernen Dusche gab es nun nur noch eine einzige Armatur, mit der man die Wassertemperatur regulierte und den Wasserstrahl zwischen dem normalen Hahn und dem Duschkopf je nach Bedarf hin und her schaltete. Kein Wunder, dass Martha Dalden dieses neumodische Ding nicht selbst erklären konnte.

»Meine Mutter benutzt etwas ganz anderes – ein Sonnenbad«, erklärte Dalden, während Brittany darauf wartete, dass das Wasser warm genug wurde.

»Du meinst wohl eine Solardusche? Eigentlich eine tolle Erfindung, aber im Moment noch relativ kostspielig. Ich möchte auf meinem Haus auch ein paar Sonnenkollektoren montieren, zumindest zur Warmwasserbereitung. Und das Badezimmer wird fast so groß wie das Schlafzimmer. Davon träume ich schon, seit ich dieses Kabuff hier zum ersten Mal betreten habe.«

»Bei mir ist das Bad in dem Raum, wo ich schlafe«, sagte Dalden.

Ein Pool im Schlafzimmer? Sofort entstand in Brittanys Fantasie das Bild eines Palastes oder zumindest eines herrschaftlichen Anwesens.

Sie blickte über ihre Schulter, um ihn noch einmal zu fragen, wo dieses rätselhafte Land denn nun wirklich lag. Fast hätte sie sich über die turmhohe Gestalt, die, kaum eine Handbreit von ihr entfernt, hinter ihr aufragte, erschrocken. Das winzige Bad war eigentlich schon für eine einzelne Person zu eng, aber mit einem so riesigen Menschen wie Dalden zwischen Waschbecken und Dusche eingeklemmt zu sein, gab Brittany das Gefühl, sich in eine Sardinenbüchse verirrt zu haben.

Daldens Nähe brachte sie jedoch so durcheinander, dass sie ihre Frage beinahe vergaß. Erst nach einer kleinen Pause fand sie ihre Stimme wieder. »Willst du mir nicht wenigstens sagen, auf welchem Kontinent dein Land liegt? Dann hätte ich vielleicht eine bessere Vorstellung vom Leben dort, wenn du von solchen Dingen wie Pools in Schlafzimmern erzählst …«

Weiter kam sie nicht. Dalden zog sie in seine Arme und küsste sie leidenschaftlich. Das bedeutete das unweigerliche Ende jeder gepflegten Unterhaltung. Brittany fühlte sich von Daldens Körper, von seinem Duft und seinem Geschmack wie eingehüllt. Ihre aufgewühlten Sinne begannen mit ihren moralischen Prinzipien zu kämpfen und gewannen die Oberhand.

Dann ließ Dalden sie plötzlich los und schob sie zur Tür. »Hinaus mit dir, *Kerima,* schnell. Oder du wirst das Duschwasser und noch manches andere mit mir teilen.«

Deutlicher hätte er kaum ausdrücken können, dass seine mühsam aufrechterhaltene Selbstkontrolle nur mehr an einem seidenen Faden hing. Hastig stürzte Brittany aus dem Badezimmer, damit es nicht gleich hier, eingezwängt zwischen Dusche und Waschbecken, zum Äußersten kam.

Kapitel Fünfzehn

Du kannst mich nicht jedes Mal, wenn ich dir eine Frage stelle, die du nicht beantworten willst, mit deinen Küssen aus dem Konzept bringen. Sag mir doch einfach, wenn du mir nicht antworten darfst. Und wenn ich das nicht mehr hören kann, sage ich es dir auch. Okay?«

Sie saßen in Brittanys Auto und fuhren in Richtung Rathaus. Es war viel später geworden als geplant. Brittany hatte Dalden ein gigantisches Frühstück vorgesetzt, und nun herrschte im Kühlschrank gähnende Leere. Auf dem Rückweg musste sie unbedingt am Supermarkt Halt machen und einen größeren Einkauf tätigen.

Beim Verlassen der Wohnung erklärte Brittany augenzwinkernd, Dalden solle sich nicht vom Anblick ihrer alten Klapperkiste abschrecken lassen. Wenn er das zufriedene Schnurren ihrer Rostlaube höre, wisse er gleich, wie gut sie das Ding in Schuss halte. Dieser Menge von sprachlichen Vergleichen war auch die beste Übersetzungshilfe nicht gewachsen, und Dalden begann prompt, nach klappernden Kisten, rostigen Lauben und *fembairs,* wie er anscheinend Katzen nannte, Ausschau zu halten.

Inzwischen war es schon beinahe Mittag, denn der Zwischenstopp im Einkaufszentrum hatte sich gewaltig in die Länge gezogen. Schon im ersten Laden wurde Brittany bewusst, wie schwierig es sein würde, Kleidungsstücke zu finden, die Dalden passten. Obwohl sie jedes einzelne Geschäft für Herrenoberbekleidung abklapperten, mussten sie schließlich unverrichteter Dinge aufgeben. Es gab wohl ein paar T-Shirts in Übergrößen, doch irgendwie sahen sie an Dalden alle ziemlich komisch aus. Außerdem würden seine nackten Arme mehr Aufmerksamkeit erregen als die etwas ungewöhnlich anmutende Tunika.
Schließlich gab es ein wenig Hoffnung, doch noch Kleider für Dalden zu bekommen. Die Änderungsschneiderin eines größeren Geschäftes fühlte sich von Daldens gewaltigem Körper herausgefordert und zückte ihr Maßband. Sie versprach, bis zum Abend ein Paar Jeans und ein Baumwollhemd für Dalden zu nähen.
Brittany hatte damit gerechnet, dass Dalden einige Blicke auf sich ziehen würde, doch das, was sie mit ihm im Einkaufszentrum erlebte, übertraf selbst ihre schlimmsten Befürchtungen. Gestern waren ihr die Blicke der anderen Passanten gar nicht aufgefallen, denn sie hatte selbst nur Augen für Dalden gehabt. Allerdings schien es sämtlichen anderen Menschen ähnlich zu ergehen. Ganz gleich, wohin sie kamen, überall starrten wildfremde Leute diesen riesenhaften jungen Mann mit offenem Mund und großen Augen an. Blieb Dalden irgendwo stehen, bildeten sich in kürzester Zeit Menschentrauben – wenn auch in respektvoller Entfernung. Die Leute gafften, staunten und

zeigten ungeniert mit Fingern auf ihn. Ein kleiner Junge bat ihn sogar um ein Autogramm und wollte nicht glauben, dass Dalden kein Filmstar sei. Sich unauffällig verhalten? Leichter gesagt als getan.
Weder in ihrem Apartment noch im Einkaufszentrum hatten Brittany und Dalden viel Zeit gehabt, miteinander zu reden.
Während der Autofahrt betrachtete Dalden sämtliche Schalter, Knöpfe und Anzeigen am Armaturenbrett so eingehend, als habe er noch nie im Leben in einem Auto gesessen. Brittany glaubte nicht, dass er es wagen würde, sie hier zu küssen. Deshalb brachte sie erst auf dem Weg zum Rathaus die Sprache auf seine ganz besondere Technik, sie von ihren Fragen abzulenken.
Sie erwartete eigentlich keine Einwände, denn ihr selbst erschien ihr Vorschlag so vernünftig, dass Dalden ihm nur zustimmen konnte. Doch er sah die Sache völlig anders.
»Es ist aber viel schöner für uns beide, wenn ich dich mit meinen Küssen ablenke«, sagte er.
Damit hatte er zwar Recht, doch so schnell wollte Brittany nicht einlenken. »Erinnerst du dich noch an die Sache mit dem Kennenlernen? Dazu gehört es auch, Fragen zu beantworten, und nicht, ihnen auszuweichen.«
»Wenn du erst mir gehörst, Brittany Callaghan, wirst du auf all deine Fragen eine Antwort erhalten. Allerdings hat man mich bereits gewarnt. Man sagt mir, die Antworten würden dich nicht unbedingt glücklich machen.«
Glücklicherweise sprang die Ampel vor ihnen gerade

auf Rot, denn Brittany vergaß einen Moment lang, wie man ein Auto fuhr. Wenn sie ihm gehörte? Wieder dieses indirekte Versprechen von Dauerhaftigkeit aus seinem Mund. Nicht: »Wenn wir endlich miteinander schlafen«. Nicht: »Wenn mein Auftrag erledigt ist«. Wenn du erst mir gehörst. Diese wenigen Worte versetzten Brittanys Innerstes in hellen Aufruhr.

Eine Autofahrt war wohl doch nicht der geeignete Zeitpunkt für Gespräche über unbeantwortete Fragen und Ablenkungsmanöver. Brittany versuchte, sich auf Daldens letzte Bemerkung zu konzentrieren, um sich nicht für alle Zeiten in ihrem Wolkenkuckucksheim zu verlieren. Antworten, die sie nicht glücklich machen würden. Unglück, Leiden, Tränen. Gut, das funktionierte.

Brittany warf Dalden einen kurzen Blick zu und schaute dann direkt auf den kleinen Kasten an seiner Hüfte. Sie nahm an, dass die Kamera dort lief. »Wenn Dalden einen Satz mit ›man sagt mir‹ beginnt, sagt er dann seine eigene Meinung oder wiederholt er nur Ihre Worte, Martha?«

»Ich glaube, du würdest Daldens eigene Meinung gar nicht hören wollen, meine Süße«, antwortete Martha. Dabei klang ihre Stimme, als könne sie ein Kichern nur mühsam unterdrücken. Brittany reagierte gereizt.

»Doch, genau das will ich«, erwiderte sie bockig.

»Du würdest es bereuen«, gab Martha zurück. Dann holte sie ein wenig weiter aus. »Soweit ich aus den Daten, die mir inzwischen zur Verfügung stehen, ersehe, unterscheiden sich eure Kulturen grundlegend voneinander. Man könnte sagen, es liegen Welten, wenn

nicht Lichtjahre zwischen der Art, wie ihr lebt und wie man euch erzogen hat.«
»Pah! Kann es sein, dass Sie ein wenig zu Übertreibungen neigen, Martha?«, erwiderte Brittany.
Ein leises Lachen drang aus dem Kästchen, bevor Martha sagte: »Falls dir das irgendwie weiterhilft, und meine Berechnungen sagen, das könnte der Fall sein, solltest du dir Folgendes durch den Kopf gehen lassen: Auch die Kulturen und Lebensgewohnheiten von Daldens Eltern sind Lichtjahre voneinander entfernt, und es gelang den beiden dennoch, sich einander anzupassen. Oder vielleicht sollte ich lieber sagen, es gelang ihr. Sha-Ka'ani-Männer sind nicht besonders formbar.«
»Sollte das eine Warnung sein?«
»Hervorragend analysiert.«
Brittany schnaubte. Sie wurde das Gefühl nicht los, dass Martha sich einen Spaß daraus machte, mit ihr zu spielen. Allerdings beunruhigte sie Daldens Schweigen ein wenig. Er unternahm jedenfalls keinerlei Anstrengungen, Marthas Aussagen in irgendeiner Weise abzumildern oder ins rechte Licht zu rücken. Ein Blick zur Seite zeigte Brittany einen ziemlich angestrengt dreinblickenden Dalden. Er kam ihr sogar ein wenig blass um die Nase vor.
»Was ist denn mit dir los?«, fragte sie ihn.
»Ich kenne verschiedene Transportmittel, die sich ohne den Gebrauch von Beinen vorwärts bewegen. Aber keines bleibt so häufig stehen und setzt sich dann wieder in Bewegung wie deine Klapperkiste.«
Brittany verzichtete darauf, ihm zu erklären, dass der richtige Name für das besagte Transportmittel eigent-

lich Auto war, und fragte stattdessen: »Wird dir etwa schlecht? Ich gebe zu, auf den Straßen ist heute mehr los als sonst. Vielleicht liegt es auch an der Uhrzeit. Aber wir sind gleich da. Hältst du es noch ein paar Minuten lang aus?«

»Aushalten? Was?«

»Das Autofahren. Oder muss ich dann dein Frühstück von der Windschutzscheibe kratzen?«

Daldens Gesicht zeigte auf diese Bemerkung hin gewisse Anzeichen von Empörung. Gar nicht so einfach für jemanden, dem eigentlich sterbenselend war. »Ein Krieger verfügt über mehr als genug Körperkontrolle, um ein ausgezeichnetes Mahl bei sich zu behalten.«

»Diese Bemerkung streichen wir besser«, kam es umgehend aus dem Apparat. »Er möchte damit nur sagen …«

»Ich habe schon verstanden, Martha. Aber die Sache mit dem Krieger interessiert mich. Ist Dalden beim Militär?«

»So würde man es hier wohl nennen.«

»Hier schon, aber nicht bei Ihnen? Wie sagt man denn in Daldens Land dazu?«

»Die Männer von Sha-Ka'an befinden sich lediglich in einem Zustand dauernder Einsatzbereitschaft. Man könnte sie mit der Nationalgarde vergleichen oder mit dem Zivilschutz oder …«

»Schon gut«, schaltete Brittany sich ein. »Er ist nicht beim Militär, aber dennoch jederzeit einsatzbereit.«

»Exakt!«

»Und wo liegt das Land, in dem die Männer sich in ständiger Einsatzbereitschaft befinden?«

Was folgte, war kein kurzes Auflachen, sondern eine

volle Minute aller möglichen Heiterkeitsbezeugungen. »Du bist ganz schön hartnäckig. Aber der Ausdruck ›vertrauliche Informationen‹ sagt dir doch bestimmt etwas, nicht wahr?«

»Hören Sie schon auf. Den Namen des Landes kenne ich doch bereits. Ich brauche doch nur im Atlas nachzuschlagen, um herauszufinden, wo es sich befindet.«

»Das könntest du tun. Aber es wäre reine Zeitverschwendung. Sha-Ka'an findest du in keinem Atlas.«

»Dann ist das Land also so jung, dass es auf der Weltkarte noch nicht einmal eingezeichnet ist?«, fragte Brittany erstaunt.

»Jung? Eigentlich nicht«, antwortete Martha. »Aber bekanntlich ist ja alles relativ. Was für dich jung und neu sein mag, muss es für Dalden noch lange nicht sein. Das gilt umgekehrt natürlich auch.«

Brittany konnte sich vorstellen, dass es auf der Welt tatsächlich noch unerforschte Flecken gab. Aber ein ganzes Land, von dem niemand wusste? War so etwas im Zeitalter der Satellitenbilder überhaupt möglich? Nun, immerhin saß Dalden als lebender Beweis einer solchen Möglichkeit neben ihr. »Wie kommt es, dass dieses Land bisher unentdeckt geblieben ist?«, wollte Brittany nun wissen.

»Man könnte sagen, die – Grenzen – sind für Besucher geschlossen. Niemand darf ohne Erlaubnis einreisen, und diese Erlaubnis ist schwer zu bekommen.«

»Reden wir überhaupt von einer eigenständigen Nation? Vielleicht bringen wir ja ständig eine Stadt, eine Provinz eines bestimmten Landes und einen selbstständigen Staat durcheinander.«

»Viel zu viele wilde Vermutungen, meine Liebe«, erklärte Martha. »Du selbst hast Sha-Ka'an als Land betitelt. Dalden hat diese Bezeichnung weder bestätigt noch zurückgewiesen. Manchmal hält er sich sogar an das, was ich ihm sage.«

Der letzte Satz hatte Dalden gegolten. Doch er zeigte keinerlei Reaktion. Er schien dem Gespräch überhaupt nicht zu folgen. Mit geschlossenen Augen und totenblassem Gesicht saß er auf dem Beifahrersitz. Kalter Schweiß bedeckte seine Stirn. Brittany nahm an, Daldens volle Konzentration galt der Bemühung, sein Frühstück dort zu behalten, wo es sich im Moment noch befand.

Von ihm hatte sie also im Augenblick ohnehin keine Antworten zu erwarten. Und solange Martha bereit war, ein wenig aus dem Nähkästchen zu plaudern, gab es für Brittany wenigstens diese, wenn auch nur spärlich tröpfelnde Informationsquelle. Es galt, die Gelegenheit zu nutzen, bevor auch dieses Rinnsal versiegte.

Brittany versuchte einen anderen Ansatz. »Ich will ja gar keine großen Geheimnisse ans Licht zerren. Ich möchte nur wissen, wem ich helfe. Leider gibt es auf dieser Welt ein paar Mächte, mit denen ich lieber nichts zu tun haben würde. Und ich lege keinen Wert darauf, später herauszufinden, dass ich für eine davon gearbeitet habe.«

»Na schön. Sperr die Ohren auf, Kleine. Ich verstoße jetzt gegen meine eigenen Regeln, aber nur dieses eine Mal. Sha-Ka'an ist kein Land. Nennen wir es einen Ort und den Namen eines Volkes. Dalden stammt aus dem Land Kan-is-Tra, und bevor du mich jetzt fragst:

Du wirst es auf keiner Karte finden. Die Stadt, in der er lebt, heißt Sha-Ka-Ra. Daldens Volk verfolgt keinerlei Interessen, die mit denen deines eigenen Volkes in Konflikt stehen. So viel zu deiner Beruhigung. Mehr werde ich dir nicht sagen, und damit können wir die Sache wohl vorerst auf sich beruhen lassen …«

»Verdammte Hühnerkacke!« Brittany konnte ihren angestauten Ärger nicht länger für sich behalten. »Ich will mir den Ort, wo Dalden herkommt, wenigstens vorstellen können. Wüste, Arktis oder Tropen? Iglus oder Zelte? Was denn jetzt?«

»Ach, so ist das! Unsere Schreinerin kommt vor Neugier fast um! Na gut. Die Architektur der Sha-Ka'ani ist ziemlich beeindruckend. Es gibt Gebäude, die es mit jedem Sultanspalast aufnehmen könnten. Aber stell dir jetzt bloß kein Land aus Tausendundeiner Nacht vor«, setzte Martha kichernd hinzu. »Und nun gib es endlich auf, Püppchen. Wenn er dir etwas erzählt, nachdem sein Auftrag erledigt ist, darfst du die Informationen ohnehin nicht behalten. Was immer er dir auch anvertraut, ich werde es wieder löschen müssen, bevor wir nach Hause zurückkehren.«

»Löschen?«, japste Brittany. »Heißt das, Sie werden auf irgendeine Art und Weise dafür sorgen, dass ich alles wieder vergesse?«

»Das ist leider unvermeidbar.«

Brittanys Empörung kannte keine Grenzen. »Weiß deshalb kein Mensch von Daldens Volk? Wird jedem, der etwas darüber erfährt, einfach anschließend am Gedächtnis herummanipuliert?«

»Kommt jetzt der Selbsterhaltungstrieb in dir durch?«

Brittany fauchte: »In das Erinnerungsvermögen eines Menschen einzugreifen ist eine gefährliche …«
»Weit gefehlt«, fiel Martha ihr ins Wort. »Es handelt sich um einen bis ins Letzte ausgeklügelten Vorgang. Nur was unbedingt entfernt werden muss, wird auch gelöscht. Alles andere bleibt hundertprozentig intakt.«
»Dann sprechen Sie wohl von Hypnose«, sagte Brittany nur unwesentlich beruhigt.
»Etwas in der Art. Fühlst du dich nun besser?«
Sie fühlte sich besser, und auch wieder nicht. »Sie beabsichtigen, mir meine Erinnerungen an Dalden zu nehmen, nicht wahr?«, fragte Brittany nun ziemlich kleinlaut.
»Zum Glück fehlt mir jegliche Fähigkeit, sentimentale Gefühle zu entwickeln. Es ist besser für dich, wenn du dich nicht an ihn erinnerst, Kindchen, glaube mir …«
»Keine Angst. Ich werde nicht zulassen, dass du mich vergisst, *Kerima«,* tönte es plötzlich vom Beifahrersitz.
»Kein Wort mehr, großer Krieger, oder wir werden uns gleich etwas näher mit den harten Tatsachen des Sha-Ka'ani-Daseins befassen«, drohte Martha. Dabei klang sie nicht besonders freundlich.
»Wir hören uns gern an, was Martha sagt. Aber es hat keinerlei Einfluss auf längst getroffene Entscheidungen«, antwortete Dalden.
»Das ist doch wohl nicht dein Ernst!«
»Mein Entschluss steht fest.«
»Du wirst deinem Vater immer ähnlicher. Mehr sage ich dazu nicht.«
Aus Marthas Stimme klang unüberhörbar abgrundtiefe Abscheu.

Doch Dalden antwortete nicht ohne Stolz: »Es freut mich, das aus deinem Munde zu hören.«

»Ist dir der klare Verstand, den du von deiner Mutter geerbt hast, völlig abhanden gekommen? Ach, lassen wir das!«, knurrte Martha. »Wir werden später noch einmal darüber reden. Ihre Rostlaube ist stehen geblieben. Erledige erst einmal deine eigentliche Aufgabe. Dann können wir uns immer noch über diesen so genannten Entschluss unterhalten. Und ich sage dir schon jetzt – du wirst damit Schiffbruch erleiden.«

Kapitel Sechzehn

Rutsch ein wenig tiefer.« Ein Seufzen. »So, das muss reichen. Und nun bleib in dieser Stellung und lass mich das tun, wofür du mich bezahlst.«

Lächelnd blickte Dalden Brittany nach. Anscheinend zweifelte sie nicht eine Sekunde lang daran, dass er wie ein artiges Kind genau das tun würde, was sie von ihm verlangte – nämlich ruhig auf der Bank vor dem Rathaus sitzen zu bleiben. Sie konnte ja nicht wissen, wie sehr es der Natur eines Kriegers widersprach, sich von einer Frau Anweisungen irgendwelcher Art geben zu lassen. Gut, man konnte weiblichen Wesen manchmal ein wenig entgegenkommen. Und bei Damen, die nicht vom Planeten Sha-Ka'an stammten, musste man wohl großzügiger sein. Dafür hatte Dalden zwar Verständnis, doch so recht gefallen wollte ihm die Sache nicht.

Von der Bank aus beobachtete er, wie Brittany durch die Eingangshalle des Rathauses ging, immer wieder Menschen anhielt und ein paar Worte mit ihnen wechselte. Dalden fand es ohnehin schwierig, nicht jede einzelne von Brittanys Bewegungen genau zu verfolgen, wenn sie in seiner Nähe war. Er fragte sich, woran es lag, dass er sich in ihrer Gegenwart meist ganz und gar nicht wie ein echter Sha-Ka'ani-Krieger aufführte. War am Ende das Erbe seiner Mutter, das kystranische Blut in seinen Adern, daran schuld? Oder benahm er sich nur deshalb so eigenartig, weil Brittany ihn in vielen Dingen an seine Mutter erinnerte? Der Grund für sein Verhalten konnte aber auch der uralte, angeborene Instinkt sein, der das ganze Handeln eines Kriegers bestimmte, sobald er die Frau gefunden hatte, mit der er sein Leben fortan teilen würde.

Was immer es auch sein mochte, es war stärker als sein eigener Wille, stärker als der unbändige Stolz, der einen Krieger sonst erfüllte. Dalden wünschte sich im Augenblick nur etwas *Dhaya*-Saft, um den übermächtigen Drang, diese Frau an einen verschwiegenen Ort zu schleppen und sie dort ganz in Besitz zu nehmen, etwas lindern zu können. Natürlich war vor Beginn der Reise eine ansehnliche Menge dieses hilfreichen Gebräus an Bord der Raumschiffe gebracht worden, doch niemand hatte damit gerechnet, dass sich dieser Ausflug ins All derart in die Länge ziehen würde. Deshalb waren die *Dhaya*-Vorräte auch schon seit über einem Monat aufgebraucht. Ob der Saft allerdings bei dem, was Dalden nun fühlte, überhaupt eine Wirkung gezeigt hätte, wagte er zu bezweifeln.

Brittany faszinierte ihn wie nie ein weibliches Wesen zuvor. Sie sprach wie eine Frau aus dem alten Volk der Kystranier. Sie packte jedes Vorhaben mit Entschlossenheit an und gab mit der größten Selbstverständlichkeit Befehle. Darin glich sie seiner Mutter. Sie war mutig, dickköpfig und einfallsreich. Sie war stolz auf eine Arbeit, die auf Sha-Ka'an nur Sklaven verrichteten. Sie war unabhängig und selbstständig. Sie glaubte, außer den Gesetzen, die in ihrem Land galten, keinen besonderen Schutz zu benötigen. Sie kochte und arbeitete wie eine *Daras*-Dienerin und betrachtete das nicht als entwürdigend. Mit größter Leichtigkeit sprang sie von einer Sekunde zur anderen zwischen männlichen und weiblichen Aufgabenfeldern hin und her, die auf Sha-Ka'an traditionell streng voneinander abgegrenzt waren. Ihre Kultur unterschied sich so grundlegend von der seinen, dass Dalden sich kaum vorstellen konnte, wo es Berührungspunkte gab. Ganz zu schweigen von der Möglichkeit eines harmonischen Zusammenlebens.

Dalden wusste, dass Martha ihm genau das unter die Nase reiben würde. Doch er hielt eine Antwort für sie bereit, der sie nichts entgegensetzen konnte.

»Tedra wird sich wünschen, sie wäre selbst mit hierher gekommen«, kam es in Sha-Ka'ani aus der Kombinations-Einheit. Martha wollte nicht, dass jemand außer Dalden verstand, was sie sagte.

»Warum?«, fragte Dalden in derselben Sprache zurück.

»Weil die Leute hier ihren Vorfahren so ähnlich sind. Es scheint beinahe, als hätten sie dieselben Wurzeln. Man könnte meinen, sie stammen, genau wie die Kystranier, von den Schiffen, mit denen vor langer Zeit das All kolonisiert wurde.«

»Aber wären sie dann nicht schon viel weiter entwickelt?«, fragte Dalden.

»Nicht wenn ihnen auf irgendeine Art sämtliche Daten verloren gingen und sie wieder ganz von vorn anfangen mussten. Das ist allerdings eher unwahrscheinlich. Und es soll durchaus vorkommen, dass zwei verschiedene Planeten nahezu dieselben Entwicklungsstufen durchlaufen. Das würde die Ähnlichkeiten erklären.«

»Du magst Brittany«, stellte Dalden fest. »Das spüre ich.«

Ein leises Lachen. »Was du damit sagen möchtest, ist, dass Tedra sie mögen würde. Aber wir wollen nicht untertreiben. Deine Mutter würde Brittany sofort ins Herz schließen und sie abgöttisch lieben. Für Tedra wäre sie so etwas wie eine lebende Tonaufnahme der Ahnen, die sie so verehrt. Es besteht eine hohe Wahrscheinlichkeit, dass Tedra und Brittany die dicksten Freundinnen werden würden.«

»Wenn es dein einziger Daseinszweck ist, dich um das Wohlergehen und das Lebensglück meiner Mutter zu kümmern, warum willst du dann Brittany hier zurücklassen?«

»Weil ich, anders als du, vorausberechnen kann, was passiert, wenn wir sie mitnehmen. Es würde deiner Mutter das Herz brechen, zuzusehen, wie zwei Menschen, die sie liebt, einander gegenseitig ins Unglück stürzen.«

»Nichts dergleichen wird geschehen.«

Ein Seufzen, gedehnt und ein wenig übertrieben, doch dann ging es in sachlichem Ton weiter: »Hör doch wenigstens einen Augenblick lang auf zu träumen. Du und diese Frau, ihr habt die größte Mühe, nicht auf der Stelle übereinander herzufallen. Schön. So etwas gilt als völlig natürlich und soll sogar gesund sein. Wenn genügend Zeit dafür ist, habe ich auch

nichts dagegen einzuwenden. Aber du musst die Dinge realistisch betrachten, Dalden.«
»Wie kommst du darauf, dass ich das nicht längst tue?«
»Die Tatsache, dass wir uns überhaupt über dieses Thema unterhalten müssen, spricht für sich«, antwortete Martha spitz. »Leidenschaft macht Männer nun einmal oft blind für alles andere. Und Krieger stellen in dieser Hinsicht keine Ausnahme dar. Könnten sie auch nur einen Augenblick lang einen kühlen Kopf bewahren, so würden sie die Dinge so sehen, wie sie wirklich sind. Ändern sie in einem solchen Fall ihre Meinung noch immer nicht, nun, so hat es sie vielleicht tatsächlich richtig erwischt, und dagegen ist kein Kraut gewachsen. Aber nur allzu häufig stellt sich heraus, dass allein ihre primitiven Triebe der Grund für die Sehnsucht nach einer bestimmten Frau sind. Sind diese Triebe erst einmal befriedigt, so bleibt von den Gefühlen meist nicht mehr viel übrig. Zumindest nicht genug, um eine dauerhafte Doppelbesetzung darauf zu gründen.«
Mit dem Begriff *Doppelbesetzung* beschrieben die Kystranier eine lebenslange Bindung zwischen zwei Menschen. Früher hatten sie das, genau wie die Menschen hier, *Ehe* genannt. Die Sha-Ka'ani kannten kein bestimmtes Wort dafür. Doch auch bei ihnen gab es in jedem Land des Planeten eine eigene Bezeichnung für eine solche auf Dauer angelegte Einrichtung. In Kan-is-Tra wählten die Krieger eine Mutter für ihre Kinder, und so nannten sie die betreffende Frau auch fortan. Häufig sprachen Männer und Frauen auch von ihren Lebensgefährten. »Hast du denn in der ganzen

Zeit auf Sha-Ka'an noch immer nicht gelernt, dass Krieger einen sehr sicheren Instinkt dafür haben, welche Frau sie zu ihrer Lebensgefährtin erwählen, Martha? Nur sehr ungeduldige junge Männer begnügen sich schließlich mit einer Gefährtin, die nicht diesen Instinkt in ihnen weckt.«

Ein Schnauben kam aus dem Kästchen. »Vorsicht, Kleiner! Man könnte ja fast glauben, du redest von Liebe – du weißt schon, jenes alberne Gefühl, von dem Krieger behaupten, es nicht zu kennen.«

Dalden knurrte: »Zwischen weiblicher Gefühlsduselei und unseren Instinkten besteht keinerlei Zusammenhang.«

»Schade, dass du gerade nicht hier bist und es selbst sehen kannst! Nichts als verdrehte Augen auf jedem einzelnen Monitor der Kommandozentrale ...«

»Selbst dir wird es nicht gelingen, die Natur eines Kriegers zu verändern!«

»Du hältst mich doch hoffentlich nicht für so einfältig, etwas derart Vermessenes auch nur zu versuchen. Aber damit hast du den Nagel auf den Kopf getroffen, Süßer. Genau deshalb wird es zwischen der Schreinerin und dir ständig Reibereien geben. Zwischen euch bestehen keinerlei Gemeinsamkeiten. Darum ist jeder Versuch, ein glückliches, harmonisches gemeinsames Leben zu führen, von vornherein zum Scheitern verurteilt.«

»Du irrst dich. Genau das wird uns gelingen.«

»Sturheit hilft dir in diesem Fall nicht weiter. Aber ich sehe schon – auf diesem Ohr bist du taub. Okay. Beschäftigen wir uns mit den aussagekräftigen Ergebnissen meiner Wahrscheinlichkeitsrechnungen. Den Gedanken, dass ein Mann sie beschützt und für sie sorgt, akzeptiert diese Frau vielleicht gerade noch. In dieser Hinsicht gibt es also kaum Probleme. Immerhin hat man das vor ein paar Jahrzehnten auch hier noch so gehalten. Es gilt zwar inzwischen als altmodisch, doch der Gedanke ist ihr zumindest nicht völlig fremd. Sie wird sich zu Tode langweilen, wenn sie den ganzen Tag zu Hause sitzt, anstatt selbst arbeiten zu gehen. Doch ähnlich wie Tedra findet sie bestimmt bald ein anderes, lohnendes Betätigungsfeld.«

»Es freut mich, das von dir zu hören.«

»Immer mit der Ruhe. Ich bin noch nicht fertig. Eine Sache, an die sie sich nie gewöhnen wird, ist ihre Rolle als Frau eines Kriegers. Bei den Sha-Ka'ani bestimmt allein der Mann über sämtliche Aspekte des gemeinsamen Lebens. Die Frauen üben sich vor allem in ergebenem Schweigen. Auch hier zu Lande war das früher gang und gäbe. Aber die Frauen haben ihre Fesseln abgestreift, und sie werden sich niemals wieder aus freien Stücken unterjochen lassen.

Verstehst du nun, was ich meine? Es geht gegen Brittanys Natur, sich den Entscheidungen eines Mannes zu fügen. Wenn ihr etwas nicht gefällt, versucht sie, es zu ändern. Und dass sie die Sha-Ka'ani-Traditionen nicht ändern kann, würde sie nie akzeptieren. Gesetze, wie die Sha-Ka'ani sie zum Schutz ihrer Frauen aufgestellt haben, stellen einen unüberbrückbaren Gegensatz zu Brittanys Lebensweise dar. Sie würde dir ins Gesicht lachen, wenn du ihr mit euren Regeln kommst. Und so etwas führt unweigerlich zu Streit, mein Kleiner. Zu andauerndem, mal offen ausgetragenem, mal im Verborgenen schwelendem Streit. Es ist leider nicht zu ändern: Du und sie, ihr passt nicht zusammen.«

»Du beschreibst nicht zufällig gerade das Zusammenleben meiner Eltern, Martha?«

Ein Kichern. »Die Luft dort oben scheint dir gut zu bekommen! Derart scharfsinnige Schlussfolgerungen kenne ich sonst gar nicht von dir.«

Dalden ließ sich nicht beirren. »Ich bin nicht dumm, Martha.«

»Das weiß ich doch, mein Süßer. Nur die Kriegermentalität, die du von deinem Vater geerbt hast, steht deinem gesunden Menschenverstand manchmal etwas im Weg. Deshalb nennt man die Sha-Ka'ani ja auch noch immer Barbaren. Aber wir kommen vom Thema ab. Wir sprachen gerade von deinen Eltern. Und inzwischen müsstest du mich gut genug kennen, um zu ahnen, dass es noch ein weiteres Haar in der Suppe gibt.«

»Und das wäre?«

»Es gibt einen großen, um nicht zu sagen gewaltigen Unterschied zwischen deinen Eltern und dir und Brittany. Tedra ist in der Lage, Kompromisse einzugehen. Sie ist mit dem Wissen um ein ganzes Universum voller unterschiedlicher Rassen und Kulturen aufgewachsen. Sie war jahrelang als Entdeckerin neuer Welten unterwegs. Deshalb kann sie mit der Unterschiedlichkeit der Menschen umgehen und die Grundprinzipien der Liga zu ihren eigenen machen: Jeder Planet ist einzigartig, und folglich muss jede

Kultur in ihrer Einzigartigkeit respektiert und nicht etwa verändert werden. Neu entdeckten Rassen gegenüber verhält man sich aufgeschlossen und versucht nicht, sie zu missionieren oder ihnen die Lebensweise einer anderen Welt aufzuzwingen. Man lässt sie in aller Ruhe die Entwicklungsstufen durchlaufen, die auf ihrem Planeten eine natürliche Ordnung der Dinge darstellen. Sicher wünscht Tedra sich nichts sehnlicher, als so manche überkommene Regel auf Sha-Ka'an in ihrem Sinne zu verändern. Du kannst dir schon vorstellen, woran ich dabei denke. Doch nicht einmal im Traum würde ihr einfallen, sich ernstlich an Veränderungen der Zustände dort zu versuchen.«

»Sie unterstützt die Frauen auf Sha-Ka'an.«

»Natürlich. Aber sie versucht nicht, die Gesetze zu ändern. Sie hat nur durchgesetzt, dass nicht mehr alle Frauen unter diesen Gesetzen leben müssen.«

»Was allerdings bedeutet, dass die Betroffenen Sha-Ka'an verlassen müssen.«

Martha klang, als würde sie die Schultern zucken, während sie erklärte: »›Solange es funktioniert‹, ist hier das Motto deiner Mutter, Kleiner. Langfristig gesehen erreicht sie mit ihrer diplomatischen Art fast immer, was sie sich einmal in den Kopf gesetzt hat. Es mag eine Weile dauern, und sie mag ein oder zwei Rückschläge erleiden, doch am Ende gibt dein Vater meist nach. Tedra vergeudet ihre Kräfte allerdings nicht damit, das Unmögliche zu versuchen. Einen Planeten, der als barbarisch eingestuft wird, einen Schritt näher an die Zivilisation heranzuführen oder die Ansichten eines Kriegers zu verändern – mit solchen aussichtslosen Unterfangen gibt sie sich nicht ab. Und das ist der Punkt, in dem sie sich wesentlich von deiner Brittany unterscheidet.«

»Aber Brittany ist genau wie meine Mutter.«

»Ich sage es dir nur ungern, Krieger, aber die Art, wie sie reden, ist fast die einzige Gemeinsamkeit dieser beiden Frauen. Sie sind in völlig unterschiedlichen Kulturen mit völlig unterschiedlichen Wertvorstellungen aufgewachsen. Vielleicht haben sie dieselben Ansichten, was die Rechte der Frauen betrifft, weil sie beide aus Gesellschaften stammen, in denen die Gleichberechtigung der Geschlechter angestrebt wird. Aber das ist auch schon alles. Und hier beginnt das Problem.«

»Ich kann keins entdecken«, widersprach Dalden.

»Das ist auch ein Teil davon. Du glaubst, es wird dir gelingen, mit Brittany zu leben, nur weil dein Vater das mit Tedra schafft. Aber du übersiehst dabei eine Kleinigkeit. Weil du zur Hälfte von einer Kystranierin abstammst, hast du dein Leben lang versucht, ein besonders perfekter Sha-Ka'ani-Krieger zu werden. Du befolgst die Gesetze und Regeln dieser Gemeinschaft peinlich genau, auch wenn dir manche nicht passen. Seit deiner Kindheit bemühst du dich, kein Außenseiter zu sein. Ständig versuchst du zu beweisen, dass Tedras Blut keinen Einfluss auf dich hat. Du bist anders, aber du weigerst dich, das zu akzeptieren. Wir sprechen hier von einem lebenslangen Kampf gegen Tatsachen: Du bist, rein genetisch betrachtet, nur ein halber Sha-Ka'ani, Dalden. Wird es dir gelingen, diesen Kampf gegen dich selbst endlich aufzugeben und dazu zu stehen, dass du anders bist?«

»Ich sehe keinerlei Veranlassung, mich zu ändern oder etwas anderes zu sein als das, was ich bin.«

»Damit lieferst du mir die Bestätigung: Genau deshalb wird es nicht funktionieren. Du bist weder bereit noch fähig, Kompromisse einzugehen. Und Brittany auch nicht.«

Kapitel Siebzehn

Brittany musste über ihre eigene Naivität lachen. Wie hatte sie nur glauben können, dass Dalden auf der Bank unter den überhängenden Ästen eines großen Baumes unbemerkt bleiben würde? Sogar in der schlaffen Haltung, die etwas von seiner Größe ablenken sollte, wirkte er riesenhaft. Eigentlich hätte sie aus der Erfahrung im Einkaufszentrum lernen müssen. Jedenfalls sah sie nun, wann immer sie zu Dalden hinausblickte, wie Passanten stehen blieben, einander anstießen und ihn dann verstohlen beäugten oder auch ganz offen angafften. Nicht allein seine Körpergröße und sein gutes Aussehen erregten die Aufmerksamkeit der Menschen. Er strahlte ein so ungewöhnlich ausgeprägtes Selbstbewusstsein aus, eine so einzigartige, in sich ruhende Überlegenheit, dass die Leute gar nicht anders konnten, als ihn anzusehen und zu rätseln, wer oder was er wohl sein mochte. Nur Menschen, die sich ihrer eigenen Stärken zutiefst bewusst waren, wirkten auf einer Bank noch so beeindruckend wie er. In Ehren ergraute Staatsmänner, einige wenige Prominente und eine Hand voll Multimillionäre fielen Brittany dazu ein – und vielleicht noch ein paar Soldaten aus Eliteeinheiten oder Geheimagenten, die

eine Spezialausbildung genossen hatten. Zu dieser Gruppe rechnete sie Dalden.
Möglicherweise ging es aber lediglich ihr so. Sie spürte deutlich sein ungeheures Selbstvertrauen, bei dem all jene kleinen und großen Zweifel fehlten, mit denen sich gewöhnliche Sterbliche herumquälten. Vielleicht war es also wirklich nur sein Aussehen, das die anderen Leute so faszinierte.
Das Ende der Mittagspause erwies sich nicht gerade als idealer Zeitpunkt, um im Rathaus die Suche nach Jorran zu beginnen. Fast alle Menschen, die durch die Eingangshalle eilten, waren städtische Angestellte auf dem Weg zurück zu ihren Schreibtischen.
Angesichts dieser großen Anzahl an Leuten würde sie nur mit einigen wenigen reden können. Am einfachsten war es, jemanden anzuhalten und ihn nach dem Weg zu einem bestimmten Amt zu fragen. Dann konnte sie das Gespräch schon bald beenden und sich der nächsten Person zuwenden. Nur ein einziges Mal traf sie dabei auf einen Herrn, der sich gern reden hörte und für eine einfache Auskunft fünf Minuten brauchte. Der Bürgermeister befand sich im Haus. Danach erkundigte Brittany sich als Erstes. Sie wechselte ein paar Worte mit den drei missgelaunten Herrschaften, die in seinem Wartezimmer saßen. Sie hatten ihre Mittagspause geopfert, um beim Bürgermeister vorzusprechen, und waren anscheinend vergeblich gekommen. Brittany postierte sich wieder in der Eingangshalle und behielt den Zugang zum Büro des Stadtoberhauptes im Auge.
Nach beinahe einer Stunde bot sich ihr endlich ein

Grund, zu Dalden zurückzukehren. Sie setzte sich neben ihn und flüsterte: »Schau nicht gleich hin. Aber der Kerl dort drüben links, der mit den braunen Locken und dem blassen Gesicht, kommt mir ziemlich eigenartig vor.«

Dalden sah sofort in die Richtung, in die Brittany den Kopf neigte, und legte die Stirn in Falten. »Eigenartig? Inwiefern?«

»Er redet fast so wie du. Und er hat behauptet, ich könne ihn nicht sehen. Er scheint sich für unsichtbar zu halten. Und dann dieser alberne Stock. Er fuchtelt damit herum, als handle es sich um einen Zauberstab …«

Weiter kam Brittany nicht. Dalden schoss mit einer solchen Geschwindigkeit von der Bank hoch, dass ihr der Mund offen stehen blieb. Sie hätte nie geglaubt, dass ein so gewaltiger Mensch sich so schnell bewegen konnte. Sehr bald stand Dalden bereits hinter dem Mann in der Halle. Er legte ihm den Arm um die Schultern, als seien sie alte Freunde. Aber das war natürlich nicht der Fall, und zwischen den beiden entspann sich ein kurzes Gerangel. Besorgt beobachtete Brittany das Geschehen, denn die Männer zogen die Aufmerksamkeit sämtlicher Rathausbesucher, die sich zufällig gerade in der Halle aufhielten, auf sich. Doch schon bald entspannte sich die Situation. Dalden schien ein paar kurze Worte zu sagen, und schon trottete der eigenartige Typ ihm wie ein braves Hündchen hinterher.

Brittany atmete auf. Jetzt wirkten die beiden tatsächlich wie alte Bekannte, die nur eben ein etwas derbes

Begrüßungsritual vollzogen hatten. Ungläubig starrte sie die Männer an, die nun vor ihr standen. Was, zum Teufel, war hier vor ihren Augen geschehen?
»Diese Möglichkeit hattest du wohl nicht mit einberechnet?«, sagte Dalden in Sha-Ka'ani zu Martha. »Jorran hat offensichtlich keine Ahnung, dass man mit der Rute bei Frauen nichts ausrichten kann.«
»Soweit ich weiß, hast du ihm wenigstens diese Eigenheit der Ruten damals nicht verraten«, antwortete Martha. »Und Ferrill hat sich geweigert, Jorran gegenüber auch nur das winzigste Detail über die Ruten preiszugeben. Jorran weiß also anscheinend noch immer nicht, dass die Geräte nur bei Männern wirken. Ich muss schon sagen, ich hätte den Großkönig für ein klein wenig klüger gehalten. Man sollte meinen, er würde die Ruten ausprobieren, bevor er sie einsetzt. Gut, vielleicht hat er das sogar getan und war nur nicht schlau genug, auch Frauen in den Test mit einzubeziehen. Möglicherweise dachte er, seine neue Heimat sei genau wie seine alte, wo Frauen höchstens eine halbe Stufe über Sklaven stehen. Apropos: Ich muss schon sagen, Kleiner, du hast wirklich fix reagiert. Es war eine hervorragende Idee, die Rute gegen den Kerl zu richten und ihn glauben zu lassen, er sei ab jetzt dein persönlicher Besitz. Sklavenhaltung wird in der Gesellschaft, aus der er stammt, als völlig normal betrachtet. Man braucht dem Burschen also nicht erst lang und breit zu erklären, wie ein Sklave sich zu verhalten hat.«
»Wissen Sie eigentlich, wie unhöflich es ist, in der Gegenwart einer Person, die kein Wort davon versteht,

dieses Kauderwelsch zu sprechen?«, fauchte Brittany, nachdem sie sich den Wortwechsel eine Zeit lang schweigend angehört hatte.

»Genau darum geht es ja, Püppchen«, schnurrte Martha zurück. »Austausch geheimer Informationen – alles klar?«

Diese knappe Erklärung war kaum dazu angetan, Brittanys erhitztes Gemüt zu besänftigen. Sie hielt mit ihrem Ärger auch nicht hinter dem Berg. »Wenn Sie glauben, Sie können mich über das, was eben geschehen ist, im Unklaren lassen, täuschen Sie sich. Und warum sieht es so aus, als sei dieser Mann kurz davor, sich niederzuwerfen und Daldens Füße zu küssen?«

»Weil er das wahrscheinlich gleich tun wird«, antwortete Martha trocken. »Schick ihn ein kleines Stück weg, Dalden, damit ihn das, was wir hier reden, nicht verwirrt.«

Brittany hörte staunend, wie Dalden dem Mann sagte, er solle in einer Ecke auf ihn warten. Der andere setzte sich unverzüglich in Bewegung und tat, was von ihm verlangt wurde. Sie sprach ihre Vermutung laut aus: »Du kennst diesen Mann, nicht wahr? Wahrscheinlich arbeitet er sogar für dich.«

Martha wollte nichts davon hören. »Wir haben ihn nie zuvor gesehen.«

»Warum tut er dann, was Dalden ihm befiehlt?«, wollte Brittany wissen.

Martha seufzte nicht nur ein Mal, sondern drei Mal. Das sollte Brittany wohl zeigen, wie lästig sie ihre hartnäckigen Fragen fand. »Na schön. Wenn wir davon ausgehen, dass wir später sowieso alles löschen, kann ich dir zumindest so viel verraten. Wo wir herkommen, wurden viele erstaunliche Dinge erfunden. Manches mag dir geradezu unglaublich erscheinen. Zum Beispiel die Rute, die Dalden gerade an sich genommen hat. Sie wurde gestohlen. Genauer gesagt sogar eine ganze Kiste damit. Und unsere Aufgabe ist es, sie zurückzuholen.«

»Wozu sind die Dinger gut?«

»Du fragst dich bestimmt, warum Jorran glaubt, er könne hier einfach auftauchen und euer Bürgermeister werden. Nun, er geht davon aus, dass die Ruten ihm genau das ermöglichen werden.«

»Sie haben meine Frage noch nicht beantwortet«, beharrte Brittany. Sie spürte, wie sie innerlich wieder zu brodeln begann.

»Ach – du willst auch die Details hören?«, säuselte Martha betont unschuldig.

»Was passiert, wenn ich das Kästchen kaputtschlage?«, knurrte Brittany mit einem wütenden Blick auf den Apparat.

»Dann bekommt Dalden ein neues«, erklärte Martha seelenruhig. Brittany glaubte allerdings, ein Grinsen aus ihrer Stimme herauszuhören.

»Hätte ich mir denken können«, murmelte sie.

Gelächter schallte aus dem Kästchen. Dann fuhr Martha fort: »Wer hätte gedacht, dass sich der Wille eines Mannes von einer Sekunde zur anderen ändern lassen würde? Und das nur durch ein paar beiläufige Worte und die Berührung mit einer Rute? Aber jemandem ist es gelungen, diese hübsche Idee in die Tat umzusetzen. Du kannst es eine perfektionierte Form der Hypnose nennen, wenn du willst. Aber selbst ein Mensch, der nicht das Geringste von solchen Dingen versteht, kann mit Hilfe einer solchen Rute die Gedanken eines männlichen Wesens ganz nach seinem Gutdünken verändern. Beispiel gefällig? Dalden hat die Rute gegen diesen Kerl eingesetzt und ihm gesagt, er sei sein Sklave. Und voilà, der Mann glaubt nun tatsächlich, er sei Daldens ergebener Diener. Er wird Daldens Anweisungen so lange widerspruchslos ausführen, bis man ihm etwas anderes sagt.«

Brittany biss die Zähne zusammen, bis ihre Kiefer schmerzten, und zählte bis zehn, bevor sie sagte: »Erwarten Sie wirklich, dass ich auch nur ein Wort von diesem ausgemachten Unsinn glaube?«

»Sagte ich nicht eben, manche Erfindungen würden dir geradezu unglaublich erscheinen? Und hat der Kerl nicht tatsächlich versucht, die Rute auch an dir zum Einsatz zu bringen, als er sagte, du könntest ihn nicht sehen?«

»Was beweist, dass das Ding nicht funktioniert. Ich sehe ihn sehr gut.«

»Zu deinem Glück, meine Süße, wirken die Ruten bei Frauen nicht«, antwortete Martha. »Und zu unserem Glück haben Jorran und seine Leute das bisher offensichtlich nicht bemerkt.«

»Seine Leute? Soll das heißen, der Mann, den Dalden soeben unter seine Kontrolle gebracht hat, ist gar nicht Jorran?«

»Genau. Jorran kann sein Aussehen verändern, aber nicht seine Größe. Er ist ungefähr so groß wie du. Wir mussten davon ausgehen, hier auch auf seine Männer zu treffen. Er reist mit einer größeren Gefolgschaft, und wahrscheinlich haben sie die Wechselruten untereinander verteilt. Aber wenn wir Jorran selbst erwischen, ist der Rest wahrscheinlich ein Kinderspiel.«

»Das steckt also hinter dieser ganzen Geheimniskrämerei. Ein Diebstahl. Warum sind Sie damit nicht einfach zur Polizei gegangen?«

»Denk doch nur einmal an die Panik, die ausbrechen könnte, wenn bekannt würde, wozu diese Ruten dienen und dass hier Leute frei in der Gegend herumlaufen, die bereit sind, sie zu benutzen. Hast du eigentlich eine Vorstellung davon, was man mit den Dingern anrichten kann? Es ist möglich, damit jeden beliebigen Fremden zur sofortigen Herausgabe seiner gesamten Habe zu bewegen. Er wird das Geforderte mit Freuden übergeben und anschließend nicht einmal wissen, warum er nun am Hungertuch nagt. Man kann einen Mann dazu bringen, seine Stelle zu kündigen oder von einem Amt zurückzutreten, ohne dass er sich später daran erinnert, warum er das getan hat. Mit der Rute ist es ein Leichtes, Menschen Dinge tun zu lassen, die eindeutig gegen ihre Überzeugungen und gegen ihre eigenen Interessen verstoßen. Verstehst du nun, warum es besser ist, wenn möglichst wenige Leute von der Existenz solcher Geräte wissen?«

»Nein, ganz und gar nicht. Die Polizei verfügt über das Personal und die Mittel, die Ruten schnell aufzuspüren …«

»Brittany, Brittany!«, fiel Martha ihr seufzend ins Wort. »Darum geht es doch gar nicht. Zuerst müssten wir eure Ordnungshüter davon überzeugen, dass es die Ruten wirklich gibt. Dann müssten wir sie zu äußerster Geheimhaltung verpflichten. Nun haben wir wenigstens eine Rute und könnten mit Hilfe dieses Anschauungsmaterials vielleicht den ersten Schritt bewältigen. Aber damit würden die Probleme erst richtig losgehen. Die Natur des Menschen erlaubt nun einmal keine konsequente Geheimhaltung. Irgendjemand plaudert immer etwas aus, und im Nu hätte jeder jeden im Verdacht. Die ganze Stadt geriete in Aufruhr. Massenhysterie, Verfolgungswahn und Panik wären die unausweichlichen Folgen. Möchtest du das wirklich riskieren?«

»Was Sie vorschlagen, ist beinahe unmöglich. Anscheinend sind viel mehr Leute in die Sache verwickelt, als Dalden und Sie mich glauben ließen. Wie sollen wir denn zu dritt alle Beteiligten finden?«

»Wir brauchen sie gar nicht alle zu finden. Der Einzige, den wir wirklich jagen, ist Jorran. Die anderen kommen freiwillig zu uns, wenn sie hören, dass wir uns ihren Anführer geschnappt haben. Und dann können wir die ganze Bagage wieder dorthin zurückbringen, wo sie hingehört. An Männern, die wir auf die Suche nach Jorran schicken könnten, mangelt es uns nicht, aber ihre Anwesenheit würde ihm nicht verborgen bleiben. Und wir müssen unbedingt vermeiden, dass er sich versteckt oder in ein anderes Land absetzt. Dann hätten wir nämlich kaum noch eine Chance, ihn zu finden.«

»Wird er nicht Verdacht schöpfen, wenn der Kerl dort drüben nicht zu ihm zurückkommt?«

»Keine Sorge, Püppchen. Es gehört zu meinen Aufgaben, in der Planung immer mindestens einen Schritt voraus zu sein. Also hör zu: Wir wollen nicht, dass noch mehr Leute zum Augenarzt rennen, weil sie glauben, sie hätten Sehstörungen. Bring also unseren großen Jungen so schnell es geht an einen Ort, wo er sich unbeobachtet um den ›Sklaven‹ kümmern kann.«

»Sich um ihn kümmern? Was meinen Sie damit?«

Ein Kichern tönte aus dem Kästchen. »Du scheinst uns ja wirklich alles zuzutrauen. Glaubst du etwa im Ernst, wir würden jemanden kaltblütig umbringen?«

Brittany bekam einen roten Kopf. Sie hatte wohl tatsächlich ein wenig schockiert geklungen, und sie musste zugeben, dass sie schon das Schlimmste vermutet hatte. Aber warum wollten sie nun plötzlich unbeobachtet sein, wenn nicht, um den Kerl, den sie gefangen hatten, zu beseitigen?

»Wir stellen ihm ein paar Fragen«, fuhr Martha fort, als habe sie Brittanys Gedanken gelesen. »Und dann schicken wir ihn zurück ins feindliche Lager, ohne dass er sich an uns erinnert. Die Rute behalten wir natürlich. Er wird glauben, er habe sie verloren. Aber er wird eine Verbindung zu mir herstellen, und auf diese Weise erhalte ich von nun an jeden Tag einen Bericht über Jorrans Aktivitäten. Das erleichtert unsere Arbeit ungemein.«

»Wenn Sie das so sagen, hört sich alles ungeheuer einfach an.«

»Das ist auch der einfachste Teil«, antwortete Martha. »Der schwierigere liegt noch immer bei dir. Wir müssen Jorran aufhalten, bevor er zu viele Personen in seinem Sinne manipuliert hat und zu viele irreparable Schäden anrichtet.«

»Kann dieser Mann uns nicht sagen, wo Jorran sich gerade aufhält?«

»Ziemlich unwahrscheinlich. Jorran zieht nur wenige Auserwählte ins Vertrauen. Den Rest seiner Leute betrachtet er als willenlose Befehlsempfänger, die tun, was er ihnen aufträgt, ohne zu wissen, warum. Sicher können sie untereinander in Verbindung treten, um neue Anweisungen zu erhalten, doch nie mit Jorran selbst. Er hält es für unter seiner Würde, direkt mit seinen Untergebenen zu sprechen.«

»Wie ein Gangsterboss?«

»Wie ein selbstherrlicher Monarch.«

»Das macht für mich kaum einen Unterschied.«

»Eine exzellente Beobachtung, wenn dir auch die genannten Herrschaften kaum zustimmen würden. Genug geplaudert. Bringst du uns nun bitte an einen verschwiegenen Ort?«

Brittany seufzte. Sie hätte die Unterhaltung gern noch ein wenig fortgesetzt. Diesem neuen Stück in dem großen, verwirrenden Puzzle fehlten hier und da an den Rändern noch ein paar Details. Doch sie hatte das sichere Gefühl, dass sie ohnehin nicht mehr weiterkommen würde, wenn Martha ein Thema für beendet erklärte.

»In der Toilette an der Ecke dort drüben könnte Dalden einen Augenblick lang unbeobachtet mit dem Mann sprechen. Da es sich allerdings um eine öffentliche Einrichtung handelt, haben die beiden nicht viel Zeit. Vielleicht ist es besser, sie setzen sich in mein

Auto.« Sie warf Dalden den Schlüssel zu. »Schalte die Klimaanlage ein und lass die Fenster geschlossen. Dann hört euch keiner.«

»Es ist noch viel wichtiger, dass sie keiner sieht«, erklärte Martha. »Aber wir können es versuchen. Und wie wäre es, wenn du dich ein wenig mit eurem Bürgermeister unterhältst, während wir beschäftigt sind? Es schadet nichts, einmal nachzusehen, ob man bereits versucht hat, ihn zu verändern.«

»Man kann bei uns nicht einfach auf einen Schwatz beim Bürgermeister hereinschneien. Dazu braucht man einen Termin, und den bekommt man nur, wenn man einen guten Grund angeben kann. Sullivan ist ein viel beschäftigter Mensch. Wer nur ein paar belanglose Fragen stellen will, kommt nicht einmal bis in sein Vorzimmer.«

»Sein Vorzimmer? Arbeitet dort eine Frau für den Bürgermeister?«

»Nein, ein Mann, soweit ich weiß.«

»Dalden, besorg unserer Kleinen doch noch kurz einen Termin beim Bürgermeister, bevor wir uns mit dem Sklaven auf den Parkplatz zurückziehen.«

Brittany sah mit offenem Mund zu, wie Dalden schon Augenblicke später, die Wechselrute unter dem Arm, hinter einer Tür verschwand. Sie führte zu dem Korridor, an dem die Räume des Bürgermeisters lagen. Kaum zwei Minuten später erschien Dalden wieder im Freien und machte sich mit seinem »Sklaven« im Schlepptau auf den Weg zum Parkplatz. Unentschlossen stand Brittany gleich darauf selbst vor der Tür im Rathaus, durch die Dalden eben getreten war. Es erschien ihr völlig unmöglich, dass er ihr ohne weitere Umstände einen Gesprächstermin beim Oberhaupt der Stadt verschafft hatte. Sie würde sich lächerlich machen, wenn sie nun bei seinem Sekretär auftauchte und behauptete, Sullivan erwarte sie. Aber hätte Dalden ihr nicht Bescheid gesagt, wenn sein Unternehmen fehlgeschlagen wäre?

Kapitel Achtzehn

Bevor sie der Mut verlassen konnte, fasste Brittany sich ein Herz, marschierte in den Warteraum und von dort direkt in das Vorzimmer des Bürgermeisters. Noch immer zweifelte sie daran, dass die Wechselruten tatsächlich funktionierten. Doch das Schlimmste, was ihr passieren konnte, war, dass man sie auslachte und ihr die Tür wies.

»Brittany Callaghan. Ich habe einen Termin beim Bürgermeister.«

»Gehen Sie ruhig gleich hinein, Miss«, sagte der Sekretär, ohne auch nur aufzublicken. »Mr Sullivan erwartet Sie bereits.« Das war natürlich völlig unmöglich. Sicher hatte Dalden den Sekretär nur diesen Termin in den Plan schreiben lassen und nicht daran gedacht, dass es zu den wichtigsten Aufgaben des Herrn im Vorzimmer gehörte, dem Bürgermeister mitzuteilen, welches Anliegen sein nächster Besucher hatte. Ein Politiker wusste schließlich immer gern, mit wem er es zu tun hatte, und schlug dann den jeweils passenden Ton an. Brittany stellte sich den Schrecken auf Sullivans Gesicht vor, wenn sie plötzlich unverhofft vor ihm stand, während er gerade zwischen zwei Terminen sein Lunch herunterschlang.

Es war sicher nur noch eine Frage von Sekunden, bis die Sicherheitskräfte eintrafen. Brittany spürte Panik in sich aufsteigen. Es lag ihr nicht, irgendwelche Lügengeschichten zu erfinden. Und im Augenblick wollte ihr einfach kein plausibler Grund einfallen, warum sie den Bürgermeister in seiner wohlverdienten Mittagspause störte.

Und dann stand plötzlich Dalden neben ihr. Viel schneller als erwartet war er zurück und trat an ihr vorbei auf Sullivans Tür zu. Fast nebenbei erklärte er: »Wir mussten gar nicht in deine Rostlaube steigen. Der Centurianer wurde zu Martha geschickt. Sie sagte, ich hätte dir hier möglicherweise noch nicht alle Türen geöffnet.«

Die beiden unverhofften Gäste brachten den Bürgermeister so durcheinander, dass Dalden schon bei ihm stand, bevor er noch recht fragen konnte: »Wer …?«

Dalden berührte ihn mit der Rute und sagte mit völlig ruhiger Stimme: »Sie erwarten diese Frau. Sie werden ihre Fragen wahrheitsgemäß beantworten und sie sofort wieder vergessen, wenn dieser Besuch beendet ist. Mich nehmen Sie gar nicht wahr.«

Dann ließ Dalden sich in einen Stuhl in einer Ecke des Zimmers fallen, der prompt unter seinem Gewicht zusammenkrachte. Leise vor sich hin schimpfend, rappelte er sich auf und setzte sich äußerst vorsichtig auf den nächsten. Dann grinste er Brittany aufmunternd an. Der Bürgermeister würdigte ihn keines Blickes und zuckte nicht mit der Wimper, als der Stuhl zerbrach. Brittany hatte Mühe, ihren Mund rechtzeitig zu schließen, um Sullivan, der nun mit ausgestreckter

Hand und einem gewinnenden Lächeln auf sie zueilte, nicht mit hängendem Unterkiefer gegenüberzustehen. Auf die Frage, was er für sie tun könne, räusperte sie sich erst einmal umständlich, um etwas Zeit zu gewinnen.

Soeben hatte sie mit eigenen Augen gesehen, wie ungeheuerlich die Wirkung der Wechselruten war und wie viel Schaden damit angerichtet werden konnte, wenn sie in die falschen Hände gerieten. Wohl vor allem deshalb ging sie bei der nun folgenden »Vernehmung« des Bürgermeisters mit schonungsloser Offenheit vor. In dem Bewusstsein, dass er sich wahrscheinlich weder an sie noch an ein einziges Wort ihrer Unterredung erinnern würde, fand Brittany es überflüssig, um den heißen Brei herumzureden.

Kurz entschlossen fragte sie Sullivan, ob ihm in der Stadt in letzter Zeit vermehrt Ausländer aufgefallen seien, ob er sein politisches Programm oder auch sein Verhalten in den letzten Tagen aus unerfindlichen Gründen verändert habe. Sie deckte sämtliche Themenbereiche ab, die ihr auf die Schnelle einfielen, und hin und wieder half Dalden ihr mit einer Frage aus.

Am Ende des Gesprächs stand fest, dass Jorrans Leute bereits bis zum Bürgermeister vorgedrungen waren. Bislang hatten sie jedoch keinen größeren Schaden angerichtet. Ja, er kannte Jorran. Sie waren alte Freunde. Nein, er erinnerte sich nicht daran, wie sie einander kennen gelernt hatten. Er wusste auch nicht, wie Jorran aussah, aber das kam ihm nicht besonders eigenartig vor. Offensichtlich hatten Jorrans Leute Sullivan für ein baldiges Treffen mit ihrem Anführer präpariert, doch noch waren sie einander nicht persönlich begegnet.

Dalden beschloss, Jorran ein paar Stolpersteine in den Weg zu legen, indem er den Bürgermeister mit widersprüchlichen Informationen versorgte. Er schärfte Sullivan ein, Jorran sei ihm feindlich gesonnen und müsse unter allen Umständen gemieden werden. Mehr konnten Brittany und Dalden im Augenblick nicht unternehmen. Es ging vor allem darum, etwas Zeit für die Suche nach dem Großkönig der Centurianer zu gewinnen.

»Jorrans Leute werden dafür sorgen, dass ihn alle Männer im Rathaus freundlich aufnehmen, bevor er sich selbst hier blicken lässt. Er möchte kein unnötiges Risiko eingehen«, erklärte Martha, als sie wieder in der Eingangshalle standen. »Möglicherweise sind die Vorbereitungen dafür auch bereits abgeschlossen.«

»Was heißt das für uns?«

»In der Nähe bleiben und alles genau im Auge behalten. Wir müssen uns Jorran schnappen, bevor er überhaupt mit Sullivan zusammentrifft. Und wenn ihr einen seiner Männer entdeckt, schickt ihn zu mir.«

Brittany nahm an, der Kerl von vorher sei in ein Taxi gesteckt und zu Daldens Einsatzzentrale kutschiert worden. Immerhin war Dalden bereits nach wenigen Minuten wieder bei ihr im Rathaus erschienen, und der »Sklave« tat schließlich unter dem Einfluss der Rute alles, was sein Herr und Meister ihm befahl. Diesmal hatte der Befehl wohl gelautet, sich zu Martha bringen zu lassen – was aus Brittanys Sicht bedeutete, dass Martha ganz in der Nähe sein musste.

»Möchten Sie nicht heute Abend gemeinsam mit uns essen, Martha?«, schlug Brittany spontan vor. Gelächter antwortete ihr. »Was ist denn daran nun wieder so lustig?«

Martha blieb still, doch Dalden antwortete für sie. »Martha isst niemals.«

»Er meint damit eigentlich, dass ich weder ausgehe noch soziale Kontakte pflege«, berichtigte Martha ein wenig ungehalten. Etwas freundlicher fuhr sie fort: »Aber du weißt ja, wie das ist, Püppchen, nicht wahr? Wer so viel um die Ohren hat wie wir, dem fehlt nun einmal die Zeit für gesellige Abende. Man kommt einfach zu nichts.«

Brittany seufzte. »Ich weiß leider nur allzu gut, wovon Sie sprechen. Ein andermal vielleicht? Wenn das alles hier vorbei ist?«

»Nein«, kam es kurz angebunden von Martha.

»Ja«, erwiderte Dalden. Dabei hob er Brittanys Kinn mit der Hand an und versenkte seinen Blick in den ihren. »Wenn wir diese Sache hinter uns haben, *Kerima,* nehme ich dich mit zu mir nach Hause. Das bedeutet, du wirst alles zurücklassen, alles aufgeben, was du kennst. Dafür gebe ich dir mein Leben. Ich lege es in deine Hände bis zu meinem letzten Atemzug.«

»Nennst du das etwa *fragen?«,* klang es bissig aus dem Kästchen. Auf Daldens Gesicht erschien ein strahlendes Lächeln. Er wirkte kein bisschen schuldbewusst. »Mein Entschluss stand in dem Augenblick fest, als sie ohne jede Furcht in meinen Armen lag und schlief.«

Kapitel Neunzehn

Der Entschluss stand fest? »Welcher Entschluss denn?«, fragte Brittany. Daldens rätselhafte Worte verwirrten sie. Martha antwortete an seiner Stelle. »Der große Dickschädel hat euch beide soeben für lebenslang untrennbar vereint erklärt«, verkündete sie ungnädig. »Er weiß zwar, dass man hier bei euch seine Auserwählte fragt, ob sie damit einverstanden ist, bevor man den Schritt in eine gemeinsame Zukunft offiziell besiegelt. Doch eigensinnig, wie unser Kleiner nun einmal ist, hat er wohl beschlossen, die Dinge auf seine Art zu regeln.«

»Wie bitte? Ich verstehe kein Wort.«

»Eingesperrt – verstehst du das? In Ketten gelegt? Gefesselt? Auch nicht? Wie wäre es dann mit *verheiratet?«*

Brittany begann zu lachen. »Nun bleib aber bitte auf dem Teppich, Martha. Es braucht ja wohl mehr als ein paar Worte, um den Bund fürs Leben zu schließen.«

»Wollen wir wetten?«

Forschend sah Brittany Dalden ins Gesicht und suchte dort vergeblich nach einem Grinsen. Er betrachtete sie, als habe er sie gerade gekauft und dabei ein gutes Geschäft gemacht. Brittany schnappte empört nach Luft.

Sie hatte die ganze Sache als Scherz verstanden und ein wenig mitspielen wollen. Doch wenn es um echte, tiefe Gefühle ging, verstand sie keinen Spaß. Was sie für Dalden empfand, war noch so jung und zart – ein Pflänzchen, das man hegen und pflegen musste, damit es wuchs und gedieh. Der Gedanke, ihr weiteres Leben mit Dalden zu verbringen, mochte verführerisch und reizvoll sein, war aber gleichzeitig völlig unrealistisch. Sie hatte ihn schließlich erst gestern kennen gelernt und wusste noch beinahe gar nichts über ihn. Brittany hielt es für ganz und gar undenkbar, dass er sie zu diesem frühen Zeitpunkt bereits heiraten wollte oder auch nur einen Gedanken daran verschwendete.
»Okay, Schluss mit dem Herumgealbere!«, sagte sie streng. Sie versuchte gar nicht erst, ihren Ärger zu verbergen. »Sollen wir uns wieder unserer eigentlichen Aufgabe zuwenden, oder fahren wir jetzt gleich in die Flitterwochen?«
Wortlos nahm Dalden sie an der Hand und begann, sie in Richtung Ausgangstür zu zerren. Brittany hörte Marthas ziemlich angespannt klingende Stimme nur aus der Ferne. Immerhin lagen nun beinahe zwei Meter ausgestreckte Arme zwischen ihnen.
»Bleib jetzt sofort stehen, großer Krieger! Es war nur ein Spaß! Sie meint das nicht ernst. Du wirst jetzt nicht einfach losziehen und dich ins Vergnügen stürzen, nur weil du es dir in den Kopf gesetzt hast. Jorran kann jeden Moment hier hereinspazieren.«
Dalden hielt an. Er machte ein schrecklich bekümmertes Gesicht. Ein tiefer Blick in Brittanys Augen erhellte seine Miene allerdings sofort wieder. Die Art,

wie er sie ansah, sagte Brittany, dass er lichterloh in Flammen stand. Sie hielt den Atem an. Die Leidenschaft in Daldens Blick ließ ihr das Herz bis zum Hals schlagen. Er schien ihre Erregung zu spüren, denn schon stand er dicht vor ihr, nahm ihr Gesicht zwischen beide Hände und küsste sie – mitten in der Eingangshalle des Rathauses.

Brittany vergaß Raum und Zeit. Sie schwebte auf einer Wolke und ließ sich von ihr tragen. Es war ihr völlig gleichgültig, wohin die Reise ging. Diesmal wurde sie nicht durch eine von Marthas spöttischen Bemerkungen auf den Boden der Tatsachen zurückgeholt, sondern durch eine Stimme, die sie nie mehr in ihrem Leben hatte hören wollen.

»Liebesgeflüster in aller Öffentlichkeit, Britt?«

Brittany konnte sich nichts Ernüchternderes vorstellen. Vor ihr stand Thomas Johnson, ihr Exfreund – der Mann, von dem sie geglaubt hatte, er sei der Richtige für sie. Der Mann, mit dem sie beinahe ins Bett gegangen wäre, denn eine Zeit lang war sie überzeugt gewesen, zwischen ihnen bestünden wirklich tiefe, tragfähige Gefühle.

Sie waren nicht gerade in Freundschaft auseinander gegangen. Mit Schaudern dachte Brittany an den Abend zurück, an dem sie ihm mit den Worten, er möge draußen tot umfallen, die Tür gewiesen hatte. Seaview war eine kleine Stadt, und Brittany hatte damit gerechnet, dass sie einander irgendwann wieder über den Weg laufen würden. Aber bis jetzt war es ihr gelungen, einem solchen Zusammentreffen aus dem Weg zu gehen.

»Noch am Leben, Tom?«, zischte sie in der Hoffnung, dass er ihre Feindseligkeit zum Anlass nehmen würde, sofort wieder zu verschwinden. »Schade eigentlich.«

»Seit wann so gehässig?«

Brittany lächelte verkniffen. »Erst seit du hier bist.«

Tom ließ ein kurzes, künstlich klingendes Lachen hören. Beiden war nur allzu bewusst, dass es sich bei diesem verbalen Schlagabtausch nicht um ein freundschaftliches Geplänkel handelte. Die Luft zwischen ihnen war spannungsgeladen wie kurz vor einem verheerenden Gewittersturm. Drei Monate lang hatte Brittany geglaubt, diesen Menschen zu lieben, sich Hoffnungen gemacht und schließlich sogar von einer gemeinsamen Zukunft geträumt. Nur um dann von ihm zu hören, sie sei ihm zu groß. Und das, wo er sie um einen halben Kopf überragte! Doch er war scheinbar erst zufrieden, wenn er sich wie ein Gigant fühlen konnte. Neben Thomas in seinem hervorragend geschnittenen, dunklen Nadelstreifenanzug kam Brittany sich in T-Shirt, Jeans und Turnschuhen plötzlich beinahe schäbig vor. Genau genommen hatte sie sich in seiner Gegenwart immer etwas unzureichend gefühlt. Die blauen Augen, das leicht gewellte schwarze Haar, sein extrem gutes Aussehen – dieses Bild von Thomas hatte Brittany in sich getragen, bis ihr Dalden begegnet war.

»Ich habe schon ein paar Mal versucht, dich anzurufen«, erklärte Tom. Er erwartete wohl tatsächlich, dass sie ihm das glaubte. Dabei wusste er genau, wie selten sie zu Hause war und wann er sie dort erreichen konnte, wenn er es wirklich wollte. Brittany fand es müßig, ihm das zu sagen. Stattdessen fragte sie: »Aber warum denn nur? Habe ich dir nicht deutlich genug zu verstehen gegeben, dass ich dich nie wieder sehen will?«

»Nun, ich glaube, es gab da ein Missverständnis zwischen uns. Ich hätte dir die Bemerkung, die ich über deine Größe gemacht habe, gern erklärt.«

»Ach ja, wirklich? Du meinst also, ich bin gar nicht zu groß für dich?«

»Na ja, für eine dauerhafte Bindung eigentlich schon. Aber für …«

»Verschwinde!«, fauchte Brittany. Genau wie an jenem denkwürdigen Abend kochten Enttäuschung, Ärger und Verlegenheit wieder in ihr hoch. »Man sollte dir das Wort SCHUFT auf die Stirn tätowieren, damit die Welt vor dir gewarnt ist.«

»Britt …«

»Meine Frau hat Sie gebeten, sich aus ihrer Gegenwart zu entfernen. Ich empfehle Ihnen, das nun schleunigst zu tun, sonst werde ich Ihnen dabei behilflich sein.«

Thomas musterte Dalden einen Augenblick lang abschätzig. Bisher hatte er ihn nur eines kurzen Blickes gewürdigt und als einen einfältigen und unterbelichteten Sportler abgetan: viel Masse, wenig Hirn. Und selbst jetzt erschien Dalden, wie er so hinter Brittany stand und seine Hände auf ihre Schultern legte, ihm nicht besonders bedrohlich. Trotz seiner eindeutigen Worte blickte Brittanys Begleiter ihn ganz ruhig an.

Das verleitete Thomas dazu, sich in gespielter Vertraulichkeit zu Brittany zu beugen und sich zu erkundigen: »Wo hast du denn diesen Neandertaler aufgelesen?«

»Du hast ein unverschämtes Glück, dass er dieses Wort

wahrscheinlich nicht versteht«, verkündete Brittany. »Er ist noch nicht lange hier und hat noch ein paar kleine Probleme mit unserer Sprache. Aber ich könnte ihm ja erklären, was du gerade gesagt hast. Wie er wohl auf eine solche Beleidigung von einem Wurm wie dir reagieren wird?«

Nun endlich dämmerte Tom, dass sein körperliches Wohlbefinden ernsthaft gefährdet war. Aber schon kurz darauf fing er sich wieder. Sie befanden sich in einem öffentlichen Gebäude, in dem sich stets auch einige Polizisten und Sicherheitskräfte aufhielten. Sicher würde Brittanys Verehrer an einem solchen Ort nicht tätlich werden.

Auch Brittany ging von dieser Annahme aus. Sie hatte nur gehofft, Tom würde sich beeindrucken lassen und sie endlich in Ruhe lassen. Umso überraschter war Brittany, als Dalden sie plötzlich zur Seite und dann hinter sich schob, sodass sie nicht sehen konnte, was sich nun abspielte.

Was er vorhatte, tat auch nichts zur Sache, denn Martha machte ihm einen Strich durch die Rechnung. Kaum lag Daldens riesige Hand am Hals des anderen Mannes, schon schlossen sich seine Finger um nichts als von der Klimaanlage des Rathauses gekühlte Luft.

Zähneknirschend hörte Dalden Martha in Sha-Ka'ani auf ihn einreden. »Die Augenärzte in der Gegend von Seaview werden steinreich, wenn wir nicht bald wieder nach Hause fahren können. Aber eine Blutlache auf diesen schönen weißen Steinfliesen würde uns mehr schaden als ein paar Leute, die glauben, unter Sehstörungen zu leiden.«

»Wo hast du ihn hingeschafft?«, fragte Dalden in derselben Sprache.

»Nur bis vor die Tür. Er denkt nun, er habe solche Angst vor dir gehabt, dass er buchstäblich wie ein geölter Blitz davongerannt ist. Du hattest Glück, dass ich eingegriffen habe. Hier in einem öffentlichen Gebäude einen Mann zu verprügeln, ist der sicherste Weg in das städtische Gefängnis. Du erinnerst dich doch daran, was wir besprochen haben: Gefängnisse sind unter allen Umständen zu meiden.«

Brittany hatte nun langsam die Nase voll von den eigenartigen Lauten, die sie nicht verstand. »Geht das nun schon wieder los?«, schimpfte sie. Sie lugte hinter Dalden hervor und blinzelte erstaunt. »Und wo ist eigentlich Tom?«

»Das ist doch völlig nebensächlich«, versetzte Martha. »Schluss jetzt mit den Mätzchen! Konzentriert euch endlich auf eure eigentliche Aufgabe, die Jagd auf Jorran! Unser hilfsbereiter centurianischer Freund hat mir verraten, dass sich noch zwei weitere Herren aus seiner Mannschaft in diesem Gebäude aufhalten. Sie sind gerade dabei, sämtliche Männer hier im Rathaus auf Jorrans Ankunft vorzubereiten. Er soll mit offenen Armen empfangen werden. Sucht jetzt nach diesen Kerlen und schickt sie dann zu mir, damit ich sie neu programmieren kann. Anschließend haben wir noch genügend Zeit, um über Daldens äußerst mangelhafte Selbstbeherrschung im Umgang mit Widersachern und Lebensgefährtinnen zu sprechen, die für einen Krieger höchst ungewöhnlich ist.«

»Wie bitte?«

Brittany erhielt keine weitere Erklärung. Dieses demonstrative Schweigen entwickelte sich langsam zu einer ärgerlichen Gewohnheit von Dalden und Martha. Es war ihr lieber, sie tauschten vertrauliche Informationen in ihrem unverständlichen Kauderwelsch aus, als irgendwelche rätselhaften Bemerkungen ohne Erläuterung im Raum hängen zu lassen. Dabei glaubte Brittany, dass sie durchaus dahinter kommen könnte, was die beiden meinten, wenn sie erst einmal ihre Verwirrung und ihre Ungläubigkeit überwand. Und dann der Ausdruck »Krieger«. Martha hatte ihn zuerst nicht gelten lassen wollen, doch nun verwendete sie ihn selbst ständig. Das klang eher nach einer hauptberuflichen militärischen Laufbahn als nach einem freiwilligen Einsatz in irgendeiner Nationalgarde oder Bürgerwehr.
Außerdem verfügte Dalden über den Körperbau und die Reflexe, die für den Einsatz in einer Elitetruppe notwendig waren. Brittany war inzwischen fast überzeugt, es mit einem zum Einzelkämpfer ausgebildeten Soldaten zu tun zu haben, der dort, wo Dalden herkam, nur einfach Krieger genannt wurde. Damit konnte sie leben. Warum hatten er und Martha versucht, diese Tatsache herunterzuspielen und ihr zu verheimlichen, dass er beim Militär war?
Wieder eine Frage, auf die Brittany noch eine Antwort suchte. Aber Dalden trug die wichtigste Informationsquelle in Form des kleinen Kästchens an seiner Hüfte davon, als er sich daranmachte, systematisch von einem Amtszimmer des Rathauses zum anderen zu gehen. Niemand fand das ungewöhnlich oder auch

nur im Geringsten beunruhigend. Dafür sorgte er mit der Rute. Brittany beschäftigte sich nun wieder mit der Befragung der Besucher in der Eingangshalle des Rathauses. Ihr blieben noch zwei Stunden, bis sich die Türen dieses öffentlichen Gebäudes für diesen Tag schlossen.

Sie würde ihre Antworten bekommen, schwor sie sich. Schließlich arbeitete sie für Dalden und die unsichtbare Martha – half ihnen, eine Diebesbande auszuheben. Nun ja, *Verrückte* war wohl die treffendere Bezeichnung für Leute, die hier auftauchten und glaubten, sie könnten aus dem Stand eine Karriere als Politiker machen. Brittany schnaubte trotzig. Sie verdiente es nicht, mit undurchsichtigen Bemerkungen, geschmacklosen Scherzen und starrköpfigem Schweigen abgespeist zu werden.

Kapitel Zwanzig

Bislang war Brittany nie aufgefallen, wie atemberaubend ein Mann in eng anliegenden Jeans aussehen konnte, doch das änderte sich schlagartig, als Dalden nun in der Hose, die extra für ihn angefertigt worden war, aus der Umkleidekabine trat. Vielleicht lag es aber auch nur an ihm. Ja, es musste an ihm liegen. Denn als Brittany Dalden in dem langärmeligen weißen Baumwollhemd und den dunklen Jeans vor sich stehen sah, musste sie ihre gesamte Selbstbeherrschung aufbieten, um ihn nicht auf der Stelle in eine der Kabinen zu zerren. Dass er nun normale Kleidung trug, bedeutete allerdings keineswegs, dass er niemandem mehr auffiel. Es war völlig unmöglich, Daldens überwältigende Größe und seinen beeindruckenden Körperbau in Kleidern zu verstecken. Aber wenigstens sah er nun nicht mehr aus wie ein Rockstar. An der Kasse musste Brittany sich die Hand auf den Mund pressen, um nicht laut herauszulachen, denn die Schneiderin erklärte mit hochrotem Kopf, sie wünsche sich an Stelle von Geld ein Foto von ihr und Dalden als Bezahlung. Sie ging fest davon aus, dass er eines Tages berühmt sein würde, und wollte dann sagen können, sie habe schon einmal Kleider für ihn genäht. Es dämmerte bereits, als Brittany und ihr gigantischer Begleiter das Einkaufszentrum verließen. Brittany war stolz auf den erfolgreichen Verlauf ihres ersten Arbeitstages in Daldens Diensten. Zwar hatten sie Jorran nicht gefunden, doch war es ihnen immerhin gelungen, drei seiner Leute zu enttarnen und zu Martha zu schicken, wo sie wahrscheinlich gerade einer Vernehmung unterzogen wurden. Nun, kurz vor Einbruch der Nacht, betrachtete Brittany ihren Arbeitstag als beendet. Zwar wollte sie Dalden am liebsten nicht eine Minute von ihrer Seite weichen lassen, doch fühlte sie sich dazu verpflichtet, ihm anzubieten, ihn jetzt zu seiner eigenen Bleibe zu fahren.

Als sie ihr Auto aus dem Parkplatz fuhr, sagte sie: »Gestern hieß es, du könntest aus irgendeinem Grund nicht mehr zu deinem Hotel zurück, aber heute wäre das wieder möglich. Soll ich dich hinbringen?«

»Mein Platz ist bei dir.«

Brittany warf Dalden einen prüfenden Blick zu. »Willst du wieder auf der Couch schlafen?«

Er lächelte sie an. »Wo wir heute Nacht schlafen, liegt ganz bei dir.«

Der Sessel, in dem sie wie ein Kind friedlich schlummernd in seinen Armen gelegen hatte, nahm vor Brittanys geistigem Auge Gestalt an, und sie fühlte, wie ihre Wangen heiß wurden. Wenn er »wir« sagte, meinte er wahrscheinlich jeden einzeln und nicht sie beide zusammen.

Übernachtete er allerdings wieder in ihrem Apartment, so musste sie ihm auch etwas zu essen vorsetzen. Doch auf einen Gang zum Supermarkt mit Dalden im

Schlepptau verspürte Brittany im Augenblick nicht die geringste Lust. Sie konnte sich gut vorstellen, wie Einkaufswagen sich ineinander verkeilten und ganze Regale voller Dosen und Schachteln umgestoßen wurden, wenn jeder nur noch Augen für ihren riesenhaften Begleiter hatte.

Der Abend war noch jung, und morgen musste sie längst nicht so früh aufstehen wie an einem normalen Arbeitstag. Deshalb schlug Brittany gut gelaunt vor: »Sollen wir essen gehen? Und dann vielleicht ins Kino? Oder zum Tanzen?« Dann grinste sie.

»Du weißt schon, miteinander ausgehen. Man lernt sich dabei kennen.«

»Tanzen?«

Brittany verdrehte die Augen. »Warum beschleicht mich das Gefühl, dass das mal wieder ein unbekanntes Wort für dich ist?«

Martha, die, seit sie das Rathaus verlassen hatten, ungewöhnlich still geblieben war, rang sich zu einer Erklärung durch. »So etwas kennen die Sha-Ka'ani nicht. Es handelt sich um eine Form der körperlichen Ertüchtigung, zu der man Musik benötigt. Auch Musik ist dort, wo Dalden herkommt, unbekannt.«

»Kein Fernsehen, keine Musik, aber Computer gehören zum Alltag. Wissen Sie eigentlich, wie sonderbar das klingt?«

»Ist dir eigentlich klar, wie viele unterschiedliche Kulturen existieren?«, fragte Martha zurück.

Seufzend gab Brittany sich geschlagen. »Schon gut. Gehen wir erst einmal essen. Alles Weitere wird sich schon finden. Aber für ein elegantes Restaurant sind wir nicht passend angezogen. Was hältst du von einer Pizza, Dalden? Oder von zwei?« Nach einem Seitenblick auf den Giganten neben ihr setzte sie lachend hinzu: »Oder drei?«

»Was ist …?«

»Essen! Ganz normales uramerikanisches … na ja, eigentlich ist Pizza eine italienische Erfindung. Aber man sagt, wir hätten sie so amerikanisiert, dass das, was man hier zu Lande als Pizza serviert, mit dem Original nicht mehr allzu viel zu tun hat. Ich kenne eine nette kleine Pizzeria, nur ein paar Straßen weiter.«

Die Pizzeria war für die frühe Abendstunde überraschend gut besucht. Und das, obwohl der Laden einen Großteil seines Umsatzes mit dem Pizzakurierservice machte, der sich in Seaview und Umgebung größter Beliebtheit erfreute. Doch offenbar war gerade eine Jugendfußballmannschaft samt Trainer und Eltern in dem Lokal eingefallen. Das bedeutete lange Wartezeiten, und am Ende verbrachten Brittany und Dalden dadurch beinahe den ganzen Abend dort.

Dalden war von der Pizza dermaßen hingerissen, dass sich das Warten lohnte. Auch Martha interessierte sich dafür und gab sich nicht mit einer Liste von Zutaten zufrieden. Sie wollte vielmehr genau wissen, wie man Pizza zubereitete, und zwar Schritt für Schritt. Da Brittany auf dem Land aufgewachsen war, wo man noch die meiste Zeit selbst kochte und weniger auf Fertiggerichte zurückgriff, konnte sie Marthas Fragen fast allesamt zufrieden stellend beantworten.

Hin und wieder wurden sie unterbrochen. Brittany gewöhnte sich bereits daran. Man bat Dalden um Autogramme, und gelegentlich erkundigte sich jemand, in welchem Basketballteam er spielte. Das fand Brittany besonders amüsant. Immerhin hatte auch sie Dalden zunächst für einen Basketballspieler gehalten. Als sie einmal kurz auf die Toilette verschwunden war, fand sie bei ihrer Rückkehr die gesamte Fußballmannschaft vor, wie sie an Dalden hingen und auf seinen Schultern standen. Die entzückten Eltern ließen unterdessen ihre Kameras klicken, um ein Erinnerungsfoto mit dem »liebenswürdigen Giganten« zu schießen.

Dalden schien der Abend bislang gut zu gefallen, und nach drei großen Pizzas war es Zeit, sich auf den Weg zu Seaviews einzigem Nachtklub zu machen. Eigentlich wäre Brittany nie auf die Idee gekommen, an einem ganz normalen Wochentag zum Tanzen zu gehen. Doch sie war neugierig, ob sich Dalden auch fürs Tanzen – etwas, das er offensichtlich nicht kannte – erwärmen konnte.

Eigentlich war das Wochenende die beste Zeit für einen Besuch im Nachtklub, doch Brittany fürchtete, dass Dalden bis dahin schon gar nicht mehr in Seaview sein könnte. Sie waren heute ein gutes Stück vorangekommen, und Jorrans Leute schienen auch nicht faul gewesen zu sein. Der Möchtegern-Bürgermeister würde sich vermutlich bald ins Rathaus wagen, vielleicht sogar schon morgen. Dann konnte Dalden ihn mit Hilfe der Rute genauso schnell unschädlich machen wie seine Untergebenen, und damit war sein Auftrag erledigt. Und war der Fall erst gelöst, so hieß es Abschied nehmen. Brittany wollte gar nicht

daran denken, wie sehr sie Dalden vermissen würde. Es mochte töricht sein, dass sie sich erlaubt hatte, innerhalb so kurzer Zeit so tiefe Gefühle für ihn zu entwickeln. Noch immer wusste sie kaum etwas über ihn, doch das tat ihren Empfindungen keinen Abbruch. Schon jetzt ahnte sie, dass ihr als Preis dafür abgrundtiefer Liebeskummer bevorstand.
Die Interessen der Sha-Ka'ani verstießen, wie Martha ihr versichert hatte, nicht gegen ihre eigenen Überzeugungen. Und auch sonst gab es für Brittany an Dalden ganz und gar nichts auszusetzen. Martha hingegen betrachtete ihre kulturellen Gegensätze als unüberbrückbar. Aber was hatte Kultur mit Gefühlen zu tun? Und das, wo Brittanys Instinkte ihr immer eindeutiger sagten, Dalden sei der Mann ihrer Träume, der ideale Lebensgefährte für sie. Selbst die Tatsache, dass er wahrscheinlich ein paar Jahre jünger war als sie, fiel kaum ins Gewicht. Kein noch so gut gemeinter Einwand wog die Sehnsucht auf, die Dalden in ihr entfachte.
Brittany war entschlossen, den Abend zu genießen. Sie wollte später mit Freude daran zurückdenken können. Doch das klägliche Grüppchen von Nachtschwärmern, das sich im Lokal eingefunden hatte, dämpfte ihre Erwartungen ein wenig. Sie zählte gerade einmal vier Paare und nur eines davon wagte sich halbherzig auf die Tanzfläche. Ganz entgegen dem, was heute in der Eingangshalle des Rathauses geschehen war, hielt Brittany nicht viel von öffentlich zur Schau getragenem Geturtel. Deshalb wagte sie sich auch erst nach dreieinhalb Drinks auf die fast leere Tanzfläche.

Der Nachtklub faszinierte Dalden. Es gab Lichteffekte wie in jeder Diskothek, die Musik dröhnte laut und ein wenig verzerrt aus den Boxen, aber das einsame Paar auf der Tanzfläche taugte durchaus als Anschauungsmodell für das, was man Tanzen nannte. Martha nannte es stur weiterhin »körperliche Ertüchtigung« und behauptete, gewisse Formen davon seien vielerorts aus gutem Grund verboten. Brittany hätte sich das gerne näher erklären lassen, doch sie wollte nicht die Aufmerksamkeit der übrigen Gäste auf sich ziehen, indem sie entsprechende Fragen in ein kleines Kästchen brüllte.

»Willst du es einmal versuchen?«, fragte sie Dalden nach einer Weile.

»Mit dir bin ich zu allem bereit, *Kerima.*«

Sie war beschwipst genug, diese Antwort geradezu rührend zu finden, reichte ihm ihre Hand und führte ihn auf die Tanzfläche. Auf die heiße Rockmusik mit ihrem eingängigen Takt, die gerade aus den Lautsprecherboxen dröhnte, konnte man in fast jedem beliebigen Stil tanzen. Brittany tanzte wie in ihren Highschool-Tagen. Das mochte ein wenig aufreizend wirken, aber so und nicht anders hatte sie es damals gelernt. Dalden hingegen schien eine unsichtbare Waffe zu schwingen. All seine Bewegungen machten einen präzise festgelegten, geschmeidigen, aber sehr beherrschten Eindruck. Lachend stellte Brittany fest, dass er eigentlich gar nicht tanzte, sondern, genau wie Martha es nannte, eine Art körperlicher Ertüchtigung betrieb. Spaß hatten sie dennoch bei der Sache. Dalden ließ seine Augen nicht eine Sekunde lang von

Brittany, und seine Blicke zeugten davon, wie gern er ihr beim Tanzen zusah.

Als Nächstes legte der Discjockey eine schmalztriefende Ballade auf – das erste Lied dieser Art, seit Brittany und Dalden im Nachtklub waren. Sie zeigte ihm, wie man dazu tanzte. Doch schon bald reichte ihm diese Art der Umarmung nicht mehr aus. Er zog Brittany so eng an sich, dass ihr beinahe der Atem stockte, und begann, sie zu küssen. Genau wie am Nachmittag im Rathaus vergaß Brittany sofort alles um sich herum und ließ sich treiben. Sie spürte nur noch diesen Mann, seine Berührungen und sein Verlangen nach ihr.

»Bitte, Martha!«

Wie aus weiter Ferne hörte Brittany Daldens Stimme. Sie wusste nicht, worum er Martha bat. Schon lag sein Mund wieder auf ihrem. Noch immer küsste er sie, zog sie so fest an sich, dass sie seinen ganzen Körper spürte. Das prickelnde Gefühl, das sie nun durchflutete, war nicht auf die alkoholischen Getränke zurückzuführen, die sie an der Bar zu sich genommen hatte. Dann fühlte sie plötzlich etwas Weiches unter sich und einen sehr großen Mann über sich. Anfangs dämmerte Brittany nicht, dass sie mit Dalden im Bett lag, und sie fragte sich auch nicht, wie sie dort hingekommen waren.

Kapitel Einundzwanzig

Brittany hatte an diesem Abend Erinnerungen sammeln wollen, weil sie glaubte, etwas anderes würde ihr von Dalden nun bald nicht mehr bleiben. Mit ihm zu schlafen, hatte allerdings nicht zu ihren Plänen gehört. Aber konnte es denn eine schönere Erinnerung geben als die intimste Zweisamkeit, derer zwei Menschen fähig waren?

Ihr Wunsch, zuerst um Daldens tiefe Gefühle für sie zu wissen und ihn vorher besser kennen zu lernen, trat völlig in den Hintergrund. Brittany war, als seien diese Gedankengänge schon Jahre her. Ihre Gefühle für ihn wurden von Stunde zu Stunde intensiver. Und ganz abgesehen davon fühlte sie sich mit einer Leidenschaft zu ihm hingezogen, der sie nicht länger widerstehen konnte.

Allerdings fragte sie sich, wie es kam, dass sie nun bereits im Begriff war, ihren tiefsten Sehnsüchten nachzugeben. Und überhaupt: Wie waren sie in ihr Apartment und in ihr Bett gelangt? Brittany fehlte jede Erinnerung an den Nachhauseweg. Sie wusste nur noch, dass Dalden sie auf der Tanzfläche des Nachtklubs geküsst hatte. Die Fahrt nach Hause, das Aufschließen der Wohnungstür, der Weg ins Schlafzimmer – alles schien wie von einem schwarzen Loch verschluckt.

Sie konnte nur annehmen, dass die Drinks doch stärker gewesen waren als angenommen und plötzlich, ohne jede Vorwarnung, ihre Wirkung gezeigt hatten. Es sollte ja Barkeeper geben, die hochprozentigen Alkohol in die Getränke von Damen mischten, um damit ihren Geschlechtsgenossen den Weg zu einer Eroberung zu ebnen. Ein kleiner Freundschaftsdienst unter Männern sozusagen. Aus Brittanys Sicht gehörten sie dafür erschossen. Nun wurde sie zwar langsam wieder ziemlich nüchtern, doch der Gedanke daran, in welchem Zustand sie nach Hause gefahren sein musste, erfüllte sie mit Schrecken. Noch nie zuvor hatte Alkohol eine ähnlich verheerende Wirkung auf sie gehabt. Doch eine andere Erklärung, warum sie nun einfach so in ihrem Bett lag, wollte ihr nicht einfallen.

Kleider trug sie nicht mehr. Vage erinnerte sie sich daran, dass man sie ihr in atemberaubender Geschwindigkeit ausgezogen hatte. Auch Dalden hatte keinen Stoff mehr am Leib. Brittanys Bewunderung für seinen nackten Körper kannte keine Grenzen.

Nie hätte sie geglaubt, ein Mann aus Fleisch und Blut könne jemals ihren Vorstellungen von einem perfekten Körper auch nur nahe kommen. Doch was sie jetzt sah, übertraf ihre vermessensten Träume. Auch dass sie sich einmal so klein vorkommen würde, hatte sie nicht ahnen können. An Daldens Seite indessen kam sie sich zart, ja beinahe zerbrechlich vor. Alles an ihm war gigantisch und strahlte ungeheure Kraft und

Stärke aus. Eine durchschnittlich gebaute Frau hätte dieser Anblick womöglich in Angst und Schrecken versetzt, doch Brittany konnte ihr Glück kaum fassen. Die drängende Sehnsucht, die vorher in Daldens Stimme gelegen hatte, war alles andere als verflogen. Selbst seine mit aller Macht gezügelte Leidenschaft erschreckte Brittany nicht. Dalden schien über eine unbegrenzte Fähigkeit zur Selbstbeherrschung zu verfügen. Nun, da sie so vor ihm lag, wie er sie hatte haben wollen – nackt, voller Sehnsucht nach seinen Berührungen und bereit, sich ihm hinzugeben –, schien er alle Zeit der Welt zu haben.

Er wollte sie ansehen und entdecken, jeden Winkel ihres Körpers erforschen. Genau das tat er nun in aller Ruhe. Daldens Hände zeichneten Brittanys Formen nach, bewegten sie mal so und mal so, veränderten ihre Position ganz nach seinen Wünschen. Seinen Händen, seinem Mund, seinen goldenen Augen blieb kein Zentimeter ihrer Haut fremd und verborgen.

Die Lampe über dem Bett verströmte ein warmes Licht. Eigentlich hätte Brittany verlegen sein müssen, doch sie war viel zu sehr in den atemberaubenden Anblick von Daldens Körper versunken. Sein Wille diktierte, was sie taten, wie sie sich bewegten und was mit ihr geschah. Zugleich zögerte sie nicht, sich Dalden anzuvertrauen, denn sie wusste, dass sie jederzeit die Kontrolle zurückerlangen konnte, falls sie das wollte. Aber im Augenblick lag ihr nichts ferner. Da sie in Liebesdingen beinahe völlig unerfahren war, überließ sie sich dankbar seiner Führung. Auf diese Weise konnte sie das Denken ganz vergessen und sich voll

und ganz auf ihre zahllosen und intensiven Empfindungen konzentrieren.
Jede Faser ihres Körpers befand sich in hellem Aufruhr. Was Dalden mit ihr machte, versetzte sie in höchste Erregung. Allein dass sie nun endlich den letzten Schritt wagen wollte, war an sich schon aufregend genug. Aber diesen Schritt zusammen mit Dalden zu gehen, steigerte Brittanys erwartungsvolle Spannung ins Unermessliche. Gleich einer sich emporwindenden Spirale spürte sie, wie ihre Sinnlichkeit sich steigerte, wie jede seiner Liebkosungen sie einem Gipfel entgegenführte …
Und dann fiel Brittany urplötzlich Martha ein. Martha, die stets lauschte, alles beobachtete und kontrollierte. Martha mit ihrer sechsfachen Aussicht auf Daldens gesamte Umgebung. Dieser Gedanke genügte, um Brittany geradezu in Panik zu versetzen.
»Wo ist er? Der Apparat? Marthas Kästchen?« Sie erhielt keine Antwort. Zumindest nicht von Martha. »Ist sie weg?«
»Sie würde uns hierbei niemals beobachten.«
Das hieß zwar nicht, dass sie wirklich weg war, aber es reichte aus, um Brittany zu beruhigen. Doch kaum war dieser Schreck ein wenig abgeklungen, schon schlich sich eine neue Angst in ihre Gefühle. Dalden lag nun auf ihr, schien im Begriff, sie ganz in Besitz zu nehmen. Brittany schloss ihre Augen, so fest sie konnte, spannte jeden Muskel ihres Körpers an und versicherte ihm, oder vielleicht eher sich selbst: »Es ist alles in Ordnung. Ich bin bereit. Komm jetzt. Tu es.«
Verdutzt betrachtete Dalden Brittanys zugekniffene

Augenlider. Dann entwich seiner Kehle ein tiefes Lachen. »Bereit? Du bist weit davon entfernt, *Kerima.* Mir scheint fast, du hast das noch nie zuvor getan.«
Brittany öffnete ihre Augen nur einen winzigen Spaltbreit und blinzelte ihm ins Gesicht. »Glaubst du wirklich, es wäre mir gelungen, dir so lange zu widerstehen, wenn ich schon Erfahrung darin hätte?«
Ein strahlendes Lächeln huschte über Daldens Züge. Ihre Antwort schien ihm ungeheuer gut zu gefallen. Brittanys Freude darüber, dass sie ihm so etwas sagen konnte, kannte keine Grenzen. Wie lange hatte sie auf den Richtigen gewartet! Und nun war er da. In ihrem tiefsten Inneren wusste sie das ganz genau, auch wenn die äußeren Umstände dagegen sprachen. Martha glaubte, ihre unterschiedlichen kulturellen Hintergründe ließen keine gemeinsame Zukunft zu. Aber jetzt war nicht die Zeit für vernünftige Überlegungen. Was sie hier tat, wollte Brittany nur für sich selbst tun. Hätte sie hoffen dürfen, dass es nicht bei dem einen Mal blieb, wäre ihr Glück perfekt gewesen.
In einem Anflug plötzlicher tiefer Trauer schlang sie ihre Arme um Daldens Hals und schmiegte sich fest an ihn. »Lass mich an ein Happyend glauben, Dalden, auch wenn es für uns beide keines gibt. Sag mir, dass dies nicht unsere einzige Nacht ist.«
Er bog sich ein wenig zurück, um ihr in die Augen sehen zu können. »Ich verstehe deine Sorge nicht, *Kerima.* Du bist meine Lebensgefährtin. Und bis ich dich an einen mir vertrauten Ort bringen kann, wo ich dich in Sicherheit weiß und nicht mehr fürchten muss, dich zu verlieren, werde ich nicht von deiner

Seite weichen. Das verspreche ich dir. Fühlst du dich nun ein wenig besser?«

Erleichterung durchflutete Brittany und ließ sie vor Glück strahlen. »Besser denn je«, seufzte sie.

Er lächelte sie an, küsste sie sanft auf die Wange und liebkoste dann mit seinen Lippen ihren Hals. Für sie hielt er sich nun zurück, gab ihr Zeit, weil ihre trübsinnigen Gedankengänge sie aus dem Zustand leidenschaftlicher Erregung gerissen hatten. Es schien ihm nichts auszumachen, noch einmal ganz von vorn anzufangen. Brittany empfand in diesem Augenblick nichts als tiefe Dankbarkeit und Zuneigung, und ihre Gefühle für Dalden steigerten sich wieder.

Seine Leidenschaft war alles andere als erloschen, und auch ihre Leidenschaft wurde in atemberaubender Geschwindigkeit wieder in ungeahnte Höhen katapultiert. Er bedrängte sie nicht. Sie selbst sehnte sich so sehr nach ihm, dass ihr Körper einfach ihren Wünschen folgte. Es tat noch nicht einmal besonders weh. Vielleicht lag es ja am Alkohol, vielleicht aber auch an Daldens Zurückhaltung und Erfahrung. Unendlich langsam und vorsichtig drang er in sie ein. Seine Küsse lenkten sie ab, und gerade als sein Andrängen gegen den Widerstand, den ihre Jungfräulichkeit darstellte, drohte unangenehm zu werden, öffnete ihr Körper sich ihm ganz. Sie sog nur einmal scharf den Atem ein – mehr aus Überraschung als aus Schmerz.

Dalden hielt sofort inne. Wieder übte er sich in fast übermenschlicher Selbstbeherrschung. Daldens eiserne Kontrolle über seinen Körper und seinen Willen versetzte Brittany in ungläubiges Staunen. So etwas

konnte doch nicht normal sein. Und es war auch völlig unnötig, denn ihre bis zum Bersten gespannten Sinne wollten mehr von ihm, wollten ihn ganz.
Wortlos versuchte sie ihm zu sagen, was er tun sollte, umfasste mit beiden Händen sein Hinterteil und versuchte, ihn tief in sich hineinzuziehen. Ein aussichtsloses Unterfangen. Sie konnte ihn zu keiner noch so kleinen Bewegung zwingen, solange er das nicht wollte. Einen Augenblick lang ärgerte Brittany sich beinahe, dass er ihren Körper mit solcher Leichtigkeit beeinflussen konnte, während ihr das bei ihm nicht gelang. Doch dieses Gefühl verflog sofort wieder, als sie sein seliges Lächeln sah. Ihre Bemühungen schienen ihn einerseits zu amüsieren, andererseits zu freuen.
Zärtlich küsste er sie. Ihr Aufstöhnen, als er nun langsam ganz in sie hineinglitt, fing sich in seinen Küssen. Das Gefühl, diesen Mann so tief in sich zu spüren, war überwältigend, ganz und gar unbeschreiblich und noch viel aufregender, als Brittany es sich erträumt hatte. Noch immer hielt er sich zurück. Keine schnellen, heftigen Stöße, nun, da er sein Ziel erreicht hatte, sondern ein langsames, fast feierliches Ritual.
Er ließ sie spüren, wie er sie Stück für Stück in Besitz nahm. Für Brittany gab es keinen Grund zur Klage, denn die Wonnen, die er ihr schenkte, steigerten sich zu einem alles mit sich reißenden Strudel der Leidenschaft, die sie gern noch lange ausgekostet hätte. Doch ihrem Körper gefiel das, was Dalden mit ihr machte, viel zu gut!
Es war völlig aussichtslos, den Höhepunkt, der sich nur allzu bald ankündigte, noch hinauszuzögern. Brittany

ließ sich von der mächtigen Welle aus purer Lust mitreißen und genoss den Überschwang der Gefühle, bis sie sich einer Ohnmacht nahe fühlte. Mühelos passte Dalden seinen Rhythmus dem ihren an und verlängerte damit den Moment höchsten Genusses, bis ihre gemeinsame Ekstase drohte, jedes Maß zu sprengen.

Mitten in der Nacht erwachte Brittany. Sie hatte Arme und Beine um Dalden geschlungen, lag wie eine Decke über ihm. Als sie versuchte, sich zu bewegen, um wenigstens das Licht ausknipsen zu können, hielt er sie fest. Nicht einmal im Schlaf wollte er sie von seiner Seite weichen lassen. Lächelnd legte sie ihre Wange wieder an seine Brust. Dalden war eine ziemlich unebene Matratze und ein steinhartes Kopfkissen, doch Brittany hätte mit nichts und niemandem getauscht. Was bedeutete bei so viel Glück schon ein kleines bisschen Unbequemlichkeit.

Kapitel Zweiundzwanzig

»Britt, bist du wach?«, rief Jan aus dem Wohnzimmer. »Du hast Besuch!«

Sie hatte Besuch? Das wusste Brittany. Verwirrt schlug sie die Augen auf und stellte fest, dass ihr Besucher noch schlief. Seine Füße ragten weit über den unteren Bettrand hinaus, obwohl ihr Bett Überlänge hatte. Sie selbst fand es herrlich bequem, aber für Männer von Daldens Größe blieb wahrscheinlich nur eine Sonderanfertigung.

»Britt?«, tönte es noch einmal ungeduldig aus dem Wohnzimmer. Na schön. Wahrscheinlich war sie doch noch nicht ganz wach. Schließlich konnte Jan nicht wissen, dass Dalden hier bei ihr im Bett lag. Sie meinte also einen anderen Besuch. Erst nach und nach sickerte diese Erkenntnis zu Brittany durch.

»Bin schon unterwegs!«, rief sie schließlich.

Sie sprang aus dem Bett, zerrte ihren weißen Frotteemorgenmantel aus dem Schrank, warf ihn sich über und marschierte ins Wohnzimmer. Dalden begann, sich hinter ihr zu bewegen, doch sie wagte nicht, sich nach ihm umzusehen. Wenn sie sich nur einen einzigen Blick auf ihn erlaubte, warf sie den unverhofften morgendlichen Besucher womöglich auf der Stelle aus dem Apartment. Im Grunde verspürte sie gute Lust, genau das zu tun – bis sie den Mann sah, der an der Wohnungstür auf sie wartete.

Jan fixierte ihn, als sei sie am Verhungern und er ein saftiges Stück Schokoladenkuchen. Der große Fremde sah auch wirklich unglaublich gut aus. Viel zu gut. Brittany war noch nie im Leben einem Mann mit einem derart perfekten Äußeren begegnet. Man konnte fast meinen, er sei nach den Vorgaben einer Modellagentur zusammengesetzt worden. Ihren Vorstellungen von einem Traummann kam er jedenfalls ziemlich nahe. Er war bestimmt so groß wie sie, wenn nicht noch ein wenig größer.

Einen Augenblick lang kämpfte sie gegen die Versuchung an, sich neben ihn zu stellen, um genau Maß nehmen zu können, doch noch traute sie ihren Augen nicht ganz.

Selbst wenn das schwer vorstellbar war – dieser Mann sah in gewisser Weise sogar noch ein wenig besser aus als Dalden, allerdings auf eine ganz andere Art. Er verfügte über eine weit weniger beeindruckende männliche Ausstrahlung. Das Wort *schön* beschrieb sein Äußeres wohl am besten.

Der Fremde trug einen Overall, der an eine Uniform erinnerte. Das strahlende Grün seiner Augen war selbst aus einiger Entfernung nicht zu übersehen. Einen nahezu umwerfenden Kontrast bildete sein kohlrabenschwarz glänzendes Haar, das er ordentlich, wenn auch nicht militärisch kurz geschnitten trug. In den Armen hielt er eine Art Plastikbehälter, mit dem Brittany auf den ersten Blick nichts anzufangen wuss-

te. Erst bei genauerem Hinsehen stellte sie fest, dass er mit Lebensmitteln gefüllt war.
Endlich fand sie ihre Stimme wieder und konnte fragen: »Sind Sie sicher, dass Sie sich nicht in der Tür geirrt haben?«
Der Mann schenkte ihr ein umwerfendes Lächeln. »Martha irrt sich nie. Sie möchte, dass ich ein paar Sachen für den großen Jungen vorbeibringe.«
»Oh, Sie sind ein Freund von Dalden?«
Darauf erhielt sie zunächst keine Antwort, aber hinter ihr hörte sie eine Stimme.
»Corth II, Martha? Hältst du das für eine gute Idee?«
»Ich möchte uns allen nur ein wenig Zeit ersparen, Kleiner. Du hast den Mädchen gestern den Kühlschrank leer gefuttert«, erklärte Martha.
Die arme Jan starrte derweil wie gebannt auf Daldens nackte Brust. Er hatte sich lediglich die Jeans übergestreift, bevor er aus Brittanys Zimmer geeilt war, und befestigte nun gerade das Kästchen an einer Gürtelschlaufe. Die weibliche Stimme, die körperlos durch den Raum schallte, brachte Jan vollends durcheinander. Und das, wo sie noch nicht einmal Zeit gehabt hatte, ihr Staunen über die Tatsache zu verdauen, dass in Brittanys Zimmer offensichtlich ein Mann übernachtet hatte. Doch taktvoll, wie sie nun einmal war, verkündete Jan nur: »Ich glaube, ich brauche jetzt eine Tasse Kaffee«, machte auf dem Absatz kehrt und verschwand in der Küche.
Auch Brittany hätte sich nun gerne an einer Kaffeetasse festgehalten, wollte aber nicht länger im Morgenmantel durch die Wohnung laufen. »Ich ziehe

mich nur schnell an. Du kannst ja solange mit deinem Freund plaudern«, sagte sie an Dalden gerichtet.
Noch immer konnte sie ihre Augen nicht von dem Besucher losreißen. Vielleicht war das der Grund für den Groll in Daldens Stimme, als er nun erklärte: »Corth II hat nicht vor, zu bleiben.«
»Klingt ganz so, als würde ich mich besser gleich wieder auf den Weg machen«, sagte Corth II mit einem verschmitzten Grinsen. »Schön, Ihnen einmal persönlich begegnet zu sein, Brittany Callaghan, wenn das Vergnügen auch nur kurz war. Aber vielleicht ...«
»Verschwinde!«, knurrte Dalden.
Der Mann gehorchte, schien sich dabei allerdings prächtig zu amüsieren. Auch Martha gluckste leise vor sich hin. »Tz, tz! Das ist ja wirklich interessant«, blubberte ihre Stimme aus dem Apparat. »Was ist denn mit der sprichwörtlichen Selbstbeherrschung passiert, auf die die Sha-Ka'ani-Krieger so stolz sind? Oder sollte mich das inzwischen nicht mehr überraschen? Immerhin war schon letzte Nacht nicht mehr allzu viel davon zu spüren.«
Brittany blickte stirnrunzelnd auf das Kästchen an Daldens Hüfte. »Warum hackst du denn so auf ihm herum, Martha?«
Das Schulterzucken, mit dem die Antwort kam, war schon beinahe hörbar.
»Ich bereite nur den Boden für ein paar Erklärungen, Püppchen, bevor Dalden anfängt, sich über einige seiner ganz natürlichen Reaktionen aufzuregen. Reaktionen, von denen er übrigens gern behauptet, sie seien einem Krieger fremd. Und ein Krieger, der sich

aufregt, ist eine wandelnde Zeitbombe. So etwas können wir im Augenblick überhaupt nicht gebrauchen.«

»Du sprichst zu viel, Martha«, knurrte Dalden.

»Und ich bin noch längst nicht fertig«, konterte sie. »Aber du brauchst dir über deine Reaktionen wirklich nicht den Kopf zu zerbrechen. Wenn man so provoziert wird wie du letzte Nacht, ist es keine Schande, einmal die Beherrschung zu verlieren. Du wurdest Zeuge eines jahrhundertealten Balzrituals. Diese Art, den Partner in Paarungsbereitschaft zu versetzen, ist möglicherweise sogar genetisch verankert. In vielen Kulturen gilt dieses Treiben als verpönt oder ist schlichtweg verboten, weil es sexuelles Verlangen erzeugt und man den absehbaren Folgen von vornherein aus dem Weg gehen möchte.«

»Ach, du meine Güte!«, rief Brittany ungläubig dazwischen. »Sie sprechen doch nicht etwa vom Tanzen?«

»Dir dabei zuzusehen, hat Dalden den letzten Rest seiner Selbstbeherrschung gekostet, Kleine. Sollte dir das etwa entgangen sein? Also vermeide solchen Unsinn bitte in Zukunft.«

»Hier tanzt man, weil es Spaß macht, und nicht aus irgendwelchen anderen Gründen«, wandte Brittany ein.

»Das mag für deine Landsleute gelten, aber Dalden ist an etwas Derartiges nicht gewöhnt«, beharrte Martha.

Als Brittany nun zu Dalden aufblickte, stieg ihr die Röte ins Gesicht. »Ich hoffe, du denkst nicht, ich habe mit Absicht … mit Absicht …«

Schon stand er vor ihr, nahm ihr Gesicht zwischen beide Hände und lächelte sie an. »Ich möchte keine Minute der letzten Nacht missen, *Kerima.*«

So ging es auch ihr. Bis auf eine Kleinigkeit. Brittany wünschte, sie könnte sich daran erinnern, wie sie nach Hause gekommen war. Erinnerungslücken hatten etwas Beängstigendes, denn in der fehlenden Zeit konnte weiß Gott was passiert sein. Ihr blieb nur zu hoffen, dass Dalden es ihr sagen würde, wenn sie etwas noch Dümmeres angestellt hatte, als unter Alkoholeinfluss Auto zu fahren.

An alles andere erinnerte sie sich genau – auch an Daldens Versicherung, sie sei seine Lebensgefährtin, und er würde ihr nicht von der Seite weichen, bis er sie an einen ihm vertrauten Ort gebracht habe. Was er wohl damit meinte?

Sein Zuhause oder vielleicht nur einen Militärstützpunkt, auf dem er sich auskannte? Auch was er unter »Lebensgefährtin« verstand, bedurfte der Klärung. Gern wollte Brittany den Begriff mit der Bedeutung versehen, die er hier in ihrer Kultur hatte, aber sie wusste, dass Gefährtin auch Kameradin oder Vertraute heißen konnte, und wollte sich keine übertriebenen Hoffnungen machen.

Brittany beschloss, das Gespräch über so grundsätzliche Dinge noch ein wenig aufzuschieben, denn sie fürchtete die Enttäuschung, die sie dann vielleicht erleben würde. Lieber wollte sie das Hochgefühl der vergangenen Nacht noch ein wenig festhalten.

Sie schlang die Arme um Dalden, drückte ihn herzhaft und sagte: »Ich werde versuchen, dich in Zukunft von Diskotheken und ähnlichen Etablissements fern zu halten. Sicher können wir auch Spaß haben, ohne zu tanzen.«

Martha kicherte, und Daldens Lächeln wurde breiter. Zu spät fiel Brittany ein, was Dalden unter »Spaß haben« verstand.

Sie ließ ihn los und schnaubte: »Ich meine doch gar nicht, was ihr gerade denkt! Ach – lassen wir das. Wie wäre es, wenn du dich um die Lebensmittel kümmerst, die dein Freund netterweise vorbeigebracht hat? Ich ziehe mich nur rasch an.«

»Corth II ist nicht mein Freund.«

»Wie du willst. Also dann Feind.«

»Das ist er auch nicht«, antwortete Dalden. »Meine Mutter betrachtet ihn als Mitglied der Familie.«

»Deine Mutter? Soll das heißen, du siehst das anders?«

»Ich halte es eher wie mein Vater und hege wenig Sympathien für Corth II und seinesgleichen.«

»Ohh-kay«, sagte Brittany gedehnt. »Was das nun wieder zu bedeuten hat, weißt wahrscheinlich nur du allein – und die liebe Martha. Vielleicht ist es besser, wenn ich gar nicht erst erfahre, was du unter ›seinesgleichen‹ verstehst. Aber ist es nicht ein wenig ungewöhnlich, eine Zahl als Nachnamen zu haben? Oder ist das bei euch so üblich?«

»II ist kein Name. Es bedeutet, er ist der Zweite einer Serie, ein verbessertes Modell, das wir Martha verdanken – dem Original, Corth I, übrigens nicht unähnlich.«

»Er ist Marthas Sohn?«, fragte Brittany überrascht.

»So etwas in der Art.«

»Etwas in der Art?« Brittany legte die Stirn in Falten. »Offensichtlich gibt es hier wieder einmal Zusammenhänge, die mir noch niemand erklärt hat. Willst du mir nicht sagen, was es mit Corth II auf sich hat, Martha?«

»Vergiss es, Püppchen. Ich finde es herrlich, wenn Krieger sich eine Grube graben, aus der sie dann nicht mehr herausfinden.«

Brittany zog eine Grimasse und beschloss, sich mit ihren Fragen lieber an Dalden zu wenden. »Also, warum hat dieser Corth keinen richtigen Namen?«

»Martha selbst ist ein Mock II. Logischerweise erhält die Weiterentwicklung jeder Urversion eine fortlaufende Nummer.«

»Ich gebe mich geschlagen. Das hört sich ja an, als sei Corth eine Maschine oder gar eine Art Android. Und das ist völlig unmöglich.«

»Bist du sicher?«

»Ja. Die Robotertechnik macht zwar ständig Fortschritte, aber um ein Wesen wie Corth zu kreieren, ist die Wissenschaft einfach noch nicht weit genug. Corth ist ein Mann. Ich habe Augen im Kopf, und auf mich wirkte er alles andere als seelenlos und mechanisch.«

»Erfindungen, die dir unglaublich erscheinen mögen – erinnerst du dich?«

Verwirrt blinzelte Brittany Dalden an. Dann lachte sie. »Es freut mich, dass du Sinn für Humor hast, Dalden, so sonderbar er auch gelegentlich sein mag.«

»Frau …«

»Vielleicht sollten wir dieses Thema auf später verschieben, Kinder«, schlug Martha vor. »Ihr seid schon ziemlich spät dran. Und unser großer Vielfraß muss noch gefüttert werden. Wir sollten am Rathaus sein, sobald dort die Tore öffnen. Sonst richtet Jorran am

Ende noch ein Unheil an, während wir hier munter plaudern. Ach, und übrigens, könnte in Zukunft jemand einen Wecker stellen?«

Brittany bekam einen roten Kopf, nuschelte etwas von nörgelnden alten Tanten und marschierte in ihr Zimmer, um sich anzuziehen.

Kapitel Dreiundzwanzig

Es verhält sich genau so, wie ich vermutet habe«, sagte Martha, als sie in die Eingangshalle des Rathauses traten. »Jorran hat seine gesamte Mannschaft auf diese friedliche kleine Stadt losgelassen. Die drei Männer, die unter meiner Beobachtung stehen, verbrachten die Nacht an unterschiedlichen, völlig unverdächtig wirkenden Orten. Aber sie tauchten – ganz im Gegensatz zu manchen anderen Leuten, deren Namen ich jetzt nicht nennen möchte – in aller Frühe, frisch und ausgeschlafen hier im Rathaus auf ...«

»Lass Martha einfach reden«, forderte Dalden Brittany auf und schlang dabei einen Arm um ihre Taille. »Wenn wir hier irgendwelche dramatischen Entwicklungen verpasst hätten, wären wir mit Sicherheit schon vor Stunden von ihr geweckt worden.«

Aus dem Kästchen tönte ein wenig damenhaftes Schnauben.

»Euch aufzuwecken, ohne jemanden vorbeizuschicken, der nach dem Rechten sieht, hätte nur zu noch mehr Zeitverschwendung beigetragen. Ihr werdet beide rot? Wunderbar. Dann versteht ihr ja jetzt, warum ich Corth II den Auftrag gab, euch einen kleinen Besuch abzustatten.«

»Können wir sie nicht irgendwann einfach ausschalten?«, murmelte Brittany.
»Ein paar Monate müssen wir sie schon noch ertragen.«
Brittany blieb stehen. »Du glaubst doch nicht, dass es so lange dauern wird, bis wir Jorran finden? Oder etwa doch?«
»Nein«, antwortete Dalden. »Aber Martha werden wir erst zu Hause wieder los. Dort mischt sie sich dann nur noch in die Angelegenheiten meiner Mutter ein.«
»Gut, dass Tedra das nicht hören konnte. Sie weiß meinen Rat nämlich zu schätzen«, warf Martha schnippisch dazwischen.
»Willst du dasselbe auch von meinem Vater behaupten?«
»Das wäre nun wirklich zu viel des Guten«, gluckste Martha.
Brittany ließ dieses Geplänkel an sich vorbeiziehen. Sie überlegte gerade, warum Dalden von ein paar Monaten gesprochen hatte. »Ihr begebt euch anscheinend nicht direkt auf den Heimweg, wenn wir unseren Auftrag erledigt haben?«
»Doch, genau das haben wir vor.«
Brittany machte große Augen. »Und diese Reise dauert einige Monate? Wow, ich hätte nie geglaubt, dass man heutzutage noch so langsam über die Ozeane tuckert! Euer Schiff ist demnach schon ziemlich alt.«
Diesmal lachte nicht nur Martha leise auf. Offensichtlich handelte es sich hier wieder einmal um einen Witz, den Brittany nicht verstand. »Falsch geraten? Aber schwimmen werdet ihr ja wohl kaum«, setzte sie

hinzu. Dalden überhörte den ironischen Unterton und antwortete: »Das wäre völlig unmöglich.«
Martha entging Brittanys Verärgerung nicht. »Ganz ruhig bleiben, mein Püppchen. Bald wirst du alles verstehen und dir dann wahrscheinlich wünschen, du hättest das Tal der Ahnungslosen nie verlassen. Aber wie wäre es, wenn ihr euch in der Zwischenzeit schon mal an die Arbeit macht? Auf euch wartet im Wesentlichen dasselbe Programm wie gestern. Du, Brittany, nimmst dir erst noch einmal den Bürgermeister vor, und Dalden klappert sämtliche Amtsstuben ab.«
Brittany nickte ergeben und machte sich auf den Weg zum Vorzimmer des Stadtobersten. Nachdem sie nun bereits drei der Ruten eingesammelt hatten, stand auch ihr heute eines dieser wundersamen Geräte zur Verfügung, und sie konnte es gleich am Sekretär des Bürgermeisters ausprobieren.
Noch immer staunte sie darüber, welch weit reichende hypnotische Kontrolle die Ruten dem Benutzer verliehen.
Im Handumdrehen war der Weg ins Büro des Bürgermeisters frei, und diesmal ließ sie sich bei Sullivan sogar ankündigen, um diesen Gesprächstermin so normal wie nur irgend möglich einzuleiten. Leider hatte sie nicht bedacht, dass der Bürgermeister sich bereits mitten in einer Konferenz befinden könnte.
Wo hatte sie nur ihren Kopf? Natürlich bei den Genüssen der vergangenen Nacht. Es war wirklich höchste Zeit, dass sie sich auf ihre eigentliche Aufgabe konzentrierte. Ein so schwer wiegender Fehler war nicht zu entschuldigen …

Vier Leute saßen vor dem Schreibtisch des Bürgermeisters. Gelangweilt fläzten sie in den gepolsterten Sesseln. Nur Sullivan selbst erhob sich und trat Brittany mit einem strahlenden Lächeln entgegen. Er schien ihre Gegenwart nicht als Störung zu empfinden.
Stand er etwa noch von gestern her unter dem Einfluss der Rute und war bereit, all ihre Fragen geduldig zu beantworten und sie anschließend wieder zu vergessen? Im Grunde tat das nichts zur Sache, denn vor den anderen Leuten hier im Raum konnte Brittany kaum die notwendigen Details aus ihm herauskitzeln. Auch die Rute half ihr im Augenblick nicht weiter, denn wenn sie die Männer nacheinander damit bearbeitete, merkte der letzte oder vorletzte in der Reihe sicher, was sie tat, und schlug Alarm.
Ihr blieb nur ein schneller Rückzug, bevor jemand auf die Idee kam, ihr Fragen zu stellen. »Oh, ich glaube, hier sind ein paar Termine durcheinander geraten. Ich warte einfach draußen, bis dieses Treffen beendet ist, Herr Bürgermeister. Ich …«
»Beendet? Treffen?«, fragte Sullivan verdutzt. »Ich erwarte doch Ihren Besuch. Oder etwa nicht?«
»Ja, aber …«
»Dann nehmen Sie bitte Platz. Machen Sie es sich gemütlich!«, forderte er sie mit dem gewinnenden Lächeln auf, das er bei öffentlichen Anlässen gerne zeigte. »Was kann ich heute für Sie tun?«
Brittany wurde abwechselnd heiß und kalt. Die vier Männer mussten Angestellte der Stadtverwaltung sein. Stumm und noch immer sichtlich gelangweilt verfolgten sie den Austausch von Begrüßungsfloskeln. Britta-

ny war äußerst unwohl in ihrer Haut. Erwartete Sullivan tatsächlich, dass sie ihr Anliegen in Gegenwart dieser Männer vorbrachte? War es üblich, dass der Bürgermeister Termine im Kreise seiner Mitarbeiter wahrnahm? Gestern hatte sie ihn allein angetroffen, aber vielleicht lag das daran, dass sie ihn während der Mittagspause überrascht hatte. Doch wenn Gespräche im Kreise seines ganzen Teams zu seiner üblichen Arbeitsweise gehörten, warum stellten sich die Anwesenden dann nicht vor, wie es der Anstand eigentlich verlangte?

Nun, bei dem unhöflichen Empfang, den ihr diese Kerle bereiteten, beschloss Brittany, ihre gute Erziehung vorübergehend auch einmal zu vergessen. »Und Sie sind?«, sprach sie einen von ihnen direkt an.

»Ein Beobachter.«

Großartig. Das brachte sie keinen Schritt weiter. Der Mann ignorierte ihre zum Gruß hingestreckte Hand. Trotzdem sagte sie: »Mein Name ist Brittany Callaghan. Und wer sind Sie?«

»Ein Beobachter«, wiederholte der Angesprochene. »Fahren Sie mit Ihrer Besprechung fort und entfernen Sie sich dann, Frau.«

Der Mann sprach mit einem fremdartig klingenden Akzent. Im ersten Augenblick hörte er sich beinahe genauso an wie Dalden, doch es gab einige feine Unterschiede. In Brittanys Kopf schrillten sämtliche Alarmglocken. Hier hatte sie wohl unversehens in ein Wespennest gestochen. Sie musste Dalden so schnell wie möglich darüber informieren, was in Sullivans Büro vorging. Vielleicht war es am besten, die Beleidigte zu spielen. Dann konnte sie sich am schnellsten wieder aus der Höhle des Löwen zurückziehen.

»Entschuldigen Sie mich bitte. Offensichtlich bin ich hier unerwünscht«, sagte sie steif. Nun wandte sie sich an Sullivan: »Ich werde mit Ihrem Sekretär einen anderen Termin vereinbaren. Ich komme wieder, wenn Sie nicht gerade – unter Beobachtung stehen.«

Brittany machte auf dem Absatz kehrt und schickte sich an, mit hoch erhobenem Kopf aus dem Zimmer zu stolzieren, doch ihr Rückzug endete jäh. Einer der Männer erhob sich und verstellte ihr den Weg. Seine Körpermaße ließen nicht zu, dass sie ihn einfach zur Seite schob. Viel größer als sie war er zwar nicht, doch er besaß den stämmigen Körperbau und das unmissverständliche Gehabe eines Türstehers vor einer Bar. Das Preisschild, das am Kragen seines nagelneuen Anzugs baumelte, hätte Brittany unter anderen Umständen wenigstens ein Grinsen entlockt. Doch die drohende Haltung des Mannes zeigte ihr deutlich, dass er nicht zu Scherzen aufgelegt war. Hinter ihr sagte eine Stimme: »Es gelingt den wenigsten Menschen, ihre Angst hinter anderen Emotionen zu verstecken. Sie gehören nicht zu den Auserwählten, die über diese Gabe verfügen. Und damit drängt sich mir die Frage auf: Wovor fürchten Sie sich?«

Brittany fuhr herum. Der Sprecher war der Kerl, der sich vorher als Beobachter bezeichnet hatte. Er sah ein wenig wichtiger aus als die anderen gelangweilt dreinblickenden Gesellen. Deshalb hatte Brittany sich auch an ihn gewandt. War der Mann am Ende gar Jorran höchstpersönlich?

Nun erhob er sich. Die Respekt einflößende Aura eines Befehlshabers umgab ihn wie ein Umhang. Zu voller Größe aufgerichtet, mit eigenartig durchdringenden smaragdgrünen Augen und der stolzen Körperhaltung eines Königs fehlte ihm nur die Krone, um ihn wie das zum Leben erwachte Bild eines Monarchen erscheinen zu lassen. Allein das Preisschild, das am Ärmel seines Anzuges prangte, zerstörte den Ehrfurcht gebietenden Eindruck, den er auf den ersten Blick erweckt hatte.

Das Etikett fiel Brittany ins Auge, als der Kerl seine Arme verschränkte. Ein kurzer, nervöser Blick auf die anderen Männer zeigte ihr, dass auch ihre Sakkos noch mit Preisschildern versehen waren. Ein ausgefallener Modetrend aus ihrem Heimatland? Oder wussten sie nur nicht, dass man im Allgemeinen das Preisschild entfernte, bevor man in einem neuen Kleidungsstück durch die Gegend spazierte? Und warum trugen sie ausnahmslos nagelneue Anzüge? Verlangte ein Termin beim Bürgermeister die Anschaffung neuer Kleider? Oder trugen sie vielleicht ansonsten eine Landestracht, die zu diesem Anlass unpassend erschien?

Wieder einmal verstieg Brittany sich zu den wildesten Vermutungen, anstatt sich mit den harten Tatsachen auseinander zu setzen. Viele gesicherte Fakten, auf die sie sich stützen konnte, gab es allerdings nicht. Aber die lächerlichen Preisschilder bewirkten zumindest, dass ihre Angst nach und nach verflog.

Wie sollte sie die Verschwörungspläne von Leuten ernst nehmen, die offensichtlich überhaupt keine Ahnung von den Sitten, Gebräuchen und Zuständen in ihrem Land hatten und sich einbildeten, hier dennoch – mir nichts, dir nichts – die Kontrolle übernehmen zu können?

Der Mann wartete auf eine Antwort. Brittany wich seiner Frage aus: »Ich habe nicht die geringste Ahnung, wovon Sie sprechen.«

Ein Schatten huschte über das Gesicht ihres Gegenübers. »Natürlich wissen Sie das. Sie werden mir jetzt eine wahrheitsgemäße Antwort auf meine Frage geben, oder ich lasse Sie verhaften. Der Bürgermeister wird schwören, dass Sie einen Mordanschlag auf ihn verüben wollten.«

Das war sicher eine Finte. Es konnte gar nichts anderes sein. Eine solche Anschuldigung würde sie zumindest für ein paar Tage ins Gefängnis bringen. Und wofür? Weil sie eine Frage nicht beantwortet hatte?

Eine Mischung aus Empörung und aufsteigender Panik beschleunigte Brittanys Pulsschlag. »Haben Sie das gehört, Herr Bürgermeister?«, fragte sie.

Sullivan legte die Stirn in Falten. »Ich höre nur, wie Sie irgendwelchen Unsinn vor sich hin reden.«

Jorran seufzte laut und vernehmlich. »Bedauerlich, dass er das gesagt hat. Ich war eigentlich nur neugierig, wovor Sie sich fürchten. Nun werden wir Sie eben selbst hier festhalten müssen.«

Der Kerl hatte also tatsächlich nur geblufft. Nichts lag ihm ferner, als den Sicherheitsdienst des Rathauses auf den Plan zu rufen und damit Aufsehen zu erregen. Aber dass er sie nun selbst am Gehen hindern wollte, war beinahe genauso schlimm. »Und fragen Sie Sullivan nicht, warum er uns weder hört noch sieht, Frau«,

fügte der Mann herablassend hinzu. »Mir ist nicht daran gelegen, Ihre Neugier zu befriedigen.«
Damit schien die Sache für ihn erledigt zu sein, und das machte Brittany zornig. Sie war unwichtig, ein kleines Ärgernis, das man am besten unter den Teppich kehrte. Man betrachtete sie nicht als echte Bedrohung irgendwelcher sorgsam ausgeklügelter Pläne.
»Fragen? Ich brauche nichts zu fragen«, sagte sie nun ebenfalls ziemlich hochmütig. »Ich weiß genau, warum der Bürgermeister Sie weder hört noch sieht.«

Kapitel Vierundzwanzig

Brittany wusste nicht, welcher Teufel sie geritten hatte, als ihr dieser Satz herausgerutscht war. Dass es selten gut war, im Zorn zu sprechen, galt offensichtlich auch für sie. Sie hätte ihren Mund halten sollen. Sie hätte so tun sollen, als sei sie nur eine x-beliebige Bittstellerin, die ein wenig von der kostbaren Zeit des Bürgermeisters für ihr Anliegen in Anspruch nehmen wollte. Jorran und seine Männer damit zu überraschen, dass sie mehr über sie wusste, als sie gedacht hatten, gehörte mit Sicherheit nicht zu ihren grandiosesten Einfällen. Nun musste sie ihnen erklären, wie sie zu ihrem Wissen kam, ohne dabei Dalden ins Spiel zu bringen.

Er mochte größer und stärker sein als diese Kerle, aber die beiden Rausschmeißer-Typen waren nicht von Pappe. Vielleicht hätte Dalden es unter normalen Umständen mit ihnen aufnehmen können, doch ein Kampf gegen vier mit Wechselruten ausgestattete Männer hatte mit normalen Umständen nicht allzu viel zu tun. Innerhalb von Sekunden konnten die Kerle mit diesen Geräten aus Dalden eine harmlose Marionette machen. Dann war Jorran seinem Ziel einen großen Schritt näher und Daldens Auftrag gescheitert.

Jorran trat einen Schritt auf Brittany zu. Sie sah ihm seinen Ärger deutlich an. Der vierte Mann – ein kleiner, rundlicher Geselle – flüsterte dem Bürgermeister etwas ins Ohr.

Anscheinend war sie nun ebenfalls für unsichtbar erklärt worden, denn Sullivan schenkte ihr keine weitere Beachtung und begann, in den Papieren, die sich auf seinem Schreibtisch stapelten, zu blättern.

»Ich erwarte eine Erklärung, Frau«, donnerte der königliche Jorran.

Brittany entschied sich für die am plausibelsten klingende Lüge, die ihr auf die Schnelle einfiel. »Ich bin Journalistin. Meine Aufgabe ist es, über die Vorgänge hier im Rathaus zu berichten. Und ich muss schon sagen, ich fand es ziemlich interessant, als in den letzten Tagen immer mehr Männer hier auftauchten und mit sonderbaren Stöcken herumfuchtelten. Ich stellte Nachforschungen an, beobachtete, hörte zu. Es war kinderleicht, eins und eins zusammenzuzählen. Ihre Leute haben sich nicht gerade unauffällig verhalten.«

Letzteres stimmte zwar nicht ganz, doch Jorran schien das nicht aufzufallen. »Wir hören Radio, lesen Zeitungen und sehen fern. Aber bisher kam nichts über uns in den Nachrichten. Das heißt, Sie lügen.«

»Nein, das heißt lediglich, ich arbeite noch an meiner Story.«

»Dann weiß außer Ihnen noch niemand etwas von Ihren Beobachtungen?«

Wieder eine schwierige Entscheidung. Sollte sie sich selbst schützen, indem sie behauptete, andere wüssten Bescheid? Oder sollte sie die Männer in Sicherheit wiegen, damit Dalden seinen Auftrag zu Ende bringen und sie dingfest machen konnte? Marthas Worte fielen Brittany wieder ein. Sie hatte gesagt, es wäre unmöglich, Jorran und seine Leute zu finden, wenn sie sich irgendwo versteckten. Ihnen Angst einzujagen, war also der falsche Weg. Angst durfte hier allein sie selbst empfinden.

Sie gab sich ungläubig. »Das sollte wohl ein Witz sein? Glauben Sie, ich setze meine Karriere als Journalistin aufs Spiel, weil die Leute denken, ich schreibe plötzlich Sciencefiction-Romane? Bevor ich meinen Namen unter einen Artikel setze, brauche ich handfeste Beweise. Besonders wenn der Stoff so abwegig klingt wie das, was ich bisher zusammengetragen habe. Aber vielleicht können Sie mir ja ein wenig helfen und mir erklären, was Sie hier tun?«

»Wonach sieht es denn für Sie aus?«

»Für Vermutungen werde ich nicht bezahlt. Ich habe hieb- und stichfestes Material zu liefern«, konterte Brittany. »Aber unter uns gesagt, mir scheint, Sie wollen Bürgermeister werden.«

»Das Naheliegende stellt sich oft als falsch oder unwichtig heraus«, antwortete Jorran. Mit einem Nicken in Richtung Sullivan setzte er hinzu: »Was dieser Mann hier tut, beeindruckt mich nicht besonders. Er fällt keine wirklich wichtigen Entscheidungen, und inzwischen bin ich auf seinen Titel nicht mehr besonders erpicht. Ich werde den Bürgermeister noch ein paar Tage lang beobachten und dann entscheiden, wie ich weiter vorgehe.«

Brittany musste sich ein Lachen verkneifen. Dieser

Jorran hatte tatsächlich Bürgermeister einer kleinen amerikanischen Stadt an der Westküste werden wollen, ohne zu wissen, welche Aufgaben mit diesem Amt verbunden waren. Oder handelte es sich hier auch wieder um eine Finte?

»Innerhalb einiger weniger Tage kann man die Arbeit eines Stadtoberhauptes nicht umfassend beurteilen«, erklärte sie. »Die Projekte, mit denen ein Bürgermeister sich beschäftigt, sind auf Monate, wenn nicht Jahre angelegt. Meist stellt sich erst am Ende einer Amtsperiode heraus, wie erfolgreich er war und was er in den Jahren im Dienste einer Stadt erreicht hat. Bürgermeister ist kein Titel, sondern ein Beruf. Das heißt, man arbeitet für die Bürger, für bessere Lebensbedingungen in einer Stadt. Und man bemüht sich, seine Sache gut zu machen.«

Jorran wischte Brittanys Ausführungen mit einer Handbewegung weg. »Diese Position wird das werden, wozu ich sie mache, und nicht das, was die Bewohner dieser Stadt aus purer Gewohnheit erwarten. Aber eigentlich ist das völlig unwichtig. Dieses Amt ist nur ein Sprungbrett auf dem Weg zu einer alles umfassenden Herrschaft.«

Von einer Finte oder dem Versuch, sie in die Irre zu führen, konnte hier wohl nicht mehr die Rede sein. Brittany hatte es mit einem aufgeblähten Großmaul zu tun, dem es gefiel, ihr seine hochtrabenden Pläne auszumalen. Große Hoffnungen, er würde sie nach diesen Bekenntnissen noch freilassen, machte sie sich nicht. Unter diesen Umständen konnte sie ihn genauso gut noch ein wenig ausquetschen …

»Umfassende Herrschaft, soso. Meinten Sie nicht vielleicht eher politische Führung? Ach, und übrigens, wie kommen Sie dazu, ein von der Bevölkerung gewähltes öffentliches Amt für sich zu beanspruchen, wo Sie noch nicht einmal Bürger dieses Landes sind? Hier kennt Sie doch kein Mensch.«

»Man kennt mich. Die Menschen in diesem Gebäude halten mich bereits für den Bürgermeister. Heute wird er vor diesen ... diesen ... Medien erklären, dass er in Wirklichkeit nur ein Strohmann ist und ich von Anfang an alle Entscheidungen für ihn getroffen habe.«

Es lag Brittany schon auf der Zunge, Jorran zu sagen, dass ein solches Bekenntnis einen politischen Skandal auslösen würde und damit wenig Erfolg versprechend sei. Aber vielleicht war es besser, sie ließ ihn sein eigenes Grab schaufeln. Also sagte sie: »Haben Sie bei Ihren Plänen nicht die anderen Kandidaten vergessen, die ebenfalls zur Wahl antreten?«

»Falls ich mich entscheiden sollte, Präsident dieses Landes zu werden, bin ich während des Prozesses, den Sie hier Wahlen nennen, der einzige Anwärter auf das Amt des Bürgermeisters. Die anderen werden aufgeben, sobald sie einsehen müssen, dass ich der bessere Mann bin.«

»Sie wollen Ihre Herausforderer mit Hilfe dieser Ruten dazu bringen, dass sie ihre Kandidatur zurückziehen, nicht wahr?«

Jorrans überlegenes Lächeln zeugte von großer Zuversicht. Selbstzweifel schienen diesem Menschen fremd zu sein. Brittanys Magen krampfte sich zusammen, als ihr bewusst wurde, mit welcher Leichtigkeit er sein Vorhaben in die Tat umsetzen konnte. Was er plante, war noch viel schlimmer als das, was Dalden und Martha ihr erzählt hatten.

Präsident der Vereinigten Staaten? Der Kerl musste völlig übergeschnappt sein. Aber mit Hilfe der Ruten war alles möglich. Er konnte allen Männern sagen, wen sie zu wählen hatten, und die Medien systematisch mit Fehlinformationen versorgen, die dann binnen kürzester Zeit im ganzen Land verbreitet würden. Frauen, die merkten, dass etwas faul war, konnten von ihren männlichen Vorgesetzten entlassen, von den Männern in ihrer Familie unter Druck gesetzt oder kurzerhand unter fadenscheinigsten Vorwänden ins Gefängnis gesteckt werden. Ihr hatte Jorran das ja bereits angedroht.

Jede Opposition wurde zur Farce, sobald einer von Jorrans Helfern mit seinem Hypnosestab erschien und den Männern ein paar passende Worte einflüsterte. Richter, führende Politiker, Polizeipräsidenten und sogar hohe Militärs liefen Gefahr, zu Jorrans Marionetten umfunktioniert zu werden.

»Warum sich lange mit kleinen Fischen aufhalten? Wollen Sie nicht lieber gleich nach den höchsten Würden streben?«, fragte Brittany. Jorrans Vorgehensweise erschien ihr ziemlich umständlich. »Ein guter plastischer Chirurg könnte Ihnen doch sicher das Aussehen unseres derzeitigen Präsidenten verleihen.« Hatte Dalden nicht gesagt, Jorran würde möglicherweise seine Erscheinung verändern? »Dann müssten Sie nur noch in seine Rolle schlüpfen und hätten mit einem Schlag eine ungeheure Machtfülle …«

»Unter dem Namen eines anderen regieren?«, fragte Jorran fast beleidigt. »Niemals. Ich plane nicht, den mir zustehenden Ruhm und die Verehrung durch meine Untertanen mit jemandem zu teilen. Man wird meinem Namen huldigen, wie es mir gebührt.«

Brittany versuchte, sich damit zu trösten, dass Jorran noch gar nicht sicher war, ob er überhaupt Präsident werden wollte. »Falls ich mich entscheiden sollte«, hatte er gesagt. Was hinderte ihn daran, es einfach einmal zu versuchen? Von Marthas und Daldens Bemühungen wusste er bislang jedenfalls nichts.

»All diese Umstände und so viel Mühe, und Sie wissen nicht einmal, ob Sie wirklich unser Staatsoberhaupt werden wollen? Befürchten Sie, Sie könnten auf lange Sicht doch scheitern?«

Neugierig und ein wenig amüsiert musterte Jorran Brittany von Kopf bis Fuß. »Warum sollte das geschehen?«

»Zu viele Fragen. Die Menschen werden wissen wollen, wer Sie sind und woher Sie kommen. Wo immer Sie auftauchen, müssen Sie mit Scharen von Reportern rechnen, die Sie mit Fragen bombardieren. Sie können bestimmt einige Leute täuschen. Aber hier leben Millionen von Menschen, und jeden Einzelnen von uns interessiert es, wer der Mann ist, der die Geschicke unseres Landes lenkt. Und wann immer Sie den Mund aufmachen und eine Erklärung abgeben, wird das nur zu noch mehr Fragen führen.«

»Aber warum denn?«

»Ihr Akzent verrät Sie. Man hört sofort, dass Sie nicht hier geboren sind, und wird Sie nach Ihrer Herkunft fragen. Wenn Sie jemand anderen für sich reden lassen, gehen Sie diesem Problem vielleicht für eine Weile aus dem Weg, aber Sie scheinen nicht zu der Sorte Mensch zu gehören, die gern schweigend in der zweiten Reihe steht.«

Jorran lachte leise. »Ihre Mutmaßungen basieren auf Vergangenem und nicht auf der Zukunft, die ich für Sie alle hier plane. Das Regierungssystem dieses Landes wird sich grundlegend verändern. Einem König stellt man keine unangenehmen Fragen. Das Wort eines Königs ist Gesetz.«

»Und dieser König werden Sie sein?«, folgerte Brittany.

»Ich bin bereits König. Ich brauche nur noch ein Reich, das ich regieren kann. Aber das, was ich inzwischen über dieses Land in Erfahrung bringen konnte, lässt mich zögern. Noch ist die Auswertung der Informationen nicht ganz abgeschlossen. Ich muss mich entscheiden. Begnüge ich mich nun mit einer eher bescheidenen Machtfülle, die ich beinahe sofort erwerben könnte? Oder wähle ich die allumfassende Herrschaft, die sich nur durch große Hartnäckigkeit und Geduld erreichen lässt? Die alleinige Macht über ein großes Reich wäre mir natürlich lieber. Aber ich warte nicht gerne.«

Der Kerl hatte wirklich nicht den Schimmer einer Ahnung. Von Politik, unterschiedlichen Regierungsformen und den Befugnissen und Aufgaben eines Staatsoberhauptes wusste er nicht das Geringste. Hätte er sonst für sein abstruses Vorhaben das denkbar ungeeignetste politische System gewählt?

Brittany kam nicht mehr dazu, diese Frage zu stellen.

Der kleine, dickliche Kerl, der den Bürgermeister dazu gebracht hatte, sämtliche andere Personen im Raum zu ignorieren, murrte: »Ihr solltet nicht noch mehr Zeit mit diesem weiblichen Subjekt verschwenden, Eminenz. Ich werde mich um seine Beseitigung kümmern.«

Jorran dachte einen Augenblick lang über diesen Vorschlag nach, bevor er antwortete: »Nein … nein, der Gedankenaustausch mit ihr war durchaus nicht uninteressant, Alrid. Ich wünsche, ihn später fortzusetzen.«

»Sie weiß schon viel zu viel …«

»Denken Sie doch einmal eine Sekunde lang nach«, unterbrach Brittany. Das Eis, auf dem sie sich bewegte, wurde langsam dünn. »Ich hätte längst aus vollem Hals um Hilfe rufen können. Dann hätten wir jetzt wahrscheinlich schon ein ganzes Kavallerieregiment hier im Amtszimmer des Bürgermeisters. Aber ich bin, wie schon gesagt, Journalistin. Und ich würde wer weiß was für ein Exklusivinterview im Anschluss an Sullivans Rede geben. Die ganze Welt will mit Sicherheit hinterher wissen, wer der Kopf hinter der Marionette ist. Arbeiten Sie mit mir zusammen, und ich verspreche Ihnen die beste Eigenwerbung in den Medien, die Sie sich nur wünschen können.«

»Und warum wollen Sie das für mich tun?«, fragte Jorran.

»Weil dieses Interview für mich der Durchbruch wäre, ein großer Sprung nach vorn in meiner Karriere. Natürlich könnte ich danach deutlich höhere Honorare einstreichen. Ich muss an die Hypothek auf meinem Haus denke, und das Essen, das ich den Kindern jeden

Tag auf den Tisch stelle, ist auch nicht umsonst.« Na gut, das mochte vielleicht etwas dick aufgetragen sein. »Also hören Sie, Tatsache ist, ich komme mit dem Artikel, den ich eigentlich schreiben wollte, nicht recht weiter. Wenn ich stattdessen das Interview veröffentlichen könnte, wäre das eine riesige Chance für Sie und mich. Fakt ist nämlich auch, dass eine Ihnen wohl gesonnene Presse und letztendlich die Kontrolle über die gesamten Medien notwendig ist, falls Sie Ihr Vorhaben in die Tat umsetzen wollen. Und dafür brauchen Sie mich. Denn irgendein dahergelaufener Reporter schreibt doch, was er will, und nicht, was Ihnen nützt.«

»Und Sie würden das tatsächlich für mich einfädeln?«

»Genau – über den Preis müssten wir uns natürlich noch unterhalten.«

Jorran warf lachend den Kopf in den Nacken. »Habgier und Käuflichkeit. Dafür habe ich größtes Verständnis. Ich frage mich schon seit geraumer Zeit, ob in Ihrer Spezies Korruption gänzlich unbekannt ist. Aber Sie haben mir meinen Glauben an die Menschen in diesem Land wiedergegeben. Sie werden bei uns bleiben, und wir werden uns gegenseitig unterstützen.«

Jorran nahm ihr die Geschichte von der Journalistin, die für ihre Karriere beinahe alles tun würde, tatsächlich ab und wollte sie für sich arbeiten lassen. Unglaublich! Brittany selbst wäre einem derart an den Haaren herbeigezogenen Geschwafel nie auf den Leim gegangen. Habgier schien Jorran also vertraut zu sein. Dieses Gefühl kannte er aus eigener Erfahrung.

Im Grunde tat das nichts zur Sache, denn Brittany nahm an, dass sie den Job im Auftrag dieses seltsamen Königs schnell wieder los sein würde. Dalden machte den aufgeblasenen Kerl bestimmt innerhalb der nächsten Stunden unschädlich. Es galt mit allen Mitteln zu verhindern, dass Bürgermeister Sullivan unter dem Einfluss der Wechselruten seine verhängnisvolle Rede hielt.

Kapitel Fünfundzwanzig

»Wir haben ein Problem.« Marthas Stimme tönte blechern und verzerrt aus der Phazor-Kombinationseinheit. »Du bist nicht bei Stimme?«, fragte Dalden, der nun wieder in der Eingangshalle des Rathauses stand.
»Ich wünschte, das wäre alles. Aber in der näheren Umgebung muss sich irgendetwas befinden, das empfindliche Störungen in unserem Kommunikationssystem verursacht. An einen Molekulartransfer möchte ich unter diesen Umständen nicht einmal denken. Fällt dir in deiner Nähe etwas Ungewöhnliches auf?«
Dalden ließ seine Blicke durch die Halle schweifen. »Nur dass Brittany nicht da ist.«
»Ja, ja. Und außerdem? Technische Geräte? Starkstromkabel? Funkantennen?«
»Funktionieren deine Sichtgeräte etwa auch nicht?«
»Ich bekomme nur noch gelegentlich ein paar Bilder auf den Monitor, und das auch noch in völlig unzureichender Qualität. Corth II ist bereits mit der Notfallausrüstung unterwegs. Meinen Berechnungen zufolge trifft er in ein paar Minuten bei dir ein. Ich musste ihn außerhalb des Störfeldes absetzen. Was auch immer die Ursache für diese Probleme sein mag, ihr müsst sie umgehend aufspüren und beheben.«

»Noch wichtiger ist, dass du mir umgehend mitteilst, wo sich Brittany befindet«, erwiderte Dalden.
Ein Seufzen. »Sie ist noch immer im Sprechzimmer des Bürgermeisters.«
»Warum denn das?«
»Wahrscheinlich weil Jorran sich auch dort aufhält. Bleib sofort stehen! Wenn du jetzt in Sullivans Büro stürmst, gibt es keine Garantie für Brittanys Sicherheit. Im Augenblick geht es ihr gut.«
»Ich lasse sie da drin nicht allein, Martha.«
Nur ein Dummkopf konnte gegen die Entschlossenheit, die aus Daldens Worten klang, anreden. Oder ein Computer. »Ihr fehlt nichts, Kleiner, wirklich. Zwar dringen durch das Störfeld nur abgerissene Fetzen ihrer Unterhaltung zu mir durch, doch die Analyse dieser Fragmente sagt mir, dass es Brittany gelungen ist, Jorrans Vertrauen zu gewinnen. Er glaubt, sie stünde auf seiner Seite und wolle ihm bei seinem Vorhaben behilflich sein. Abgesehen davon plant er ohnehin nicht, ihr etwas zu Leide zu tun. Er findet sie nämlich interessant.«
»Ich finde die Bäume, die die Menschen hier in ihren Gebäuden in Kübeln herumstehen haben, auch interessant. Das würde mich aber nicht davon abhalten, sie notfalls abzuhacken.«
»Jorrans Interesse für Brittany ist etwas anderer Natur als deines für Topfpflanzen. Ich glaube, unser centurianischer König könnte sich durchaus vorstellen, Brittany zu seiner Geliebten zu machen. So bleib doch stehen! Nur wegen ein paar nahe liegenden Gedanken reißt man doch nicht gleich jemanden in Stücke. Bis-

her ist alles ganz harmlos. Brittany ahnt nicht, dass Jorran sie attraktiv findet. Er zeigt nie seine wahren Gefühle, weil er glaubt, sie könnten ihm als Schwäche ausgelegt werden und ihm dann vielleicht schaden.«

»Du wirst mich nicht davon abhalten, das zu tun, was ich für richtig halte, Martha.«

»Dalden, mein Süßer«, schmeichelte sie. »Wir stehen so kurz vor unserem Ziel.Vielleicht sind wir schon am Ende dieses Aufgangs auf dem Weg zurück nach Hause. Vorausgesetzt, du verdirbst mit deiner Ungeduld nicht alles. Ich weiß, du brennst darauf, den Kerl endlich zwischen die Finger zu bekommen, und ich verspreche dir: Beim geringsten Anzeichen von Gefahr für Brittany gebe ich dir grünes Licht. Aber im Augenblick ist es viel günstiger, Jorran in Sicherheit zu wiegen. Sobald er das Rathaus siegessicher verlassen hat, kannst du ihn dir schnappen. Hier gibt es viel zu viele Zeugen und außerdem um die vierzig Männer, die Jorran sofort zu Hilfe eilen würden, wenn sie ihn in Gefahr glauben.«

»Hat er denn so viele mitgebracht?«

»Nein, aber du solltest dir in Erinnerung rufen, was ich dir über die Menschen in diesem Land erzählt habe. Sie gehören zu einer aggressiven Spezies. Und Einmischung in fremde Angelegenheiten ist eine ihrer Spezialitäten.«

»Dann muss ich sie eben alle betäuben.«

Wieder schallte ein langes Seufzen, unterbrochen von Störgeräuschen, aus der Kombinationseinheit. »Tedra würde das vielleicht gelingen. Aber du hast die Phazor-Kombinationseinheit noch nie zu diesem Zweck verwendet. Bei einem gezielten Einsatz ohne Zeitdruck und unter günstigsten Bedingungen hättest du wahrscheinlich keine Probleme. Aber meinen Berechnungen nach wird ein Tumult entstehen, wenn du Jorran angreifst. Und in der Eile und in dem Durcheinander besteht die Gefahr, dass du ein oder zwei Ziele verfehlst. Falls der Bannstrahl aus dem Phazor dann auch noch von einer glatten Oberfläche reflektiert wird und auf dich selbst zurückfällt, sitzen wir in der Patsche. Ganz abgesehen davon, ist im Moment nicht nur unsere Kommunikation und die Möglichkeit zum Molekulartransfer gestört. Auch deine Waffe ist außer Gefecht gesetzt.«

»Was schlägst du also vor?«

»Warte, bis Jorran das Störfeld verlässt, oder beseitige die Ursache der Störungen. Und bitte vergiss nicht, dass du Jorran nicht den Hals umdrehen darfst – ganz egal, wie gerne du das tätest. Wir brauchen ihn lebendig. Nur so haben wir eine Chance, alle Wechselruten in unseren Besitz zu bringen. Ich möchte gern genauso vorgehen wie ursprünglich geplant. Du musst seinen Schutzschild abschalten, damit ich ihn aufs Schiff holen kann. Und das sollte an einem möglichst unbelebten Ort geschehen, damit niemand dem vermeintlich Unschuldigen zu Hilfe eilt und uns die Sache vermasselt. Jorran weiß noch immer nicht, dass wir hier sind. Diesen Vorteil gilt es zu nutzen. Ah, schon besser.« Ein erleichtertes Seufzen ohne jedes Störgeräusch beendete Marthas Erläuterungen.

»Was ist besser?«

»Corth II ist angekommen und hat die Störquelle erfolgreich beseitigt, wenn auch nicht auf sehr diplomatische Art und Weise«, brummte Martha. »Ich muss wirklich ein ernstes Wort mit ihm reden. Leute vor die Wahl zu stellen, zu kooperieren oder sich die Knochen brechen zu lassen, und ganze Berge von Betäubten zu hinterlassen, gehörte nicht zu seinem Auftrag. Wir müssen unseren Einsatz schleunigst zu Ende bringen, Kleiner. In etwa einer Stunde kommen diese Menschen wieder zu sich, und dann bricht hier die Hölle los.«

Dalden grinste. »Dann muss ich wohl Corth dafür danken, dass ich endlich freie Hand von dir bekomme.«

»Wenn ich bis dahin nicht seine Schaltkreise durchgeschmort habe«, knurrte Martha. »Aber wenigstens sind hier bei uns nun sämtliche Alarmsignale erloschen. Alle Systeme sind wieder einsatzbereit. Und das Kamerateam, das bei dir im Gebäude herumschwirrt, hat noch gar nicht bemerkt, dass die Live-Übertragung unterbrochen ist. Die Störungen wurden von der Ausrüstung – Jorran tritt eben aus dem Zimmer des Bürgermeisters. Nun kommt der spannende Moment.«

»Der spannende Moment?«

»Zeit für deinen Einsatz, großer Krieger.«

Eine ganze Gruppe von Menschen erschien in der Tür von Sullivans Empfangszimmer. Dalden suchte unter diesen Leuten nach Brittanys Gesicht und stellte bald erleichtert fest, dass sie unversehrt war. Jorran folgte dicht hinter ihr. In der unauffälligen Kleidung, die er trug, wirkte er geradezu harmlos. Ohne seine königlichen Gewänder glich er einem gewöhnlichen Durchschnittsmenschen. Doch Dalden wusste, wie gefährlich Jorran sein konnte – ganz besonders, falls er das Razor-Schwert irgendwo unter seinem Anzug versteckt trug. Glaubte er, diese tödliche Waffe hier zu benötigen? Oder verließ er sich auf die Wirkung der Wechselruten? Inzwischen umringte ein ganzes Dutzend Menschen den Bürgermeister. »Wie viele davon sind Jorrans Leute?«, fragte Dalden.

»Drei«, antwortete Martha. »Die anderen gehören zu Sullivans Stab. Aber nach meinen Informationen wurden sie bereits mit den Wechselruten behandelt. Du darfst auf keinen Fall mit den Dingern in Berührung kommen.«

»Du musst alle Veränderungsversuche blockieren, falls das notwendig werden sollte. Brock hat das damals auf Sunder auch so gemacht, als wir meine Schwester befreiten.«

»Ich werde es versuchen. Aber bis die Worte, die die Wirkung der Ruten rückgängig machen, bei dir ankommen, vergeht eine gewisse Zeit, und darin liegt die Gefahr. *Geh also den verdammten Dingern aus dem Weg!*«

»Das hier könnte helfen«, raunte Corth II, der sich unauffällig an Daldens Seite gesellt hatte. »Hier ist die Notfallausrüstung, die Martha mir für den unwahrscheinlichen Fall mitgegeben hat, dass es mir nicht gelingen sollte, die Störquelle auszuschalten. Vielleicht brauchen wir sie ja nicht – aber es ist sicher beruhigend, nicht mit leeren Händen dazustehen.«

Die Notfallausrüstung bestand aus Daldens schwerem Kampfschwert und seinen reich verzierten Armschilden. Martha knurrte etwas von »keinesfalls Aufsehen erregen«, doch Dalden hörte schon gar nicht mehr hin. Er streifte sein Hemd ab und schnallte sich die Armschilde aus *Toreno*-Stahl um. Sie bedeckten zwar lediglich seine Unterarme und Handgelenke, doch mit einem vier Fuß langen Schwert bewaffnet, brauchte Dalden keinen weiteren Schutz. Ein Gefühl von Kraft und Zuversicht durchströmte ihn, als er mit beiden Händen *Drohdas* Griff umschloss und das vertraute Gewicht der Waffe spürte.

»Ich stehe in deiner Schuld«, sagte Dalden zu dem Androiden.

»Das möchte ich wohl meinen«, antwortete Corth II grinsend. »Ich hoffe nur, du erinnerst dich auch noch daran, wenn ich das nächste Mal mit deiner schönen Lebensgefährtin flirte.«

Dafür warf Dalden ihm einen mörderischen Blick zu.

Martha schaltete sich mahnend ein. »Du könntest zumindest versuchen, dieses riesenhafte Mordinstrument zu verbergen, bis du nahe genug an Jorran herankommst, um es zu benutzen.«

»Wenn es um die Kinder ihrer Besitzerin geht, benimmt sich Martha wie eine Glucke«, versetzte Corth II. Da Dalden das aus eigener Erfahrung nur allzu gut wusste, konnten Corths Worte nur für Martha bestimmt sein. »Man darf ihr deshalb aber wahrscheinlich keinen Vorwurf machen, denn sie ist nun einmal darauf programmiert, soweit es in ihrer Macht steht, jede Art von Kummer von Tedra abzuhalten. Aber nun, da wir unserem Ziel so nahe sind, werden wir uns Jorran ohne Rücksicht auf Verluste schnappen. Ich halte die anderen davon ab, sich einzumischen.«

»Du wirst nur so viele Menschen betäuben wie absolut notwendig«, kommandierte Martha.
Corth II grinste spitzbübisch. »Wozu, glaubst du, habe ich die dritte, von uns konfiszierte Rute mitgenommen?«
»Gut, aber setze sie sparsam ein. Und überhaupt, warum hast du nicht anstatt des Phazors die Wechselrute für die Techniker draußen im Übertragungswagen des Fernsehsenders benutzt?«
»Weil wir ein Zeitfenster brauchen, in dem wir ohne größere Störungen handeln können. Und dazu ist die Betäubung mit dem Phazor am besten geeignet. Was ich jemandem unter dem Einfluss einer Rute einrede, kann von jedem dahergelaufenen Centurianer sofort wieder rückgängig gemacht werden. Er muss dazu nur ebenfalls einen solchen Zauberstab schwingen. Kaputte Kameraausrüstungen lassen sich reparieren und damit Störfelder wiederherstellen …«
»Schon gut, ich habe verstanden. Lasst uns die Sache zu Ende bringen, Kinder.«

Kapitel Sechsundzwanzig

Brittany schlug das Herz bis zum Hals, und die Angst, dass jemand merken könnte, wie nervös sie war, machte die Sache auch nicht besser. Zu allem Überfluss trug sie einen viel zu warmen langärmeligen Pullover und Jeans. Die Wechselrute hielt sie in einem Ärmel versteckt und konnte sie im Nu zum Einsatz bringen, falls das notwendig war.

Die Klimaanlage des Rathauses hatte ihre zwar praktische, aber nicht gerade sommerliche Kleidung erträglich gemacht – bis zu dem Augenblick, in dem sie Jorran begegnet war. Inzwischen liefen ihr wahre Schweißbäche über den Rücken.

Wie war sie nur in diese vertrackte Situation geraten? Eigentlich hatte sie nur dem Mann, der ihr die Sinne raubte, helfen wollen, einen vermutlich geisteskranken Dieb aus einem obskuren Land zu finden. Das hätte eine kinderleichte Aufgabe oder höchstens ein kleines Abenteuer werden sollen. Aber die Leute, mit denen sie es nun zu tun hatte, waren gefährlich. Brittany zweifelte keinen Augenblick daran, dass der kleine dicke Mann etwas ziemlich Endgültiges meinte, wenn er von Beseitigung sprach und sie dabei viel sagend ansah. Hier ging es um Macht, und es wurde um höchs-

te Einsätze gespielt. Und die Spieler nahmen in Kauf, dass jemand dabei zu Schaden kam oder gar sein Leben ließ.
Wo, zum Teufel, steckte Dalden? Einer der Kameraleute hatte dem Bürgermeister erklärt, es gebe technische Probleme. Jemand habe sämtliche Übertragungskabel aus ihren Verbindungen gezogen. Es würde noch ein paar Minuten dauern, bis Sullivan seine Rede beginnen konnte. Wenn er tatsächlich sagte, was er in Jorrans Auftrag sagen sollte, stand innerhalb kürzester Zeit die ganze Stadt Kopf. Dalden musste eingreifen, bevor Sullivan den Mund aufmachte.
Oder sie musste selbst etwas tun.
Konnte sie Jorran mit der Wechselrute in ihrem Ärmel beeinflussen, bevor die beiden Schränke von Leibwächtern, die alle Umstehenden argwöhnisch beäugten, sie außer Gefecht setzten? Viel brauchte sie ja nicht zu sagen. Jorran sollte die Rede verhindern und vielleicht auch gleich auf das Bürgermeisteramt verzichten. Natürlich musste sie ihn von dem Plan, Präsident zu werden, abbringen, wenn sie schon einmal dabei war. Am besten, sie sorgte dafür, dass er sich umgehend auf die Heimreise begab.
Sollte sie einen Versuch wagen? Immerhin stand sie zum Greifen nahe bei ihm. Er hatte sich vor sie geschoben, und das kleine Stück, um das er sie überragte, nahm ihr die Sicht auf einen Großteil der Eingangshalle. Doch dicht hinter ihr stand der argwöhnische Alrid. Der kleine dicke Mann ließ sie nicht eine Sekunde lang aus den Augen …
Brittany überlegte fieberhaft. Sollte sie ihr Glück ver-

suchen oder darauf hoffen, dass Dalden sich unter den neugierigen Gaffern befand, die das Kamerateam umlagerten? Sie spähte über Jorrans Schulter, um einen besseren Überblick zu bekommen, und suchte mit gehetztem Blick nach dem großen Krieger. Als sie ihn entdeckte, stockte ihr der Atem. Gerade marschierte er mit festen Schritten direkt auf die Menschengruppe zu, in der sie eingekeilt war. Aber warum war er halb nackt und trug ein riesiges Schwert in den Händen? Ein *Schwert* – um Himmels willen!

Nun wurde auch Jorran auf Dalden aufmerksam. Er lächelte hochmütig und schien längst nicht so erstaunt wie sie. Die beiden Männer kannten einander offensichtlich. Vielleicht war Jorran ja das Schwert bisher entgangen. Er wandte sich um und sagte zu seinen Männern: »Ein Sha-Ka'ani-Krieger hier an diesem Ort! Wie interessant. Haltet euch zurück. Es wird mir ein Vergnügen sein, mich eigenhändig um ihn zu kümmern.«

»Ein Sha-Ka'ani kommt selten allein, Eminenz«, gab Alrid zu bedenken. Stirnrunzelnd sah er sich um. »Wir sollten ...«

»Für diese unterhaltsame kleine Abwechslung dankbar sein und sie genießen«, fiel Jorran ihm ins Wort. »Sha-Ka'ani-Krieger sind Männer und damit durch die Wechselruten beeinflussbar. Sie werden hervorragende Leibwächter abgeben, wenn ich erst den Thron meines Imperiums besteige. Aber die Familie dieses ganz bestimmten Kriegers hat meine Pläne schon einmal durchkreuzt. Er wird sterben. Alle anderen, die wir außer ihm noch aufspüren, zähme ich dann schon mit den Ruten.«

Diese Siegesgewissheit war mit Mut nicht mehr zu erklären. Jorran fühlte sich eindeutig im Vorteil. Brittany konnte sich nicht vorstellen, woher er seine Zuversicht nahm. Er besaß weder die Muskelkraft noch die Größe, um sich mit einem Giganten wie Dalden im Kampf zu messen. Und auf einen bevorstehenden Kampf deutete schon das gewaltige Schwer hin, das Dalden in den Händen hielt.
Besaß Jorran etwa eine bisher verborgen gehaltene Schusswaffe, mit der er Dalden niederstrecken konnte, bevor die Distanz zwischen ihnen auf Armeslänge zusammengeschrumpft war?
Plötzlich hielt Jorran etwas in der Hand. Er hatte es aus der Tasche seines Sakkos gezogen, das er nun abstreifte und Alrid zuwarf. Ungläubig betrachtete Brittany den röhrenförmigen Gegenstand von der Länge eines Lineals, den dieser sonderbare König nun hochhielt. Ein kurzer Druck seiner Rechten ließ eine Verlängerung aus der Röhre schießen. Die meterlange metallene Klinge war so dünn, dass man sie von der Seite fast nicht sehen konnte.
»Was, zum Teufel, ist das?«, entfuhr es Brittany.
»Ein Razor-Schwert«, antwortete Alrid in aller Seelenruhe. »Nur für den Zweck konstruiert, einen Mann ohne größere Kraftanstrengung in zwei Teile zu zertrennen. Der Sha-Ka'ani-Krieger wird gleich eine Kostprobe davon erhalten.«
Das Blut wich aus Brittanys Wangen. Einen Augenblick lang stand sie wie erstarrt. Jorran hatte es bereits gesagt, und nun bestätigte auch Alrid ihre Befürchtungen. Die Männer wollten Daldens Tod. Ihn aufzuhal-

ten oder mit der Wechselrute zu verändern, reichte ihnen nicht.
Brittany fühlte sich wie in einer bizarren Filmszene gefangen. Mitten in der Eingangshalle des Rathauses stand ein Riese in eng anliegenden Jeans und kniehohen Stiefeln. An seiner Hüfte hing ein Kasten, der einem altmodischen Transistorradio ähnelte. Die Haut seiner nackten Brust spannte sich über ungeheuren Muskelpaketen, und in den Händen hielt er ein gewaltiges Schwert. Ihm gegenüber ging ein Mann mit dem Aussehen eines ganz gewöhnlichen Geschäftsmannes in Stellung. Er trug elegante Anzughosen, ein seidenes Hemd mit Krawatte, und an seinem Gürtel hing ebenfalls eine rätselhafte Apparatur. Das Ding glich einer aufgeschnittenen Orange und lag mit der flachen Seite an Jorrans Hüfte an. Die Waffe in seiner Hand war so schmal, dass man sie nicht mehr als Schwert bezeichnen konnte. Brittany kam sie eher wie eine Art überlanges Rasiermesser vor.
Jeder, der sich in diesem Augenblick zufällig in der Eingangshalle aufhielt, beobachtete das Geschehen mit großen Augen. Zwei Männer, die sich anschickten, mit Schwertern aufeinander loszugehen, waren auch in einem viel besuchten öffentlichen Gebäude wie dem Rathaus keine alltägliche Erscheinung. Brittany entdeckte nur einen einzigen Menschen, der den beiden Kontrahenten anscheinend keinerlei Beachtung schenkte. Corth II schob sich, ansonsten unbeobachtet, an der Wand entlang auf Jorrans Leibwächter zu.
Endlich löste sich Brittanys Erstarrung. Sicher brauchte dieser große, schlanke junge Mann Hilfe gegen

Jorrans bullige Schlägertypen. Und von ihr erwartete sicher niemand ein Eingreifen. Es galt, diesen Überraschungseffekt zu nutzen. Sie begann mit Alrid, der zwischen ihr und den beiden Kleiderschränken stand, berührte seinen Arm und sagte ihm, er könne sich weder bewegen noch sprechen. Kaum hatte sie einem der Leibwächter dasselbe gesagt, erreichte Corth II schon den zweiten.

Der Kerl sah allerdings dümmer aus, als er eigentlich war. Er erkannte die Bedrohung sofort und erhob blitzschnell seine eigene Rute gegen Corth II. Brittany hörte Marthas Sohn leise sagen: »Tut mir Leid, mein Bester. Aber das funktioniert bei mir nicht.« Dann ergriff er die Hand, in der sein Gegner die Wechselrute hielt, und brach sie ohne jede erkennbare Mühe. Brittany hatte keine Zeit, sich zu wundern, warum die Ruten auf Corth II ihre Wirkung verfehlten, obwohl sich ihnen kein anderes männliches Wesen entziehen konnte. Sie war schon bei dem verletzten Leibwächter, berührte ihn mit der Rute und murmelte dieselben Worte wie bei den beiden anderen Männern. »Außerdem fühlen Sie keinen Schmerz«, fügte sie noch hinzu.

Corth II lachte leise und sagte: »Sie sind zu weichherzig, meine Schöne.«

»Nein, ich bin nur kurz vor einem Nervenzusammenbruch, weil ich nun langsam überhaupt nichts mehr verstehe«, zischte Brittany leise und etwas außer Atem. Einigen anderen Leuten in der Halle schien es ähnlich zu gehen. Der erste Schreck hatte sich gelegt, und nun zerrissen Schreie die gespannte Stille. Die Menge kam in Bewegung – ein Gefühl von Panik machte sich breit. Und mitten im allgemeinen Aufruhr war plötzlich laut und deutlich das Klirren von Metall auf Metall zu hören. Brittany fuhr herum und sah, dass der Kampf zwischen Dalden und Jorran begonnen hatte. Die Umstehenden reagierten wie erwartet. Einige suchten das Weite, um sich nicht unnötig einer Gefahr auszusetzen, andere drängten nach vorn, um die Streithähne besser sehen zu können, wieder andere riefen nach der Polizei. Die Fernsehleute beobachteten das Geschehen gebannt, und wer eine funktionierende Kamera zur Hand hatte, filmte oder fotografierte den Kampf.

Die Leute, die versuchten, das Gebäude zu verlassen, stellten überrascht fest, dass das im Augenblick völlig unmöglich war. Auch Brittany blieb zum wiederholten Male an diesem Tag der Mund offen stehen. Die Männer, die die Türen bewachten und niemanden hinaus oder herein ließen, glichen Dalden aufs Haar. Sie hatten seine Größe, seinen Körperbau, kurz, dieselbe imposante Erscheinung wie er. Durch die Schwerter an ihren Gürteln und die Tatsache, dass sie ausnahmslos mit nacktem Oberkörper Wache hielten, erschienen sie wie Figuren aus ein und derselben Gussform. Bronzen schimmerte ihre Haut, und ihr Haar fiel ihnen, genau wie Daldens Mähne, in goldenen Wellen bis auf die Schultern. Nur durch ihre markanten Gesichter unterschieden sie sich voneinander.

Diese ungeheure Ähnlichkeit brachte Brittany auf einen Gedanken. Sie wusste nicht, wie der Trick funktionierte, doch die blonden Hünen mussten eine Illusion, eine optische Täuschung sein. Jorran und seine Leute sollten glauben, die Situation habe sich zu ihrem Nachteil verändert und sie hätten es nun mit einer Übermacht von Sha-Ka'anis zu tun. Brittany versuchte, die Leute in der Rathaushalle zu beruhigen. Sie kämpfte sich durch die wild durcheinander laufende Menge und wiederholte immer wieder: »Sie sehen eine Darbietung unserer Theatergruppe. Es handelt sich um einen Schaukampf. Es gibt keinen Grund zur Beunruhigung. Genießen Sie die Vorstellung.«

Nun konnten die Leute das Blut, falls welches floss, für Ketchup halten. Aber Brittany wusste nur zu gut, dass es echt war. Sie wagte nicht, zu den beiden Widersachern hinüberzusehen. Nur das Klirren der Klingen sagte ihr, dass der Kampf in vollem Gange war.

Sie hielt Corth II am Arm fest und fragte: »Warum helfen Sie Dalden nicht, Jorran zu entwaffnen? Dann wäre der ganze Spuk in einer Minute vorbei.«

»Dalden zerlegt mich in meine Einzelteile, wenn ich mich in diesen Kampf einmische«, antwortete Corth II. »In solchen Dingen sind Krieger ziemlich eigen.«

»Sie in Ihre Einzelteile zerlegen?«, fauchte Brittany. »Genau das werde ich eigenhändig tun, falls Dalden etwas zustößt.«

Corth II lächelte. »Solange noch Leben da ist, steht einer erfolgreichen Reparatur nichts im Wege.«

Eine ziemlich eigenartige Weise, auszudrücken, dass einen die Ärzte wieder zusammenflicken konnten, wenn man keine unmittelbar tödlichen Verletzungen erlitten hatte. Corths Sorglosigkeit hätte Brittany beruhigen sollen. Aber noch immer rauschte ihr das Blut in den Ohren. Zögernd wagte sie einen kurzen Blick in die Mitte des Raumes, wo sich die Kämpfenden im Kreis bewegten, und bereute es sofort. Nun konnte sie ihre Augen nicht mehr abwenden.

Blut auf dem weißen Steinboden. Doch es war noch nicht allzu viel, und bisher schien nur Jorran verletzt zu sein. An seinem linken Oberarm klaffte ein Riss in dem seidenen Hemd, und ein rotes Rinnsal tränkte den feinen Stoff bis hinunter zu Jorrans Ellbogen. Schon deutlich mehr Blut tropfte ihm aus der Nase und aus einem Schnitt über dem Wangenknochen. Diese Verletzungen mussten von einem Schlag mit der breiten Fläche von Daldens Schwert herrühren.

Doch keine seiner Wunden verlangsamte die wirbelnden Bewegungen, die Jorran mit dem rechten Arm vollführte. Pausenlos und mit unglaublicher Geschwindigkeit kamen seine Angriffe, die Dalden tiefe Schnittwunden beibringen sollten. So wie es aussah, musste das Razor-Schwert federleicht sein. Bisher waren Jorrans Bemühungen jedoch erfolglos geblieben, denn Dalden fing mit seinem Schwert und noch viel häufiger mit seinen Armschilden die zahllosen Hiebe ab und lenkte sie ins Leere.

Auch Dalden benutzte seine Waffe, doch auf ganz ungewöhnliche Weise. Jedes Mal, wenn Jorran sich in seiner Ungeduld etwas zu weit vorwagte, packte Dalden behände das rechte Handgelenk seines Gegners und ließ das Kampfschwert wie einen Knüppel auf ein verletzliches Körperteil herabsausen. Er schlug nur mit der flachen Seite der Klinge zu, nie mit der scharfen Kante. Dalden hätte Jorran ohne weiteres entwaffnen oder gar töten können. Doch er brach ihm beinahe systematisch nacheinander einige Rippen und das Nasenbein.

»Er spielt mit ihm«, rief Brittany ungläubig. Ärger mischte sich in ihre Angst.

»Gut erkannt«, bestätigte Corth II.

»Aber Jorran würde Dalden doch sofort umbringen, wenn er nur könnte.«

»Ohne Zweifel.«

»Warum setzt Dalden sich denn unnötig einer solchen Gefahr aus?«, wollte sie wissen.

»Weil er ein Krieger ist.«

»Und das bedeutet, er muss, anstatt die Sache auf dem schnellsten und einfachsten Weg zu erledigen, hier den starken Mann spielen? Das ist ja wie im Mittelalter!«

»Ich finde, ›barbarisch‹ ist der bessere Ausdruck dafür«, antwortete Corth II.

Dabei huschte ein Grinsen über sein Gesicht. Wahrscheinlich hatte er gerade einen Witz gemacht, den sie wieder einmal gar nicht lustig finden konnte. Brittany verspürte plötzlich selbst ein ziemlich barbarisches Verlangen – nämlich Corth II eine schallende Ohrfeige zu versetzen. War sie denn die Einzige, der Männlichkeitsrituale in einer Situation, in der es um Leben und Tod ging, fehl am Platze erschienen?

Kapitel Siebenundzwanzig

Die beiden Männer umkreisten einander wie sprungbereite Raubkatzen. Dalden gestattete Jorran eine Verschnaufpause. Der Großkönig atmete schwer. Dicke Schweißperlen liefen ihm über die Stirn, und sein Hemd klebte ihm durchnässt am Körper. Der Versuch, jemanden mit dem Razor-Schwert in Stücke zu schneiden, erwies sich als überaus anstrengendes Unterfangen. Dalden hingegen schien sich bisher kaum verausgabt zu haben. »Wie wäre es denn mit Aufgeben?«, fragte Dalden so beiläufig, als unterhielten sie sich nur gerade in aller Freundschaft ein wenig über irgendwelche Belanglosigkeiten.

»Soll das ein Angebot sein?«, knurrte Jorran.

»Ich bin nicht derjenige, der im Begriff ist, den Kampf zu verlieren.«

»Ich auch nicht.«

»Ach, tatsächlich? Krieger lernen nicht nur aus ihren eigenen Fehlern, sondern auch aus denen von anderen. Nachdem wir gesehen hatten, was dein Razor-Schwert anrichten kann, haben Falon und ich neue Kampftechniken trainiert. Die Wirksamkeit dieser Waffe ist dadurch gleich null.«

»Deine Kampfübungen nützen dir gar nichts mehr,

wenn der Besitzer eines Razor-Schwertes beschlossen hat, dich zu töten«, feixte Jorran.
»Mag sein. Aber bist *du* denn auf einen Sha-Ka'ani vorbereitet, der nach deinem Leben trachtet?«
Jorran war nicht auf einen Angriff gefasst, denn bisher hatte Dalden seine Hiebe nur pariert und sich seinem Tempo angepasst. Die Reaktion des Großkönigs kam viel zu langsam, und schon flog er meterweit durch die Luft.
Dalden stand mit einem Sprung über ihm und fügte seelenruhig hinzu: »Falon hatte nie vor, dich bei eurem Kampf zu töten. Siehst du nun den Unterschied?«
Auch dieser Kampf sollte von Dalden aus nicht auf Leben und Tod gehen, aber das brauchte Jorran nicht unbedingt zu wissen. Noch nicht. Nun wurde der Großkönig wütend. Dass Dalden ihn in die Rückenlage befördert hatte, als sei er ein hilfloser Käfer, reizte ihn bis aufs Blut. So ging man mit Herrschern nicht um. Man warf sie nicht durch die Gegend wie einen Stuhl bei einer Kneipenschlägerei. Jorran war wütend und wurde dadurch unvorsichtig.
Er rollte sich von Dalden weg und setzte sofort zum nächsten Angriff an. Die Hiebe mit dem Razor-Schwert erfolgten nun so schnell, dass man Mühe hatte, ihnen mit dem Auge zu folgen.
Endlich musste Dalden sich etwas anstrengen, um der tödlichen Waffe auszuweichen. Gut. Bisher war ihm der Kampf viel zu leicht gewesen. Dalden wollte Falon nicht in Verlegenheit bringen. Sein Schwager würde ohnehin wütend sein, dass er nun diesen Kampf bestritt. Falon sollte nicht auch noch an seinen Fähigkei-

ten als Schwertkämpfer zweifeln, weil er in seinem Kampf gegen Jorran beinahe den Tod gefunden hätte. Das Razor-Schwert war federleicht, wohingegen Falon, genau wie Dalden, ein schweres Kampfschwert benutzte. Aber inzwischen wussten die Sha-Ka'ani, wie man der leichteren Waffe effektiv begegnete.

Seine eigene Wut wurde Jorran zum Verhängnis. Die wilden Bewegungen, die er vollführte, kosteten zu viel Kraft. Als seine Hiebe in immer längeren Abständen kamen, gab Dalden ihm eine Kostprobe seiner Kampfkunst.

Anstatt den nächsten Angriff, genau wie die vorangegangenen, einfach abzulenken, schlug Dalden Jorran die Waffe aus der Hand. Jorran geriet aus dem Gleichgewicht. Nun ging alles sehr schnell. Die volle Wucht von Daldens nächstem Schlag traf die Kniescheibe des Großkönigs, und während er noch vergeblich versuchte, sich wieder zu fangen, drehte Dalden ihm den Arm auf den Rücken. Mit einem kurzen, hässlichen Knacklaut brachen die Knochen.

Damit ging Dalden vielleicht ein Stück weiter als nötig. Fast während des gesamten Kampfes hätte er Jorrans Seuchenschutzschild außer Gefecht setzen und Martha das Feld überlassen können. Aber das wäre für Jorran eine Niederlage ohne Strafe gewesen. Und eine so glimpfliche Behandlung verdiente er nicht. Nun riss Dalden den kleinen Apparat, mit dem der Schutzschild aktiviert wurde, von Jorrans Gürtel und warf ihn Corth II zu.

Der Android zerquetschte das Gerät zwischen den Händen, als knülle er Papier zusammen. Dalden schenkte dem Großkönig, der sich zu seinen Füßen krümmte, keine weitere Beachtung.

»Er gehört dir, Martha.«

»N…!«, begann Jorran zu schreien. Doch noch bevor er das Wort beendet hatte, war er spurlos verschwunden.

»Und schick ihm nicht gleich einen Meditechniker«, sagte Dalden. Die Ausrufe der Verwunderung, die die verdutzten Menschen ausstießen, vor deren Augen Jorran gerade verschwunden war, kümmerten ihn nicht.

»Keine Angst«, antwortete Martha. »Das bisschen Ärger, das er bekommen wird, wenn wir ihn zu Hause abliefern, ist in meinen Augen ohnehin eine viel zu milde Strafe für seine Untaten.«

»Ich weiß es zu schätzen, dass du eine Weile still warst«, fügte Dalden noch hinzu. Immerhin hatte Martha in den vergangenen Tagen nahezu pausenlos auf ihn eingequasselt.

»Ich weiß, in welchen Situationen ich mich zurückzuhalten habe, Krieger«, antwortete Martha und klang dabei, als grinse sie breit. »Aber nun solltest du schnellstens alle Beweise für unsere Gegenwart hier an dich bringen, damit wir bald wieder so spurlos in unserer Ecke des Universums verschwinden können, als wären wir nie auf diesem Planeten gelandet.«

»Was ist mit dem Bürgermeister? Steht er noch immer unter Jorrans Kontrolle?«, fragte Dalden.

»Er wurde in Sicherheit gebracht, sobald der Kampf begann. Aber Corth II hatte zu diesem Zeitpunkt bereits dafür gesorgt, dass er vergaß, und ihm noch einige andere brauchbare Vorschläge gemacht. Amüsanterweise glaubt eine ganze Anzahl von Leuten inzwischen, der

Kampf sei eine Art Werbegag im Rahmen des Bürgermeisterwahlkampfes gewesen. Dank Jorrans Männern und ihren Ruten hielten sie nämlich den Großkönig bereits für das Oberhaupt der Stadt. Corth II hat also heute noch einiges zu tun. Außerdem müssen wir sämtliche Ruten an uns bringen, die noch in den Händen von Jorrans Leuten sind.«

»Und welche anderen Beweise für unsere Gegenwart soll ich noch einsammeln?«

»Leider wurde der Kampf von den Fernsehleuten komplett aufgezeichnet. Wir können ihnen aber keine Bilder überlassen, deren Inhalt das dürftige technische Verständnis der Bewohner dieses Planeten übersteigt. Die wenigen Zeugen hier im Rathaus glauben, sie hätten eine sehr professionell gemachte Illusion in einer Art Zaubershow erlebt. Aber wenn erst Experten die Filme analysieren, werden sie vielleicht andere Schlüsse ziehen. Also wirst du die Kassetten an dich bringen müssen, bevor du das Rathaus verlässt. Es sind zwei, und sie stecken noch in den tragbaren Kameras. Die große, fahrbare Kamera funktioniert noch nicht wieder. Um die musst du dir also keine Gedanken machen.«

Dalden sah zu den Fernsehleuten hinüber. Hinter ihnen entdeckte er Brittany. Sie starrte ihn an, als traue sie ihren Augen nicht.

»Was ist mit meiner Lebensgefährtin los?«, fragte Dalden Martha besorgt.

»Ach, nichts Besonderes. Sie ist ein bisschen erstaunt über deine Gewalttätigkeit. Aber sie wird darüber hinwegkommen.«

»Dann bring sie jetzt bitte gleich aufs Schiff. Es könnte sein, dass ich noch einmal handgreiflich werden muss, um die Beweismittel zu sichern.«
»Ich kann mir nicht vorstellen, dass man dir Schwierigkeiten macht. Die Leute hier empfinden im Augenblick beinahe so etwas wie Ehrfurcht vor dir. Aber vielleicht hast du Recht. In den nächsten Minuten hole ich den Rest von Jorrans Mannschaft, und das würde Brittany nur noch mehr durcheinander bringen. Besser ein richtiger Nervenzusammenbruch als unzählige kleine.«
»Du erklärst ihr bitte alles und beruhigst sie, Martha. Kümmere dich um sie.«
»Aber selbstverständlich. Überlass das ruhig mir. Sie wird dich unversehrt in deinen Gemächern auf dem Schiff erwarten.«
Eigenartigerweise beruhigte diese gut gelaunte Antwort Dalden kaum. Je schneller er hier fertig war, desto früher konnte er selbst wieder bei Brittany sein.
Er sah, wie sie sich zur gleichen Zeit wie Jorrans Leute gleichsam in Luft auflöste, und wusste, dass sie schon im selben Augenblick auf dem Raumschiff Gestalt annehmen würde. Corth II und die Krieger, die die Ausgänge besetzt hielten, standen noch auf ihren Posten. Sicher war sicher. Dalden wandte sich den Fernsehleuten zu.
Ihre Kameras surrten noch immer. Sie versuchten, zurückzuweichen, als er auf sie zuging, doch schon bald standen sie mit dem Rücken zur Wand. Dennoch filmten sie unverdrossen weiter.
Einer der Kameramänner wurde nun langsam etwas

nervös und sagte: »Mann, das waren die besten Spezialeffekte, die ich je gesehen habe. Wollen Sie sich vielleicht ein wenig sauber machen?«
Ein Tuch wurde Dalden zugeworfen. Er sah an sich hinunter und überlegte, was der Mann gemeint haben könnte. Den Schnitt, der ihm von links nach rechts diagonal über Brust und Bauch lief, entdeckte er erst jetzt. Er tupfte mit dem Tuch ein wenig daran herum, doch es half nichts. Die Wunde begann dadurch erst richtig zu bluten. Das kleine rote Rinnsal sickerte in Daldens Jeans.
Der Kameramann riss die Augen auf. Er hatte erwartet, dass Dalden die rote Linie auf seinem Oberkörper mit dem Tuch einfach abwischen würde. Doch stattdessen quoll nun offensichtlich echtes Blut aus einer richtigen Wunde. »Sie bluten ja tatsächlich …«
Dalden starrte dem Mann fest ins Gesicht. »Sie händigen mir jetzt auf der Stelle die Beweismittel aus. Wenn es möglich ist, den Film aus der Kamera zu nehmen, dann sollten Sie das noch in dieser Minute tun und ihn mir geben. Auf diese Weise brauche ich die Kamera nicht zu zerstören.«
»Aber klar doch. Ganz ruhig bleiben. Alles, was Sie wollen, mein Guter. Kein Problem.«
Der Mann konnte seinen Film gar nicht schnell genug mit zitternden Händen aus der Kamera holen und an Dalden übergeben. Der zweite Kameramann nutzte den unbeobachteten Augenblick, um sich unauffällig zu entfernen. Langsam ging er rückwärts an der Wand entlang. Doch nicht aus Angst. Er suchte nach einem Ausgang aus dem Rathaus und dachte gar nicht daran,

Dalden den zweiten Film ebenfalls zu überlassen. Corth II wurde zu einer unbeweglichen Wand im Rücken des Mannes. »Der freundliche Herr da hätte gern Ihren Film, mein Bester. Sein Angebot lautet, er wird Ihre Kamera nicht anrühren, wenn er den Film bekommt. Und ich biete Ihnen an, Sie nicht anzurühren, wenn ich den Film bekomme. Auf welches Angebot wollen Sie denn nun gern eingehen?«

»Okay, okay«, der Mann gab sich einsichtig, wollte aber nur Zeit gewinnen. Unvermittelt warf er sich herum und versetzte Corth II einen kräftigen Schlag. Das erwies sich als großer Fehler. Er brach sich die Fingerknöchel an einem Gesicht, das sich durch diesen Fausthieb noch nicht einmal verzog. »Was, zum Teufel, ist das denn schon wieder? Haben Sie eine Metallplatte im Kiefer?«, jaulte der Mann mit schmerzverzerrter Miene.

»*Toreno*-Stahl, um genau zu sein. Aber nicht nur im Kiefer, im ganzen Körper. Willkommen in deinem schlimmsten Albtraum, mein Freund«, sagte Corth II und wollte sich daranmachen, dem Unglücklichen eine kräftige Abreibung zu verpassen.

»Genug damit, Kinder! Nehmt euch zusammen!«, dröhnte Marthas ärgerliche Stimme durch den Raum. »Muss ich denn immer alles selber machen?«

Im selben Moment verschwand die schwere Kamera wie durch Zauberhand von der Schulter des Mannes. Corth II folgte, und als Nächstes lösten sich Dalden und die Sha-Ka'ani-Krieger vor den staunenden Zuschauern in Luft auf. Im Grunde konnte Martha wirklich fast alles alleine.

Einen Augenblick lang lag Stille über der wie versteinert dastehenden Menschengruppe in der Halle des Rathauses. Dann begann der Kameramann, der zwar seinen Film eingebüßt, aber wenigstens die Kamera gerettet hatte, erst leise und schließlich immer lauter zu kichern. »Ich bin ja mal gespannt, wie du unserem Boss erklären willst, was gerade passiert ist«, stieß er schließlich japsend hervor. »Und welche Ausrede dir einfällt, damit du die Kamera nicht aus eigener Tasche bezahlen musst.«
»Ich bin schließlich nicht der Einzige, der gesehen hat, wie Menschen und Gegenstände einfach von hier verschwanden«, knurrte der Angesprochene.
»Was wir gesehen haben, war eine absolut bombastische Show, und du hättest dich besser herausgehalten. Aber vielleicht hast du ja Glück und die Zaubertruppe gibt dir die …« Der Mann brach ab, als plötzlich die Kamera auf dem Boden vor ihnen erschien. »Ich wette zehn zu eins, es ist kein Film mehr drin.«

Kapitel Achtundzwanzig

Brittany lag auf dem Boden seines Zimmers an Bord der *Androvia.* Sie hatte sich in eine Ecke zu einer festen Kugel zusammengerollt, und es hatte den Anschein, als wollte sie sich in den gepolsterten Wänden verkriechen. Ihr Gesicht verbarg sie hinter ihren angezogenen Knien. Wie ein schützender, kupferfarbener Umhang breitete sich ihr Haar über Schultern und Rücken. Brittany rührte sich nicht, als die Tür mit einem kaum hörbaren Summen aufglitt und sich hinter Dalden wieder schloss. Sie wiegte sich rhythmisch hin und her und stieß dabei in längeren Abständen ein leises Wimmern aus.

Daldens Brust zog sich zusammen. Der Schmerz, der seine Seele durchzuckte, war so stark, dass er ihn körperlich fühlte. Einen Augenblick lang sah er hilflos auf das armselige Bündel hinab.

Martha hatte wieder einmal Recht behalten. Der Schock des Molekulartransfers versetzte Brittany offenbar in einen Zustand, in dem sie völlig hilflos war und nicht mehr wusste, wem oder was sie glauben sollte. Die meisten Menschen, mit denen Dalden es sonst zu tun hatte, wussten, was ein Molekulartransfer war und wie er funktionierte. Sie kamen ganz gut damit zurecht, innerhalb von Sekundenbruchteilen ohne ihr Zutun von einem Ort zum anderen versetzt zu werden. Selbst bei ihrer ersten Begegnung mit diesem Transportsystem wussten sie normalerweise, was mit ihnen geschehen war, wenn sie sich unversehens an einer Stelle befanden, an die sie sich nicht aus eigener Kraft begeben hatten. Auf den meisten bekannten Planeten war der Molekulartransfer längst nicht mehr die Aufsehen erregende technische Neuerung, als die er einst gegolten hatte. Man hatte sich längst daran gewöhnt. Nur auf bislang unentdeckten oder unerforschten Planeten wie dem, von dem Brittany stammte, wusste man bislang nichts von dieser Zeit sparenden Art der Fortbewegung.

»Brittany.«

Sie hob den Blick. Angst und Verwirrung lagen in ihren großen, dunkelgrünen Augen. Dann sprang sie plötzlich auf, warf sich in Daldens Arme und klammerte sich an ihm fest. Fast unhörbar begann sie zu sprechen. Doch mit jedem Wort wurde ihre Stimme fester. »Ich hatte schon befürchtet, du seist nur eine Illusion. Ein Traum. Aber du bist echt. Ein Mensch aus Fleisch und Blut, nicht wahr? Sag mir, dass es dich wirklich gibt!«

»Es gibt mich und ich bin hier bei dir, *Kerima.*«

»Und du wirst dich nicht einfach vor meinen Augen in Luft auflösen?« Brittany war noch immer verängstigt.

»Wir werden nie wieder voneinander getrennt sein. Nie wieder. Das lasse ich nicht zu.«

Ein wenig Anspannung fiel von ihr ab. Sie lehnte sich zurück und blickte suchend in Daldens Augen, als hoffe sie, dort die Antwort auf all ihre Fragen zu finden. Antworten lagen nicht in Daldens ruhigem Blick, doch er flößte Brittany wieder etwas Vertrauen ein. Sie machte sich von ihm los und trat ein paar Schritte von ihm weg. Ihre Angst wich nach und nach wachsender Verwirrung und auch einem gewissen Ärger.

»Du schuldest mir eine ganze Menge von Erklärungen.«

»Ich weiß«, antwortete er.

»Könntest du mir zunächst einmal sagen, wie wir hierher gekommen sind und wo wir uns eigentlich befinden?«

»Martha hat dir sicher schon gesagt …«

»Du solltest nicht einmal im Traum daran denken, mir dieselben Spinnereien aufzutischen wie sie. Es war alles nur ein Traum, und ich bin gerade wieder aufgewacht, stimmt's? Damit kann ich leben. Aber wie bin ich hierher gekommen und wann? Letzte Nacht? Das heißt dann wohl, alles, was im Rathaus geschah, ist in Wirklichkeit gar nicht passiert. Du und Jorran, ihr seid nicht mit Schwertern aufeinander losgegangen. Und er hat dich auch nicht verwundet. Wie sollte er auch? Genau. Da haben wir den Beweis. Du bist unverletzt. Es gibt nicht einmal einen Kratzer an deiner Brust oder an deinem Bauch.«

Triumphierend zeigte sie auf Daldens unversehrte Haut. Was sie gerade gesagt hatte, musste stimmen. »Der Schnitt war da und ist bereits wieder völlig verheilt«, erklärte Dalden. »Für so etwas braucht man einen Meditechniker. Gleich nach meinem Transfer hierher hat sich einer von ihnen um die Wunde gekümmert.«

»Dalden, fehlt dir wirklich nichts? Ich meine – geistig? Du glaubst doch nicht etwa selbst an diesen Unsinn? Oder etwa doch?«

Er lächelte über ihre Besorgnis. »Du wolltest eine Antwort auf all deine Fragen, und ich hatte dir versprochen, du würdest sie bekommen, wenn mein Auftrag erledigt ist.«

»Dann sag mir endlich die Wahrheit. Mit diesen Sciencefiction-Märchen kann ich nichts anfangen. Also, wo sind wir?«

»In meinem Wohnbereich an Bord der *Androvia.*«

»An Bord. Also auf einem Schiff? Und dein Wohnbereich hat weder ein Bett noch ein Bad? Aha.«

In diesem Fall war es viel einfacher, ihr alles zu zeigen, als es ihr zu erklären. Dalden nahm Brittany an der Hand und stellte sich mit ihr vor die noch unsichtbare Sanitäreinheit. Dann drückte er einen Knopf. Sofort wurden sie von Wänden umschlossen, die um sie herum einen kleinen Raum bildeten. Eine Toilette und ein Waschbecken kamen aus den Wänden, und in einer Ecke wuchs eine runde Duschkabine aus dem Boden. Eine kleine Ablage, auf der sich unter anderem die Wählvorrichtung für den Kleiderschrank befand, erschien ebenfalls. Dalden tippte den Code für eine blaue Tunika ein, die auch sofort zur Verfügung stand. Er brauchte nur noch hineinzuschlüpfen.

Brittany traute ihren Augen nicht. Aber schon drückte Dalden erneut auf den Knopf, und das Badezimmer verschwand. Nun führte er sie in eine andere Ecke des Zimmers. Auch hier brachte ein Knopfdruck Wände hervor, und ein Teil des Fußbodens drehte sich. An

dieser Stelle stand nun ein schmales Bett, das seine Größe automatisch demjenigen anpasste, der sich hineinlegte.
Dalden ließ das Schlafzimmer wieder verschwinden und sagte dann: »Ich fühle mich hier ziemlich beengt. Darum hole ich das Bett und das Bad immer erst hervor, wenn ich es wirklich brauche. Auf einem Schiff wie diesem versucht man eben, das Beste aus dem beschränkten Platzangebot zu machen.«
»Nun wird mir alles klar«, erklärte Brittany. »Wir sind in einem Filmstudio. Hab ich Recht? Das sind alles Requisiten und Kulissen, nicht wahr?«
Dalden seufzte. Dass es nicht leicht werden würde, Brittany alles zu erklären, hatte er schon vermutet. Nun erwies sich dieses Unterfangen allerdings als nahezu unmöglich.
»Dir ist offenbar jede noch so abwegige Antwort lieber als die Wahrheit«, sagte er.
»Ich will Beweise!« In Brittany begann wieder Ärger aufzuwallen. »Wenn das hier kein Studio ist, das wie ein Raumschiff aussieht, dann will ich das Ding, was immer es auch sein mag, jetzt von außen sehen.«
»Dieser Raum hat keine Fenster.«
»Korrektur«, Marthas Stimme kam aus der Sprechanlage an der Wand. Sie befand sich im Stand-by-Modus. »Weil ich weiß, wie ungern du daran erinnert wirst, dass du in einem Raumschiff unterwegs bist, habe ich dir die Fenster bisher nur noch nie gezeigt.«
Erneut bewegten sich die Wände, diesmal unter Marthas Kontrolle. Eine lange Fensterfront aus einem glasähnlichen Material erschien und gab den Blick auf

eine karge Unterwasserwelt mit ein paar vereinzelt dahinschwebenden Fischen frei.

»Ein Unterseeboot?«, fragte Brittany überrascht. Doch dann legte sie die Stirn in Falten und fügte skeptisch hinzu: »Oder nur ein großes Wasserbecken. Soll das ein Beweis sein?«

Dalden stöhnte, Martha kicherte. »Gib es auf, Kleiner. Sie braucht keine Beweise. Sie weiß genau, wo sie sich befindet, und weigert sich nur, es zu glauben. Du kannst ihr erzählen, was du willst, es wird nichts daran ändern.«

»Weil Außerirdische nur eine Erfindung von ein paar UFO-verrückten Spinnern sind!«, schrie Brittany an Martha gerichtet. Dann schlug sie Dalden mit der flachen Hand an die Brust. »Sieh dich doch an. Du bist ein Mensch, ein Mann aus Fleisch und Blut. Alle Körperteile sind in der richtigen Anzahl vorhanden, auch wenn du vielleicht ein bisschen größer bist als der Durchschnitt. Aber wie ein Alien siehst du nun wirklich nicht aus!«

»Es freut mich, das von dir zu hören«, antwortete Dalden. »Der Begriff, mit dem ihr Amerikaner Anderweltler bezeichnet, ist nämlich kaum schmeichelhafter als das Wort, mit dem man uns Sha-Ka'ani in den Galaxien gern betitelt.«

»Er meint das Wort *Barbaren«,* steuerte die hilfreiche Martha bei. »So sieht das zivilisierte Universum Daldens Volk. Und das nicht nur, weil die Sha-Ka'ani – nun ja – ein wenig urwüchsig aussehen, sich eigenartig kleiden und immer noch mit Schwertern kämpfen. Was sie so barbarisch erscheinen lässt, sind vor allem ihre Überzeugungen und ihre angestaubten Gesetze, ihr stures Festhalten an uralten Traditionen, die längst nicht mehr zeitgemäß sind.«

»Vielen Dank, Martha. Ich bin sicher, Brittany fühlt sich nun schon deutlich besser«, sagte Dalden gereizt.

»Ich nenne die Dinge nur beim Namen, großer Krieger. Wenn wir schon so mühsam gegen Brittanys Zweifel ankämpfen müssen, soll sie auch gleich die ganze Wahrheit erfahren. Abgesehen davon, hat sie eine ziemlich bizarre Vorstellung von einem Anderweltler. Die Bewohner ihres Planeten stellen sich diese Aliens als Wesen fast ohne jeden menschlichen Zug vor. Deshalb fällt es ihr auch so schwer zu glauben, dass du von einem anderen Stern bist. Wenn du, wie beispielsweise ein Morrilianer, einen riesenhaften Kopf auf den Schultern sitzen hättest, in dem ein gigantisches Gehirn annähernd die Kapazitäten eines Hochleistungsrechners erreicht, würde sie sofort mit dem Finger auf dich zeigen und dich als Außerirdischen betiteln.«

Brittany hörte gar nicht hin. Sie presste sich die Handflächen an die Schläfen und murmelte: »Es gibt eine ganz einfache, logische Erklärung für alles. Es muss eine geben.«

Dalden legte seine Arme um sie. *»Kerima,* es tut mir Leid, dich so verwirrt und verängstigt zu sehen. Wie kann ich dir nur helfen?«

Sie lehnte sich an ihn und versuchte, in seinen Worten Trost und Sicherheit zu finden.

»Sag mir bitte, dass es einen guten Grund für all diese Lügen gibt.«

»Das muss die zweischneidigste Bitte sein, die ich je gehört habe«, kam es in wenig freundlichem Ton von Martha.

Brittany fuhr herum und suchte nach dem Ursprung von Marthas Stimme. Dalden hatte das inzwischen vertraute Kästchen längst abgelegt. »Die audiovisuelle Einheit dort an der Wand.« Dalden seufzte und zeigte mit dem Finger auf den Apparat. »Martha lenkt dieses Schiff. Deshalb hat sie auch Augen und Ohren in jedem Raum.«

Brittany marschierte zu dem Monitor, der im Augenblick kein Bild zeigte. »Zeigen Sie sich mir! Ich will die Frau, die glaubt, mir weismachen zu können, ich befände mich zusammen mit ein paar Außerirdischen auf einem Raumschiff, jetzt endlich einmal mit eigenen Augen sehen.«

»Ich kann dir noch etwas Besseres bieten«, säuselte Martha.

Bevor Dalden Einwände erheben konnte, verschwand Brittany bereits spurlos aus dem Zimmer. Er fluchte, denn er ahnte, wohin Martha Brittany gebracht hatte. Sie würde wohl noch einen weiteren schweren Schock erleiden, und er konnte im Augenblick gar nichts dagegen tun.

Kapitel Neunundzwanzig

Brittany stand unter Schock. Schon wieder war es geschehen. Zuerst ein leichtes Kribbeln im ganzen Körper, und dann erwachte sie an einem anderen Ort. Erwachte? Nein, sie stand ja aufrecht. Wenn man sie betäubt und anschließend weggetragen hätte, wäre sie wohl kaum auf ihren eigenen Füßen wieder zu sich gekommen.

Es musste sich um eine Täuschung, eine Illusion handeln. Oder sie befand sich in einem Raum mit drehbaren Wänden. Seit sie hier angekommen war, hatte sie schon eine ganze Anzahl beweglicher Bauelemente gesehen. Hier waren offensichtlich Experten am Werk. Wände erschienen oder verschwanden auf Knopfdruck in Sekundenschnelle. Möglicherweise befand sie sich noch im selben Raum wie zuvor. Nur die Wände waren andere, und in der Mitte des Zimmers stand jetzt eine gigantische Computerkonsole.

»Du befindest dich in der Kommandozentrale.« Marthas Stimme hallte plötzlich von allen Wänden. »Wenn es mich nicht gäbe, säße in diesem Raum ein ganzes Team von Spezialisten. Man braucht normalerweise ein Heer von hervorragend ausgebildeten Wissenschaftlern und Technikern, um ein Schiff dieser Größe zu steuern.

Ein einziger Mock-II-Computer macht also beinahe die gesamte menschliche Besatzung überflüssig. Hier an Bord bin übrigens ich dieser Mock II.«

»Was ist ein Mock II?«, wollte Brittany wissen. »Und wo verstecken Sie sich diesmal?«

»Im Augenblick befinde ich mich im Wesentlichen in der Konsole vor deinen Augen. Richtig, mein Püppchen. Ich bin ein Computer. Einer der fortschrittlichsten Rechner, die je entwickelt wurden. Dalden hat ja bereits Andeutungen in dieser Richtung gemacht. Aber du konntest mit seinen zugegebenermaßen manchmal etwas rätselhaften Äußerungen nichts anfangen und dachtest, er nähme dich auf den Arm. Für ein menschliches Wesen ist das eine durchaus verständliche Reaktion. Immerhin sind die Computer auf dem Planeten, von dem du stammst, im Vergleich zu mir so etwas wie prähistorische Dinosaurier.«

»Muss ich mir nun wirklich schon wieder ein Sciencefiction-Märchen anhören?«

»Wie lange willst du deine Augen noch vor der Wahrheit verschließen, mein Kind?«, seufzte Martha. »Ich werde mich kurz fassen. Sicher poltert Dalden gleich hier herein, um dich zu holen. Im Augenblick ist er auf mich nicht besonders gut zu sprechen. Aber du machst die Dinge für dich selbst und für ihn unnötig kompliziert. Er hat heute Großes geleistet und sollte eigentlich seinen Sieg feiern. Stattdessen muss er sich um eine hysterische Frau kümmern, die sich weigert, eine simple Tatsache zu akzeptieren.«

»Was für eine simple Tatsache denn?«

»Versuch es doch zur Abwechslung mal mit logischem

Denken. Logische Erklärungen verlangst du doch selbst immer recht gern von uns. Ist es nicht ziemlich egozentrisch von deiner Spezies, anzunehmen, dass euer unwichtiger kleiner Planet in dieser bislang wenig erforschten Ecke des Universums der einzige ist, auf dem es Leben gibt? Versuch dir einmal Folgendes vorzustellen: Euer kleines Sonnensystem ist wie eine Art neu zugezogener Nachbar plötzlich in einer seit Urzeiten bestehenden Gemeinde von Galaxien aufgetaucht. Und manche Nachbarn sind hier so alt, dass ihre Bewohner bereits den Weltraum bereisten, als bei euch noch Riesenechsen die Urkontinente bevölkerten.«

»Du scheinst mich nicht zu verstehen. Das alles hier kann eigentlich nur ein Traum sein. Aber ich träume nicht, denn wenn ich mich in den Arm zwicke, tut es verflixt weh. Also hör auf, mich mit diesen abstrusen Geschichten über junge Planeten und uralte Galaxien zu verwirren.«

»Wir müssten schon ziemlich kaltblütige Lügner und Betrüger sein, wenn wir dich tatsächlich so hinters Licht führen würden, wie du es uns unterstellst. Traust du das Dalden etwa zu?«

Das tat Brittany natürlich nicht. Deshalb fiel es ihr ja auch so schwer, das Gehörte und Gesehene einzuordnen. Sicher gab es einen wichtigen Grund für all diese Märchen, nur leider wollte ihr keiner einfallen. Stattdessen zermarterte sie sich bei der Suche nach plausiblen Erklärungen das Hirn. »Ach, bringt mich doch einfach nach Hause«, murmelte Brittany schließlich müde. »Ich kann nichts mehr für euch tun. Ihr habt euren Dieb und braucht mich nicht mehr. Ich möchte jetzt wieder heim in mein Apartment.«

»Dafür ist es längst zu spät. Die Entscheidung ist in dem Augenblick gefallen, als Dalden dich zu seiner Lebensgefährtin gemacht hat.«

»Was, zum Teufel, soll das denn nun wieder heißen?«

»Das habe ich dir alles bereits erklärt. Aber du hast diese Erklärung ja auch nur für einen schlechten Witz gehalten. Und noch immer weigerst du dich, den Tatsachen ins Auge zu sehen. Aber für Dalden ist die Sache bitterer Ernst. Du bist nun die Seine. Er wird dich schützen, lieben und in Ehren halten bis an sein Lebensende. Aus dieser Verbindung kommst du nicht mehr heraus. Anders als bei euch, wo solche Dinge ja wohl zur Tagesordnung gehören, gibt es bei Daldens Volk weder Trennung noch Scheidung. Euer Bund ist nicht lösbar. Er ist beschlossene Sache und gilt auf Lebenszeit. Du folgst Dalden, wo immer er auch hingehen mag, Zuckerpüppchen. Ohne Wenn und Aber. Und im Augenblick bedeutet das, du fährst mit ihm nach Hause nach Sha-Ka'an, einem Planeten des Niva-Sonnensystems, der eine stattliche Anzahl von Lichtjahren von hier entfernt ist.«

»Nun haben Sie sich verraten«, rief Brittany triumphierend. »Es würde mehr als ein Leben lang dauern, um Entfernungen dieser Größenordnung zurückzulegen.«

Die Antwort war ein glucksendes Lachen. »Wenn man den technischen Entwicklungsstand deines Planeten zu Grunde legt, vielleicht schon. Aber der Rest des Universums kennt glücklicherweise ergiebigere Energiequellen als ihr. Dieses Raumschiff wird von Gaali-Steinen angetrieben. Das ist die bisher fortschrittlichste und effektivste Art des Antriebs. Sie ermöglicht es uns, in ein paar Monaten zu Hause zu sein. Sogar das Crysillium, das wir vorher verwendet haben, erlaubte ein ganz ordentliches Tempo. Und selbst früher tuckerten wir nicht gerade gemächlich durchs All. Auf deinem Planeten hat man noch nicht den Funken einer Ahnung davon, was wirkliche Energie ist.«

»Sie haben wohl auf alles eine Antwort«, gab Brittany verärgert zurück.

»Aber selbstverständlich! Ich bin ein Mock II. Wir entwickeln uns ständig weiter. Unser Wissen und unsere Leistungsfähigkeit wachsen mit zunehmendem Alter.«

»Sie meinen, man rüstet Sie nach«, korrigierte Brittany.

»Nein. Weder meine Hardware noch meine Software werden je von Menschenhand verändert. Das ginge gar nicht«, hielt Martha dagegen. Sie versuchte eine vereinfachte Erklärung. »Stell dir ein simuliertes Gehirn vor, das schon zum Zeitpunkt der Geburt Hervorragendes leistet und immer weiter ausreift. Das bedeutet, ich kann – genau wie du – denken und Entscheidungen treffen, obwohl ich streng genommen eine Maschine bin.«

»Das ist völlig unmöglich.«

»Bei den Morrilianern, die mich erfunden haben, ist alles möglich. Sie sind eine besonders alte, hoch entwickelte Spezies, deren Intelligenz als geradezu gottähnlich eingestuft wird. Ihre Genialität liegt jenseits deiner Vorstellungskraft. Aber da befindest du dich in bester Gesellschaft. Selbst auf technisch fortschrittlichen Planeten ist man nicht in der Lage, sich ein Bild von der beinahe unübertroffenen Denkfähigkeit eines Morrilianers zu machen. Interessanterweise sind diese Leute sehr anspruchslos und haben recht bescheidene Bedürfnisse, solange ihre Gehirne dabei nicht unterfordert werden. Und zum Glück für das restliche Universum sind Morrilianer überaus friedliebende Geschöpfe. Diese Friedfertigkeit ist auch ein wichtiger Bestandteil der Programmierung eines Mock-II-Computers. Sie wird mehrfach überprüft, bevor man einen solchen Rechner verkauft.«

»Verkauft? Heißt das, Sie gehören jemandem?«

»Vielleicht hilft es, wenn du einmal versuchst, mich nicht als menschliches Wesen zu betrachten. Das ist nämlich zum einen nicht besonders schmeichelhaft und entspricht zum anderen nicht den Tatsachen. Das Programm eines Mock II ist auf eine ganz spezielle Person zugeschnitten. Alle Programmteile sind einzig und allein auf dieses Individuum abgestimmt und sollen zu dessen Lebensglück und Wohlbefinden beitragen. Sich dafür einzusetzen, steht für einen Mock II an erster Stelle.

In meinem Fall ist Daldens Mutter Tedra dieses Individuum«, fügte Martha hinzu. »Damit sie glücklich ist, muss auch ihre Familie glücklich sein. Darum wurde ich mit auf diese Reise geschickt. Mein Auftrag war nicht allein, dafür zu sorgen, dass die Wechselruten wieder unter Verschluss kommen, sondern sicherzustellen, dass Tedras Kinder dieses Abenteuer unversehrt überstehen. Ihren Sohn, den Sha-Ka'ani-Krieger, der zweifelsfrei behauptet, du seist die Frau, mit der er den

Rest seines Lebens verbringen möchte, kennst du ja. Denkst du wirklich, er würde dir absichtlich Schaden zufügen oder dich der Gefahr aussetzen, den Verstand zu verlieren?«

»Ich versuche, gar nichts mehr zu denken. Im Augenblick erscheint mir das als der einzig mögliche Weg, einen Nervenzusammenbruch vielleicht noch zu vermeiden.«

»Etwas Derartiges würde ich ohnehin nicht zulassen.«

»Aber verhindern könnten Sie es nicht.«

»Du unterschätzt mich. Hast du vergessen, was mein ursprünglicher Plan war? Es hätte ja sein können, dass Dalden dich auf deinem Planeten zurücklässt, nachdem er seinen Spaß mit dir hatte. In diesem Fall hätte ich mich ein wenig mit deinem Gehirn beschäftigen müssen. Ich kann dafür sorgen, dass du vergisst, was du über uns weißt. Ist es das, was du willst? Dalden nie wiedersehen? Von ihm hier zurückgelassen werden?«

»Was wäre denn die Alternative? Für alle Zeiten in den Tiefen des Weltalls zu verschwinden? Nie wieder hierher zurückkehren zu dürfen? Meine Familie nie wiederzusehen? Genau das und nicht weniger wird doch von mir verlangt. Oder täusche ich mich da?«

Martha stieß einen ungeduldigen Zischlaut aus. »Ich sollte vielleicht noch erwähnen, dass Daldens Familie, selbst an universellen Maßstäben gemessen, ungeheuer reich ist. Steinreich – und zwar im wahrsten Sinne des Wortes. Die ergiebigsten Vorkommen an Gaali-Steinen befinden sich in ihrem Besitz, und im gesamten Universum ist man bereit, Unsummen für diese Energieträger zu bezahlen. Wenn du es also geschickt anstellst, wirst du Dalden mit Leichtigkeit dazu bringen, dass er dir erlaubt, deinem Heimatplaneten und deiner Familie hin und wieder einen Besuch abzustatten.«

So einfach war Brittany nicht zu besänftigen. »Ich wurde nie gefragt, ob ich überhaupt Daldens Lebensgefährtin sein möchte.«

»Das tun Krieger nie. Auf Sha-Ka'an fällen Männer solche Entscheidungen im Alleingang. Frauen werden dabei nicht nach ihrer Meinung gefragt. Aber nur aus Gründen der Neugier: Wie hätte denn deine Antwort gelautet, falls du gefragt worden wärest?«

»Bevor ich wusste, worauf ich mich einlasse, oder jetzt in diesem Augenblick?«

»Ach, lassen wir das! Vielleicht stelle ich dir diese Frage ein andermal. Jetzt würdest du nur im momentanen Aufruhr deiner Gefühle antworten und es vielleicht später bereuen. Menschliche Wesen tun das häufig. Eigentlich ziemlich dumm, denn solche Antworten können sehr verletzend sein. Dabei ließen sich mit ein wenig logischem Denken gepaart mit etwas Ehrlichkeit viele Missverständnisse von vornherein vermeiden.«

»Woher wollen Sie wissen, was ich fühle? Sie haben ja keine Ah...«

»Wieder einmal weit gefehlt«, antwortete Martha in einem selbstzufriedenen Ton. Eine weitere Kostprobe ihrer Leistungsfähigkeit war nun unvermeidbar. »Computer meines Kalibers sind dir einfach noch zu neu. Aber du wirst bald merken, dass es sinnlos ist, mit mir zu streiten oder mir auch nur zu widersprechen, denn meine Stärke sind Wahrscheinlichkeitsrechnungen. Selbst bei Berechnungen mit einer ganzen Reihe von unbekannten Größen gelange ich nahezu immer zu richtigen Ergebnissen und Einschätzungen. Nehmen wir nur einmal dich selbst als Beispiel.«

»Ich will nicht …«

»Zu spät. Ich möchte dir etwas beweisen. Und davon lasse ich mich nur ungern abbringen. Also der Reihe nach: Schon nach dem ersten Blick auf Dalden warst du völlig aus dem Häuschen. Du wolltest ihn unbedingt näher kennen lernen. Bald glaubtest du, er müsse ein Ausländer sein. Und obwohl du vorher nicht im Traum daran gedacht hättest, dich mit einem Mann aus einer ganz anderen Kultur einzulassen, konntest du ihm nicht widerstehen. Schön, du hast dich bemüht, das Unvermeidliche noch ein wenig hinauszuzögern. Doch mehr als ein paar Gläser eines berauschenden Getränks waren nicht nötig, und schon hast du dich Hals über Kopf in eine Verbindung gestürzt, die dir selbst noch Tage vorher völlig abwegig erschienen wäre. Das alles hast du aus freien Stücken getan, und mehr Zustimmung braucht Dalden nicht. Darauf gründet seine Entscheidung, dich fürs Leben an sich zu binden.«

»Mit dem meisten, was Sie sagen, bin ich überhaupt nicht einverstanden«, entgegnete Brittany reserviert. »Und außerdem frage ich mich, was das alles mit meiner jetzigen Situation zu tun hat – mit diesem Schiff und der abstrusen Behauptung, Sie wären allesamt Außerirdische.«

»Das heißt Anderweltler, meine Liebe. So nennt man uns. Wir unterscheiden uns vielleicht sogar weniger von dir als Menschen aus Indien oder anderen asiatischen Ländern. Deren Sprache müsstest du erst mühsam lernen. Ihre Kultur bliebe dir immer fremd, wahrscheinlich schon allein deshalb, weil du deine eigene bevorzugst. Und das ist auch ganz natürlich. Aber möglicherweise würdest du diese für dich exotischen Länder eines Tages besuchen, die Menschen und ihre Eigenheiten schätzen lernen. Und wer weiß, vielleicht würdest du am Ende sogar für immer dort bleiben wollen. Dasselbe könnte dir mit uns passieren. Nur musst du dazu, anstatt dich ins Flugzeug zu setzen, ein Raumschiff besteigen. Das eigentliche Problem ist, dass du nicht glauben willst, was du hier siehst und im Grunde längst weißt. Erst wenn du dich selbst nicht mehr daran hinderst, die Wahrheit zu sehen, wirst du deine Angst verlieren und die ganze Sache nicht mehr als einen verwirrenden Albtraum, sondern als aufregendes Abenteuer betrachten.«

»Ihr wollt mein Leben zerstören, und ich soll so tun, als würdet ihr mich mit auf einen Erlebnisurlaub nehmen?«, schnaubte Brittany.

»Du bist die erste Lebensform deiner Welt, der es vergönnt sein wird, so weit ins All vorzudringen. Du wirst erstaunliche, ja im ersten Augenblick vielleicht ganz unglaubliche Dinge sehen. Diese Aussicht sollte dich mit freudiger Erregung erfüllen. Stattdessen jammerst du mir etwas vor, weil du nicht von hier weg möchtest. Nach allem, was ich bisher über die Bewohner deines Landes weiß, müsstest du eigentlich deutlich mehr Pioniergeist zeigen.«

Marthas herablassender Ton wirkte Wunder. »Überzeugen Sie mich davon, dass ich mich wirklich auf einem Raumschiff befinde und dass ich es tatsächlich mit Besuchern aus einer anderen Galaxis zu tun habe. Und fangen Sie sofort damit an«, stieß Brittany zähneknirschend hervor.

»Möchtest du dich dazu vielleicht setzen?« Einer der Sessel, die im Boden verankert waren, drehte sich in Brittanys Richtung. »Sieh einfach auf die Bildschirme an der Wand. Ich schalte sie jetzt ein. Der große in der Mitte zeigt unsere Frontalansicht. Während unserer Unterhaltung habe ich das Schiff schon mal vom Meeresboden aufsteigen lassen. Schluss mit dem müßigen Dahindümpeln. Man erwartet uns Lichtjahre jenseits eures Mondes. In wenigen Sekunden erreichen wir die Meeresoberfläche und werden uns dann außer Sichtweite deines Planeten katapultieren. Also nimm besser Platz.«

Brittany stürzte auf den Sessel zu und ließ sich hineinfallen. Ihre Hände krampften sich um die Armlehnen.

»Das Ding hat keinen Sicherheitsgurt!«, stellte sie beklommen fest.

»Hältst du mich für einen Anfänger?« Marthas Ton klang beinahe beleidigt. »Der Pilot, der so ein Ding besser fliegt als ich, muss erst noch geboren oder programmiert werden. Mach dir wegen des Tempos keine Sorgen, meine Süße. Ich kann die Erdanziehungskraft in diesen Räumen nach Bedarf regeln. Außer einem leichten Druck auf den Ohren wirst du nichts spüren.«

Auf dem Monitor erschien eine Flut von kleinen Luftblasen. Brittany hörte, wie Martha durch sämtliche Lautsprecher des Schiffes verkündete, der Abflug stehe bevor. Auf einem weiteren Bildschirm erkannte Brittany nun einen großen, dunklen Gegenstand, der an einen unförmigen Felsbrocken erinnerte.

»Die *Androvia* kann zur Tarnung alle möglichen Formen und Farben annehmen. Diese hier erschien mir für unseren Zweck am günstigsten. Es handelt sich um die – meiner Meinung nach – überaus gelungene Nachahmung eines Meteors. Ich glaube, ein paar eurer Zeitungen brachten nach unserer Ankunft sogar ein Bild davon.«

Brittany starrte die Computerkonsole an. Sie erinnerte sich an Jans Aufregung, als sie den Zeitungsartikel über einen Meteoriten, der um ein Haar Kalifornien verwüstet hätte, entdeckt hatte. »Letzte Woche gab es bei uns eine ganze Reihe von UFO-Sichtungen. Sie haben das Raumschiff wohl nicht von Anfang an im Meer versteckt?«

»Das waren nicht wir. Jorrans Kapitän ist ein Trottel. Er hat seine Blechkiste ein paar Mal in Sichtweite eures Planeten geparkt. Sieh jetzt auf den Monitor. Ich verpasse der *Androvia* für den Start das Aussehen einer Wolke. Das ist weit weniger Aufsehen erregend als ein Felsbrocken, der aus dem Meer in den Himmel schießt, anstatt, wie eigentlich üblich, aus dem All in den Ozean zu stürzen. Sollte uns jemand beobachten, so wird er glauben, sich getäuscht zu haben. Denn bereits nach einer Millisekunde verschwindet die dichte Wolke über dem Meer aus seinem Blickfeld.«

Auf dem großen Bildschirm in der Mitte konnte Brittany beobachten, wie das Wasser abfloss, als sich das Schiff emporhob. Fast gleichzeitig sah sie auf einem kleineren Bildschirm eine Wolke über dem Pazifik schweben. Ein weiterer Monitor zeigte ihr den Blick vom Boden des Raumschiffes aus hinunter zur Erde. Innerhalb kürzester Zeit verwandelte sich der Ausblick auf das Meer zu einer Gesamtansicht des blauen Planeten, der immer kleiner wurde und sich bald anschickte, im Dunkel des Weltalls zu verschwinden. Dafür wurde der Mond auf dem mittleren Bildschirm nun immer größer. Brittany fehlten die Worte. Hatte sie soeben tatsächlich an Bord eines Raumschiffes Mutter Erde für alle Zeiten verlassen? Oder flimmerten vor ihren Augen lediglich raffinierte Trickaufnahmen über die Monitore, die ihr etwas vorgaukelten, das mit der Wirklichkeit nicht im Entferntesten etwas zu tun hatte?

Kapitel Dreißig

»Nimmt das denn nie ein Ende?«, stöhnte Martha gequält. Offensichtlich verriet Brittanys Gesichtsausdruck ihre Gedanken. »Wenn wir nicht gerade gestartet wären, stünde Dalden längst hier in der Kommandozentrale. Er hasst Raumschiffe im Allgemeinen, Starts im Besonderen und Reisen durch das Weltall sowieso. Wahrscheinlich sitzt er gerade ebenso angespannt irgendwo auf dem Schiff in einem Sessel wie du hier in der Kommandozentrale. Es dürfte dir nicht entgangen sein, dass Dalden nicht von einem hoch technisierten Planeten stammt. Doch seit sein Stern entdeckt wurde, musste man sich dort wohl oder übel mit dem Rest des Universums arrangieren und übernahm auch ein paar technische Neuerungen. Das geschah wohl vor allem deshalb, weil das ganze Universum die Gaali-Steine haben will. Gerade hast du alles geglaubt, was ich dir gesagt habe. Nun fang nicht wieder an zu denken, hier würde ein riesiger Schwindel veranstaltet.«

»Ich habe in meiner Teenagerzeit jede Menge Sciencefiction-Filme gesehen, Martha. Und ich weiß, mit welchen technischen Tricks man die Bilder echt wirken lässt.«

»Und ich habe immer geglaubt, Tedra sei stur«, knurrte Martha. Doch dann fragte sie plötzlich: »Hättest du Lust auf einen Spaziergang auf dem Mond?«
»Haben Sie nun völlig den Verstand verloren?«
Ein kurzes Lachen. »Du vergisst immer wieder, dass ich kein menschliches Wesen bin. Mich solltest du lieber fragen, ob mein Betriebssystem einen Schaden hat.« Martha kicherte leise. »Nein, wirklich. Wir landen gleich ... Siehst du, wir sind schon da. Und hier in der Kommandozentrale gibt es einen Notausgang, den ich öffnen ...«
»Halt! Warten Sie! Brauche ich denn keinen Raumanzug? Auf dem Mond gibt es keine Luft zum Atmen ...«
»Mach dir keine Sorgen, Kleines. Dieses Raumschiff kann überall landen und sorgt dann in seiner unmittelbaren Umgebung sofort für Atemluft. Um das Schiff entsteht automatisch eine Art Schild oder auch eine Kuppel, die das für menschliches Leben notwendige Gasgemisch enthält. Also los! Die Plattform an der geöffneten Tür funktioniert wie ein Lift und wird dich auf die Mondoberfläche bringen. Ich könnte sie ausfahren und bis zu dreißig Leute gleichzeitig hinunterbefördern. Aber im Augenblick ist das nicht notwendig. Das Geländer wird eingezogen, sobald die Plattform auf festem Boden steht. Dann kannst du bequem absteigen.«
Brittany ging zögernd zur Tür. Die Plattform betrat sie allerdings nicht. Mehr als zehn Meter unter ihr erstreckte sich ein steiniges Gelände – die Oberfläche des Mondes. Sie begann zu lachen und wusste in diesem Augenblick selbst nicht, was sie an dieser Situation so

komisch fand. Der Mond! Zum Greifen nahe! Zu ihren Füßen lagen ein paar unansehnliche Felsbrocken. Außerdem gab es flache Mulden und jede Menge grauen, hart aussehenden Sand, der um das hell erleuchtete Raumschiff herum beinahe silbern funkelte. Jenseits der von dem Schiff beleuchteten Kuppel breitete sich das unendliche schwarze Weltall aus. Das einzig Anheimelnde darin war die lichterfüllte Glaskuppel um die *Androvia.* Brittany bestaunte ihre Größe und die gigantischen Ausmaße des Schiffes.

»Willst du nicht hinausgehen?«

»Nein, solche Ruhm und Ehre verheißenden Expeditionen überlasse ich lieber ausgebildeten Astronauten. Diese mutigen Männer mussten sich ihre Reise zum Mond hart erkämpfen. Aber Sie tun gerade so, als wäre ein Mondspaziergang ein Kinderspiel.«

»Ach Kleine, du vergleichst Äpfel mit Birnen. Die *Androvia,* die uns dieses Kinderspiel ermöglicht, wurde von einem Volk gebaut, das bereits seit zwölf Millionen Jahren existiert. Die Menschen auf deinem Planeten gehören einer viel jüngeren Spezies an. Sie hatten noch gar nicht die Zeit, einen derartigen technischen Stand zu erreichen. Aber denk doch nur an euer Zeitalter der großen Erfindungen. Alle modernen Errungenschaften wurden innerhalb weniger Jahrzehnte entdeckt, erfunden oder verfügbar gemacht. Ich denke an Dinge wie Elektrizität, Telefone, Flugzeuge und vieles mehr. Nun versuch dir vorzustellen, was deine Leute in den nächsten tausend Jahren fertig bringen werden. Ihr befindet euch mitten in einer ganz normalen Entwicklung. Aber deine Welt ist noch jung im Vergleich zu gewissen Welten in anderen Sonnensystemen. Vielleicht tröstet es dich, wenn ich dir sage, dass es dort draußen im All viele Planeten gibt, auf denen man noch nicht annähernd den Entwicklungsstand der Erde erreicht hat.«

Brittany blickte zurück zu der Computerkonsole. »Ist das wirklich wahr?«

»Ja. Du kannst mir ruhig glauben, meine Süße. Nimm zum Beispiel Jorrans Planeten, Century III. Ein absolut mittelalterlicher Stern, was die Regierung, die technische Entwicklung und die Mentalität seiner Bewohner betrifft. Sie wurden entdeckt und könnten sich eine Modernisierung ihrer Welt durchaus leisten. Aber sie bleiben lieber bei ihrem feudalen System. Lediglich einige wenige Auserwählte kommen auf Century III in den Genuss aller Annehmlichkeiten und Privilegien. Sie stellen die Herrscherkaste. Nur eine Revolution könnte dort etwas verändern. Bleibt sie jedoch aus, regiert auf diesem Planeten in tausend Jahren noch das Mittelalter.

Jorran gehört zu den Herrschern dieses Planeten. Er ist einer der Großkönige von Century III – allerdings der einzige ohne eigenes Reich«, erklärte Martha. »Mit den Ruten, die er vom Planeten Sunder gestohlen hat, wollte er dein Land zu seinem Königreich machen und von dort aus schließlich die ganze Welt beherrschen. Er hätte es schaffen können. Die Sunderaner verfügen nicht über Raumschiffe und waren daher nicht in der Lage, den Dieb zu verfolgen und die Wechselruten zurückzuholen. Wir kamen zufällig gerade in dem Augenblick vorbei, als sie ihren Hilferuf ins All sandten. Und da wir aus eigener Erfahrung wissen, was für ein übler Schurke Jorran ist, haben wir beschlossen, seine Pläne zu durchkreuzen – unsere gute Tat für dieses Jahrhundert, sozusagen.«

»Ihr seid ihm also aus freien Stücken gefolgt.«

»Das möchte ich meinen. Aber es hätte einfach zu lange gedauert, zuerst die zuständigen Behörden zu informieren und ihnen die Verfolgung zu überlassen. Wer weiß, was der Kerl bis dahin alles angerichtet hätte? Wir waren in diesem Moment die Einzigen, die eine Chance hatten, ihn aufzuhalten, bevor er sich daranmachen konnte, euren dicht besiedelten Planeten nach seinen Vorstellungen umzuformen.«

»Und was ist mit Sha-Ka'an?«, fragte Brittany. »Wie weit ist dieser Planet entwickelt?«

»Sha-Ka'an ist einzigartig. So richtig barbarisch geht es dort, streng genommen, gar nicht zu. Nur die etwas moderneren Nachbarwelten behaupten das gern. Tatsächlich ist das Handwerk auf Sha-Ka'an hoch entwickelt, allerdings ohne dass deshalb Fabriken die Umwelt verschmutzen. Die Sha-Ka'ani besitzen ein uraltes Rezept für die Herstellung des hochwertigsten und härtesten Stahls im gesamten bekannten Universum. In vielen Städten gleichen die Gebäude Palästen, und Geburtenkontrolle gehört, genau wie die Unterdrückung sexueller Erregung, zu den alltäglichen Errungenschaften. Gold wird als gewöhnliches Metall betrachtet …«

»Wie muss man sich die Unterdrückung sexueller Erregung vorstellen?«

Martha lachte leise. »Auf Sha-Ka'an wächst ein besonderer Strauch – die *Dhaya*-Pflanze. Der Saft, der daraus gewonnen wird, bringt auch die stärksten Triebe zeitweilig zum Erliegen. Unter dem Einfluss dieses einzigartigen Elixiers bleibt jede Art der sexuellen Stimulation völlig wirkungslos. Man kann nur warten, bis der Körper die Inhaltsstoffe vollständig abgebaut hat. Als Wein genossen, verhütet *Dhaya* jedoch nicht die Lust, sondern lediglich die Empfängnis.«

Brittany legte die Stirn in Falten. »Aber warum sollte man sexuelle Erregung überhaupt abschaffen wollen?«

»Langsam, langsam, meine Süße! Ich glaube, du hast etwas falsch verstanden. *Dhaya*-Saft nimmt man nur in ganz bestimmten Situationen zu sich. Wenn die Krieger zum Beispiel allein auf die Jagd gehen – oder vor Raubzügen.«

Brittany zog eine Grimasse. »Diese Unternehmungen sind wohl der Grund, warum man die Sha-Ka'ani als Barbaren bezeichnet.«

»Haarscharf erkannt. Das ist zumindest ein Teil der Erklärung. Aber ich muss noch etwas klarstellen. Wenn du an Raubzüge denkst, stellst du dir wahrscheinlich so etwas wie das bei euch früher weit verbreitete Rauben, Morden und Brandschatzen darunter vor. Sha-Ka'ani-Raubzüge sehen zum Glück etwas anders aus. Man bekriegt sich nicht gegenseitig. Zwar gibt es auf diesem Planeten unzählige Clans mit vielen verschiedenen Anführern, doch sie betrachten sich alle als Angehörige ein und desselben Volkes. Raubzüge sind für sie eine Art Sport, ein spannender Zeitvertreib. Holt sich der Nachbar das geraubte Gut zurück, so gratulieren sie ihm normalerweise zu dem erfolgreichen Unternehmen.«

»Es ist also alles nur ein Spiel?«

»So könnte man sagen. Deutlich barbarischer als diese harmlosen Scharmützel ist in den Augen anderer Planeten die Sha-Ka'ani-Kultur. Ihre Einstellungen und Überzeugungen, die Art, wie sie sich und andere sehen, die uralten Gesetze, nach denen sie leben – für viele ist das Barbarei. Innerhalb der einzelnen Länder gibt es gewisse Abweichungen. Aber eines verbindet alle Krieger der Sha-Ka'an: Sie betrachten einander als ebenbürtige Kampfgenossen, behandeln ihre Frauen jedoch wie unmündige Kinder.«

»Wie bitte?«

»Du hast schon genug verwirrende, neue Informationen zu verdauen, also werde ich dir nicht auch noch von all den Dingen erzählen, die meine Tedra beinahe zum Wahnsinn treiben. Abgesehen davon wird in etwa fünf Sekunden Dalden hier hereinstürzen. Sicher freut es ihn, wenn er erfährt, dass du nun nicht mehr glaubst zu träumen.«

»Wie unmündige Kinder?«, beharrte Brittany. »Das sollte ein Witz sein, nicht wahr?«

Martha blieb stumm. Die Tür der Kommandozentrale glitt auf und gab den Blick auf ein ziemlich verärgertes, deutlich über zwei Meter großes, männliches Wesen frei.

Kapitel Einunddreißig

Dalden war offenbar ernstlich verstimmt. Überrascht stellte Brittany fest, dass sie das sofort bemerkte, obwohl sein Gesicht völlig ausdruckslos wirkte. Vielleicht war es auch eher ein Gefühl, das sie beschlich. Oder sie glaubte ganz einfach, dass er ärgerlich war, weil Martha es behauptet hatte.

Wortlos stapfte Dalden zum Notausgang, ergriff Brittanys Hand und zerrte sie hinter sich her. Ohne innezuhalten, sagte er in Richtung der Computerkonsole: »Du hast dich in die Angelegenheiten eines Kriegers und seiner Lebensgefährtin eingemischt. Und das, obwohl du genau weißt, dass so etwas völlig inakzeptabel ist.«

»Einmischungen in guter Absicht sind sehr wohl akzeptabel«, widersprach Martha. »Oder hast du je gehört, dass ich um Erlaubnis bitte, bevor ich irgendwelche notwendigen Schritte einleite? Wenn ich erst einmal alle möglichen Endresultate eines Prozesses vorausberechnet habe, kann mich ohnehin niemand mehr von einem Vorhaben abbringen. Ein vernünftig denkender Mensch würde das auch gar nicht wollen.«

»Soweit ich weiß, gibt es eine Möglichkeit.«

»Eine Möglichkeit?«

»Dich von etwas abzuhalten.«

»Tedra würde nie zulassen, dass jemand meine Energiezufuhr kappt«, verkündete Martha selbstsicher.

»Wie du weißt, ist meine Mutter meinem Vater zu Gehorsam verpflichtet. Glaubst du, er würde auch nur eine Sekunde zögern?«

»Augenblick mal ... Dalden, komm sofort zurück!«

Dalden dachte gar nicht daran. Aber Martha war ohnehin im ganzen Schiff zu hören. Ihre Stimme folgte ihnen durch einen breiten Korridor und in eine Art Aufzug, dessen Tür sich zunächst schloss, sich aber im selben Moment bereits wieder öffnete und die Sicht auf einen weiteren Korridor freigab, der leicht gebogen war. Nach Brittanys Gefühl hatte der Aufzug sich nicht von der Stelle bewegt. Und dennoch befanden sie sich jetzt an einer anderen Stelle des Raumschiffs. Erschreckt stellte sie fest, dass sie drauf und dran war, tatsächlich an das Raumschiff zu glauben.

»Im Grunde ist es von Vorteil, dass wir beinahe drei Monate lang unterwegs sein werden.« Marthas Stimme schallte aus den Sprechanlagen, die im Abstand von etwa vier Metern an den Wänden montiert waren. »Auf diese Art hast du Zeit, dich an deine neuen Verpflichtungen zu gewöhnen, und kannst vielleicht schon das eine oder andere absehbare Hindernis überwinden.«

Dalden ließ sich von Marthas Bemerkung nicht ködern. Dafür interessierte Brittany umso mehr, was es mit diesen absehbaren Hindernissen auf sich hatte. Dalden knurrte lediglich: »Krieger vergessen nie und verzeihen selten.«

»Wie wahr, wie wahr!«, seufzte Martha. »Aber falls es

dich interessiert – mein Eingreifen hat zu dem gewünschten Ergebnis geführt, und das ist es doch, was hier zählt. Deine Versuche, Brittany davon zu überzeugen, dass dies weder ein aufwändig gemachter Film noch ein übler Scherz ist, führen ja offensichtlich zu nichts. Mit meiner Hilfe hat sie endlich angefangen, dich als den zu sehen, der du bist. Sie ist nun gewillt, den Tatsachen ins Auge zu blicken, und eher bereit, dir zu glauben. Eigentlich müsstest du mir dankbar sein, denn ohne meine Überzeugungsarbeit hätte euer junges Glück bestimmt bereits einen gewaltigen Knacks bekommen.«

Endlich blieb Dalden stehen und sah Brittany in die Augen. »Stimmt das?«

Sie wusste, was er von ihr hören wollte, und wünschte sich nichts sehnlicher, als ihn mit ihrer Antwort glücklich zu machen. Es war ihm so wichtig, dass sie seinen Worten Glauben schenkte. Aber sie musste auch an sich selbst denken. Denn es gab tatsächlich noch andere Erklärungen für die seltsamen Geschehnisse der letzten Stunden und den ungewöhnlichen Ort, an dem sie sich befand. Das Ganze mochte eine komplizierte und teure Angelegenheit sein, erschien ihr aber immer noch plausibler als die ungeheuerliche Vorstellung von einer Reise ins All. Brittany überlegte, welche Unsummen es kosten mochte, ihr den täuschend echten Eindruck zu vermitteln, sie befände sich tatsächlich auf dem Mond. Unglaublich, was für einen ungeheuren Aufwand diese Leute betrieben, nur um sie hinters Licht zu führen.

Aber vielleicht ging es ja gar nicht allein um sie. Möglicherweise gab es noch andere Leute, die denselben Test durchliefen. Wer machte sich schon für eine einzelne Person solche Umstände? All diese Details! Ein neuer Ausblick hinter jeder Tür und jedem Fenster! Was wollte man von ihr? Bekam Dalden nun Schwierigkeiten, weil er sich mit einer Testkandidatin eingelassen hatte? Zumindest Martha schien davon überhaupt nicht begeistert. Außerdem sagte sie ständig irgendwelche obskuren Schwierigkeiten voraus. Sie wollte damit wohl die Beziehung zwischen ihr und Dalden zu einem schnellen Ende führen, bevor sie richtig angefangen hatte. Aber Dalden schenkte Marthas Einwänden offenbar keinerlei Beachtung …

»Nein«, sagte Brittany, was ihr ein abfälliges Schnauben von Martha einbrachte. Dalden legte verwirrt die Stirn in Falten.

Leise fügte Brittany hinzu: »Sicher ist das alles hier gut gemeint und das ganze Manöver findet nur zu meinem Besten statt. Ich werde vorerst nicht weiter darüber nachdenken, denn das führt ohnehin zu nichts. Für mich ist nur wichtig, dass deine Gefühle für mich echt sind …«

»Welche Gefühle?«, fiel Martha ihr ins Wort. »Ist dir etwa entgangen, dass er etwas Derartiges gar nicht kennt?«

»Ich höre wohl nicht recht. Jeder Mensch hat Gefühle. Sagten Sie mir vorher nicht selbst, er sei verärgert?«

»Das war genau genommen sogar untertrieben. Er war wütend und ist es immer noch. Aber nie im Leben wirst du einem Kan-is-tran-Krieger begegnen, der das offenbart, indem er mit den Zähnen knirscht oder mit den Füßen stampft. Das kommt bestenfalls bei den Ba-Har-ani-Kriegern vor. Die Männer aus Daldens Clan sind stolz auf ihre Unerschütterlichkeit. Gefühle zeigen sie nie. Das bedeutet allerdings, dass sie sich gewisse menschliche Regungen, welche die von ihnen so geschätzte Selbstbeherrschung stören könnten, erfolgreich abgewöhnt haben.«

»Wenn Sie das behaupten, muss es wohl so sein«, antwortete Brittany und verdrehte dabei die Augen.

Martha kicherte, doch Dalden klang Brittanys Nein noch in den Ohren. »Ich verstehe dich nicht. Wie kannst du uns einerseits nicht glauben, andererseits aber dennoch akzeptieren, was wir sagen?«

»Man nennt so etwas ›das Spiel mitspielen‹, Dalden«, erklärte Martha. »Oder anders ausgedrückt: Sie hält alles, was sie sieht oder hört, in Wirklichkeit für eine raffinierte Täuschung, setzt jedoch ein nachsichtiges Lächeln auf und lässt sich ihre Zweifel nicht anmerken. Sie tut, als wären die äußeren Umstände gar nicht wichtig. Natürlich weiß sie in ihrem tiefsten Inneren genau, dass sie sich etwas vormacht. Aber sie weigert sich einfach, die Wahrheit zu sehen.«

Es war schon fast unheimlich, mit welcher Treffsicherheit Martha die Gedanken und Gefühle einer Person erriet. Und das nur anhand weniger, laut ausgesprochener Worte. Sie erschien Brittany beinahe wie ein begnadeter Psychiater, dem selbst spärlichste Informationen tiefe Einblicke in das Gefühlsleben seiner Patienten erlauben. Aber wahrscheinlich war sie nicht die erste Probandin in diesem Testverfahren. Hier wusste man also längst, mit welchen Fragen und Problemen zu rechnen war, und hatte auf alles eine Antwort. Abgesehen davon gelang es Brittany zunehmend selbst, sich ihre Situation zu erklären. Man musste nur ein wenig nachdenken, und schon ergaben sich völlig logische Zusammenhänge.

Schleierhaft war ihr lediglich, warum man gerade sie diesen Tests unterzog. Dafür wollte ihr einfach kein plausibler Grund einfallen. Wäre sie eine hochkarätige Wissenschaftlerin oder eine bedeutende politische Persönlichkeit, so stünde dieser Langzeitversuch wahrscheinlich im Dienste der nationalen Sicherheit. Vielleicht wollte man auf diese Weise herausbekommen, ob wichtige Geheimnisträger unter ungewöhnlichen äußeren Umständen ihre Informationen preisgaben. Aber sie war ja nur eine ganz gewöhnliche, unbedeutende Handwerkerin. Wozu also die Mühe? Was versprachen sich diese Leute davon?

»Du widersprichst Marthas Aussage nicht«, stellte Dalden nun fest. »Stimmt das, was sie sagt?«

»Dass ich beschlossen habe, dieses Spiel einfach eine Zeit lang mitzuspielen?«, antwortete Brittany mit einer Gegenfrage. Ihr war etwas unbehaglich zu Mute. »Ich möchte es lieber anders ausdrücken. Im Moment versuche ich lediglich, nicht den Verstand zu verlieren. Was hältst du davon, wenn wir für heute einfach Schluss machen? Ich habe so viel gehört und gesehen – mehr kann ich beim besten Willen nicht aufnehmen. Ich bleibe hier und höre euch weiterhin zu. Wahrscheinlich stelle ich ab und zu sogar eine Frage. Wenn es unvermeidbar ist, werde ich auch bereitwillig in Staunen ausbrechen. Aber für heute reicht es mir.

Ich bin völlig erledigt. Mehr Aufregung verkrafte ich an einem Tag nicht.«

»Sie übertreibt nur ein winziges bisschen, Dalden. Aber ein wenig Ablenkung könnte wahrscheinlich tatsächlich nicht schaden. Die eine oder andere Entspannungsübung in den Armen des Mannes ihrer Träume oder auch ein Besuch der Massage-Einheit im Fitnessraum dürften Wunder wirken. Meine Tedra schwor auf Ersteres, bis sie Letzteres kennen lernte. Im Augenblick würde ich für Brittany ebenfalls die Massage-Einheit empfehlen. Aufregung hat sie für heute tatsächlich schon genug gehabt. Dir selbst solltest du die Demütigung durch eine mögliche Zurückweisung ersparen, indem du einfach die Finger von ihr lässt, bis sie sich endlich dazu durchringt, zu glauben, wer und was du bist.«

Marthas eindeutige Anspielungen über gewisse Entspannungsübungen hatten Brittany die Röte in die Wangen getrieben. Nun fühlte sie sich allerdings wieder völlig ernüchtert.

Innerlich stöhnte sie. Schon seit geraumer Zeit grübelte sie darüber nach, wie Dalden es wohl empfand, dass sie weder an das Raumschiff noch an seine Herkunft von einem fremden Stern glaubte. Dieser Mangel an Vertrauen konnte eine Kluft zwischen ihnen aufreißen, die nur sehr schwer zu überbrücken sein würde.

Sie wollte Dalden nicht verlieren. Aber hatte er ihr jemals wirklich gehört? War er am Ende nur ein Teil des Testprogramms? Brittany wehrte sich gegen den Gedanken, dass sie absichtlich mit Dalden zusammengebracht und in einen Aufruhr der Gefühle gestürzt worden war, nur um ein Experiment mit ihr durchzuführen. Was, zum Teufel, konnte das alles hier sonst sein?

»Ich stelle zunehmende Verzweiflung fest, Dalden. Du bringst Brittany am besten gleich zur Massage-Einheit. Und beeil dich!«

Kapitel Zweiunddreißig

Etwas Vergleichbares hatte Brittany noch nie erlebt. Ein einziges Mal hatte sie sich bisher eine Massage gegönnt und dafür fünfzig Dollar auf den Tisch geblättert. Nach Vollendung eines besonders schwierigen Bauauftrages hatte sie sich den kundigen Händen eines Masseurs anvertraut und war unter größten Schmerzen ihre Verspannungen losgeworden. Seither hielt sie nichts mehr von Massagen. Warum sollte man sich einer derart schmerzhaften Prozedur unterziehen, nur um ein paar andere Schmerzen loszuwerden? Sie musste allerdings zugeben, dass sie sich am darauf folgenden Tag wie neu geboren gefühlt hatte. Doch was sie nun erlebte, war etwas völlig anderes. Sie befand sich in einem Zustand absoluter Entspannung und genoss die Behandlung so sehr, dass sie regelrecht enttäuscht war, als sich der Deckel wieder hob.

Erst hatte Brittany sich gar nicht in die eigenartige Kiste legen wollen. Sie erinnerte an einen Sarg oder genauer gesagt an einen Sarkophag, denn sie war der menschlichen Körperform nachgebildet. Eine ganze Reihe dieser Massagetruhen stand in dem großen Fitnessraum. Außerdem gab es jede Menge Trainingsgeräte, die Brittany völlig fremd waren. Eigentlich

kannte sie sich mit der Ausstattung von Sportstudios bestens aus, aber mit den sonderbaren Geräten in diesem Raum konnte sie nichts anfangen.
Dalden hatte ihr versichert, die Massage würde ihr gefallen. Gern hätte er ihr erst einmal selbst die wohltuende Wirkung einer solchen Behandlung vorgeführt. Doch zu seinem Bedauern waren die Massagekisten einfach zu klein für ihn. Er erklärte der zaudernden Brittany, sie müsse einfach nur gegen den Deckel drücken, falls sie sich in dem engen Kasten unwohl fühle und die Massage vorzeitig abbrechen wolle.
Zu ihrem grenzenlosen Erstaunen empfand Brittany, selbst nachdem sich der Deckel über ihr geschlossen hatte, keinerlei Beklemmungen. Auch das Atmen fiel ihr wider Erwarten nicht schwer. Das Gerät setzte sich in Gang. Hunderte von kleinen Rollen und Massagekissen bearbeiteten Brittanys Körper von Kopf bis Fuß. Von allen Seiten gleichzeitig wurde sie sanft, aber wirkungsvoll massiert und durchgeknetet. Sie spürte, wie die Anspannung ihren Körper verließ, und fühlte sich bald so gelöst und angenehm schlapp, dass sie fürchtete, gar nicht mehr aufstehen zu können, wenn die Massage beendet war.
Schließlich hob sich der Deckel. Brittany erwartete einen grinsenden Dalden, der sie mit den Worten: »Habe ich es dir nicht gesagt?«, empfing. Doch Dalden war verschwunden.
Stattdessen blickte Brittany in das liebliche Gesicht der allerschönsten Frau, die sie je gesehen hatte. Diese junge Dame übertraf jedes hoch bezahlte Topmodel, das die Titelseiten der Modemagazine zierte, an

Schönheit und Ausstrahlung. Die Unbekannte war blond, hatte bernsteinfarbene Augen und eine golden schimmernde Haut. Ihre Größe reichte nicht ganz an Brittanys heran. Dennoch konnte man sie als schlank und hoch gewachsen bezeichnen. Wie eine zweite Haut umhüllte ein weißer Overall aus einem leichten, elastischen Material ihren Körper. Das Kleidungsstück erinnerte entfernt an eine Uniform. Auf den Lippen dieser Schönheit lag ein freundliches Lächeln, doch aus ihren Augen sprach vor allem eines: Neugier.

Neugierig war auch Brittany. »Wer sind Sie?«

Das Lächeln wurde noch ein wenig intensiver. »Ich bin Shanelle Van'yer. Hat Dalden denn nichts von mir erzählt?«

Brittany erstarrte und machte damit die hervorragende Arbeit des Massagegerätes beinahe wieder zunichte. »Nein. Hätte er es denn tun sollen?«

»Vielleicht. Ich wollte Sie jedenfalls unbedingt kennen lernen. Als Martha mir erzählte, Dalden habe Sie zu seiner Lebensgefährtin erwählt, nachdem er Sie gerade einmal zwei Tage lang kannte, wollte ich es zunächst nicht glauben. So impulsiv ist unser großer Krieger normalerweise nicht. Das entspricht nicht seinem Naturell.«

»Sie scheinen ihn sehr gut zu kennen.«

»Shanelle, Liebes«, ließ sich Martha vernehmen. »Du trittst jetzt wohl besser ein oder zwei Schritte zurück. Es besteht eine gewisse Wahrscheinlichkeit, dass die Dame dir sonst die Augen auskratzt. Ihre Eifersucht erreicht gerade einen für Humanoide überaus bedenklichen Level.«

Shanelle legte die Stirn in Falten. »Eifersucht? Aber warum sollte sie eifersüchtig auf mich sein?«
Martha ließ sich nicht lange bitten: »Vielleicht weil du ihr bisher nicht gesagt hast, dass du mit Dalden eng verwandt bist. Man könnte leicht auf den Gedanken kommen, zwischen dir und ihm bestünde ein Verhältnis, das vor allem eine bestimmte Art von Spaß zum Zweck hat.«
Brittany fand, dass Martha die Sache mit der Eifersucht maßlos übertrieb. Dennoch spürte sie, wie ihr das Blut in die Wangen schoss.
»Sie sind mit ihm verwandt?«, fragte sie.
»Ich bin seine Schwester, genauer gesagt sogar sein Zwilling.«
»Seine Schwester«, wiederholte Brittany tonlos. Die Röte stieg ihr bis unter die Haarwurzeln.
Die engelgleiche Shanelle schenkte ihr ein liebliches Lächeln. »Mehr Geschwister hat er nicht. Nachdem unser Vater miterlebt hatte, wie sehr sich Mutter bei unserer Geburt quälen musste, entschied er, zwei Kinder seien genug. Dabei soll unsere Geburt völlig normal verlaufen sein. Nur gebärt man da, wo meine Mutter herkommt, nun einmal keine Kinder. Wahrscheinlich tat sie sich deshalb so schwer.«
Brittany starrte Daldens Schwester ungläubig an. Sie wollte schon um eine ausführliche Erläuterung des eben Gesagten bitten, doch dann beschloss sie, lieber darauf zu verzichten. Eine glaubhafte Erklärung für derart abstruse Behauptungen konnte sie sich einfach nicht vorstellen. Und Märchen hatte sie im Laufe der letzten Stunden schon genug gehört.

Stattdessen sagte sie: »Ich glaube, ich lege mich lieber noch einmal in das Massagegerät.«

»Die Maschine weiß, wann es genug ist. Ihre Sensoren reagieren auf Muskelspannung. Mit diesen hoch sensiblen Messvorrichtungen findet sie übrigens auch die verspannten Stellen, die massiert werden müssen. Das Gerät setzt sich erst wieder in Gang, wenn die Notwendigkeit dazu besteht. Allein der Wunsch nach einer Massage reicht dafür nicht aus. Dasselbe gilt übrigens auch für die Meditechnik«, ließ Martha sich vernehmen.

»Was ist das denn nun wieder? Ein Arzt in einer Kiste?«

»Das war vielleicht ironisch gemeint, aber weit gefehlt ist es nicht«, antwortete Shanelle. »Ich halte Meditechnik für eine der herausragendsten Erfindungen der kystranischen Wissenschaft. Meditechnik ist leider ziemlich teuer, und deshalb gibt es immer noch Ärzte. Auf vielen Planeten kann man sich schlicht und einfach keine Meditechnik leisten. Auf anderen Welten wiederum findet man in jeder größeren Stadt eine meditechnische Einheit. Oft sind auch Raumschiffe damit ausgerüstet. Auf einem so großen Schiff wie unserem gibt es sogar mehrere.«

»Wovon sprichst du – sprechen Sie überhaupt?«, fragte Brittany verwirrt.

Shanelle runzelte die Stirn. »Ich glaube, wir bleiben beim Du, wenn es dir recht ist. Immerhin gehörst du jetzt zur Familie«, sagte sie zunächst freundlich. Dann setzte sie hinzu: »Martha gab mir eine Sublim-Kassette mit deiner Sprache. Drücke ich mich nicht verständlich genug aus?«

»An der Sprache liegt es nicht. Ich verstehe nur kein einziges Wort.«

»Die Erklärung mit dem Arzt in der Kiste war doch schon ganz gut.«

»Du nimmst mich auf den Arm.«

»Nein, wirklich. Wir nennen das Ganze eben eine meditechnische Einheit.«

»Okay, nehmen wir einmal an, so etwas gibt es tatsächlich«, sagte Brittany seufzend. »Welchen medizinischen Zweck erfüllt es?«

»Fast jeden, außer jemanden vom Tod ins Leben zurückzuholen oder Kinder zur Welt zu bringen. Meditechnische Einheiten leisten dieselbe Arbeit wie ein Ärzteteam, nur um einiges schneller. Außerdem beschleunigen sie den Heilungsprozess so enorm, dass der Patient innerhalb von Minuten wieder voll einsatzfähig ist. Krankheiten werden geheilt, gebrochene Knochen passgenau zusammengefügt, Risse in der Haut und in den Muskelfasern geschlossen. Sogar alte Narben werden zum Verschwinden gebracht.«

»Das klingt alles ziemlich nach einem Wunder.«

Shanelle zuckte die Schultern. »Vielleicht beruhigt es dich, dass man auf vielen Planeten dieselben Schwierigkeiten hat wie du, sich etwas so Großartiges vorzustellen. Auch auf Sha-Ka'an überwogen zunächst die Zweifel. Aber inzwischen ist man dort von den Vorzügen der Meditechnik überzeugt. Wenn ein Verletzter, der mit dem Tod ringt, schon nach einem halbstündigen Aufenthalt in einer meditechnischen Einheit wieder quietschvergnügt und kerngesund durch die Gegend marschiert, ist auch der ärgste Skeptiker bald vom Nutzen dieser Technik überzeugt. Die Erfolge der Meditechnik sprechen für sich, und selbst die Sha-Ka'ani, die ansonsten hoffnungslos altmodisch sind, haben inzwischen in jeder Stadt meditechnische Einheiten installiert. Warum sollte man sich dem wissenschaftlichen Fortschritt verschließen, wenn man mit seiner Hilfe Leben retten kann, die ein gewöhnlicher Arzt bereits verloren gibt?«

»Sicher«, stimmte Brittany zu. »Wenn es so etwas wie Meditechnik tatsächlich gibt.«

Shanelle grinste. »Hoffen wir, dass es dir nie am eigenen Leib bewiesen werden muss.«

»Es wäre mir auch lieber, wenn ich es einfach so glauben könnte.«

Nun blinzelte Shanelle verdutzt. »Heißt das, du würdest eine Verletzung riskieren, nur um mit eigenen Augen zu sehen, wozu eine meditechnische Einheit im Stande ist? Ich glaube nicht, dass Dalden das zulässt.«

»Sagtest du nicht, man könnte mit dieser Meditechnik Narben loswerden? Davon habe ich mehr als genug. Besonders grässliche sind zwar nicht darunter, aber kleinere Verletzungen handelt man sich in meinem Beruf ständig ein.«

»Sie lässt nicht locker, meine Kleine«, schnurrte Marthas Stimme aus der Sprechanlage. »Bring sie in die Krankenstation. Das könnte interessant werden.«

In Brittany regten sich erste Zweifel. Wie bereitwillig man auf ihren Wunsch einging und dass selbst Martha nichts dagegen einzuwenden hatte, erregte ihr Misstrauen. Womöglich steckte ein Trick dahinter. Zugegeben, die Massage war sehr angenehm gewesen. Aber wahrscheinlich handelte es sich bei der Massagetruhe um den Prototyp eines Gerätes, das nur noch nicht ganz ausgereift war und deshalb bisher nicht in den einschlägigen Spezialgeschäften stand. Diese so genannte Meditechnik war wieder etwas anderes. Die ganze Sache klang in etwa so glaubwürdig wie die Geschichte mit dem Raumschiff und dem Flug zum Mond.

Trotz allem folgte sie Shanelle. Gegen ihre Neugier war nun einmal kein Kraut gewachsen. Außerdem war sie schon gespannt, was man ihr erzählen würde, wenn sie nach einer meditechnischen Behandlung noch immer all ihre Narben vorweisen konnte.

In einem makellos weißen Raum, der Krankenstation, stand eine Reihe von schachtelartigen Geräten. Brittany sah sich vergeblich nach einem Techniker um, der sich um den Betrieb und die Wartung der wundersamen Gehäuse kümmerte. Auf den ersten Blick glichen sie den Massagetruhen, doch sie waren länger, breiter und höher. Der Gedanke an Särge schlich sich wieder in Brittanys Kopf. Konnte sie jetzt noch einen Rückzieher machen, ohne als Angsthase dazustehen? Immerhin hatte sie selbst darauf gedrängt, die Meditechnik am eigenen Leib testen zu dürfen. Sie nahm all ihren Mut zusammen und trat etwas näher an eine der Kisten heran, um sie erst einmal in Augenschein zu nehmen.

Der Deckel öffnete sich automatisch und gab den Blick auf die Liegefläche, eine Art Couch, frei. Die Polster wirkten einladend. Brittany fand die Vorstellung, sich darauf auszustrecken, plötzlich gar nicht mehr so beklemmend. Allerdings wunderte sie sich, wie wenig Platz die Truhe bot. Sicher gab es nicht nur schlanke Menschen, denen geholfen werden musste.

»Was passiert, wenn ein übergewichtiger Mensch krank wird oder sich verletzt?«, fragte sie, als sie sich vorsichtig auf der Liegefläche niederließ.

»Für Schwangerschaften ist die Meditechnik nicht geeignet. Ich glaube, das sagte ich bereits«, antwortete Shanelle.

»Ich dachte eher an eine ganz normale Person, ganz gleich ob Mann oder Frau, die nur etwas zu viel wiegt.«

»Nun ja, so jemand würde wahrscheinlich zuerst ein wenig abspecken müssen.«

»Und Gefahr laufen zu sterben, bevor er behandelt werden kann?«

Shanelle lächelte nachsichtig. »Auf dem Planeten, auf dem diese Geräte erfunden wurden, ernährt man sich schon lange nicht mehr von den wenigen noch verbliebenen pflanzlichen und tierischen Ressourcen. Man nimmt Speisen zu sich, die aussehen und schmecken wie eh und je. Dabei handelt es sich jedoch um synthetisch hergestellte Nahrungsmittel mit einem genau errechneten Gehalt an Nährstoffen. Davon kann beim besten Willen niemand dick werden.«

»Heißt das, die Meditechnik wird nur an einen Kundenkreis verkauft, der keine Gewichtsprobleme kennt?«

»Nein, das ist kein Kriterium für die Vermarktung dieses Produktes. Aber könntest du dir einen besseren Anreiz als eine lebensrettende Maschine vorstellen, um gar nicht erst dick zu werden? Tut mir Leid – das

war kein besonders geschmackvoller Scherz. Allerdings haben die meisten höher entwickelten Welten so profane Dinge wie Übergewicht tatsächlich längst hinter sich gelassen. Hier und da ist es sogar per Gesetz verboten. Aber meist reicht eine weit entwickelte Intelligenz und ein verantwortungsvoller Umgang mit den natürlichen Ressourcen schon aus, um gewisse Probleme gar nicht erst aufkommen zu lassen. Dann gibt es noch die militaristisch organisierten Planeten. Dort gilt körperliche Fitness als eine der Grundvoraussetzungen des Überlebens. Übergewicht kommt in solchen Gesellschaften praktisch nicht vor.
Wie dem auch sei, wenn eine Welt entdeckt worden ist, kann man sich dort zwischen dem eigenen, vielleicht recht langsamen Entwicklungstempo und der Übernahme der modernen Errungenschaften anderer Planeten entscheiden. Die Liga der Vereinigten Planeten hält sich aber stets an das Grundprinzip der Nichteinmischung.«
»Aber warum großartige Erfindungen ablehnen, wenn sie einem angeboten werden?«
»Dafür gibt es viele verschiedene Gründe. Sie können kultureller Art sein oder schlichtweg aus Dummheit, Unwissen oder Misstrauen gegen alles Anderweltliche entspringen …«
Gelächter klang aus allen Lautsprechern. Shanelle zog eine Grimasse und setzte dann hinzu: »Okay, manchmal reicht auch die ungeheure Sturheit gewisser Kriegervölker.«
»Ich glaube, Marthas Lachen galt vor allem meinem Misstrauen«, sagte Brittany verlegen.

Shanelle schüttelte den Kopf. »Deine paar Zweifel sind im Vergleich dazu, wie Sha-Ka'ani denken, ein Klacks. Wenn es um Anderweltler und Erfindungen anderer Planeten geht, sind sie an Sturheit nicht zu überbieten.«

Shanelle trat einen Schritt zurück, und der Deckel des Gehäuses senkte sich über Brittany. Die Angst, die ihr im ersten Augenblick den Atem nahm, verflog schnell. Schon zum zweiten Mal innerhalb einer Stunde lag sie nun in einer rätselhaften Maschine. Diesmal spürte sie nur einen warmen Lufthauch, der sie umwehte und hier und da ein Kribbeln auslöste. Dann sprang der Deckel wieder auf. Brittany setzte sich auf und blickte kritisch an sich hinunter. Der ganze Vorgang hatte nur wenige Sekunden gedauert. Aber sie hatte ja bereits geahnt, dass hier ein Schwindel vorlag. Wahrscheinlich behauptete Shanelle jetzt gleich, das Gerät sei defekt.

»Es funktioniert wohl nicht«, wollte Brittany ihr zuvorkommen.

Shanelle legte die Stirn in Falten. »Warum? Hast du etwa immer noch irgendwelche Narben?«

Nun erst sah Brittany etwas genauer hin. Sie betrachtete ihre linke Hand, die im Laufe ihrer Lehrjahre so manchen Schnitt oder Schlag abbekommen hatte. Sie hielt sie ins Licht und drehte sie hin und her. Dann hob sie die Hand dicht vor ihre Augen und musterte sie nochmals eingehend.

Brittanys Gesichtsausdruck verriet anscheinend, wie beeindruckt sie war, denn Martha, die über die Monitore im Raum alles beobachtete, meldete sich zu Wort. »Na großartig! Man bietet ihr einen Spaziergang auf dem Mond und erntet nichts als Skepsis und Zweifel. Aber kaum legt sie sich ein paar Sekunden lang in eine ganz gewöhnliche meditechnische Maschine, schon ist sie bereit, an ein Wunder zu glauben!«

Brittany, die bisher mit hängendem Unterkiefer ihre Hand bestaunt hatte, klappte den Mund zu und knirschte mit den Zähnen.

»Das ist Hypnose, nicht wahr? Die Narben sind noch da, nur hat man mir heimlich eingetrichtert, ich könne sie nicht mehr sehen.«

»Ich bin beeindruckt«, antwortete Shanelle lachend. »Das ist eine ziemlich logische Erklärung, wenn man sich fest in den Kopf gesetzt hat, man würde an der Nase herumgeführt. Hoffen wir, dass keine weiteren meditechnischen Demonstrationen notwendig werden. Was hältst du davon, wenn wir nun in den Freizeitraum gehen? Wahrscheinlich ist Dalden inzwischen mit Jorran fertig und fragt sich, wo du hingeraten bist.«

An Jorran hatte Brittany gar nicht mehr gedacht. »Dieser Verrückte ist hoffentlich hinter Schloss und Riegel!«

»Noch besser, er sitzt in einer ganz besonderen Zelle. Sie hat weder Fenster noch Türen, und man kann sie nur durch einen Molekulartransfer verlassen. Die Ausstattung ist ziemlich luxuriös. In meinen Augen hat er so viel Bequemlichkeit gar nicht verdient. Aber wir quälen oder schikanieren unsere Gefangenen nicht. Wir gehen nur sicher, dass sie nicht entkommen können. Martha hat Jorrans Leute auf die *Androvia* geholt. Sie reisen lieber mit uns als auf dem Schiff, das sie zu deinem Planeten gebracht hat. Jorran werden sie während der ganzen Fahrt nicht zu Gesicht bekommen. Wir stecken sie in einen ansonsten unbenutzten Bereich des Schiffes. Auf diese Art stehen sie uns nicht im Weg herum. Aber wenn wir Jorran zu ihnen lassen würden, gäbe es bestimmt Probleme. Wie weit sind wir denn, Martha?«

»Zwei Ruten und zwei von Jorrans Männern fehlen noch«, antwortete sie. »Aber wir gehen davon aus, dass die beiden sich bei uns melden, sobald sie von der Besatzung von Jorrans Mietschiff erfahren, dass wir ihren Anführer gefangen genommen haben. Meinen letzten Wahrscheinlichkeitsberechnungen nach werden wir unsere Heimreise in etwa drei Stunden fortsetzen können.«

»Der Kommandant des anderen Schiffes ist sehr kooperativ«, erklärte Shanelle, während sie Brittany aus der Krankenstation führte. »Ein Blick auf die *Androvia* mit ihren schlagkräftigen Waffensystemen genügte, und schon gab er uns die Koordinaten durch, mit deren Hilfe wir die Aufenthaltsorte von Jorrans Männern mühelos bestimmen konnten. Der Kommandant sucht inzwischen höchstpersönlich fieberhaft nach den beiden Kerlen, die noch auf deinem Planeten herumlaufen.«

»Dann ist er wohl selbst kein Centurianer?«

»Nein, er ist nur einfach der Kapitän eines Handelsschiffes, das Jorran samt Besatzung für einen gewissen Zeitraum gemietet hat, um sich zu seinem neuen Königreich befördern zu lassen.«

Inzwischen waren sie im Freizeitraum angekommen.

Brittany staunte über die Größe des Saales. Hier verbrachten die wenigen noch notwendigen Besatzungsmitglieder und die Reisenden den größten Teil des Tages. Etwa fünfzig Männer – alle in etwa so groß wie Dalden – hielten sich darin auf.

»Nun mach kein so erschrecktes Gesicht. Hat dir denn niemand gesagt, dass noch mehr Sha-Ka'ani hier sind?«

»Ich – ich weiß nicht.«

»Das hier sind die Krieger meines Vaters. Sie sollten meine Mutter während ihrer Reise nach Kystran beschützen. Wir waren gerade auf dem Heimweg von dort, als wir das Notsignal der Sunderaner auffingen. Mutter bestand darauf, dass die Krieger mit uns reisen, und fuhr das letzte Stück bis Sha-Ka'an allein.«

Shanelle sprach lauter, damit Martha sie über den allgemeinen Geräuschpegel hinweg verstand. »Versichere mir bitte noch einmal, dass Mutter deinen Wahrscheinlichkeitsberechnungen nach für diese Eigenmächtigkeit nicht bestraft wurde.«

»Mach dir keine Sorgen, meine Süße«, antwortete Martha. »Du weißt, dein Vater zeigt fast immer großes Verständnis für die spontanen Ideen deiner Mutter.«

»Aber nicht, wenn er glaubt, seine Lebensgefährtin begibt sich in Gefahr«, erwiderte Shanelle keineswegs beruhigt.

»Bestraft«, presste Brittany hervor.

»Versuch einfach, nicht daran zu denken«, sagte Shanelle, bevor sie mit hängendem Kopf davonschlich.

»Martha!«, rief Brittany, die fürchtete, nun bald völlig den Verstand zu verlieren.

Martha säuselte: »Das Mädchen hat Recht. Denk einfach nicht daran, Zuckerpüppchen. Unsere Shanelle reagiert manchmal etwas überempfindlich, wenn sie glaubt, ihre Mutter habe das Missfallen ihres Vaters erregt. Sie wird sich erst beruhigen, wenn sie nach Hause kommt und sich mit eigenen Augen davon überzeugen kann, dass alles in bester Ordnung ist.« Nach einer kurzen Pause fügte Martha hinzu: »Aber warum zerbrichst du dir plötzlich den Kopf über das eigentümliche Verhalten von Leuten, an deren Existenz du nicht einmal glaubst?«

Brittany wollte protestieren, ließ es dann aber. Es interessierte sie brennend, worin die Strafe für Shanelles Mutter bestand. Aber lieber biss sie sich die Zunge ab, als noch einmal eine Frage in dieser Richtung zu stellen. Die Sha-Ka'ani gab es in Wirklichkeit gar nicht. Sie befand sich auch nicht auf einem Raumschiff, und überhaupt war das alles nur ein verwirrender Traum. Aber wo, zum Teufel, hatte man diese fünfzig riesenhaften Kerle aufgetrieben, die offensichtlich bereitwillig bei dem ganzen Schwindel mitspielten?

Kapitel Dreiunddreißig

Tedra stammt nicht von Sha-Ka'an?«

»Nein, ihre Heimat ist der Planet Kystran im Centura-Sonnensystem. Dort ist sie ausgeschlüpft. Du hast also Glück, Zuckerpüppchen. Sicher wird Tedra dich mit all den Annehmlichkeiten umgeben, die sie selbst so sehr schätzt. Die meisten Sha-Ka'ani halten all die kleinen Dinge, die einem das Leben ein wenig erleichtern oder versüßen, nämlich für überflüssig. Kystran hingegen ist einer der führenden Exporteure für Luxusartikel und ein einflussreiches Mitglied der Liga der Vereinigten Planeten.«

Brittany hatte sich in einem Sessel gleich neben der Eingangstür des Freizeitraumes niedergelassen. In ihrer Nähe befand sich ein Monitor samt Sprechanlage. Weiter wagte sie sich nicht in den Saal vor. Die vielen gigantischen Männer verunsicherten sie. Sie hoffte inständig, dass Dalden bald nach ihr sehen kam.

Als sie Platz genommen hatte, hatte der Sessel sich unter ihr bewegt. Es schien beinahe, als wäre er ein wenig geschrumpft. Brittany behielt diese Beobachtung allerdings für sich. Martha war weniger zurückhaltend mit ihren Beobachtungen und bemerkte unschuldig: »Auch die Betten passen sich der Größe des Benutzers an, falls es dich interessiert. Ich sage es dir lieber gleich, bevor du dich nachher zu Tode erschreckst.«

Brittany dankte ihr nicht für diese Information. Sie war viel zu sehr damit beschäftigt, sich ihre wachsende Unruhe nicht anmerken zu lassen. All diese martialisch aussehenden Riesen machten sie nervös. Die meisten schenkten ihr zwar keinerlei Beachtung, doch das beruhigte sie keineswegs. Einige Männer sahen sich auf einer gigantischen Leinwand eine Art Kriegsfilm an, andere lieferten einander freundschaftliche Ringkämpfe, und eine größere Gruppe war mit gymnastischen Übungen beschäftigt. Erst bei genauerem Hinsehen bemerkte Brittany, dass die Mehrheit der Männer eine Art Trainingsprogramm absolvierte, zu dem man sonst eigentlich in ein Fitnessstudio ging …

»Der Fitnessraum gefällt ihnen nicht besonders«, erklärte Martha, die wieder einmal Brittanys Gedanken erraten hatte. »Dort stehen zu viele Geräte herum, die ihnen fremd sind. Und genau wie Dalden bevorzugen diese jungen Krieger Dinge, die sie von ihrem eigenen Planeten her kennen. Sie spielen gern Kriegsspiele auf dem Unterhaltungssystem des Schiffes, weil diese Scheingefechte sie an ihre Raubzüge daheim erinnern. Aber fit halten sie sich lieber auf gewohnte Weise. Am liebsten würden sie hier auch noch den Schwertkampf üben, wie sie das auf Sha-Ka'an beinahe täglich tun. Aber das lasse ich nicht zu.«

Schwertkampf – Krieger. Brittany schüttelte den Kopf. Welch ein ungeheuerlicher Gedanke, dass diese ganze Horde kraftstrotzender Hünen nur hier versammelt war, um ihr etwas vorzugaukeln. Jeder Einzelne musste über zwei Meter, wenn nicht gar zwei Meter zehn oder zwei Meter zwanzig groß sein!

Nach Daldens Mutter hatte Brittany nur gefragt, um sich ein wenig abzulenken. Sie wollte zwar nicht allzu neugierig erscheinen, doch die Sache mit dem »Ausschlüpfen« ging ihr nicht mehr aus dem Kopf.

»Bedeutet das, was Sie vorher über Tedra gesagt haben, dass sie gar kein Mensch ist?«

»Bei allen Sternen!«, entgegnete Martha überrascht. »Wie kommst du denn auf diese Idee?«

»Sie verwendeten das Wort ›geschlüpft‹ anstatt ›geboren‹. Das klingt, als wäre sie aus einem großen, weißen Ei gekrochen. Oder war das vielleicht nur ein Witz?«

Martha kicherte eine ganze Zeit lang vor sich hin. »Zugegeben, ich neige manchmal zu Scherzen, die nicht jeder gleich versteht«, sagte sie schließlich. »Aber in diesem Fall war, was ich sagte, völlig ernst gemeint. Die Kystranier sind eine ungewöhnlich hoch entwickelte Spezies. Das Gebären von Kindern haben sie bereits vor Jahrhunderten aufgegeben.«

»Das ist völlig unmöglich. Dann wären sie längst ausgestorben, und Sie könnten nur noch in der Vergangenheit über sie sprechen.«

»Ausgestorben wären sie wirklich beinahe schon einmal. Und zwar während der Großen Wasserknappheit vor einigen Jahren. Damals verschwanden beinahe alle Pflanzen und Tiere von ihrem Planeten. Doch die Kystranier überstanden diese schwere Prüfung. Sie sind Nachkommen des echten so genannten Alten Volkes, das vor zweitausend Jahren das Universum kolonisierte und bekamen Hilfe von ihren Schwesterplaneten. Sie haben sich dem Wassermangel angepasst, indem sie Bäder ohne Wasser erfanden und sich alternative Nahrungsquellen erschlossen. Damals mussten sie umdenken und haben viel Neues dazugelernt. Davon profitieren sie jetzt, denn sie verfügen über eine erprobte Technologie, mit der wüstenartige und lebensfeindliche Planeten besiedelt werden können.«

»Sie bekommen eine Eins mit Sternchen fürs Ablenken von meiner eigentlichen Frage, Martha.«

»Wer macht denn nun Witze? Ich wollte durchaus nicht vom Thema ablenken. Was ich dir gerade erzählt habe, sind nur ein paar Hintergrundinformationen. Das Gebären von Kindern war den Kystraniern einfach zu schmerzhaft und zu gefährlich. Deshalb haben sie es abgeschafft. Außerdem stand es der konsequenten Zuchtauswahl im Wege, und dieses Volk legt nun einmal größten Wert auf intelligenten Nachwuchs. Nur so können die Lebensbedingungen ihres Volkes immer weiter verbessert werden.«

»Liegt darin nicht ein gewisser Widerspruch? Wie züchtet man denn Menschen, ohne sie zu gebären?«

»Streng deine Hirnwindungen doch einfach ein wenig an«, versetzte Martha. »Wahrscheinlich kommst du dann von selbst auf die Antwort. Soweit ich weiß, laufen auch auf deinem Heimatplaneten bereits Experimente in dieser Richtung.«

»Sie meinen doch nicht etwa das Klonen?«

»Nein, eigentlich nicht. Bei euch nennt man diese Methode wohl ›künstliche Befruchtung‹. Die Kystranier gingen noch einen Schritt weiter. Bei ihnen dient der weibliche Körper nicht mehr als Gefäß für die heranreifende Leibesfrucht. Man benutzt dafür lieber eine künstliche Gebärmutter. Nur die intelligentesten Bewohner des Planeten spenden Eizellen und Samen. Gleichzeitig wird die Geburtenkontrolle nicht dem Gutdünken jedes Einzelnen überlassen. Nahrungsmittel und Getränke sind entsprechend präpariert. Die Bevölkerung vermehrt sich also nur nach strengsten Vorgaben und unter wissenschaftlicher Aufsicht. Kystranische Kinder wachsen in Kinderzentren auf, wo man sie umfangreichen Tests unterzieht. Auf diese Weise stellt man früh fest, für welchen Beruf sie am besten geeignet sind. Als Erwachsene leisten sie dann in ihrem beruflichen Betätigungsfeld meist Beachtliches.«

»Das klingt alles – furchtbar gefühllos und kalt.«

»Tedra würde dir zustimmen. In einem Kinderzentrum lernen die Kleinen alles, was sie fürs Leben wissen müssen. Aber eines bekommen sie nicht, und das können wohl nur fürsorgliche Eltern einem Kind schenken. Tedra selbst fand auch erst auf Sha-Ka'an, was sie suchte.«

»Sie meinen Liebe, nicht wahr?«

»Haarscharf erkannt.«

»Sie widersprechen sich schon wieder«, stellte Brittany fest. »Vor ein paar Minuten haben Sie noch behauptet, die Sha-Ka'ani beherrschten ihre Gefühle so meisterhaft, dass sie ihnen größtenteils abhanden gekommen seien.«

»Das gilt für die Männer, nicht für die Frauen«, erklärte Martha. »Aber ich verrate dir ein kleines Geheimnis. Die Krieger glauben tatsächlich, sie seien unfähig zu lieben. Eine andere Person gern haben und sich um sie kümmern, das mag gerade noch angehen, aber das Gefühl echter, tiefer Liebe ist für sie eine romantische Erfindung, mit der sie nichts anfangen können. Meine Tedra indessen brachte den Mythos vom unerschütterlichen, gefühlskalten Krieger kräftig ins Wanken. Ihr Lebensgefährte Challen liebt sie abgöttisch, auch wenn er das anfangs nicht zugab. Liebe war nun einmal genau das, was Tedra brauchte. Und ich hätte niemals zugelassen, dass sie auf Sha-Ka'an bleibt, wenn sie das Gesuchte dort nicht im Überfluss gefunden hätte. Allerdings musste sie erst beinahe sterben, bis Challen sich endlich zu seinen Gefühlen bekannte. Du kannst dich also auf einige Schwierigkeiten gefasst machen, falls du Wert darauf legst, dass dein Krieger sich offen zu seiner Liebe zu dir bekennt.«

»Vielen herzlichen Dank!«, antwortete Brittany. »Das gibt mir ein richtig gutes Gefühl.«

»Nun verlier doch nicht gleich den Mut, mein Püppchen. Ich mag dich. Und ich werde dich ein wenig unter meine Fittiche nehmen. Es ist nur zu deinem Vorteil, wenn du weißt, was auf dich zukommt. Wenn er dir im Laufe der kommenden Monate immer wieder erzählt, Krieger seien nicht fähig zu lieben, weißt du immerhin schon, dass das nicht stimmt. Du solltest deinen Lebensgefährten allerdings nicht zu einer direkten Liebeserklärung drängen. Er ist immerhin auch Tedras Sohn und unterscheidet sich deshalb grundlegend von seinen Kampfgenossen. Sicher merkt er bald selbst, was mit ihm los ist. Bei einem reinblütigen Sha-

Ka'ani wäre ich mir da nicht so sicher. Ihre Frauen nehmen die Dinge eben so hin, wie sie sind, und stellen keine Forderungen. Es muss schon eine Anderweltlerin kommen und diesen Dickschädeln zeigen, dass ihre eigentümlichen Ansichten zwar auf uralten Überlieferungen basieren mögen, aber deshalb noch lange nicht richtig sind.«

»Ich soll die Sha-Ka'ani lehren, Gefühle zu zeigen?«

»Selten so gelacht!«, verkündete Martha trocken. »Diese Männer verschließen sich hartnäckig allem Neuen und Unbekannten. Sie halten ihre Lebensweise für die einzig wahre. Ich sprach von *Zeigen,* nicht vom Lehren. Und das gilt auch nur für deinen Lebensgefährten, nicht für den gesamten Planeten. Tedra versuchte jahrelang, dort etwas zu verändern. Aber besonders erfolgreich war sie bislang nicht. Glaub mir, ihr sind die Regeln und Gesetze dieser verbohrten Truppe von schwertschwingenden Riesen genauso zuwider, wie sie dir bald zuwider sein werden. Aber solange die Frauen auf Sha-Ka'an bereit sind, dieses Spiel mitzuspielen, wird sich daran nichts ändern. Auch in der Gesellschaft, aus der du stammst, dauerte es ein paar tausend Jahre, bis die Frauen es satt hatten, wie unmündige Kinder behandelt zu werden, und begannen, sich zu wehren. Die weiblichen Sha-Ka'ani sind leider noch nicht an diesem Punkt angelangt.«

»Ihnen zuzuhören, kann ziemlich deprimierend sein, Martha. Ich bin nur froh, dass nichts von alledem wahr ist.«

Martha seufzte. »Vielleicht tröstet es dich ein wenig, dass Tedra über all die Jahre mit ihrem Krieger *sehr* glücklich war. Sie würde um keinen Preis mit irgendjemandem tauschen.«

»Mit anderen Worten – nicht die Sha-Ka'ani lernten von ihr, sondern sie hat sich ihnen angepasst.«

»Weit gefehlt. Tedra ist nur inzwischen klug genug, gewisse Dinge auf sich beruhen zu lassen, wenn sie sich nicht ändern lassen. Dafür kämpft sie umso energischer für Ziele, die tatsächlich erreichbar sind. Dank ihr haben schon viele Frauen den Planeten verlassen und leben nun an Orten, wo sie sich nützlich und geliebt fühlen.«

»Aber das ist doch eine völlig falsche Vorgehensweise. Nur aus der Unzufriedenheit erwachsen Veränderungen. Wenn Tedra dafür sorgt, dass unglückliche Frauen dem Planeten den Rücken kehren, bleibt dort ewig alles beim Alten.«

Martha kicherte. »Ich bin ganz deiner Meinung. Aber Tedra möchte diesen Frauen unbedingt jetzt sofort helfen. Warum ihr dieses Glück verwehren? Lassen wir ihr doch die Freude.«

»Sie erwarten doch nicht etwa, dass ich einen so folgenschweren Irrtum stillschweigend unterstütze?«

»Du willst also schlafende Hunde wecken?«

»Wenn Sie das verhindern möchten, können Sie mich ja wieder nach Hause bringen«, schlug Brittany vor.

Martha lachte. »Das ist Erpressung!«

»Erpressung? Nein, nur ein Handel.«

»Du vergisst, dass du es mit einem Computer zu tun hast, der genau vorausberechnen kann, was dabei herauskommt, wenn ich dich nun nach Hause entlasse. Dalden würde außer sich geraten vor Wut und seinem

Vater berichten, was geschehen ist. Einem erbosten Challen traue ich ohne weiteres zu, dass er meine Anschlüsse kappt und mich außer Gefecht setzt. Dann steigt Dalden ins nächste Raumschiff und macht sich auf die Suche nach dir. Er ruht nicht eher, bis er dich wiederhat. Lebensgefährten können nun einmal nicht dauerhaft voneinander getrennt existieren. Wir könnten das unerträgliche Leben auf Sha-Ka'an, das du dir nun vorstellst, vielleicht um sechs Monate hinauszögern, wenn ich dich zur Erde zurückversetzen würde. Aber sind ein paar Monate auf irgendeiner Baustelle deines Heimatplaneten wirklich diesen ganzen Aufwand und den Ärger wert?«

»Ach, halten Sie doch einfach den Mund und verschwinden Sie!«

»Letzteres ist leider nicht möglich. Still sein könnte ich schon für eine Weile. Aber dann sitzt du nur hier herum und grübelst über deine finstere Zukunft – an die du ja im Übrigen gar nicht glaubst – nach. Und da mit mir herumzustreiten für dich gesünder ist, als alles in dich hineinzufressen, werde ich natürlich auf Sendung bleiben. Ich will nur dein Bestes.«

»Ich bin nicht Tedra!«, fauchte Brittany. »Und Sie sind nicht mein Babysitter!«

»Einerseits richtig, andererseits falsch. Auch wenn ich es ein wenig anders ausdrücken würde. Als Dalden dich zu seiner Lebensgefährtin machte, wurdest du ein Mitglied von Tedras Familie. Und du weißt ja – zu Tedras Glück gehört auch das Glück ihrer Kinder und natürlich derer, die das Leben ihrer Kinder teilen. Tedra ist sehr mitfühlend. Wenn die Menschen, die ihr nahe stehen, unglücklich sind, kann sie selbst nicht glücklich sein.«

»Und was passiert, wenn zwei der ihr nahe stehenden Menschen *miteinander* unglücklich sind?«

»Dann berechne ich unter Einbeziehung aller gesicherten Daten und einer ganzen Anzahl von Unbekannten die bestmögliche Lösung für das Problem«, antwortete Martha. »Das kann bedeuten, dass manche der Beteiligten Kompromisse eingehen müssen. Aber so ist das Leben.«

»Mich beschleicht das ungute Gefühl, dass vor allem ich diejenige sein werde, von der man Kompromissfähigkeit erwartet.«

»Nun sieh doch nicht gleich schwarz, Zuckerpüppchen. Ich kenne Dalden schon sein ganzes Leben lang und du noch nicht einmal seit einer Woche. Es ist an der Zeit, dass der junge Herr ein paar Lektionen erhält. Er hat sich in den Kopf gesetzt, genau so zu werden wie sein Vater, und unterdrückt auf diese Art die Hälfte seiner Persönlichkeit. Glücklich ist er dabei nicht, aber das würde er nie zugeben. Ich sehe meine Aufgabe darin, ihm gelegentlich ein paar Denkanstöße zu geben. Nur wenn er sich selbst so annimmt, wie er wirklich ist, kann er auf Dauer ein glücklicher, zufriedener Mensch sein. Auch wenn er es noch so ungern hört – er ist mehr als nur ein gewöhnlicher Sha-Ka'ani-Krieger.«

Kapitel Vierunddreißig

Martha gab Brittany tatsächlich etwas Zeit, ihren eigenen Gedanken nachzuhängen. Zehn Minuten, um genau zu sein. Länger hielt Brittany es nicht aus. All die unglaublichen Dinge, die Martha ihr erzählt hatte, waren einfach zu viel für sie. Für Brittany ergab das Gehörte keinen Sinn. Modernste technische Errungenschaften vermischt mit uralten barbarischen Sitten – wer sollte da noch Fantasie und Wirklichkeit auseinander halten können? Wenn es tatsächlich fortschrittliche und erleuchtete Planeten wie Morrilia gab, warum kümmerten sie sich dann nicht um die Bildung und Entwicklung primitiverer Welten? Warum überließ man deren Bewohner ihrer Unwissenheit und Ignoranz?

Doch all diese Gedanken waren überflüssig. Nichts von all dem, was sie hier erfuhr, entsprach der Realität. Wer sich diese Versuchsreihe ausgedacht hatte, verfügte wirklich über eine blühende Fantasie. Vielleicht war es ja auch Martha, die manchmal ein wenig tief in die Märchenkiste griff, wenn sie bei den Antworten improvisieren musste. Und was bedeutete das für sie? Drei Monate Gefangenschaft in einem Gewirr von sonderbaren Räumen, die als Raumschiff bezeichnet

wurden? Und was kam danach? Womöglich verfrachtete man sie an einen abgelegenen Ort, um ihr weiszumachen, sie befände sich tatsächlich auf einem anderen Planeten.
Brittany konnte sich nicht vorstellen, dass jemand tatsächlich drei volle Monate damit verbringen würde, sie einem Test zu unterziehen, dessen Sinn sie nicht verstand. Wahrscheinlich gab es einen festgesetzten Zeitpunkt, an dem dieses Experiment abgebrochen wurde. Entweder man schaffte es, sie innerhalb von ein paar Wochen oder auch eines Monats davon zu überzeugen, dass sie es hier tatsächlich mit Außerirdischen zu tun hatte, oder man erklärte den Versuch für gescheitert. Dann würde sie vielleicht erfahren, was hinter diesem ganzen Schwindel steckte, und man schickte sie nach Hause – selbstverständlich ohne Dalden.
Brittanys Herz krampfte sich schmerzhaft zusammen. Er gehörte dazu, war ein Teil der Testserie, die sie durchlaufen musste. Wollte man ihre Gefühlswelt genauso beherrschen wie ihre Gedanken? Sie konnte nur hoffen, dass dem nicht so war. Möglicherweise war die Projektleitung von der Entwicklung der Dinge überrascht worden. Vielleicht waren die Gefühle zwischen ihr und Dalden das einzig Echte in diesem ganzen unbegreiflichen Spiel.
Bestimmt durfte sie nicht bei ihm bleiben, wenn alles vorbei war. Sie stand nun vor einer schweren Entscheidung. Sollte sie sich ihre Gefühle für ihn aus dem Herzen reißen, bevor sie noch stärker wurden, als sie es schon waren, oder sollte sie einfach ihre kurze gemeinsame Zeit genießen, so gut es ging? Stand ihr

Entschluss nicht schon längst fest? Hatte sie sich nicht vorgenommen, jede Minute mit Dalden auszukosten und die Erinnerung daran festzuhalten, wenn ihre junge Liebe ein allzu frühes Ende nahm? Diese Entscheidung hatte sie tatsächlich vor wenigen Tagen getroffen. Aber damals war ihr noch nicht bewusst gewesen, wie sehr dieses Experiment ihr Leben durcheinander bringen würde.

»Wo ist Dalden?«

»Schon fertig mit dem Grübeln?«, fragte Martha.

Brittany seufzte. »Ich bekomme doch nur Kopfschmerzen davon. Also, wo ist Dalden?«

»Im Augenblick versucht er sich als Diplomat und erklärt Jorran, warum es sinnlos ist, Forderungen zu stellen oder auf seinen Titel zu pochen. Aber Jorrans überwältigende Arroganz ist für keine bekannte Spezies leicht zu ertragen.«

»Sie hören das Gespräch der beiden mit.« Brittany formulierte ihre Gedanken nicht als Frage, sondern als Feststellung.

»Glücklicherweise bin ich in der Lage, jederzeit jede beliebige Unterhaltung auf diesem Schiff zu verfolgen und mich gegebenenfalls einzuschalten«, brüstete Martha sich. »Anders als ihr Menschen sind Computer ohne weiteres in der Lage, mehrere Dinge gleichzeitig zu tun.«

Brittany schnaubte. »Wie wäre es dann, wenn Sie mich jetzt zu Dalden führten? Ich möchte eigentlich nicht länger hier herumsitzen.«

»Die Krieger tun dir nichts, meine Süße.« Martha las schon wieder Brittanys Gedanken. »Keiner wird es wagen, sich an dich heranzumachen, denn sie wissen genau, wem du gehörst.«

»Ich gehöre gar niemandem. Wenn man Ihnen so zuhört, könnte man ja glauben, ich sei eine Sklavin.« Plötzlich kam Brittany ein Gedanke. »Gibt es denn bei Daldens Volk Sklaverei?«

»In ein paar abgelegeneren Ländern kommt sie durchaus noch vor. Aber bevor du darüber nun in Empörung ausbrichst, solltest du daran denken, dass es auch auf deiner Welt noch Sklavenhaltung gibt. Soweit ich weiß, wurde sie in dem Land, aus dem du stammst, auch erst vor ein paar hundert Jahren abgeschafft.«

Brittany wollte sich für ihre Frage am liebsten ohrfeigen. Man nannte die Sha-Ka'ani nicht umsonst Barbaren. Dass sie Sklaven hielten, war vor diesem Hintergrund doch nur logisch. Es war ja auch viel überzeugender, wenn man einer ungläubigen Zweiflerin eine in sich schlüssige Geschichte vorsetzte. Brittany merkte, dass Martha sie wieder einmal mehr oder weniger elegant von ihrem ursprünglichen Vorhaben abgelenkt hatte. »Wie finde ich Dalden?«, wiederholte sie ihr eigentliches Anliegen. »Oder gibt es einen bestimmten Grund, warum man mich hier festhalten will?«

»Geh zur Tür hinaus. Gut. Und nun nach rechts zum Lift am Ende des Korridors. Er hört auf Stimmkommandos und auf mich.« Martha lachte. »Dalden ahnt nichts davon. Er glaubt, der Lift bringt ihn stets automatisch dort hin, wo er hin möchte. In Wirklichkeit bestimme ich die Fahrtrichtung, weil ich immer weiß, was Dalden vorhat und an welchen Ort er will.«

»Warum erklären Sie ihm nicht, wie der Lift funktioniert?«

»Der junge Herr verabscheut Raumschiffe nun einmal. Je weniger er mit den technischen Raffinessen der *Androvia* zu tun hat, desto besser.«

»Darf ich mich ein wenig umsehen?«

»Warum nicht? Es spricht nichts dagegen.«

Brittany fiel sofort ein ganz bestimmter Grund ein, der dagegen sprach. Wenn das Schiff tatsächlich so groß war, wie man ihr weismachen wollte, bedeutete das einen immensen Aufwand. Führte man ihr hingegen nur einige wenige Räume vor, so sparte man sich viel Mühe, Zeit und Geld. Sicher würde sie mit Ausflüchten abgespeist, wenn sie wirklich ernsthaft um eine Besichtigungstour bat.

»Allein?«

Martha lachte leise. »Ach Zuckerpüppchen, wie könntest du auf einem Schiff, das ich steuere, jemals allein sein? Überall sind Monitore installiert, die nur ich abstellen kann. Sie dienen der Überwachung der Räume sowie der Projektion von Bildern.«

»Und wenn man sie zerstört, zerbricht, kaputtmacht?«

»Warum denn plötzlich so heftig, Kleine? Du kannst es ja mal versuchen, aber die Monitore sind sehr stabil. Warum regen sie dich denn so auf?«

»Vielleicht weil ich Wert auf eine gewisse Privatsphäre lege«, knurrte Brittany. »Vielleicht weil ich mich nicht ständig beobachtet fühlen will.«

»Das respektiere ich. Meine Kontrollen beschränke ich auf das Notwendigste. Ich betreibe sie schließlich nicht zu meinem Vergnügen.«

»Ihr verletzter Ton beeindruckt mich gar nicht. Computer haben keine Gefühle.«
Martha kicherte. »Stimmt genau! Aber du glaubst ja nicht, dass ich ein Computer bin, erinnerst du dich?«
Bevor sich Brittanys Gesicht zu sehr rötete, glitt die Tür des Lifts geräuschlos auf. Dalden wandte sich sofort zu ihr um, und auch Jorran sah sie an. Der Centurianer befand sich in einem kreisrunden Zimmer mit durchsichtigen Wänden, die aussahen, als seien sie aus Glas. Sie reichten vom Boden bis zur Decke, und es gab – genau wie Martha gesagt hatte – weder Türen noch Fenster in dem Raum. Brittany selbst stand in Daldens Nähe außerhalb der gläsernen Zelle in einem zweiten, größeren und ebenfalls runden Zimmer. Für sie sah es fast aus, als wäre Jorran ein exotischer Fisch in einem besonders aufwändigen, komfortablen Aquarium. Sie suchte den Fußboden und die Zimmerdecke seines Gefängnisses mit den Augen nach einer Falltür ab. Es musste einen Zugang zu dem Glaszylinder geben. Ein Molekulartransfer als Möglichkeit, einen Raum zu betreten oder zu verlassen, war etwas so Unvorstellbares, dass es sich dabei nur um einen Auswuchs von Marthas blühender Fantasie handeln konnte.
»Warum ist sie hier?«, fragte Dalden.
»Shanelle brachte sie in den Freizeitraum, weil sie glaubte, du wärest dort. Dann hatte sie einen ihrer üblichen Gefühlsausbrüche, die immer kommen, wenn sie sich Sorgen um Tedra macht, und ließ Brittany einfach sitzen. Du kennst ja deine Schwester. Wenn sie daran denkt, was mit Tedra passiert sein könnte, neigt sie zu Überreaktionen.«

»Warum ist sie hier?«, wiederholte Dalden und gab damit eine Kostprobe der typischen Sha-Ka'ani-Dickköpfigkeit.

»Ich darf dich daran erinnern, dass sich der größte Teil der mitreisenden Krieger vorzugsweise im Freizeitraum aufhält. Der Anblick war wohl etwas viel für Brittany.«

Schon wieder spürte Brittany, wie ihr das Blut in den Kopf schoss.

Daldens Gesichtsausdruck war besorgt, als er nun den Arm um sie legte und sagte: »Du brauchst dich vor den Kan-is-tran-Kriegern nicht zu fürchten.«

»Ich hatte keine Angst«, widersprach Brittany. »Martha übertreibt. Ich war nur etwas unsicher. Und ich wollte dich gern einmal in der Rolle des Diplomaten erleben.«

Dalden zog eine Grimasse. »Wie du schon sagtest: Martha übertreibt. Ich habe nicht das notwendige Verhandlungsgeschick für einen solchen Posten. Aber Jorran zu erklären, dass seine Forderungen zwecklos sind, und ihn auch wissen zu lassen warum, dafür reicht es gerade noch.«

»Du genießt es doch bestimmt, ihm seine Grenzen aufzuzeigen.«

»Aber natürlich.«

»Ich nehme an, er verlangt seine Freiheit«, vermutete Brittany.

Dalden schüttelte den Kopf. »Er weiß, dass wir ihn nach Century III zurückbringen und dass er für die Dauer der Reise hier festgehalten wird. Auch dass er den Kampf gegen mich verloren hat, gibt er zu. Doch damals, als er gegen den Lebensgefährten meiner Schwester gekämpft hatte, kümmerte sich anschließend ein Meditechniker um ihn und befreite ihn innerhalb von Minuten von seinen Verletzungen. Nun verlangt er, dass wir ihn heilen.«

Brittany war überrascht. »Und das wollt ihr nicht tun?«

»Wir haben beschlossen, ihm genau dieselbe medizinische Behandlung angedeihen zu lassen, wie sie auf seiner Welt üblich ist – nämlich beinahe gar keine. Die Centurianer verfügen über kein nennenswertes medizinisches Wissen.«

Daldens Erklärung erschien Brittany etwas fragwürdig. Doch dann fiel ihr ein, dass das eigentlich völlig unwichtig war. Man hatte ihr schon so viel erzählt, aber beinahe noch mehr vorgeführt. Wahrscheinlich war Jorran nur ein Schauspieler, der eine Zeit lang die Schlüsselrolle in diesem Stück gespielt hatte.

Auch er gehörte zu dem Experiment. Man hatte ihr weismachen wollen, die Wechselruten könnten tatsächlich den Willen eines Menschen ändern. In Wahrheit bewirkten sie gar nichts. Sie war umgeben von Schauspielern, die den Regieanweisungen eines raffinierten Drehbuches folgten. Der Bürgermeister und sein Sekretär hatten entweder ebenfalls ein paar Tage lang mitgespielt, oder man hatte sie wirklich hypnotisiert. Jorran, der angebliche Centurianer, war laut Drehbuch der Grund für den Besuch der gigantischen Außerirdischen auf der Erde. Also musste er seine Rolle nun auch noch ein wenig weiter spielen.

Und seine Verletzungen? Alles nur Schminke. Brittany musste allerdings zugeben, dass sie täuschend echt wirkten. Man konnte tatsächlich meinen, sein Nasenbein sei gebrochen. Mit einem Tuch fing er das Theaterblut auf, das ihm noch immer übers Gesicht rann. Sein gebrochener Arm hing schlaff an seiner Seite. Und um sein verletztes Knie zu schonen, verlagerte er nun alles Gewicht auf das gesunde Bein. Einigermaßen beeindruckt von diesem Auftritt, erklärte Brittany: »Wenn ich nicht genau wüsste, dass Jorran nicht wirklich verletzt ist, würde ich dir natürlich sagen, wie grausam ich es von euch finde, ihn leiden zu lassen, anstatt ihm zu helfen.«

Dalden legte die Stirn in Falten. Die Antwort kam von Martha. »Dieser Mann verdient es, ein wenig zu leiden. Er ist ein Mitglied der Herrscherfamilie von Century III. Wenn er nach Hause kommt, wird man höchstenfalls den Kopf über ihn schütteln und ihm nahe legen, er solle sich in Zukunft nicht mehr erwischen lassen. Eine Strafe hat er von seiner Sippschaft nicht zu erwarten. Aber selbst wenn er nicht versucht hätte, die Macht auf deinem Planeten an sich zu reißen, stünde er noch immer auf unserer schwarzen Liste. Er wollte schließlich Tedras Schwiegersohn töten, um an ihre Tochter heranzukommen. Jorrans Ziel hieß, Sha-Ka'an zu beherrschen. Dazu war ihm jedes Mittel recht. Bisher wurde er für seine Niederträchtigkeit noch nie richtig bestraft. Irgendjemand muss ihm endlich zeigen, dass er mit seiner Skrupellosigkeit und Machtgier in diesem Universum nicht weit kommt.«

»Warum reagiert er nicht auf das, was Sie sagen?«, fragte Brittany, deren Neugier wieder einmal erwacht war.

»Er hört mich im Augenblick nicht. Ich habe die Sprechanlage in seiner Zelle abgestellt.«

»Können Sie sie wieder einschalten? Ich würde gern erfahren, was er zu all dem zu sagen hat.«

»Du bist viel zu mitfühlend, Kleine. Entscheide dich endlich. Entweder du glaubst, dass Jorran wirklich verletzt ist. Dann müsstest du allerdings auch alles andere glauben. Oder du lässt es bleiben. Wenn du deine Zweifel also nicht endgültig über Bord wirfst, kann es dir ganz egal sein, wie Jorran seine Lage empfindet.«

Das saß. »Hat er Schmerzen?«

»Nein. Sogar rückständige Welten wie die seine verfügen über ein paar Schmerzmittel. Er bekommt eine genau berechnete Dosis über die Atemluft zugeführt. Wir wollen ihn schließlich nicht foltern, sondern ihm lediglich eine Lehre erteilen. Er soll sich ruhig noch eine Zeit lang hilflos und verletzt fühlen.«

»Eine Zeit lang?«

»Bis wir seinen Planeten erreichen, sind die ärgsten Wunden verheilt, wenn auch nicht vollständig. Wahrscheinlich wird er in Zukunft ein wenig hinken, und von seiner neu gestalteten Nase dürfte er auch nicht übermäßig begeistert sein. Doch sicher findet er bald einen Meditechniker, der ihn gänzlich wiederherstellt. Dazu braucht er Century III nicht einmal zu verlassen, denn dieser Stern ist inzwischen eine Art Touristenattraktion geworden. Man besichtigt gern und mit sanftem Gruseln die mittelalterliche Lebensweise der Centurianer, und fast jedes Raumschiff hat heutzutage ein oder zwei meditechnische Einheiten an Bord.«

Brittany beobachtete Jorran durch die gläserne Wand.

Er erwiderte ihren Blick. In seinen Augen lag eine stumme Bitte. Er wollte sie dazu bringen, ihm zu helfen, versuchte, sie mit seinem Willen zu beeinflussen und ihre Sympathie für sich zu gewinnen. Einen derart begnadeten Schauspieler hatte Brittany bislang noch nicht erlebt. Die Rolle des Bösewichts war ihm wie auf den Leib geschrieben. Er brauchte ihre Hilfe nicht und würde sie auch nicht bekommen. Was Brittany viel mehr beschäftigte, war die Frage, ob Dalden nun tatsächlich einen grausamen Charakterzug hatte oder nicht. Immerhin wollte er Jorran nicht quälen, sondern ihm nur eine Lehre erteilen und für Gerechtigkeit sorgen. Das taten die Guten in den Kinofilmen auch immer. Dieser Gedanke beruhigte Brittany einigermaßen. Sie sandte Jorran ein stummes Kompliment für seine schauspielerische Leistung. Dann wandte sie sich Dalden zu.

»Ich bin langsam richtig gespannt auf das große Finale. Wann beginnt denn nun unsere Reise nach Sha-Ka'an?«

Kapitel Fünfunddreißig

Sie waren bereits auf dem Weg nach Sha-Ka'an. Zumindest sollte Brittany in dem Glauben sein. Aus den Bordlautsprechern schallte die für alle hörbare Durchsage, man befände sich inzwischen auf der Rückreise ins heimatliche Sonnensystem.

Brittany stand allein in Daldens Zimmer und lauschte dem Lautsprecher. Sie starrte durch die lange Reihe von Fenstern nach draußen. Wo vorher eine Unterwasserlandschaft gewesen war, blickte sie nun in eine unendliche dunkle Weite, in der Sterne jeder Größenordnung funkelten. Einige dieser Himmelskörper bewegten sich inzwischen mit beträchtlicher Geschwindigkeit an den Fenstern vorbei.

Man konnte tatsächlich den Eindruck bekommen, ein Raumschiff rase durch den Weltraum. Wirklich ungeheuerlich, welche Illusionen moderne Hochleistungsrechner heutzutage möglich machten!

Brittanys Gedanken wirbelten wild durcheinander. Am liebsten hätte sie all die quälenden Fragen und Überlegungen, die ständig auf sie einstürmten, einfach abgeschaltet. Es fiel ihr schwer zu glauben, dass sie ihren Heimatplaneten gerade verlassen hatte. Aber woher kamen dann die wehmütigen Gefühle, die drohten, ihr den Atem zu nehmen? Sie waren nicht mit denen zu vergleichen, die sie damals beim Abschied von ihrer Familie und der Farm empfunden hatte. Zwar besuchte sie ihre Eltern und das Fleckchen Erde in Kansas, auf dem sie aufgewachsen war, nicht allzu häufig, doch wenn sie Sehnsucht danach verspürte, musste sie nur ein paar Stunden fahren. Alles, was sie dazu brauchte, waren ein paar Tage Urlaub und ein voller Tank. Aber eine Reise ins All, ein Abschied für immer? Das war etwas ganz anderes.

Fast geräuschlos glitt die Tür hinter ihr auf. Brittany wandte sich nicht um. Plötzlich schien ihr sogar für eine so kleine Bewegung die Kraft zu fehlen. Sie fühlte sich unendlich müde, traurig und erschöpft. All die widerstreitenden Gefühle, Zweifel und Ängste, die sie ständig quälten, forderten ihren Tribut. So viel hing nun allein von *ihm* ab.

Er trat vor sie hin. Aus seinem Gesicht sprach Besorgnis. Wahrscheinlich sah er ihr an, dass sie mit den Tränen kämpfte. War Dalden denn nun eine echte Person oder auch nur ein Schauspieler? Konnte er tatsächlich das sein, was er behauptete? Ein barbarischer Krieger von einem anderen Planeten klang einfach zu fantastisch. Aber vielleicht glaubte er ja selbst daran. Wenn es tatsächlich möglich war, dass man ihr ihre Erinnerungen nahm, gab es vielleicht auch den umgekehrten Weg. Dalden wurden gewisse, genau ausgewählte Erinnerungen untergeschoben. Man gaukelte ihm eine Art künstlicher Identität vor, gab ihm eine Vergangenheit und eine Lebensgeschichte, die er für echt hielt und nun wiederum ihr glaubhaft machen sollte. So ungeheuerlich dieser Gedanke auch sein mochte – Brittany erschien er tröstlicher als die Möglichkeit, dass Dalden ganz bewusst ein Spiel mit ihr trieb und auch noch seinen Spaß daran hatte.

»Es fällt dir wohl doch schwerer, als du glaubtest, dich in all das viele Neue zu fügen«, begann Dalden.

»Ich weiß, dass man mir nur etwas vorgaukelt«, antwortete sie tonlos. »Aber du behauptest immer wieder, es sei die Wahrheit und die Realität. Einer von uns muss sich irren.«

Dalden legte die Hände auf ihre Schultern und zog sie so weit zu sich heran, dass sie sich gerade berührten. Sie musste nun den Kopf in den Nacken legen, um ihm in die wunderbaren bernsteinfarbenen Augen schauen zu können. Trauer lag in seinem Blick.

»Ich würde es dir gern ein wenig leichter machen«, sagte er. »Aber dazu müsste ich dich aufgeben, und das werde ich niemals tun.«

»Du sprichst von Marthas Methode, den Menschen einfach die Erinnerung an ihre Erlebnisse zu nehmen?«

»Ja.«

»Das möchte ich auch auf keinen Fall.« Sie legte den Kopf an seine Brust und schlang die Arme fest um ihn. »Aber gerade ist mir bewusst geworden, dass ich meine Familie nie wiedersehen werde, wenn ich mich auf dieses Abenteuer einlasse. Verstehst du, wie unendlich schmerzhaft dieser Gedanke für mich ist?«

»Ja, das kann ich mir vorstellen. Aber ich glaube, du machst es dir zu schwer. Dein Sonnensystem mag Tausende von Lichtjahren von meinem entfernt sein – doch es ist nicht unerreichbar. Wenn es dein Wunsch

ist, deine Familie wiederzusehen, so besteht dazu durchaus die Möglichkeit.«
Brittany blickte Dalden forschend ins Gesicht. »Ist das wirklich wahr?«
»Ich verlange nicht, dass du alle Verbindungen zu deinem bisherigen Leben abbrichst. Sie werden sich nur zeitweise etwas lockern«, antwortete er. »Du hast nun eine neue Familie. Du hast mich.«
Wohlige Wärme durchrieselte Brittany bei diesen Worten. Schon wieder war es ihm gelungen, sie aus den Fängen der Angst und der Traurigkeit zu reißen. Brittany staunte. Man behauptete zwar, Dalden selbst habe keine Gefühle. Dafür wusste er allerdings nur allzu gut, wie er die ihren beeinflussen konnte. Ein paar passende Worte von ihm, und sie fühlte sich schon viel besser.
Und das geschah nun beileibe nicht zum ersten Mal. Eigentlich passierte ihr das in seiner Gegenwart andauernd. Die Art, wie er sie ansah, sie berührte, als sei sie das Kostbarste, was es für ihn gab, die tröstenden Worte, die er fand … War es denn ein Wunder, dass sie sich so schnell und so heftig in ihn verliebt hatte? Vielleicht liebte er sie nicht, war dazu möglicherweise gar nicht in der Lage, doch er schaffte es immer wieder, ihr das Gefühl zu vermitteln, sie werde geliebt. Und immer wenn das geschah, öffnete sich ihr Herz noch ein Stück mehr für ihn.
War das alles wirklich nur Berechnung? Teil eines Planes, den sie nicht durchschaute? Brittany schob diesen Gedanken energisch beiseite. Sie wollte die Erleichterung auskosten, die ihr Daldens Worte verschafft hatten. Sie dankte ihm stumm, indem sie ihre Arme noch

fester um ihn schlang. Vielleicht war er zu wunderbar, um echt zu sein. Aber mit dieser Art von Illusion wollte sie gerne leben.

»Du bist überwältigend.«

»Es freut mich, das zu hören.«

»Bilde dir nur nicht zu viel darauf ein«, antwortete sie und grinste ihn dabei an. »Ich sagte nicht, dass du perfekt bist. Nur beinahe.«

Daldens Hände streichelten sie vorsichtig. Diese Berührungen sollten sie lediglich beruhigen und trösten und nicht etwa erregen. Fürchtete er, dass sie wieder in ihre düsteren Gedanken zurückfallen könnte, wenn er sie losließ? Und würde er davon abgesehen Marthas Rat beherzigen und eine Zeit lang die Finger von ihr lassen? Brittany konnte nur hoffen, dass Dalden Marthas mahnende Worte nicht allzu ernst nahm.

»Und womit könnte ich dir noch – eine Freude machen?«, fragte sie. Dabei versuchte sie, eher neugierig als sehnsuchtsvoll zu klingen.

Doch diese einfache Frage genügte. Schon schlug die Leidenschaft tanzende Funken in seinen goldenen Augen. Er begann, sie zu küssen. Martha hatte nicht immer Recht. Daldens Zärtlichkeiten waren besser als jede Massage dazu geeignet, Brittanys Verspannungen zu lösen und sie auf andere Gedanken zu bringen. Was dieser Mann mit ihr machte, übertraf selbst die überwältigende Wirkung der wirklich großartigen Kiste im Fitnessraum. Nichts war mit einem von Daldens Küssen zu vergleichen. Alle finsteren Gedanken, Sorgen und Ängste verflogen, sobald seine Lippen die ihren berührten.

Er hob Brittany hoch, trug sie zu seinem Bett und hielt sie auf seinem Körper fest, damit sie nicht von der automatischen Größenanpassung der Liegefläche abgelenkt wurde. Als ob sie nun noch irgendetwas hätte ablenken können! Dalden entführte sie in das Reich sinnlicher Ekstase, das für sie noch so neu war, so voller ungeahnter Genüsse, die sie schon jetzt um nichts in der Welt mehr missen wollte. Brittany wurde von der Hitze und Kraft seiner Leidenschaft fortgerissen.

Seine Zärtlichkeiten waren Antwort genug. Dennoch sagte er geraume Zeit später: »Es macht mir Freude, wenn ich dein Verlangen nach mir spüre. Es macht mir Freude, wenn unsere Herzen in einem gemeinsamen Takt schlagen. Alles an dir, Frau, macht mir unendliche Freude. Aber das Schönste ist, zu wissen, dass du für immer mir gehörst.«

Tränen traten in Brittanys Augen. »Sagte ich vorher, du seist nicht perfekt? Nun, ich habe mich wohl geirrt.«

Er lachte und zog sie an sich.

Wenn das alles wirklich nur ein Traum war, wollte sie nie wieder erwachen.

Kapitel Sechsunddreißig

Die Zeit verging wie im Flug. Jeder neue Tag brachte Brittany ungeahnte, wunderbare Erfahrungen, die sie ihren Erinnerungen hinzufügte. Am Anfang versuchte sie noch, die einzelnen Wochentage auseinander zu halten. Doch nachdem zwei Wochen und schließlich ein ganzer Monat vergangen waren, musste sie einsehen, dass man nicht darauf aus war, sie innerhalb eines knapp bemessenen, vorgegebenen Zeitraumes von der tatsächlichen Existenz des Raumschiffes und seiner außerirdischen Passagiere zu überzeugen. Offensichtlich gab es dafür kein Zeitlimit. Vielleicht war es ja auch ein Ziel des Experimentes, herauszufinden, wie lange es dauern würde, bis sie schließlich alles glaubte oder einfach zusammenbrach. Brittany betrachtete sich als eine Art Testperson in einem Probedurchlauf. An ihr wollte man untersuchen, wie lange ein Durchschnittsmensch dieser Belastung standhielt, bevor man das Experiment auf wirklich wichtige Persönlichkeiten ausdehnte.

Dabei erschien es Brittany eher unwahrscheinlich, dass man wegen einer einzelnen Person einen solchen Aufwand betrieb. Doch das »Schiff« war schließlich groß genug. In seinen unzähligen Gängen und Räumen konnte es Dutzende von Menschen geben, die sich in der gleichen Situation befanden wie sie. Natürlich verhinderte man, dass sie einander begegneten.

Brittany hatte um eine Führung gebeten und sie bekommen. Ihr Staunen über die Detailverliebtheit, mit der dieses Projekt betrieben wurde, kannte keine Grenzen. Selbst wenn der eigenartige Lift sie gar nicht auf andere Stockwerke brachte, sondern seine Türen nur immer wieder auf dieselbe Ebene hinaus öffnete, auf der man zuvor in rasender Geschwindigkeit die Kulissen verändert hatte, waren die Kosten dafür sicher horrend. Schon allein diese Tatsache sprach dafür, dass sich noch andere Testpersonen, die auch noch ganz oder teilweise überzeugt werden mussten, mit an Bord befanden.

Man zeigte Geduld mit Brittanys Zweifeln. Nie versuchte irgendjemand, sie unter Anwendung von Druck oder Zwang zur Einsicht zu bringen. Brittany war dankbar dafür, denn auf diese Weise konnte sie die Reise genießen. Manchmal fühlte sie sich, als sei sie in die lebendig gewordene Handlung eines Romans eingetaucht. Dieser Gedanke begann sie zu begeistern. Mit ihren Fragen über das Leben in jener fernen Ecke des Universums, auf die sie angeblich zusteuerten, brachte sie die Romanfiguren dazu, ihre Geschichte mit weiteren Details auszuschmücken.

Sie erfuhr, dass Daldens Mutter auf ihrem Heimatplaneten als Heldin gefeiert wurde und die Entdeckerin von Sha-Ka'an gewesen war. Erst Tedra hatte diesen Stern ins Bewusstsein der anderen Völker gehoben, die das Universum besiedelten. Man erklärte Brittany, dass

Sha-Ka'an für Besucher weit gehend gesperrt sei. Wer dort landete, musste sich in einem Besucherzentrum aufhalten und seine Geschäfte von dort aus tätigen. Ausnahmen gab es nur selten. Diese strengen Regeln waren erst in jüngster Zeit aufgestellt worden. So genannte Touristen hatten nach der Entdeckung des Planeten dort zu viel Unheil angerichtet.

Im Laufe der vielen Stunden, die Brittany mit Shanelle verbrachte, erfuhr sie, dass größtenteils Falons Familie für die Verbannung der Besucher in eine bestimmte Zone verantwortlich war. Einer der Anderweltler war eines Tages über seine Schwester hergefallen und hatte sie vergewaltigt. Das hätte beinahe zu einem Krieg geführt. Seither durften sich Fremde auf Sha-Ka'an nicht mehr frei bewegen. Brittany hielt das für eine clevere Ausrede, denn auf diese Art und Weise brauchte man ihr nicht allzu viel von diesem sonderbaren Stern zu zeigen. Doch Shanelle versicherte ihr, Lebensgefährtinnen fielen unter die Ausnahmeregel. Brittany war ja nun eine Ly-San-Ter und somit eine von ihnen.

Shanelle erzählte Brittany auch, dass sich – genau wie auf der Erde – jedes Land auf Sha-Ka'an von seinen Nachbarländern unterschied. Die einzelnen Staaten hatten eigene Regeln und Gesetze sowie verschiedene Weltanschauungen. Auch die Bewohner sahen unterschiedlich aus; nur die auffällige Größe und den muskulösen Körperbau hatten alle Sha-Ka'ani gemeinsam. Shanelles Lebensgefährte Falon und sein Bruder dienten ihr als Beispiele. In der Gegend, aus der sie stammten, hatten die Menschen überwiegend schwarzes

Haar und blaue Augen, während dort, wo Dalden und Shanelle herkamen, fast alle blond waren und goldbraune Augen hatten. Abgesehen von diesen äußeren Unterschieden genossen die Frauen in Falons Volk angeblich größere Freiheiten als die Frauen der Kan-is-Tra. Aber über dieses Thema wollte Brittany lieber noch nicht allzu viel wissen.

Sie und Shanelle wurden im Laufe der Reise Freundinnen. Zumindest empfand Brittany das so, auch wenn sie annehmen musste, dass Daldens Zwillingsschwester nur eine Rolle spielte. Sogar für Martha entwickelte Brittany mit der Zeit freundschaftliche Gefühle. Sie staunte selbst ein wenig darüber, denn noch immer war sie der echten Martha nicht begegnet und kannte die Dame nur als körperlose Stimme. Aber nachdem Brittany sich an Marthas trockenen Humor gewöhnt hatte, gefiel er ihr immer besser. Marthas ironischer Unterton und ihre oft allzu treffenden Bemerkungen brachten Brittany schon seit geraumer Zeit nicht mehr aus der Ruhe. Längst duzte sie die Computerstimme, und nach wie vor erhielt sie die wichtigsten Informationen in erster Linie von ihr. Gelegentlich fand Brittany es sogar einfacher, diesem gesichtslosen Wesen bestimmte Fragen zu stellen als einem Menschen, dem sie direkt gegenüberstand.

Brittany machte sich Gedanken über die Unterschiede in der Sprache, die ihr von Anfang an aufgefallen waren. Nach ein paar Wochen beschloss sie, mit Martha darüber zu reden. »Warum sprechen Shanelle und du ganz – normal? Ein besseres Wort fällt mir dafür nicht ein. Dalden, die Krieger und auch Jorrans Leute drücken sich hingegen ganz anders aus. Sie klingen irgendwie fremd für mich. Müssten Dalden und Shanelle nicht dieselbe Sprache sprechen? Immerhin sind sie Geschwister.«

»Dalden spricht normalerweise reinstes Sha-Ka'ani. Was du hörst, sind seine Worte in deine Sprache übersetzt. Ähnlich verhält es sich mit Jorran, der Centurianisch spricht. Shanelle und ich unterhalten uns dagegen lieber auf Kystranisch, genauer gesagt in der alten, beinahe in Vergessenheit geratenen Sprache der Kystranier, in der es auch sehr charakteristische umgangssprachliche Ausdrücke gibt. Wir sprechen diese Sprache, weil Tedra von der Geschichte ihrer Vorfahren fasziniert ist. Und wie du weißt, bin ich darauf programmiert, auf ihre Vorlieben einzugehen.«

»Shanelle und du, ihr müsst eure Worte doch auch übersetzen, wenn ihr mit mir sprecht. Dennoch klingt ihr irgendwie vertraut.«

»Das liegt an den Ähnlichkeiten, die zwischen dem Alten Volk der Kystranier und deinen Leuten bestehen. Eure Geschichte weist große Gemeinsamkeiten auf, und selbst der saloppe Ton, den du manchmal anschlägst, unterscheidet sich kaum vom alten Kystranisch. Das bedeutet, meine Grundsprache – die Sprache, die Tedra so gut gefällt – und deine Muttersprache sind einander in vielem ähnlich. Wenn ich dir sage, dass du ›ganz aus dem Häuschen warst‹, als du Dalden zum ersten Mal gesehen hast, dann weißt du genau, was ich damit ausdrücken möchte – nicht wahr? Ein durchschnittlicher Sha-Ka'ani dagegen hätte nicht den Schimmer einer Ahnung, was damit gemeint ist. Denn in seiner Sprache gibt es keinen entsprechenden Ausdruck.«

»Warum sprichst du von einem durchschnittlichen Sha-Ka'ani und nicht einfach von Dalden?«, fragte Brittany.

»Weil er mich verstehen würde. Wie du weißt, ist Dalden etwas ganz Besonderes. Genau wie Shanelle ging er aus der Verbindung zweier sehr unterschiedlicher Kulturen hervor – auch wenn er glaubt, er habe sich inzwischen ganz für eine entschieden. Tedras Kinder wurden lange Zeit vorwiegend von mir unterrichtet. Doch während Shanelle neugierig war und immer alles ganz genau wissen wollte, verweigerte Dalden eines Tages den Unterricht. Er hatte beschlossen, so zu werden wie sein Vater, und lehnte es ab, weiterhin von mir zu lernen. Ja, er versucht sogar zu vergessen, was er von mir über den Rest des Universums weiß. Der große Krieger spricht Tedras Sprache perfekt, doch er weigert sich, sie zu benutzen.«

»Dalden schlägt also seinem Vater nach und Shanelle ihrer Mutter?«

»Was die Sprache betrifft, mag das zutreffen. Aber Frauen sind im Allgemeinen anpassungsfähiger als Männer. Shani ist ein leuchtendes Beispiel dafür. Sie kann eine perfekte Sha-Ka'ani-Tochter sein. Gehorsam – bis zu einer bestimmten Grenze. Sie könnte aber auch jederzeit auf Kystran leben und von dort aus Handelsschiffe ins gesamte Universum fliegen oder auf Entdeckungsreise gehen. Sie verbrachte ein Jahr auf dem Heimatplaneten ihrer Mutter und hat in dieser Zeit gelernt, wie man das macht.«

»Langsam, langsam! Du sprachst gerade von Gehorsam bis zu einer bestimmten Grenze. Was meinst du damit?«

»Das kannst du dir doch denken, Kleine. Shanelle weiß, wie man anderswo lebt. Sie ist längst nicht mit allem einverstanden, was auf Sha-Ka'an vor sich geht. Unwissenheit kann ein Segen sein, doch Shanelle hat sich anders entschieden. Sie erlernte das Fliegen und wollte Sha-Ka'an verlassen, um sich selbst auf die Suche nach einem Lebensgefährten zu machen. Dann begegnete ihr Falon und sie war, nun – sie war ›ganz aus dem Häuschen‹. Ihr erging es also im Grunde kaum anders als dir.«

»Und jetzt genügt es ihr, mit Falon auf Sha-Ka'an zu leben?«

»Durchaus.« Martha ließ ein kurzes Lachen hören. »Irgendetwas an diesem Gefühl, das ihr Liebe nennt, bewirkt, dass Menschen gerne an dem Ort bleiben, an dem sich ihr Lebensgefährte befindet. Auch wenn sie sonst vielleicht nicht unbedingt freiwillig dort leben würden.«

»Versuchst du etwa gerade, mich schonend darauf vorzubereiten, dass mir Sha-Ka'an wahrscheinlich nicht gefallen wird?«, fragte Brittany misstrauisch.

»Ganz und gar nicht. Möglicherweise bist du ganz angetan davon, wenn du dich erst einmal an das Leben auf diesem Planeten gewöhnt hast. Es gibt dort keine Kriminalität in dem Sinne, wie du sie von zu Hause kennst, also keinen Grund, vor irgendetwas Angst zu haben. Man sorgt sich nicht um seinen Arbeitsplatz, hat weder Kriege noch Krankheiten zu fürchten, ist also frei von den meisten Sorgen, die dein Volk belasten.«

»Ein Paradies mit einem kleinen Haken?«

Martha lachte. »Wenn alles absolut perfekt wäre, Püppchen, würdest du dich doch bald langweilen. Aber zurück zu Shani. Sie wäre eine ideale Botschafterin für ihren Planeten. Denn genau wie ihre Mutter spricht sie jede bekannte Sprache des Universums und respektiert die Einzigartigkeit jeder Spezies. Sie unterstützen beide die Zurückhaltung der Liga gegenüber unterentwickelten Planeten, obwohl sie sich für Sha-Ka'an so manche Veränderung vorstellen könnten. Sie sind sich einig, dass jedes Volk sich in dem ihm angemessenen Tempo weiterentwickeln sollte, auch wenn das manchmal eine vorübergehende Verschlechterung der Zustände bedeutet. Nur so kann eine Welt im Laufe der Zeit den für sie optimalen Entwicklungsstand erreichen. Eingehende Untersuchungen haben gezeigt, dass der Fortschritt eines weniger entwickelten Planeten stagniert, sobald man dort Handelsbeziehungen zu einer hoch technisierten Welt aufnimmt. Im schlimmsten Fall fällt der weniger weit entwickelte Planet gar um Jahrhunderte zurück.«

»Aber warum denn das?«

»Weil die kreativen, erfinderischen Menschen dort den Eindruck gewinnen, alles, was sie sich je vorstellen könnten, existiere ohnehin bereits. Dadurch verlieren sie den inneren Antrieb, ihre Ideen in die Tat umzusetzen.«

»Und wie verhindert man das?«

»Gar nicht. Es passiert immer wieder. Wenn die Liga heutzutage einen hoch technisierten Planeten entdeckt, herrscht allgemeine Hochstimmung. Handelt es sich bei der Neuentdeckung jedoch um eine so genannte primitive Kultur, lässt man größte Vorsicht walten. Die Handelsbeziehungen werden auf ein Mindestmaß beschränkt, man bietet keine Vergnügungsreisen auf den betreffenden Planeten an und drängt dem neu entdeckten Volk auch kein Wissen über den Rest des Universums auf. Einige Welten, die der Liga nicht beigetreten sind, und eine Hand voll dubioser Geschäftsleute mögen diese Abmachungen zwar unterlaufen, aber im Allgemeinen hält man sich daran.«

»Mit Sha-Ka'an scheint sich das aber ein wenig anders zu verhalten«, wandte Brittany ein.

»Sha-Ka'an ist eine Ausnahme. Der Planet verfügt über äußerst wertvolle Bodenschätze, die sonst nirgends im Universum vorkommen. Aber auf Daldens Heimatstern schützt man sich inzwischen eben durch äußerst restriktive Besuchsregeln vor dem vielleicht schädlichen Einfluss der hoch entwickelten Anderweltler. Die Liga überwacht natürlich auch den Umgang mit Planeten wie Sha-Ka'an. Und Tedra vertritt die Liga dort hervorragend. Sie macht ihre Sache großartig, denn sie hat stets für alle nur das Beste im Sinn.«

Brittany hatte befürchtet, dass sie sich in einem abgeschlossenen System aus Räumen wie der *Androvia* bald langweilen würde. Doch das war nicht der Fall. Im Freizeitraum entdeckte sie einen Zeitvertreib, der sie faszinierte. Von Computerspielen hatte sie bislang keine Ahnung gehabt, ja sie besaß noch nicht einmal einen eigenen Rechner. Und nun kontrollierte sie per Tastendruck täuschend echte Menschen, beeinflusste deren Handlungen und beobachtete gleichzeitig das

Geschehen auf einer Großleinwand. Es war, als ob sie sich einen Film ansah, jedoch mit dem Unterschied, dass sie die Regisseurin war, die Puppenspielerin, die alle Fäden in den Händen hielt.
Dann entdeckte sie den Werkraum und verbrachte dort viel Zeit. Er war eigentlich für die Besatzung gedacht, die allerdings durch Martha fast vollständig ersetzt worden war, und sollte darüber hinaus allen an Bord befindlichen Personen die Möglichkeit bieten, ihre persönlichen Hobbys handwerklicher Art zu pflegen. Nur weil man im Weltraum herumflog, hieß das noch lange nicht, dass man all seine anderen Interessen vernachlässigte. Viele Einrichtungen in dieser Werkstatt blieben Brittany ein Rätsel. Doch die Ecke, in der jede Menge Holz und das dazu passende Werkzeug aufbewahrt wurde, zog sie magisch an.
Innerhalb kürzester Zeit stopfte sie Daldens Zimmer mit ihren Kreationen voll – Tisch und Stühlen sowie einem Nachtkästchen. Dafür musste das Bett nun allerdings jederzeit im Raum stehen. Sie baute auch einen zweisitzigen Schaukelstuhl – ihre eigene Erfindung –, der stabil genug war, um Daldens Gewicht und das ihre auszuhalten. Darin saßen sie nun jeden Abend in trauter Zweisamkeit vor dem Fenster. Sie betrachteten die Sterne, beobachteten, wie Kometen ihre glühende Bahn durchs All zogen, und sahen einmal sogar ein Raumschiff, das Brittany anfangs in Angst und Schrecken versetzte. Doch Martha versicherte ihr, es sei lediglich ein Handelsschiff auf dem Weg in ferne Galaxien. Nein, Brittany langweilte sich nie. Auch Corth II trug viel zu ihrer Unterhaltung bei.

Er hatte einen wunderbar hintersinnigen Humor, und es gelang ihm immer wieder, Dalden mit seinen Sprüchen zur Weißglut zu treiben. Martha erklärte, Eifersucht sei ein bisher unbekanntes Gefühl für den großen Jungen, und er würde wahrscheinlich abstreiten, etwas Derartiges überhaupt zu empfinden. Es beunruhigte Dalden nicht, wenn andere Krieger sich mit Brittany unterhielten, denn er vertraute ihnen blind. Nur bei Corth II war das etwas anderes.

Dalden hatte ganz und gar nichts dagegen, dass Brittany sich mit einem jungen Krieger anfreundete, der ihr Interesse an der Arbeit mit Holz teilte. Kodos hatte schon immer mit eigenen Händen etwas herstellen wollen und traf nun zum ersten Mal auf einen Menschen, der ihm das beibringen konnte. Das jedenfalls erzählte er Brittany, und sie beschloss, ihm seine Geschichte zu glauben. Kodos zu zeigen, was man aus Holz alles machen konnte, war eine sinnvolle Beschäftigung und lenkte sie von ihren düsteren Gedanken an das Ende des Experimentes ab.

Dass Brittany Stunde um Stunde mit Kodos in der Werkstatt stand, fand Dalden nicht weiter bedenklich. Aber er sah es nicht gerne, wenn Corth II Brittany Gesellschaft leistete. Corth flirtete hemmungslos mit ihr und brachte sie ständig zum Lachen. Marthas Hinweis, Corth II sei ein Android, den sie und ihr Kollege Brock – ebenfalls ein Mock-II-Computer – geschaffen hätten, tat Brittany mit einem lässig hingeworfenen »Ja klar!« ab. Wenn Dalden doch wusste, dass Corth II kein echter Mann war, weshalb war er dann eifersüchtig?

Natürlich hatte Martha auch darauf eine Antwort. Zu

Corths Grundausstattung gehörte eine sehr ausgereifte Unterhaltungseinheit. Das bedeutete, dass er unter anderem zu körperlicher Liebe fähig war und sich darin nicht merklich von einem ganz normalen Mann unterschied. Aber »normal« konnte man Corth II ohnehin nicht nennen. Bei ihm handelte es sich offenbar um einen unabhängigen, selbstständig denkenden Computer, der sich nur von Martha und Brock gelegentlich etwas sagen ließ.

Brittany erkundigte sich, warum Martha sich selbst keinen Körper verschaffte, wo dies doch offensichtlich im Bereich ihrer Möglichkeiten lag. Martha konterte mit der Gegenfrage, warum sie etwas verändern sollte, das schlechthin perfekt sei und keiner Verbesserung bedürfe. Brittany brach daraufhin in schallendes Gelächter aus.

Sie versuchte, Themen aus dem Wege zu gehen, die sie beunruhigen und beängstigen könnten. Wozu schlafende Hunde wecken? Die Regeln und Gesetze auf Sha-Ka'an, die das Leben der Frauen dort betrafen, fielen wahrscheinlich allesamt in diese Kategorie. Doch die Reise neigte sich allmählich dem Ende zu, und schließlich ließen sich gewisse Fragen nicht mehr aufschieben.

»Sollte ich mich nicht langsam mit den Gesetzen der Sha-Ka'ani beschäftigen?«, fragte Brittany Martha eines Tages.

»Das ist nicht nötig.« Marthas Antwort kam betont gelangweilt. Das beruhigte Brittany ein wenig. »Solange du in Daldens Nähe bist, wird er darauf achten, dass du nichts falsch machst. Nur wenn du allein bist, solltest du wissen, was du tun darfst und was nicht.«

»Man wird mir doch sicher eine freundschaftliche Warnung zukommen lassen, bevor ich aus lauter Unwissenheit irgendwelche Gesetze übertrete«, beharrte Brittany.

»Bei Tedra war das nicht der Fall. Aber Challen glaubte damals, genau wie du jetzt, dass sie von seinem Planeten stamme und daher die Gesetze kennen müsse. Er weigerte sich schlichtweg, an Anderweltler zu glauben. Im tiefsten Inneren wusste er zwar, dass sie ihm die Wahrheit über sich sagte, doch er wollte den Tatsachen einfach nicht ins Auge sehen. Kommt dir das irgendwie bekannt vor?«

Diese Spitze ärgerte Brittany. Man hatte ihr fantastische Dinge gezeigt. Oder zumindest Dinge, die fantastisch sein könnten, wenn sie denn der Realität entsprächen. Aber daran glaubte sie nun einmal nicht.

Deshalb sah sie ihrer Ankunft auf Sha-Ka'an auch mit Gelassenheit entgegen. Wenn sie sich ausgemalt hätte, dass sie dort anstatt zwei Schauspielern Daldens richtigen Eltern vorgestellt werden würde, hätte sie vor lauter Aufregung wahrscheinlich kein Auge mehr zugetan. Es war schließlich ein besonderer Moment, wenn man zum ersten Mal den Eltern des Mannes, mit dem man eine Bindung fürs Leben einging, gegenüberstand.

Und mit Dalden fühlte Brittany sich inzwischen wirklich zutiefst verbunden. Drei Monate lang hatte sie nun an seiner Seite auf dem Schiff gelebt. Sie war ein Teil von ihm geworden und er ein Teil von ihr. Den Gedanken, ihn zu verlieren, wenn man am Ende des Experimentes feststellte, dass sie noch immer nicht glaubte, was man ihr sagte, schob sie energisch weg. Der unerträgliche Schmerz darüber würde ihr noch viel zu früh das Herz brechen. Wenn sie Dalden danach fragte, was sie am Ende erwartete, hörte sie stets, in ihrem Fall sei kein »Ende« vorgesehen.

Manchmal hatte sie den Verdacht, dass man Dalden derselben Art von Gehirnwäsche unterzogen hatte, die man nun mit ihr versuchte. Er schien tatsächlich alles zu glauben, was er ihr sagte. Das war Brittany allerdings immer noch lieber, als wenn er ihr – wenn auch aus noch so gut gemeinten Gründen – etwas vorgespielt hätte. Jedes Lügengebäude musste früher oder später in sich zusammenfallen. Spätestens aber dann, wenn die Wahrheit ans Licht kam, und das würde wirklich das Ende bedeuten. Aber wie würde dieses Ende in ihrem Fall aussehen? Sagte man einfach: »Vielen Dank, das war's, Sie können nun nach Hause gehen«? Oder bot man ihr vielleicht an, sie dürfe bei Dalden bleiben, wenn sie sich bereit erklärte, bei zukünftigen Versuchsreihen mitzuwirken? Konnte sie es mit ihrem Gewissen vereinbaren, andere Menschen denselben Belastungen auszusetzen, wie sie sie jetzt am eigenen Leib erlebte? Wahrscheinlich nicht. Denn es war grausam und verwerflich, mit dem Verstand und den Gefühlen einer Person Experimente anzustellen.

Die Reise war nun endgültig vorbei. Soeben ertönte die Durchsage, die *Androvia* werde in wenigen Stunden auf Sha-Ka'an landen. Würde sie nun bald darüber staunen können, wie man ihr zuliebe einen ganzen Planeten entstehen ließ – falls man sich überhaupt die Mühe machte? Ein derart riesenhaftes Studio gab es sicher nicht. Man musste ihren Aktionsradius begrenzen und dafür sorgen, dass sie sich vorwiegend an einem bestimmten Ort aufhielt. Doch wie würde man das anstellen, ohne dass sie die wahren Gründe für dieses Vorgehen sofort durchschaute? Während der Reise hatte man den Fehler begangen, ihr zu erzählen, dass es auf Sha-Ka'an eine ganz einzigartige, unvergleichliche Tier- und Pflanzenwelt gab. Sogar die Luft sollte dort anders sein. Geradezu paradiesisch. Zumindest aber rein und sauber. Solche Dinge waren schwer vorzutäuschen.

Näherten sie sich also mit dem Ende der Reise auch dem Ende des Experimentes? Würde man Brittany sagen, wenn sie von Bord des »Raumschiffes« ging: »Sie haben den Test nicht bestanden, verlassen Sie jetzt bitte das Versuchsgelände«?

Kapitel Siebenunddreißig

Es ist Zeit.«

Brittany starrte aus den Fenstern in Daldens Zimmer. Sie betrachtete einen gewaltigen Planeten, der ihrem Heimatstern so gar nicht ähnlich sah. Die Erde bestand zu zwei Dritteln aus Meeren. Auf dem Planeten, dem sie sich unaufhaltsam näherten, herrschte die Farbe Grün vor. Blau gab es nur wenig. Wieder einmal eine gelungene Computersimulation. Wie alles, was sie in den vergangenen Monaten durch diese Fenster gesehen hatte. Doch der Blick auf Sha-Ka'an wirkte so echt, dass Brittany unwillkürlich ein Schauer über den Rücken lief.

»Wir sind noch ziemlich weit entfernt. Es dauert sicher noch eine ganze Weile, bis wir landen«, erwiderte sie.

»Der Landeanflug ist bereits im letzten Stadium. Unser Raumschiff bewegt sich mit einer so ungeheuren Geschwindigkeit, dass wir in wenigen Augenblicken aufsetzen werden.«

Dalden trat hinter Brittany, umfing sie mit seinen starken Armen und drückte sie an seine Brust. Das Gefühl war gleichzeitig tröstlich und beängstigend. Würde er sie nun schonend auf ihre letzten gemeinsamen Minuten vorbereiten? Dieser Gedanke trieb Tränen in Brittanys Augen. Sie warf sich herum und schlang ihre Arme so verzweifelt um Dalden, als wolle sie ihn nie wieder loslassen.

»Sag mir, dass dies nicht das Ende für uns beide bedeutet«, bat Brittany mit erstickter Stimme.

Dalden nahm ihr Gesicht zwischen beide Hände. Sanft strich er mit den Daumen die Tränen von ihren Wangen. Er blickte ihr geradewegs in die Augen.

»Ich spüre deinen Schmerz. Wir müssen dieses Übel an der Wurzel packen. So kann das nicht weitergehen. Von heute an wirst du nichts mehr zu fürchten haben.«

»Ich sage es dir nur ungern, großer Krieger«, schaltete Martha sich ein. »Aber deine Worte klingen für die Kleine nicht besonders beruhigend.«

Dalden warf einen finsteren Blick auf die Sprechanlage an der Wand. »Was muss ich tun, damit sie sich besser fühlt?«

»Bring sie nach Hause. In ihr *neues* Zuhause. Hilf ihr, sich dort einzuleben. Und zeig ihr eure Haustiere.« Bei diesem letzten Wort mischte sich ein maliziös klingendes Kichern in Marthas Rede. Dann fuhr sie fort: »Schade, dass die *Androvia* nicht mit Solarbädern ausgestattet ist. Vielleicht wären drei Monate Körperpflege ohne einen Tropfen Wasser überzeugender gewesen als unsere vielen Anstrengungen. All die Wunderdinge, die wir Brittany im Laufe der Reise gezeigt haben, waren in ihren Augen nur aufwändige Tricks und gut gemachte Illusionen. Oder sie glaubte, ihre eigenen Leute hätten diese Dinge längst erfunden und nur noch nicht auf den Markt gebracht. Selbst fünfzig gigantische Krieger konnten sie nicht überzeugen.

Immerhin gibt es auch auf ihrem Planeten eine Hand voll Männer mit einer ähnlichen Statur. Sie ist felsenfest überzeugt, dass die ganze Reise nur eine endlose Aneinanderreihung von Computersimulationen war, und meint, sie stünde auf ihrem eigenen Planeten, sobald sie dieses Schiff verlässt. Mit technischen Errungenschaften und bahnbrechenden Erfindungen konnten wir sie nicht überzeugen. Du musst ihr nun andere Dinge zeigen. Lebewesen. Lebende, atmende, einzigartige Geschöpfe, die sie nicht so einfach als Täuschung abtun kann.«

Brittany machte sich von Dalden los. Es ärgerte sie, dass er und Martha über sie redeten, als sei sie gar nicht hier im Raum.

»Ich sage es dir nur ungern, Martha«, erklärte sie spitz. »Aber das, was du sagst, klingt für mich auch nicht besonders beruhigend.«

»Das war auch nicht meine Absicht, Kindchen. Ich versuche nur, unserem Krieger ein paar Tipps zu geben, was er tun kann, um dich vielleicht doch noch zur Einsicht zu bringen. Aber ich glaube, du hast das Wichtigste überhört.«

»Und das wäre?«

»›Neues Zuhause‹, ›sich einleben‹. Das klingt doch wohl eher nach einem Anfang und nicht nach einem Ende. Hab ich nicht Recht?«

Das war in der Tat so. Aber Worte waren manchmal trügerisch oder entpuppten sich gar als Lügen. Brittany blickte skeptisch zu Dalden auf, der ihren Blick erwiderte. Brittany las Entschlossenheit in seinen Augen. Dann ergriff er ihre Hand und führte sie mit raschen Schritten aus dem Zimmer. »Bringst du mich jetzt von Bord?«

»Allerdings!«

»Warum werde ich nicht genauso hinausgebracht, wie ich hereingekommen bin?«, fragte Brittany.

Marthas Antwort tönte aus der kleinen, tragbaren Sprechanlage, die man Brittany vor einigen Tagen überreicht hatte. Sie sollte das Kästchen so lange mit sich führen, bis ihr keine weiteren Fragen mehr einfielen.

»Ein Molekulartransfer ist erst nach Beendigung des Landevorganges wieder möglich«, erklärte Martha. »Sha-Ka'an ist von einem globalen Schutzschild umgeben, der verhindert, dass fremde Schiffe unerlaubt eindringen. Erst wenn eine Landeerlaubnis erteilt wird, öffnet sich der Schild über dem Besucherzentrum ein Stück weit. Doch selbst diese Öffnung ist noch mit einem Seuchenschutzschild versehen. Zwar ist hier jede Stadt für den Ernstfall mit einer meditechnischen Einheit gerüstet, doch man möchte verhindern, dass Besucher Erreger einschleppen, die eine Epidemie auslösen könnten. Dieser zweite Schutzschild reagiert allerdings nicht nur auf Krankheitserreger. Leider macht er auch den Molekulartransfer vorübergehend unmöglich.«

»Aber wir haben diesen Schild doch sicher bald hinter uns.«

»Stimmt. Und ich könnte dich danach an jeden beliebigen Ort auf dem Planeten versetzen. Aber möchtest du dir auf dem Nachhauseweg nicht ein wenig die Gegend ansehen? Willst du wirklich auf eine Fahrt im

Airobus verzichten? Bist du nicht neugierig auf das *Hataar?* Interessierst du dich nicht für die Architektur und die Landschaft? Ich finde, du solltest dir Sha-Ka'-an aus der Ferne und aus der Nähe genau ansehen.«

»Du meinst, dass ich euch dann endlich glauben werde«, stellte Brittany fest.

»Da kannst du Gift drauf nehmen!«, sagte Martha mit einem Grinsen in der Stimme.

Brittany antwortete darauf mit einem Schnauben. Sie musste allerdings zugeben, dass sie inzwischen wirklich gespannt war, was man ihr noch zeigen würde. Ein Neuanfang. Das klang nach einem Leben mit Dalden. Und inzwischen war es Brittany schon beinahe gleichgültig, wo sich ein solches Leben abspielte, solange sie nur zusammenbleiben konnten. Der Gedanke, den Mann, den sie liebte, zu verlieren, war ihr unerträglich. Aber eine ganz andere Welt? Wie konnte man von ihr erwarten, dass sie ihre Zweifel einfach über Bord warf?

Martha glaubte anscheinend, Brittany habe gar keine andere Wahl, als sich endlich überzeugen zu lassen. Und Dalden behauptete, ab heute hätten sie nichts mehr zu fürchten. Doch was bedeutete das? Ein Leben mit ihm, aber auch ein Leben mit der unglaublichen Vorstellung, sich auf einem anderen Planeten zu befinden. Und mit der Gewissheit, nun bald seinen *richtigen* Eltern gegenüberzustehen. Das war Wahnsinn!

Kapitel Achtunddreißig

Was Brittany nun sah, überraschte sie. Sie hatte eine größere Anzahl von Raumschiffen erwartet, denn immerhin befand sie sich angeblich auf einem Weltraumflughafen. Mit relativ geringem Aufwand konnte man durch ein paar Attrappen von fliegenden Untertassen oder ähnlich futuristischen Fluggeräten den Anschein erwecken, der Betrachter habe tatsächlich einen intergalaktischen Flughafen betreten. Aber Fehlanzeige. Nichts dergleichen. Sogar das Raumschiff, in dem Brittany gekommen war, befand sich schon wenige Augenblicke, nachdem sie von Bord gegangen war, wieder außer Sichtweite. Von der *Androvia* stiegen sie direkt in eine Art Straßenbahn, die sie innerhalb einer Minute in rasender Geschwindigkeit zu einer Röhre beförderte, durch die man in ein großes, rundes Gebäude gelangte. Ein Blick zurück zeigte Brittany lediglich noch die Tunnelöffnung in der Wand.

Sie stand in einem riesigen Gebäude. Das Dach wölbte sich etwa zehn Stockwerke höher über ihrem Kopf. Erstaunlich wenige Menschen waren hier unterwegs, die äußerst eigenartige Kleidung trugen.

»Das ist nur die Ankunftshalle«, verkündete Martha aus der Sprechanlage an Brittanys Hüfte. »Die Schiffe le-

gen hier nur ganz kurz an. Es schadet ihren empfindlichen Instrumenten, wenn man sie ganz abschaltet.«
»Du meinst, sie schweben irgendwo über uns im All, bis ihre Tanks leer sind? Das hätte ich mir auch beinahe denken können.«
Martha ging nicht weiter auf Brittanys ironischen Unterton ein. »Wie du ja weißt, ist Treibstoff in der Form, wie man ihn auf der Erde verwendet, inzwischen überflüssig. Raumschiffe werden heutzutage von einem einzigen Gaali-Stein angetrieben, der sich dabei noch nicht einmal abnutzt. Und die Schiffe bleiben bis zu ihrer Weiterreise innerhalb des Schildes. Hier lassen sie nur die Passagiere aussteigen. Dann fahren sie weiter zum Versorgungsdock, wo man ihre Vorräte auffüllt. Anschließend schweben sie im Stand-by-Modus über diesem Gebäude, bis man sie wieder braucht. Von weitem betrachtet wirkt das Ganze ziemlich beeindruckend. Aber die Sha-Ka'ani sollten sich durch den Weltallflughafen nicht gestört fühlen. Sie werden nicht gern daran erinnert, dass er überhaupt existiert. Deshalb befindet er sich weit entfernt von jeder menschlichen Siedlung. Sogar die Stadt Sha-Ka-Ra ist ein ziemliches Stück entfernt.«
Auf diese Weise musste man ihr das Besucherzentrum nicht aus der Ferne zeigen, überlegte sich Brittany. Wahrscheinlich würde sie sonst sehen, dass es sich bei dem Gebäude nur um eine gigantische Kulisse handelte.
Insgesamt gab es zehn Tunnels, sodass man zehn ankommende Raumschiffe gleichzeitig abfertigen konnte. Aber außer ihnen schien im Augenblick niemand

gelandet zu sein. Der Ausgang, auf den sie nun zusteuerten, war durch einen Laufgang mit einem weiteren Gebäude verbunden. Nirgendwo gab es Fenster, was Brittany überhaupt nicht überraschte.

»Das Zentrum ist eine Art eigene Stadt, wenn auch eine ziemlich kleine. Überhaupt sind die Städte auf Sha-Ka'an längst nicht so groß, wie du es von zu Hause gewohnt bist«, erklärte Martha. Sie hatte nun die Rolle des Fremdenführers übernommen. »Die ganze Anlage hier bedeckt eine Fläche von etwa zwei Quadratmeilen. Die Hälfte davon nimmt der eigentliche Flughafen ein, und die andere Hälfte besteht größtenteils aus Lagerhäusern. Dann gibt es noch die Unterkünfte für die Handelsvertreter, den Sicherheitsdienst, das Personal und die Kurzbesucher. Außerdem befinden sich Instandhaltungseinrichtungen, Reparaturwerkstätten und Versorgungseinrichtungen auf dem Gelände.«

»Und die ganze Anlage ist natürlich völlig unabhängig vom Rest des Planeten.«

»Exakt. Etliche Bewohner dieses Sterns würden sogar abstreiten, dass es das Besucherzentrum und den Flughafen überhaupt gibt. Die Einrichtungen werden von der Liga betrieben, die im Interesse ihrer Mitglieder Wert auf Handelsbeziehungen mit Sha-Ka'an legt. Daldens Vater ist der einzige *Shodan,* der regelmäßig direkt mit dem Besucherzentrum zu tun hat. Wenn die anderen *Shodani* etwas brauchen oder mit Fremden Handel treiben wollen, wenden sie sich an ihn.«

Brittany wusste bereits, dass ein *Shodan* so etwas wie der Bürgermeister einer Stadt war. Oder vielleicht eher eine Art mittelalterlicher Herrscher über ein kleines Königreich. Er hatte vielfältige Aufgaben. Man wandte sich mit Problemen an ihn, er traf in allen Belangen, die seine Stadt betrafen, wichtige Entscheidungen, und Witwen und Waisen standen unter seinem persönlichen Schutz. Gleichzeitig konnte ihn jeder beliebige Krieger herausfordern und einen Anspruch auf seine Position anmelden. Dem Sieger gehörte die Macht.

In Kan-is-tra wurde der Titel eines *Shodan* also nicht automatisch vom Vater an den Sohn weitervererbt. In Falons Heimatstadt Ba-Har-an und einigen anderen Ländern hingegen bestimmte die Erbfolge, wer der nächste Anführer seines Volkes wurde. Doch sogar in diesem Fall musste der Sohn, der die Nachfolge seines Vaters antreten sollte, erst eine ganze Anzahl von Prüfungen bestehen.

»Nun zeig dich von deiner besten Seite, Püppchen. Deine Schwiegereltern sind im Anmarsch«, verkündete Martha plötzlich.

»Wie bitte?«

Brittany blieb wie angewurzelt stehen. Dalden, der sie noch immer an der Hand hielt, wandte sich zu ihr um und lächelte ihr aufmunternd zu. Er hatte das Paar, das am Ende des Korridors auf sie wartete, längst entdeckt.

Der Mann war genauso riesenhaft wie Dalden, hatte dasselbe goldene Haar und dieselbe bronzene Hautfarbe, war also genauso gut aussehend wie er. Nachdem sie nun drei Monate in Gesellschaft von fünfzig Kriegern verbracht hatte, wusste Brittany, dass sie alle gern Lederhosen trugen, die sie *Bracs* nannten, und ihre massigen Oberkörper mit einer losen Tunika bedeckten. Die Frau war beinahe so groß wie Brittany und trug ihr langes, schwarzes Haar hoch an ihrem Kopf zu einem Pferdeschwanz gebunden. Ihr eigenartiges Gewand schien aus unzähligen einzelnen grünen Schals zu bestehen. Der schleierartige Stoff lag in mehreren Bahnen übereinander, sodass das Kleid nicht wirklich durchsichtig war. Es reichte beinahe bis zum Boden. Um die Schultern der Frau lag ein weißer Umhang. Sie war zweifellos wunderschön. Und sie sah ungeheuer jung aus. So jung, dass sie unmöglich die Mutter eines erwachsenen Mannes sein konnte.

Nun steuerte auch Dalden eine Erklärung bei. »Sei unbesorgt, *Kerima*. Das sind meine Eltern. Sie holen uns ab. Martha hat schon seit dem letzten Aufgang Kontakt zu Brock. Meine Eltern wissen also bereits alles über dich. Stimmt's, Martha?«

»Worauf du dich verlassen kannst!«

Shanelle war schon vorausgelaufen und umarmte die beiden. Die Krieger, die gemeinsam mit ihnen ausgestiegen waren, gingen weiter und überließen die Familie ihrer Wiedersehensfreude.

»Geh schon vor. Ich brauche noch einen Augenblick, um mich zu sammeln«, sagte Brittany zu Dalden.

Nervös lächelte sie ihn an. Auch er schien ein wenig aufgeregt zu sein. Man hätte glauben können, es handle sich tatsächlich um ein erstes Treffen mit seinen echten Eltern. Er war wirklich ein hervorragender Schauspieler. Jemand, der ihn weniger gut kannte als Brittany, hätte die winzigen Gesten und die beinahe

unmerklichen Veränderungen seines Gesichtsausdrucks vielleicht übersehen.
Doch sobald er sich außer Hörweite befand, zischte Brittany, an Martha gerichtet: »Habt ihr für diese Rolle denn keine Frau gefunden, die vom Alter her wirklich seine Mutter sein könnte? Ihr erwartet doch nicht etwa, dass ich euch abnehme, dass die Dame dort Daldens Mutter ist. Sie ist ja kaum älter als ich. Der Mann übrigens auch nicht.«
Leises Gelächter kam ihr entgegen. »Im Vergleich zu durchschnittlichen Humanoiden sieht man Tedra ihr Alter wirklich kaum an. Und auch die Sha-Ka'ani altern dank ihrer gesunden Umwelt nur langsam. Bei Tedra kommt noch ihre Ausbildung als Sicherheitsbeauftragte der Stufe eins begünstigend hinzu. Sie unterzieht sich weiterhin fast täglich den furchtbar strapaziösen Übungen, die ihren Körper zu einer tödlichen Waffe stählen – zumindest nach den Maßstäben anderer Welten. Aber sie ist inzwischen vierundvierzig. Ich muss es ja wissen, denn sie gehört mir.«
»Ich dachte immer, es sei genau umgekehrt – du gehörst ihr.«
»Das ist Ansichtssache«, brummte Martha.
Brittany glaubte keine Sekunde lang, dass die beiden Menschen, die in einiger Entfernung vor ihr standen, wirklich Daldens Eltern waren. Aber warum war sie dann so nervös? Wahrscheinlich weil nun die zweite Phase des Versuches begonnen hatte, sie um jeden Preis zu überzeugen. Auf dem Raumschiff war ihnen das nicht gelungen. Nun setzte man also neue, unverbrauchte Schauspieler und einen ganzen simulierten

Planeten ein. Eigentlich sollte sie erleichtert sein. Ihre größte Angst, nämlich dass sie sich am selben Abend, an dem sie das Schiff verließ, allein zu Hause in ihrem Bett wiederfinden würde, schien sich nicht zu bewahrheiten. Anscheinend hatte man noch so manches mit ihr vor.

»Dein Auftritt!«, raunte Martha, als die Gruppe sich Brittany erwartungsvoll zuwandte. Die Schauspieler, die Daldens Eltern darstellten, machten nun sogar ein paar Schritte auf sie zu. Martha hatte ihre Worte als Scherz gemeint, doch genau wie bei einem Auftritt kam Brittany sich jetzt vor.

Sie befand sich offensichtlich mitten in einem Theaterstück mit einer ganz großartigen Besetzung. Wenn nötig wurde improvisiert.

»Willkommen auf Sha-Ka'an, Brittany Callaghan! Und willkommen in meiner Familie!«

Großer Gott, das klang wirklich wunderbar! Ihre eigene Familie fiel immer mehr auseinander. Nur allzu selten kamen sie noch alle zusammen. Sie hielten zwar Kontakt, doch Brittany sehnte sich oft nach der Vertrautheit jener Tage, als sie und ihre Brüder noch mit ihren Eltern auf der Farm gelebt hatten. Während der Reise hatte man ihr erzählt, dass die Familien der Sha-Ka'ani im Allgemeinen sehr beständig waren. Wenn die Kinder erwachsen wurden, blieben sie in der Stadt, in der ihre Angehörigen lebten, ja sie verließen oft nicht einmal das Elternhaus.

Einige Frauen zogen zu ihren Lebensgefährten in einen anderen Ort oder gar in ein anderes Land. Doch das waren seltene Ausnahmen. Normalerweise wähl-

ten die Krieger eine Gefährtin unter den Frauen aus ihrer näheren Umgebung.
Gleich im Anschluss an Marthas Willkommensgruß fühlte Brittany sich umarmt und eine Stimme flüsterte ihr ins Ohr: »Du brauchst nicht nervös sein, Kindchen. Kein Mensch hier hat etwas an dir auszusetzen. Wenn ein Krieger einmal seine Wahl getroffen hat, ist sie unumstößlich. Man wünscht ihm einfach Glück. Manche brauchen furchtbar lange, um sich endgültig zu entscheiden. Andere merken es sofort, wenn die Richtige vor ihnen steht. Aber eins ist sicher: Sie täuschen sich nie. Schade, dass wir Frauen kaum je diesen hohen Grad an Sicherheit erreichen.«
Sollte das ein Witz sein? Tedra grinste jedenfalls, als sie zurücktrat. Was sie gerade gesagt hatte, war das genaue Gegenteil von dem, wie Brittany die Dinge sah. Frauen spürten schnell und zuverlässig, wenn sie sich verliebten. Meistens brauchte das Objekt ihrer Liebe viel länger, um sich über seine Gefühle klar zu werden. Es mochte einige wenige Ausnahmen geben, doch für gewöhnlich waren Frauen den Männern bei solchen Entscheidungen um Längen voraus.
Als sie Tedra nun aus der Nähe sah, glaubte Brittany noch viel weniger, dass diese Frau vierundvierzig Jahre sein sollte. Die Behauptung, man sehe Tedra ihr Alter kaum an, war die Untertreibung des Jahrtausends. Aber wahrscheinlich würde sie eine ziemlich interessante Schwiegermutter abgeben, mit der man sich gut verstehen konnte. Bei ihrem Schwiegervater war Brittany sich da nicht so sicher. Wäre sie nicht gerade drei Monate lang mit fünfzig kolossalen Kriegern unter-

wegs gewesen, hätte schon allein sein Körperbau sie eingeschüchtert. Nun musste Brittany ihre gesamte Selbstbeherrschung darauf verwenden, sich nicht unter seinem forschenden, ansonsten aber völlig undurchdringlichen Blick zu winden.

Tedra richtete bald einen strengen Blick auf Dalden. »Sechs Monate lang warst du weg. Eine halbe Ewigkeit! Das war das erste und das letzte Mal, dass du so lange von uns getrennt warst. Ich habe dich schrecklich vermisst. Du darfst nie wieder so lange wegbleiben. Und dein Vater ist ausnahmsweise einmal ganz meiner Meinung.«

»Du solltest nicht den Eindruck erwecken, dass ich sonst nie mit deinen Ansichten einverstanden bin, Frau«, grollte Challen. »Das wäre eine Unwahrheit von der Größe, die du gern ›mega‹ nennst.«

Tedra schnaubte. »Du bist immer nur einverstanden, wenn es dir in den Kram passt, nie wenn ich es für richtig halte.«

Der mächtige Kerl begann zu grinsen. Mit einer unsanften Bewegung riss er Tedra an seine Seite und versetzte ihr anschließend einen Schlag auf den Hintern, der Brittany viel zu kräftig erschien, um noch als scherzhaft durchzugehen. »Wir sind uns doch sicher einig, dass wir dieses Thema später ausdiskutieren werden«, sagte Challen mit einem warnenden Unterton.

»Worauf du dich verlassen kannst!«, fauchte Tedra zurück.

Dann machte sie sich von ihm los, hakte sich bei Shanelle unter und marschierte mit ihr dem Ausgang zu. Challen und Falon folgten den Frauen in einigem

Abstand. Ganz hinten gingen Dalden und Brittany Hand in Hand.

An Brittanys Hüfte verkündete Martha fröhlich: »Mach dir keine Gedanken, Püppchen. An die Art, wie die beiden miteinander herumalbern, musst du dich erst noch gewöhnen.«

»Herumalbern nennst du das? Na großartig!«

Dalden warf ihr einen Blick zu. »Martha hat Recht. Aber auch meine Mutter wird sich noch an manches gewöhnen müssen. Sie benimmt sich nicht so, wie es sich für eine Sha-Ka'ani-Frau gehört.«

Brittany blieb stehen und fragte: »Und wie sollte sich eine Sha-Ka'ani deiner Meinung nach verhalten? Freundlich lächeln und ihrem Lebensgefährten für seine Grobheiten danken?« Sie gab sich keine Mühe, ihre Empörung zu verbergen.

Dalden schien verwirrt, doch Martha schaltete sich sofort ein. »Immer schön der Reihe nach, Mädchen. Tedras Körper ist durch das ständige harte Training an ganz andere Dinge gewöhnt. Ich bezweifle, dass sie Challens liebevolles Tätscheln überhaupt gespürt hat. Und der würde sich eher den Arm abhacken, als seiner Gefährtin Schmerz zuzufügen. Die meisten Krieger haben diese Einstellung.«

»Du auch?«, fragte Brittany Dalden.

»Natürlich«, antwortete er – offensichtlich etwas verwundert darüber, dass sie diese Zusicherung überhaupt brauchte.

»Natürlich«, wiederholte Brittany in Gedanken. Aber Dalden sprach von körperlichen Schmerzen, nicht von den seelischen Qualen, die manchmal noch viel schlimmer sein konnten. Wie stand ein Krieger dazu? Dachte er etwa, solange man keine offene Wunde sah, konnte es nicht so schlimm sein?

In Brittany reifte der Verdacht, dass man es in der zweiten Phase des Experimentes mehr auf ihr Gefühlsleben als auf ihren Verstand abgesehen hatte. Wollte man sie so verängstigen und verunsichern, dass sie am Ende gar nicht mehr merkte, wenn sie Anstalten machte, alles zu glauben?

Kapitel Neununddreißig

Auf der kurzen Fahrt zu Daldens Heimatstadt Sha-Ka-Ra wurde Brittany etwas ruhiger. Man führte ihr keine neuen Wunder mehr vor. Wahrscheinlich war man zu dem Schluss gekommen, dass die Mühe in ihrem Fall ohnehin vergebens war. Sie erhielt zwar noch die eine oder andere fadenscheinige Erklärung, warum es nichts Besonderes zu sehen gäbe, doch sie hörte gar nicht richtig hin.

Lediglich der Eingang des Gebäudes, das sie soeben verlassen hatten, war noch bemerkenswert sowie ein Hügel direkt gegenüber, der so nah war, dass jegliche Aussicht aufs Umland unmöglich wurde. Am Ende war sogar dieser Hügel noch aus Pappmaschee, doch man ließ ihr keine Zeit, das herauszufinden. Drei Fahrzeuge standen bereit, um alle, die mit an Bord gewesen waren, zur Stadt zu bringen.

Airobusse wurden diese Transporter genannt, und sie unterschieden sich nicht allzu sehr von den Bussen, die Brittany von zu Hause kannte. Man nehme die Räder ab, gestalte die Vorderfront stromlinienförmig anstatt flach, gebe dem Fahrzeug die doppelte Länge, und voilà, fertig war das Weltraumfahrzeug.

Direkt hinter dem Piloten befanden sich ein paar gepolsterte Sitze. Dahinter erstreckte sich die gewaltige Ladefläche. Angeblich benutzte man die Transporter, um Handelsgüter von den Raumschiffen in die Städte zu schaffen, doch sie sollten unauffällig sein. Sie verkehrten daher nur auf vorgeschriebenen Routen über den Wolken, sodass man sie vom Boden aus nicht bemerkte. Am Steuer saß ein Pilot, der anstatt aus einem Fenster auf einen großen Monitor blickte. Fenster gab es nirgends. Als Erklärung dafür hörte Brittany, dass ein Krieger, der aus irgendeinem Grund zum Besucherzentrum musste, lieber nicht daran erinnert werden wollte, dass er dorthin flog. Ohne Fenster blieb ihm der Anblick der Wolken, die unter ihm vorbeizogen, erspart, und er gelangte an seinen Bestimmungsort, ohne das mulmige Gefühl beim Fliegen ertragen zu müssen. Auch Geräusche und Bewegungen fehlten beinahe völlig. Es gab kein Motorengeräusch und keinen steilen Startwinkel, nur ein leises, monotones Summen.

Die Landeplätze der Airobusse nannte man Stationen. Diese lagen ebenfalls so weit außerhalb der Städte, dass sich deren Bewohner dadurch nicht beeinträchtigt fühlten. Erst als sie an der Endstation ausstiegen, sah Brittany, was das bedeutete.

In erster Linie nämlich Aussicht. Eine unglaublich weit reichende Aussicht, die man nur überwältigend nennen konnte. Die Station befand sich am Fuß eines Berges namens Mount Raik, dessen Gipfel so hoch in den Himmel ragte, dass dort oben, trotz des allgemein tropischen Klimas, ein Schneefeld schimmerte. Der Berg war von nahezu völlig flachem Land umgeben, auf dem offenbar Getreide und Gemüse angebaut wurden. In

der Ferne erspähte Brittany Wälder. Dort gab es Bäume in den verschiedensten Farben. Rot, grün, gelb und blau – ja, wirklich blau – leuchteten sie herüber. Alle Farben tauchten in jeder erdenklichen Schattierung auf. Am Horizont entdeckte sie violette Schatten – Gebirge vielleicht. Doch sie waren zu weit entfernt, um sie genau auszumachen. Vor ihr im Tal lag ein kleiner See inmitten einer Wiese voll herrlicher Blumen.
Telegrafenmasten, Stromleitungen, große Straßen, Gebäude oder Flugzeuge suchte sie umsonst. Nichts störte den Eindruck eines perfekten Paradieses. Und die Luft war tatsächlich unvorstellbar frisch und rein. Nicht die kleinste Rauchwolke und nicht der Hauch einer abgasschweren Dunstglocke war zu entdecken. Wo auf der Welt fand man heutzutage noch einen solchen Ort?
Dann sah Brittany die drei Airobusse, die noch auf der Landebahn standen, und dahinter eine kurvige Straße, die den Berg hinaufführte. Angeblich waren sie zu nahe am Berg, um die Stadt Sha-Ka-Ra sehen zu können, die auf halber Höhe an seiner Flanke lag.
»Gehen wir zu Fuß?«, fragte sie.
»Mein Vater hat für Transportmittel gesorgt.«
»Wo sind sie denn?«
Dalden nahm Brittany an der Hand und führte sie von den Airobussen weg, die die Sicht auf die Straße teilweise verstellten. Nun entdeckte auch sie die kleine Herde von *Hataaris,* etwa vierzig an der Zahl, die geduldig am Rand der Landebahn standen. Einige der Krieger schwangen sich bereits auf ihre Rücken. Die Männer vermittelten Brittany eine Vorstellung von der Größe dieser Tiere, denn deren Rücken lag etwa auf

Augenhöhe der Krieger. Das Fell der Tiere war zottelig und zumeist schwarz. Es gab einige braune und ein gelblich gefärbtes, aber alle hatten buschige, weiße Mähnen und lange weiße Schweife, die beinahe den Boden berührten. Auf erstaunlich dünnen Beinen ruhten auffallend breite Körper – viel zu breit für ein Pferd. Hatten prähistorische Pferde vielleicht so ausgesehen? Das war wohl übertrieben. Diese Tiere ähnelten zwar Pferden, doch sie waren eindeutig keine. Mit ihrem langen Zottelfell und den dünnen Beinen sahen sie ziemlich komisch aus, sodass Brittany lachen musste. Wie hatte man das nun wieder arrangiert? Gab es nicht ein paar schwere Pferderassen, die tatsächlich so groß wurden? Dem Erfinder der Kostüme für diese armen Kreaturen war die Fantasie allerdings ein wenig durchgegangen. Die dick gepolsterten Körper ließen die Tiere ziemlich lächerlich wirken.

»Was amüsiert dich denn so?«, fragte Dalden. Er hatte Brittany zu einem der *Hataare* geführt und sie mit einem schnellen Schwung auf dessen Rücken befördert. Brittanys Lachen verstummte schlagartig. Es gab keinen Sattel, nur eine Decke und eine Art Geschirr mit Zügeln und einem Knauf, an dem sie sich festhalten konnte und den sie mit beiden Händen ergriff, während Dalden sich hinter ihr auf das *Hataar* schwang.

»Aber echt!«, murmelte Brittany. »Lasst mir nur erst gar keine Zeit, den Reißverschluss an diesem Zottelkostüm zu finden.«

Dalden schlang die Arme um Brittany und zog sie an sich. Schon war ihr Ärger verflogen und sie schmiegte ihren Rücken an seine Brust. Er bat sie nicht um eine

Erklärung für ihre Bemerkung, was wieder einmal bewies, dass er in das Experiment eingeweiht war. Dafür nahm Martha kein Blatt vor den Mund.
»Ich bin wirklich enttäuscht von dir, Püppchen«, schallte es an Brittanys Hüfte. »Nun übertreibst du langsam ein wenig. Dir ist wirklich jede noch so fadenscheinige Erklärung lieber als die Realität.«
»Deine Realität ist so an den Haaren herbeigezogen, dass sie die Grenze zur Lächerlichkeit bereits überschritten hat. Wenn hier jemand Grund hat, enttäuscht zu sein, dann doch wohl ich. Nach all der Mühe, die ihr euch mit dem Raumschiff gegeben habt, hätte ich hier etwas Besseres erwartet.«
»Hast du schon einmal daran gedacht, dass man sich die Realität nicht aussuchen kann? Die *Hataare* mögen tatsächlich ein wenig komisch aussehen. Die vergleichbaren Tiere, die es auf deiner Welt gibt, wirken viel eleganter. Aber nicht überall hat man das Glück, dass Nutztiere auch noch schön anzusehen sind. Und ob du es glaubst oder nicht, auf anderen Planeten gibt es sogar noch viel eigenartigere Sorten von *Hataaren.*«
»Keine Frage. Und ich habe einen Bären, den ich euch aufbinden will.«
»Du musst dir abgewöhnen, Dinge zu sagen, die du nicht so meinst, *Kerima.*«
Brittany erschrak über Daldens ernsten Ton. Doch schon hörte sie Martha sagen: »Nun hör dir das an, Mädchen. Kaum ist er zu Hause, schon spricht er wie ein richtiger Krieger.«
Brittany wandte sich zu Dalden um und sah ihn forschend an. »Was meint sie damit?« Er blieb ihr die

Antwort schuldig. »Warum sprichst du das Wort Krieger so aus, als handle es sich dabei um etwas Unanständiges?«, fragte sie nun Martha. Aber auch die blieb ausnahmsweise einmal stumm. »Verdammt noch mal, ihr haltet doch wohl jetzt keine üblen Überraschungen mehr für mich bereit? Habe ich mich etwa in einen Mann verliebt, der mir bislang nur die guten Seiten seines Charakters gezeigt hat? Werde ich nun bald feststellen müssen, dass sich hinter dieser Maske ein übles Monster verbirgt, das ich nur verabscheuen kann?«

Daldens Gesicht wurde weich. Vielleicht, weil ihr gerade zum ersten Mal herausgerutscht war, dass sie ihn liebte? Das hatte sie ihm jetzt noch gar nicht sagen wollen. Das konnte zu leicht gegen sie verwendet werden, wenn das Experiment nicht so ausging, wie man es sich erhoffte. Doch nun war es zu spät. Sie konnte die Worte nicht ungesagt machen. Sie liebte ihn tatsächlich. Zumindest liebte sie den Dalden, den sie bisher kannte. Doch wer war er? Ein Mann, der vorgab, ein Außerirdischer zu sein? Ein Mann, der nach einer gründlichen Gehirnwäsche selbst alles glaubte, was er sagte? Oder vielleicht ein echter Alien, der ihr seinen wahren Charakter bisher noch nicht offenbart hatte und erst auf seinem Heimatplaneten sein wahres Gesicht zeigte? Und warum nannte man diese Leute Barbaren?

Ihr Barbar legte eine Hand auf ihre Wange, um ihren Mund in die Nähe des seinen zu bringen. Sein Kuss war so sanft, so zärtlich. Das liebte sie ganz besonders an ihm: dass er stets so zart mit ihr umging, obwohl er so unglaublich groß und stark war. Nein, er war kein Barbar. Nie und nimmer.

Kapitel Vierzig

Brittany wäre am liebsten im Erdboden versunken. Nie zuvor war ihr irgendetwas so peinlich gewesen. Dalden hingegen machte keinen Hehl aus seiner Zufriedenheit. Wieder einmal war es ihm gelungen, Brittany so wirkungsvoll abzulenken, dass sie sofort vergaß, worüber sie sich aufregte. Sie dachte nicht mehr daran, dass sie sich eigentlich die Gegend ansehen wollte. Auch wo sie sich befand – nämlich auf dem Rücken eines Reittieres – und dass sie nicht mit Dalden allein war, hatte plötzlich keine Rolle mehr gespielt. Dalden war stolz darauf, sie jederzeit in diesen Zustand versetzen zu können. Sein anfangs nur zärtlicher Kuss hatte einen heftigen Sturm der Leidenschaft heraufbeschworen – zumindest in Brittany. Im Handumdrehen saß sie umgekehrt auf dem *Hataari,* legte ihre Beine über seine und klammerte sich an ihm fest. Sie erwiderte seinen Kuss und verlor sich im Strudel ihrer Gefühle …

Bis Marthas trockener Kommentar sie jäh auf den Boden der Tatsachen zurückholte: »Und ich dachte, du interessierst dich für die Architektur auf diesem Planeten.«

Kodos, der neben ihnen ritt, grinste breit. Shanelle saß

gemeinsam mit Falon auf einem *Hataari.* Sie lachte zu Brittany herüber und rollte mit den Augen. Zum Glück ritten Daldens Eltern an der Spitze des Zuges und ahnten nicht, wie ihre Schwiegertochter sich benommen hatte. Sonst wäre Brittany wahrscheinlich vor Verlegenheit vergangen.

Mit glühenden Wangen zischte sie Dalden an: »Wenn ich annehmen müsste, du hättest das aus reiner Berechnung getan, könntest du was erleben!«

Dalden lachte sie fröhlich an. »Würdest du mir bitte etwas näher erklären, was ich in diesem Fall zu befürchten hätte?«

»Zunächst einmal würde ich nie wieder ein Wort mit dir sprechen«, antwortete sie und bohrte ihren Zeigefinger in seine breite Brust.

»Das würde ich dir nicht erlauben«, erwiderte er schlicht.

»Nicht erlauben?« Brittany schnappte nach Luft. »Das wollen wir doch erst mal sehen. Und glaub nur nicht, du kannst dich bei mir einschmeicheln. In meinen Adern fließt irisches Blut. Und etwas Stureres als eine Amerikanerin irischer Abstammung gibt es praktisch gar nicht. Sturheit ist sozusagen mein zweiter Vorname.«

»Ich dachte, der sei ›Wildfang‹?«

»Na toll! Echt toll! Tu bloß nicht so, als wüsstest du nicht, was ich meine.«

Er schüttelte den Kopf. »Du sagst, du seist stur. Nun, das sind doch im Grunde die meisten Frauen. Wir Krieger wissen das und finden es amüsant.«

»Amüsant?«

»Ja. Denn das nützt den Frauen nicht viel. Zumindest nicht hier bei uns.«

»Vielleicht solltest du diese Aussage noch einmal überdenken und ›bis jetzt‹ hinzufügen«, entgegnete Brittany spitz.

Dalden lachte und umarmte sie. Dann erklärte er ihr, was ihn so belustigte. »Martha behauptet, du seist anders, weil du nicht hier geboren wurdest. Aber in Wirklichkeit, *Kerima,* benimmst du dich im Augenblick haargenau wie eine Sha-Ka'ani, der soeben ungefragt eine Lehre erteilt wurde.«

Brittany befreite sich aus seiner Umarmung und sah ihn aus zusammengekniffenen Augen an. »Eine Lehre? Was willst du mir denn beibringen? Dass du mich in schreckliche Verlegenheit bringen kannst, sobald ich etwas tue oder sage, was dir nicht passt?«

»Ich wollte dich nicht in Verlegenheit bringen.«

»Aber was wolltest du dann?«

»Ich wollte, dass du genau das fühlst, was du gefühlt hast.«

Was sie gefühlt hatte, war pure Leidenschaft und den überwältigend starken Wunsch, sich ihm auf der Stelle hinzugeben. »Das verstehe ich nicht.«

Wieder einmal blieb er ihr die Antwort schuldig. Gereizt wandte Brittany sich an Martha. »Du wirst mir noch einiges erklären müssen. Und zwar bald. Außerdem verlange ich diesmal klare Antworten auf meine Fragen.«

Doch Dalden war damit nicht einverstanden. »Man lernt besser durch Beispiele als durch Reden.«

Brittany wollte ihm gerade eine passende Antwort geben, doch Martha kam ihr zuvor. »Sag mal, großer Krieger, steigt dir etwa bereits die reine Luft auf diesem Planeten zu Kopf? Bislang ist es dir doch ganz gut gelungen, auf die Tatsache Rücksicht zu nehmen, dass sie keine Sha-Ka'ani ist. Nun verdirb nicht alles, nur weil du wieder zu Hause bist. Diese Frau ist zu Reaktionen fähig, von denen du noch nicht den Hauch einer Vorstellung hast. Und vieles, was dir als ganz natürlich und richtig erscheint, geht ihr vollkommen gegen den Strich. Ich habe dich bereits gewarnt. Es gibt kulturelle Unterschiede zwischen euch, die zu großen Problemen führen können. Dagegen waren die Schwierigkeiten, die dein Vater mit Tedra hatte, ein Klacks.«

Brittany hielt den Atem an. Sie spürte eine unbestimmte, kaum fassbare Bedrohung, die sie ängstigte. Auch Dalden wirkte plötzlich angespannt. Brittany gefiel es nicht, dass ihre Herkunft und ihre Überzeugungen laut Marthas Aussage der Grund für zukünftige Probleme zwischen ihr und Dalden sein sollten. Er hingegen hörte nicht gern, dass Martha ihn für unfähig hielt, mit diesen Schwierigkeiten fertig zu werden.

Brittany schlang plötzlich voller Angst die Arme um Dalden. »Was immer auch geschehen mag, gemeinsam können wir eine Lösung finden. Ich weiß nicht, was Martha mit ihren Warnungen wirklich meint. Aber ich werde versuchen, Verständnis für die Dinge aufzubringen, die neu und ungewohnt für mich sind. Ich werde versuchen, sie nicht von vornherein abzulehnen. Gemeinsam werden wir alles schaffen, Dalden.«

Er erwiderte ihre Umarmung und drückte dabei ein wenig fester zu als sonst. »Ich bin dir dankbar für diese

Worte. Aber du musst mir keine Versprechungen machen. Wir ›schaffen‹ es, wie du dich ausdrückst. Etwas anderes lasse ich gar nicht zu.«

Manchmal verblüffte er sie mit seiner unerschütterlichen Zuversicht. Alles würde gut werden – schon ganz einfach deshalb, weil er es so beschlossen hatte. Ganz egal, was passierte und welche Hindernisse sich ihnen in den Weg stellten. Etwas anderes gab es nicht für ihn. Er ließ es ganz einfach nicht zu. Brittany wünschte, sie könnte ein wenig von dieser inneren Sicherheit fassen und sich zu Herzen nehmen. Doch immerhin beruhigte sie Daldens Entschlossenheit ein wenig.

»Wollen wir noch einmal auf das Thema Architektur zurückkommen?«, fragte Martha mitten in Brittanys grüblerische Gedankengänge hinein.

Brittany prustete los, und auch der letzte Rest von Anspannung fiel von ihr ab.

Kapitel Einundvierzig

Allzu viel hatte Brittany bisher nicht verpasst. Sie ritten gerade erst in Sha-Ka-Ra ein. Martha hatte Recht. Die Stadt war etwas kleiner als die amerikanischen Städte, die Brittany kannte, aber doch viel größer, als sie erwartet hatte. Hier mochten bei weitem nicht so viele Menschen auf engem Raum zusammenleben wie in den Küstenstädten Kaliforniens, doch die Ausdehnung der Stadt war beachtlich. Der Grund dafür lag wohl in der großzügigen Anordnung der Gebäude. Zwischen den Nachbarhäusern gab es überall viel Platz. Sha-Ka-Ra lag auf einem flachen Plateau an der Flanke des Berges. Die steilen Hänge hinter der Stadt waren unbebaut.

Bäume in jeder erdenklichen Farbschattierung säumten die Hauptstraße. Brittany kam kein einziger bekannt vor. Allerdings kannte sie sich mit Pflanzen auch nicht besonders gut aus. Zwischen den Bäumen standen in regelmäßigen Abständen Straßenlaternen. Sie ähnelten den antiken Lampen aus dem neunzehnten Jahrhundert, die man auch in gut erhaltenen alten amerikanischen Innenstädten noch manchmal sah. In den Lampen Sha-Ka-Ras indessen leuchteten Gaali-Steine, die man nicht entzünden, sondern lediglich aufdecken musste, damit sie ihr warmes Licht verbreiteten. Brittany war schon sehr gespannt auf diese besonderen Steine. Sie konnte es kaum erwarten, ein kleines Exemplar aus der Nähe zu betrachten. Große Brocken, so hatte man ihr erklärt, strahlten so hell, dass sie dem ungeschützten Auge Schaden zufügten. Nun gut, das konnte sie nicht nachprüfen. Aber sie würde die kleinen Steine sehr genau unter die Lupe nehmen. Sicher gab es irgendwo eine Stelle, an der die Batterie eingelegt wurde.

Zu Brittanys Enttäuschung war keines der Gebäude in der Stadt aus Holz. Die Mauern der Häuser waren gelblich gefärbt. Ob das die Farbe der Bausteine oder des Putzes war, konnte Brittany von ihrem Reittier aus nicht feststellen. Die meisten Häuser waren eingeschossig, manche hatten auch zwei Stockwerke. Es gab Arkaden, Torbögen und Fenster in allen möglichen Formen. Zu jedem Haus gehörten ein Hof, ein Stall und ein Garten. Auf manchen der flachen Dächer entdeckte Brittany Balkone, die an die Sonnendecks von Schiffen erinnerten. Besonders fiel ihr die Sauberkeit in den Straßen auf. Nirgendwo war auch nur eine Spur Unrat zu sehen.

Sha-Ka-Ra stellte eine eigenartige Mischung aus Alt und Neu dar. Zwar wirkten die Häuser recht modern, nicht aber ihre Bewohner. Viele standen im Freien, um die Heimkehrer zu begrüßen. Die fünfzig Männer waren lange fort gewesen, und ihre Familien hießen sie nun freudig willkommen. Langsam löste sich der Zug auf, in dem Brittany und Dalden ritten. Jeder heimkehrende Krieger wurde von zwei, drei oder noch mehr Mitgliedern seiner Familie in Empfang genommen. Brittany fiel auf, dass nie nur ein Mensch allein bereitstand, um einen Krieger zu begrüßen. Und nun sah sie auch, dass nirgendwo eine Frau allein am Straßenrand stand und wartete.

Immer hielt sich ein Mann in ihrer Nähe auf. Alle Frauen trugen, genau wie Tedra, *Chauris,* Kleider, die aus vielen einzelnen Stoffbahnen gefertigt waren, und den obligatorischen Umhang. Die vielen verschiedenfarbigen Gewänder sorgten für ein buntes Bild. Auffällig war, dass die Stoffe nicht gemustert waren. Jedes Kleidungsstück war einfarbig.

Später erfuhr Brittany, dass man ihr nur deshalb kein Gewand gegeben hatte, weil ihr weißes T-Shirt und ihre Bluejeans bereits die Farben von Daldens Haus repräsentierten. Dass er ihr gestattet hatte, Hosen zu tragen, war eine Ausnahme, die sie ihrer Herkunft von einem anderen Planeten verdankte. Jeder sollte das sofort sehen. Dalden wollte es so. Die Frauen seines Volkes durften sich hingegen von jeher niemals in Hosen, egal welcher Machart, zeigen. Erst in letzter Zeit hatte sich diese Sitte ein klein wenig gelockert. Seit man wusste, dass es diese Kleidervorschriften in anderen Ländern des Planeten – wie beispielsweise Falons Heimatland – gar nicht gab, zwang man Besucherinnen nicht mehr, sich an die strengen Regeln zu halten. Aber von den Einheimischen erwartete man nach wie vor die traditionelle Art der Kleidung. Deshalb würde man auch Brittany nun bald mit den entsprechenden Gewändern ausstatten und ihr nahe legen, sie zu tragen.

Dagegen hatte sie nichts einzuwenden. Nach drei

Monaten in Jeans und T-Shirt konnte sie es kaum erwarten, endlich etwas anderes anzuziehen. Zwar hatten ihre Kleider jeden Morgen gereinigt in einem Kleiderschrank gelegen, der auf Knopfdruck erschien, doch nun freute Brittany sich auf ein wenig Abwechslung. Das Angebot, eine der Uniformen der *Androvia* zu tragen, hatte sie abgelehnt. Sie fand, ein hauteng anliegender Overall aus dünnem Stoff passe nicht zu einer Frau ihrer Statur und Größe.

Recht altmodisch sahen in Sha-Ka-Ra außer den Menschen auch die Marktplätze aus. So stellte sich Brittany mittelalterliche Jahrmärkte vor. Vor kleinen Zelten waren Tische aufgebaut, hinter denen die Verkäufer standen. Andere saßen auf bunten Teppichen und boten von dort aus lautstark ihre Ware feil.

Bald darauf ritt sie mit Daldens Familie durch einen hübschen Park. Kinder spielten dort um einen Teich. Brittany fühlte sich hier sofort an die Vororte amerikanischer Großstädte erinnert.

Die geraden Straßen bildeten, genau wie in den modernen Städten ihres Heimatlandes, ein regelmäßiges Gittermuster. Als sie um eine Ecke bogen, erblickte sie das größte Gebäude der Stadt, ein alles überragendes, weißes Schloss aus Stein. Brittany blieb der Mund offen stehen. Ein solches Schloss hatte sie noch nie gesehen. Es schien einem besonders fantasievoll gestalteten Bilderbuch zu entstammen. Das Gebäude bestand aus vielen einzelnen Teilen, von denen manche rund, andere jedoch quadratisch oder auch rechteckig waren. Jedes Gebäudeteil war unterschiedlich hoch, wobei die höchsten Türme in der Mitte standen. Die niedrigeren Bauten befanden sich an den Rändern. Insgesamt erinnerte das Schloss an die Form einer Pyramide. Es gab spitze, geschwungene, in sich gedrehte und flache Dächer. Hinter den Zinnen der Türme entdeckte Brittany überdachte Laufgänge. Rund um das Schloss verlief eine hohe, weiße Mauer. Ein Torbogen, der die gesamte Breite der Straße überspannte, gewährte Einlass in den Schlosshof. Und genau darauf ritten sie nun zu. Hier lebten also Dalden und seine Familie.

Das war einfach zu viel. Etwas Derartiges konnte man nicht nur für ein Experiment aus dem Boden stampfen. Das Schloss musste schon lange vorher existiert haben und wurde nun lediglich für diesen Versuch benutzt. Dasselbe galt für die ganze Stadt. Vielleicht befanden sie sich ja irgendwo in Russland oder im Vorderen Orient. Gab es dort nicht Gebäude und ganze Städte, die so aussahen? Auch die Landschaft sollte dort sehr schön und die Umwelt noch weitgehend intakt sein.

Diese Erklärung erschien Brittany plausibel. Sie atmete tief durch. Einen kurzen Moment lang war sie ins Wanken geraten, doch nun sah sie wieder klar und war gespannt auf das, was man ihr als Nächstes zeigen würde. Gerade ritten sie unter dem Torbogen hindurch in den Schlosshof ein. Vor ihnen lag ein rechteckiges Gebäude. An seiner Vorderfront führten auf ganzer Länge Treppen zu einer hohen Doppeltür empor, die aussah wie aus Stahl gegossen. Zu beiden Seiten der Tür stand je ein riesiger Krieger, der dort Wache hielt.

In der Nähe gab es einen Stall für die *Hataaris.* Brittany staunte, wie klein die Männer waren, die dort arbeiteten. Dann wurde ihr bewusst, dass diese Männer ihr wahrscheinlich nur im Vergleich zu den gigantischen Kriegern so klein erschienen. Im Gegensatz zu den Kriegern trugen die Stallknechte dünne weiße Hemden und Hosen. Sie gehörten zum Volk der *Darash,* einer Art Dienerkaste, von der Brittany bereits auf dem Raumschiff gehört hatte. Die *Darash* waren vor so langer Zeit von den Sha-Ka'ani besiegt und unterworfen worden, dass niemand mehr wusste, wann das genau gewesen war. Man betrachtete sie nicht als Sklaven. Ihr Status war eher ein Mittelding zwischen mittelalterlichen Knechten und Dienstboten aus dem England des 18. Jahrhunderts. Die *Darash* gehörten der Arbeiterklasse an. Ihnen oblagen niedere Tätigkeiten, für die die Krieger sich zu fein waren. Bezahlt wurden sie dafür nicht. Ganz bestimmte Gesetze regelten das Leben der *Darash.* Sie konnten beispielsweise nicht einfach wegziehen, wenn ihnen eine Arbeit oder ein Ort nicht gefiel. Dennoch waren sie nicht rechtlos. Brittany hatte man diese Leute als glückliches Völkchen beschrieben, das sich seines Wertes durchaus bewusst war. Ohne die Arbeit der *Darash* war die Kriegergesellschaft der Sha-Ka'ani nicht denkbar. Sie würde in kürzester Zeit im Chaos versinken.

Daldens Eltern betraten das Gebäude. Shanelle wollte noch ein paar Tage lang bleiben und sich dann gemeinsam mit Falon auf den Weg nach Ba-Har-an machen. Früher hatte die Reise dorthin drei Monate gedauert. Aber seit Airobusse auf langen Distanzen die *Hataari* ablösten, bewältigte man die Strecke innerhalb

von Minuten. Die weite Entfernung, die noch vor ein paar Jahren kaum zu überbrücken gewesen war, erklärte, warum man so lange so wenig über Ba-Har-an gewusst hatte. Erst in jüngerer Zeit war die Liga an Challen herangetreten und hatte ihn gebeten, mit Falons Volk Kontakt aufzunehmen. In Ba-Har-an vermutete man gewaltige Goldvorkommen, an denen andere Planeten großes Interesse zeigten.
Doch nicht allein die Entfernung hatte dafür gesorgt, dass die Bewohner der beiden Länder einander über Jahrhunderte hinweg fremd geblieben waren. Die Sha-Ka'ani, so unterschiedlich manche Völker auch sein mochten, waren allesamt sesshafte Kriegerstämme, keine Nomaden. Es lag nun einmal nicht in ihrer Natur, auf Entdeckungsreise zu gehen. Wenn irgend möglich, blieben sie in der ihnen vertrauten Umgebung. Dort verbrachten sie ihr Leben, gründeten Familien und fühlten sich glücklich, geborgen und sicher.

Kapitel Zweiundvierzig

Vielleicht hätte Brittany ihren Mund, der vor Staunen weit offen stand, wieder zuklappen können, nachdem sie durch die gewaltigen Stahltüren in das Gebäude getreten waren. Doch das Innere des Schlosses war nicht weniger bemerkenswert als sein Äußeres. Brittany stand nicht in einer schlichten, zweckmäßigen Burg, sondern in einem prächtigen Palast. Flüchtig dachte sie daran, was Dalden ihr bereits vor einigen Monaten über Pools in den Schlafzimmern erzählt hatte. Sie blickte sich um. Das ganze Bauwerk wirkte luftig und freundlich. Die vorherrschende Farbe in den lichtdurchfluteten, hohen Räumen war Weiß. Auch die Fußböden bestanden aus weißen, marmorartigen Steinplatten. Topfpflanzen und blühende Bäume in riesigen Kübeln sorgten für frische Farbtupfer. Ein langer blauer Teppich reichte von einem Ende der Eingangshalle bis zum anderen. Zu beiden Seiten lagen zwei große Räume, die nur durch Steinbögen von der Eingangshalle abgetrennt waren. Echte Wände, die den Blick verstellten, gab es hier nicht. Die offenen, hohen Fenster dieser Zimmer sorgten für eine leichte Brise, die den Eingangsbereich angenehm kühl hielt. Außerdem ließen sie so viel Tageslicht herein, dass das

Innere des Gebäudes kaum dunkler wirkte als etwa der Schlosshof. Wo sie auch hinsah, entdeckte Brittany noch mehr Zierpflanzen, Diwane, Tische … Ihr Interesse war geweckt. Tische deuteten auf die Existenz von Schreinern hin. Aber hatte Kodos nicht behauptet, er sei in seinem Land nie jemandem begegnet, der ihm die Arbeit mit Holz beibringen konnte? Von ihm wusste Brittany auch, dass die meisten Gebäude der Stadt schon vor so langer Zeit von den *Darash* errichtet worden waren, dass die Baukunst langsam in Vergessenheit geriet. Der Verlierer eines Wettkampfes musste manchmal zur Strafe ein Haus bauen. Doch meist war das Resultat dieser halbherzigen Bemühungen ein Machwerk von minderer Qualität, das ungenutzt dem Verfall überlassen blieb.

»Du fürchtest wohl, eine ganze Serie von Wettkämpfen zu verlieren«, hatte Brittany ihren jungen Freund Kodos geneckt.

Seine Antwort hatte ein wenig beleidigt geklungen: »Nein. Ich möchte nur den Verlierern zeigen, wie man etwas Nützliches baut. Das erscheint mir sinnvoller, als den nächsten Verlierer damit zu beauftragen, das Werk seines Vorgängers wieder abzureißen.«

Brittany hatte keine weiteren Fragen zu diesen Wettkämpfen gestellt. Wahrscheinlich handelte es sich dabei lediglich wieder einmal um einen Zeitvertreib für die Krieger. Doch ihr Gespräch mit Kodos erinnerte sie an etwas, was Dalden einmal gesagt hatte. Für ihn war der Beruf, den sie ausübte, gleichbedeutend mit Strafe. Krieger trieben bestenfalls Handel oder befehligten die *Darash* auf den Farmen und Höfen. Das

Einzige, was sie je mit eigenen Händen anrührten, war ihr Schwert. Brittany fand es beeindruckend, wie diese Leute es schafften, diese ganze Geschichte plausibel klingen zu lassen, indem sie immer wieder an früher Gesagtes anknüpften. Nun wollten sich alle zunächst für eine Weile zurückziehen und sich erst zum Abendessen wieder treffen. Challen musste sich seinen Aufgaben als *Shodan* widmen. Tedra freute sich auf einen langen Plausch mit Martha. Shanelle und Falon verschwanden in Richtung von Shanelles ehemaligem Jugendzimmer, während Dalden Brittany zu seinem Zimmer brachte. Er führte sie durch die Eingangshalle, durch einen langen Gang, durch das Erdgeschoss eines Turmes und dann auf einem überdachten Weg durch den Garten ins nächste Gebäude. Dort ging es weiter durch Gänge und Hallen und über unzählige Treppen. Als sie endlich bei Daldens Zimmer ankamen, hatte Brittany völlig die Orientierung verloren. Man konnte fast meinen, er gehöre schon gar nicht mehr dazu, so weit war sein Wohnbereich vom Rest des Palastes entfernt. Daldens Zimmer nahm das ganze obere Stockwerk eines einzeln stehenden Gebäudes ein. Und im Fußboden war, genau wie angekündigt, ein Pool von etwa fünf Meter Umfang eingelassen. Das Arrangement erinnerte Brittany sofort an eine kleine Oase, denn um den Pool waren Bäume in großen Töpfen gruppiert, und es gab sogar eine kleine, steinerne Bank. An der einzigen Wand, die nicht von großen Fenstern mit Rundbogen durchbrochen war, stand ein gewaltiges Bett. Es sah anders aus als die Betten, die Brittany von zu Hause kannte. Eine dicke Ma-

tratze lag in einem Rahmen ohne erkennbare Bettfedern. Das Ganze wirkte altmodisch, war aber wahrscheinlich weich und bequem.
Brittany entdeckte einen langen, niedrigen Tisch, um den Diwane gruppiert waren. Aß man hier etwa im Liegen? Reich mit Schnitzereien verzierte Truhen und Schränke standen zwischen den Fensterbögen. Also gab es hier doch aufwändige Holzarbeiten! Der Fußboden war mit den gleichen hellen, marmorartigen Steinplatten gefliest wie in fast allen Räumen, die Brittany bisher gesehen hatte, nur leicht bläulich geädert.
Hauchzarte, hellblaue Gardinen an den Fenstern bewegten sich in der sanften Brise. Schwere Vorhänge, Fensterscheiben oder Fensterläden suchte Brittany vergebens.
»Sag, wie haltet ihr die Räume frei von Fliegen und Stechmücken?«, fragte sie Dalden.
»Wie bitte?«
»Insekten, Ungeziefer. Du weißt schon. Kleine, fliegende Plagegeister, die einen stechen und beißen.«
»So etwas findet man bei uns höchstens unten im Flachland. Nicht auf einem Berg.«
»Ah.«
»Wie gefällt dir dein neues Zuhause?«
Brittany ahnte trotz seines undurchdringlichen Gesichtsausdrucks, wie gespannt Dalden auf ihre Antwort harrte. Sein Zimmer war wirklich wunderschön. Auf unnachahmliche Weise zugleich luxuriös und schlicht. Allerdings erinnerte das Ganze für Brittanys Geschmack ein wenig zu sehr an den Harem eines Sul-

tanspalastes. Sie befand sich anscheinend wirklich an einem Ort, der ziemlich weit von ihrem eigentlichen Zuhause entfernt war.

»Es ist groß«, antwortete sie vorsichtig.

»Stimmt. Ein Krieger braucht viel Platz. Sonst fühlt er sich wie ein Tier in einem Käfig«, erklärte Dalden.

»So wird es wohl sein.«

»Es gefällt dir nicht«, stellte Dalden fest. Seine Enttäuschung war ihm deutlich anzumerken.

»Das habe ich nicht gesagt«, entgegnete Brittany schnell. »Ich muss mich nur erst daran gewöhnen.«

»Was gefällt dir nicht daran?«

»Dalden, bitte, hör auf. Es ist wirklich wunderschön.«

»Du bist mein und ich kenne dich gut, *Kerima.* Ich weiß genau, dass dir das Haus, in dem du leben wirst, nicht zusagt.«

Sie streckte ihm die Hand hin. Als er sie ergriff, führte sie seine Finger an ihren Mund und biss zu – kurz und kräftig. Fragend hob er die Augenbrauen. Den Schmerz fühlte er kaum. Dann grinste er und wollte sie an sich ziehen. Doch sie entzog sich ihm.

»Das war nicht als Einladung gemeint. Ich wollte dir nur zeigen, dass du mich noch längst nicht so gut kennst, wie du sagst. Du kannst mir nicht jederzeit in den Kopf und ins Herz blicken. Und das ist gut so. Stell dir vor, wie langweilig das Leben ohne jede Überraschung wäre. Und was deine Wohnung betrifft – ich werde mich daran gewöhnen. Doch du weißt, wie ich lebe. Das Haus, das ich mir bauen wollte, wäre wahrscheinlich viermal so groß geworden wie mein Apartment, aber dennoch ganz bestimmt kein

Schloss. Hier komme ich mir vor wie – wie in einem Märchen. Gegen Märchen habe ich eigentlich nichts einzuwenden, aber sie haben alle einen Anfang und ein Ende. Und das ist gut so. Für immer hier zu wohnen, kann ich mir nämlich nicht vorstellen.«

»Du hast also den Wunsch, an einem anderen Ort zu leben.«

Sie antwortete ihm mit einer Gegenfrage. »Willst du denn für immer hier wohnen bleiben? Gemeinsam mit deiner Lebensgefährtin und mit eigenen Kindern?«

»Hier gibt es genügend Platz für mehr als eine Familie«, erklärte Dalden.

»Stimmt. Aber darum geht es mir gar nicht. Möchtest du denn nicht eines Tages auf eigenen Füßen stehen? In einem eigenen Haus leben, das dir gehört und nicht deinen Eltern? Da, wo ich herkomme, verlässt man sein Elternhaus meist schon, wenn man einen Schulabschluss in der Tasche hat, und fängt ein eigenes Leben an. Bei uns ziehen die Eltern ihre Kinder groß und entlassen sie – mehr oder weniger gut gerüstet – hinaus in die Welt, sobald sie halbwegs erwachsen sind. Und du bist doch erwachsen, oder nicht?«

Der finstere Blick, den Dalden ihr zuwarf, brachte Brittany zum Lachen. Selten sah man seinem Mienenspiel die Gefühle, die ihn bewegten, so deutlich an.

»Tut mir Leid«, lenkte sie ein. »Aber ich musste diese Fragen stellen. Hier ist alles so anders als bei uns. Was ist mit den Frauen? Was arbeiten sie hier bei euch? Sie üben doch Berufe aus, nicht wahr?«

»Nicht so, wie du meinst.«

»Bring mich nach Hause.«

»Aber sie haben Hobbys.«

»Das reicht einer Frau, die gewohnt ist, für sich selbst zu sorgen, nicht aus«, murmelte Brittany. »Aber es gibt hier doch sicher Industrieanlagen. Es muss Handwerker geben, vielleicht sogar Schreiner und auf jeden Fall Sägewerke. Die ganze Stadt ist voll von Dingen, die irgendjemand hergestellt hat. Wo versteckt ihr die Werkstätten und Fabriken?«

»So etwas kennen wir in Kan-is-tra nicht. Wir verändern die Natur oberhalb des Erdbodens nicht. Außer dort, wo wir Nahrungspflanzen anbauen.«

»Und wie sieht es unter der Oberfläche aus?«

»Gold wird in vielen Gegenden unserer Welt aus dem Boden geholt. Auch hier in Kan-is-tra. Die *Darash,* die in der Nähe der Minen leben, verfügen über das Wissen und die Fertigkeit, daraus nützliche Gegenstände herzustellen.«

»Und was ist mit den Möbeln, die hier herumstehen?«

»Diese Gegenstände stammen aus den südlicheren Ländern. Zweimal jährlich kommen große Handelskarawanen hier an, die diese und andere Waren zu uns transportieren. Im Norden gibt es Völker, die sich hervorragend auf das Töpfern verstehen. Und die meisten *Darash* können weben, nähen und Stoffe färben. Glas wird vor allem im Osten hergestellt. Aber man verschickt es nicht mit Karawanen, denn es würde wahrscheinlich nicht heil ankommen.«

»Nun, das ist doch schon etwas.« Brittany war ein wenig erleichtert. »Wird es schwierig werden, von hier aus in eines dieser Länder zu pendeln und dort zu arbeiten?«

Schweigen und ein sehr verständnisloser Blick waren die Antwort. Brittany seufzte. Dann fiel ihr die Informationsquelle, die seit einiger Zeit ungenutzt an ihrer Hüfte hing, wieder ein.

»Was ist denn so unverständlich an meiner Frage, Martha?«, wollte sie wissen.

»Verstanden hat Dalden dich schon, Zuckerpüppchen. Aber er versteht dich nicht – wenn du weißt, was ich meine. Sha-Ka'ani-Frauen waren noch nie gezwungen, für ihren Lebensunterhalt zu arbeiten. Sie stehen ihr Leben lang unter dem Schutz ihrer Familien – was allerdings nicht bedeutet, dass sie keinerlei Pflichten haben. Wenn es dir hilft, dann stell dir eine erwachsene Sha-Ka'ani als Herrin eines mittelalterlichen Adelshauses vor, die die Schlüssel zu allen Kammern verwahrt und in Haus und Hof nach dem Rechten sieht. Sie beaufsichtigt die Dienerschaft und achtet darauf, dass alle notwendigen Arbeiten zur rechten Zeit und auf die rechte Art und Weise erledigt werden.«

»Das ist kein Beruf, das ist Hausarbeit.«

Martha kicherte. »Die Gesellschaft, aus der du stammst, entwickelte sich im Lauf von Jahrhunderten zu dem, was sie derzeit ist. Aber erst in den letzten fünfzig Jahren hat sich dort auch die Rolle der Frau entscheidend verändert. Sicher weißt du, dass sich selbst bei euch die Frauen nicht von jeher in allen möglichen Berufen behauptet haben. Als du geboren wurdest, galt es schon eine Weile nicht mehr als anstößig oder ungewöhnlich, dass weibliche Wesen berufstätig waren und für sich selbst sorgten. Und als du dann erwachsen warst, wurde das bereits als völlig normal, ja sogar als notwendig angesehen. Selbst verheiratete Frauen bleiben in deiner Kultur nicht mehr zu Hause. Aber das liegt vor allem an der teilweise von euch selbst verschuldeten wirtschaftlichen Talfahrt in deinem Heimatland. Heutzutage braucht man dort in den meisten Fällen zwei Einkommen, um überhaupt noch eine Familie ernähren zu können.«

»Und was willst du mir mit diesem langen Vortrag über die Geschichte der Zivilisation nun sagen?«

»Blick einfach ein halbes Jahrhundert weit zurück. Damals erwartete man auch in deiner Kultur von einer Frau, dass sie daheim blieb und sich um den Haushalt kümmerte, sobald sie verheiratet war. Vor ihrer Ehe stand den Frauen gerade einmal eine Hand voll ziemlich monotoner und zumeist wenig erstrebenswerter beruflicher Tätigkeiten offen. Aber die Frauen waren damals mit ihrer Rolle nicht unzufrieden. Immerhin hatten sie die wichtige Aufgabe, dem Ernährer der Familie den Rücken freizuhalten. Dabei arbeiteten sie oft schwerer und länger als das so genannte starke Geschlecht. Auf genau diesem Stand befindet sich Sha-Ka'an: Die Frau ist für den Haushalt zuständig und dabei nicht unglücklich. Und auch du wirst dich daran gewöhnen, denn noch vor fünfzig Jahren sah die Welt bei euch ganz ähnlich aus.«

»Die Untätigkeit wird mich um den Verstand bringen«, beharrte Brittany.

»Das ist durchaus möglich. Und Dalden wird dabei seine liebe Not mit dir haben«, sagte Martha. »Hörst du uns eigentlich zu, großer Krieger?«

Dalden nickte und brummte: »Sie wird sich Hobbys

zulegen und sich damit beschäftigen, genau wie meine Mutter.«

Martha schnaubte. »Ich glaube, du machst dir etwas vor, mein Junge. Tedra war vor ihrer Zeit mit Challen Sicherheitsbeauftragte und musste sich mit überaus zeitintensiven und anstrengenden sportlichen Übungen fit halten. Gelegentlich verlangte ihre Tätigkeit handfesten Einsatz, und sie war wohl auch gezwungen, den einen oder anderen Knochen zu brechen. Aber meist langweilte sie sich, denn Kystran ist ein friedlicher Planet. Deshalb ist sie auch ganz zufrieden, dass sie hier nun ihren Hobbys nachgehen kann. Aber allzu viel Zeit verbringt sie nicht damit. Sie kümmert sich lieber um die Menschen dieser Stadt und vor allem um die Sicherheit im Besucherzentrum. Anders ausgedrückt, Dalden, sie tut genau die Dinge, die ihr Spaß machen. Und diese Art von Beschäftigung wünscht sich jeder Mensch.«

»Auch meiner Lebensgefährtin soll der Wunsch nach einer solchen Tätigkeit erfüllt werden.«

»Ich zweifle daran, dass du wirklich verstehst, was sie will.« Martha ließ nicht locker. »Sie baut gerne, stellt gerne Dinge her. Mit ihren eigenen Händen. Und es müssen nützliche Dinge sein. Das gefällt ihr, und das kann sie auch wirklich sehr gut. Dein Volk könnte von ihren handwerklichen Fertigkeiten profitieren, denn kein Mensch hier brächte so etwas zu Stande.«

Brittany hatte Marthas Lobrede erstaunt mit angehört. So viel Freundlichkeit war sie von Martha gar nicht gewohnt. Nun riss sie vor Schreck die Augen auf, als der zweisitzige Schaukelstuhl, den sie auf dem Raumschiff gefertigt hatte, plötzlich aus dem Nichts auftauchte. Niemand hatte ihn hereingetragen. Er stand ganz einfach, wie von Zauberhand hingestellt, sanft wippend vor ihr.

»Ach, Brittany, liebes Kind«, kicherte Martha nun. »Wenn das auch nur wieder eine optische Täuschung ist, möchtest du dich bestimmt nicht in diesen Stuhl setzen. Schade, denn ich glaube, dort drüben auf dem Balkon würde er sehr gut zur Geltung kommen, und Dalden und du, ihr könntet von dort aus gemeinsam die Aussicht auf die Stadt genießen. Wenn du dich allerdings entschließen würdest, meinem Vorschlag zu folgen, müsstest du wohl auch glauben, dass dieser Stuhl durch Molekulartransfer hierher gelangt ist. Wie übrigens all deine anderen Habseligkeiten, die inzwischen in Daldens Schrank liegen.«

»Welche Habseligkeiten denn?«, fragte Brittany ein wenig ungehalten. »Viel Zeit zum Packen habt ihr mir ja wahrlich nicht gegeben.«

»An Bord der *Androvia* brauchtest du auch nichts weiter. Aber Corth II hat bei deiner Mitbewohnerin alles abgeholt, was du hier vielleicht benötigst. Alles außer deiner Rostlaube. Den Treibstoff, mit dem sie unterhalten wird, gibt es nun einmal nur auf deiner Welt.«

»Ihr habt alle meine Sachen?«

»Ja. Deine Kleider werden dir hier allerdings nicht viel nützen. Aber sicher wirst du den großen Krieger mit gewissen kleinen Tricks mühelos dazu bringen, dass er dir erlaubt, sie wenigstens in euren eigenen vier Wänden zu tragen.«

Brittany ahnte, an welche Art von Überzeugungs-

arbeit Martha dabei dachte, und wollte lieber nichts dazu sagen.
Ihre Aufmerksamkeit galt ohnehin viel mehr den beiden Türen in der fensterlosen Wand, an der das Bett stand. Die breitere Tür führte zu der Treppe, die sie vorher hochgestiegen waren. Als sie die andere Tür öffnete, fand sie dahinter ein Zimmer, das ein wenig größer sein mochte als ihr Zimmer zu Hause. Darin standen Regale und Ständer voller Kleider, die man hier zu Lande trug. Doch in einer Ecke lag ein überquellender Koffer, der nur notdürftig verschlossen war. Brittany erkannte ihn sofort. Daneben standen Kisten, die alles enthielten, was nicht in den Koffer gepasst hatte. Sogar ihre Werkzeuge!
Obwohl dieses Zimmer keine Fenster hatte, war es gut beleuchtet. Brittany suchte nach der Lichtquelle. Die Helligkeit ging von einem kleinen Kasten aus, der ganz oben auf einem Regal mit Stiefeln und Gürteln von der Art, wie Dalden sie trug, stand. Ähnliche Kästchen gab es auch auf den Mauervorsprüngen in Daldens Zimmer. Jene waren jedoch im Gegensatz zu diesem Behältnis verschlossen. Das Leuchten ging eindeutig von der offenen kleinen Schachtel aus.
Brittany stellte sich vor dem Regal auf die Zehenspitzen, nahm die Holzschachtel herunter und spähte vorsichtig hinein. Ein kleiner, blauer Stein, etwa so groß wie ein Silberdollar, lag darin. Er war nicht ganz rund mit einem roh behauenen, unregelmäßigen Rand. Erstaunt stellte Brittany fest, dass nur gleißendes Licht, aber keinerlei Wärme von diesem Stück Stein ausging. Sie atmete tief durch, bevor sie ihn berührte und

schließlich aus der Kiste nahm. Der kleine Brocken fühlte sich kühl an und war leicht wie eine Feder. Fasziniert drehte sie ihn hin und her. Sie musste ihn bei Tageslicht betrachten, denn noch konnte sie nicht erkennen, wo die Batterie eingelegt wurde.

Sie trug den blauen Stein in Daldens Zimmer. Die hellblauen Vorhänge waren zur Seite geschoben und gaben einen Torbogen zu dem Balkon frei, von dem Martha gesprochen hatte. Dort stand nun auch der Schaukelstuhl, in dem Dalden saß und versonnen auf die Stadt hinunterblickte. Brittany knirschte mit den Zähnen. Offensichtlich war der echte Stuhl schon vor ihrer Ankunft hier aufgestellt worden. *Molekulartransfer – von wegen!*, dachte sie.

Mit welchen Mitteln man vorher die optische Täuschung bewerkstelligt hatte, würde sie schon noch herausbekommen. Schließlich gab es ja so etwas wie Holografie. Aber im Augenblick interessierte sie der Gaali-Stein in ihrer Hand am meisten.

Sie wollte gerade zu Dalden hinausgehen, um das wundersame Gebilde dort bei Tageslicht genauer unter die Lupe zu nehmen, als plötzlich von irgendwoher eine Katze auf den Balkon sprang. Es gelang dem Tier nicht, den großen Schwung, mit dem es gelandet war, abzufangen, und es schlitterte bis vor Brittanys Füße. Brittany schnappte nach Luft, verlor das Bewusstsein und glitt lautlos zu Boden. Eigentlich wenig verwunderlich, wenn man bedachte, dass die Katze in etwa so groß war wie sie selbst.

Kapitel Dreiundvierzig

Seufzend legte Dalden Brittany auf sein Bett, setzte sich neben sie und strich ihr zärtlich das Haar aus der Stirn. Er bewunderte, wie so oft, die herrliche Farbe von Brittanys Lockenpracht – das tiefe Kupferrot, das auf diesem Planeten mit Sicherheit einzigartig war.

»Hat sie sich bei ihrem Sturz wehgetan, Martha?«, fragte Dalden besorgt.

»Ohnmächtige und Betrunkene versuchen nicht, ihren Fall abzufangen, und bleiben dabei komischerweise oft eher unverletzt als jemand, der im Vollbesitz seiner geistigen Kräfte ist.«

»Das beantwortet meine Frage nicht.«

»Ach, dich interessiert nur dieser spezielle Fall?«, erkundigte Martha sich betont unschuldig. »Brittany ist unversehrt.«

Dalden atmete dankbar auf. Wenigstens das. Alles andere war ohnehin schon so frustrierend und so verwirrend, dass er den Impuls unterdrücken musste, sich die Haare zu raufen. Martha hatte ihm geraten, Brittany erst dann so zu behandeln, wie Krieger nun einmal ihre Lebensgefährtinnen behandelten, wenn sie ihn als denjenigen akzeptiert hatte, der er war. Aber wann würde das geschehen? Er hatte geglaubt, dass ihr die

Augen aufgehen und dass sie die Wahrheit erkennen würde, sobald sie auf Sha-Ka'an landeten. Aber diese Hoffnung hatte sich nicht erfüllt. Sogar das *Hataar* tat Brittany als verkleidetes Tier aus ihrer eigenen Welt ab. Und die *Fembair* hatte ihr einen solchen Schrecken eingejagt, dass sie nun bewusstlos dalag. Dalden fragte sich bereits, welches Tier von ihrer Welt sie diesmal hinter dem unbekannten Wesen vermutete.

Er glaubte allmählich, seine Schwester habe ihn vor Monaten tatsächlich mit einem Fluch belegt. Damals hatte er seinen Teil dazu beigetragen, dass Falon, der Mann, den sie zu diesem Zeitpunkt partout nicht haben wollte, sie bekam. In blinder Wut hatte sie ihm entgegengeschleudert: *Bei allen Sternen, ich hoffe, die Frau, die du eines Tages auserwählst, ist keine Sha-Ka'ani! Und ich hoffe, sie bringt dich um den Verstand!* Etwas Schlimmeres hätte sie ihm gar nicht wünschen können. Und nun schien es, als ob alles genau so eintrat. Seine Frau war keine Sha-Ka'ani, und ihre unvergleichliche Sturheit stand wie eine unbezwingbare Wand zwischen ihnen. Ja, sie liebte ihn. Aber nicht genug. Sonst würde sie nicht immer noch daran zweifeln, dass er genau das war, was er ihr sagte – ein Krieger von einem anderen Stern. Um seine innere Ruhe und Gelassenheit war es längst geschehen. Er hatte sich in Geduld geübt und gehofft, Martha würde Recht behalten. Sie hatte ihm in Aussicht gestellt, dass Brittany sehen, verstehen und glauben würde, sobald er sie in ihre neue Heimat brachte. Doch das war nicht der Fall.

»Martha, schick bitte Shanelle hierher. Sie soll ihren Liebling auf der Stelle abholen«, verlangte Dalden.

»Auf gar keinen Fall«, erwiderte Martha. »Ich betrachte den überraschenden Auftritt dieses Fellbündels als großes Glück. Besser hätte ich es auch nicht planen können.«
»Ich lasse nicht zu, dass Brittany sich noch einmal ängstigt«, beharrte Dalden.
»Sie hat keine Angst. Sie ist nur erschrocken, und der Schreck war, im wahrsten Sinne des Wortes, ein wenig zu groß für sie.« Martha kicherte ein wenig vor sich hin. »Wenn du Shank jetzt abholen lässt, wird Brittany ihn als Täuschung abtun, sobald sie wieder zu sich kommt. Lass ihn hier. Dann lernt sie ihn kennen und muss ihn als Tatsache akzeptieren. Und damit ist der Fall dann erledigt.«
»Das hattest du mir schon für unsere Ankunft hier versprochen«, erwiderte Dalden gereizt.
Martha seufzte. »Nun ja, mag sein, dass ich mich ausnahmsweise ein wenig verrechnet habe. Aber eine derartige Sturheit hätte ich wirklich nicht für möglich gehalten. Doch nun ist deine Auserwählte wirklich kurz davor nachzugeben. Sie klammert sich nur noch an ein paar armseligen Strohhalmen fest, damit sie ihren Unglauben aufrechterhalten kann. Sobald sie einsieht, wie fadenscheinig und lächerlich ihre Erklärungen sind, wird sie ihren Widerstand endgültig aufgeben.«
»Und wann wird das geschehen?«, wollte Dalden wissen.
»Geduld! Dafür seid ihr Krieger doch berühmt. Gib ihr noch eine Woche. Die fixe Idee, sie sei die Versuchsperson in einem seltsamen Experiment, gibt ihr

eine gewisse Sicherheit. Und an die klammert sie sich, weil die Wahrheit ihr Angst macht.«

»Aber sie hat keinen Grund, sich zu fürchten«, entgegnete Dalden irritiert.

»Natürlich nicht – und wir beide wissen das auch«, versicherte Martha. »Aber sie sieht einfach noch nicht klar.«

»Zufällig sehe ich vollkommen klar. Ich sehe alles klar und deutlich«, nuschelte Brittany, die nun langsam wieder zu sich kam. »Und darüber bin ich auch froh, denn hier bei euch gibt es wahrscheinlich weder Brillen noch Augenärzte.«

»Willkommen in unserer Mitte«, scherzte Martha. »Schön, dass du wieder bei uns bist.«

»So sicher bin ich mir da nicht«, murmelte Brittany.

»Vielleicht solltest du, bevor du den Mund aufmachst, gelegentlich daran denken, dass deine Worte selbst einen gefühlskalten Krieger verletzen können«, kam es ungnädig von Martha. Brittany war schlagartig hellwach. Aber warum lag sie auf dem Bett, und warum saß Dalden mit sorgenvoller Miene neben ihr? Sie fuhr hoch und schlang die Arme um ihn.

»Hör nicht auf Martha. Ich wollte dir nicht wehtun«, versicherte sie ihm.

»Und doch ist es ziemlich offensichtlich, dass es dir hier nicht gefällt«, erwiderte Dalden.

»Ich werde mich daran gewöhnen. Es muss mir ja nicht gleich gefallen. Viel wichtiger ist, dass wir zusammen sind. Ganz egal, wo. Ich bin schon glücklich, wenn man uns nicht voneinander trennt, sobald dieses Experiment endet.«

Energisch schob er sie ein Stück von sich weg und sah ihr mit ernster Miene in die Augen. »Ich habe dir bereits gesagt, dass es für uns kein ›Ende‹ gibt. Du gehörst mir, solange ich lebe, und ich gehöre dir. Das und nichts anderes bedeutet der Ausdruck ›Lebensgefährten‹. Wann wirst du das endlich glauben?«

»Ich – wahrscheinlich tue ich das längst. Es gibt nur so viele unerklärliche Dinge, die mich verwirren.«

»Wie zum Beispiel deine hartnäckige Weigerung, mich als den zu nehmen, der ich bin – nämlich ein Krieger aus Kan-is-tra. Oder was sollte ich denn deiner Meinung nach sein?«

»Du bringst mich ganz durcheinander.«

»Du bringst dich selbst durcheinander, Frau.«

Martha mischte sich ein: »Es ist wirklich genauso, wie ich es vorausgesagt habe. Kaum ist er zu Hause, schon spricht er wie ein Krieger.«

»Halt den Mund, Martha!«, riefen Brittany und Dalden beinahe gleichzeitig.

Dalden sprang wütend auf. Nun erst entdeckte Brittany die *Fembair,* die sich neben dem Bett räkelte. Daldens massiger Körper hatte bislang den Blick auf Shank verdeckt. Diesmal verlor Brittany nicht das Bewusstsein. Dennoch fuhr ihr der Schreck in die Knochen.

»Martha, dieses Ding soll verschwinden!«, quäkte sie mit belegter Stimme. »Dieses Ding« konnte aus Brittanys Sicht wieder einmal nur eine optische Täuschung sein.

»Anders als du vielleicht glauben magst, habe ich keinerlei Kontrolle über die Bewohner von Sha-Ka-Ra, ganz gleich, ob es sich dabei um Menschen oder Tiere handelt. Aber willst du Shank nicht streicheln? Er beißt nicht.«

Brittany war keineswegs beruhigt. In diesem Fall konnte Dalden ihr ausnahmsweise einmal nicht verdenken, dass sie skeptisch war. Eine *Fembair* war ein Raubtier, der gefährlichste Jäger des ganzen Planeten. Diese Großkatzen fielen in freier Wildbahn durchaus gelegentlich Menschen an. Aber das wollte er Brittany im Augenblick lieber nicht sagen. Die *Fembairs* hier im Schloss waren allesamt zahme Schmusekatzen, doch schon so mancher arglose Besucher hatte beim Auftauchen eines der Tiere die gleiche Reaktion gezeigt wie Brittany.

Fembairs waren schwer voneinander zu unterscheiden. Sie ließen sich nicht mit verwandten Tierarten kreuzen, was ihnen ihr ziemlich einheitliches Aussehen erhielt. Dazu gehörte ein kurzes, dichtes und unglaublich weiches, weißes Fell, ein lang gestreckter, geschmeidiger Körper, ein runder Kopf mit großen, blauen Augen – und ein beeindruckendes Raubtiergebiss mit langen, gut sichtbaren Reißzähnen. Dalden hatte nie eine eigene *Fembair* besessen, denn sie schliefen mit Vorliebe im Bett ihres Besitzers. Und sein Bett teilte er nicht gerne mit jemandem – jedenfalls bis jetzt.

Sha-Ka'ani beruhigten sich meist schnell, wenn man ihnen erklärte, dass die *Fembair*, die sie erschreckt hatte, ein Haustier war.

Diese Großkatzen kamen auf dem gesamten Planeten vor, denn das Klima wies keine bedeutenden Unterschiede auf. Doch normalerweise lebten sie in abge-

schiedenen, unbewohnten Regionen – fernab von Menschen und ihren Siedlungen.
In Sha-Ka-Ra war man jedoch daran gewöhnt, die großen Tiere in der Stadt umherwandern zu sehen. Man fand es ganz amüsant, dass es dem *Shodan* gelungen war, gerade diese äußerst wilden Geschöpfe zu zähmen. Dalden zweifelte daran, dass seine Lebensgefährtin ihm das alles glauben würde, doch so schnell gab er nicht auf. Er würde versuchen, ihr alles zu erklären.
»Shank gehört meiner Schwester«, sagte er. »Sie hat ihn als winziges Jungtier bekommen, als sie selbst noch ziemlich klein war. Er ist also völlig zahm.«
»Wenn er Shanelle gehört, was macht er dann hier?«
»Das rührt noch aus unserer Kindheit her. Ich habe Shanelle gern geärgert, indem ich ihn mit kleinen Leckerbissen von ihr weg in mein Zimmer lockte. Daran erinnert er sich wohl. Wahrscheinlich erwartet er nun, dass ich ihn füttere.«
»Ich – ich hoffe, du hast etwas, was du ihm geben kannst.« Brittanys Stimme klang noch immer etwas piepsig.
»Es reicht ihm schon, wenn ich ihn streichle.«
Dalden setzte sich im Schneidersitz zu der *Fembair* auf den Boden. Sofort streckte das Tier seinen riesigen, geschmeidigen Körper und rollte sich dann um Dalden herum zusammen. Er begann, Shank hinter den Ohren und am Kinn zu kraulen, worauf das Katzentier beinahe sofort ein ohrenbetäubendes Schnurren hören ließ.
»Komm her«, forderte Dalden Brittany auf. Doch sie

schüttelte nur entgeistert den Kopf. *»Komm her«,* wiederholte Dalden in einem Ton, bei dem jede Sha-Ka'ani sich sofort vor Eifer, ihrem Herrn und Meister zu gehorchen, überschlagen hätte. Nicht so seine Lebensgefährtin. »Du sollst nur deine Angst vor diesem Hausgenossen loswerden«, fügte er etwas ruhiger hinzu.
»Können wir nicht lieber stattdessen den Hausgenossen loswerden?«, schlug Brittany vor.
Martha hielt es nicht länger aus. »Du hältst Shank doch sicher für eine optische Täuschung. Seit wann sind optische Täuschungen gefährlich?«
Brittany legte nachdenklich die Stirn in Falten. Sie zögerte. »Hörst du nicht, wie er seiner Zufriedenheit Ausdruck gibt?«, fragte Dalden, der fasziniert beobachtete, wie Brittany mit den widersprüchlichsten Gefühlen kämpfte.
Das gewaltige Schnurren der *Fembair* war nicht zu überhören. Es hallte von den Wänden des Zimmers wider. Brittany fasste sich ein Herz, straffte sich und stemmte sich von Daldens Bett hoch. Dann marschierte sie mit festen Schritten in seine Richtung, hielt aber kurz vor Shanelles Liebling doch noch einmal an. Dalden fasste sie am Bein, brachte sie aus dem Gleichgewicht und zog sie in seinen Schoß. Brittany hielt die Luft an und ließ die riesige Katze keine Sekunde lang aus den Augen. Sie war starr vor Angst. Daran änderte auch ihre Entschlossenheit nichts. Dalden bewunderte insgeheim ihren Mut. Sie hatte den Sprung nach vorn gewagt, obwohl sie sich so sehr fürchtete.
Er nahm Brittanys Hand und legte sie auf Shanks

Kopf. Sie ließ sie dort liegen. Nun, da sie das unheimliche Tier schon einmal berührte, wollte sie es auch genauer untersuchen. Sie hob den schweren Raubkatzenkopf an, schaute Shank in die blauen Augen und betrachtete die großen Reißzähne. Brittany schätzte ihre Länge auf gut zehn bis zwölf Zentimeter.

»Säbelzahntiger sind ausgestorben«, presste sie schließlich hervor. Dalden verstand nicht, wovon sie sprach. Aber Martha wusste es und antwortete: »Auf deinem Planeten schon.«

»Aber sie waren nie so groß«, gab Brittany zu bedenken.

»Wenn du nicht aufpasst, Püppchen, glaubst du am Ende tatsächlich noch, dass du hier in einer ganz anderen Welt gelandet bist.«

Brittany schnaubte verärgert und sprang auf die Füße. »Ich weiß, was hier gespielt wird. Ihr habt diesen sonderbaren Ort gefunden und seine Existenz vor der restlichen Welt geheim gehalten. Was ist es? Mischt ihr irgendwas ins Trinkwasser, um das Wachstum von Menschen und Tieren ins Riesenhafte zu steigern? Oder sind diese Lebewesen ein Produkt genetischer Versuche? Habt ihr die Natur auf diese Weise verändert?«

Dalden wusste, dass diese Fragen nicht ihm galten. Er hätte sie auch nicht beantworten können. Immer wenn Brittany mit etwas Neuem und für sie Unglaublichem konfrontiert wurde, richtete sich ihre Skepsis und ihre Empörung auf Martha. Nie auf ihn. Würde sie ihn der Täuschung beschuldigen, so müsste sie dieses Problem auch mit ihm ausdiskutieren.

Das hatten sie beide bisher tunlichst vermieden. Sie wollten »keine schlafenden Hunde wecken«, wie Martha sich ausdrücken würde. Aber vielleicht war es an der Zeit, diese Hunde endlich von der Kette zu lassen, denn langsam wurde der Schmerz zu groß. Brittany behauptete zwar, sie sei gern mit ihm zusammen, jedoch verschloss sie die Augen vor der Wirklichkeit. Sie wollte selbst bestimmen, wer der Mann war, den sie liebte. Das tat weh. Und mit diesem Schmerz konnte Dalden nicht leben.

Er brauchte dringend einen Rat von jemandem, der sich mit Anderweltlern auskannte.

Dalden machte sich auf die Suche nach seinem Vater.

Kapitel Vierundvierzig

»Wohin geht er?«, fragte Brittany Martha, als Dalden ohne ein weiteres Wort das Zimmer verließ.

»Wahrscheinlich macht er was kaputt oder dreht jemandem den Hals um. Das tun Krieger im Allgemeinen, wenn sie frustriert sind.«

»Jemandem den Hals umdrehen?«

»Beruhige dich. Das sollte ein Scherz sein. Aber du, mein liebes Kind, wirst dir nun langsam eine andere Sichtweise zulegen müssen. Jedes Mal, wenn wir dir etwas Neues zeigen und du es als billige Täuschung abtust, kommt das für Dalden beinahe einer persönlichen Beleidigung gleich. Deine fadenscheinigen Erklärungsversuche sagen ihm, dass du im Grunde deines Herzens auch ihn für unecht hältst. Kannst du dir eigentlich vorstellen, wie er sich dabei fühlt?«

»Wenn man Dalden tatsächlich dazu gebracht hat, diesen ganzen Humbug zu glauben, empfindet er meine Zweifel sicher als verletzend. Aber das ist dann eure Schuld, nicht meine. Sollte er hingegen nur ein großartiger Schauspieler sein, der eine Rolle spielt, dann ist er wohl vor allem deshalb frustriert, weil er nicht überzeugend genug ist. Wenn ihr nun endlich einsehen würdet, dass es euch niemals gelingen wird, mir weiszumachen, ich befände mich in einer anderen Welt und in einer fremden Galaxis, könnten wir uns all diese Irrungen und Wirrungen der Gefühle sparen.«

Martha stieß einen lang gezogenen Seufzer aus. »Willst du wirklich nach Hause zurückgebracht werden und Dalden nie wiedersehen? Nicht, dass er das je zulassen würde, aber du bist anscheinend ganz besessen von diesem Gedanken.«

»Ist es wirklich notwendig, uns am Ende auseinander zu reißen? Ihr könntet mir doch einfach die Wahrheit sagen, und ich gebe eine Erklärung ab, in der ich euer Experiment als wertvollen Beitrag zu einer guten Sache bezeichne. Dann kann Dalden endlich in Frieden mit mir zusammenleben.«

»Die Frauen dieser Gesellschaft leben mit ihren Männern zusammen, nicht umgekehrt. Wenn du ihn wirklich haben willst, musst du hier mit ihm leben. In seiner Welt.«

»Schön, ich verstehe. Für den Fall, dass alle anderen Mittel versagen, benutzt ihr Dalden, um mich unter Druck zu setzen. Emotionale Erpressung nennt man das. Wenn ich nicht nachgebe, verliere ich ihn.«

»Deine Pulsfrequenz steigt gerade in alarmierende Höhen, Kleine.«

»Mein Pulsschlag ist völlig normal!«

»Erstaunlich, wie ihr menschlichen Wesen euch ereifern könnt. Und wie kompliziert ihr immer alles macht – und das ohne jede Hilfe von einem Computer. Es bricht mir das Herz, wenn ich sehe, wie du mit deinen widerstreitenden Gefühlen kämpfst.«

»Ich dachte, du hättest kein Herz, das brechen kann.«

»Dann brennen eben meine Schaltkreise durch. Das ist ungefähr dasselbe.«
Brittany stieß ein verächtliches Schnauben aus und kehrte der Tür, durch die Dalden soeben den Raum verlassen hatte, den Rücken zu. Sie fragte sich, warum sie sich hier mit Martha, einer körperlosen Stimme, herumstritt. Diese Frau kannte wirklich nur ein einziges Ziel – den Erfolg des Experimentes. Möglicherweise war sie sogar die Projektleiterin in diesem ganzen Zirkus, und alle anderen tanzten nach ihrer Pfeife. Genau genommen hatte Dalden selbst nie versucht, sie von irgendetwas zu überzeugen. Er war nur ganz einfach immer für sie da gewesen, hatte sie beruhigt und getröstet, sie von ihren quälenden Gedanken abgelenkt und ihr neuen Mut gegeben. Wenn das nicht so blieb, war es nur eine Frage der Zeit, bis sie den Verstand verlor.
Schließlich bemerkte sie, dass sich das prähistorische Katzenvieh noch im Zimmer befand. Gütiger Himmel, das Ding musste so groß sein wie ein Pferd! Mit Hilfe der Gentechnik konnte man die Größe eines Lebewesens zwar verdoppeln, doch war es wirklich möglich, diesen Vorgang so oft zu wiederholen, bis ein derart monströses Wesen herauskam? Dabei war das Tier eigentlich wunderschön anzusehen, geschmeidig und wohl proportioniert. Und wenn es nicht mit glatten Fußböden zu kämpfen hatte, bewegte es sich wahrscheinlich mit großer Eleganz.
Im Grunde mochte Brittany Katzen sehr gern. Schon als Kind waren sie ihre liebsten Haustiere gewesen. Sogar in ihrem Apartment in Seaview hatte ihr an-

fangs eine Katze Gesellschaft geleistet. Doch eines Tages war sie leider verschwunden und nie wieder aufgetaucht. Jan war allergisch gegen Katzen, deshalb hatte sie sich später keine mehr zugelegt. Doch wenn sie erst einmal in ihrem eigenen Haus wohnte, würde sie genug Platz für ein ganzes Dutzend Katzen haben. Aber war diese hier echt? Oder war sie vielleicht nur das Zufallsprodukt eines verunglückten gentechnischen Versuches? Womöglich war das Tier ja einer unerklärlichen Laune der Natur entsprungen. Und diese Reißzähne …

»Stell dich nicht so an«, kam es von Martha, die über einen kleinen Monitor in der Sprechanlage beobachtete, wie Brittany Schritt für Schritt von der Großkatze zurückwich. »Wenn von Shank auch nur die geringste Gefahr für dich ausginge, hätte Dalden dich nie mit ihm allein gelassen.«

Damit hatte Martha wohl Recht. Die Sicherheit seiner Lebensgefährtin schien Dalden wirklich sehr am Herzen zu liegen. Brittany beschloss, die Raubkatze einfach nicht mehr zu beachten. Ganz gleich, wie sie entstanden war, sie war wohl tatsächlich ein zahmes Haustier.

Martha fuhr fort: »Es gibt noch einige andere *Fembairs* hier im Schloss. Tedra und Challen besitzen beide welche. Du wirst ihnen also noch öfter begegnen. Versuch aber nicht immer gleich die Flucht zu ergreifen, wenn du eine siehst.«

»Warum?«, erkundigte Brittany sich besorgt. »Werden sie dann aggressiv? Erwacht in ihnen dann der Jagdinstinkt?«

Martha kicherte. »Nein, aber ich dachte, dir liegt vielleicht daran, dass nicht jeder gleich merkt, was für ein Feigling du bist.«

Brittany versuchte, ihren Ärger zu unterdrücken. »Sind wir nun auf der Stufe der Beleidigungen angelangt?«, fragte sie betont ruhig.

»Habe ich denn nicht Recht?«, entgegnete Martha. »Du fürchtest dich vor der Wahrheit, was aus meiner Sicht bereits eine unnachahmliche Dummheit darstellt. Du befindest dich hier in einer schönen, neuen Welt. Sie mag ein wenig barbarisch sein, aber sie bietet auch viele Annehmlichkeiten.«

Brittany war etwas besänftigt. Das war typisch für Martha. Mit einer Provokation brachte sie einen zunächst auf die Palme und dann zum Nachdenken. Am Ende kam meist ein ganz vernünftiges Gespräch dabei heraus. Eigentlich müsste sie sich inzwischen daran gewöhnt haben.

»Nenne mir eine dieser Annehmlichkeiten – aber reine Luft lasse ich nicht gelten. Die findet man fast überall im Gebirge.«

»Wie wäre es mit einem angenehmen Klima – und zwar auf dem gesamten Planeten? Hier gibt es keine Jahreszeiten, wie du sie kennst. Das Wetter bleibt das ganze Jahr über in etwa gleich. Im Norden ist es etwas wärmer, im Süden etwas kälter, aber größere Abweichungen gibt es nicht.«

»Gemäßigte Zonen gibt es auch bei uns auf der Erde«, protestierte Brittany.

»Hier bekommt man keine Krankheiten. Das liegt möglicherweise tatsächlich an der sauberen Luft, von der du nichts hören willst«, erklärte Martha trocken.

Eine Welt ohne Krankheiten wäre wirklich eine Sensation – wenn es stimmen würde. »Macht die Luft wirklich so viel aus?«, fragte Brittany.

»Ich weiß es nicht«, gab Martha zu. »Das ist noch nie untersucht worden. Es könnte auch einfach an der Konstitution der Sha-Ka'ani liegen. Aber du brauchst dir keine Sorgen zu machen. Wir haben einen Meditechniker im Schloss, falls dir einmal etwas fehlen sollte.«

»Du flunkerst mir etwas vor, das weiß ich genau. Ich bedaure ja schon beinahe, keine Erkältung oder nicht wenigstens einen kleinen Schnupfen zu haben, um damit eure so genannte Meditechnik für alle Zeiten als Scharlatanerie zu entlarven.«

»Wenn du möchtest, kann ich dir einen Virus besorgen. Es wird allerdings ein paar Wochen dauern, bis er hier eintrifft.«

»Sehr lustig. Wirklich. Aber bisher sind deine Überzeugungsversuche reine Zeitverschwendung.«

»Na gut. Versuchen wir es einmal mit Treue.«

»Treue?«

»Das wird dich vielleicht interessieren: Ein Krieger, der sich für eine Lebensgefährtin entschieden hat, bleibt seiner Auserwählten bis ans Ende seiner Tage treu. Das müsste dich doch beeindrucken, denn in den meisten Kulturen – deine mit eingeschlossen – gibt es nichts Vergleichbares.«

»Ist ihre Liebe denn so tief und unverwüstlich?«

Martha lachte. »Du vergisst, dass die Krieger fast ununterbrochen behaupten, so etwas wie Liebe nicht empfinden zu können.«

»Du sagtest aber, es gäbe Ausnahmen.«
»Stimmt. Es gibt ein paar. Aber alle Krieger sind ihren Lebensgefährtinnen treu. Das gehört für sie einfach genauso mit dazu, wie die Frau zu beschützen. Diese Verpflichtung nehmen sie sehr ernst. Sie halten, soweit es in ihrer Macht steht, nicht nur körperlichen Schaden, sondern auch belastende Gefühle von ihrer Lebensgefährtin fern. Dazu gehört vor allem Angst. Wie oft hast du Dalden schon sagen gehört, er lasse nicht zu, dass du dich fürchtest?«
»Als ob er darauf einen Einfluss hätte!«, knurrte Brittany.
»Mach dir doch nichts vor. Er kann und wird dir dabei helfen, deine Ängste zu überwinden. Die Methoden, die er dabei anwendet, mögen dir ungewöhnlich erscheinen, doch sie sind wirkungsvoll. Krieger halten viel vom Lernen an Beispielen. Das hinterlässt einen viel tieferen Eindruck, als Worte es vermögen. Darum nimmt man hier auch die Bestrafung von Verstößen sehr ernst.«
»Erfahre ich nun endlich etwas über die Gesetze dieses Landes?«
»Nein. Ich bin zu der Erkenntnis gelangt, dass all die vielen Informationen, die ich dir gebe, zu nichts führen oder dich sogar noch mehr verwirren. Du brauchst jetzt vor allem erst einmal Zeit, um die vielen neuen Eindrücke zu verdauen. Die wichtigsten Regeln sind dir ja inzwischen bekannt. Du wirst keine Hosen mehr tragen. Frauen in Hosen sind Kriegern ein Dorn im Auge. Wenn du das Schloss verlässt, dann stets in Begleitung und niemals ohne einen Umhang

in den Farben des Hauses. Auf diese Weise kann jeder sehen, dass du unter dem Schutz eines Mannes stehst. Zeige dich Kriegern gegenüber respektvoll und gehorche deinem Gefährten. Siehst du? Es ist alles ganz einfach.«

»Pah, das nennst du Gesetze?«

»Nun ja, *ich* eigentlich nicht«, gab Martha zu. »Aber sie nennen das so. ›Regeln‹ wäre vielleicht das bessere Wort dafür. Gesetze, wie du sie kennst, gibt es hier nicht, denn die schwer wiegenden Verbrechen, die dadurch verhindert oder bestraft werden sollen, sind hier unbekannt. Diebstahl wird ohnehin als eine Art Sport betrachtet, als ständiges Geben und Nehmen. Wenn einem etwas gestohlen wird, holt oder kauft man es sich zurück. Oder man freut sich, dass man es endlich los ist.«

»Das heißt, der Dieb geht gar nicht davon aus, das Gestohlene behalten zu können? Wozu dann die Mühe?«

»Wie gesagt, es ist ein Sport. Ein spannender Zeitvertreib. Schreckliche Dinge, wie beispielsweise Mord, gibt es hier nicht. Das lassen die ethischen Grundsätze der Kriegergesellschaft nicht zu. Es ist zwar möglich, bei einer der Prüfungen zu Tode zu kommen, aber das geschieht selten. Man demütigt den Verlierer lieber mit Strafen, die oft in ausgesucht unbeliebten Arbeiten bestehen. Gibt es einen Zwist, so bitten die gegnerischen Parteien den *Shodan* um Hilfe. Seine Aufgabe ist es, den Streit zu schlichten. Aber wir kommen vom Thema ab.«

»Unfassbar, dass dir das passieren sollte!«

»Haben wir heute unseren ironischen Tag?«

»Ich hatte drei Monate lang eine hervorragende Lehrmeisterin.«

»Besäße ich ein Ego, so würde mir das vielleicht schmeicheln. Aber trotzdem – danke für das Kompliment. Doch nun zurück zu unserem Thema: Wir sprachen von Frauen. Ein Mann trägt die alleinige Verantwortung für jedes weibliche Wesen, das unter seinem Schutz steht. Dieser Mann ist im Allgemeinen der Vater, der Lebensgefährte oder auch der *Shodan* des Ortes. Auf eine Frau ohne Beschützer kann jeder Krieger, dem sie gefällt, jederzeit einen Anspruch anmelden. Die meisten Frauen finden diesen Zustand wenig erstrebenswert. Sie ziehen es vor, sich beschützen zu lassen.«

Brittany glaubte, ihren Ohren nicht zu trauen. »Wie halten die Frauen das aus? Und warum hat man mir bisher nie etwas davon gesagt?«

Als Martha nun weitersprach, hörte es sich so an, als zucke sie die Schultern. »Das war nicht notwendig, weil es dich nicht betrifft. Jedenfalls nicht, solange du dich an die einfachen Regeln hältst, die ich eben aufgezählt habe. Eine Frau ohne Schutz ist beinahe so etwas wie eine Sklavin. Man darf sie zwar nicht verkaufen oder misshandeln, doch sie hat nicht viele Rechte. Deshalb entscheiden die meisten Frauen sich für die Freiheit.«

»Freiheit nennst du das? Wenn man auf Schritt und Tritt wie ein kleines Kind von einem Mann bewacht wird?«

»Das scheint dich zu schockieren.«

»Da hast du verdammt Recht. Es schockiert mich. Wie

soll ich mich je an diese Zustände gewöhnen? Ich bin ein Mensch, der seit vielen Jahren eigene Entscheidungen trifft und auch die Verantwortung dafür übernimmt.«

»Das war Tedra früher ebenfalls. Und sie hat sich hervorragend angepasst. Genau das wird dir auch gelingen. Du musst nur ein paar Dinge in deinem Kopf neu sortieren und dir die Vorteile klar machen, die das Leben einer beschützten Frau bietet. Aber sagte ich nicht, ich wollte dir keine weiteren Informationen mehr geben? Vielleicht solltest du dich mit deinen Fragen in Zukunft an Dalden wenden. Die Antworten, die er dir gibt, könnten dazu beitragen, dass du ihn besser verstehst. Also mach's gut, mein Zuckerpüppchen.«

»Warte! Martha?« Brittany erhielt keine Antwort. Nur die *Fembair* war noch da und sah sie mit ihren großen, blauen Augen an. »Raus mit dir, Katzenvieh! Husch! Verschwinde!« Shank blieb unbeweglich liegen. Nach einer Weile spitzte er jedoch ohne ersichtlichen Grund die Ohren. Brittany lauschte, hörte aber nichts. Doch die Raubkatze sprang auf, suchte etwas unbeholfen mit ihren Pfoten Halt auf dem glatten Steinboden und sprang mit langen Sätzen auf den Balkon. Sie verschwand auf demselben Weg, wie sie gekommen war.

Brittany seufzte vor Erleichterung laut auf. Martha meldete sich wieder, diesmal nur mit einem schallenden Lachen.

Kapitel Fünfundvierzig

Brittany fielen sofort einige Fragen ein, die sie Dalden bei der nächsten Gelegenheit stellen wollte. Doch sie wartete umsonst auf ihn. Eine Dienerin vom Volk der *Darash* erschien, um ihr beim Ankleiden für das Abendessen behilflich zu sein. Einen *Chauri* anzulegen, war für Ungeübte nämlich gar nicht so einfach. Das Gewand bestand nur aus einer Reihe von Schals aus feinem, beinahe durchsichtigem Stoff, die an ein paar Stellen zusammengenäht waren. Man drapierte sich die Stoffbahnen so über die Schultern, dass alles verhüllt war, was man nicht sehen sollte. Ein Gürtel um die Taille hielt das Oberteil an Ort und Stelle. Der Rock war ganz ähnlich gearbeitet. Schmale Schals hingen an einem Bund, den man sich um die Hüfte wickelte, und fielen ungefähr bis auf Wadenlänge locker an den Beinen herunter.

Wenn man nicht gerade eilenden Schrittes lief oder in eine Windbö geriet, boten diese Kleidungsstücke sicherlich keine allzu offenherzigen Einblicke. Sie waren angenehm zu tragen, ideal für warmes Wetter und wirkten feminin. Mit dem V-Ausschnitt, dem Gürtel und den weichen Falten war das ärmellose Gewand recht kleidsam. Dazu schnallte die Dienerin Brittany

noch ein Paar eigenartig geformte, aber erstaunlich bequeme Sandalen an die Füße.
Das Einzige, was nicht zu ihrer neuen Kleidung passte, war die kleine Sprechanlage an ihrem Gürtel. Brittany überlegte, ob sie das Kästchen in Daldens Zimmer zurücklassen sollte. Doch trotz Marthas ungewöhnlicher Schweigsamkeit wollte Brittany auf dieses Hilfsmittel noch nicht verzichten.
Das Mädchen Talana, die den weißen *Chauri* gebracht hatte, versicherte ihr, dass man gerade dabei sei, noch weitere Gewänder für sie zu fertigen. Sie würden ihr im Laufe des nächsten Aufganges übergeben werden. Talana war deutlich kleiner als eine Sha-Ka'ani und hatte, wie alle *Darash*, dunkles Haar und dunkle Augen. Sie trug eine einfache, ärmellose Tunika und einen langen Rock. Brittany war es nicht gewohnt, bedient zu werden. Zu ihrer Erleichterung stellte sie fest, dass Talana sich alles andere als unterwürfig gab. Sie wirkte lebhaft und freundlich und schien gern zu lachen. Zwar nannte sie Brittany »Gebieterin«, doch eigentlich verhielt sie sich mehr wie eine hilfsbereite Freundin. Talana hatte auch den Auftrag, sie zum Abendessen zu führen. Sie gingen bereits durch den kleinen Garten, als Brittany plötzlich stehen blieb. Ihr war gerade erst aufgefallen, dass sie keinerlei Verständigungsprobleme mit Talana hatte. Auch Tedra und Challen verstand sie hervorragend.
Wie hatte ihnen ein so dummer Fehler unterlaufen können? Und warum war ihr das nicht schon viel früher aufgefallen? Ungläubig sagte sie: »Nun habt ihr euch endgültig verraten.«

»Gebieterin?«
»Wie wollt ihr mir denn erklären, dass mich hier jeder versteht, wo ihr doch angeblich einer anderen Spezies Mensch angehört, die ihre eigene Sprache spricht?«
Talana blinzelte Brittany ratlos an. Sie verstand diese Frage nicht. Natürlich hatte Martha wieder einmal gelauscht. »Das hat ja ziemlich lange gedauert, liebes Kind. Aber du bringst etwas durcheinander. Nicht sie sprechen deine Sprache, du sprichst ihre.«
»Wie bitte?«
»Es genügt vollauf, wenn man eine Nacht lang auf einer Sublim-Kassette mit einer neuen Sprache schläft. Das reicht, um die Grundzüge dieser Sprache ins Unterbewusstsein aufzunehmen. Auf deiner Welt benutzt man bereits ähnliche Lernmethoden, wenn sie auch noch nicht so ausgereift sind wie unsere. Für dich habe ich die Dosis etwas erhöht. Schon eine ganze Woche vor deiner Ankunft auf Sha-Ka'an hast du jede Nacht im Schlaf die neue Sprache gehört. Ich wollte dir die Eingewöhnung in deiner neuen Heimat erleichtern. Wahrscheinlich merkst du deshalb erst jetzt, dass du zwei ganz unterschiedliche Sprachen im Kopf hast.«
»Gib es doch einfach auf, Martha«, seufzte Brittany. »Du weißt genau, dass ich dir das niemals abkaufen werde.«
Diesmal klang Marthas Gelächter eindeutig triumphierend. »Ich muss dich gar nicht erst mühsam überzeugen, Kindchen. Das wirst du gleich selbst erledigen. Pass auf. Nehmen wir zum Beispiel das Wort *chemar.* Du weißt doch sicher, was das heißt, oder?«

»Natürlich, das ist …«
Brittany brach ab. Martha hatte gerade wieder in ihrer Muttersprache mit ihr geredet, und auch sie hatte völlig mühelos in ihre eigene Sprache zurückgeschaltet. Genauso selbstverständlich antwortete sie jedem, der sie darin ansprach, in der neuen Sprache. Ihre Antworten kamen ganz automatisch, so gut beherrschte sie sie bereits.
»Schade, dass wir dir nur diese einfache Sprechanlage gegeben haben, Püppchen«, schnurrte Martha. »Jetzt hätte ich lieber eine Kombinationseinheit mit Rundumblick, um dein Gesicht sehen zu können.«
Brittany wurde heiß. »Es ist knallrot, wenn du es wirklich wissen willst«, presste sie hervor.
»Sollte es mir endlich gelungen sein, dich in echtes Staunen zu versetzen? Sollte es tatsächlich etwas geben, das du nicht sofort als Täuschung abtun kannst?«
Brittany knirschte mit den Zähnen. »Blödsinn! Hörkassetten, die das Unterbewusstsein ansprechen, sind angeblich wirklich nützliche Helfer beim Erlernen einer Fremdsprache. Und du hattest drei Monate lang Zeit, mich damit zu berieseln, während ich schlief. Ein Tag oder eine Woche? Dass ich nicht lache!«
»Wenn Computer die Geduld verlieren könnten, dann wäre ich jetzt wahrhaftig so weit.«
Diese Aussage überraschte Brittany. »Du gibst auf? Heißt das, es ist alles vorbei?«
»Mein liebes Kind! Geht es denn wirklich nicht in deinen Kopf? Es gibt keinen Anfang und kein Ende. Es ist völlig unmöglich, einfach mit irgendetwas aufzuhören. Das Hier und Jetzt ist das Einzige, was wir

haben. Gewöhn dich also an diesen Gedanken. Fang an, dich an dein neues Leben anzupassen. Mach das Beste daraus.«

»So einfach ist das? Ich sage: ›Gute Güte, wie konnte ich nur so lange so begriffsstutzig sein?‹ Und von da an glaube ich einfach alles, was ihr mir sagt?«

»Ist diese Sturheit eigentlich erblich? Wie verstehen sich denn deine Eltern?«

»Meine Eltern verstehen sich ganz prächtig. In meiner Kindheit waren sie entweder mit Streiten beschäftigt, oder sie versöhnten sich gerade wieder einmal. Jedenfalls küssten sie einander andauernd.«

»Du sagtest, sie waren Freigeister.«

»Ja, aber irgendwann wurden sie erwachsen.«

»Aha. Diese Information fehlte mir noch, um dich ein wenig besser einschätzen zu können. Okay, hör zu, Püppchen. Meine Berechnungen sagen mir genau, was dein Problem ist. Und du hast Glück: Ich bin gerade in einer meiner großzügigen Launen und werde daher mein Wissen mit dir teilen. Ursprünglich galt deine Angst dem Unbekannten. Außerirdische waren für dich gleichbedeutend mit sonderbar aussehenden Kreaturen. Inzwischen weißt du jedoch, dass das nicht unbedingt zutrifft. Schön, die Sha-Ka'ani mögen nicht ganz so aussehen, wie du das von menschlichen Wesen gewohnt bist, aber allzu groß sind die Unterschiede nicht. Das bedeutet, deine Angst hat viel tiefere, persönliche Wurzeln. Und deshalb bist du sie auch noch nicht los.«

Brittany wollte sich am liebsten die Ohren zuhalten. »Das ändert nichts an der Tatsache …«

Aber Martha war nicht mehr aufzuhalten. »Du hast Angst davor, das Glück anzunehmen, das Dalden dir bieten kann. Denn tief in deiner Seele glaubst du, er sei zu perfekt, um echt zu sein. Er entspricht genau dem Idealbild des Partners, das du dir in deinen kühnsten Träumen entworfen hast, und so einen Menschen kann es nach deiner Überzeugung gar nicht geben. So viel Glück kann aus Brittany Callaghans Sicht kein Mensch haben. Na, wie klingt das? Habe ich deine wunde Stelle getroffen?«

»Geh zum Teufel!«

»Vielen Dank, aber darauf möchte ich im Augenblick lieber verzichten«, kicherte Martha.

»Übrigens – der große Krieger ist im Anmarsch. Er will dich abholen. Er hatte gerade ein interessantes kleines Gespräch mit seinem Vater und ist zu dem Schluss gekommen, dass du und er eine Weile ungestört sein solltet. Ich werde mich wohl zurückziehen müssen. Viel Glück, Kleine! Du wirst es brauchen!«

Das klang nicht besonders Vertrauen erweckend. Nervös blickte Brittany Dalden entgegen. Der Ausdruck größter Entschlossenheit auf seinem Gesicht war nicht zu übersehen. Als er wortlos ihre Hand ergriff und sie hinter sich herzog, fühlte sie sich beinahe wie ein Lamm, das zur Schlachtbank geführt wird.

Kapitel Sechsundvierzig

Hör mal, Dalden, wenn man gemeinsam einen Ausflug unternimmt, bespricht man normalerweise vorher miteinander, wo die Reise hingeht. Wie sollen denn sonst alle Betroffenen wissen, ob das Ganze wirklich eine gute Idee ist? Mit ein paar klärenden Worten im Vorfeld lässt sich so manche spätere Enttäuschung vermeiden.«

Er antwortete nicht. Seit sie Sha-Ka-Ra verlassen hatten, versuchte Brittany immer wieder, Dalden zum Reden zu bringen – bislang ohne Erfolg. Seit er sie aus dem Schloss gezerrt hatte, war noch kein Wort an sie über seine Lippen gekommen.

Im Schlosshof hatten zwei *Hataare* für sie bereitgestanden. Brittanys Befürchtung, sie müsse nun ganz allein auf einem der Tiere reiten, bewahrheitete sich nicht. Einer der zotteligen Vierbeiner wurde mit einem ganzen Berg Gepäck beladen und trottete nun folgsam hinter ihnen her.

Als sie schließlich am Fuß des Berges ankamen, war es bereits dunkel. Brittany wartete darauf, dass der Mond aufging und mit seinem Licht die Nacht ein wenig erhellte. Doch bisher sah sie nur einen ganz gewöhnlich wirkenden Sternenhimmel. Dass sie keines der Sternbilder erkannte, verwunderte sie kaum. Man hatte sie in ein fernes Land gebracht, in der Hoffnung, das Experiment erfolgreich zu Ende führen zu können. Alles sollte ihr neu und unbekannt vorkommen, selbst der Sternenhimmel.

Sie saß vor Dalden auf dem *Hataar.* Einen Arm hatte er fest um ihre Taille geschlungen, sodass sie nicht fürchten musste, ins Rutschen zu kommen. Mit der anderen Hand lenkte er das Tier. Sie bewegten sich in gemächlichem Tempo fort, was angesichts der tiefen Dunkelheit, die sie einhüllte, wohl angebracht war. Brittany konnte kaum den Weg vor ihnen erkennen. Manchmal war sie nicht einmal ganz sicher, ob es überhaupt einen Weg gab. Aber Dalden schien genau zu wissen, wohin er wollte.

Sie trug noch immer den dünnen *Chauri,* ein etwas eigenartiges Kostüm für einen Ausritt. Die langen Schals teilten sich und ließen Brittanys Beine, die locker links und rechts am Leib des Tieres herunterhingen, beinahe völlig frei. Dennoch war ihr nicht kalt. Das Wetter schien sich mit dem Einbruch der Nacht nicht zu verändern. Die Luft fühlte sich genauso angenehm warm an wie tagsüber. Die tragbare Sprechanlage war, wie von Martha vorausgesagt, im Schloss zurückgeblieben. Dort lag sie nun unter einem Busch in dem kleinen Garten, wo Dalden sie achtlos hingeworfen hatte.

Dalden hatte seine Tunika nicht angelegt. Nur das schwere Medaillon baumelte auf seiner nackten Brust. Dafür trug er nun einen Gürtel um die Hüften, an dem sein Schwert hing. An seinen Stiefeln hatte er lange, gefährlich aussehende Dolche festgeschnallt. Die Stahlschilde, die er auch bei seinem Kampf mit Jorran im Rathaus getragen hatte, bedeckten seine Unterarme. Brittany fand seinen Aufzug ziemlich martialisch. Sie ahnte, dass hinter ihr nicht der Dalden saß, den sie inzwischen so gut kannte.

Als sie durch ein Waldstück ritten, wurde die Dunkelheit endgültig so undurchdringlich, dass Brittany nun nicht einmal mehr die Hand vor Augen erkannte. Erneut versuchte sie, Dalden zum Reden zu bringen.

»Warum willst du mir nicht sagen, wo wir hinreiten?«

»Wenn es wirklich nötig sein sollte, auf eine deiner Fragen zu antworten, so werde ich das tun. Bis dahin konzentriere ich mich lieber auf den Weg. Ich möchte sichergehen, dass hier keine Gefahren auf uns lauern.«

Er wollte ihr nur antworten, wenn er es wirklich für nötig hielt? Sollte das heißen, es ging sie nichts an, wohin sie unterwegs waren?

»Irgendwie gefällt mir das alles überhaupt nicht«, erklärte Brittany.

»Deine Meinung ist im Augenblick nicht von Interesse, *Kerima.*«

Brittany spürte, wie es unwillkürlich in ihr zu brodeln begann. Dalden benahm sich für ihren Geschmack plötzlich viel zu – viel zu barbarisch. Vielleicht lag das ja an seiner Ausrüstung. Auszusehen wie ein Barbar und sich zu verhalten wie einer, das gehörte wohl zusammen.

»Martha hatte Recht. Du …«

»Martha war eher hinderlich als nützlich«, fiel er ihr ins Wort. »Vergiss, was sie dir gesagt hat.«

»Heißt das, ich werde nun endlich die Wahrheit erfahren?«
»Worüber denn?«
»Zum Beispiel darüber, wo ich mich hier befinde.«
»Du bist hier bei mir«, kam Daldens kurze Antwort.
»O-kay. Und wo bist du?«
»Bei dir.« Er legte sein Kinn auf ihre Schulter. »Ich werde immer bei dir sein.«
Das klang liebevoll und fürsorglich und ließ Brittanys Ärger ein wenig verfliegen. Wahrscheinlich musste sie wirklich nur zwischen den Zeilen lesen. Martha hatte hartnäckig ein einziges Ziel verfolgt, nämlich sie von der Realität dieser ganzen Sciencefiction-Märchen zu überzeugen. Dalden hatte offenbar etwas ganz anderes im Sinn. Er war ein Teil dieses Märchens und glaubte selbst fest daran. Ihm war gar nicht wichtig, dass sie akzeptierte, wo sie war, wenn sie nur akzeptierte, bei wem sie war.
Martha hatte ihn zur Geduld gemahnt. Das bedeutete wohl, dass er sich bisher zurückgehalten hatte und ihr jetzt erst sein wahres Gesicht zeigte. War dies der Zweck der geheimnisvollen Reise? Zog er sich nun mit ihr an einen abgelegenen Ort zurück, wo sie den echten Dalden kennen lernen würde? Den Barbaren, den sie bisher nur dann und wann einmal erahnt hatte?
Brittany spürte, wie Angst in ihr aufstieg. Was, wenn sie nun Daldens barbarische Seite nicht mochte? Was, wenn er sich als so barbarisch erweisen sollte, dass sie es einfach nicht aushielt, mit ihm zu leben?
Immer tiefer ritten sie in den dunklen Wald hinein. Brittany hatte längst jede Orientierung verloren.

Wenn es hier überhaupt einen Pfad gab, dann sah sie ihn jedenfalls nicht. Meile um Meile führte ihr Weg sie weiter in die Finsternis. Die Dunkelheit machte Brittany schläfrig. Als sie endlich eine Lichtung erreichten, blendete das helle Licht des Mondes, der inzwischen aufgegangen war, sie beinahe. Erst jetzt, nachdem sie die tiefen Schatten des dichten Blätterdaches hinter sich gelassen hatten, sah Brittany die große gelbe Scheibe am Himmel stehen.

»Hier bleiben wir«, erklärte Dalden, stieg ab und hob Brittany vom Rücken des *Hataars.* In der Nähe hörte man einen Fluss rauschen.

»Sind wir am Ziel unserer Reise oder reiten wir morgen weiter?«, fragte sie.

»Wir bleiben hier.«

»Und zu welchem Zweck?«

»Um zu lernen.«

»Lass mich raten. Ich bin die Schülerin und du der Lehrer.«

Dalden begann das Lasttier abzuladen. Er sah sie an und hob dabei eine Augenbraue.

»Das klingt nach Unzufriedenheit und Ablehnung. Sagtest du nicht bereits des Öfteren, du wärest schon glücklich, wenn du nur mit mir zusammen sein könntest? Sollte das am Ende nicht die ganze Wahrheit gewesen sein? Macht es also doch etwas aus, wo wir zusammen sind?«

Brittany seufzte. »Ist ja gut. Ich weiß auch nicht, warum ich so gereizt bin. Oder vielmehr – eigentlich weiß ich es. Aber nun geht meine miese Laune bestimmt schnell wieder vorbei. Immerhin reden wir jetzt wieder miteinander. Das tun wir doch, oder? Kein bedrückendes Schweigen mehr zwischen uns?«

»Es gibt einen Grund für alles, was ich tue«, antwortete Dalden. »In diesem Wald leben viele wilde Tiere. Jäger, die ihnen nachstellen, streifen hier herum. Reisende durchqueren diese Gegend, und manchmal lauern ihnen Räuber auf. Ich musste mich konzentrieren. Unsere Sicherheit hing davon ab. Außerdem wollte ich nicht, dass Martha unseren Aufenthaltsort feststellen kann. Wenn wir auf dem Weg hierher geredet hätten, wäre ihr das wahrscheinlich gelungen. Du brauchst sie nun nicht mehr. Du gehörst mir, und ich werde dich beschützen. Und außerdem hast du inzwischen gelernt, dass es gewisse Entscheidungen gibt, die ich allein treffe.«

»Super! Das war eine ganz tolle Erklärung. Bis auf den letzten Satz«, antwortete Brittany trocken.

Dalden fuhr fort, das Packtier abzuladen. Beinahe nebenher bemerkte er: »Du willst unbedingt etwas finden, das dich an mir stört. Woran liegt das?«

»Martha hat mich gewarnt ...«

»Schon wieder Martha?«, unterbrach er sie. »Habe ich nicht gesagt, du sollst vergessen, was sie dir erzählt hat?«

»Du weißt, dass ich das nicht kann.«

»Und das, wo du das meiste, was du von ihr weißt, ohnehin nicht glaubst?«

Zum Glück konnte er in der Dunkelheit nicht erkennen, wie rot Brittany wurde. Marthas Andeutungen hatten wirklich dafür gesorgt, dass sie voller Misstrauen war und nun das Schlimmste von Dalden erwartete. Sie war auf allerhand Gewohnheiten und Charaktereigenschaften gefasst, die sie völlig unannehmbar finden würde. Er sagte, sie seien hierher gekommen, um zu lernen. Und das galt wohl doch für sie beide. Dagegen war nun wirklich nichts einzuwenden. War es denn nicht ihr Wunsch, ihn noch besser kennen zu lernen und wirklich alles zu erfahren, was es über ihn zu wissen gab?

»Es tut mir Leid«, murmelte sie. »Ich habe wirklich eine Menge vorgefasster Ansichten mit hierher geschleppt. Aber ich werde versuchen, sie über Bord zu werfen. Soll ich dir helfen? Ich war als Kind bei den Pfadfindern und weiß, wie man Zelte aufbaut, Feuer macht, Beeren sammelt und in der Wildnis zurechtkommt.«

Dalden betrachtete sie staunend. »Wirklich? Man bringt bei euch Frauen solche Dinge bei?«

»Na ja, nicht überall«, gab Brittany zu. »Pfadfinder gibt es in meinem Land und noch in ein paar anderen. Man geht freiwillig dahin, und die Mädchen sind in der Minderzahl. Es gibt ja noch viele andere interessante Hobbys, mit denen man sich in seiner Freizeit beschäftigen kann. Aber eigentlich ist es eine wunderbare Sache, denn man lernt bei diesem Verein ziemlich viele nützliche Dinge. Mir hat es jedenfalls eine Menge Spaß gemacht, und ich bin auch später immer gern mit meinen Brüdern zum Zelten gegangen.«

Dalden nickte und lächelte dabei sogar ein wenig. »Ich bin froh, dass du gern draußen in der Natur bist. Die meisten unserer Frauen würden sich bitter beklagen, wenn man sie aus der Bequemlichkeit ihrer Häuser

entführt. Sie fürchten sich vor der ›Wildnis‹, wie du das nennst.«
Brittany konnte nur hoffen, dass diese Furcht wirklich jeder realen Grundlage entbehrte. Immerhin sagte Dalden nicht: *Unsere Wildnis ist nicht mit der euren zu vergleichen.* Ihren Vorschlag, ihm zur Hand zu gehen, ignorierte er allerdings. Wahrscheinlich weil das Zelt ohnehin viel zu groß und zu schwer für sie war. Es war nicht aus dünnem Nylonstoff gefertigt, sondern aus einem festen, dicken Material, das anscheinend einiges aushielt. Als das Zelt einmal stand, mussten viele Ausrüstungsgegenstände hineingetragen werden. Dabei ließ er sie helfen.
Ein dickes Tierfell, das sie in der Zeltmitte auf dem Boden ausrollten, diente als ihr gemeinsames Bett. Es gab etliche prall gefüllte Säcke, die sie in einer Ecke stapelten, und eine Schachtel mit Gaali-Steinen, die so viel Licht verströmten, dass ein Lagerfeuer überflüssig war. Auch zum Kochen war im Augenblick kein Feuer nötig, denn Dalden hatte das fertige Abendessen für sie einpacken lassen.
Beim Essen bestand Dalden darauf, Brittany zu füttern. Dagegen hatte sie nichts einzuwenden. Er machte das Mahl für sie zu einem erotischen Erlebnis. Ob absichtlich oder unabsichtlich, wusste sie nicht, doch sie überließ sich gern diesem neuartigen Genuss. Sicher würden sie sich nach dem Essen lieben.
»Komm her.«
Satt, zufrieden und mit dem Gedanken, dass ein kleiner Campingurlaub wahrscheinlich eine ganz gute Idee war, folgte Brittany Daldens Kommando. Sie ließ

sich auf seinem Schoß nieder, spürte, wie sich seine starken Arme um sie schlossen, und wartete auf seinen Kuss. Umsonst.

Zwar brachte er ihr Gesicht in die richtige Position, doch er hatte anderes im Sinn. »War es schwer, mir zu gehorchen?« Das Wort »gehorchen« ließ in Brittanys Kopf sämtliche Alarmglocken schrillen. Sie machte sich steif und versuchte, ein wenig von Dalden abzurücken. Innerlich stellte sie sich auf eine Diskussion ein, die wahrscheinlich für sie beide nicht angenehm werden würde. Doch er hielt sie eisern fest und gestattete ihr nicht, auf Abstand zu gehen. Wollte er ihr damit zeigen, dass er sie zum Gehorsam zwingen konnte, wenn sie sich ihm widersetzte?

Kapitel Siebenundvierzig

Brittany versuchte, keine voreiligen Schlüsse zu ziehen. Sie gab sich wirklich alle Mühe. Wahrscheinlich reagierte sie nur überempfindlich auf ein unscheinbares, kleines Wort – »gehorchen«. Natürlich ging die Bedeutung dieses unscheinbaren, kleinen Wortes einer selbstbewussten Frau wie ihr, die schon, seit sie vor Jahren die elterliche Farm verlassen hatte, ihre eigenen Entscheidungen traf und auf eigenen Füßen stand, absolut gegen den Strich. Es galt, ein Missverständnis aufzuklären. Schließlich hatte sie Dalden ja gar nicht gehorcht. Und das gab sie ihm auch zur Antwort.

»Ich habe deine Aufforderung nicht als Befehl, sondern als Vorschlag verstanden.«

»Und wenn es ein Befehl gewesen wäre?«

»Dann hätte ich erst einmal gründlich darüber nachdenken müssen«, antwortete Brittany.

»Warum?«

»Weil ich Befehle nicht ausstehen kann. Ich finde sie demütigend – so als unterstelle man mir, ich sei zu dumm oder einfach unfähig, eigene Entscheidungen zu treffen. Darum bin ich auch nicht zum Militär gegangen. Ständig irgendwelche Befehle ausführen zu müssen, das hätte ich nicht ertragen. Du brauchst kein so verdutztes Gesicht zu machen. Wo ich herkomme, können Frauen Soldaten werden. Heißt es nicht, das sei auch in der Heimat deiner Mutter so gewesen?«

»Ich gebe zu, dass der technische Entwicklungsstand anderer Welten etwas Derartiges möglich macht. Aber du wirst mir zustimmen, dass Frauen in einem Land, in dem Schwerter und Körperkraft ausschlaggebend sind, bei einer kämpfenden Truppe einfach nicht mithalten können.«

Brittany stellte sich vor, wie sie versuchte, mit einem ein Meter fünfzig langen Schwert, das sie kaum vom Boden aufheben konnte, auf einen gigantischen Sha-Ka'ani-Krieger loszugehen. Sie grinste und begann dann sogar zu lachen.

»Eins zu null für dich.«

Dalden sah schon wieder überrascht aus. Offensichtlich hatte er Widerspruch erwartet. »Du stimmst mir zu?«

»Na klar. Aber das heißt noch lange nicht, dass ich auch springe, wenn du sagst ›spring‹.«

»Selbst dann nicht, wenn der Befehl nur zu deinem Besten ist?«, beharrte Dalden.

Brittany dachte einen Augenblick nach und lenkte dann ein: »Es gibt bestimmt ein paar Befehle, die annehmbar sind. Aber du bist weder mein Boss noch die Regierung noch das Gesetz. Du bist der Mann, mit dem ich zusammenleben möchte. Und zwar partnerschaftlich und einvernehmlich. Wozu willst du mich denn überhaupt herumkommandieren?«

»Mit ›wollen‹ hat das gar nichts zu tun. Es ist ganz einfach eine Notwendigkeit«, erklärte er. »Es ist mein Recht, dich zu beschützen. Und dieses Recht kann mir niemand streitig machen – nicht einmal du. Normalerweise muss man so etwas nicht erklären. Unsere Frauen lernen von klein auf, was sie tun dürfen und was nicht. Und wem sie zu gehorchen haben – und warum. Ein Krieger muss sicher sein können, dass eine Frau in einer Gefahrensituation, aus der er sie retten will, seinen Befehlen ohne zu zögern Folge leistet. Nur so kann er sie wirkungsvoll schützen. Hätte er diese Gewissheit nicht, so müsste er der Frau viele Dinge von vornherein verbieten, und das würde weder ihm noch ihr besonders gut gefallen.«

»Okay, ich verstehe, was du meinst. Wenn den Frauen hier von Geburt an beigebracht wird, sich den Befehlen eines Mannes unterzuordnen, könnt ihr euch darauf verlassen, dass sie selbst als Erwachsene genau das tun. Aber vergiss nicht, ich stamme aus einer ganz anderen Gesellschaft. Man kann einem alten Gaul nun einmal keine neuen Kunststücke beibringen. Daran solltest du denken. Ich bin keine Frau aus deinem Volk, und du kannst mich auch nicht so behandeln.«

»Willst du mir wirklich erzählen, dass du nie den Anordnungen deines Vaters gefolgt bist?«

Brittany legte die Stirn in Falten. »Nicht nur denen meines Vaters, sondern denen beider Elternteile. Es gab Regeln, auf die sie sich geeinigt hatten. Und als ich noch bei ihnen lebte, hielt ich mich auch meist daran, wohl wissend, dass ich ab dem Tag, an dem ich auf eigenen Beinen stehen würde, auch nach meinen eigenen Regeln leben würde. Siehst du den Unterschied? Die Regeln galten für die Zeit meiner Kindheit. Und damals war ich ein Kind. Doch schon ein

Kind weiß bei uns, dass es als Erwachsener nur noch den Gesetzen folgen muss, die in den Gesetzbüchern stehen. Bei euch hingegen werden Frauen ihr ganzes Leben lang wie Kinder behandelt. Aber ich bin achtundzwanzig Jahre alt, Dalden. Ich bin erwachsen.«

Urplötzlich lagen seine Hände auf ihren Brüsten. Seine warmen Handflächen versengten gleichsam den dünnen Stoff des *Chauris.* »Als Kind habe ich dich nie betrachtet.«

Brittany errötete, und diesmal sah Dalden es deutlich, denn das Innere des Zeltes war von Gaali-Steinen taghell erleuchtet. Er lächelte. Sie warf ihm einen finsteren Blick zu.

»Lenk nicht vom Thema ab«, schalt sie. »Ich habe nicht von Sex geredet, sondern ganz allgemein von der Art, wie Frauen hier behandelt werden. Die Gesetze, denen sie unterworfen sind, finde ich einfach absurd. Sie müssen bestimmte Kleider tragen und können noch nicht einmal ein paar Schritte aus der Haustür tun, ohne dass ihnen ein Mann dabei auf Schritt und Tritt folgt. Kannst du dir eigentlich vorstellen, wie entwürdigend ich das finde?«

Nun war es an Dalden, die Stirn zu runzeln. »Die Gesetze kennst du, nicht aber die Gründe für ihre Entstehung.«

»Ich bin schon froh, dass Martha mir wenigstens so viel verraten hat. Sie wollte eigentlich überhaupt nichts sagen. Wahrscheinlich, weil sie diese Regeln genauso erniedrigend findet wie ich.«

»Sie sollen Frauen nicht entwürdigen, sondern schützen.«

»Wenn deine Stadt ein zivilisierter Ort wäre, könnte ich auch durch die Straßen spazieren, ohne mich vor Belästigungen durch irgendwelche Krieger fürchten zu müssen. Oder willst du nun behaupten, Sha-Ka-Ra sei kein zivilisierter Ort?«

»Wie oft soll ich dir noch sagen, dass dieser Planet von anderen, moderneren Welten als barbarisch bezeichnet wird? Hast du allen Ernstes erwartet, dass hier Gleichberechtigung von Mann und Frau herrscht?«

Schon wieder bekam Brittany einen heißen Kopf. Daran hatte sie wirklich nicht mehr gedacht. Sie fand es nicht weiter schlimm, denn sie befand sich ja in einer Scheinwelt. Aber wenn sie bei diesem Spiel mitspielen wollte und wenn sie davon ausging, dass Dalden wirklich alles glaubte, was er sagte, musste sie solche Dinge im Auge behalten. Sie musste sich damit abfinden, dass hier nichts so war, wie sie es von zu Hause kannte und als normal empfand.

»Na schön. Ihr seid alle Barbaren. Tut mir Leid, ich weiß, du magst dieses Wort nicht, aber du hast diesmal damit angefangen. Und du sagst, die Gesetze, die mir nicht gefallen, seien nur zu meinem Schutz. Wunderbar. Aber was passiert, wenn ich mich nicht daran halte?«

»Du wirst bestraft.«

»Gibt es bei euch Gefängnisse?«

»Nein.«

»Öffentliche Auspeitschungen?«

»Sei nicht albern, Frau«, sagte Dalden streng. »Nur mir allein steht es zu, dir eine Strafe aufzuerlegen, und du weißt, ich würde dir nie körperliche Schmerzen zufügen.«

Das wusste sie tatsächlich sehr genau. Er war sich seiner ungeheuren Körperkraft voll bewusst und berührte sie immer mit Vorsicht und Bedacht. Sie seufzte und legte den Kopf an seine Brust.
»Irgendwie gefällt mir die Richtung, die dieses Gespräch nimmt, immer weniger«, sagte sie. Dabei klang ihre Stimme müde und verzagt.
Sofort begann er, sie mit seinen Händen zu trösten. »Wir müssen es auch nicht jetzt zu Ende führen. Aber es ist mein Wunsch, dass du keine Fragen mehr hast, wenn wir diesen Ort verlassen.«
Wenigstens darin waren sie sich ganz und gar einig. Schon viel zu lange war Brittany bestimmten Fragen aus dem Weg gegangen. Oder man hatte ihr darauf keine Antworten gegeben. »Das Gespräch mit deinem Vater muss ziemlich interessant gewesen sein«, stellte sie fest.
»Woher weißt du …«
»Martha.«
»Natürlich, Martha. Sie hat übrigens wirklich einen sehr umfassenden Bericht abgegeben. Meine Eltern haben ihn beide gehört.«
»Und du hast wohl inzwischen beschlossen, Marthas Rat, Geduld mit mir zu haben, nicht weiter zu beherzigen.«
»Meine Geduld hat nicht dazu beigetragen, dass du uns glaubst«, antwortete er.
»Dalden, ich werde diese ganze fantastische Geschichte niemals glauben. Wenn du das nicht akzeptieren kannst …«
»Beantworte mir eine Frage, *Kerima«,* unterbrach er

sie. »Wenn du alles glauben könntest, was du bisher erfahren hast, würde das deine Gefühle für mich ändern?«

»Nein«, antwortete sie ohne das geringste Zögern.

»Genau das hat mein Vater auch gesagt. Marthas düstere Voraussagen für unsere Zukunft haben nämlich eines außer Acht gelassen – etwas, das sie nie voll und ganz verstehen wird: das Herz einer Frau.«

»Sag, warum hast du mich hierher gebracht?«

»Um dir dabei zu helfen, mich voll und ganz zu akzeptieren, an mich zu glauben.«

»Aber ich …«

Er legte einen Finger auf ihre Lippen. »Ich werde versuchen, dir zu erklären, was ich meine. Die kulturellen Unterschiede zwischen uns, von denen Martha so gern spricht, bestehen tatsächlich. Schon jetzt zeigst du dich unwillig, dich bedingungslos auf meine Kultur einzulassen. Aber es gibt keine andere Wahl. Weder für dich noch für mich. Wenn dies ein anderes Land auf deiner Erde wäre, würdest du dich dann weigern, dich während deines Aufenthaltes an die dortigen Regeln und Gesetze zu halten? Hätten sie für dich keine Gültigkeit, nur weil du nicht dort geboren bist?«

»Nein, aber …«

Wieder ließ er sie nicht zu Ende sprechen. »Warum weigerst du dich dann, es hier zu tun? Weil du glaubst, alles sei nur Täuschung, nur gespielt? Ist das nicht die Wurzel all unserer Probleme?«

»Was hat das damit zu tun, dass ich an dich glaube und mit dir zusammen sein möchte?«, wollte sie wissen.

»Alles, *Kerima*«, antwortete er leise. »Du wirst dich an

unsere Regeln halten müssen. Wenn du das nicht tust, muss ich dich bestrafen. Wirst du das akzeptieren und verstehen, dass es mir keine Freude macht? Ein Krieger leidet oft genauso unter einer Strafe wie seine Frau – manchmal sogar mehr.«

Brittany gelang es nur mühsam, ein Schnauben zu unterdrücken. Sie behandelten ihre Frauen wie Kinder, und wahrscheinlich waren auch die Strafen entsprechend. Was ihm und inzwischen auch ihr Sorgen bereitete, war, ob sie es wirklich akzeptieren konnte, wenn *er* ihr irgendeine dieser kindischen Strafen auferlegte. Brittany bezweifelte es, aber sie war zu einem Kompromiss bereit. Sie würde diese dummen Regeln befolgen, damit sie einer Bestrafung von vornherein aus dem Weg gingen.

Genau das sagte sie ihm auch. »Wie wäre es denn, wenn ich mich euren Regeln einfach beuge. Auf diese Weise brauchst du dir keine weiteren Gedanken um irgendwelche Strafen machen, denn sie wären ja dann unnötig. Beruhigt dich das ein wenig?«

»Es beruhigt mich, dass du bereit bist, dich auf unsere Gesetze einzulassen«, sagte er ernst.

Auf Brittanys Stirn bildete sich eine steile Falte. »Du siehst aber nicht besonders glücklich aus. Das, was ich gesagt habe, war nicht das, was du hören wolltest, stimmt's? Erwartest du denn wirklich, dass ich dir mein Einverständnis dafür gebe, mich zu bestrafen? Oder willst du vielleicht sogar, dass ich dir im Voraus verzeihe?«

»Das ist alles nicht so wichtig«, antwortete er. »Was zählt, ist einzig und allein, dass du mich verstehst. Ich habe dir gesagt, wozu es führt, wenn du dich nicht an meine Anweisungen hältst. Ich möchte, dass du versuchst, unsere Gepflogenheiten zu akzeptieren.«

Brittany hielt die Luft an und zählte langsam bis zehn. *Nicht so wichtig,* aha. Schließlich seufzte sie.

»Ich glaube, ich komme auf dein Angebot zurück, dieses Gespräch für heute zu beenden. Ich muss erst einmal über alles nachdenken, was du mir gesagt hast. Es wird eine Weile dauern, bis ich es verdaut habe.«

Nach diesen Worten versuchte sie erneut, von Daldens Schoß hochzukommen. Wieder ließ er sie nicht gehen. Sie funkelte ihn aus zusammengekniffenen Augen an.

»Das ist eine bodenlose Gemeinheit! Du nutzt deine Kraft schamlos aus!«

»Ein Krieger zu sein, bringt gewisse Annehmlichkeiten mit sich«, antwortete er grinsend. »Warum willst du denn überhaupt weg von mir?«

»Damit ich in einer Ecke sitzen und schmollen kann natürlich«, gab sie zurück.

Kopfschüttelnd betrachtete er sie. Dabei verschwand das Grinsen keine Sekunde lang von seinem Gesicht.

»Wenn wir unsere tief schürfenden Gespräche für heute beendet haben, ist es Zeit für – andere Dinge.«

»Wie zum Beispiel?«

»Festzustellen, mit welchen Annehmlichkeiten es verbunden ist, eine Frau zu sein.«

Und das sollte Brittany in dieser Nacht wieder einmal sehr intensiv erfahren.

Kapitel Achtundvierzig

Daldens Küsse schienen nie ihre Wirkung zu verlieren. Von dem Augenblick an, als sein Mund mit ihrem verschmolz, versank die Welt um Brittany. Wo sie sich befanden, worüber sie gesprochen hatten, der ganze angestaute Ärger – die Berührung seiner Lippen ließ sie alles vergessen.

Damit hatte er eine ungeheure Macht über sie. Wäre ihr Vertrauen zu ihm nicht so unendlich groß gewesen, so hätte diese Tatsache sie vielleicht beunruhigt.

Gleich hier auf seinem Schoß zog er sie aus. Der *Chauri* machte ihm das nur allzu einfach. Dalden schob seine Hände unter den Halsausschnitt und strich dann in einer langsamen, streichelnden Bewegung über Brittanys Schultern und Arme. Dabei streifte er ihr den *Chauri* ab und entblößte sie bis zur Taille. Brittany merkte es kaum, denn sie war viel zu sehr in Daldens Küssen gefangen – fordernden, Besitz ergreifenden Küssen, die innerhalb von Sekunden tiefe Leidenschaft in ihr entfachten. Und das war auch gut so. Seine Hände mochten sie langsam und hingebungsvoll streicheln, doch der Rest seines Körpers folgte einem ganz anderen Rhythmus. Dalden veränderte Brittanys Position nur unwesentlich, und schon fühlte sie, wie seine ganze Männlichkeit tief in sie eindrang. Brittany wurde in die höchsten Sphären der Wollust katapultiert. Das ganze atemberaubende Liebesspiel dauerte nur Minuten, und dabei saß sie noch immer auf seinem Schoß!

Ein wenig benommen und noch immer bebend vor Leidenschaft, registrierte Brittany Daldens spitzbübisches Grinsen. Sie hatte gerade noch Zeit, Luft zu schöpfen, und schon begann alles von neuem. Auf diese Weise verging die Nacht wie im Flug. Brittany zählte nicht mehr, wie oft hintereinander Dalden ihr die unsäglichsten Wonnen bereitete. Ihr Barbar war unersättlich. Erschöpft lag sie schließlich in seinen Armen, doch an Schlaf war nicht zu denken. Er musste sie nur berühren, sie zärtlich küssen, und schon war sie wieder hellwach und voller Verlangen nach ihm.

War es möglich, zu viel Glück zu erleben? Brittany schwebte wie auf Wolken. Sie wusste, dass dies Daldens Art war, sie für die unerbittliche Realität seiner Welt, die ihr so viel Kopfzerbrechen bereitete, zu entschädigen. Er wollte sie an die Annehmlichkeiten erinnern – die Annehmlichkeiten, die damit verbunden waren, eine Frau zu sein. *Seine* Frau.

Als Dalden sie am nächsten Tag weckte, versuchte sie umsonst, das zufriedene Grinsen, das sich hartnäckig auf ihren Lippen hielt, loszuwerden. Es war schon spät. Sie hatten den Morgen beinahe verschlafen. Jedenfalls galt das für Brittany. Dalden war längst wach, hielt sie in seinen Armen und lächelte sie an, als sie endlich die Augen aufschlug. Und ihm stand anscheinend genauso wenig wie ihr der Sinn danach, das bedrückende

Gespräch, das sie am Abend zuvor begonnen hatten, fortzusetzen.

Er fütterte seine Auserwählte erst einmal mit Überbleibseln des Abendessens. Dann wollte er alles übers Angeln erfahren. Brittany hatte gelegentlich davon gesprochen. Hier in den Seen und Flüssen gab es Fische, doch niemand hatte je daran gedacht, sie auf den Speiseplan zu setzen.

Das nahm Brittany ihm natürlich nicht ab, doch es machte ihr Spaß, mit einem seiner langen Dolche eine Angelrute zurechtzuschneiden. Aus ein paar Haaren, die sie einem *Hataar* aus dem Schweif zog, flocht sie die Angelschnur und zeigte Dalden schließlich am nahe gelegenen Fluss, wie man mit dem fertigen Gerät sein Glück versuchen konnte.

Er gab sich beeindruckt, doch bald stellte er fest, dass es keine echte Herausforderung für einen Krieger sei, Fischen nachzustellen. Er bevorzugte größeres Wild, das mehr als eine Mahlzeit hergab. Brittany hatte schon erwartet, dass er während ihres Ausfluges auf die Jagd gehen würde, und am späten Nachmittag verließ er das Lager, um sich auf die Suche nach ihrem Abendessen zu machen.

Natürlich wollte Brittany gern dabei sein. Doch nach allem, was sie inzwischen über Daldens Kultur wusste, war sie nicht verwundert, dass er ihre Bitte ablehnte. Zu Hause war sie oft gemeinsam mit ihren Brüdern auf die Jagd gegangen, doch hier war es Frauen nicht erlaubt zu jagen, ganz gleich, ob sie darin Erfahrung hatten oder nicht. Und daran gab es nichts zu rütteln. Dalden befahl ihr, während seiner Abwesenheit im

Zelt zu bleiben und es unter keinen Umständen zu verlassen. Er duldete keine Widerrede.
Wenigstens nahm er sich noch die Zeit, ihr zu erklären, dass das Zelt ihr einziger Schutz war, solange er nicht selbst bei ihr war. Im Augenblick galt es als ihr Heim, und wenn sie sich darin aufhielt, würden andere Krieger, die vielleicht in der Gegend umherstreiften, sich ihr nicht ohne Erlaubnis nähern. Außerdem war es stabil genug, um wilde Tiere abzuhalten, sodass sie auch vor ihnen in Sicherheit war.
Sie musste ihm hoch und heilig versprechen, im Zelt zu bleiben, bevor er sich auf den Weg machte. Aus ihrer Sicht machte er viel zu viel Aufhebens darum. Bisher hatte sie sich auch den ganzen Tag im Freien aufgehalten, war zum Fluss hinuntergegangen und auf der Lichtung umhergeschweift. Alles wirkte sehr friedvoll. Es machte ihr nichts aus, allein zurückzubleiben. Viel mehr ärgerte sie sich darüber, dass sie nun untätig im Zelt hocken sollte.
Dalden versprach ihr, nicht lange fortzubleiben, gab ihr zum Abschied einen Kuss, der sie noch eine ganze Weile intensiv an ihn denken ließ, und ritt von dannen. Brittany wanderte eine Zeit lang unruhig im Zelt hin und her, strich an seinen Wänden entlang wie ein gefangenes Tier. Dann beschloss sie, ihren Ärger hinunterzuschlucken und Daldens Abwesenheit sinnvoll zu nutzen, indem sie ein Nickerchen machte.
Kaum hatte sie sich jedoch auf dem weichen Pelz zusammengerollt, schon hörte sie, wie das *Hataar,* das bisher friedlich auf der Lichtung gegrast hatte, davonlief. Das beunruhigte sie nicht weiter. Auch Pferde

scheuten gelegentlich ohne erkennbaren Anlass. Wahrscheinlich hatte ein auffliegender Vogel das Tier erschreckt. Dalden hätte es anbinden sollen. Nun würde er es suchen müssen, wenn er zurückkam. Doch bald hörte sie weitere Geräusche in ihrer Nähe. Zuerst eine Art Klicken. Dann klang es, als würde etwas durchs Gras geschleift, und schließlich folgte ein Klopfen oder Stampfen. Brittany rappelte sich langsam auf. Wenn Dalden zurückgekommen wäre, hätte sie sein *Hataar* gehört. Doch die Geräusche vor dem Zelt konnten ohnehin nicht von Dalden stammen. Für ein menschliches Wesen klangen sie viel zu eigenartig. Wahrscheinlich schnüffelte dort draußen ein Tier herum. Besonders beunruhigt war Brittany noch immer nicht. Ein Raubtier hätte sich sicher sofort auf das *Hataar* gestürzt – es sei denn, das *Hataar* wäre eine nicht zu bewältigende Beute.
Außer der Angelrute hatte Brittany keine Waffe. Gegen einen zweibeinigen Räuber würde sie damit ohnehin nichts ausrichten können, aber ein Tier konnte sie damit vielleicht verjagen. Am meisten plagte sie allerdings die Neugier. Womöglich gehörte dieser überraschende Besucher nicht zu dem Experiment und dort draußen stand ein Wesen ohne Kostüm oder sonstiges täuschendes Beiwerk. Wahrscheinlich handelte es sich um ein ganz normales Tier aus ihrer eigenen Welt. Ein vertraut aussehender Hirsch oder ein Reh, vielleicht sogar ein Bär, würde ihr einen Anhaltspunkt geben, wo sie sich hier befand. Sie wollte nur einen kurzen Blick ins Freie werfen. Dalden war nicht in der Nähe und würde nie erfahren, dass sie seinen

Befehl missachtete. Bis zu seiner Rückkehr war sie längst wieder im Zelt. Sie nestelte die Schnüre am Eingang auf und schlug die schwere Stoffbahn zurück. Das Tier musste auf der linken Seite des Zeltes stehen. Brittany trat leise hinaus, schlich sich vorsichtig auf Zehenspitzen an die Ecke des Zeltes, duckte sich und spähte dahinter hervor. Ihr blieb vor Staunen der Mund offen stehen.

Zuerst sah sie einen langen, schweren, stachelbewehrten Schwanz, der durchs Gras geschleift wurde. Als sie vor Überraschung ein wenig zu laut nach Luft schnappte, hefteten sich schräg stehende, gelbe Augen auf sie. Sie machte kehrt und hastete zum Eingang des Zeltes zurück. Doch das eigenartige Wesen hatte sich mit unglaublicher Geschwindigkeit herumgeworfen und mitbekommen, wohin sie rannte. Nun setzte es ihr nach. Mit seinen kräftigen Hinterbeinen machte es einen großen Sprung und verfolgte sie. Brittany merkte es erst, als sie sich im Zelt umwandte, um den Eingang wieder zu verschließen. Die seltsame Kreatur hockte direkt in der Öffnung und fixierte sie.

Brittany hatte keine Ahnung, ob dieses Ungeheuer ihr gefährlich werden konnte. Die Tiere, die ihr bisher begegnet waren, hatten wenigstens noch eine gewisse Ähnlichkeit mit Tieren gehabt, die sie kannte. Doch dieser aufdringliche Bursche bildete eine Ausnahme. Er war recht groß, etwa eineinhalb Meter hoch, und kräftig, zumindest an seinem hinteren Ende. Der Oberkörper dagegen war recht schmal und wirkte beinahe unterentwickelt. Auf zierlichen Schultern saß ein runder Kopf mit spitzen Ohren. Eine Nase war nicht erkennbar. Dafür gab es die schrägen gelben Augen und kräftige Kiefer mit zahlreichen gut sichtbaren, langen Zähnen. Die Vorderbeine des Tieres sahen wiederum aus, als seien sie verkrüppelt oder verkümmert. Sie waren vergleichsweise zu kurz, um irgendeine Funktion zu haben. Es bewegte sich allein auf den Hinterbeinen fort und stützte sich dabei auf seinen kräftigen Schwanz. An beiden Hinterfüßen zählte Brittany drei Zehen mit langen Klauen. Das ganze Tier war grau und unbehaart und hatte eine ziemlich runzelige Haut. Eigentlich hätte man es einfach nur komisch finden können, wäre da nicht das beachtliche Gebiss gewesen, das den ansonsten recht harmlosen Eindruck störte.

Langsam wurde Brittany etwas nervös. Dennoch glaubte sie nicht, dass dieses seltsame Geschöpf eine Gefahr für sie sein könnte. Wahrscheinlich war es ihr nur aus Neugier gefolgt. Die meisten Tiere hatten viel mehr Angst vor Menschen als die vor ihnen. Dieses schien das allerdings für den Augenblick vergessen zu haben. Vielleicht musste sie es einfach nur daran erinnern. Kurz entschlossen griff Brittany nach ihrer Angelrute, fuchtelte ein wenig damit vor dem Tier herum und stieß dabei Laute aus, von denen sie hoffte, dass sie beeindruckend klangen. Doch nichts geschah. Das Untier hockte nur da und starrte sie an.

Ein wenig verärgert stach Brittany nun mit der Rute nach dem Tier und schimpfte: »Scher dich weg, du garstiges Vieh! Fort mit dir! Verschwinde! Husch!«

Einmal piekte sie es dabei tatsächlich ein wenig mit der Spitze des Stockes. Das gefiel ihm offenbar überhaupt nicht, denn es begann leise zu knurren. Auch das Klicken war nun wieder zu hören. Kam es von den langen Zähnen? Oder von den Klauen an den kurzen Armen? Ganz egal, was es war, Brittany fand das Zelt plötzlich viel zu eng für sie beide. Einer von ihnen war hier zu viel. Und wenn das Tier nicht gehen wollte … Vorsichtig bewegte Brittany sich an ihm vorbei auf den Ausgang zu. Es folgte ihr mit den Augen. In der Hoffnung, dass es ihr Platz machen und den Ausgang freigeben würde, schlug sie die Angelrute ein paar Mal kräftig auf den Boden. Das Vieh bewegte sich tatsächlich in der gewünschten Richtung, knurrte nun aber noch lauter. Offensichtlich hatte sie es gereizt. Dann senkte es plötzlich den Kopf zum Boden und hob ihn gleich darauf wieder an.

Brittany fürchtete, es könnte damit einen Angriff ankündigen. Lieber hätte sie es noch ein wenig weiter in die Ecke gescheucht, bevor sie das Zelt verließ. Ihr Plan war, draußen so viel Krach zu machen, dass es sich erschreckte und ihr nicht gleich wieder nachsprang. Sie schlüpfte hinaus, schrie laut nach Dalden, schlug mit dem Stock auf die Zeltplane und lief dann hinunter zum Fluss. Wasser. Im Wasser konnte es ihre Witterung nicht aufnehmen.

Im Fluss gab es ein paar Stellen, die tief genug waren, um ganz darin unterzutauchen, falls es nötig sein sollte. Sie musste nur das Ufer erreichen, solange das Biest noch verwirrt nach dem Ausgang des Zeltes suchte.

Es landete direkt vor ihr. Mit einem einzigen, gewaltigen Sprung hatte es die Entfernung zwischen ihnen überbrückt und war vor ihr gelandet! Es gelang Brittany nicht, mitten im Lauf anzuhalten. Sie prallte mit voller Wucht auf den Körper dieses unheimlichen Wesens, stürzte zu Boden und rollte auch noch die Uferböschung hinunter. Erst unten im flachen Wasser blieb sie liegen.

Brittany war ein wenig schwindelig, doch ihre Angst ließ sie sofort wieder zu sich kommen. Sie setzte sich auf. Nun musste sie so schnell wie möglich den Fluss zwischen sich und ihren Verfolger bringen. Vielleicht mochte das Tier kein Wasser. Oder es zögerte wenigstens lange genug, um ihr einen Vorsprung zu geben. Das war ihre einzige Rettung.

Es landete direkt auf ihr. Sein Gewicht brach ihr einige Rippen und quetschte ihre Lunge. Brittany konnte nicht einmal genügend Atem holen, um zu schreien. Sie bekam überhaupt keine Luft mehr. Einen Augenblick lang wurde sie ohnmächtig. Doch ein überwältigender Schmerz riss sie noch einmal aus der Dunkelheit empor. Nass, warm, Blut … Das Untier schleifte sie mit den Zähnen aus dem Wasser. Brittany hatte das Gefühl, als risse es ihr Stücke aus dem Bein.

Ihr letzter Gedanke, bevor sie zurück ins alles umhüllende Nichts sank, galt Dalden. Er hatte sie ans andere Ende des Universums gebracht, und nun ließ sie sich hier von irgendeinem dusseligen Vieh verspeisen. Er würde nicht gerade erfreut reagieren.

Kapitel Neunundvierzig

Sind sie wirklich so dumm?«, fragte Tedra die Sprechanlage in ihrer Hand. »Einem Planeten der Liga den Krieg zu erklären, bedeutet doch, sich mit der ganzen Vereinigung anzulegen.«

»Dumm eigentlich nicht«, antwortete Martha. »Nur zu primitiv, um so weit vorauszudenken.«

Tedra war wütend. Weniger über die Dreistigkeit der Bewohner von Century III, die inzwischen massenweise den Luftraum über Sha-Ka'an bevölkerten, sondern vielmehr, weil Challen den Vorfall ernst nahm und sich auf ein paar handfeste Kampfhandlungen freute. Ganz wie in den guten, alten Zeiten. Doch Tedra konnte absolut nichts Gutes an der Sache finden. Die Centurianer dachten nicht daran, so wie früher zu landen und Mann gegen Mann zu kämpfen. Sie setzten vielmehr auf ein Bombardement aus sicherer Entfernung.

Jorran musste sich erst einmal richtig ausgeweint haben, als er nach Hause gekommen war. Er hatte mit seinen schlecht verheilten Blessuren auch wirklich ziemlich mitgenommen ausgesehen. Das versetzte seine Verwandtschaft offensichtlich in Rage, und nun wollte man den gedemütigten Großkönig rächen. So

behandelte man nun einmal keinen centurianischen Herrscher, und schon gar nicht ungestraft.
Cayden, das Oberhaupt der königlichen Familie und damit Ranghöchster der Centurianer, hatte jedes in seinem Sonnensystem auffindbare Raumschiff beschlagnahmt. Nun stand eine eindrucksvolle Flotte von dreiundzwanzig weltraumtauglichen Fahrzeugen – vom schwerfälligen Handelsschiff über wendige, kleine Privatflugkörper bis zum gut gerüsteten Kampfschiff – unter seinem Kommando. Wahrscheinlich gab er sich deshalb so siegessicher. Jedenfalls schien er von seiner haushohen Überlegenheit überzeugt zu sein.
Martha sah das anders. »Rostlauben« nannte sie die Raumschiffe allesamt. Manche waren so alt, dass sie noch nicht einmal mit Crysillium, geschweige denn von Gaali-Steinen angetrieben wurden. Darum beunruhigte die Invasion Martha auch nicht besonders. Sie war noch immer an Bord der *Androvia* installiert und wartete nur auf Challens Erlaubnis, die Centurianer mitsamt ihren museumsreifen Gefährten ins weite Universum zu feuern.
Challen jedoch wollte ihr die Erlaubnis dazu nicht erteilen. Und wahrscheinlich war das auch besser so. Die Centura Liga versuchte Kriege, wo immer möglich, zu verhindern und setzte sich für die friedliche Lösung von Konflikten ein. Gewaltanwendung wurde als letztes Mittel betrachtet, wenn nichts anderes mehr half. Planeten, die unter dem Schutz der Liga standen, hatten sich an diese Vorgaben zu halten.
Tedra wusste das sehr gut und hätte den Standpunkt der Liga auch energisch vertreten, wenn sie die Feind-

seligkeiten nicht so schrecklich persönlich genommen hätte. Gleichermaßen nahm Challen den Aufmarsch von Jorrans Leuten persönlich, wenn auch aus anderen Gründen.
Sie hatten Forderungen gestellt. Wurden sie nicht erfüllt, so bedeutete das Krieg. Sie verlangten Daldens Kopf – und die Herausgabe seiner Frau. Tedra und Challen versuchten, vor allem Zeit zu gewinnen. Dalden war im Moment nicht auffindbar, und man konnte daher den Centurianern den erbetenen Gefallen nicht tun. Er befand sich auf ungewisse Zeit an einem unbekannten Ort, um dort mit seiner Lebensgefährtin ungestört zu sein. Selbst wenn seine Eltern gewusst hätten, wo er sich aufhielt, hätte es geraume Zeit gedauert, den Kontakt mit ihm herzustellen. Dabei lag es durchaus nicht in Tedras Absicht, Dalden darüber zu unterrichten, dass sein Kopf Gegenstand von Verhandlungen war, denn im Namen der Ehre war Dalden schon so manches Mal bereit gewesen, schwere persönliche Opfer zu bringen.
Dass die Centurianer Daldens Tod und die Übergabe seiner Lebensgefährtin als Wiedergutmachung für die Demütigung verlangten, die Jorran widerfahren war, interessierte Challen dagegen nur am Rande. Er betrachtete den Konflikt nicht aus der Sicht eines Vaters, sondern aus der Sicht eines Kriegers. Die Centurianer besaßen die Frechheit, Sha-Ka'an zu bedrohen. Jeder einzelne Krieger auf dem Planeten musste das als persönlichen Affront empfinden und würde mit Freuden zu den Waffen greifen. Bisher wussten die meisten Bewohner Sha-Ka'ans jedoch nichts von der Invasion.

Die Forderungen wurden aus dem Besucherzentrum direkt an Challen übermittelt. Einem der centurianischen Schiffe war es gelungen, sich dort unter Vorspiegelung falscher Tatsachen eine Landeerlaubnis zu erschleichen. Der Direktor des Zentrums war in den Händen der Eindringlinge, die auch den Schutzschild bereits deaktiviert hatten.
Wenn die Centurianer den Planeten wirklich mit Laserstrahlen bombardierten, würde das ungeheure Verwüstungen zur Folge haben – ganz abgesehen von den zahlreichen Menschenleben, die auf dem Spiel standen. Darum versuchte Challen auch, mit Verhandlungen Zeit zu gewinnen. Er brauchte noch ein paar Stunden, um seine Krieger um das Besucherzentrum zu postieren.
Tedra hingegen wollte vor allem noch ein wenig Zeit haben, um in Ruhe über die weiteren Schritte nachzudenken, bevor sie Challen daran erinnerte, dass es nicht notwendig war, sich zum Besucherzentrum zu begeben. Man konnte die Centurianer, die sich dort befanden, ja sogar Cayden selbst, jederzeit per Molekulartransfer an jeden gewünschten Ort schaffen lassen. Doch wenn der Krieger in Challen erst einmal erwacht war, vergaß er gern, was hochintelligente Mock-II-Computer, die in supermodernen Kampfschiffen installiert waren, inzwischen alles bewerkstelligen konnten. Möglicherweise wollte Challen aber auch nur alles auf seine Art erledigen.
Jedenfalls hatte er inzwischen seine Krieger versammelt und schickte sich an, mit ihnen zum Besucherzentrum zu ziehen. Tedra stellte sich ihm in den Weg.

Ihr entschlossener Gesichtsausdruck sagte ihm, dass sie es ernst meinte. »Halt dich da heraus, Frau.«
Sie wusste, dass sie sich Schwierigkeiten einhandelte, wenn sie sich ihm widersetzte. Doch er hatte ihr nicht verboten, den Mund aufzumachen.
»Was willst du lieber: Sehen, wie Cayden sich in seinem Blut wälzt? Oder wie Jorran vor dir im Staub kriecht und dich um Verzeihung für die Unverschämtheit bittet, uns bedroht zu haben?«
»Dieser Mann ist der Anführer seines Volkes«, antwortete Challen. »Ich werde ihn nicht demütigen, sondern ihm ein würdiges Ende bescheren.«
»Aber was würde dir mehr Befriedigung verschaffen?«, beharrte Tedra.
Challen warf ihr einen finsteren Blick zu. Sie nutzte diesen Augenblick der Unentschlossenheit, um fortzufahren: »Cayden selbst ist gar nicht im Besucherzentrum. Nur Jorran und seine Leute sind dort. Der große König Cayden sitzt hoch über unserem Planeten im modernsten aller gekaperten Schiffe und kann es kaum erwarten, aus sicherem Abstand die Zerstörung Sha-Ka'ans zu befehligen.«
»Jorran ist auch nicht mehr im Zentrum«, schaltete Martha sich plötzlich an Challen gerichtet ein. »Es wäre also wirklich besser, noch ein wenig abzuwarten, großer Krieger. Übrigens, Jorran hat soeben Kontakt mit mir aufgenommen und mich um einen Nottransfer in eine meditechnische Einheit gebeten.«
»Für ihn selbst?«, fragte Tedra überrascht.
»Nein, für deine Schwiegertochter.«
Tedra wurde blass. »Was ist denn nun schon wieder los?«

»Das konnte ich bisher noch nicht genau feststellen«, musste Martha zugeben. »Sie hat jedenfalls ziemlich viel Blut verloren. Ihr Leben hängt an einem seidenen Faden.« Nach acht Sekunden voller Spannung fügte Martha hinzu: »Okay. Transfer erfolgt. Wir haben gerade noch einmal Glück gehabt. Sie ist nicht mehr in akuter Lebensgefahr. Ich sage es nur ungern, aber Jorran hat ihr das Leben gerettet, indem er Kontakt zu mir aufnahm. Nun steht ihr ganz offiziell in der Schuld dieses Schurken.«

Tedra fluchte wie selten zuvor. Challen legte ihr beschwichtigend einen Arm um die Schultern.

»Ich bezweifle, dass Jorran ganz und gar selbstlos gehandelt hat«, erklärte er. »Was sagst du dazu, Martha?«

»Du hast Recht. Er hat mich nur deshalb um Hilfe gebeten, weil er Brittany mit nach Hause nehmen möchte. Diese centurianischen Trottel haben wirklich mehr Glück als Verstand. Auf einigen ihrer Schiffe sind Transfer-Vorrichtungen installiert. Aber es ist ihnen noch immer nicht gelungen, eine meditechnische Einheit aufzutreiben. Jorran hat Brittany gefunden, weil er den ganzen Planeten nach ihrer Sprache abgehört hat. Dann ist er durch Molekulartransfer dort hingelangt, wo sie sich befand, hat den *Sa'abo* getötet, der gerade dabei war, sie in Stücke zu reißen, und hat glücklicherweise sofort eingesehen, dass nur die Meditechnik sie noch retten konnte. Und die einzige Möglichkeit, an diese Art der Hilfe heranzukommen, war durch mich.«

»Wo, zum Teufel, steckt Dalden?«

»Ich suche gerade systematisch die weitere Umgebung

um das Zelt nach ihm ab«, antwortete Martha. »Aber da er nicht spricht, ist es ziemlich schwierig, ihn zu orten. Wenn er zum Lagerplatz zurückkommt und die Blutlache sieht, aber Brittany nicht findet, garantiere ich für nichts. Ich habe die Örtlichkeiten hier auf dem Monitor und muss sagen – kein schöner Anblick. Ich schicke Corth II zum Zelt. Er wird dort auf Dalden warten und ihm alles erklären.«

»Bist du dir ganz sicher, dass Jorran Dalden nicht bereits irgendwohin transferiert hat?«, fragte Tedra besorgt.

»Er schwört, er hätte Dalden nicht gesehen, während er sich um Brittany gekümmert hat. Und ich bin geneigt, ihm zu glauben. Er wirkt ziemlich verstört.«

»Jorran – verstört?«

»Außerdem hätte Brittany wohl kaum nähere Bekanntschaft mit einem *Sa'abo* geschlossen, wenn Dalden in der Nähe gewesen wäre«, gab Martha zu bedenken.

Damit hatte sie sicher Recht. Tedra beruhigte sich ein wenig. Gleichzeitig wuchs ihr Ärger darüber, dass sie nun nicht ganz so unnachgiebig mit Jorran verfahren konnten, weil sie sich dankbar zeigen mussten.

»Warum suchte Jorran eigentlich auf eigene Faust nach den beiden?«, wollte sie nun wissen. »Waren die Forderungen der Centurianer am Ende nur ein Ablenkungsmanöver?«

»Sämtliche Wahrscheinlichkeitsberechnungen lassen darauf schließen, dass Jorran seiner Verwandtschaft nichts von mir und der *Androvia* erzählt hat. Der höchste Großkönig, Cayden, meint es wirklich ernst. Er will Rache, denn das Königshaus fühlt sich durch die Art, wie wir Jorran behandelt haben, beleidigt. Doch nur Jorran allein weiß, welche überaus schlagkräftigen Waffensysteme uns zur Verfügung stehen. Er wollte wohl die Chance nutzen, sich heimlich das zu holen, was er haben möchte, während wir durch die Verhandlungen mit Cayden abgelenkt sind.«

»Heißt das, er hat seine Verwandtschaft hierher gelotst, obwohl er wusste, dass sie sich blamieren? Warum sollte er so etwas tun?«

»Wie ich schon sagte, er hat Interesse an unserer Brittany. Vielleicht hätte ich euch schon vor ein paar Tagen ein wenig genauer erklären müssen, wie groß sein Interesse an ihr ist. Aber das hielt ich zu diesem Zeitpunkt nicht für wichtig, denn eigentlich war nicht geplant, dass wir Jorran jemals wiedersehen.«

Auf Tedras Stirn bildete sich eine steile Falte. »Wie groß?«

»Er will sie zu seiner Königin machen. Und da sie weder Ländereien noch einen Titel noch Untertanen oder irgendwelche Reichtümer besitzt und auch sonst kaum über königliche Attribute verfügt, gehe ich davon aus, dass sein Interesse an ihr rein persönlicher Natur ist.«

»Höllenstunk!«, murmelte Tedra.

»Er musste sie retten und uns zur Wiederherstellung überlassen. Dadurch hat er seinen Vorteil verspielt. Hätte er die beiden Turteltäubchen unter normalen Umständen gemeinsam angetroffen, so säßen sie nun dank der Transfervorrichtung auf Jorrans Schiff in seinem Frachtraum und er wäre bereits mit ihnen auf dem Heimweg. Dalden hätte er dann als Geisel benutzen können, damit wir ihm nicht folgen. Und für den Jungen wäre diese Reise bestimmt nicht angenehm geworden. Dass Jorran Brittany mutterseelenallein und auch noch auf der Schwelle des Todes vorfand, machte ihm einen Strich durch die Rechnung. Ihr bedrohlicher Zustand hat Dalden wahrscheinlich vor Folter und Tod bewahrt. Ich hoffe, der Junge berücksichtigt das, bevor er sich eine Strafe für Brittany ausdenkt, weil sie sich mit einem *Sa'abo* abgegeben hat.«

»Hatte sie denn eine andere Wahl?«

»Diese Kreaturen sind viel zu dumm, um in ein geschlossenes Zelt einzudringen. Muss ich noch mehr sagen?«

»Nein. Aber sie wäre fast gestorben – ich finde, sie ist schon genug gestraft.«

»Seit wann beziehen Krieger bereits überstandenes Ungemach in ihre Überlegungen mit ein, wenn sie sich in den Kopf gesetzt haben, ihren Frauen eine Lehre zu erteilen? Normalerweise erhöht das nur ihre Entschlossenheit, sicherzustellen, dass eine ähnliche Situation nie wieder eintreten wird. Das kennen wir ja zur Genüge.«

Tedra nickte und warf Challen einen finsteren Blick zu. Das leise Lachen, mit dem er den vorwurfsvollen Blick seiner Lebensgefährtin quittierte, bestätigte Martha nur wieder einmal, wie richtig sie mit ihrer Feststellung lag.

Kapitel Fünfzig

Glücklicherweise öffnete sich der Deckel der meditechnischen Kiste, noch bevor Brittany die Augen aufschlug. Sonst hätte sie womöglich geglaubt, sie läge bereits in einem Sarg. So abwegig war dieser Gedanke auch gar nicht, denn sie hatte ja bereits geglaubt, ihre letzte Stunde habe geschlagen. Doch sie war nicht tot, obwohl sie die furchtbaren Schmerzen, die ihren Körper gemartert hatten, wie durch ein Wunder nicht mehr spürte. Vor ihr stand indessen Tedra und streckte ihr die Hand entgegen, um ihr aus dem Gehäuse zu helfen. Also konnte sie noch nicht im Himmel sein.

Brittany setzte sich vorsichtig auf. Sie fürchtete, die Schmerzen könnten jeden Augenblick erneut auftauchen. Aber sie blieb verschont. Sie konnte sogar wieder ganz normal atmen. Nach einer Weile wagte Brittany einen zaghaften Blick an sich hinunter. Die schrecklichen Dinge, an die sie sich erinnerte, waren offenbar kein Albtraum gewesen, aus dem sie einfach aufwachen konnte. Der *Chauri* hing in blutigen Fetzen an ihrem Körper, doch ihr Körper war unversehrt.

»Meditechnik wirkt von innen nach außen«, erklärte Tedra. »Deshalb müssen wir die Patienten auch nicht entkleiden.«

Nun wurde Brittany endgültig klar, was es mit der Kiste, in der sie noch immer saß, auf sich hatte. Dieses meditechnische Wunderding hatte sie von ihren Wunden und Knochenbrüchen kuriert. Das Gerät stand in einem kleinen Raum, von dem Brittany annahm, er befände sich irgendwo im Schloss. Nur sie und Tedra waren hier – und natürlich Martha. Zumindest hing an Tedras Gürtel ein kleiner Kasten.

»Willst du eine Auflistung der Verletzungen, die durch die Meditechnik behoben wurden?«

»Nein, besten Dank. Ich kann mich leider nur allzu gut daran erinnern, wie sie mir eine nach der anderen zugefügt wurden. Ich brauche dazu absolut keine Gedächtnisstütze.«

Tedra erschauerte. »Du wirkst erstaunlich ruhig.«

»Ich bin nicht ruhig«, antwortete Brittany. »Ich glaube, ich stehe nur unter Schock.«

»Das ist verständlich. Du hattest das Pech, einem unserer gefährlichsten Raubtiere in die Fänge zu geraten. *Sa'abos* töten ihre Beute normalerweise, indem sie ihr die Kehle herausreißen. Das ist eine Sache von wenigen Augenblicken. Ich bin heilfroh, dass das Vieh deinen Hals noch nicht erreicht hatte.«

»Diesen Schock meinte ich eigentlich gar nicht ... Du bist tatsächlich seine Mutter, nicht wahr?«

Vielleicht war das Ding an Tedras Gürtel doch keine Sprechanlage, denn Martha blieb ungewöhnlich still. Tedra lächelte Brittany nachsichtig an.

»Es ist bestimmt nicht einfach, sich mit dem Gedanken vertraut zu machen, dass einen soeben eine Maschine ins Leben zurückgeholt hat«, sagte sie. »Aber versuch nun nicht auch noch, alles andere auf einmal zu verstehen. Lass dir Zeit damit.«

Alles verstehen? Brittanys Gedanken rasten. Die *Androvia,* die verschiedenen Planeten, von denen man ihr erzählt hatte, der unterschiedliche Entwicklungsstand dieser Welten, Sha-Ka'an auf einer der niedrigeren Stufen dieser Entwicklung, barbarisch und gleichzeitig so überwältigend schön und neuartig …

In ihrem Schockzustand wurde Brittany gleichzeitig verlegen. Diese Menschen hatten so unendlich viel Geduld mit ihr bewiesen – allen voran Dalden. Sie hatte sich hartnäckig geweigert, ihm zu glauben, und hatte ihm dadurch sicher mehr als einmal das Gefühl gegeben, sie halte ihn für einen Lügner. Doch er hatte sie nicht aufgegeben.

Er war keiner Gehirnwäsche unterzogen worden und hatte auch keine Rolle gespielt. Dalden war ein echter Außerirdischer, ein Krieger von einem Planeten, auf dem es barbarische Bräuche und Gesetze gab. Und sie war mit ihm verheiratet oder zumindest auf eine Weise mit ihm verbunden, die einer Ehe gleichkam – sie war seine Lebensgefährtin.

»Du möchtest dich sicher umziehen, bevor Martha Dalden findet und ihn hierher transferiert«, sagte Tedra. Sie zeigte kein Erbarmen mit Brittanys armem kleinem Verstand, der völlig verrückt spielte, weil ihm nun plötzlich ein Licht nach dem anderen aufging. Alles, was sie für Täuschung gehalten hatte, stellte sich nun als Realität heraus. »Je weniger er von den Schrecken sieht, die dir widerfahren sind, desto besser.«

»Aber warum denn? Dalden kann doch nichts dafür.

Er hat mir gesagt, ich solle im Zelt bleiben. Er hat keinen Grund, sich etwas vorzuwerfen.«

Daldens Mutter legte die Stirn in Falten. Fast sah es so aus, als ob Martha das mitbekommen hätte: Sie bewies, dass sie doch anwesend war, indem sie sich einschaltete: »Du musst dich nicht wundern, Tedra, mein Kind. Unsere Brittany betrachtet immer noch alles aus der Sicht eines Erdenmenschen. Dort kommt es durchaus vor, dass Männer die Verantwortung für Dinge übernehmen, für die sie gar nichts können. Sie muss erst noch einsehen, dass ihr hier nur absoluter Gehorsam Schutz garantiert. Und dass schreckliche Dinge passieren können, wenn sie sich den Anordnungen eines Kriegers widersetzt.

Auf Sha-Ka'an, meine liebe Brittany, liegt die Verantwortung allein bei der Person, die gegen die Regeln verstößt. Und derjenige, der sie aufgestellt hat, denkt sich eine Strafe aus, die einen bleibenden Eindruck hinterlässt. Nur so wird sich ein Missgeschick oder eine Gefahrensituation nie wiederholen.«

»Musstest du das denn wirklich so deutlich ausdrücken?«, seufzte Tedra.

»Aber natürlich«, antwortete Martha fröhlich. »Ein paar klare Worte können einem Gehirn, das noch etwas benebelt ist, niemals schaden.«

Es dauerte einen Augenblick, bis Brittanys Verstand Marthas Worte so weit sortiert hatte, dass ihr deren Bedeutung aufging. Am liebsten wollte sie gar nicht glauben, was sie gehört hatte.

»Nun mal ganz langsam«, sagte sie schließlich. »Ich hatte gerade erst ein ganz schreckliches Erlebnis und bin nur mit Hilfe von so wundersamen Erfindungen wie Molekulartransfer und Meditechnik um Haaresbreite dem Tod entgangen. Und ihr glaubt, Dalden würde mich nun auch noch bestrafen?« Weder Tedra noch Martha gaben ihr eine Antwort. Brittany schüttelte den Kopf. »Nein, so etwas würde er niemals tun. Ganz sicher nicht.«

»Betrachten wir doch einmal die Tatsachen«, sagte Martha in ihrem belehrenden Tonfall. »Das Raubtier, das dich zu einer Zwischenmahlzeit auserkoren hatte, verfügt über eine überaus beschränkte Intelligenz. Es konnte dich in dem sicheren Zelt zwar riechen und wusste, dass du da bist, aber ein *Sa'abo* ist zu dumm, um sich einen Weg zu seinem Opfer zu suchen. Doch was den Biestern an Schlauheit abgeht, machen sie durch Geduld wieder wett. Sie warten einfach ab, bis ihre Beute sich in Sicherheit wähnt und aus der Deckung kommt. Dann schlagen sie zu. Wird der Hunger eines *Sa'abo* jedoch zu groß, so trollt er sich und sucht nach einem leichteren Opfer, nach etwas, das er auch sehen und nicht nur riechen kann. Wäre das Tier bei Daldens Rückkehr noch da gewesen, hätte er es sofort getötet. So etwas erledigt ein Krieger im Handumdrehen. Hättest du dich also an die Anweisungen deines Lebensgefährten gehalten und wärst im Zelt geblieben, so wäre dir auch nichts geschehen.«

»Tut es denn gar nichts zur Sache, dass ich bereits einen ziemlich hohen Preis für meine Neugier bezahlt habe?«

»Nein, denn das hättest du dir durch schlichten Gehorsam ersparen können. Dalden wird außer sich geraten, wenn er erfährt, dass du schwer verletzt wurdest, weil du dich seinem Befehl nicht gefügt hast. Und er wird sich etwas einfallen lassen, damit so etwas in Zukunft nie wieder passiert. Verstehst du nun langsam die Logik hinter der Denkweise eines Kriegers?«

»Vielleicht verstehe ich sie ja«, murmelte Brittany. »Das bedeutet aber noch lange nicht, dass ich damit einverstanden bin.«

Martha kicherte. »Ein Krieger kommt ganz gut ohne das Einverständnis seiner Lebensgefährtin zurecht. Tedra kann ein Lied davon singen.«

»Lass mich aus dem Spiel, altes Mädchen«, antwortete Tedra. »Diese Woche herrscht zwischen mir und meinem Krieger gerade wieder einmal eitel Sonnenschein. Erinnere mich also bitte nicht daran, dass das auch ganz anders sein kann.«

»Sie übertreibt, Kleine. Tedra und Challen sind ganz vernarrt ineinander. Meine Tedra mag manchmal ihren eigenen Kopf haben und muss dann auch die Konsequenzen tragen, aber sie sorgt dafür, dass Challen sie immer für alles mehr als entschädigt.«

Brittany blickte ungläubig zu ihrer Schwiegermutter auf. »Du kommst aus einer Gesellschaft, die viel moderner und fortschrittlicher ist als meine. Ich hätte geglaubt, dass eine Frau wie du die Regeln und Gesetze dieses Planeten als ganz besonders barbarisch empfindet. Die Sache mit dem Zelt verstehe ich ja noch. Ich habe ja inzwischen auf äußerst schmerzhafte Weise herausgefunden, welchen Sinn die Anordnung, das Zelt nicht zu verlassen, hatte. Aber was ist mit all den anderen Vorschriften? Ausgehen nur in Begleitung, Kleider, die zeigen, wem man gehört – warum schränkt man nicht die Freiheiten der Männer durch Verbote ein? Warum verlangt man nicht einfach von ihnen, Frauen grundsätzlich in Ruhe zu lassen und ihren Willen zu respektieren? Wie kannst du es ertragen, wie ein Kind behandelt zu werden?«

»Nun hör sich das einer an! Ich bin selbst schon ganz gespannt auf die Antwort«, tönte Martha.

Tedra überhörte die Bemerkung ihres vorlauten Computers. Sie half Brittany auf und hakte sich bei ihr unter. Dann begleitete sie ihre Schwiegertochter zu Daldens Zimmer. Unterwegs erklärte sie: »Ich akzeptiere es nicht, wenn man mich wie ein Kind behandelt. Doch ich respektiere die Gesetze dieses Landes. Kein Mensch erwartet von dir, dass du dich über Nacht in eine mustergültige Sha-Ka'ani verwandelst. Nicht einmal Dalden. Mir fiel es damals leichter, mich anzupassen, denn am Anfang meiner Zeit auf diesem Planeten führte ich einen ganzen Monat lang das Leben einer rechtlosen Sklavin. Ich hatte eine Herausforderung angenommen und den Wettkampf verloren. Als Verliererin musste ich die vorher festgelegte Strafe annehmen und konnte mich eigentlich nicht über diese Demütigung beklagen. Was ich dir damit sagen will, ist Folgendes: Ich habe diese Gesellschaft vom unteren Ende her kennen gelernt. Deshalb weiß ich die Freiheiten, die ein höherer gesellschaftlicher Rang mit sich bringt, zu schätzen, selbst wenn auf dieser Ebene noch immer überwiegend die Männer das Sagen haben.«

»Überwiegend?«, schnaubte Brittany. »Zu hunde

Prozent würde den tatsächlichen Stand der Dinge wohl treffender beschreiben.«

Tedra grinste. »Wir befinden uns auf einer von Männern dominierten Welt. Daran beißt keine Maus einen Faden ab. Dazu kommt noch, dass die Männer hier Giganten sind. Es sind also ein paar Verhaltensregeln nötig, um die Frauen vor dieser ungeheuren Körperkraft zu schützen. Den Frauen, die hier aufgewachsen sind, machen die Gesetze zumeist nichts aus. Sie kennen ja nichts anderes. Verstehst du das? Für sie ist dieses Leben nicht barbarisch, sondern ganz normal.«

»Und man macht für Besucherinnen keine Ausnahme?«, fragte Brittany.

»Warum sollte man? Die Bewohner von Sha-Ka-Ra könnten Gäste von einem anderen Planeten ohnedies nicht von Besuchern aus irgendeinem entfernten Winkel von Sha-Ka'an unterscheiden. Hier gibt es keine Schulen, wie wir sie kennen. Die Sha-Ka'ani lernen nicht viel über ihre Nachbarländer und schon gar nichts über andere Welten. Für sie gibt es nur richtig oder falsch, ja oder nein, schwarz oder weiß. Mit Zwischentönen können sie wenig anfangen. Sie sind für klare, einfach durchschaubare Verhältnisse. Wenn eine Frau keinen Beschützer hat, ist sie Freiwild. Einfacher geht es nun wirklich nicht. Hat sie jedoch einen Beschützer, so muss sie ihm gehorchen und verdient sich durch diesen Gehorsam wiederum seinen Schutz. Auch ziemlich einfach.«

»Weißt du eigentlich, wie kindisch das alles für mich klingt?«, fragte Brittany.

Tedra versuchte nicht, ihr zu widersprechen. Jedenfalls

nicht direkt. »Aus einer vergleichsweise fortschrittlichen Perspektive betrachtet, mag das so scheinen. Aber aus ihrer Sicht ist das alles schon ziemlich zivilisiert. Immerhin schlagen sie einander nicht die Köpfe ein, um das zu bekommen, was sie haben wollen. Sie haben Gesetze, an die sie sich halten, und sie haben ihren Ehrenkodex. Unseren Vorfahren aus der Frühgeschichte sind sie damit um Lichtjahre voraus. Sie sind einzigartig, unvergleichlich – und das ist wahrscheinlich dein Problem, mein Kind. Du darfst sie nicht mit deiner eigenen Spezies vergleichen.«

»Es fällt mir eben nicht leicht, die Erfahrungen aus achtundzwanzig Lebensjahren einfach aus meinem Kopf zu verbannen.«

»Das liegt daran, dass du alles durch die Brille eines modernen Menschen betrachtest. Nimm diese Brille ab, und du wirst diese Welt mit ganz anderen Augen sehen. Dann wird dir auch die Eingewöhnung um einiges leichter fallen. Ich weiß, das ist ziemlich viel verlangt. Ich hatte es damit einfacher, denn ich war drei Jahre lang als Weltenentdeckerin unterwegs, bevor man mir endlich erlaubte, für den kystranischen Sicherheitsdienst zu arbeiten. Die Zeit meiner Entdeckungsreisen hat mich gelehrt, dass man nur in einer anderen Welt leben kann, wenn man nicht versucht, sie zu ändern. Man muss sich ihr anpassen. Jede Welt hat ihr eigenes Entwicklungstempo. Und wir dürfen uns nicht anmaßen, in diese Entwicklung einzugreifen, nur weil wir glauben, alles besser zu wissen.«

»Ich unterbreche eine so lehrreiche Unterrichtsstunde über den Umgang mit den ortsansässigen Barbaren nur höchst ungern«, meldete Martha sich zu Wort. »Aber Corth II informiert mich gerade, dass Dalden auf dem Weg zum Lagerplatz ist.«

Brittany legte die Stirn in Falten. »Wenn Dalden mich nicht gefunden und hierher gebracht hat, wer war es dann?«

»Martha.«

»Aber ich hatte doch das Kästchen gar nicht bei mir.«

»Stimmt«, sagte Tedra. »Eigentlich hat Jorran dich entdeckt, und das auch nur, weil er mit allen verfügbaren Mitteln nach dir gesucht hat. Über den Computer seines Raumschiffes hat er dann den Kontakt zu Martha hergestellt, die dich natürlich direkt in die meditechnische Einheit transferiert hat. Anders wärst du nicht mehr zu retten gewesen. Du hattest schon zu viel Blut verloren.«

»Er hat nach mir gesucht?«

»Jorran ist mit einer ganzen Armee hier angerückt, um sich zu rächen – und um dich zu holen. Beides wird ihm nicht gelingen. Aber weil er dir mehr oder weniger das Leben gerettet hat, müssen wir diplomatisch mit ihm umgehen. Er hat um die Erlaubnis gebeten, mit dir sprechen zu dürfen, und hat uns zugesichert, hinterher abzuziehen. Da dies eine Möglichkeit darstellt, einen offenen Krieg mit Century III zu vermeiden, sind wir geneigt, auf seinen Vorschlag einzugehen. Er ist bereits in einem Airobus auf dem Weg hierher.«

»Er kommt nicht per Molekulartransfer?«

»Jorran hat sein Tagespensum für heute schon ausgeschöpft. Da fällt mir ein – Corth II wird Dalden erklären, was passiert ist. Aber vielleicht solltest du ihm selbst noch einmal sagen, dass deine Begegnung mit dem *Sa'abo* Jorrans ursprünglichen Plan zunichte gemacht hat. Er wollte euch beide gefangen nehmen und nach Century III verschleppen. Dalden hätte diese Reise wahrscheinlich nicht überlebt.«

»Vergiss es«, widersprach Martha. »Jorran hätte unsere Turteltäubchen nie gefunden, weil Brittany in Daldens Gegenwart nicht ihre eigene Sprache verwendet hat, ihre Muttersprache orten zu können, war Jorrans einzige realistische Hoffnung, sie zu finden. Und die vertrauten Laute hat sie erst benutzt, als der *Sa'abo* ihr schon seinen faulen Atem ins Gesicht blies.«

»Verdammt, Martha! Musst du denn immer alles bis ins letzte Detail analysieren?«, schimpfte Tedra.

»Reg dich nicht auf! Dalden verlangt einen Transfer. Und zwar auf der Stelle. Ich sagte ja schon, er würde außer sich geraten, wenn er all das Blut sieht.«

»Bei allen Sternen, du hast doch sonst nie Probleme, wenn es darum geht, jemanden noch eine Weile hinzuhalten. Gib uns wenigstens Zeit, bis Brittany sich umgezogen hat«, sagte Tedra. »Transferiere ihn zu Challen. Vielleicht kann sein Vater ihn ein wenig beruhigen, wenn du das nicht fertig bringst.«

In Brittany machte sich Beklommenheit breit. Wenn Daldens Mutter so besorgt um sie war, befand sie sich vielleicht tatsächlich in ernsthaften Schwierigkeiten.

Kapitel Einundfünfzig

Die Kleider zu wechseln reichte nicht aus. Noch immer klebte trockenes Blut an Brittanys Haut, obwohl keinerlei Wunden mehr zu entdecken waren. Kurz entschlossen stürzte sie sich in das Badebecken und schrubbte sich kräftig. Dann ließ sie das Wasser ab, denn es erschien ihr keine besonders gute Idee, Dalden die rosarot gefärbte Brühe sehen zu lassen. Dann schlüpfte sie rasch in einen frischen blauen *Chauri*. Ihr Haar war noch feucht, doch das konnte man durchgehen lassen. Dalden wusste schließlich, dass sie verletzt worden war. Es ging nur darum, ihm nicht gerade auf die Nase zu binden, wie ernst diese Verletzungen gewesen waren.

Tedra ließ ihre tragbare Sprechanlage bei Brittany und bat Martha, nach ihrem Gutdünken zu verfahren, falls sie glaubte, es wäre besser, einen der Beteiligten aus dem Zimmer zu transferieren, bis die erhitzten Gemüter sich wieder ein wenig abgekühlt hatten. Brittany wusste nicht, ob Tedra damit eher ihr Gemüt oder das von Dalden meinte. Doch langsam bekam sie es mit der Angst zu tun.

Als Dalden schließlich den Raum betrat, wusste sie vor lauter Nervosität nicht mehr ein noch aus. In ihren Gedanken wiederholte sich immer nur ein einziger Satz: Er war echt, wirklich durch und durch echt. Er war kein Schauspieler, der den Barbaren gab. Er war ein Barbar. Und wie zum Teufel ging man mit einem Menschen um, der, anstatt seiner Lebensgefährtin Trost für die erlittenen Schmerzen zu spenden, sich auch noch eine Strafe für sie ausdachte? Dalden wirkte nicht besonders aufgebracht, doch Brittany kannte ihn inzwischen gut genug, um zu wissen, dass man ihm seine Gefühle meist nicht ansah. Man musste die undurchdringliche äußere Hülle eines Kriegers schon sehr genau betrachten, um erraten zu können, wie es dahinter aussah. Brittany erkannte die kleinen Warnsignale allerdings sofort. Daldens Bewegungen waren ein wenig steifer als sonst. Um seine Lippen lag ein kaum sichtbarer harter Zug, und in seinen goldenen Augen suchte sie umsonst nach dem warmen Leuchten, das sie so liebte.

Was Brittany vor allem nervös machte, war die Ungewissheit. Was hatte sie in einer solchen Situation von Dalden zu erwarten? Er hatte ihr versichert, er würde ihr nie körperliche Schmerzen zufügen, und sie wusste, dass sie sich darauf verlassen konnte. Aber es gab ja nicht nur den körperlichen Schmerz. Was verstand ein Barbar wie er unter einer angemessenen Strafe, wenn Prügel und Ketten ausgeschlossen waren? Würde er sie in ein dunkles, stinkendes Verlies werfen und sie dort eine Woche lang schmoren lassen? Oder gar einen ganzen Monat? Oder würde er sie am Ende einfach irgendwo einsperren und zusehen, wie sie ohne jeden menschlichen Kontakt langsam dem Wahnsinn verfiel?

Brittanys einzige Zuflucht war der Zorn, der tief in ihr brodelte. Mit diesem wappnete sie sich gegen alles, was nun kommen würde.

»Zieh dich aus.«

Sie blinzelte verwundert, erstarrte dann und funkelte ihn aus zusammengekniffenen Augen an. »Nein.«

»Zieh dich aus«, wiederholte er, während er auf sie zuging. »Ich will nachsehen, ob dir wirklich nichts fehlt.«

Das hätte sie beruhigen sollen. Er wollte nur ganz sichergehen, dass sie unverletzt war. Aber Brittany war viel zu aufgeregt, um einen klaren Gedanken fassen zu können.

»Vergiss es«, erwiderte sie und wich vor ihm zurück. »Ich liefere mich dir doch nicht schutzlos aus, solange du nur meine Bestrafung im Sinn hast. Ich bin doch nicht verrückt.«

Damit hatte sie ihm die Möglichkeit gegeben, ihr zu sagen, dass er sie gar nicht bestrafen wollte. Doch er fing den Ball, den sie ihm zugeworfen hatte, nicht auf. Ihr mühsam im Zaum gehaltener Zorn begann, sich Bahn zu brechen.

»Du kannst bleiben, wo du bist«, fauchte sie. »Mir geht es gut. Nicht der kleinste Kratzer. Das wirst du mir schon so glauben müssen. Und das, was du mir unbedingt beibringen willst, habe ich bereits gelernt. Ich werde dir in Zukunft gehorchen.«

»Dann fang gleich damit an. Zieh dich aus!«

Dalden schrie sie nicht direkt an, doch seine erhobene Stimme hatte eine eigenartige Wirkung auf Brittany. Zu ihrem Erstaunen merkte sie, dass sie ihm im Grunde gehorchen wollte. Hatte sie bereits den Verstand

verloren? Sie schüttelte den Kopf. An Stelle von Wut empfand sie beinahe nur noch Angst. Sie wich weiter vor ihm zurück. »Dieser Befehl hat nichts mit meiner Sicherheit zu tun. Ganz im Gegenteil. Und ich warne dich, ich werde keinerlei Bestrafung von dir akzeptieren. Nie und nimmer. Also schlag dir das aus dem …«
Sie hatte das Ende des Raumes erreicht und stand mit dem Rücken zur Wand. Mit wenigen Schritten war er bei ihr, zog sie von der Wand weg und streifte ihr in Sekundenschnelle den völlig nutzlosen *Chauri* ab. Dann drehte er sie ein paar Mal um die eigene Achse, hielt dabei ihre Arme hoch und betastete ihre Gliedmaßen wie bei einer ärztlichen Untersuchung.
Brittanys Angst verflog. Sie war schon wieder viel zu wütend, um sich zu genieren. Er hätte ihr glauben sollen.
Sie versuchte, ihn mit beiden Händen wegzustoßen. Ein ganz normaler Mann wäre dadurch wenigstens ein kleines bisschen ins Wanken geraten, denn Brittany legte ihre ganze Kraft in diesen Stoß gegen seine Brust. Doch Dalden konnte sie damit nicht einmal einen Zentimeter weit von sich wegdrücken. Dafür taten ihr nun die Hände weh.
»Bist du jetzt zufrieden?«, fauchte sie. »Ich habe doch gesagt, mir fehlt nichts! Warum konntest du mir nicht einfach glauben?«
Er fiel vor ihr auf die Knie und schlang seine Arme um sie. Dann vergrub er den Kopf zwischen ihren Brüsten. Brittany wurde davon völlig überrascht. Sprachlos und zu keinem Gedanken fähig, stand sie da.
»Es tut mir Leid. Aber ich musste mich wirklich mit

eigenen Augen davon überzeugen, dass du unversehrt bist«, brach es aus ihm heraus. »Es tut mir so Leid, dass du so etwas durchmachen musstest«, fügte er mit belegter Stimme hinzu. »Und am meisten tut mir Leid, dass ich nicht bei dir war, um dich zu beschützen.«

»Hör auf, Dalden«, sagte sie und schlang die Arme um seinen Kopf. Doch er war noch nicht fertig. »Es tut mir auch Leid, dass du nicht genug Vertrauen zu mir haben konntest, um zu wissen, dass mein Befehl, im Zelt zu bleiben, einen guten Grund hatte.«

»Dalden, bitte, du kannst doch nichts dafür«, sagte sie. »Du hast dir nichts vorzuwerfen. Pass auf, wenn du es wirklich wissen willst – ich habe Geräusche gehört und hoffte, sie kämen von einem ganz normalen Tier, das ich kenne. Unser Ausflug auf der Lichtung war nicht geplant, und ich habe angenommen, ich würde dort Dinge sehen, die beweisen, dass Sha-Ka'an nur eine Erfindung ist. Außerdem war ich neugierig. Ich wollte nur einen raschen Blick aus dem Zelt werfen. Aber das Vieh hat mich entdeckt und mir auf schmerzhafte Art bewiesen, wie Unrecht ich mit all meinen Vermutungen hatte.«

Sein Griff wurde fester. »Es tut mir Leid, dass du beinahe sterben musstest, um die Wahrheit zu erkennen.«

Sie lächelte, doch er sah ihr Lächeln nicht. »Mir tut das auch Leid.«

»Und es tut mir unendlich Leid, dass ich nun dafür sorgen muss, dass deine Neugier dich nie wieder in Gefahr bringt, indem sie dich gegen meine Befehle verstoßen lässt.«

Gerade hatte Brittany erleichtert aufatmen wollen,

doch nun erstarrte sie. Dalden erhob sich und hielt sie im Nu wie ein Baby auf seinen Armen.
»Nein!«, schrie sie.
Doch er ließ sich nicht beirren. Nichts, was sie sagen konnte, würde ihn von seinem Vorhaben abbringen. Er wollte sie nicht bestrafen, er musste es tun. Zu ihrem eigenen »Besten«. Daran glaubte er selbst ganz fest, und Brittany wusste, wie unbeirrbar er in diesem Glauben war.
Sollte sie sich einfach zusammenreißen und es ertragen wie ein Mann? So schlimm würde es schon nicht werden. Immerhin ging es hier nicht um körperliche Züchtigung. Aber es ging, verdammt noch mal, ums Prinzip. Sie war zu alt, um bestraft zu werden wie ein ungezogenes Kind.
Schließlich hatte sie kein Gesetz gebrochen. In diesem Fall hätte sie eine Strafe noch eingesehen. Verstieß man gegen ein Gesetz und wurde ertappt, so war es nur gut und richtig, wenn man Strafe bezahlen oder die Zeit absitzen musste. Doch eine Regel zu missachten, die zu ihrer eigenen Sicherheit aufgestellt worden war, betrachtete sie nicht als Gesetz. Es lag ganz allein an ihr selbst, ob sie sich daran hielt oder nicht. Dalden hätte ihr ja auch erklären können, dass in dem Wald, wo er sie hingebracht hatte, Menschen fressende Untiere hausten. Dann wäre sie freiwillig im Zelt geblieben.
Er trug sie zum Bett, legte sie sanft hin und streckte sich neben ihr aus. Dann nahm er sie in seine Arme. Er musste sie dazu zwingen, still zu liegen, denn sie wollte aufspringen und weglaufen. Es dauerte geraume Zeit, bis Brittany aufging, dass Dalden gar nichts anderes im

Sinn hatte, als sie festzuhalten. Aber noch immer gelang es ihr nicht, sich zu beruhigen. Stocksteif lag sie in seinen Armen und traute sich kaum zu atmen.
Dalden spürte ihre Anspannung und begann, sie zu küssen. Wieder schrillten tausend Alarmglocken in Brittanys Kopf. Offensichtlich hatte Dalden nun nicht mehr vor, sie zu beruhigen. Er wusste so gut wie sie, dass seine Küsse niemals eine beruhigende Wirkung auf sie hatten. Wollte er sich vorab bei ihr für die Strafe entschuldigen, die er sich ausgedacht hatte? Das war völlig unmöglich. Sie würde ihm nie verzeihen.
Brittany versuchte, sich gegen seine Küsse zu wehren. Sie versuchte, die Gefühle, die die zärtlichen Berührungen seiner Lippen in ihr entfachten, auszublenden. Doch das erwies sich als völlig unmöglich. Sie hatte ihm noch nie widerstehen können. Wie sollte es jetzt anders sein? Innerhalb weniger Augenblicke erwiderte sie seine Küsse. Trotz aller Wut, allem Ärger und aller Trauer, die sie eigentlich fühlen sollte und sicher bald fühlen würde, gab es im Augenblick nur eines für sie. Ihn, den Mann, den sie von ganzem Herzen liebte – wenn er sich nicht gerade wie ein verabscheuungswürdiger Barbar gebärdete. Im Augenblick war er alles andere als das.
Mit ausgesuchten Zärtlichkeiten versetzte er all ihre Sinne in höchsten Aufruhr, brachte ihren Puls zum Rasen und ließ sie vor Erregung fast vergehen. Ihr ganzer Körper stand in Flammen. Sie zitterte, sie bebte, stand kurz vor der endgültigen Entladung ihrer Wollust, da änderten seine Berührungen sich beinahe unmerklich. Sie wurden zurückhaltend, verwandelten

sich in ein beruhigendes Streicheln und glätteten die stürmischen Wogen ihrer Leidenschaft – nur um in ihr gleich darauf den Orkan erneut anzufachen.
Sie sagte ihm auf tausend Arten, sie sei bereit für ihn, doch er zögerte den Moment höchster Ekstase hinaus. Brittany glaubte, vor Lust vergehen zu müssen, und wusste, dass ihre Gefühle sie überwältigen würden. Doch dann spürte sie plötzlich seine Hände nicht mehr auf ihrer Haut. Auch die Hitze seines Körpers schien plötzlich erloschen zu sein. Es dauerte ein paar Herzschläge lang, bis Brittany bewusst wurde, dass er das Bett verlassen hatte.
Verdutzt setzte sie sich auf. »Was soll das?«, fragte sie verwirrt. Aber er hatte nicht nur das Bett verlassen, er befand sich schon gar nicht mehr im Zimmer.
Nur Martha war noch da und antwortete betont heiter: »Du bist gerade bestraft worden.«
»Wie denn?«
»Nun, wenn du das nicht selbst weißt …«
»Ich meine es ernst. Wie?«
»Sha-Ka'ani-Frauen sind sehr sinnliche Wesen. Die Krieger dieses Landes haben irgendwann herausgefunden, dass eine harmlose, aber sehr wirkungsvolle Art, ihre Lebensgefährtinnen zu bestrafen, darin besteht, sie in höchste sexuelle Erregung zu versetzen und sie dann in diesem Zustand allein zu lassen, damit sie über ihre Fehler nachdenken können. Natürlich schaffen die Krieger das nur mit Hilfe des *Dhaya*-Saftes, der ihre eigenen starken Triebe für einige Zeit lahm legt.«
Brittany begann zu lachen. Dalden war soeben also doch ein abscheulicher Barbar gewesen.

»Findest du es wirklich lustig, auf diese Art bestraft zu werden?«, fragte Martha neugierig.
»Nein, eigentlich nicht. Aber sexuelle Frustration ist in meiner Heimat nicht unbekannt. Meist setzen wir uns diesen Qualen jedoch selbst aus, indem wir uns mit der Person, die uns interessiert, treffen, miteinander ausgehen, uns kennen lernen.«
Martha schnaubte. »Ich dachte, zu eurem Kennenlernen gehört kein ...«
»Langsam, langsam. Ich meinte das, was passieren kann, wenn die beiden Beteiligten einander immer sympathischer werden. So mancher Abend endet mit dem Austausch der gewagtesten Zärtlichkeiten. Oft möchte der Mann dann noch ein Stück weiter gehen, aber die Frau hat sich noch nicht entschieden, und am Ende sind beide frustriert und enttäuscht. Sie könnten natürlich auch vorsorglich gleich ganz die Finger voneinander lassen und sich wirklich auf den Film konzentrieren, den sie sich vielleicht ansehen wollten. Aber einander zu berühren, gehört nun einmal auch zum Kennenlernen.«
»Dass ihr technisch rückständigen Menschen auch immer alles so kompliziert machen müsst.«
»Du meinst, wir könnten in diesen Dingen von höher entwickelten Welten lernen?«, fragte Brittany.
»Aber gewiss doch. Nicht umsonst gibt es die computergesteuerte Partnersuche mit hundertprozentiger Erfolgsgarantie.«
»Das gibt es auch in meinem Heimatland, und soweit ich weiß, funktioniert es überhaupt nicht.«
»Das liegt daran, dass man bei euch dazu sehr primiti-

ve Computer mit vorsintflutlichen Programmen benutzt«, erklärte Martha ungerührt. »Außerdem kommen wir wieder einmal vom Thema ab: Strafe. Das, was eine Frau, die hier aufgewachsen ist, an den Rand der Verzweiflung treibt, scheint eine ziemlich milde Wirkung auf dich zu haben. Wenn das tatsächlich der Fall sein sollte, verschafft dir diese Tatsache Dalden gegenüber einen solchen Vorteil, dass es schon nicht mehr lustig ist.«

»Wie meinst du das?«

»Nun, wenn diese Art der Bestrafung dich nicht besonders erschüttert, Dalden aber jedes Mal vor Schuldgefühlen beinahe umkommt und glaubt, alles wieder gutmachen zu müssen, bedeutet das wohl, du hast hier die Hosen an.«

Ohne dass sie es wollte, begann Brittany breit zu grinsen. »Wirst du es ihm verraten?«

»Ich? Warum sollte ich? Es gibt für mich nichts Erbaulicheres, als wenn diese gigantischen Kerle sich mit ihren verschrobenen Regeln selbst schachmatt setzen. Selten amüsiere ich mich besser, als wenn sie sich wieder einmal mit ihrer alten, angestaubten Logik das Wasser abgraben und es noch nicht einmal merken. Warum sollte ich mich um diesen Genuss bringen?«

Brittany schnaubte und Martha kicherte. Doch kurz darauf fügte sie hinzu: »Übrigens, Dalden hatte vorher nichts genommen, um sich damit die Situation zu erleichtern. Normalerweise trinken die Krieger den *Dhaya*-Saft, bevor sie sich zu einer Strafexpedition aufmachen. Das hat er nicht getan. Wenn du leiden solltest, dann wollte er mit dir gemeinsam leiden. Dein jahrelanges Training mit dem, was ihr Kennenlernen nennt, hat deinen Körper wohl gelehrt, mit sexueller Frustration klarzukommen. Aber er kennt so etwas nicht. Im Augenblick leidet er entsetzlich. Ich muss zugeben, die Tiefe der Gefühle, die der Junge für dich zu hegen scheint, beeindruckt mich. Hat er dir schon gesagt, dass er dich liebt?«

»Nein.«

»Vielleicht wird er es nie aussprechen. Aber ich glaube, daran gibt es inzwischen keinen Zweifel mehr.«

Brittany lächelte vor sich hin. Nein, daran gab es wirklich keinen Zweifel.

Kapitel Zweiundfünfzig

Brittany wusste nicht recht, wie sie Jorran, dem Großkönig von Century III, begegnen sollte. Auf dem Weg zu dem Zimmer, in dem er jetzt auf sie wartete, hatte man ihr noch einige Instruktionen gegeben. Sie wusste, mit welchem Ziel er nach Sha-Ka'an gekommen war. Er hatte sie entführen und zu seiner Königin machen wollen. Wäre Dalden bei ihr gewesen, so hätte Jorran alles darangesetzt, ihn gefangen zu nehmen, hätte ihn wahrscheinlich gefoltert und umgebracht.

Da er Dalden mit dem Razor-Schwert nicht besiegen konnte, hatte Jorran eine neue, schreckliche Waffe mitgebracht. Damit hatte er aus sicherer Entfernung den *Sa'abo* getötet. Beim Gedanken daran, dass er dieses todbringende Instrument gegen Dalden hatte richten wollen, wurde Brittany ganz übel.

Die Waffe hatte der Großkönig vor dem Schloss zurücklassen müssen. Er war unbewaffnet ins Lager des Feindes gekommen, um mit Brittany reden zu können. Wahrscheinlich wollte er sie überreden, mit ihm zu kommen. Man hatte ihr gesagt, sie solle auf der Hut sein. Er würde mit gespaltener Zunge sprechen und auch vor den infamsten Lügen nicht zurückschrecken, um sein Ziel zu erreichen. Jorrans Verwandtschaft war bereits auf dem Nachhauseweg. Martha hatte lediglich die *Androvia* mitten in die Flotte der Centurianer gesteuert und dort geparkt. Beim Anblick dieses hochmodernen Kampfschiffes hatten sie ihre Forderungen nochmals überdacht und spontan beschlossen, sich zurückzuziehen. Schon die Tatsache, dass sämtliche Schiffe der Centurianer gleichzeitig in der Ladebucht der *Androvia* Platz fanden, hatte ausgereicht, um Jorrans Sippschaft einen mehr oder minder geordneten Rückzug antreten zu lassen. So mittelalterlich ihre Ansichten und Gepflogenheiten auch sein mochten – sie merkten sofort, wenn ihnen ein Gegner überlegen war.

Der Einzige, den das friedliche Ende der »Invasion« ein wenig wehmütig stimmte, war Challen. Und dass die Ly-San-Ters nun zu allem Überfluss auch noch in Jorrans Schuld standen, machte endgültig jede Aussicht auf ein paar handfeste Kampfübungen zunichte.

Auch Dalden konnte nicht tun, wonach ihm der Sinn stand. Nur zu gern hätte er dafür gesorgt, dass Jorran ihn und die Seinen nie wieder belästigte. Doch nicht umsonst nannten die Sha-Ka'ani sich Krieger. Sie waren in der Lage, sich zu verteidigen und Strafexpeditionen und Eroberungszüge erfolgreich durchzuführen – sie wussten aber auch, wann ihre Waffen schweigen mussten.

Man ließ Brittany mit Jorran allein. Zumindest beinahe. Martha hörte natürlich mit. Jorran hatte auf einer privaten Unterredung mit Brittany bestanden, und Martha würde sich nur einmischen, wenn es absolut unvermeidlich war. Dalden hatte sich geweigert, Brittany ohne Martha mit Jorran allein zu lassen. Es gefiel ihm nicht, dass dieses Gespräch überhaupt stattfand. Erst Challen war es gelungen, seinen Sohn in einem langen Gespräch von der Notwendigkeit des Treffens zu überzeugen. Sie standen nun einmal in Jorrans Schuld.

Brittany wusste nur zu gut, dass im Grunde sie allein dem Großkönig zu Dank verpflichtet war. Er hatte ihr das Leben gerettet. Ohne ihn hätte das scheußliche Raubtier sie zerrissen, daran gab es nichts zu rütteln. Jorran hatte sie kidnappen wollen, und eigentlich musste sie ihm dafür sogar noch dankbar sein. Wie sonderbar das Leben doch manchmal sein konnte.

Sie wartete, bis er das Wort ergriff. Mit dem Jorran, den sie zu Hause kennen gelernt hatte, hatte dieser Mann fast nichts mehr gemein. Er war nun der Tradition seines eigenen Planeten entsprechend gekleidet, und ein langer, mit Pelz verbrämter Mantel ließ keinen Zweifel an seinem königlichen Rang. Abgesehen davon standen ihm die prachtvoll verzierte Tunika und die hohen Stiefel besser als ein dunkler Anzug.

Auch Jorran schien zunächst Brittanys Kleidung aufzufallen, denn seine erste Bemerkung lautete: »Die Kleider dieser Barbaren passen nicht zu dir. Ich würde dich nur in feinste Stoffe hüllen, in Gewänder, die einer Königin würdig sind.«

»Vielen Dank, aber ich bin alt genug, um mich selbst anzuziehen.«

»Es lag nicht in meiner Absicht, dich zu beleidigen.«

Sie seufzte. »Es tut mir Leid. Ich wollte auch nicht so ruppig sein. Du hast mir das Leben gerettet. Und dafür bin ich dir sehr, sehr dankbar.«

Jorran nickte. Er schien nichts anderes zu erwarten. »Dankbar genug, um mir deine Zukunft anzuvertrauen?«
»Ich habe meine Zukunft bereits einem anderen anvertraut. Du kennst ihn gut. Es ist Dalden, mein Lebensgefährte.«
Jorran antwortete mit einer wegwerfenden Handbewegung. »Diese barbarische Art der Eheschließung wird in meiner Welt nicht anerkannt.«
»In meiner auch nicht. Doch mein Herz braucht weder Brief noch Siegel, um diesen lebenslangen Bund anzuerkennen.«
Der Großkönig wirkte überrascht. »Du willst freiwillig bei diesem unzivilisierten Riesen bleiben?«
Brittany fragte sich, wie Jorran irgendetwas anderes hatte erwarten können. Anscheinend war es an der Zeit, ihm ein paar Dinge zu erklären. »Jorran, als ich dir auf meiner Welt Hilfe anbot, war das nur eine List. Ich war schockiert über deine Pläne und hätte alles getan, um sie zu vereiteln. Ich habe den Sha-Ka'ani dabei geholfen, dich und deine Männer gefangen zu nehmen. Es tut mir Leid, wenn ich bei dir einen falschen Eindruck erweckt habe.«
Jorran zuckte gleichgültig die Schultern. »Das ist alles Schnee von gestern. Aber später, auf dem Schiff, konnte ich deine wahren Gefühle für mich an deinen Augen ablesen.«
Brittany legte die Stirn in Falten und versuchte, sich an die ersten verwirrenden Stunden auf der *Androvia* zu erinnern. »Du hast in mein Mitleid etwas anderes hineingedeutet«, sagte sie schließlich. »Obschon man

mir versicherte, du hättest keine Schmerzen, gefiel es mir nicht, dass man dir medizinische Hilfe verweigerte. Ich würde keinem Menschen wünschen, ernsthafte Verletzungen hilflos hinnehmen zu müssen. Aber wie ich sehe, bist du inzwischen völlig wiederhergestellt. Du hast wohl in der Zwischenzeit eine meditechnische Einheit gefunden.«

»Das war erst heute«, antwortete Jorran zähneknirschend. »In ihrem Besucherzentrum. Bei uns gibt es keine Meditechnik.«

»Dann hast du nun wohl selbst allen Grund, dankbar zu sein. Man sieht dir nicht mehr an, wie schwer du verletzt warst. Nicht die kleinste Schramme hast du übrig behalten. So gut wäre es dir bei uns auf der Erde nicht ergangen. Man hätte dich dort für deinen Versuch, die Macht im Staat an dich zu reißen, für den Rest deines Lebens ins Gefängnis gesteckt. Die Sha-Ka'ani hingegen haben dich mit deinen schlecht verheilten Wunden nach Hause zurückkehren lassen. Dabei wussten sie genau, dass du früher oder später Zugang zu einer meditechnischen Einheit haben würdest.«

»Und das entbindet sie deiner Ansicht nach von jeder Schuld?«

Brittany musste sich auf die Zunge beißen, um dem Großkönig nicht kurzerhand zu erklären, der eigentliche Schurke sei doch wohl er. Es gelang ihr schließlich, ihre Gedanken etwas diplomatischer zu formulieren: »Ich bin ganz einfach froh und glücklich darüber, dass bei der ganzen Sache niemand bleibende Schäden davongetragen hat.«

Bisher war ein Abstand von gut vier Metern zwischen

ihnen. Nun ging Jorran auf Brittany zu. Sie zwang sich, nicht vor ihm zurückzuweichen. Er machte sie nervös. Was sie befürchtet hatte, trat ein. Er berührte sie, wenn auch auf sehr harmlose Weise. Seine Finger strichen sanft über ihre Wange.

»Du hast eine ziemlich eigenartige Sichtweise«, sagte er leise.

»Ich sehe die Dinge nur ein wenig anders als du. Das bedeutet aber nicht automatisch, dass ich Recht habe und du Unrecht – oder umgekehrt. Wir stammen ganz einfach aus sehr unterschiedlichen Welten.«

Donnerwetter, was redete sie da? Sie klang schon beinahe wie Martha. Die Sha-Ka'ani waren im Grunde gar keine Barbaren, sie waren nur anders. Ihre Lebensweise erschien ihnen als ganz normal. Sie funktionierte auf diesem Planeten hervorragend. Also konnte sie so falsch nicht sein. Die Gesellschaft der Sha-Ka'ani mit ihrer eigenen zu vergleichen, war lächerlich und unfair. Die Sha-Ka'ani waren einzigartig. Und sie würden sich auf ihre eigene Art und in ihrem eigenen Tempo weiterentwickeln.

»Meine Kultur würde dir gefallen«, sagte Jorran und klang dabei fast ein wenig wehmütig. »Ich würde dich zu meiner Königin machen. Was hat dieser Barbar dir dagegen schon zu bieten?«

Brittanys Antwort kam ohne Zögern. »Sich selbst. Mehr brauche ich nicht, um glücklich zu sein. Denn ich liebe ihn. Von ganzem Herzen.«

Kapitel Dreiundfünfzig

Martha entschuldigte sich bei Brittany. Sie hatte Dalden die Unterredung mit Jorran mithören lassen. Nur unter dieser Bedingung war er bereit gewesen, sie mit dem Großkönig allein zu lassen. Allzu glücklich war Brittany nicht, als sie erfuhr, dass Dalden alles gehört hatte. Seit ihrer Bestrafung hatten sie nicht mehr miteinander gesprochen. Eigentlich hatte sie erst seine Anstrengungen zur Wiedergutmachung ausgiebig genießen wollen, bevor sie ihm großzügig vergab. Nun wusste er durch Marthas Hilfe bereits, wie abgöttisch sie ihn noch immer liebte.

Als sie ihm wenig später endlich wieder gegenüberstand, war Reden das Letzte, was er wollte. Auf dem kürzesten Weg marschierte er mit ihr in sein Zimmer. Dort verbrachten sie den Rest des Tages und die halbe Nacht damit, sicherzustellen, dass keiner von ihnen mehr unter den Nachwirkungen der dummen Strafaktion zu leiden hatte.

Brittany fragte sich langsam, ob sie sich vielleicht einfach daran gewöhnen musste, von ihrem Lebensgefährten wortlos irgendwohin geschleppt zu werden. Denn bereits am folgenden Nachmittag geschah es erneut. Er warf ihr einen weißen Umhang über die

Schultern, nahm sie an der Hand und zog sie aus dem Schloss, durch die Stadt und durch einen Park am Rande des Berghanges. Dort führte er sie zielstrebig bis zu einer Stelle, an der die Bergflanke sanft ins Tal abfiel.

Er stellte sich hinter Brittany und schlang die Arme um sie. Stumm ließen sie die überwältigende Aussicht auf sich wirken. Das ganze fruchtbare, grüne Tal am Fuße des Berges Raik breitete sich unter ihnen aus. Dahinter erstreckten sich Wälder, in denen Wasserflächen von unzähligen Seen schimmerten. Und weit, weit in der Ferne erahnte man ein Gebirge, das sich im Licht des späten Nachmittages beinahe fliederfarben abzeichnete.

Die ungeheure Schönheit vor ihren Augen nahm Brittany beinahe den Atem. Sie lehnte sich an Dalden und ließ ihre Blicke und ihre Gedanken schweifen. Plötzlich hörte sie Dalden sagen: »Hier wirst du unser Haus bauen.«

Sie warf sich herum und sah ihm ungläubig ins Gesicht. »Ich werde es bauen?«, stieß sie mühsam hervor.

»Wie es aussieht, überlasse ich dir«, antwortete er so sachlich, als nehme er ihre Aufregung gar nicht wahr. »Du wirst allerdings bei der Planung daran denken, dass ein Krieger viel Platz braucht, damit er sich nicht eingesperrt fühlt.«

Brittany begann zu grinsen. »Du sprichst von einem großen Haus, nicht wahr?«

»Ja.«

»Von einem ziemlich großen Haus.«

»Ja.«

Sie strahlte vor Glück. Doch dann fiel ihr plötzlich ein, was er ihr einmal gesagt hatte. Hier gab es weit und breit keine Sägemühlen. »Ich weiß nicht, ob ich mit dem Baumaterial in diesem Land zurechtkomme.«
»Martha hat mir versichert, sie könne alles besorgen, was du brauchst.«
»Es wird geraume Zeit dauern, bis ich ein so großes Gebäude errichtet habe«, dachte Brittany laut weiter.
»Du wirst nicht allein sein. Kodos und seine Lebensgefährtin Ruriko möchten dir gern helfen. Corth II steht ebenfalls zur Verfügung. Und ich werde kaum je von deiner Seite weichen, *Kerima*. Wahrscheinlich wirst du noch andere freiwillige Helfer bekommen, wenn sich erst einmal herumspricht, was du hier tust. Sha-Ka-Ra hat sich seit Jahrhunderten nicht verändert. Es gibt zwar keinen Grund für Veränderungen, aber wir halten sie auch nicht auf. Außerdem leben hier viele Menschen, die bedauern, dass wir selbst über so wenig handwerkliches Wissen verfügen. Du weißt ja selbst, wie begierig Kodos darauf war, von dir zu lernen.«
»Und er hat tatsächlich nichts dagegen, seine Lebensgefährtin mitwirken zu lassen? Frauen haben hier doch noch nie außerhalb ihres eigenen Hauses gearbeitet.«
Dalden machte ein missmutiges Gesicht. »Er hat sich von ihr überreden lassen. Was tut man nicht alles um des lieben Friedens willen. Kodos hat den Fehler begangen, Ruriko zu viel von deiner Kultur zu erzählen. Sie war begeistert von dem, was sie hörte.«
Brittany erschrak. »Das klingt nach Schwierigkeiten.

Ich lege wirklich keinen Wert darauf, als Gründerin der sha-ka'anischen Frauenbewegung in die Geschichte einzugehen. Das soll nicht heißen, dass ihr hier keine Frauenbewegung vertragen könntet. Aber man hat mich inzwischen mehr als einmal belehrt, ihr müsstet solche Dinge selbst herausfinden und sie nicht von außen übergestülpt bekommen.«

Dalden nahm Brittanys Gesicht zwischen die Hände. »Möchtest du denn Schwierigkeiten machen?«, fragte er.

»Aber ganz und gar nicht.«

»Dann wird es auch keine geben.«

»Klingt wirklich großartig«, murmelte Brittany.

Dalden lachte leise. »Ich ziehe dich auf, *Chemar.* Du musst wissen, dass ich zu einer Einsicht gelangt bin, die mir eine große Last von den Schultern genommen hat. Vor vielen Jahren habe ich beschlossen, ganz in die Fußstapfen meines Vaters zu treten und alles zu vergessen, was ich von meiner Mutter gelernt hatte. Damals schien mir das eine gute Entscheidung, denn es ist für einen jungen Menschen nicht einfach, zwischen zwei völlig unterschiedlichen Welten hin und her gerissen zu werden. Doch mein Beschluss hinterließ eine Leere in mir. Ein Teil von mir ging verloren. Dann fand ich dich, lernte dich kennen und lieben. Dadurch wurde mir bewusst, dass ...«

Mit einem Aufschrei warf Brittany die Arme um Daldens Hals. »Du hast es ausgesprochen! Du hast gesagt, du liebst mich!«

Er schob sie ein Stück von sich weg und warf ihr einen strengen Blick zu. »Du solltest meine Geduld nicht überstrapazieren, Frau. Du weißt sehr gut, welch tiefe Gefühle ich für dich empfinde.«

»Stimmt.« Sie grinste und zeigte sich völlig unbeeindruckt von seinem grimmigen Gesicht. »Aber es ist trotzdem wunderbar, es gelegentlich auch einmal zu *hören.«*

Dalden verdrehte die Augen, zog sie dann aber wieder an sich. »Was ich dir sagen wollte, ist dies: Ich fühle mich nicht mehr zerrissen. Ich bin zur Hälfte Kystrani und nun kann ich mich dazu bekennen.

Das beinhaltet auch das Wissen über andere Welten, andere Lebensgewohnheiten, andere Sitten – wie zum Beispiel deine. Ich werde nicht mehr so tun, als gäbe es all diese Dinge nicht, nur weil sie hier unbekannt sind.«

»Versuchst du mir damit zu sagen, du verstehst mich und meine Ansichten und bist damit einverstanden?«, fragte Brittany.

»Ich sage dir lediglich, dass du dich nicht völlig ändern musst, nur weil du nun hier lebst. Ich sage dir, dass ich verstehe, warum du so denkst, wie du denkst, und dass das in die Art, wie ich in Zukunft mit dir umgehe, mit einfließen wird. Das bedeutet allerdings nicht, dass du dich über alles, was du inzwischen über unsere Gepflogenheiten gelernt hast, hinwegsetzen kannst. Solange Krieger sich noch jede Frau nehmen können, die nicht offensichtlich bereits unter dem Schutz eines anderen Mannes steht, wirst du dich zu deinem eigenen Besten an unsere Regeln halten.«

»Jawohl.«

»Und solange noch gefährliche Raubtiere über diesen

Planeten streifen, wirst du meinen Anweisungen Folge leisten.«

»Jawohl.«

Dalden legte die Stirn in Falten. »Warum widersprichst du mir nicht?«

»Weil wir uns auf Sha-Ka'an befinden. Diese Regeln sind hier bei euch sinnvoll. Woanders wären sie vielleicht absurd, aber hier ist dagegen nichts einzuwenden. Und abgesehen davon«, fügte sie grinsend hinzu, »nach dem Geschenk, das du mir heute gemacht hast, kann ich dir kaum noch etwas abschlagen.«

Er küsste sie. Erst stürmisch, dann zart. Immerhin konnte jederzeit jemand vorbeikommen. »Wenn dich das so glücklich macht, werde ich dir erlauben, Hunderte von Häusern, ja ganze Städte zu bauen.«

»Ich habe nicht unser Haus gemeint, sondern deine Liebe«, antwortete Brittany leise. Sie war kurz davor, zu schnurren wie eine Katze.

Dalden hatte genug gehört. Er fasste Brittany wieder an der Hand und zog sie hinter sich her, um einen Ort zu suchen, an dem sie wirklich ungestört waren.

Brittany lächelte vor sich hin. Genau genommen war ihr Lebensgefährte gar nicht so barbarisch. Schön, er war ein Krieger. Gut, er ließ es sich nicht nehmen, sie zu beschützen. Und er konnte sehr gebieterisch sein, aber gleichzeitig ungeheuer verständnisvoll. Und zärtlich. Und fürsorglich.

Und sie hatte geglaubt, ein so unfassbares Glück gäbe es nur im Märchen!